本書出版得到國家古籍出版專項經費資助

古典文學研究資料彙編

文選資料彙編

騷類卷

中華書局

圖書在版編目(CIP)數據

文選資料彙編. 騷類卷/陳煒舜主編. —北京:中華書局,2021.8
(古典文學研究資料彙編)
ISBN 978-7-101-15257-9

Ⅰ.文… Ⅱ.陳… Ⅲ.《文選》-研究資料
Ⅳ.I206.2

中國版本圖書館 CIP 數據核字(2021)第 126314 號

責任編輯:許慶江

古典文學研究資料彙編
文選資料彙編·騷類卷
陳煒舜 主編
*
中華書局出版發行
(北京市豐臺區太平橋西里 38 號 100073)
http://www.zhbc.com.cn
E-mail:zhbc@zhbc.com.cn
北京瑞古冠中印刷廠印刷
*
850×1168 毫米 1/32 · 18¼印張 · 2 插頁 · 385 千字
2021 年 8 月北京第 1 版 2021 年 8 月北京第 1 次印刷
印數:1-2000 册 定價:59.00 元

ISBN 978-7-101-15257-9

《文選資料彙編·騷類卷》編委會

顧　問：俞紹初　許逸民

總　編：劉志偉

本卷主編：陳煒舜

副主編：郭劍鋒　蔡玄暉

參編人員：李小妮　陳嘉琳　林恩寵　文慧妍　鄒靈璞　廖蘭欣　劉煒業
鄞家慧　黃懷訢　陳昭穎　嚴慧儀　羅文爾　巫宇媛　葉靖雯
黃碧鈴　梁藍支　黃桂桂　陸晨婕

目録

離騷

九歌總論

東皇太一

雲中君

二　湘

二司命

山鬼

九章總論

涉江

卜　居

漁　父

九　辯

招魂

招隱士

前言

由梁代昭明太子蕭統所主持編纂的《文選》，是現存第一部薈萃先秦迄於齊梁文學精華作品的總集。自隋唐至清代，《文選》流播的廣泛性幾乎可與五經、四史並駕。《文選》保存了七百餘篇詩文，許多名作賴之以傳，至今不磨；《文選》是衆多文人學習的典範，對後世的文學創作影響深遠；《文選》反映出編撰時代的文學、文化思想，兼有文學批評、文體論、修辭學等多方面價值；《文選》是總集之首，對後世總集編纂具有示範意義；《文選》保存了大量先唐時期的語言材料，具有重要的語言文字學價值；在一定歷史時期，《文選》也是士子科舉考試必讀的教科書，這一文化現象是研究教育史、科舉史所不能忽略的。……總之，《文選》一書思想文化蘊含豐富，深刻地影響了中華民族的精神建構與文化發展。

「文選學」肇始於隋唐之際，自蕭該、曹憲以下，注家輩出，而李善、五臣兩家獨盛於後世。有宋至清，「文選學」雖有顯隱，但一直延續不斷，在清代達到鼎盛，著述層出不窮。「文選學」涉及廣泛，成果豐富，舉凡文字、音韻、訓詁、目録、版本、校勘，以及考證、評點、辭章、續擬等方面，無不囊括，具有重要的學術價值。可以説，「文選學」之於中國文學、文化等傳統學術研究，深具範式意義。

近現代以來，《文選》和「文選學」雖然曾在特定的歷史時期受到較多批判和冷落，但相關研究並未間斷，個别名家亦有卓異於時代的研究巨著。而在思想學術的轉型過程中，「新文選學」也應運而生。二十世紀九十年代以來，「文選學」再度繁榮：中國文選學研究會的成立，國際「文選學」界的積極交流，大量「文選學」論著的發表，有力推動了「新文選學」更廣闊、深入的發展。當今的《文選》研究，既要吸納傳統「文選學」之精華，更要進一步發掘《文選》的精神意藴，探究《文選》與「文選學」之於中國文學、文化的深微關係，這就必須充分佔有資料，以全面、整體之視野進行相關學術研究。

歷代關於《文選》和「文選學」的文獻資料浩如煙海，其中除各種《文選》版本以及「文選學」專著相對集中外，其他資料零星分布在四部典籍中，頗難備覽。清代余蕭客《文選紀聞》、汪師韓《文選理學權輿》、孫梅《四六叢話》、近代駱鴻凱《文選學》等書對前代資料雖有彙集，但均非資料專書，所集十分有限，其後此類書亦未見再出。故早在二十世紀九十年代初，爲適應「新文選學」的繁榮發展趨勢，俞紹初、許逸民兩位先生提出「文選學研究集成」叢書的構想，將集成整理「文選學」文獻資料作爲推動「新文選學」發展的基礎研究課題，而「文選資料彙編」是該課題的一個重要項目。但因資料查檢十分不易，人員組織也頗爲困難，這項工作一直未能完成。我們有感於此，在俞紹初、許逸民先生的開啓下，組織協調人力物力，通力合作，編纂了這部七卷本的資料彙編。

其中「總論」單獨成卷，編録涉及《文選》整體的資料，具體又分「統論」和「紀事」兩大類，前者爲評論性資料，後者爲歷史記載性資料。「分論」編録涉及《文選》所收具體作品的資料，包括「賦類卷」、「騷類卷」、「詩類卷」、「文類卷」（上、下卷）。此外，「序跋卷」（附「著録」）專收歷代《文選》版本及「文選學」著作的序言、跋語，附以歷代書目中有關《文選》版本與「文選學」著作的内容；「域外卷」採録古代日、朝等國的相關資料，體現「文選學」的國際化特色。

根據「文選學研究集成」叢書的整體構架，《文選資料彙編》將與已經出版的《中外學者文選學論集》《中外學者文選學論著索引》和後續的一些課題項目如「文選會校」、「文選會注」等互相配合，互爲補充。在此整體構想下，我們對有關《文選》以及「文選學」的文獻資料進行集成整理，使各種資料各依門類，務求脈絡、層次清晰，避免雜亂無序、重複繁贅，力求能够清晰地顯示出「文選學」的流變史跡。在編纂中亦樹立主次、高下、優劣的取捨標準，既求全，亦求精，做到「精」與「全」的辯證統一。從而使兩千餘年的《文選》資料薈萃一編，便利學界、讀者，促進「文選學」以及唐前文史研究的發展。

在工作過程中，我們發現《文選資料彙編》只是《文選》與「文選學」文獻遺産整理的基礎，歷史上的《文選》與「文選學」爲我們留下極其豐富的文化遺産。《文選》版本方面，從隋唐時期的寫本、抄本至宋、元、明、清時期的刻本、活字本等等，衆多版本文獻價值皆彌足珍貴。「文選學」成果方面，專著有記載可考者逾二百種，存世者逾百種，其他包含零星資料的四部典籍則數以千計。故我們也借本彙編出版的機會，向學術界、出版界呼籲：更加重視《文選》文獻的整理，促進《文選》重要版本的出版流通，加强對「文選學」專著的點校整理，建構完善的「文選學」文獻資料平臺。

需要特别指出的是，本彙編原本就是俞紹初、許逸民兩位先生的構想，而在我們的編纂過程中，兩位先生始終關注此事，提出了許多重要的指導意見。可以説，没有兩位先生的關注指導，我們的工作就不可能開展，更不可能順利完成。劉躍進先生、傅剛先生也對本彙編頗爲關心。編纂過程中我們還得到了中國文選學研究會諸位會長、理事以及海内外專家學者的批評指導，在此一併致以深深的謝意。

中華書局慨允出版此部繁重的資料彙編，總經理徐俊先生、總編輯顧青先生、文學室主任俞國林先生對本書出版提供了大力支持，在此深表謝忱。責編馬婧先生對我們的彙編工作悉心關懷，在前期提供了大量的工作支持，她對本書的細緻審讀也使我們受益良多。我們甚是感激。

本彙編卷帙繁多，資料龐雜，且書成衆手，更因我們水平有限，錯漏之處在所難免，敬請讀者不吝批評指正。資料收集與學術研究有如積薪，永無止境，我們不會就此止步，希望將來能够進一步予以完善。

編　者

二〇一三年六月六日

凡例

一、《文選資料彙編》系統輯録歷代有關《文選》及其研究的文獻資料。編纂體例主要依據《文選》研究資料的實際情況，並以整體呈現「文選學」的學術系統爲資料編纂的指導思想。

二、本彙編輯録一九一一年之前的資料，近現代的資料也酌情採擇重要者，由於時代越近，資料越繁雜，故一般詳古略今，有所別裁，古者求全，近者求精；爲切近原貌，優先録用較早流傳的文獻，如某條資料並存於《藝文類聚》和《太平御覽》，則採用前者，他皆類此。

三、本資料彙編分爲「總論卷」、「分論卷」、「序跋著録卷」和「域外卷」四大部分：

（一）「總論卷」爲涉及《文選》整體研究的文獻資料，分爲兩大部分：第一部分爲統論《文選》的資料，主要是對《文選》以及「文選學」整體研究的論述、評價資料，包括析論《文選》編者、選録標準、成書過程、編纂體例、纂集優劣正誤、文體分類、諸注家及其注釋研究、《文選》的流布與接受、「文選學」史研究等相關文獻資料；第二部分爲歷代「文選學」紀事，即有關《文選》的流傳、研習、傳抄、版刻、校勘、注釋以及有關「文選學」的歷史記載類資料。

（二）「分論卷」爲涉及《文選》所收各體文學之具體作品的研究資料，如作者評論，作品評論、疏解，相關考證如作時、本事、時代背景、作品真僞，與《文選》和「文選學」的關係，以及擬作、酬唱等。由於《文選》所收各體文學作品，賦、詩最多，研究資料最豐富，故專分「賦類卷」、「詩類卷」。又《文選》所收騷類作品雖僅十三篇，但因其地位崇高，相關資料衆多，故亦專設「騷類卷」。其他各類則分爲「文類一卷」、「文類二卷」。各相關分論卷中的資料，又分爲總論和分論：總論收録總體論述或較寬泛地涉及《文選》某一文體及其相關内容的資料，一些論及數篇作品而無法繫於單篇作品之下的資料，一般也收入總論部分；分論爲涉及具體作品的資料。

（三）「序跋著録卷」分爲兩大部分，「序跋」部分專收各類《文選》版本及「文選學」著作的序跋及其相關内容，「著録」部分則專收歷代目録對《文選》及「文選學」著作的著録資料。這兩部分也是「文選學」的重要研究資料，涉及《文選》及「文選學」著作的總體評價、《文選》版本的源流變化等方面。

（四）「域外卷」收録古代域外國家的《文選》研究資料。《文選》不僅在古代中國是普及讀物，也廣泛流傳於古代日、朝等國，故本彙編專設「域外卷」以顯示古代域外《文選》研究的概貌與成果。

四、李善、五臣等各家注釋以及其他衆多「文選學」專著中的資料，只輯録涉及《文選》全書或作品整體且比較重要的資料；「文選學」專著以及各種筆記、詩話、注疏等文獻中有關《文選》文字、音韻、校勘的資料十分龐雜、細碎，一般不予輯録；有關訓詁、名物、典實等資料，也擇要輯録；有關《文選》評點的資料尤爲繁雜，一般只輯録名家、名著中價值較高的評點資料；從便利學人、讀者考慮，重視零散資料，至於易得見的「文選學」專著，只擇要輯録。

五、資料以作者時代先後順序排列，一般逐條繫於作者之下，時代不明者，或依大體年代繫於其中，或附於各代資料之後；作者不明者，以「闕名」著録；同一作者的資料順序先本集，次其他著作，後列見於他書者；史書、類書、方志等文獻中的史料性資料以書名標目，史家的述贊評論如能確定作者，則仍以人名標目；重複資料一般只輯録較早或更重要者；一些關聯性較强的資料，則將後出者以附録形式輯録在初始條目之下，注明「附録」，以便檢尋。

六、注明資料出處，每條資料前注明篇章標題，資料後注明書名、卷數，書後附引用文獻版本；引文有省略則加省略號；資料彙編所採用的各種文獻，選擇通行可靠的整理本，如無，則採用古籍善本；標點依據近現代的標點本，原標點有誤者，徑行改正，無標點本的則自行標點。

七、今傳《文選》各種版本中，作品篇名及作者名下大多有注，對作家生平、作品背景所作述解，彌足珍貴，故多輯録。但其中亦不少舛錯之處，且往往有題曰「善注」，而實非李善注者，蓋因注文流傳久遠，又經删削合併，多失原貌，故除可確定爲李善、五臣注者，概以「闕名」標目，以示謹慎。

八、對輯録資料作簡單考釋和勘誤，如有必要，則加簡單按語説明；明顯錯誤徑行改正，不做過多考證；資料中的引文如與原文有出入，原則上不做校勘和更改；對避諱的處理依據文獻整理的通例。

九、有少數資料與不同分卷皆有關係，則不避重複，各卷均録。

騷類卷編纂説明

騷類卷除依照《文選資料彙編》的編纂凡例外，尚須特别説明：

一、歷來往往辭賦並稱，而《文選》「賦」、「騷」、「辭」乃至「對問」等諸體分立。爲便合理分類，本卷輯録之資料僅限於《文選》「騷」體。

二、本卷分爲《總論》及《分論》兩部分。《總論》方面，計有（甲）寫作背景、後世影響、援騷入儒；（乙）楚辭聲韻、訓詁、考據、篇目篇次；（丙）文學批評、流變、風格；（丁）作者生平、作者論；（戊）前人楚辭專著之凡例等内容。爲便檢覽，各條目基本上皆依論者時代先後排列，不細分子目。《分論》方面，則以作品爲綱。

三、《文選》「騷」體所録作品，包括屈原《離騷》《九歌》之《東皇太一》《雲中君》《湘君》《湘夫人》《少司命》《山鬼》六首、《九章》之《涉江》一首、《卜居》《漁父》、宋玉《九辯》五首、劉安《招隱士》。本書收録之資料，僅以關乎《文選》所選作品者爲主。然而，某些總論性的文字可能涉及《文選》未收之篇章，則視乎情況，衡量選取，以便參閲。

四、古今對於騷體篇章的小學考據，資料贍富。然限於體例，僅酌量選取與辭章大意較爲相關者。

五、歷來《楚辭》註本甚夥，本卷主要録入其叙録、解題；註文浩繁，僅擇而取之。

六、如周用《楚詞註略》、郝敬《藝圃傖談》、黄文焕《楚辭聽直合論》、賀貽孫《騷筏》等，接近詩話、筆記性質，其條目儘量採入。然因體例安排，一書之中各條同樣會分繫於《總論》及《分論》各處，非以呈現此等著作之原本面貌爲務。

七、評本方面，以明人所編最多，相互沿用剿襲的情況時見。其探討文意、義有可觀的總論、批語、總評等，本書亦加抄撮。爲避免支離，各家評語一般皆繫於輯評者名下。

八、前人《楚辭》專著中，序跋、凡例往往值得參考。然限於篇幅，序跋中無關《楚辭》作品之語則不録，相關論述則依内容節録分繫。凡例不易割裂，故皆全文録入。屈宋騷體模擬、吟詠之作，只酌量選録其中對原作抒發評論之文字。

九、歷來屈騷研究資料頗爲豐富，限於篇幅，僅以清末民初以前之論者爲選録對象；域外資料之彙整，亦有俟於來日。

總論

（漢）司馬遷

【屈原賈生列傳】屈原者，名平，楚之同姓也。爲楚懷王左徒。博聞彊志，明於治亂，嫻於辭令。入則與王圖議國事，以出號令；出則接遇賓客，應對諸侯。王甚任之。上官大夫與之同列，爭寵而心害其能。懷王使屈原造爲憲令，屈平屬草稾未定。上官大夫見而欲奪之，屈平不與，因讒之曰：「王使屈平爲令，衆莫不知，每一令出，平伐其功，曰以爲『非我莫能爲』也。」王怒而疏屈平。屈平疾王聽之不聰也，讒諂之蔽明也，邪曲之害公也，方正之不容也，故憂愁幽思而作《離騷》。離騷者，猶離憂也。夫天者，人之始也；父母者，人之本也。人窮則反本，故勞苦倦極，未嘗不呼天也；疾痛慘怛，未嘗不呼父母也。屈平正道直行，竭忠盡智以事其君，讒人閒之，可謂窮矣。信而見疑，忠而被謗，能無怨乎？屈平之作《離騷》，蓋自怨生也。《國風》好色而不淫，《小雅》怨誹而不亂。若《離騷》者，可謂兼之矣。上稱帝嚳，下道齊桓，中述湯武，以刺世事。明道德之廣崇，治亂之條貫，靡不畢見。其文約，其辭微，其志絜，其行廉，其稱文小而其指極大，舉類邇而見義遠。其志絜，故其稱物芳。其行廉，故死而不容自疏。濯淖汙泥之中，蟬蜕於濁穢，以浮游塵埃之外，不獲世之滋垢，皭然泥而不滓者也。推此志也，雖與日月爭光可也。屈平既絀，其後秦欲伐齊。齊與楚從親，惠王患之，乃令張儀詳去秦，厚幣委質事楚，曰：「秦甚憎齊，齊與楚從親，楚誠能絶齊，秦願獻商、於之地六百里。」楚懷王貪而信張儀，遂絶齊，使使如秦受地。張儀詐之曰：「儀與王約六里，不聞六百里。」楚使怒去，歸告懷王。懷王怒，大興師伐秦。秦發兵擊之，大破楚師於丹、淅，斬首八萬，虜楚將屈匄，遂取楚之漢中地。懷王乃悉發國中兵以深入擊秦，戰於藍田。魏聞之，襲楚至鄧。楚兵懼，自秦歸。而齊竟怒不救楚，楚大困。明年，秦割漢中地與楚以和。楚王曰：「不願得地，願得張儀而甘心焉。」張儀聞，乃曰：「以一儀而當漢中地，臣請往如楚。」如楚，又因厚幣用事者臣靳尚，而設詭辯於懷王之寵姬鄭袖。懷王竟聽鄭袖，復釋去張儀。是時屈平既疏，不復在位，使於齊，顧反，諫懷王曰：「何不殺張儀？」懷王悔，追張儀不及。其後諸侯共擊楚，大破之，殺其將唐眛。時秦昭王與楚婚，欲與懷王會。懷王欲行，屈平曰：「秦虎狼之國，不可信，不如毋行。」懷王稚子子蘭勸王行：「奈何絶秦歡！」懷王卒行。入武關，秦伏兵絶其後，因留懷王，以求割地。懷王怒，不聽。亡走趙，趙不内。復之秦，竟死於秦而歸葬。長子頃襄王立，以其弟子蘭爲令尹。楚人既咎子蘭以勸懷王入秦而不反也。屈平既嫉之，雖放流，睠顧楚國，繫心懷王，不忘欲反，冀幸君之一悟，俗之一改也。其存君興國而欲反覆之，一篇之中三致志焉。然終無可奈何，故不可以反，卒以此見懷王之終不悟也。人君無愚智賢不肖，莫不欲求忠以自爲，舉賢以自佐，然亡國破家相隨屬，而聖君治國累世而不見者，其所謂忠者不忠，而所謂賢者不賢也。懷王以不知忠臣之分，故内惑於鄭袖，外欺於張儀，疏屈平而信上官大夫、令尹子蘭。兵挫地削，亡其六郡，身客死於秦，爲天下笑。此不知人之禍也。《易》曰：「井渫不食，爲我心惻，可以汲。王明，並受其福。」王之不明，豈足福哉！令尹子蘭聞之大怒，卒使上官大夫短屈原於頃襄王，頃襄王怒而遷之。屈原至於江濱，被髮行吟澤畔。顔色憔悴，形容枯槁。漁父見而問之曰：「子非三閭大夫歟？何故而至此？」屈原曰：「舉世混濁而我獨清，衆人皆醉而我獨醒，是以見放。」漁父曰：「夫聖人者，不凝滯於物而能與世推移。舉世混濁，何不隨其流而揚其波？衆人皆醉，何不餔其糟而啜其釃？何故懷瑾握瑜而自令見放爲？」屈原曰：「吾聞之，新沐者必彈冠，新浴者必振衣，人又誰能以身之察察，受物之汶汶者乎！寧赴常流而葬乎江魚腹中耳，又安能以皓皓之白而蒙世俗之温蠖乎！」乃作《懷沙》之賦。其辭曰：「陶陶孟夏兮，草木莽莽。傷懷永哀兮，汩徂南土。眴兮窈窈，孔靜幽墨。冤結紆軫兮，離愍之長鞠；撫情效志兮，俛詘以自抑。刓方以爲圜兮，常度未替；易初本由兮，君子所鄙。章畫職墨兮，前度未改。内直質重兮，大人所盛。巧匠不斲兮，孰察其揆正？玄文幽處兮，矇謂之不章；離婁微睇兮，瞽以爲無明。變白而爲黑兮，倒上以爲下。鳳皇在笯兮，雞雉翔舞。同糅玉石兮，一概而相量。夫黨人之鄙妒兮，羌不知吾所臧。任重載盛兮，陷滯而不濟；懷瑾握瑜兮，窮不得余所示。邑犬群吠兮，吠所怪也；誹駿疑桀兮，固庸態也。文質疏内兮，衆不知吾之異采；材樸委積兮，莫知余之所有。重仁襲義兮，謹厚以爲豐；重華不可牾兮，孰知余之從容！古固有不並兮，豈知其故也？湯禹久遠兮，邈不可慕也。懲違改忿兮，抑心而自彊；離湣而不遷兮，願志之有象。進路北次兮，日昧昧其將暮；含憂虞哀兮，限之以大故。亂曰：浩浩沅、湘兮，分流汨兮。脩路幽拂兮，道遠忽兮。曾唫恒悲兮，永歎慨兮。世既莫吾知兮，人心不可謂兮。懷情抱質兮，獨無匹兮。伯樂既歿兮，驥將焉程兮？人生稟命兮，各有所錯兮。定心廣志，余何畏懼兮？曾傷爰哀，永歎喟兮。世溷不吾知，心不可謂兮。知死不可讓兮，願勿愛兮。明以告君子兮，吾將以爲類兮。」於是懷石遂自投汨羅以死。屈原既死之後，楚有宋玉、唐勒、景差之徒者，皆好辭而以賦見稱；然皆祖屈原之從容辭令，終莫敢直諫。其後楚日以削，數十年竟爲秦所滅。自屈原沈汨羅後百有餘年，漢有賈生，爲長沙王太傅，過湘水，投書以弔屈原。賈生名誼，雒陽人也。年十八，以能誦詩屬書聞於郡中。吴廷尉爲河南守，聞其秀才，召置門下，甚幸愛。孝文皇帝初立，聞河南守吴公治平爲天下第一，故與李斯同邑而常學事焉，乃徵爲廷尉。廷尉乃言賈生年少，頗通諸子百家之書。文帝召以爲博士。是時賈生年二十餘，最爲少。每詔令議下，諸老先生不能言，賈生盡爲之對，人人各如其意所欲出。諸生於是乃以爲能，不及也。孝文帝説之，超遷，一歲中至太中大夫。賈生以爲漢興至孝文二十餘年，天下和洽，而固當改正朔，易服色，法制度，定官名，興禮樂，乃悉草具其事儀法，色尚黄，數用五，爲官名，悉更秦之法。孝文帝初即位，謙讓未遑也。諸律令所更定，及列侯悉就國，其説皆自賈生發之。於是天子議以爲賈生任公卿之位。絳、灌、東陽侯、馮敬之屬盡害之，乃短賈生曰：「雒陽之人，年少初學，專欲擅權，紛亂諸事。」於是天子後亦疏之，不用其議，乃以賈生爲長沙王太傅。賈生既辭往行，聞長沙卑溼，自以壽不得長，又以適去，意不自得。及渡湘水，爲賦以弔屈原。其辭曰：「共承嘉惠兮，俟罪長沙。側聞屈原兮，自沈汨羅。造託湘流兮，敬弔先生。遭世罔極兮，乃隕厥身。嗚呼哀哉，逢時不祥！鸞鳳伏竄兮，鴟梟翱翔。闒茸尊顯兮，讒諛得志；賢聖逆曳兮，方正倒植。世謂伯夷貪兮，謂盜跖廉；莫邪爲頓兮，鉛刀爲銛。于嗟嚜嚜兮，生之無故！斡棄周鼎兮寶康瓠，騰駕罷牛兮驂蹇驢，驥垂兩耳兮服鹽車。章甫薦屨兮，漸不可久；嗟苦先生兮，獨離此咎！訊曰：已矣，國其莫我知，獨堙鬱兮其誰語？鳳漂漂其高遰兮，夫固自縮而遠去。襲九淵之神龍兮，沕深潛以自珍。彌融爚以隱處兮，夫豈從螘與蛭螾？所貴聖人之神德兮，遠濁世而自藏。使騏驥可得係羈兮，豈云異夫犬羊！般紛紛其離此尤兮，亦夫子之辜也！瞝九州而相君兮，何必懷此都也？鳳皇翔于千仞之上兮，覽惪煇而下之；見細德之險徵兮，搖增翮逝而去之。彼尋常之汙瀆兮，豈能容吞舟之魚！橫江湖之鱣鱏兮，固將制於蟻螻。」賈生爲長沙王太傅三年，有鴞飛入賈生舍，止于坐隅。楚人命鴞曰「服」。賈生既以適居長沙，長沙卑溼，自以爲壽不得長，傷悼之，乃爲賦以自廣。其辭曰：「單閼之歲兮，四月孟夏，庚子日施兮，服集予舍，止于坐隅，貌甚閒暇。異物來集兮，私怪其故，發書占之兮，筴言其度。曰『野鳥入處兮，主人將去』。請問于服兮：『予去何之？吉乎告我，凶言其菑。淹數之度兮，語予其期。』服乃歎息，舉首奮翼，口不能言，請對以臆。萬物變化兮，固無休息。斡流而遷兮，或推而還。形氣轉續兮，變化而嬗。沕穆無窮兮，胡可勝言！禍兮福所倚，福兮禍所伏；憂喜聚門兮，吉凶同域。彼吳彊大兮，夫差以敗；越棲會稽兮，句踐霸世。斯游遂成兮，卒被五刑；傅説胥靡兮，乃相武丁。夫禍之與福兮，何異糾纆。命不可説兮，孰知其極？水激則旱兮，矢激則遠。萬物回薄兮，振蕩相轉。雲蒸雨降兮，錯繆相紛。大專槃物兮，坱軋無垠。天不可與慮兮，道不可與謀。遲數有命兮，惡識其時？且夫天地爲鑪兮，造化爲工；陰陽爲炭兮，萬物爲銅。合散消息兮，安有常則；千變萬化兮，未始有極。忽然爲人兮，何足控摶；化爲異物兮，又何足患！小知自私兮，賤彼貴我；通人大觀兮，物無不可。貪夫徇財兮，烈士徇名；夸者死權兮，品庶馮生。怵迫之徒兮，或趨西東；大人不曲兮，億變齊同。拘士繫俗兮，攌如囚拘；至人遺物兮，獨與道俱。衆人或或兮，好惡積意；真人淡漠兮，獨與道息。釋知遺形兮，超然自喪；寥廓忽荒兮，與道翱翔。乘流則逝兮，得坻則止，縱軀委命兮，不私與己。其生若浮兮，其死若休；澹乎若深淵之靜，汎乎若不繫之舟。不以生故自寶兮，養空而浮；德人無累兮，知命不憂。細故蔕芥兮，何足以疑！」後歲餘，賈生徵見。孝文帝方受釐，坐宣室。上因感鬼神事，而問鬼神之本。賈生因具道所以然之狀。至夜半，文帝前席。既罷，曰：「吾久不見賈生，自以爲過之，今不及也。」居頃之，拜賈生爲梁懷王太傅。梁懷王，文帝之少子，愛，而好書，故令賈生傅之。文帝復封淮南厲王子四人皆爲列侯。賈生諫，以爲患之興自此起矣。賈生數上疏，言諸侯或連數郡，非古之制，可稍削之。文帝不聽。居數年，懷王騎，墮馬而死，無後。賈生自傷爲傅無狀，哭泣歲餘，亦死。賈生之死時年三十三矣。及孝文崩，孝武皇帝立，舉賈生之孫二人至郡守，而賈嘉最好學，世其家，與余通書。至孝昭時，列爲九卿。太史公曰：余讀《離騷》《天問》《招魂》《哀郢》，悲其志。適長沙，觀屈原所自沈淵，未嘗不垂涕，想見其爲人。及見賈生弔之，又怪屈原以彼其材，游諸侯，何國不容，而自令若是。讀《服鳥賦》，同死生，輕去就，又爽然自失矣。（《史記》卷八十四）

【酷吏列傳】始長史朱買臣，會稽人也。讀《春秋》。莊助使人言買臣，買臣以《楚辭》與助俱幸，侍中，爲太中大夫，用事。（《史記》卷一二二）

【太史公自序】七年而太史公遭李陵之禍，幽於縲紲。乃喟然而歎曰：「是余之罪也夫！是余之罪也夫！身毁不用矣。」退而深惟曰：「夫《詩》《書》隱約者，欲遂其志之思也。昔西伯拘羑里，演《周易》；孔子戹陳蔡，作《春秋》；屈原放逐，著《離騷》；左丘失明，厥有《國語》；孫子臏脚，而論兵法；不韋遷蜀，世傳《吕覽》；韓非囚秦，《説難》《孤憤》；《詩》三百篇，大抵賢聖發憤之所爲作也。此人皆意有所鬱結，不得通其道也，故述往事，思來者。」（《史記》卷一三〇）

作辭以諷諫，連類以爭義，《離騷》有之。作《屈原賈生列傳》第二十四。（《史記》卷一三〇）

（漢）劉向

【節士第七】屈原者名平，楚之同姓大夫，有博通之知，清潔之行，懷王用之。秦欲吞滅諸侯，并兼天下。屈原爲楚東使於齊，以結強黨。秦國患之，使張儀之楚，貨楚貴臣上官大夫、靳尚之屬，上及令尹子蘭、司馬子椒，内賂夫人鄭袖，共譖屈原。屈原遂放於外，乃作《離騷》。張儀因使楚絶齊，許謝地六百里。懷王信左右之姦謀，聽張儀之邪説，遂絶强齊之大輔。楚既絶齊，而秦欺以六里。懷王大怒，舉兵伐秦，大戰者數，秦兵大敗楚師，斬首數萬級。秦使人願以漢中地謝懷王，不聽，願得張儀而甘心焉。張儀曰：「以一儀而易漢中地，何愛儀？」請行，遂至楚，楚囚之。上官大夫之屬共言之王，王歸之。是時，懷王悔不用屈原之策，以至於此，於是復用屈原。屈原使齊，還聞張儀已去，大爲王言張儀之罪，懷王使人追之不及。後秦嫁女于楚，與懷王歡，爲藍田之會。屈原以爲秦不可信，願勿會，群臣皆以爲可會。懷王遂會，果見囚拘，客死於秦，爲天下笑。懷王子頃襄王亦知群臣謟誤懷王，不察其罪，反聽群讒之口，復放屈原。屈原疾闇王亂俗，汶汶嘿嘿，以是爲非，以清爲濁，不忍見于世，將自投於淵。漁父止之，屈原曰：「世皆醉，我獨醒；世皆濁，我獨清。吾獨聞之，新浴者必振衣，新沐者必彈冠，又惡能以其泠泠更事之嘿嘿者哉？吾寧投淵而死。」遂自投湘水汨羅之中而死。（《新序》卷七）

（漢）班固

【地理志・吴地】壽春、合肥受南北湖皮革、鮑、木之輸，亦一都會也。始楚賢臣屈原被讒放流，作《離騷》諸賦以自傷悼。後有宋玉、唐勒之屬慕而述之，皆以顯名。漢興，高祖王兄子濞於吴，招致天下之娱游子弟，枚乘、鄒陽、嚴夫子之徒興於文、景之際。而淮南王安亦都壽春，招賓客著書。而吴有嚴助、朱買臣，貴顯漢朝，文辭並發，故世傳《楚辭》。其失巧而少信。（《漢書》卷二八）

【藝文志·詩賦略】傳曰：「不歌而誦謂之賦，登高能賦可以爲大夫。」言感物造耑，材知深美，可與圖事，故可以爲列大夫也。古者諸侯卿大夫交接鄰國，以微言相感，當揖讓之時，必稱《詩》以諭其志，蓋以别賢不肖而觀盛衰焉。故孔子曰「不學《詩》，無以言」也。春秋之後，周道寖壞，聘問歌詠不行於列國，學《詩》之士逸在布衣，而賢人失志之賦作矣。大儒孫卿及楚臣屈原離讒憂國，皆作賦以風，咸有惻隱古詩之義。其後宋玉、唐勒，漢興枚乘、司馬相如，下及揚子雲，競爲侈麗閎衍之詞，没其風諭之義。是以揚子悔之，曰：「詩人之賦麗以則，辭人之賦麗以淫。如孔氏之門人用賦也，則賈誼登堂，相如入室矣，如其不用何！」自孝武立樂府而采歌謡，於是有代趙之謳，秦楚之風，皆感於哀樂，緣事而發，亦可以觀風俗，知薄厚云。序詩賦爲五種。（《漢書》卷三〇）

【朱買臣傳】會邑子嚴助貴幸，薦買臣。召見，説《春秋》，言《楚詞》。（《漢書》卷六四）

【王褒傳】宣帝時，修武帝故事，講論六藝群書，博盡奇異之好，徵能爲《楚辭》九江被公，召見誦讀。（《漢書》卷六四）

【馮奉世傳】讒邪交亂，貞良被害，自古而然。故伯奇放流，孟子宫刑，申生雉經，屈原赴湘，《小弁》之詩作，《離騷》之辭興。（《漢書》卷七九）

【揚雄傳】先是時，蜀有司馬相如，作賦甚弘麗温雅，雄心壯之，每作賦，常擬之以爲式。又怪屈原文過相如,至不容,作《離騷》,自投江而死,悲其文,讀之未嘗不流涕也。以爲君子得時則大行,不得時則龍蛇,遇不遇命也,何必湛身哉!迺作書,往往摭《離騷》文而反之,自㟭山投諸江流以弔屈原,名曰《反離騷》;又旁《離騷》作重一篇,名曰《廣騷》;又旁《惜誦》以下至《懷沙》一卷,名曰《畔牢愁》。(《漢書》卷八七)

(漢)王逸

【離騷叙】屈原履忠貞之質,體清潔之性,直若砥矢,言若丹青,進不隱其謀,退不顧其命,此誠絶世之行,俊彥之英也。而班固謂之露才揚己,競於群小之中,怨恨懷王,譏刺椒蘭,苟欲求進,强非其人,不見容納,忿恚自沈,是虧其高明而損其清潔者也。昔伯夷、叔齊讓國守志,不食周粟,遂餓而死,豈可復謂有求於世而恨怨哉?且詩人怨主刺上曰「嗚呼小子,未知臧否」,「匪面命之,言提其耳」,風諫之語,於斯爲切,然仲尼論之,以爲大雅。引此比彼,屈原之詞,優游婉順,寧以其君不知之故,欲提攜其耳乎?而論者以爲露才揚己,怨刺其上,强非其人,殆失厥中矣。夫《離騷》之文,依託五經以立義焉,「帝高陽之苗裔」,則《詩》「厥初生民,時惟姜嫄也」;「紉秋蘭以爲佩」,則「將翺將翔,佩玉瓊琚」也;「夕攬洲之宿莽」,則《易》「潛龍勿用」也;「駟玉虬而乘鷖」,則《易》「時乘六龍以御天」也;「就重華而陳詞」,則《尚書》「咎繇之謀謨」也;「登崑崙而涉流沙」,則《禹貢》之

「敷土」也。故智彌盛者其言博，才益劭者其識遠，屈原之詞誠博遠矣。自孔丘終後以來，名儒博達之士著造詞賦，莫不擬則其儀表，祖式其模範，取其要妙，竊其華藻，所謂金相玉質，百歲無匹，名垂罔極，永不刊滅者也。（《楚辭章句》卷一）

（漢）揚雄

【吾子】或問：「屈原智乎？」曰：「如玉如瑩，爰變丹青。如其智！如其智！」（《法言》卷二）

【法言佚文】曰：「或問屈原、相如之賦孰愈？」曰：「原也過以浮，如也過以虛。過浮者蹈雲天，過虛者華無根。然原上援稽古，下引鳥獸，其著意，子雲、長卿亮不可及。」（《文選》李善注卷五十注引）

（魏）曹丕

【典論論文佚文】問屈原、相如之賦孰愈？曰：「優游案衍，屈原之尚也；窮侈極妙，相如之長也。然原據託譬喻，其意周旋，綽有餘度矣。長卿、子雲，意未能及已。」（引自《北堂書鈔》卷一百）

（晉）陸雲

【與兄平原書】雲再拜：嘗聞湯仲歎《九歌》，昔讀《楚辭》，意不大愛之。頃日視之，實自清絶滔滔，故自是識者。古今來爲如此種文，屯爲宗矣。視《九章》時有善語，大類是穢文，不難舉意，視《九歌》便自歸謝絶。思兄常欲其作詩文，獨未作此曹語，若消息小往，願兄可試作之。兄復不作者，恐此文獨單行千載。間常謂此曹語不好，視《九歌》正自可歎息，王褒作《九懷》亦極佳，恐猶自繼。真玄盛稱《九辯》，意甚不愛。（《陸士龍集》卷八）

（晉）摯虞

【文章流别論】賦者，敷陳之稱，古詩之流也。古之作詩者，發乎情，止乎禮義。情之發，因辭以形之；禮義之旨，須事以明之，故有賦焉。所以假象盡辭，敷陳其志。前世爲賦者，有孫卿、屈原，尚頗有古詩之義，至宋玉則多淫浮之病矣。《楚辭》之賦，賦之善者也。故揚子稱賦莫深於《離騷》。賈誼之作，則屈原儔也。古詩之賦，以情義爲主，以事類爲佐。今之賦，以事形爲本，以義正爲助。情義爲主，則言省而文有例矣；事形爲本，則言當而辭無常矣。文之煩省，辭之險易，蓋由於此。夫假象過大，則與類相遠；逸辭過壯，則與事相違；辯言過理，則與義相失；麗靡過美，則與情相悖。此四過者，所以背大體而害政教。是以司馬遷割相如之浮説，揚雄疾「辭人之賦麗以淫」。（引自〔清〕嚴可均《全上古三代秦漢三國六朝文·全晉文》卷七七）

（晉）謝萬

【八賢頌】皎皎屈原，玉瑩冰鮮，舒采翡林，擒光虬川。（引自〔唐〕徐堅《初學記》卷一七）

（晉）習鑿齒

【宋玉】宋玉者，楚之鄢人也，故宜城有宋玉冢。始事屈原，原既放逐，求事楚友景差。景差懼其勝己，言之於王，王以爲小臣。玉讓其友，友曰：「夫薑桂因地而生，不因地而辛；美女因媒而嫁，不因媒而親。言子而得官者我也，官而不得意者子也。」玉曰：「若東郭狻者，天下之狡兔也，日行九百里，而卒不免韓盧之口，然在獵者耳。夫遥見而指蹤，雖韓盧必不及狡兔也；若躡跡而放，雖東郭狻必不免也。今子之言我於王，爲遥指蹤而不屬耶？躡跡而縱泄耶？」友謝之，復言於王。玉識音而善文，襄王好樂而愛賦，既美其才，而憎之仍似屈原也。曰：「子盍從楚之俗，使楚人貴子之德乎？」對曰：「昔楚有善歌者，王其聞歟？始而曰《下里》《巴人》，國中屬而和之者數千人；中而曰《陽阿》《采菱》，國中屬而和之者數百人；既而曰《陽春》《白雪》《朝日》《魚離》，國中屬而和之者不至十人；含商吐角，絶節赴曲，國中屬而和之者不至三人矣，其曲彌高，其和彌寡也。」〔……〕楚襄王與宋玉游於雲夢之野，將使宋玉賦高唐之事。望朝雲之館，上有雲氣，崪乎直上，忽而改容，須臾之間，變化無窮。王問宋玉曰：「此何氣也？」對曰：「昔者先王游於高唐，怠而晝寢，夢一婦人，曖乎若雲，焕乎若星，將行未至，如漂如停，詳而視之，西施之形。王悦而問焉。曰：『我赤帝之季女也，名曰瑶姬，未行而卒，封於巫山之陽臺，精魂依草，實爲靈芝。』」（《襄陽耆舊記》）

（南朝宋）顔延之

【祭屈原文】惟有宋五年月日，湘州刺史吴郡張邵，恭承帝命，建旟舊楚。訪懷沙之淵，得捐珮之浦。弭節羅潭，艤舟汨渚。乃遣户曹掾某，敬祭故楚三閭大夫屈君之靈：蘭薰而摧，玉縝則折。物忌堅芳，人諱明潔。曰若先生，逢辰之缺。温風怠時，飛霜急節。嬴芈遘紛，昭懷不端；謀折儀尚，貞蔑椒蘭。身絶郢闕，跡遍湘干。比物荃蓀，連類龍鸞。聲溢金石，志華日月。如彼樹芳，實穎實發。望汨心欷，瞻羅思越。藉用可塵，昭忠難闕。（《文選六臣註》卷六十）

（南朝梁）江淹

【雜體詩序】夫楚謡漢風，既非一骨；魏製晉造，固亦二體。譬猶藍朱成彩，錯雜之變無窮；宫商爲音，靡曼之態不極。（《江文通集》卷四）

（南朝梁）沈約

【謝靈運傳論】自漢至魏，四百餘年，辭人才子，文體三變。相如巧爲形似之言，班固長於情理之説，子建、仲宣以氣質爲體，並標能擅美，獨映當時。是以一世之士，各相慕習，原其飆流所始，莫不同祖《風》《騷》。徒以賞好異情，故意製相詭。降及元康，潘、陸特秀，律異班、賈，體變曹、王，縟旨星稠，繁文綺合。綴平臺之逸響，採南皮之高韻，遺風餘烈，事極江左。有晉中興，玄風獨振，爲學窮於柱下，博物止乎七篇，馳騁文辭，義單乎此。自建武暨乎義熙，歷載將百，雖綴響聯辭，波屬雲委，莫不寄言上德，託意玄珠，遒麗之辭，無聞焉爾。仲文始革孫、許之風，叔源大變太元之氣。爰逮宋氏，顔、謝騰聲。靈運之興會標舉，延年之體裁明密，並方軌前秀，垂範後昆。若夫敷衽論心，商榷前藻，工拙之數，如有可言。夫五色相宣，八音協暢，由乎玄黄律吕，各適物宜。欲使宫羽相變，低昂互節，若前有浮聲，則後須切響。一簡之内，音韻盡殊；兩句之中，輕重悉異。妙達此旨，始可言文。至於先士茂製，諷高歷賞，子建函京之作，仲宣霸岸之篇，子荆零雨之章，正長朔風之句，並直舉胸情，非傍詩史，正以音律調韻，取高前式。自《騷》人以來，此祕未睹。至於高言妙句，音韻天成，皆闇與理合，匪由思至。張蔡曹王，曾無先覺，潘陸謝顔，去之彌遠。世之知音者，有以得之，知此言之非謬。如曰不然，請待來哲。（《宋書》卷六七）

（南朝梁）劉勰

【辯騷】自風雅寢聲，莫或抽緒，奇文鬱起，其《離騷》哉！固已軒翥詩人之後，奮飛辭家之前，豈去聖之未遠，而楚人之多才乎！昔漢武愛《騷》，而淮南作《傳》，以爲「《國風》好色而不淫，《小雅》怨誹而不亂，若《離騷》者，可謂兼之。蟬蜕穢濁之中，浮游塵埃之外，皭然涅而不緇，雖與日月爭光可也」。班固以爲「露才揚己，忿懟沉江；羿澆二姚，與《左氏》不合；崑崙懸圃，非《經》義所載；然其文辭麗雅，爲詞賦之宗，雖非明哲，可謂妙才」。王逸以爲「詩人提耳，屈原婉順，《離騷》之文，依《經》立義，駟虬乘翳，則時乘六龍；崑崙流沙，則《禹貢》敷土，名儒辭賦，莫不擬其儀表，所謂金相玉質，百世無匹者也」。及漢宣嗟歎，以爲皆合《經》術；揚雄諷味，亦言體同《詩》《雅》。四家舉以方《經》，而孟堅謂不合《傳》，褒貶任聲，抑揚過實，可謂鑒而弗精，翫而未覈者也。將覈其論，必徵言焉。故其陳堯舜之耿介，稱湯武之祗敬，典誥之體也；譏桀紂之猖披，傷羿澆之顛隕，規諷之旨也；虬龍以喻君子，雲蜺以譬讒邪，比興之義也；每一顧而淹涕，歎君門之九重，忠怨之辭也；觀兹四事，同于《風》《雅》者也。至於託雲龍，説迂怪，豐隆求宓妃，鴆鳥媒娀女，詭異之辭也；康回傾地，夷羿彃日，木夭九首，土伯三足，譎怪之談也；依彭咸之遺則，從子胥以自適，狷狹之志也；士女雜座，亂而不分，指以爲樂，娱酒不廢，沉湎日夜，舉以爲懽，荒淫之意也；摘此四事，異乎經典者也。故論其典誥則如彼，語其本誕則如此，固知《楚辭》者，體憲於三代，而風雅於戰國，乃《雅》《頌》之博徒，而詞賦之英傑也。觀其骨鯁所樹，肌膚所附，雖取鎔《經》意，亦自鑄偉辭。故《騷經》《九章》，朗麗以哀志；《九歌》《九辯》，綺靡以傷情；《遠遊》《天問》，瓌詭而惠巧；《招魂》《招隱》，耀艷而深華；《卜居》標放言之致，《漁父》寄獨往之才。故能氣性轢古，辭來切今，驚采絶艷，難與並能矣。自《九懷》以下，遽躡其跡；而屈宋逸步，莫之能追。故其叙情怨，則鬱伊而易感；述離居，則愴快而難懷；論山水，則循聲而得貌；言節候，則披文而見時。是以枚賈追風以入麗，馬揚沿波而得奇，其衣被詞人，非一代也。故才高者菀其鴻裁，中巧者獵其艷辭，吟諷者銜其山川，童蒙者拾其香草。若能憑軾以倚《雅》《頌》，懸轡以馭楚篇，酌奇而不失其真，翫華而不墜其實，則顧盼可以驅辭力，欬唾可以窮文致，亦不復乞靈於長卿，假寵於子淵矣。贊曰：不有屈原，豈見《離騷》？驚才風逸，壯志煙高。山川無極，情理實勞。金相玉式，艷溢錙毫。（《文心雕龍》卷一）

【詮賦】《詩》有六義，其二曰賦。賦者，鋪也；鋪采摛文，體物寫志也。昔邵公稱：「公卿獻詩，師箴賦。」《傳》云：「登高能賦，可爲大夫。」《詩序》則同義，《傳》説則異體，總其歸塗，實相枝幹。劉向云明「不歌而頌」，班固稱「古詩之流」也。至如鄭莊之賦大隧，士蔿之賦狐裘，結言短韻，詞自己作，雖合賦體，明而未融。及靈均唱《騷》，始廣聲貌。然賦也者，受命於詩人，括宇於《楚辭》也。於是荀況《禮》《智》，宋玉《風》《釣》，爰錫名號，與詩畫境，六義附庸，蔚成大國。遂客主以首引，極貌以窮文，斯蓋別詩之原始，命賦之厥初也。（《文心雕龍》卷二）

【定勢】是以九代詠歌，志合文財。黄歌「斷竹」，質之至也；唐歌「在昔」，則廣於黄世；虞歌「卿雲」，則文於唐時；夏歌「雕墻」，縟於虞代；商周篇什，麗於夏年。至於序志述時，其揆一也。暨楚之騷文，矩式周人；漢之賦頌，影寫楚世；魏之篇制，顧慕漢風；晉之辭章，瞻望魏采。搉而論之，則黄唐淳而質，虞夏質而辨，商周麗而雅，楚漢侈而艷，魏晉淺而綺，宋初訛而新。（《文心雕龍》卷六）

【章句】若夫筆句無常，而字有條數，四字密而不促，六字格而非緩，或變之以三五，蓋應機之權節也。至於詩頌大體，以四言爲正，唯「祈父」「肇禋」，以二言爲句。尋二言肇於黄世，竹彈之謡是也；三言興於虞時，元首之詩是也；四言廣於夏年，洛汭之歌是也；五言見於周代，行露之章是也；六言七言，雜出詩騷；而體之篇，成於兩漢：情數運周，隨時代用矣。（《文心雕龍》卷七）

【事類】觀夫屈宋屬篇，號依詩人，雖引古事，而莫取舊辭。唯賈誼《鵩賦》，始用鶡冠之説。（《文心雕龍》卷八）

【聲律】又詩人綜韻，率多清切，《楚辭》辭楚，故訛韻實繁。及張華論韻，謂士衡多楚，《文賦》亦稱知楚不易，可謂銜靈均之聲餘，失黄鐘之正響也。（《文心雕龍》卷七）

【章句】又詩人以「兮」字入於句限，楚辭用之，字出句於外。尋「兮」字成句，乃語助餘聲，舜詠南風，用之久矣，而魏武弗好，豈不以無益文義耶！至於「夫」「惟」「蓋」「故」者，發端之首唱；「之」「而」「於」「以」者，乃劄句之舊體；「乎」「哉」「矣」「也」者，亦送末之常科。據事似閑，在用實切。巧者迴運，彌縫文體，將令數句之外，得一字之助矣。（《文心雕龍》卷七）

【比興】楚襄信讒，而三閭忠烈，依詩製騷，諷兼比興。炎漢雖盛，而辭人夸毗，詩刺道喪，故興義銷亡。於是賦頌先鳴，故比體雲構，紛紜雜遝，信舊章矣。（《文心雕龍》卷八）

【序志】蓋《文心》之作也，本乎道，師乎聖，體乎經，酌乎緯，變乎騷，文之樞紐，亦云極矣。（《文心雕龍》卷十）

（南朝梁）蕭統

【文選序】楚人屈原，含忠履潔，君匪從流，臣進逆耳，深思遠慮，遂放湘南。耿介之意既傷，壹鬱之懷靡愬。臨淵有懷沙之志，吟澤有憔悴之容。騷人之文，自兹而作。（《梁昭明太子蕭統集》卷四）

（南朝梁）蕭繹

【立言】古人之學者有二，今人之學者有四。夫子門徒轉相師受，通聖人之經者，謂之儒。屈原、宋玉、枚乘、長卿之徒，止于辭賦，則謂之文。（《金樓子》卷四）

（北周）庾信

【趙國公集序】昔者屈原、宋玉，始於哀怨之深；蘇武、李陵，生於別離之世。自魏建安之末、晉太康以

來，雕蟲篆刻，其體三變。人人自謂握靈蛇之珠，抱荆山之玉矣。（《庾信集》卷一二）

（北齊）顔之推

【文章】自古文人，多陷輕薄：屈原露才揚己，顯暴君過；宋玉體貌容冶，見遇俳優；東方曼倩滑稽不雅，司馬長卿竊貲無操。（《顔氏家訓》卷上）

（唐）令狐德棻

【王褒庾信傳論】逐臣屈平，作《離騷》以叙志，宏才艷發，有惻隱之美。宋玉，南國詞人，追逸轡而亞其跡。大儒荀況，賦禮智以陳其情，含章鬱起，有諷論之義。賈生，洛陽才子，繼清景而奮其暉，並陶鑄性靈，組織風雅，詞賦之作，實爲其冠。（《周書》卷四一）

（唐）劉知幾

【載文】夫觀乎人文以化成天下，觀乎國風以察興亡，是知文之爲用遠矣大矣。若乃宣、僖善政，其美載於周詩。懷、襄不道，其惡存於楚賦。讀者不以吉甫、奚斯爲諂，屈平、宋玉爲謗者，何也？蓋「不虚美，不隱惡」故也。是則文之將史，其流一焉。固可以方駕南、董，俱稱良直者矣。（《史通》卷

（唐）魏顥

【李翰林集序】［魏顥］曰：伏羲造書契後，文章濫觴者六經；六經糟粕《離騷》，《離騷》糠粃建安七子。七子至白，中有蘭芳，情理宛約，詞句妍麗，白與古人爭長，三字九言，鬼出神入，瞠若乎後耳！（《李太白集》卷一）

（唐）李白

【古風（其五十一）】殷后亂天紀，楚懷亦已昏。夷羊滿中野，菉葹盈高門。比干諫而死，屈平竄湘源。虎口何婉孌，女嬃空嬋媛。彭咸久淪没，此意與誰論？（《李太白集》卷二）

【江上吟】木蘭之枻沙棠舟，玉簫金管坐兩頭。美酒尊中置千斛，載妓隨波任去留。仙人有待乘黄鶴，海客無心隨白鷗。屈平詞賦懸日月，楚王臺榭空山丘。興酣落筆摇五嶽，詩成笑傲凌滄洲。功名富貴若長在，漢水亦應西北流。（《李太白集》卷六）

【夏日諸從弟登汝州龍興閣序】屈宋長逝，無堪與言。（《李太白集》卷二十七）

【感遇（其四）】宋玉事楚王，立身本高潔。巫山賦彩雲，郢路歌白雪。舉國莫能和，巴人皆卷舌。一

感登徒言，恩情遂中絶。（《李太白集》卷二四）

（唐）錢起

【江行無題】憔悴異靈均，非讒作逐臣。如逢漁父問，未是獨醒人。（《錢考功集》卷九）

（唐）杜甫

【戲爲六絶句（其五）】不薄今人愛古人，清詞麗句必爲鄰。竊攀屈宋宜方駕，恐與齊梁作後塵。（《杜工部集》卷三）

【詠懷古跡五首（其二）】摇落深知宋玉悲，風流儒雅亦吾師。悵望千秋一灑淚，蕭條異代不同時。江山故宅空文藻，雲雨荒臺豈夢思。最是楚宫俱泯滅，舟人指點到今疑。（《杜工部集》卷十五）

（唐）獨孤及

【唐故左補闕安定皇甫公集序】五言詩之源，生於國風，廣於《離騷》，著於李蘇，盛於曹劉，其所自遠矣。（《毗陵集》卷一三）

（唐）柳冕

【與徐給事論文書】文章本於教化，形於治亂，系於國風。故在君子之心爲志，形君子之言爲文，論君子之道爲教。《易》云：「觀乎人文以化成天下。」此君子之文也。自屈宋以降，爲文者本於哀艷，務於恢誕，亡於比興，失古義矣。雖揚馬形似，曹劉骨氣，潘陸藻麗，文多用寡，則是一技，君子不爲也。（《全唐文》卷五二七）

（唐）竇常

【謁三閭廟】君非三諫寤，禮許一身逃。自樹終天戚，何裨事主勞？衆魚應餌骨，多士盡餔糟。有客椒漿奠，文衰不繼騷。（〔唐〕褚藏言《竇氏聯珠集》）

（唐）孟郊

【旅次湘沅有懷靈均】分拙多感激，久遊遵長途。經過湘水源，懷古方踟躕。舊稱楚靈均，此處殞忠軀。側聆故老言，遂得旌賢愚。名參君子場，行爲小人儒。騷文銜貞亮，體物情崎嶇。三黜有慍色，即非賢哲模。五十爵高秩，謬膺從大夫。胸襟積憂愁，容鬢復彫枯。死爲不弔鬼，生作猜謗徒。

吟澤潔其身，忠節寧見輸？懷沙滅其性，孝行焉能俱？且聞善稱君，一何善自殊。且聞過稱己，一何過不渝。悠哉風土人，角黍投川隅。相傳歷千祀，哀悼延八區。如今聖明朝，養育無羈孤。君臣逸雍熙，德化盈紛敷。巾車狗前侶，白日猶昆吾。寄君臣子心，戒此真良圖。（《孟東野詩集》卷六）

（唐）王魯復

【弔靈均】萬古汨羅深，騷人道不沈。明明唐日月，應見楚臣心。（《全唐詩》卷四七〇）

（唐）韓愈

【湘中】猿愁魚踊水翻波，自古流傳是汨羅。蘋藻滿盤無處奠，空聞漁父扣舷歌。（《昌黎先生文集》卷九）

【進學解】上規姚姒，渾渾無涯。《周誥》《殷盤》，佶屈聱牙，《春秋》謹嚴，《左氏》浮誇，《易》奇而法，《詩》正而葩，下逮《莊》《騷》，太史所録，子雲相如，同工異曲。（《昌黎先生文集》卷一二）

（唐）白居易

【讀史五首（其一）】楚懷放靈均，國政亦荒淫。彷徨未忍決，遶澤行悲吟。漢文疑賈生，謫置湘之陰。是時刑方措，此去難爲心。士生一代間，誰不有浮沈？良時真可惜，亂世何足欽。乃知汨羅恨，未

抵長沙深。（《白氏長慶集》卷二）

（唐）柳宗元

【答韋中立論師道書】本之《書》以求其質，本之《詩》以求其恒，本之《禮》以求其宜，本之《春秋》以求其斷，本之《易》以求其動，此吾所以取道之原也。參之《穀梁氏》以厲其氣，參之《孟》《荀》以暢其支，參之《莊》《老》以肆其端，參之《國語》以博其趣，參之《離騷》以致其幽，參之太史公以著其潔。（《河東先生集》卷三四）

（唐）王茂元

【楚三閭大夫屈先生祠堂銘】按《史記》本傳及《圖經》，先生秭歸人也，姓屈名原，字靈均。一名平，字正則。本實楚之苗系，大父瑕受屈爲卿，遂以命氏。先生義特百夫，文横千古。其忠可以激俗，其清可以厲貪。仕楚爲三閭大夫。屬君懷不惠，與靳尚等夷。尚嫉原才，譖漏憲令，構成釁狀，錮絶恩私。由是忠言如風，不入主聽；險黨若鐵，斥爲窮人。〔……〕原爲放臣，王卒客死，《離騷》始作，徒冀幸君之一悟；汨羅終赴，痛皆醉而獨醒。嗚呼！忠在禍先，功成罔貴，洎成忠死，世責何深！蓋有國有家之所大病，志士仁人之所悼嘆也。嗟乎！先生君辱身死，周旋存殁之際，感慨今古之心，宜乎上與比干、夷齊攜手作華胥羲軒之游，假靈於遺芳而困於佞幸者也，安可爲鼠肝蟲臂魚腴鱉跡而已哉？元和十五年，余刺建平之再歲也，考驗圖籍，則州之東偏十里而近先生舊宅之址存焉。爰立小祠，憑神土偶，用表忠貞之所誕，卓犖之不泯也。銘曰：麟出非時，終困於人；劍有雄鋩，不用無神。矯矯先生，不緇不磷；舉世皆醉，抱忠没身。汨水悠悠，言問其濱；歸山高高，獨揖清塵。誕靈是所，粤秭歸土，義風敬承。（《全唐文》卷六八四）

（唐）沈亞之

【屈原外傳】昔漢武愛《騷》，令淮南作傳，大概屈原已盡於此，故太史公因之以入《史記》。外有二三逸事，見之雜紀方志者尤詳。屈原瘦細美髯，丰神朗秀。長九尺。好奇服，冠切雲之冠。性潔，一日三濯纓。事懷、襄間，蒙讒負譏，遂放而耕。吟《離騷》，倚耒號泣於天。時楚大荒，原墮淚處獨産白米如玉。《江陵志》有玉米田，即其地也。嘗遊沅、湘，民俗好祀，必作樂歌以樂神，辭甚俚。原因棲玉笥山，作《九歌》，託以諷諫。至《山鬼》篇成，四山忽啾啾若啼嘯，聲聞十里外，草木莫不萎死。又見楚先王廟及公卿祠堂圖畫天地山川神靈，琦瑋僪佹，與古聖賢怪物行事，因書其壁，呵而問之，時天慘地愁，白晝如夜者三日。晚益憤懣，披蓁茹草，混同鳥獸，不交世務；採柏實，和桂膏，歌《遠遊》之章，託遊仙以自適。王逼逐之，於五月五日遂赴清泠之水。其神遊於天河，精靈時降湘浦。

楚人思慕，謂爲水仙，每值原死日，必以筒貯米投水祭之。至漢建武中，長沙區回白日忽見一人，自稱三閭大夫，謂曰：「聞君嘗見祭，甚善。但所遺並爲蛟龍所竊。今有惠，可以楝樹葉塞，上以五色絲轉縛之，此物蛟龍所憚。」回依其言，世俗作粽并帶絲葉，皆其遺風。晉咸安中，有吴人顔玨者泊汨羅。夜深月明，聞有人行吟曰：「曾不知夏之爲丘兮，孰兩東門之可蕪！」玨異之，前曰：「汝三閭大夫耶？」忽不知所之。《江陵志》又載原故宅在秭歸，鄉北有女嬃廟，至今擣衣石尚存。時當秋風夜雨之際，砧聲隱隱可聽也。嘻，異哉！原以忠死，直古龍、比者流，何以歿後多不經事？特千古騷魂鬱而未散，故鬻熊雖久不祀，三閭之跡，猶時彷彿佔斷於江潭澤畔，蒹葭白露中耳。（引自〔清〕蔣驥《山帶閣注楚辭》）

（唐）許渾

【太和初靖恭里感事】清湘弔屈原，垂淚擷蘋蘩。訪起乘軒鶴，機沉在檻猿。乾坤三事貴，華夏一夫冤。寧有唐虞世，心知不爲言。（《丁卯集箋注》卷四）

（唐）蔣防

【汨羅廟記】噫！日月明而忠賢生，日月翳而忠賢斃。明翳，其天耶？非耶？其數也？非也？將適然耶？非耶？且自昔抱大忠而生，抱大忠而死者，亦何可勝言！雖天傾地摇，山坼川竭，猶可得而評論焉。〔……〕其餘上自列國，下逮周隋，或以耳目爲日月，或以左右爲日月，一明一翳，非天之所爲也，非地之所爲也。故萇弘辟、伍員梟、范蠡、魯連去，徐衍負石，三閭懷沙，良可痛哉！然三閭者以大忠而揭大義，沉吟楚澤，哀鬱自贊，爰興褒貶，六經同風。至宋玉、景差，皆弟子也，况吾黨哉！唐文宗太和二年春，防奉命宜春，抵湘陰，歇帆西渚，邑宰馬摶謂予曰：「三閭之墳，有碑無文，豈前賢缺歟？」又曰：「俗以三閭投汨水而殞，所葬者，招魂也，常所惑焉。」按《圖經》，汨冬水二尺，夏九尺則爲大水也。古之與今，其汨不甚異也。又楚人惜三閭之才，閔三閭之死，舟馳楫驟，至今爲俗，安有尋常之水而失其遺骸哉？安有不睹其骸而知其懷沙哉？但以楚詞有大、小《招魂》，後人憑而穿鑿，不足徵也。愚則以爲三閭魂歸於泉，尸歸於墳，靈歸於祠爲其實。(《全唐文》卷七一九)

(唐)杜牧

【李賀集序】騷有感怨刺懟，言及君臣理亂，時有以激發人意。(《樊川文集》卷七)

(唐)李商隱

【楚宫】湘波如淚色漻漻，楚厲迷魂逐恨遥。楓樹夜猿愁自斷，女蘿山鬼語相邀。空歸腐敗猶難復，更

困腥臊豈易招。但使故鄉三户在，綵絲誰惜懼長蛟。（《李義山詩集》卷五）

【宋玉】何事荆臺百萬家，惟教宋玉擅才華。《楚辭》已不饒唐勒，《風賦》何曾讓景差。落日渚宫供觀閣，開年雲夢送煙花。可憐庾信尋荒徑，猶得三朝托後車。（《李義山集》卷五）

（唐）羅隱

【三閭大夫意】原出自楚，而又仕懷王朝，雖放逐江湖間，未必有腹江魚意。及發憔悴，述《離騷》，非所以顧望逗留，抑由禮樂去楚，不得不悲吟嘆息。夫禮樂不在朝廷，則在山野。苟有合乎道者，則楚之政未亡，楚之靈未去。原在朝有秉忠履直之過，是上無禮矣；在野有揚波歠醨之難，是下無禮矣。朝無禮樂，則證諸野；野無禮樂，則楚之政不歸，楚之靈不食。原，忠臣也，楚存與存，楚亡與亡，於是乎死非所怨，時也！嗚乎！（《全唐文》卷八九六）

（唐）陸龜蒙

【離騷】《天問》復《招魂》，無因徹帝閽。豈知千麗句，不敵一讒言。（《甫里集》卷七）

（唐）皮日休

【悼賈并序】余嘗讀賈誼《新書》，見其經濟之學。大矣哉！真命世王佐之才也。〔……〕天不祐漢，絳、灌興謗，竟枉其道，出傅湘沅。生自以不得志，哀屈平之放逐，及渡沅湘，沈文以弔之，故其辭曰：「瞝九州而相君兮，何必懷此故都？」噫！余釋生之意矣。當戰國時，屈平不用於荆，則有齊、趙、秦、魏矣，何不捨荆而相他國乎？余謂平雖遭靳尚、子蘭之讒，不忍捨同姓之邦，爲他國之相，宜矣。然則生之見棄，又甚於平。（《皮子文藪》卷二）

【九諷系述序】在昔屈平既放，作《離騷經》，正詭俗而爲《九歌》，辨窮愁而爲《九章》。是後詞人，摭而爲之，皆所以嗜其麗辭，擅其逸藻者也。至若宋玉之《九辨》，王褒之《九懷》，劉向之《九嘆》，王逸之《九思》，其爲清怨素艷，幽抉古秀，皆得芝蘭之芬芳，鸞鳳之毛羽也。然自屈原以降，繼而作者，皆相去數百祀，足知其文難述，其詞罕繼者矣。大凡有文人不擇難易，皆出於毫端者，乃大作者也。揚雄之文，丘、軻乎？而有《廣騷》也。梁竦之詞，班、馬乎？而有《悼騷》也。又不知王逸奚罪其文，不以二家之述爲《離騷》之兩派也？昔者聖賢不偶命，必著書以見志，況斯文之怨抑歟。（《皮子文藪》卷二）

（唐）劉威

【三閭大夫】三閭一去湘山老，煙水悠悠痛古今。青史已書殷鑒在，詞人勞詠楚江深。竹移低影潛貞節，月入中流洗恨心。再引《離騷》見微旨，肯教漁父會昇沈。（《全唐詩》卷五六二）

（唐）汪遵

【三閭廟】爲嫌朝野盡陶陶，不覺官高怨亦高。憔悴莫酬漁父笑，浪交千載詠《離騷》。（《全唐詩》卷六〇二）

【屈祠】不肯迂回入醉鄉，乍吞忠梗没滄浪。至今祠畔猿啼月，了了猶疑恨楚王。（《全唐詩》卷六〇二）

（唐）孫郃

【古意】屈子生楚國，七雄枉其才。介潔世不容，跡合藏蒿萊。道廢固命也，瓢飲亦賢哉。何事葬江南，空使後人哀。（《孫拾遺文纂》）

（唐）崔塗

【屈原廟】讒勝禍難防，沈冤信可傷。本圖安楚國，不是怨懷王。廟古碑無字，洲晴蕙有香。獨醒人尚少，誰與奠椒漿。（《崔塗詩集》）

（唐）胡曾

【汨羅】襄王不用直臣籌，放逐南來澤國秋。自向波間葬魚腹，楚人徒倚濟川舟。（《全唐詩》卷六四七）

（唐）蕭振

【重修三閭廟記】噫，楚懷失道，遠君子而近小人，靳尚讒言，興浮雲而蔽白日。子也含冤靡訴，抱直無歸；叩閽而天且何言，去國而人皆不弔。徘徊澤畔，顑頷江濱，吟貝錦以空悲，佩崇蘭而自喻。雲裝羽駕，東皇君忽爾來游；斂袵端蓍，鄭詹尹於焉靡説。懷忠履潔，憂國愛君。驚禽而徒欲遶枝，棄婦而豈忘迴首。《離騷》咏盡，不迴時主之心；靈璅長辭，竟葬江魚之腹。救溺之蘭橈競逐，招魂之角黍爭投。寖爲午日之風，播作三閭之事。〔……〕前依積水，迴壓高邱。占形勝于一隅，奠馨香於萬古。其或征人輟棹，歸客憑軒，當洞庭木落之初，是枉渚波生之後，千聲鼓枻，猶傳濯足之歌；一紙沉書，曾弔懷沙之恨。風急始知於草勁，火炎方辨於玉貞。（《全唐文》卷八六九）

（唐）哀帝李柷

【封屈原敕】楚三閭大夫屈原，正直事君，文章飾己。當椒蘭之是佞，俾蕙茝之不香。顯比干之赤心，躡彭咸於緑水。雖楚煙荆雨，隨强魄於故鄉，而福善禍淫，播明靈於巨屏。名早流於竹素，功有益於州閭。爰表厥封，用旌良美，宜封爲昭靈侯。（《全唐文》卷九三）

（宋）宋庠

【屈原】蜜勺瓊漿薦羽巵，脩門工祝儼相依。蛾眉雜遝無窮樂，澤上迷魂底不歸。（《元憲集》卷一五）

（宋）宋祁

【考古】予謂老子《道德篇》爲玄言之祖，屈宋《離騷》爲辭賦之祖，司馬遷《史記》爲紀傳之祖，後人爲之，如至方不能加矩，至圓不能過規矣。（《宋景文公筆記》卷中）

（宋）劉敞

【屈原嘏辭】劉敞曰：梅聖俞在江南，作文祝于屈原，譏原好嘏辭，使民習尚之，因以鬬傷溺死。一歲不爲，輒降疾殃，失愛民之道。其意誠善也，然競渡非屈原意，民言不競渡則歲輒惡者，訛也。故爲原作嘏辭以報祝，明聖俞禁競渡得神意。維時仲夏，吉日維午。神歆既祠，錫辭以嘏。曰：朕之初生，皇揆予度。嘉朕以名，終身是守。抑豈不淑，不幸逢遇。離愍被憂，天不可訴。宗國爲墟，寧敢自賊？朕惟忍生，豈不永年？悁悁荆人，是拯是憐。赴水蹈波，歲不廢旃。既招朕魂，巫祝昔先。豈朕是私，將德是傳。淪胥及溺，初亦不悛。其後風靡，民益輕死。匪朕之心，是豈爲義？婦弔其夫,毋傷其子。人訊其端,指予以詈。予亦念之,其本有自。昔朕婞直,不爲衆下。世予尚之,謂予好怒。昔朕不容,自投於江。世予尚之,謂予棄躬。既習而闘,既遠益謬,被朕僞名,汙朕以咎。朕生不時,亂世是遘。民之秉彝,嘉是直道。從仁於井,朕亦不取。汝禁其俗,幸懷朕忠。好競以誣,一何不聰?我實鬼神,民焉是主。其祀其禱,予之所厚。予懼天明,焉事戲豫?予憫横流,焉事競渡?予懷堯舜,焉事狎侮?汝惟賢人,曾不予怒。徇俗雷同,譏予以好。履常徇直,切諫盡節。人神所扶,未必皆福。去邪即正,何以有罰?曾非予懷,可禁其僞。毋使佞臣,指予爲戒。錫爾多福,畀爾龐眉。使爾忠言,於君畢宜。(《全宋文》卷一二九八)

(宋)歐陽修

【六一詩話】屈原《離騷》讀之使人頭悶,然摘一二句反復味之,與《風》無異。宋玉比屈原,時有出藍之色。(《六一詩話》)

(宋)李覯

【屈原】秋來張翰偶思鱸,滿筯鮮紅食有餘。何事靈均不知退,却將閑肉付江魚。(《直講李先生文集》卷三六)

（宋）司馬光

【屈平】白玉徒爲潔，幽蘭未謂芳。窮羞事令尹，踈不忘懷王。寬骨銷寒渚，忠魂失舊鄉。空餘楚辭在，猶與日爭光。（《温國文正公文集》卷六）

（宋）蘇軾

【與謝民師推官書】揚雄好爲艱深之詞，以文淺易之説，若正言之，則人人知之矣。此正所謂雕蟲篆刻者，其《太玄》《法言》皆是類也。而獨悔於賦，何哉？終身雕蟲，而獨變其音節，便謂之經，可乎？屈原作《離騷經》，蓋風雅之再變者，雖與日月爭光可也。可以其似賦而謂之雕蟲乎？使賈誼見孔子，升堂有餘矣，而乃以賦鄙之，至與司馬相如同科！雄之陋，如此比者甚衆。（《蘇文忠公全集·東坡續集》卷一一）

【屈原廟賦】浮扁舟以適楚兮，過屈原之遺宫。覽江上之重山兮，曰惟子之故鄉。伊昔放逐兮，渡江濤而南遷。去家千里兮，生無所歸而死無以爲墳。悲夫！人固有一死兮，處死之爲難。徘徊江上欲去而未決兮，俯千仞之驚湍。賦《懷沙》以自傷兮，嗟子獨何以爲心。忽終章之慘烈兮，逝將去此而沉吟。吾豈不能高舉而遠遊兮，又豈不能退默而深居？獨嗷嗷其怨慕兮，恐君臣之愈疏。生既不能力爭而强諫兮，死猶冀其感發而改行。苟宗國之顛覆兮，吾亦獨何愛於久生。託江神以告冤兮，馮夷教之以上訴。歷九關而見帝兮，帝亦悲傷而不能救。懷瑾佩蘭而無所歸兮，獨惸惸乎中浦。峽山高兮崔嵬，故居廢兮行人哀。子孫散兮安在，況復見兮高臺。自子之逝今千載兮，世愈狹而難存。賢者畏譏而改度兮，隨俗變化斲方以爲圓。黽勉於亂世而不能去兮，又或爲之臣佐。變丹青於玉瑩兮，彼乃謂子爲非智。惟高節之不可以企及兮，宜夫人之不吾與。違國去俗死而不顧兮，豈不足以免於後世。嗚乎！君子之道，豈必全兮。全身遠害，亦或然兮。嗟子區區，獨爲其難兮。雖不適中，要以爲賢兮。夫我何悲，子所安兮。（《蘇文忠公全集》卷一）

（宋）陳師道

【後山詩話】子厚謂屈氏《楚辭》，如《離騷》乃效《頌》，其次效《雅》，最後效《風》。（《後山詩話》）

（宋）晁補之

【續楚辭序】《詩》亡而《春秋》作，其事則齊桓、晉文，其書王也，以其無王也，存王制以懼夫亂臣賊子之無誅者也。以迄周亡，至戰國時，無《詩》無《春秋》矣，而孟子之教又未興，足跡接乎諸侯之境者，諫不行，言不聽，則怒，悻悻然去君，又極之於其所往。君臣之道微，寇敵方興，而原一人焉，以不獲乎上而不怨，猶睠顧楚國，繫心懷王，不忘而望其改也。夫豈曰「是何足與言仁義也」云耳，則原之敬王，何異孟子？其終不我還也，於是乎自沉，與夫去君事君、朝楚而暮秦、行若犬彘者比，謂原雖與日月爭光可也，豈過乎哉？然則不獨《詩》，至原於《春秋》之微，亂臣賊子之無誅者，原力猶能愧之，而揚雄以謂何必沉江。原惟可以無死，行過乎恭，使原不得則龍蛇，雖歸潔其身，而《離騷》亦不大耀，則世是所以賢原者，亦由其忠死，故其言至於今不廢也，而後世奈何獨竊取其辭以自名，不自知其志不類而無愧？而《續楚辭》《變離騷》亦奈何徒以其辭之似而取之？曰：《詩》非皆聖賢作也，捨周公、尹吉甫、仲山甫諸大夫君子，則羈臣、寡婦、寺人、賤者，桑濮淫奔之辭，顧亦與猗那清廟金石之奏，俱采而并傳，何足疑哉！且世所以疑於此者，不以夫後之愧原者衆哉！而荀卿、賈誼、劉向、揚雄、韓愈，又非愧原者也。以迄於本朝，名世君子尚多有之。姑以其辭類出於此，故參取焉。然則亦有其行不足於原而取之者，猶三百篇之雜而不可廢。漢息夫躬爲姦利以憂死，著《絶命辭》，辭甚高。使躬之不肖不傳，而獨其《絶命辭》傳，則譬猶從母言之爲賢母，言固無罪也。柳宗元、劉禹錫皆善屬文，而朋邪得廢，韓愈薄之。王文公曰：「吾觀八司馬，皆天下之奇才也。一爲叔文所誘，遂陷于不義，至今欲爲君子者羞道而喜攻之。然八人者既困矣，往往能自彊，名卒不廢。而所謂欲爲君子者，其終能毋與世俯仰以自别於小人者少，復何議於彼哉？」王公世大儒，其學自韓愈已下不論，雖要不成人之惡，至奇宗元輩而恕，知其愛人憂國，志念深矣。而士之一切干禄，陽自好而陰從利，儌一時之願，無禍而老者，皆是也。於王之言，可遂不戒，而視八司馬不反作乎?禹錫不暇議,宗元之才,蓋韓愈比。愈薄而惜之,稱其論議出入經史百子,踔厲風發,而謂其少年勇於爲人,不自貴重,使在臺省時已能持身如其斥時,亦自不斥。愈於宗元惓惓如此,豈亦知夫才難,與王之意無異也。抑息夫躬類江充禍國,宗元、禹錫誠邪,不至於爲躬。躬之辭録,則凡不至於爲躬而辭録者,皆録躬之意也。漢蕩秦,唐掃隋,然頗因其法制、文物,爲國猶爾,以治易亂,不可以皆廢也,況言語趣操異世之習哉?以狐父之人爲盜,因以食爲盜而嘔之,昔人以謂此失名實者也。是乃《續楚辭》《變離騷》所以無疑於取此雜者也。(《濟北晁先生鷄肋集》卷三六)

【離騷新序】劉向《離騷》《楚辭》十六卷,王逸傳之。按八卷皆屈原遭憂所作,故首篇曰《離騷經》,後篇皆曰《離騷》,餘皆曰《楚辭》。天聖中,有陳説之者,第其篇,然或不次序。今還《遠遊》《九章》次《離騷經》,在《九歌》上,以原自叙其意,近《離騷經》也。而《九歌》《天問》乃原既放,攬楚祠廟鬼神之事以攄憤者,故遷於下。《卜居》《漁父》其自叙之餘意也,故又次之。《大招》古奥,疑原作,非景差辭,沉淵不返,不可如何也,故以終焉。爲《楚辭》上八卷。《九辯》《招魂》,皆宋玉作,或曰《九辯》原作,其聲浮矣。《惜誦》弘深,亦類原辭,或以爲賈誼作,蓋近之。東方朔、嚴忌,皆漢武帝廷臣,淮南小山之辭不當先朔、忌。王褒,漢宣帝時人,皆後淮南小山,至劉向最後作,故其次序如此。此皆西漢以前文也,以爲《楚辭》下八卷。凡十六卷,因向之舊録云。然《漢書》至屈原賦二十五篇,今起《離騷經》《遠遊》《天問》《卜居》《漁父》《大招》而六,《九章》《九歌》又十八,則原賦存者二十四篇耳。并《國殤》《禮魂》在《九歌》之外爲十一,則溢而爲二十六篇。不知《國殤》《禮魂》

何以系《九歌》之後，又不可合十一以爲九。若溢而爲二十六，則又不知其一篇當損益者何等也？《惜誓》盡叙原意，末云「鸞鳳之高翔兮，見盛德而後下」，與賈誼《弔屈原文》云「鳳凰翔於千仞兮，覽德輝焉下之」，斷章趣同，將誼仿之也？抑固二十五篇之一，未可知也。然則司馬遷以誼傳附原，亦由其文義相近，後世必能辯之。王逸，東漢人，最愛《楚辭》，然《九思》視向以前所作，相闊矣。又十七卷，非舊録，特相傳久，不敢廢，故遷以附《續楚辭》上十卷之終，而其下十卷，自唐韓愈始焉。《離騷》人不讀久，文闕難知。王逸云：「武帝使淮南王安作《章句》。至章帝時，班固、賈逵復以所見，改易前疑，亦作《章句》，其十五卷闕而不説。今臣作十六卷《章句》。」然則安與固、逵訓釋獨《離騷經》一篇，不知固、逵所改易者何事？今觀《離騷經》訓釋，大較與十五卷義同。或淺陋，非原本意，故頗删而存之，而録司馬遷《史記·屈原傳》冠篇首，以當《離騷序》云。（《濟北晁先生鷄肋集》卷三六）

【離騷新序上】先王之盛時，四詩各得其所。王道衰而變風、變雅作，猶曰達於事變而懷其舊俗。舊俗之亡，惟其事變也。故詩人傷今而思古，情見乎辭，猶《詩》之《風》《雅》而既變矣。孟子曰：「王者之迹熄而《詩》亡。」然則變風、變雅之時，王迹未熄，《詩》雖變而未亡。《詩》亡，而後《離騷》之辭作，非徒區區之楚事不足道，而去王迹逾遠矣。一人之作奚取於此也？蓋《詩》之所嗟歎，極傷於人倫之廢，哀刑政之苛。而人倫之廢、刑政之苛，孰甚於屈原時邪？國無人，原以忠放，不忍去，欲返，幸君之一悟，俗之一改也。一篇之中三致志焉。與夫三宿而後出晝於心，猶以爲速者何異哉！

世衰，天下皆不知止乎禮義，故君視臣如犬馬，則臣視君如國人。而原一人焉，被讒且死而不忍去。其辭止乎禮義可知。則是《詩》雖亡，至原而不亡矣。使後之爲人臣不得於君而熱中者，猶不懈乎愛君如此，是原有力於《詩》亡之後也，此《離騷》所以取於君子也。離騷，遭憂也。「終窶且貧，莫知我艱」，《北門》之志也。「何辜於天？我罪伊何」，《小弁》之情也。以附益六經之教，於《詩》最近。故太史公曰：「《國風》好色而不淫，《小雅》怨誹而不亂，若《離騷》者，可謂兼之矣。」其義然也。又班固叙遷之言曰：「《大雅》言王公大人，德逮黎庶。《小雅》譏小己之得失，其流及上。所言雖殊，其合德一也。司馬相如雖多虛辭濫説，然要其歸引之於節儉，此亦《詩》之風諫何異？揚雄以謂猶騁鄭衛之音，曲終而奏雅，不已戲乎？」固善推本知之，賦與《詩》同出，與遷意類也。然則相如始爲漢賦，與雄皆祖原之步驟，而獨雄以其靡麗悔之，至其不失雅亦不能廢也。自《風》《雅》變而爲《離騷》，至《離騷》變爲而賦，譬「江有沱」、「乾肉爲脯」，謂義不出於此，時異然也。《傳》曰：「賦者，古詩之流也。」故《懷沙》言賦，《橘頌》言頌，《九歌》言歌，《天問》言問，皆詩也，《離騷》備之矣。蓋詩之流，至楚而爲《離騷》，至漢而爲賦，其後賦復變而爲詩，又變而爲雜言、長謡，問對、銘、贊、操、引，苟類出於楚人之辭而小變者，雖百世可知。故參取之，曰《楚辭》十六卷，舊録也；曰《續楚辭》二十卷，曰《變離騷》二十卷，新録也。使夫緣其辭者存其義，乘其流者反其源，謂原有力於《詩》亡之後，豈虛也哉！若漢唐以來所作憂悲楚人之緒，則不録。（《濟北晁先生鷄肋集》卷三六）

【離騷新序下】司馬遷作《史記》，堯舜三代《本紀》《孔子世家》，所引《尚書》《論語》事，頗變其文字訓詁。至《左氏》《國語》，則遷所筆削惟意。遷欲自成一家言，故加隱括而不嫌也。雖然，遷追琢傳記之辭可也，而變《尚書》《論語》文字不可也。補之事先朝，爲著作郎，上即位，備太史氏。古文國書得損益之，況傳記乎？《離騷經》始漢淮南王安爲傳。按《隋志》傳亡。舊有班固叙贊二篇，王逸序一篇，梁劉勰序一篇。而王逸云：「班固、賈逵改易前疑。」則固此序，或當時作者也，然頗詆原狂狷，摘其不合者。逸高原義，每難固説。勰附逸論，然亦復失之。固序曰：「君子之道，窮達有命，固潛龍不見，是而無悶，《關雎》哀周道而不傷。」又曰：「如《大雅》『既明且哲，以保其身』，斯爲貴矣。」固説誠是也。雖然，潛龍勿用，聖人之事也，非所以期於原也。又自淮南、太史，皆以謂兼《風》《雅》之義，而固獨疑焉。夫《國風》不能無好色，然不至於淫；《小雅》不能無怨誹，然不至於亂。太史公謂原之辭兼此二者而已，乃周道大雅，豈原所得庶幾哉？雖遷亦不以是與原也。世衰，君臣道喪，去爲寇敵，而原且死憂君，斯已忠矣！唐柳宗元曰：「《春秋》枉許止，以懲不子之禍；進荀息，以甚苟免之禍。夫荀息阿獻公之邪心以死，其爲忠也汙矣。惟其死不緣利，故君子猶進之。而原乃以正諫不獲而捐軀，方息之汙，則原與日月爭光可也。」非過言也。固又以謂：「原露才揚己，競於危國群小之中。」是乃上官大夫、靳尚之徒，所以誣原「伐其功，謂非我莫能爲」者也，固奈何亦信之！原惟不競，故及此。司馬遷悲之曰：「忠而被謗，能無怨乎？屈平之作《離騷》，蓋自怨生也。」而固方且非怨刺懷、襄、椒、蘭！原誠不忘以義劘上，而固儒者，奈何亦如高叟之爲詩哉？又王逸稱《詩》曰：「匪面命之，言提其耳。」謂原風諫者，不如此之斥。逸論近之。劉勰亦援逸此論，稱固抑揚過實。君子之與人爲善，義當如此也。至言澆羿姚娀，與經傳錯繆，則原之辭甚者。稱開天門、駕飛龍、驅雲、役神，周流乎天而來下，其誕如此，正爾託譎詭以諭志，使世俗不得以其淺議己，如莊周寓言者，可以經責之哉？且固知相如虚辭濫説，如《詩》風諫，而於原誇大，獨可疑乎？固大較喜訾前人，如薄相如、子雲爲賦，而固亦爲賦也。劉勰文字卑陋，不足言，而亦以原迂怪爲病。彼原嫉世，既欲蟬蜕塵埃之外，惟恐不異，乃固與勰所論，必《詩》之正，如無《離騷》可也。嗚乎！不譏於同浴，而譏裸裎哉！又勰云「士女雜坐」、「娱酒不廢」、「荒淫之意也」。是勰以《招魂》爲原作，誤矣！然《大招》亦説「粉白黛黑」、「清馨凍飲」、「窮年永樂」，勰以此爲荒淫，則失原之意逾遠。原固曰：「世皆濁，我獨清。」豈誠樂此濁哉！哀己之魂魄離散而不可復也。故稱楚國之美，矯以其沉酣污泥之樂，若可樂者而招之，然卒不可復也。於是焉不失正以死而已也。嗚呼！勰安知《離騷》哉！抑固《漢書》稱「大儒孫卿亦離讒作賦，與原皆有古詩惻隱之意」，而此序乃專攻原不類，疑此或賈逵語，故王逸言班、賈以爲露才揚己，不專指班，然亦不可辨也。

（《濟北晁先生鷄肋集》卷三六）

【變離騷序上】補之既集《續楚辭》二十卷，又集《變離騷》二十卷。或曰：果異乎？抑屈原之作曰《離騷》，餘皆《楚辭》矣。今《楚辭》又變，而迺始曰《變離騷》，何哉？又揚雄爲《反離騷》，反與變，果異乎？曰：《反離騷》非反也，合也。蓋原死，知原惟雄，雄怪原文過相如，至不容而死，悲其文，未嘗不流涕也，以謂君子得時則大行，不得則龍蛇，遇不遇，命也，何必湛身哉！乃作書，往往摭其文而反之。雖然，非反其純潔不改此度也，反其不足以死而死也。則是《離騷》之義，待《反離騷》而益明。何者？原惟不爲箕子而從比干，故君子悼諸，不然，與日月爭光矣。雄又旁《離騷》作《廣騷》，旁《惜誦》而下作《畔牢愁》。雄誠與原異，既反之，何爲復旁之？又《變離騷》以其類而異，故不可以言反，而謂之變。若荀卿非蹈原者，以其後原，皆楚臣，遭讒，爲賦以風，故取其七篇列之卷首，類《離騷》而少變也。又嘗試自原而上，捨《三百篇》，求諸《書》《禮》《春秋》，他經如《五子之歌》、「貍首之斑然」、「蠶則績而蟹有筐」、「佩玉蕊兮，吾無所系之」、「祈招之愔愔」、「鳳兮鳳兮」，他如此者甚多，咸古詩風刺所起，戰國時皆散矣。至原而復興，則列國之風雅，始盡合而爲《離騷》。是以由漢而下，賦皆祖屈原。然宋玉親原弟子，《高唐》既靡，不足於風。《大言》《小言》，義無所宿，至《登徒子》靡甚矣。特以其楚人作，故繫荀卿七篇之後。《瓠子之歌》，有憂民意，故在相如、揚雄上，而《子虛》《上林》《甘泉》《羽獵》之作，賦之閎衍於是乎極，然皆不若其《大人》《反離騷》之高妙，猶終歸之於正，義過《高唐》，但論其世，故繫《高唐》後。至於京都、山海、宮殿、鳥獸、笙簫、衆器，指事名物之作，不專於古詩惻隱規誨，故不録。《李夫人賦》《長門賦》皆非義理之正，然辭渾麗不可棄。曹植賦最多，要無一篇逮漢者，賦卑弱自植始。録其《洛神賦》《九愁》《九詠》等，並録王粲《登樓賦》，以見魏之文如此。陸機、陸雲有盛名，顧不足于植、粲，摘其義差近者存之。《思遊》有意乎《幽通》而下，恨其流益遠矣。然晉人喜清談，而摯虞此作，庶幾有爲而言，致足嘉者也。鮑照長於雜興，故其《蕪城》作，獨出宋世。又以劉濞事諷劉瑱，有心哉於此者。江淹用寡而文麗，又梁文益卑弱，然猶蒙虎之皮，尚區區楚人步趨也。唐李白詩文，最號不襲前人，而《鳴皋》一篇，首尾《楚辭》也。末云：「鷄聚群以爭食，鳳孤飛而無鄰。嫫母衣錦，西施負薪。」辭不彫而指類。唐人知《楚辭》者少，誤以爲詩云。王維生韓柳前，纔數十言，雖淺鮮未足與言義，然低昂宛轉，頗有楚人之態矣。元結振奇，自成一家。要曰群言之異味，亦可貴也。顧況文不多，約而可觀。《問大鈞》理勝，《招北客》詞勝，《阿房宮》云：「亦使後人而復哀後人。」皆唐賦之不可廢者也。皮日休《九諷》專效《離騷》，其《反招魂》靳靳如影守形，然非也，竟離去，畫者謹毛而失貌。嗚乎！《離騷》自此散矣，故不録。以迄本朝，名世之作，多已載《續楚辭》中。今所録賦及文、操，或宏傑自出新意，乍合乍離，亦足以知古文之屢變，至末而復起云。或大意述此，或一言似之，要不必同，同出於變，故皆以附《變離騷》。若謂之變《楚辭》乎，則《楚辭》已非《離騷》，《楚辭》又變，則無《離騷》矣，後無以復知此始於屈平矣。惡夫愈遠而迷其源，若服盡然，爲之系其姓於祖，故正名以存之。（《濟北晁先生鷄肋集》卷三六）

【變離騷序下】《詩》亡，《春秋》又微，而百家鑫起。七國時，楊、墨、申、韓、淳于髡、騶衍、騶奭之徒，各以其説亂天下。於時，大儒孟、荀實羽翼六經於其將殘，而二儒相去百有餘年，中間獨屈原履正著書，不流邪説。蓋嘗謂原有力於《詩》亡《春秋》之微，故因集《續楚辭》《變離騷》，而獨推原與孟子先後，以貴重原於禮義欲絶之時。又《變離騷》起荀子《佹詩》《成相》篇，故并以其時考之，知原雖不純乎孟、荀，於其中間，非異端也。孟子與梁惠王、齊宣王、魯平公同時，而司馬遷《史記》表，「問何以利吾國」，蓋梁惠王之三十五年也。是歲齊宣王之七年，楚威王之四年，後七年而楚懷王始立，立三十年而原諫王無入秦，卒入秦死。襄王初年而遷原，原遷九年，無幾何死矣。推而上之，去梁惠王問利國，與齊宣王七年時，蓋四十七年矣。而魯平公元年，則楚懷王之十五年也。若孟子見平公在其初年，則至原遷之九年，蓋二十四年矣，其平公末年乎？則與原諫懷王之時蓋竝矣。雖《史記》不言孟子見宣王之年，以其時考之，遠者蓋四十七年，近者二十四年，又其近者同時也。孟子見梁惠王乃在楚威王時，惠王曰「叟，不遠千里而來」，於時稱叟，孟子已老矣，而原不及事威王，故孟子與原接，而原後於孟子。又《史記》荀卿年五十始來游學於齊，齊襄王時，荀卿最爲老師，而劉向叙《荀子》云：「齊宣王時聚學士於稷下，荀卿十五始來游學，至襄王時，最爲老師。」按：宣王立十九年卒，至襄王元年，四十一年矣，而稷下之學乃在孟子、淳于髡時。使荀卿游學時已年五十，顧與孟子竝，安得至襄王而尚存哉？故劉向云，十五始來游學，而老爲襄王師，是也。楚頃襄王遷屈原，原遷九年，無幾何亦死矣。又五年，齊襄王始立。計原之死，卿尚幼也。至楚考烈王立二十五年，而李園殺春申君，荀卿始廢。自此推而上之，至原之死，蓋五十餘年矣。故原與荀卿接而荀卿後于原。又《孟子》載《孺子歌》曰：「滄浪之水清兮，可以濯我纓；滄浪之水濁兮，可以濯我足。」孔子曰：「清斯濯纓，濁斯濯足，自取之也。」而原辭曰：「漁父莞爾而笑，鼓枻而去。乃歌曰：『滄浪之水清兮，可以濯吾纓；滄浪之水濁兮，可以濯吾足。』遂去，不復與言。」則原此歌蓋沿《孟子》

事也。《漁父》篇曰：「新沐者必彈冠，新浴者必振衣。安能以身之察察，受物之汶汶者乎？」而《荀子·不苟》篇曰：「故新浴者振其衣，新沐者彈其冠，其誰能以己之僬僬，受人之掝掝者哉？」則卿此書蓋因原辭也。凡言語文章之相祖述，多其當時口所傳誦，從古而然。此皆古詩《楚辭》之流也。其習而傳者，雖至於今可知也。（《濟北晁先生鷄肋集》卷三六）

（宋）張耒

【和端午】競渡深悲千載冤，忠魂一去詎能還？國亡身殞今何有，只有《離騷》在世間。（《張右史文集》卷三二）

【屈原】楚國茫茫盡醉人，獨醒惟有一靈均。餔糟更遣從流俗，漁父由來亦不仁。（《張右史文集》卷三二）

（宋）黄伯思

【校定楚辭序】《漢書·朱買臣傳》云：「嚴助薦買臣，召見，説《春秋》，言《楚辭》，帝甚説之。」《王褒傳》云：「宣帝修武帝故事，徵能爲《楚辭》者九江被公等。」《楚辭》雖肇于楚，而其目蓋始于漢世。然屈、宋之文，與後世依放者，通有此目而陳説之，以爲惟屈原所著，則謂之《離騷》，後人效而繼之，則曰《楚辭》，非也。自漢以還，文師詞宗，慕其軌躅，摛華競秀，而識其體要者亦寡。蓋屈宋諸騷，皆書楚語，作楚聲，紀楚地，名楚物，故可謂之《楚辭》。若些、只、羌、誶、蹇、紛、侘傺者，楚語也。頓挫悲壯，或韻或否者，楚聲也。沅、湘、江、澧、修門、夏首者，楚地也。蘭、茝、荃、藥、蕙、若、蘋、蘅者，楚物也。他皆率若此，故以楚名之。自漢以還，去古未遠，猶有先賢風概，而近世文士，但賦其體，韻其語，言雜燕粵，事兼夷夏，而亦謂之「楚辭」，失其指矣。（《東觀餘論》卷下）

（宋）洪興祖

【離騷經補注】或問：古人有言，殺其身有益於君則爲之。屈原雖死，何益於懷、襄？曰：忠臣之用心，自盡其愛君之誠耳。死生、毀譽，所不顧也。故比干以諫見戮，屈原以放自沈。比干，紂諸父也。屈原，楚同姓也。爲人臣者，三諫不從則去之。同姓無可去之義，有死而已。《離騷》曰：「阽余身而危死兮，覽余初其猶未悔。」則原之自處審矣。或曰：「甯武子邦無道則愚，而仲山甫明哲以保其身。今原乃用智於無道之邦，虧明哲保身之義，亦何足爲賢乎？」曰：「愚如武子，全身遠害可也。有官守言責，斯用智矣。山甫明哲，固保身之道。」然不曰「夙夜匪解，以事一人」乎！士見危致命，況同姓，兼恩與義，而可以無死乎！且比干之死，微子之去，皆是也。屈原其不可去乎？有比干以任責，微子去之可也。楚無人焉，原去則國從而亡。故雖身被放逐，猶徘徊而不忍去。生不得力爭而强諫，死猶冀其感發而改行，使百世之下，聞其風者，雖流放廢斥，猶知愛其君，眷眷而不忘，臣子之義盡矣。非死爲難，處死爲難。屈原雖死，猶不死也。後之讀其文，知其人，如賈生者亦鮮矣。然爲賦以弔之，不過哀其不遇而已。余觀自古忠臣義士，慨然發憤，不顧其死，特立獨行，自信而不回者，其英烈之氣，豈與身俱亡哉！仍羽人於丹丘，留不死之舊鄉，超無爲以至清，與太初而爲鄰，此《遠遊》之所以作，而難爲淺見寡聞者道也。仲尼曰：「樂天知命，故不憂。」又曰：「樂天知命，有憂之大者。」屈原之憂，憂國也；其樂，樂天也。《離騷》二十五篇，多憂世之語。獨《遠游》曰：「道可受兮〔……〕無爲之先。」此老、莊、孟子所以大過人者，而原獨知之。司馬相如作《大人賦》，宏放高妙，讀者有淩雲之意。然其語多出於此。至其妙處，相如莫能識也。太史公作傳，以爲其文約，其辭微云云。而曰推此志也，雖與日月爭光可也。斯可謂深知己者。揚子雲以爲君子得時則大行，不得時則龍蛇。遇不遇，命也，何必沈身哉！屈子之事，蓋聖賢之變者。使遇孔子，當與三仁同稱雄，未足以與此。(《楚辭補注》卷一)

(宋)胡寅

【向薌林酒邊集後序】詞曲者，古樂府之末造也。古樂府者，詩之旁行也。詩出于《離騷》《楚詞》，而《離騷》者，變風變雅之意，怨而迫、哀而傷者也。其發乎情則同，而止乎禮義則異。名之曰曲，以其

曲盡人情耳。方之曲藝，猶不逮焉。其去《曲禮》，則益遠矣。（《斐然集》卷一九）

（宋）張表臣

【珊瑚鉤詩話】予近作《示客》云：「刺美風化，緩而不迫謂之風；采摭事物，摛華布體謂之賦；推明政治，莊語得失謂之雅；形容盛德，揚厲休功謂之頌；幽憂憤悱，寓之比興謂之騷。」（《珊瑚鉤詩話》卷下）

（宋）葛立方

【韻語陽秋】孔子謂：「甯武子邦有道則智，邦無道則愚。其智可及也，其愚不可及也。」所謂及者，繼也，非企及之及。謂甯武之愚，而後人不可繼耳。居亂世而愚，則天下塗炭將孰拯？屈原事楚懷王，不得志則悲吟澤畔，卒從彭咸之居。究其初心，安知拯世之意不得伸，而至於是乎？賈生謫長沙傅，渡湘水爲賦以弔之，所遭之時，雖與原不同，蓋亦原之志也。（《韻語陽秋》卷七）

余觀漁父告屈原之語曰：「聖人不凝滯於物，而能與世推移。」又云：「衆人皆濁，何不淈其泥而揚其波？衆人皆醉，何不哺其糟而啜其釃？」此與孔子和而不同之言何異？使屈原能聽其説，安時處順，置得喪于度外，安知不在聖賢之域！而仕不得志，狷急褊躁，甘葬江魚之腹，知命者肯如是乎？故班固謂「露才揚己，忿懟沉江」，劉勰謂「依彭咸之遺則者，狷狹之志也」，揚雄謂：「遇不遇，命也，何必沉身哉！」孟郊云：「三黜有愠色，即非賢哲模。」孫郃云：「道廢固命也，何事葬江魚。」皆貶之也。而張文潛獨以謂：「楚國茫茫盡醉人，獨醒惟有一靈均。哺糟更使同流俗，漁父由來亦不仁。」（《韻語陽秋》卷八）

《荆楚記》云：「屈原以五月五日投汨羅死，人傷之，以舟檝拯焉。故武陵競渡，用五月五日，蓋本諸此。」劉夢得云：「今舉檝相和之音，皆曰『何在』，蓋所以招屈原也。」詩曰：「沉江五月平隄流，邑人相將浮彩舟。靈均何年歌已矣，哀謡振檝從此起。」又有《招屈亭詩》，所謂「曲終人散空愁暮，招屈亭前水東注」是也。今江浙間競渡多用春月，疑非屈原之義。及考沈佺期《三月三日獨坐驩州詩》云：「誰念招魂節，翻爲禦魅囚。」王績《三月三日賦》亦云：「新開避忌之席，更作招魂之所。」則以元巳爲招屈之時，其必有所據也。余觀《琴操》云：「介子推五月五日焚林而死，故是日不得發火。」而《異苑》以謂寒食始禁烟。蓋當時五月五日，以周正言之爾，今用夏正，乃三月也。屈原以五月五日死，而佺期、王績以元巳爲招魂之節者，亦豈是邪？（《韻語陽秋》卷一九）

（宋）高元之

【變離騷自序】風雅之後，《離騷》爲百世詞宗，何爲而以變云乎哉？探端於千載之前，而沿流於千載之後，然則非變而求異於《騷》，將以極其志之所歸，引而達於理義之衷，以障隄頹波之不反也。昔周道中衰，小雅盡廢；宣王興滯補弊，明文、武之功業，而大雅復興。褒姒之禍，平王東遷，《黍離》降爲國風，王德夷於邦君，天下無復有雅，然列國之風，達於事變而懷其舊俗。故風雖變，而止乎禮義。逮《株林》《澤陂》之後，變風又亡，陵夷至於戰國，文、武之澤既斬，三代禮樂壞，君臣上下之義瀆亂舛逆，邪説姦言之禍糜爛天下。屈原當斯世，正道直行，竭忠盡智，可謂特操之士，而懷、襄之君，昵比群小，讒佞傾覆之言，慆湮心耳。原信而見疑，忠而被謗，《離騷》之作，獨能崇同姓之恩，篤君臣之義。憤悱出於至誠，不以汙世而二其心也；愁痛發於愛上，不以汙君而諂其賢也。故《離騷》源流於六義，具體而微，興遠而情逾親，意切而辭不迫。既申之以《九章》，又重之以《九歌》《遠遊》《天問》《大招》，而猶不能自已也，其忠厚之心亦至矣。班固乃謂其露才揚己，苟欲求進，甚矣其不知原也！是不察其專爲君而無他，不知寵辱之門之義也。〔……〕《遠遊》極黃老之高致，而揚雄乃謂棄由聃之所珍；《大招》所陳，深規楚俗之敗，而劉勰反以娱酒不廢，謂原志於荒淫，豈《離騷》之果難知哉！王逸於《騷》，好之篤矣，如謂「夕攬洲之宿莽」，則《易》之「潛龍勿用」；登崑崙，涉流沙，則《禹貢》之敷土；「就重華而陳詞」，則皋陶之謀謨，又皆非原之本意。故揚之者或過其實，抑之者多損其真。然自宋玉、賈誼以下，如東方朔、嚴忌、淮南小山、王褒、劉向之徒，皆悲原意，各有纂者，大抵紬繹緒言，相與嗟詠而已，若夫原之微言匿旨，不能有所建明。嗚呼！忠臣義士，殺身成仁，亦云至矣，然猶追琢其辭，申重其意，垂光來葉，待天下後世之心至不薄也，而劉勰猥曰「枚賈追風以入麗，馬揚沿波而得奇」。「顧盼可以驅辭力，咳唾可以窮文致」。徒欲酌奇玩華，艷溢錙毫，至於扶掖名教，激揚忠蹇之大端，顧鮮及之。如此，則原之本意，又將復亡矣！（引自〔明〕葉盛《水東日記》卷二四）

（宋）邵博

【聞見後録】《楚詞》文章，屈原一人耳。宋玉親見之，尚不得其髣髴，況其下者？唯退之《羅池詞》，可方駕以出。東坡謂鮮于子駿之作，追古屈原，友之過矣。晁無咎所集《續離騷》，皆非是。（《聞見後録》卷一四）

（宋）晁公武

【楚辭十七卷書録】楚屈原，名平，爲懷王左徒，博聞强志，嫺於辭令。後同列心害其能而譖之，王怒，疏平，平自傷忠而被謗，乃作《離騷經》以諷，不見省納。及襄王立，又放之江南，復作《九歌》《天問》《九章》《遠遊》《卜居》《漁父》《大招》，自沉汨羅以死。其後，楚宋玉作《九辯》《招魂》，漢賈誼作《惜誓》，淮南王小山作《招隱士》，東方朔作《七諫》，嚴忌作《哀時命》，王褒作《九懷》，劉向作《九歎》，皆擬其文，而哀平之死於忠。至漢武時，淮南王安始作《離騷傳》，劉向典校經書，分爲十六卷。東京班固、賈逵各作《離騷章句》，餘十五卷，闕而不説。至逸自以爲南陽人，與原同土，悼傷之，復作十六卷《章句》，又續爲《九思》，取班固二序附之，爲十七篇。按：《漢書·志》「屈原賦二十五篇」，今起《離騷經》至《大招》凡六，《九章》《九歌》又十八，則原賦存者二十四篇耳，并《國殤》《禮魂》在《九歌》之外爲十一，則溢而爲二十六篇，不知《國殤》《禮魂》何以係《九歌》之末，又不可合十一爲九，然則謂《大招》爲原辭，可疑也。夫以「招魂」爲義，恐非自作，或曰景差，蓋近之。（《郡齋讀書志》卷一七）

（宋）王十朋

【題屈原廟】自古皆有死，先生死忠清。故宅秭歸江，前山熊繹城。眷言懷此都，不比異姓卿。六經變離騷，日月爭光明。（《梅溪集》卷一一）

（宋）陸游

【屈平廟】委命仇讎事可知，章華荆棘國人悲。恨公無壽如金石，不見秦嬰係頸時。（《劍南詩稿》卷十）

（宋）周必大

【題趙遜可文卷】揚雄有言：「事辭稱則經。」此爲屈原發也。自《國風》《雅》《頌》之後，能庶幾於此者，其《離騷》乎？或推爲經，雖曰太過，未爲無據也。晁補之《續楚辭》二十卷，自宋玉及漢、唐，至於本朝，諸賢辭賦問對、歌詩序引之類咸在。雖一代英傑，盡心力而爲之，遂以名世，然其原皆出於《離騷》，特體制殊耳。（《益公題跋》卷六）

（宋）朱熹

【楚辭集注目録序】右《楚辭集注》八卷，今所校定，其第録如上。蓋自屈原賦《離騷》而南國宗之，名章繼作，通號「楚辭」，大抵皆祖原意而《離騷》深遠矣。竊嘗論之：原之爲人，其志行雖或過於中庸而不可以爲法，然皆出於忠君愛國之誠心。原之爲書，其辭旨雖或流於跌宕怪神，怨懟激發而不可以爲訓，然皆生於繾綣惻怛，不能自已之至意。雖其不知學於北方，以求周公、仲尼之道，而獨馳騁於變《風》、變《雅》之末流，以故醇儒莊士或羞稱之，然使世之放臣、屏子、怨妻、去婦，抆淚謳吟於下，而所天者幸而聽之，則於彼此之間，天性民彝之善，豈不足以交有所發，而增夫三綱五典之重？此予之所以每有味於其言，而不敢直以「詞人之賦」視之也。然自原著此詞，至漢未久，而説者已失其趣，如太史公蓋未能免，而劉安、班固、賈逵之書，世不復傳。及隋、唐間，爲訓解者尚五、六家，又有僧道騫者，能爲楚聲之讀，今亦漫不復存，無以考其説之得失。而獨東京王逸《章句》與近世洪興祖《補注》並行於世，其於訓詁名物之間，則已詳矣。顧王書之所取舍，與其題號離合之間，多可議者，而洪皆不能有所是正。至其大義，則又皆未嘗沉潛反復，嗟歎咏歌，以尋其文詞指意之所出，而遽欲取喻立説，旁引曲證，以强附於其事之已然，是以或以迂滯而遠於性情，或以迫切而害於義理，使原之所爲壹鬱而不得伸於當年者，又晦昧而不見白於後世。予於是益有感焉，疾病呻吟之暇，聊據舊編，粗加隱括，定爲《集注》八卷，庶幾讀者得以見古人於千載之上，而死者可作，又足以知千載之下有知我者，而不恨於來者之不聞也。嗚呼悕矣，是豈易與俗人言哉！（《楚辭集注》）

【離騷經序】《離騷經》者，屈原之所作也。屈原名平，與楚同姓，仕於懷王，爲三閭大夫。三閭之職，掌王族三姓，曰昭、屈、景。屈原序其譜屬，率其賢良，以厲國士。入則與王圖議政事，決定嫌疑；出則監察群下，應對諸侯。謀行職修，王甚珍之。同列上官大夫及用事臣靳尚，妬害其能，共譖毁之。王疏屈原。屈原被讒，憂心煩亂，不知所愬，乃作《離騷》，上述唐、虞、三后之制，下序桀、紂、羿、澆之敗，冀君覺悟，反於正道，而還己也。是時，秦使張儀，譎詐懷王，令絶齊交，又誘與俱會武關。原諫懷王勿行。不聽而往，遂爲所脅，與之俱歸，拘留不遣，卒客死於秦。而襄王立，復用讒言，遷屈原於江南。屈原復作《九歌》《天問》《九章》《遠遊》《卜居》《漁父》等篇，冀伸己志，以悟君心，而終不見省。不忍見其宗國將遂危亡，遂赴汨羅之淵，自沉而死。（《楚辭集注》卷一）

【離騷經序按語】《周禮》：「太師掌六詩以教國子，曰風、曰賦、曰比、曰興、曰雅、曰頌」。而《毛詩・大序》謂之六義，蓋古今聲詩條理，無出此者。《風》則閭巷風土男女情思之詞，《雅》則朝會燕享公卿大人之作，《頌》則鬼神宗廟祭祀歌舞之樂。其所以分者，皆以其篇章節奏之異而别之也。賦則直陳其事,比則取物爲比,興則託物興詞。其所以分者,又以其屬辭命意之不同而別之也。誦《詩》者先辨乎此,則三百篇者,若綱在綱,有條而不紊矣。(《楚辭集注》卷一)

【離騷經】不特詩也,楚人之詞,亦以是而求之,則其寓情草木,託意男女,以極遊觀之適者,變風之流也。其叙事陳情,感今懷古,以不忘乎君臣之義者,變雅之類也。至於語冥婚而越禮,攄怨憤而失中,則又風、雅之再變矣。其語祀神歌舞之盛,則幾乎頌,而其變也,又有甚焉。其爲賦,則如《騷經》首章之云也;比,則香草惡物之類也;興,則託物興詞,初不取義,如《九歌》沅芷澧蘭以興思公子而未敢言之屬也。然《詩》之興多而比、賦少,《騷》則興少而比、賦多,要必辨比,而後詞義可尋,讀者不可以不察也。(《楚辭集注》卷一)

【晁録】王逸所傳楚辭篇次,本出劉向。〔……〕自原之後,作者繼起,而宋玉、賈生、相如、揚雄爲之冠。然較其實,則宋、馬辭有餘而理不足,長於頌美而短於規過;雄乃專爲偷生苟免之計,既與原異趣矣,其文又以摹擬掇拾之故,斧鑿呈露,脈理斷續,其視宋、馬猶不逮也。獨賈太傅以卓然命世,英傑之材,俯就騷律,所出三篇,皆非一時諸人所及。(《楚辭辯證》下)

【楚辭後語目録序】右《楚辭後語》目録,以晁氏所集録《續》《變》二書刊補定著,凡五十二篇。晁氏之爲此書,固主於辭而亦不得不兼於義。今因其舊,則考於辭也宜益精,而擇於義也當益嚴矣。此余之所以兢兢而不得不致其謹也。蓋屈子者,窮而呼天,疾痛而呼父母之詞也。故今所欲取而使繼之者,必其出於幽憂窮蹙怨慕淒涼之意,乃爲得其餘韻,而宏衍鉅麗之觀,懽愉快適之語,宜不得而與焉。至論其等，則又必以無心而冥會者爲貴，其或有是，則雖遠且賤，猶將汲而進之；一有意於求似，則雖迫真如揚、柳，亦不得已而取之耳。若其義，則首篇所著荀卿子之言，指意深切，詞調鏗鏘，君人者誠能使人朝夕諷誦，不離於其側，如衛武公之抑戒，則所以入耳而著心者，豈但廣厦細旃，明師勸誦之益而已哉！此固余之所爲眷眷而不能忘者。若《高唐》《神女》《李姬》《洛神》之屬，其詞若不可廢，而皆棄不録，則以義裁之，而斷其爲禮法之罪人也。《高唐》卒章雖有思萬方、憂國害、開聖賢、輔不逮之云，亦屠兒之禮佛，倡家之讀《禮》耳，幾何其不爲獻笑之資，而何諷一之有哉？其息夫躬、柳宗元之不棄，則晁氏已言之矣。至於揚雄，則未有議其罪者，而余獨以爲是其失節，亦蔡琰之儔耳。然琰猶知愧而自訟，若雄則反訕前哲以自文，宜又不得與琰比矣。今皆取之，豈不以夫琰之母子無絶道，而於雄則欲因《反騷》而著蘇氏、洪氏之貶詞，以明天下之大戒也。陶翁之詞，晁氏以爲中和之發，於此不類，特以其爲古賦之流而取之，是也。抑以其自謂晉臣恥事二姓而言，則其意亦不爲不悲矣。序列於此，又何疑焉！至於終篇，特著張夫子、吕與叔之言，蓋又以告夫游藝之及此者，使知學之有本而反求之，則文章有不足爲者矣。其餘微文碎義，又各附見於本篇，此不暇悉著云。（《楚辭後語》）

【楚辭後語】嗚呼！余觀洪氏之論，其所以發屈原之心者至矣！然屈原之心，其爲忠清潔白，固無待於辯論而自顯，若其爲行之不能無過，則亦非區區辯説所能全也。故君子之於人也，取其大節之純全，而略其細行之不能無弊。則雖三人同行，猶必有可師者，況如屈子，乃千載而一人哉！孔子曰：「人之過也，各於其黨。觀過，斯知仁矣。」此觀人之法也。夫屈原之忠，忠而過者也。屈原之過，過於忠者也。故論原者，論其大節，則其它可以一切置之而不問。論其細行，而必其合乎聖賢之矩度，則吾固已言其不能皆合於中庸矣，尚何説哉！且凡洪氏所以爲辨者三：其一，以爲忠臣之行，發其心之所不得已者，而不暇顧世俗之毁譽，則幾矣；其一，引仲山甫、寧武子事，而不論其所遭之時、所處之位有不同者，則疏矣。其一，欲以原比於三仁，則夫父師、少師者，皆以諫而見殺、見囚耳，非故捐生以赴死，如原之所爲也。蓋原之所爲雖過，而其忠終非世間偷生幸死者所可及。洪之所言，雖有未至，而其正終非雄、固之推之徒所可比，余是以取而附之《反騷》之篇。（《楚辭後語》卷二）

【論文上】《楚詞》不甚怨君，今被諸家解得都成怨君，不成模樣。《九歌》是託神以爲君，言人間隔，不可企及，如己不得親近於君之意。以此觀之，他便不是怨君。至《山鬼》篇，不可以君爲山鬼，又倒説山鬼欲親人而不可得之意。今人解文字不看大意，只逐句解，意卻不貫。（《朱子語類》卷第一三九）自古人文章，大率只是平説而意自長。後人文章務意多而酸澀。如《離騷》初無奇字，只恁説將去，自是好。後來如魯直恁地著力做，卻自是不好。（《朱子語類》卷第一三九）

（宋）袁説友

【汨羅】（汨水出豫章境，其陽爲羅縣。巴陵，本春秋羅子國也，羅水出焉，二水既合，故曰汨羅。其下

曰屈潭，楚三閭大夫懷沙自沉之所也。）懷沙元不爲讒囂，要與江山作美謠。千載孤忠動神物，三湖今向汨羅朝。（《東塘集》卷七）

（宋）吴曾

【秋鶴與飛】沈存中《筆談》云：「韓退之《羅池廟碑》云：『春與猿吟兮，秋與鶴飛。』今驗石刻，乃『春與猿吟兮，秋鶴與飛』，古人多用此格，如《楚辭》：『吉日兮辰良。』又『蕙殽蒸兮蘭藉，奠桂酒兮椒漿』，欲相錯成文，則語健耳。如老杜『紅豆啄餘鸚鵡粒，碧梧棲老鳳凰枝』之類。」（《能改齋漫録》卷三）

（宋）李塗

【第七三條】《論語》氣平，《孟子》氣激，《莊子》氣樂，《楚辭》氣悲，《史記》氣勇，《漢書》氣怯。（《文章精義》）

（宋）吴仁傑

【反騷】《揚雄傳》：「摭《離騷》而反之。」顔注：「自圖累以下言，言譏屈原者五。」似以子雲爲真譏三閭。仁傑按：晁無咎有言：「《離騷》得反而始明，摭其文而反之，非反其純潔不改此度也，反其不足以死而死也」。又，《法言》有玉瑩丹青之答，説者亦謂不予之之辭。按《逸論語》：「如玉之瑩。」子雲蓋用其意，則如瑩之如，當訓爲而。爰，易也。丹青非繢事之謂，蓋言丹沙空青。《周官》入玉石丹青于守藏之府是也。子雲以爲三閭不肯喔咿嚅唲，從俗富貴媮安，寧殺身以全其潔，如玉而瑩，其可變易而爲丹青也哉？故玉可碎，瑩不可奪。子雲之予原，亦孔子予管仲之意歟？《反騷》之作，不以辭害意，則無咎之言爲盡之。顔注非是。（《兩漢刊誤補遺》卷八）

（宋）費衮

【痛飲讀離騷】昔人有云：「痛飲讀《離騷》，可稱名士。」世往往道其語，予常笑之。方痛飲時，天地一醉，萬物同歸，乃復攢眉於幽憂悲憤之作，而顧稱名士邪？張季鷹云：「使我有身後名，不如即時一杯酒。」真達者之言也。（《梁谿漫志》卷五）

（宋）高似孫

【騷略序】《離騷》不可學。可學者，章句也；不可學者，志也。楚山川奇，草木奇，原更奇。原人高，志高，文又高，一發乎詞，與《詩》三百五，文同志同。後之人沿規襲武，摹倣制作，言卑氣嫚，志鬱弗舒，無復古人萬一。武帝詔漢文章士修《楚辭》。大山、小山，竟一不企，況《騷》乎！嗚呼，《詩》亡矣，《春秋》不作矣，《騷》亦不可再矣！獨不能忘情於《騷》者，非以原可悲也，猶恨夫《騷》不及一遇夫子耳。使《騷》在刪《詩》時，聖人能遺之乎？嗚呼，余固不能窺原作，猶或知原志者，輒抱微款，妄意抒辭，題曰《騷略》。（《騷略》）

【賈誼新書】養氣之學，孟子一人而已。士之有所激而奮者，極天地古今之變動，山川草木之情狀，人物智愚賢否，是非邪正之銷長。有觸於吾心，有奸於吾氣，慮遠而志善，事切而憂深，其言往往出於危激哀傷之餘，而其氣有不可遏者。舉天地今古，山川草木，人物盛衰之變，皆不足以敵之。嗚呼，此屈原、賈誼之所爲者乎！（《子略》卷四）

（宋）孫奕

【春猿秋鶴】如《離騷·東皇太乙歌》曰：「吉日兮辰良。」而韓愈《羅池廟記》曰：「春與猿吟兮，秋鶴與飛。」其鏗鏘參差之法，當有所祖述矣。即此而推，則知有所祖述，而得作文之體者在此。（《履齋示兒編》卷十《詩説》）

（宋）嚴羽

【詩體】風雅頌既亡，一變而爲離騷，再變而爲西漢五言，三變而爲歌行雜體，四變而爲沈宋律詩。

（《滄浪詩話》卷二）

【詩評】《楚詞》，惟屈、宋諸篇當讀之外，惟賈誼《懷長沙》、淮南王《招隱操》、嚴夫子《哀時命》宜熟讀，此外亦不必也。（《滄浪詩話》卷四）

讀《騷》之久，方識真味。須歌之抑揚，涕洟滿襟，然後爲識《離騷》，否則爲戛釜撞甕耳。（《滄浪詩話》卷四）

（宋）王應麟

【通鑑問答】曰：《春秋》編年之法，至《通鑑》而始復。若屈平、四皓之見削，揚雄、荀彧之見取，其於《春秋》懲勸之法，若有未盡用者，此朱子《綱目》之書所爲作也。太史公曰：「伯夷、叔齊雖賢，得夫子而名益彰。」余亦曰：「屈平雖忠，得朱子而心益著。」昔者《商書》終於微子，其言曰：「自靖，人自獻于先王。」微子之去，自獻以其孝；比干以諫死，箕子以正囚，自獻以其忠，而夫子謂之仁。屈平，楚之同姓，諫而不聽，郢將爲墟，兩東門將蕪，不忍宗國之顛覆，而從彭咸之所居，其後三户亡秦，亦流風遺俗，有以激義概也。朱子謂：「志行雖或過於中庸，而不可以爲法，然皆出於忠君愛國之誠心。」又曰：「所爲雖過，而其忠終非世間偷生幸免之所可及。」噫！斯言可謂知屈子之心者，雖未及比干之仁，然心之所安，亦可以自獻于先王矣。劉歆賣宗國以徼利達，揚雄與之同立莽朝而不耻也。乃議屈子之湛身，正道湮微，薄俗瀾倒，殉利者爲是，死義者爲非，設淫辭以助揚雄者，顧以《通鑑》不書藉口。噫！朱子《綱目》所補，有功於《通鑑》，垂白注《楚辭》，亦有感而作者。《春秋》書孔父、仇牧、荀息三大夫，以教爲臣之忠。人莫難於一死，而屈子蹈之，聖人復起，必從朱子之言矣。（《通鑑答問》卷二）

【考史】王逸云：「屈原爲三閭大夫。三閭之職，掌王族三姓，曰昭、屈、景。」屈原序其譜屬，率其賢良，以厲國士。漢興，徙楚昭、屈、景於長陵，以强幹弱支，則三姓至漢初猶盛也。《莊子》曰：「昭、景也，著戴也；甲氏也，著封也，非一也。」説云：「昭、景、甲三者，皆楚同宗也；甲氏其即屈氏歟？秦欲與楚懷王會武關。昭睢、屈平皆諫王無行。襄王自齊歸，齊求東地五百里，昭常請守之。景鯉請西索救於秦，東地復全。三閭之賢者，忠于宗國，所以長久。」（《困學紀聞》卷一一）

（宋）吴子良

【文字有江湖之思】文字有江湖之思，起于《楚辭》。「嫋嫋兮秋風，洞庭波兮木葉下」，模想無窮之趣，如在目前，後人多倣之者。杜子美云：「蒹葭離披去，天水相與永。」意近似而語亦老。陳止齋《送葉正則赴吴幕》云：「秋水能隔人，白蘋況連空。」意尤遠而語加活。水心《送王成叟姪》云：「林黄橘柚重，渚白蒹葭輕。」意含蓄而語不費。（《林下偶談》卷二）

（金）王若虛

【滹南詩話】樂天詩云：「楚王疑忠臣，江南放屈平。晉朝輕高士，林下棄劉伶。一人常獨醉，一人常獨醒。醒者多苦志，醉者多歡情。歡情信獨善，苦志竟何成。」夫屈子所謂「獨醒」者，特以爲孤潔不同俗之喻耳，非真言飲酒也。詞人往往作實事用，豈不誤哉？（《滹南詩話》卷一）

（金）李純甫

【水龍吟】幾番冷笑，三閭算來，枉向江心墮。和光混俗，隨機達變，有何不可？清濁從他，醉醒由己，分明識破。待用時即進，舍時便退，雖無福，亦無禍。　你試回頭覷我，怕不待崢嶸則箇，功名半紙，風波千丈，圖箇甚麽？雲棧揚鞭，海濤摇棹，爭如閒坐。但鐏中有酒，心頭無事，葫蘆提過。（引自〔元〕盛如梓《庶齋老學叢談》卷中之下）

（元）侯克中

【弔屈原】懷襄爲主子蘭卿，何必逢人話獨醒。長恨忠良多坎坷，頗傷辭語太丁寧。致君自合宗三代，作法誰能過六經。千載英魂招不得，楚江如練楚山青。（《艮齋詩集》卷三）

（元）張昱

【讀離騷經】三閭楚同姓，怨生於所愛。讒人在君側，繩墨日偭背。虞茲宗社隕，繁辭冀收採。反覆三致忠，九死猶未悔。靈修終不察，遂投汨羅水。斯文幸未喪，風雅接三代。豈惟南國士，汲汲仰霑溉。（《張光弼詩集》卷一）

（元）范晞文

《楚辭》：「沅有芷兮澧有蘭，思公子兮未敢言。」又「望美人兮未來，臨風怳兮浩歌」，又「王孫遊兮不歸，春草生兮萋萋」，又「惟草木之零落兮，恐美人之遲暮」，皆愛君惜時之詞。後世擬之者，不過徒法其句耳，非其意也。（《對牀夜語》卷一）

（元）袁桷

【答高舜元十問】問：古賦當祖何賦？其體制理趣何由高古？答：屈原爲騷，漢儒爲賦。賦者，實叙其事，體物多而情思少。登高能賦，皆指物喻意。漢賦如揚、馬、枚、鄒，皆實賦體。至後漢，雜《騷》詞而爲賦，若左太沖、班孟堅《兩都賦》，皆直賦體，如《幽通》諸賦，又近《楚辭》矣。晁無咎言

《變離騷》《續楚辭》，其説甚詳。私謂賦有三變：自後漢之變爲初，柳子厚之賦爲第二，蘇、黄爲第三。今欲稍近古，觀屈原《橘賦》、賈生《鵩賦》爲正體，又如《馴象》《鸚鵡》諸賦猶不失古，曹植諸小賦尤雅潤，但差萎弱耳。（《清容居士集》卷四二）

（元）祝堯

【離騷】晦翁云：「詩之興多而比賦少；騷則興少而比賦多。」要必辨此而後詞義可尋，然其遊春宫、求宓妃之屬，又兼風之義；述堯舜、言桀紂之類，又兼雅之義。故淮南王安曰：「《國風》好色而不淫，《小雅》怨誹而不亂。若《離騷》者，可謂兼之矣。」讀者誠能體原之心而知其情，味原之行而知其理，則自有感動、興起、省悟處。孟軻氏論説《詩》曰：「不以文害辭，不以辭害意，以意逆志，是爲得之。」凡賦人之賦與賦己之賦，皆當於此體會，則其情油然而生，粲然而見，決不爲文辭之所害矣。（《古賦辯體》卷一）

【楚辭體上】騷者，詩之變也。《詩》無楚風，楚乃有《騷》，何邪？愚按屈原爲《騷》時，江漢皆楚地，蓋自文王之化，行乎南國，《漢廣》《江有汜》，諸詩已列於二南、十五國風之先，其民被先王之澤也深。風雅既變，而楚狂鳳兮之歌，滄浪孺子清兮濁兮之歌，莫不發乎情，止乎禮義，而猶有詩人之六義，故動吾夫子之聽。但其歌稍變於《詩》之本體，又以「兮」爲讀，楚聲萌蘖久矣。原最後出，本

《詩》之義以爲《騷》。凡其寓情草木，託意男女，以極遊觀之適者，變風之流也。其叙事陳情，感今懷古，不忘君臣之義者，變雅之類也。其語祀神歌舞之盛，則幾乎頌矣。至其爲賦，則如《騷經》首章之云。比則如香草惡物之類，興則託物興辭。初不取義，如《九歌》沅芷澧蘭以興，思公子而未敢言之屬，但世號「楚辭」。初不正名曰賦，然賦之義實居多焉。自漢以來，賦家體製，大抵皆祖原意，故能賦者要當復熟於此，以求古詩所賦之本義，則情形於辭，而其意思高遠；辭合於理，而其旨趣深長。成周先王二南之遺風，可以復見於今矣。（《古賦辯體》卷一）

右屈宋之辭，家傳人誦，尚矣。删後遺音，莫此爲古者，以兼六義焉。爾賦者誠能雋永於斯，則知其辭所以有無窮之意味者，誠以舒憂泄思，粲然出於情，故其忠君愛國，隱然出於理。自情而辭，自辭而理，真得詩人「發乎情，止乎禮義」之妙，豈徒以辭而已哉！如但知屈宋之辭爲古，而莫知其所以古，及其極力摹效，則又徒爲艱深之言，以文其淺近之説，摘奇難之字，以工其鄙陋之辭，汲汲焉以辭爲古，而意味殊索然矣，夫何古之有？能賦者必有以辨之。（《古賦辯體》卷二）

【兩漢體上】揚子雲云：「詩人之賦麗以則，詞人之賦麗以淫。」愚謂騷人之賦與詞人之賦雖異然，猶有古詩之義。辭雖麗而義可則，故晦翁不敢直以詞人之賦視之也。至於宋唐以下，則是詞人之賦，多没其古詩之義，辭極麗而過淫傷，已非如騷人之賦矣。（《古賦辯體》卷三）

【唐體】惟韓、柳諸古賦，一以騷爲宗，而超出俳律之外。韓子之學，自言其正葩之《詩》，而下逮於《騷》；柳之學，自言其本之《詩》以求其恒，參之《騷》以致其幽。要皆是學古者。唐賦之古，莫古

於此。（《古賦辯體》卷七）

（元）陳繹曾

【楚賦譜】

一、楚賦法

楚賦之法，以情爲本，以理輔之。先清神沉思，將題目中合説事物一一瞭然在心目中，却都放下。只於其中取出喜怒哀樂愛惡欲之真情，又從而發至情之極處，把出第一第二重易得之浮辭，一切革去。待其清虛玄遠者至，便以此情就此事此物而寫之。寫情欲極真，寫物欲極活，寫事欲極超詣。以身體之則情真，以意使之則物活，以理釋之則事超詣。清神法見《古文譜》，曰：沉思即沉抑，兩重浮辭而不用之是也。

二、楚賦體

屈原《離騷》爲楚賦祖，只熟覩屈原諸作，自然精古。宋玉以下，體制已不復，渾全不宜，遽雜亂耳。今具屈原賦十一篇目於左，變化之妙備於此矣。

離騷經　遠遊　惜誦　涉江　哀郢

抽思　懷沙　橘頌　思美人　惜往日

悲回風

三、楚賦製

起端

原本　推原本始，或原理、或原事、或原物、或原景、或原情、或原古

敘事　直敘事實

抒情　抒寫至情

設事　假設而言

冒頭　立説起端

破題　説破本題

鋪敘

抒情

况物　借指他物，實言人事，辭欲不通，而意初不悖。大概以草木况人品，以鳥獸况人物，以天宫况朝廷，以風雲况號令，以弓劍况才用，以車馬况行藏，以寶玉况德性。

設事

序事

論事　論説事情

論理　直論至理
比物　以物比事，辭通而意露，與況物絶不同。
用事　引用古事
少歌　間以短歌
倡　　激以高辭
結尾
述意　陳述己意
論事
設事
抒情
論理
超絶　超玄入妙
亂辭　結以切至之辭
右楚賦段法之變，盡於此矣。體認而善用之不言之妙用，當自得。凡楚賦正變之製，每以四句爲小段。

四、楚賦式

句法

六言長句兮字式

正上一字單　體狀字　呼喚字　作用字　虛字　實字

次二字雙

中一字單　之乎而以於于其與余吾我爾汝曰夫又孰惟焉乃

下二字雙

變上二字雙

次一字單

變中二字雙

下一字單

變中不用單字

變七言

變八言

變九言

變五言

變四言
變三言
凡楚賦以六言長句爲正式，其間變化無方，始舉其要如右，詳見《楚賦緯》。
四言兮字式
正上一句四言，下一句三言兮字，韻在兮字下
變上一句四字，下一句四言，韻在句下
凡四言中亦間用五言六言，但以四言爲主耳。
六字短句式
正上一單字
次二字雙　中兮字　下二字雙
變上二字雙
變五言
變七言
此本題歌句法，後人有用爲賦者，非屈原之式也。
四言只字
正上一句四言，下一句三言只字，變五言

此景差《大招》句法可用，宋玉《招魂》用些字，惟哀辭、祭文得用耳，不入賦式也。

雜言式

此始於宋玉《九辨》，極於淮南《招隱》，非屈原之正式也。

五、楚賦格

上

清玄（騷經）　神清思精，意真語趣。

中

清婉　寓意深遠，遺辭粹雅。

超逸（遠遊）　超出常度，别發奇文。

壯麗　奮厲辭氣，不拘調度。

清麗　專煉辭情，略具首尾。

典雅　立意高平，造語醇古。

奇麗　運意險絶，造語精神。

頓挫　立意跳盪，措辭起伏。

縋後　前但泛言，後方著題。

布置　拆繁衍略，間架整齊。

順布　　自首至尾，順文鋪叙。

此楚賦正格，其格變化無方，其詳已具《古文譜》中。今取屈原十一篇格，具列於右。凡楚格短篇以格爲主，中篇以式爲主，大篇以製爲主而法一也。（《文筌》）

（元）鄧玉寶

【滿庭芳】三閭枉了，衆人都醉倒，你也餔啜些醨糟。朝中待，獨自要個醒醒號，怎當他衆口嗷嗷。一個陽臺上襄王睡着，一個巫山下宋玉神交，休道你向漁夫行告，遮莫論天寫來，誰肯問《離騷》。（引自〔元〕佚名《梨園按試樂府新聲》卷中）

（明）錢宰

【長嘯軒記】夫人心之感於中而發於外，必著見於顔色，充滿於神氣，籔揚於聲音，間不可得而遏也。然而顔色之著，神氣之充，或不足以盡攄其所藴蓄，惟聲之發於口也，抑揚宣暢慨歎而不能自已，故其心之所感，莫不消融蕩滌，神安氣平，顔色之和咸復其常焉。昔者舜歌《南風》，漢高歌《大風》，武帝歌《秋風》，與夫屈之《騷》，宋之賦，賈生、司馬相如、揚子雲輩之所述作，莫非有動於中而後發。（《臨安集》卷四）

（明）宋濂

【樗散雜言序】夫《詩》一變而爲《楚騷》，雖其爲體有不同，至於緣情託物，以憂戀懇惻之意而寓尊君親上之情，猶夫《詩》也。（《文憲集》卷九）

（明）朱右

【諤軒詩集序】《三百篇》自删訂以後，體裁屢變，而道揚規諷，猶有三代遺意，俚諺誕謾之辭不與焉。是故屈、宋之貞，其言也懇；李、蘇之别，其言也恨；揚、馬多才，其言也雄；曹、劉多思，其言也麗，六朝志靡則言蕩，而去古遠矣。（《白雲稿》卷五）

（明）王禕

【江漢操】戰國時楚臣有忠其君而被竄逐者，作《江漢操》。江漢滔滔，注於東只。豈惟江漢，百川朝宗只。臣之事君，所盡者忠只。臣忠之藎見，謂爲狂只。我君聖明，如日正中只。豈弗臣察，其或未遑只。抑臣實有罪，盍友諸躬只。自今以往，矢益竭衷只。臣雖身遠，臣心上通只。臣心之通君，終臣容只。謂臣不信，江漢其同只。（《王忠文集》卷一四）

（明）謝肅

【雲林方先生和陶詩集序】古之君子苟秉忠義之心，雖或不白於當時，而必顯暴於天下後世者，是固公議之定，亦其著述有所於考也。若楚三閭大夫屈子、漢丞相諸葛亮、晉處士陶潛者，非其人乎？〔……〕《離騷》足以見其愛君憂國，雖九死而不悔也。（《密菴稿》文稿辛卷）

（明）方孝孺

【畸亭記】自古昔以來，惟聖人不常囿於勢，自聖人以下多不免爲勢所屈。《詩》之亡，屈子之詞爲最雄，故原不爲當時所知爲最甚。莊周、荀况皆以文學高天下，故二子皆不遇。（《遜志齋集》卷一五）

【艾庵記】春官員外郎閩潘侯某，清慎有文，以艾庵自號。或見而疑之曰：「楚三閭大夫賦《離騷》，以《春秋》褒貶之法施諸草木禽鳥，而寓意乎君子小人，於蘭芷荃桂蓋亟與之，而於艾獨未嘗少貸焉。歎芳草之變爲艾，傷賢者之隨俗以化也。户服艾之盈要，以斯人之莫好修也。今侯之賢，不取其所與者以自儗，而以所賤者自名，何其異歟！」或從而解之曰：「非是之謂也。侯殆取夫創艾自新之意乎！夫人品之不齊，惟聖人無所艾，下愚不能自艾，有所警乎中而輒自悔艾者，君子之事也。絶舊愆之萌芽，培天德而日滋，俾旦之所存超乎昨，而暮之所得過乎晝，則於道也，其進可量乎！艾之名庵，其不在是乎？」予至京師，侯以二人者之言告，且曰：「子以爲何居？」予曰：「二說皆是也。前之言，疑侯之廉於取名；後之言，知侯之篤於進學。雖然，謂創艾自新，美矣；謂三閭褒貶爲當，其實則未可也。三閭，狷者也。其取物也，恒偏於名而不切於用，故艾在所貶。由聖賢之道觀之，艾何負於蘭芷荃桂哉！生民之疾無窮，而藥石之品，人人不能蓄，所能蓄者惟艾爾，病者咸仰賴焉。使天下而無艾，吾懼夫死者不勝其衆也，較其功蓋亞於菽粟。三閭於菽粟猶未遑取，則無取於艾也固宜。然神農氏，帝之聖者也，而紀其名；孟軻，賢之大者也，而稱其功。雖見賤三閭，烏能損其美哉！潘侯以名庵，必有取之矣。舍聖賢不信而信三閭，知侯不爲也。或者疑侯取名之廉，夫亦焉知其取類之遠乎！且先治己而後功利可及於人。創艾，所以治己也；起疾之功，所以利人也。亦在侯用之何如爾。若夫取諸保艾以安其躬，取諸未艾以慎其終，亦未爲無所用也。善用言者，雖恒言可以成德，不善用言者，雖美言不免致惑。然則人謂艾爲蕭可也，謂爲創艾可也，三閭賤之可也，聖賢貴之亦可也。予從而言之，亦未爲不可也。」於是潘侯歎曰：「博哉，子之言！非惟得我之心，抑可正三閭之陋。使艾有知，死且不朽。」（《遜志齋集》卷一五）

（明）胡儼

【述古】屈子變風雅，《騷經》寓孤忠。光華並日月，耿耿垂無窮。（《頤菴文選》卷下）

【叢菊賦】章靈均之既餐兮，何自苦而沉湘？惟老圃之秋容兮，抱晚節而自芳。（《頤菴文選》卷下）

（明）夏原吉

【謁三閭祠】先生見放事何如，薪視椅桐粱棟樗。忍使清心蒙濁垢，寧將忠骨葬江魚。西風楚國情無限，落日滄浪恨有餘。我拜遺祠千古下，摩挲石刻倍欷歔。（《忠靖集》卷四）

（明）吴訥

【古賦】按賦者，古詩之流。《漢·藝文志》曰：「古者諸侯卿大夫交接鄰國，必稱《詩》以喻意。春秋之後，聘問歌詠，不行於列國，而賢人失志之賦作矣。大儒荀卿及楚臣屈原，離讒憂國，皆作賦以風。其後宋玉、唐勒、枚乘、司馬相如，下及揚子雲，競爲侈麗閎衍之辭，而風諭之義没矣。」迨近世祝氏著《古賦辨體》，因本其言而斷之曰：「屈子《離騷》，即古賦也。古詩之義，若荀卿《成相》《佹詩》是也。」然其所載，則以《離騷》爲首，而《成相》等弗録。尚論世次，屈在荀後，而《成相》《佹詩》，亦非賦體。故今特附古歌謡後，而仍載《楚辭》于古賦之首。蓋欲學賦者必以是爲先也。宋景文公有云：「《離騷》爲詞賦祖，後人爲之，如至方不能加矩，至圓不能過規。」信哉！（《文章辨體序説》）

楚，國名。祝氏（祝堯）曰：「按屈原爲《騷》時，江漢皆楚地。蓋自王化行乎南國，《漢廣》《江有汜》諸詩已列於二南、十五國風之先。風雅既變，而楚狂『鳳兮』、滄浪孺子之歌，莫不發乎情，止乎禮義，猶有詩人之六義；但稍變詩之本體，以『兮』字爲讀，遂爲楚聲之萌蘖也。原最後出，本《詩》之義以爲《騷》，但世號楚辭，不正名曰賦。然自漢以來，賦家體製，大抵皆祖於是焉。」又按晦菴先生曰：「凡其寓情草木、託意男女，以極遊觀之適者，變風之流也；叙事陳情、感今懷古、不忘君臣之義者，變雅之類也；其語祀神歌舞之盛，則幾乎頌矣。至其爲賦，則如騷經首章之云；比，則如香草惡物之類；興，則託物興詞，初不取義，如《九歌》沅芷澧蘭以興思公子而未敢言之屬也。但《詩》之興多而比賦少，《騷》則興少而比賦多。賦者要當辨此，而後辭義不失古詩之六義矣。」（《文章辨體序説》）

祝氏曰：「揚子雲云：『詩人之賦麗以則，詞人之賦麗以淫。』夫騷人之賦與詩人之賦雖異，然猶有古詩之義，辭雖麗而義可則；至詞人之賦，則辭極麗而過於淫蕩矣。」蓋詩人之賦，以其吟詠情性也；騷人所賦，有古詩之義者，亦以其發於情也。其情不自知而形於辭，其辭不自知而合於理。情形於辭，故麗而可觀；辭合於理，故則而可法。如或失於情，尚辭而不尚意，則無興起之妙，而於則也何有？又或失於辭，尚理而不尚辭，則無詠歌之遺，而於麗也何有？二十五篇之《騷》，無非發於情者，故其辭也麗，其理也則，而有賦、比、興、風、雅、頌諸義。漢興，賦家專取《詩》中賦之一義爲賦，又取《騷》中贍麗之辭以爲辭；若情若理，有不暇及。故其爲麗也，異乎風騷之麗，而則之與淫遂判矣。古今言賦，自《騷》之外，咸以兩漢爲古，蓋非魏晉已還所及。心乎古賦者，誠當祖《騷》而

宗漢，去其所以淫而取其所以則，庶不失古賦之本義云。（《文章辨體序説》）

屈宋之辭，家藏人誦。兩漢而下，祖襲者多。晦翁編類《楚辭後語》，一以時世爲之先後。至其體製，則若詩、若賦、若歌、若辭、若文、若操，與夫諸雜著之近乎楚者，悉皆間見迭書，而不復爲之分類也。迨元祝氏輯纂《古賦辨體》，其曰《後騷》者，雖文辭增損不同，然大意亦本乎晦翁之舊也。是編之賦，既以屈宋爲首；其兩漢以後，則遵祝氏，而以世代爲之卷次。若當時諸人雜作，有得古賦之體者，亦附各卷之後，庶幾讀者有以得夫旁通曲暢之助云。（《文章辨體序説》）

（明）薛瑄

凡詩文出於真情則工，昔人所謂出於肺腑者是也。如《三百篇》《楚詞》、武侯《出師表》、李令伯《陳情表》、陶靖節詩、韓文公《祭兄子老成文》、歐陽公《瀧岡阡表》，皆所謂出於肺腑者也。故皆不求工而自工。故凡作詩文，皆以真情爲主。（《讀書録》卷七）

余往年讀《楚詞》喜其華，今讀《楚辭》喜其實，蓋其警戒之言，亦皆切己之事也。（《讀書録》卷八）

（明）周叙

【弔屈三閭賈長沙詞序】嗟夫！自古有志之士，忠君愛國，不遇以死者多矣。未有若楚三閭大夫屈原、漢長沙太傅賈誼之死之有深足悲者。原遭值懷王暗弱，固爲可憾。誼生逢漢文，又逢知遇，可謂千載一時矣，而亦憂憤不壽以死，豈不尤可憾哉！余嘗論之，士，窮而在下者也；人君，達而在上者也。古之聖賢窮而在下，莫逾孔孟，汲汲焉思濟世行道。道之不行，則委命於天，著書立言，以嘉惠天下後世，固不戚戚於得喪、沉憤以自斃也。達而在上，莫過堯舜。當時詢於芻蕘，野無遺賢。使有若原與誼者輩，則置諸左右不暇矣，況孔孟哉！余故謂爲士者當法孔孟，爲人君者當法堯舜而已矣。否焉，其不失中道耶！嘗誦屈賈文，悲其志，惜未達孔孟之道者。（《石溪周先生文集》卷一）

【湘川雜詠八首（其五）】汨羅近與湘川接，日暮停舟弔楚魂。遺恨萬年流不盡，至今光價照乾坤。

（《石溪周先生文集》卷三）

（明）葉盛

【寫騷亭記】夫《離騷》以經言。經，常道也。屈子知天倫大綱之重，懾天下萬世之譏，忠君愛國，出乎至誠，其爲言宜無愧於君臣。無愧於君臣，斯無忝於六經。六經言經，《離騷》亦言經，非僭也，宜也。六經出於群聖人，成於孔子，而明於朱子。朱子於經書未輯也，禮樂未備也，吾孔子之《春秋》未有所屬也；而汲汲於《離騷》是箋是正者，豈無謂也哉！夫聖至於堯，其亦至矣！敢諫之鼓，誹謗之木，謂爲堯之虛器，可乎？然則君臣之義，諫爭之道，其可廢乎？其不可廢乎？設使《離騷》不作，則屈子之心必不白，忠諫之路必不通，而揚子雲龍蛇之說必行。其説既行，則天下揚子雲，後世揚子雲將不勝其多，天理由之而滅絶，人紀以之而廢壞，生靈受弊，莫可援救，其如聖人作經以教萬世之意何？朱子於此，蓋亦有不得已者矣。（《葉文莊公全集·水東稿》卷六）

（明）岳正

【送邱仲興歸嶺南序】儒者如屈平、柳子厚、劉夢得之徒，咸有《天問》《天説》《天論》之辭。子厚、夢得不足道也，如屈子之忠憤，亦天假而洩之。（《類博稿》卷四）

（明）何喬新

【楚辭序】《楚辭》八卷，紫陽朱夫子之所校定；《後語》六卷，則朱子以晁氏所集録而刊定補著者也。蓋《三百篇》之後，惟屈子之辭最爲近古。屈子爲人，其志潔，其行廉，其姱辭逸調，若乘鷖駕虬而浮游乎埃壒之表，自宋玉、景差以至漢唐宋，作者繼起，皆宗其矩矱而莫能尚之，真風雅之流而辭賦之祖也。漢王逸嘗爲之《章句》，宋洪興祖又爲之《補註》，而晁無咎又取古今詞賦之近《騷》者以續之。然王洪之註，隨文生義，未有能白作者之心；而晁氏之書，辨説紛拏，亦無所發於義理。朱子以豪傑之才、聖賢之學，當宋中葉，阨於權奸，迄不得施，不啻屈子之在楚也。而當時士大夫希世媚進者，從而沮之排之，目爲僞學，視子蘭上官之徒，殆有甚焉。然朱子方且與二三門弟子講道武夷，容與乎溪雲山月之間，所以自處者，蓋非屈子所能及。間嘗讀屈子之辭，至於所謂「往者余弗及，來者吾不聞」而深悲之，乃取王氏、晁氏之書删定以爲此書，又爲之註釋，辨其賦比興之體，而發其悲憂感悼之情，繇是作者之心事昭然於天下後世矣。予少時得此書而讀之，愛其詞調鏗鏘，氣格高古，徐察其憂愁鬱邑、繾綣惻怛之意，則又悵然興悲，三復其辭，不能自已。顧書坊舊本刓缺不可讀，嘗欲重刊以惠學者而未能也。及承乏泝臺，公暇與僉憲吴君源明論朱子著述，偶及此書，因道於所欲爲者。吴君欣然出家藏善本，正其譌，補其缺，命工摫梓以傳，既而以書屬予曰：「書成矣。子其序之，使讀者知朱子所以訓釋此書之意，而不敢以詞人之賦視之也。」嗟夫，大儒著述之旨，豈末學所能窺哉！然嘗聞之，孔子之删《詩》，朱子之定《騷》，其意一也。詩之爲言，可以感發善心，懲創逸志，其有裨於風化也大矣。《騷》之爲辭，皆出於忠愛之誠心，而所謂「善不由外來、名不可以虚作」者，又皆聖賢之格言。使放臣屏子，呻吟咏嘆於寂寞之濱，則所以自處者，必有其道矣。而所天者幸而聽之，寧不淒然興感，而廸其倫紀之常哉！此聖賢删定之大意也。讀此書者因其辭以求其義，得其義而反諸身焉，庶幾乎朱子之意也，而不流於雕蟲篆刻之末也。成化十一年乙未八月既望，賜進士出身嘉議大夫河南按察使司按察使盱江何喬新書。（明吴原明覆元刊本《楚辭集註》）

【寫騷軒記】秋官主事淮陽葉君崇禮，愛楚靈均之《騷》，公暇輒諷之詠之，又染翰而寫之，因名其燕居之軒曰「寫騷」。客有過其軒者，詰之曰：「騷，古詩之流也。三百篇之詩，吾夫子删之以垂訓，與《易》《書》《春秋》《禮記》並列爲經矣。《離騷》，風雅之再變者也。揚雄反之，班固譏之，端人莊士或羞道之。今子舍聖人之經而《騷》是寫，無乃先其末而後其本，志其小而遺其大者邪？」崇禮曰：「嗚呼！爲人臣而可哀者，孰有若屈平者乎？原之爲人也，其志潔，其行廉，其材足以撥亂世而反之正。使其遇明王聖主而爲之宣力，則股肱之良佐。不幸前遇懷王，後遇襄王，懷瑾握瑜，而世莫之知乎。王所託同德者，蘭與蕙耳。然或變而不芳，或化而爲茅，況揭車胡繩之瑣瑣者耶？愁吟澤畔，徬徨江濱，獨抑鬱無誰語，而《離騷》之詞作焉。嗚呼！爲人臣而可哀者，孰有若原者乎！《三百篇》之詩，聖人之經也；《離騷》非聖經之羽翼耶？故吾於講經之餘，惓惓於《騷》，諷之詠之，又從而寫之，而不能已焉。世之不自知者，或薄原而不爲，然一武夫氣勢，稍能動人者，則奔走其門而不恥，視原之不阿子蘭，何如也？其或忤於世而困頓焉，則終身懲創而不自振，視原之九死不悔，又何如也？彼揚雄屈節於篡賊，班固失身於戚畹，皆原之罪人也，其論議予奪，又奚足爲輕重哉！嗚呼！孰若原者，吾願從之，垂蓉佩，被荷衣，徜徉懸圃，以遨以嬉，俯視雄固之徒，奚啻醯雞之紛飛邪？」客默而退。他日崇禮爲予道之，且求言記其軒。予謂崇禮潔廉好修，有契乎原之心，其詞瑰麗可喜，有得乎《騷》之體，宜其於原慕之深也。雖然，原之作《離騷》，豈慕不遇而死哉？時之不遇也。今天子盛明，屏讒佞，進忠良。崇禮適際斯時，所遇非原比也。推潔廉之志而弼成治化，以瑰麗之詞而歌詠太平，則與原殊跡而同心也。崇禮勉乎哉！（《椒邱文集》卷一三）

（明）李東陽

【懷麓堂詩話】荆楚之音，聖人不録，實以要荒之故。（《懷麓堂詩話》）

（明）王鏊

【重刊楚辭章句序】《楚辭》十七卷，漢中壘校尉劉向編集，校書郎王逸章句。其書本吴郡文學黄勉之所蓄，長洲尹左綿高君公次見而異之，相與校正梓刻以傳。自考亭之註行世，不復知有是書矣。余間於《文選》窺見一二，思睹其全，未得也。何幸一旦得而讀之！人或曰：「六經之學，至朱子而大明，漢唐註疏爲之盡廢，復何以是編爲哉？」余嘗即二書而參閲之。逸之註，訓詁爲詳；朱子始疏以《詩》之六義。援據博，義理精，誠有非逸之所及者。然予之懵也，若《天問》《招魂》譎怪奇澀，讀之多未曉析。及得是編，怳然若有開於余心。則逸也豈可謂無一日之長哉！章決句斷，事事可曉，亦逸之所自許也。余因思之：朱子之註《楚辭》，豈盡朱子説哉！無亦因逸之註，參訂而折衷之？逸之註，亦豈盡逸之説哉！無亦因諸家之説，會粹而成之？蓋自淮南王安、班固、賈逵之屬，轉相傳授，其來遠矣。則註疏之學，亦何可盡廢哉！〔……〕古道之湮没于今，獨是編也乎哉！孰能追而存之？（明正德十三年黄省曾刊《楚辭章句》）

（明）黃省曾

【漢校書郎王逸楚辭章句序】予讀班固《藝文志・詩賦家》首叙屈原賦二十五篇，則劉向所定《離騷》《九歌》《天問》《九章》《遠遊》《卜居》《漁父》，蓋舊次也。其宋玉《九辨》《招魂》、景差《大招》、賈誼《惜誓》淮南小山《招隱》東方朔《七諫》、莊忌《哀時命》王褒《九懷》，皆傷原而作，故向悉類從什伍之，而又麗附《九歎》。及王逸則疏其旨蘊而抒《九思》以終焉。傳歷詞林，莫之疵少。至宋晁補之，乃短長向録，移置篇列。朱氏後出，大病晁書《續》《變》二集，僅有擇取，亦薪芻見陵之証也。其論《七諫》《九懷》《九歎》《九思》，則曰：「雖爲騷體，然詞氣平緩，意不深切，如無所疾痛而强爲呻吟者。」嗚呼！四賢去原代遠，安能如躬遭者之疾痛邪？玉之於原，已迥乎間矣，况其後者乎？特尚其懷忠慕良，緬思其人，而矩武其譔，斯亦靈脩之從也。仲尼次《詩》，風雅與頌，惟以體萃，而詞意差錯不預焉。苟以詞意，則《關雎》《鹿鳴》《文王》《清廟》之音，靡有倫繼者矣。四賢所譔，既曰騷體，則體同而類以從之，又何疑乎？且《離騷》者，屈子一篇之名也，朱氏輒以概冠衆目之上，此則語之童嬰學究，當皆以爲未安者。由是觀之，則其所排削銷燼之文，豈足以服藝苑之心乎？猥予翹景往哲，竇誦向書久矣。暇與長洲邑君高公次品藻群作，談及此編，尋頃假去，讀之洋洋。窺冀堂户，乃歸予鼇校，授工梓之。柱國王公，欣然爲序。予則悲其泯廢，幸其復傳，豈特通賢之快

覽，雖質之屈子，必以舊録爲嘉也。（明《五嶽山人集》卷二五）

（明）都穆

【南濠詩話】《楚辭》云：「思公子兮未敢言。」惟其不言，所以爲思之至。劉公幹云：「思子沈心曲，長嘆不能言。」本《楚辭》也。（《南濠詩話》）

（明）周用

【楚詞注略自序】屈子《離騷》，既放而追叙之辭也。其心忠，故終始以貞信自許，而不敢少忘其君。其情哀，故每作則糾纏鬱塞，往復再四，而不可離。其志窮，故周旋迫切而無所容身，蓋以義無所逃於天地之間，亦卒命而已矣！又其學本博極，故汗漫横肆，足以明其心，宣其哀，而達其志。必如是而後已，非以文辭也。其言浮遊四極，若汜濫而無終窮。蓋曰吾既無所往，其惟宇宙之外，可容我乎？然無是也。其沉憂隱痛，於是乎在。後世詞人，擬遊仙等作，以騁浩蕩之懷，以爲本於《離騷》，屈子之志荒矣！豈惟後世，自宋玉以下，亦或以輕舉放志爲樂，則自其當時師弟子之間，已失其旨。人生相知之難，豈直君臣者。又其諸篇之辭，前後意義，往往多自相發明者，讀者能比類而觀之，亦可以得其大略。余因讀朱子《楚辭集註》，自惟固陋，於其間之什一，

或大義已陳，而尚不得領其要；或舊説相仿，而終不能祛其疑。遂録鄙見爲《注略》，以俟取正云。（《楚詞注略》）

【楚辭爲國風之變】《楚辭》爲《國風》之變，而《遠遊》又《離騷》之變也。蓋《離騷》猶寄言君臣，其終也猶睠焉故都，則原之於楚猶有庶幾之望焉。於《遠遊》則言神仙輕舉，無復向之徘徊眷戀，而於所謂「忽臨睨夫舊鄉」者，則又没其辭於篇間，而非究竟致意之言。故曰《離騷》之變也。雖然，原於向之所懷，豈其少改乎？誠以疾痛號呼，無所不至，終無以自明，致命遂志，信誓不可越，乘化歸盡，於吾蓋無毫髮之憾。跡雖幾於愈疏，其蓄極而通、哀極而樂，人窮反本，乃知生死一致，奈何畏懼？「知死不可讓而無愛」者，於此又可以驗其言之有自，而不變其初心也。（《楚詞注略》）

（明）徐禎卿

【談藝録】昔桓譚學賦於揚雄，雄令讀千首賦。蓋所以廣其資，亦得以參其變也。詩賦粗精，譬之絺綌，而不深探研之力，宏識誦之功，何能益也？故古詩三百，可以博其源；遺篇十九，可以約其趣；樂府雄高，可以厲其氣；《離騷》深永，可以裨其思。然後法經而植旨，繩古以崇辭，雖或未盡臻其奥，我亦罕見其失也。（《談藝録》）

（明）何景明

【雜言】經亡而騷作，騷亡而賦作，賦亡而詩作。秦無經，漢無騷，唐無賦，宋無詩。（《百陵學山·四箴雜言》）

（明）楊慎

【古賦形容麗情】《九歌》「滿堂兮美人，忽獨與予兮目成」，宋玉《招魂》「娭光眇視目曾波」，相如賦「色授魂與，心愉於側」，枚乘《菟園賦》「神連未結，已諾不分」，陶淵明《閑情賦》「瞬美目以流盼，含言笑而不分」，曲盡麗情，深入冶態。裴硎《傳奇》、元氏《會真》，又瞠乎其後矣。所謂「詞人之賦麗以淫」也。（《升菴詩話》卷三）

（明）黄佐

【詩雜於文者其别有五】騷者何也？騷之爲言，擾也，遭憂之擾情而成言也。是故引物連類，不厭其繁者，以寫情也。體始於屈原之遭讒爲之《離騷》。離騷也者，離憂也，世因謂爲「楚騷體」。然而秦漢以下，騷亦漸亡矣，故今之所録諸作皆《文選》所遺也。（《六藝流别論》卷四）

賦者何也？敷也，不歌而協韻以敷布之也。賦本六義之一，故班固以爲古詩之流，然比物寄興，敷布弘衍，則近於文矣。騷始於楚，賦亦隨之，迄漢而賦最盛，魏晉而下，工者亡幾，故吾所取近古者三篇。（《六藝流别論》卷四）

（明）汪瑗

【楚辭集解自序】《離騷》之篇明而達，《九歌》之篇簡而潔，《天問》之篇博而贍，《九章》諸篇通而暢，《遠遊》《卜居》《漁父》諸篇，或奇偉，或渾雄，或沖淡，尤不可以一律拘。體製雖殊，旨歸則一。其文奇，而釋之者固無所用其奇也。籍遇尼父，採附國風，毋論以奇删者亦不少。删則散軼，余又安能獲睹其全而注之耶？余竊幸之矣。（《楚辭集解》）

【「悔相道之不察兮」章注】王、洪二注，皆以同姓之義言之，以爲屈原初欲隱去，既而悔其不當隱去，故復回返以終事君之道。不亦大謬其旨而牽强之甚乎？殊不知雖隱而去之。固無害於屈子之忠也。何爲回護之若是，而反使屈子之心事千載之不明也。故揚、班之流，往往譏之者，皆未知屈子實有去志也。且以同姓言之，則殷之三仁，固有不去者，亦有去者；固有死者，亦有不死者。豈可謂同姓之臣自古皆不去而盡死也哉？其事君之忠，同姓之義，要亦顧時勢事體及各人之自處何如耳，固不必於去不去、死不死以爲賢否也。（《楚辭集解》）

【懷沙題下注】屈原之死，自秦之前無所考，而賈誼作《弔屈原賦》曰：「側聞先生兮，自沉汨羅。」東方朔作《沉江》之篇曰：「懷沙礫以自沉。」太史公亦曰：「屈原作《懷沙》之賦，抱石自投汨羅以死。」蓋東方朔誤解懷沙爲懷抱沙礫以自沉，而太史公又承其謁而莫之正也。洪氏曰：「《哀郢》云：『方仲春而東遷。』此云滔滔孟夏者，屈原以仲春去國，以孟夏徂南土也。」又曰：「原所以死，見於此賦，故太史公獨裁之。」瑗詳《哀郢》有曰：「至今九年而不復。」又曰：「冀一反之何時。」夫自南遷之時，已放逐九年之久，而臨行猶方且望其還也。豈有迄孟夏至南土，而遽抱石以自沉者乎？況《思美人》曰：「獨歷年而離愍。」蓋《思美人》作於《哀郢》《懷沙》之後，明屈原至南土，又嘗多歷年所矣。是孟夏實未嘗死也。又曰：「寧隱閔而壽考。」則有隱忍不死，優游卒歲之心，豈肯爲抱石自沉之事邪？《悲回風》曰：「浮江淮而入海兮，從子胥而自適。望大河之洲渚兮，悲申徒之抗迹。驟諫君而不聽兮，任重石之何益。」屈子於此思之審而籌之熟矣，則不肯負石以自沉也決矣。其諸所言欲赴淵而沉流者，蓋皆設言其欲死，而深見其不必死耳。此篇所言不愛其死者，亦以己之謫居長沙。長沙卑濕，自以爲壽不得長，乃作此篇，以自廣其意，聊慰其心，如賈誼之所爲也。（《楚辭集解》九章卷）

【屈原投水辨】苟因君之放逐而遽欲死亡，又何其不自重而迂闊之甚邪？〔……〕嗚乎！屈子之欲死，曷嘗因其放乎？又曷嘗死於水乎？若果因君之放逐而欲死，死而又投水，則揚、班之譏猶爲恕之，雖謂千載之罪人可也，豈特不可爲法而已哉！〔……〕朱子亦謂太史公去屈原未遠，已不得其詳也。夫漢初賈誼之流，已失其真矣，又況太史公邪？故太史公作《屈原傳》，亦只有諫誅張儀、阻會武關二事，而漫抄《漁父》《懷沙》二賦以足其傳，而上官大夫之最讒屈子者已不得其名也，其略也可知矣，其無載籍之可考而得之於傳聞也可見矣。（《楚辭蒙引》離騷篇上）

【美人】懷王之世，屈原雖見疏，然猶用之，其謀猶聽信之。如諫殺張儀，懷王猶悔而追之。武關之會，屈原尚諫阻之。其言雖不聽，可見此時猶在位也〔……〕至襄王時，則九年而不復，歷年而罷愍矣。屈子之遷黜，實襄王也。（《楚辭蒙引》離騷篇上）

【彭咸】要之，《離騷》之作，亦不能必其爲懷王之世也。皆無明證，不足深信，又安知其非頃襄之時之所作邪？今之《楚辭》未必屈子之所編次者，《離騷》之篇安能必其爲前所作邪？（《楚辭蒙引》離騷篇上）

（明）謝榛

【四溟詩話】揚雄作《反騷》《廣騷》，班彪作《悼騷》，梁竦亦作《悼騷》，摯虞作《愍騷》，應奉作《感騷》。漢魏以來，作者繽紛，無出屈、宋之外。（《四溟詩話》卷一）

漢人作賦，必讀萬卷書，以養胸次。《離騷》爲主，《山海經》《輿地志》《爾雅》諸書爲輔。又必精於六書，識所從來，自能作用。若揚袘、戍削、飛襳、垂髾之類，命意宏博，措辭富麗，千彙萬狀，出有入

無，氣貫一篇，意歸數語，此長卿所以大過人者也。（《四溟詩話》卷二）

（明）張之象

【楚範】餘音之體，有亂、有少歌、有倡、有重、有誶、有歎。亂者理也，所以發理詞指，總撮其行要也。少歌者，小吟謳謠以樂志也。倡者，起唱發聲，造新曲也。重者，憤懣未盡，復陳詞也。誶者，告也，即亂辭也。歎者，傷也，息也，傷念其君，嘆息無已也。〔……〕短句如《九歌》諸篇，或二三句爲一韻，或四五句爲一韻，或六七八句爲一韻，惟《國殤》更韻最多，《東皇太乙》自首至尾不更他韻，全篇十五句爲一韻，皆陽韻也。（《楚範》卷六）

題（明）歸有光

【玉虛洞】楚歸州有玉虛洞，可容千人，石壁異文，成龍虎艸木之狀。平嘗讀書于此，故名。（《諸子彙函·玉虛子》卷九）

【鹿溪子】姓宋，名玉，字子淵，楚大夫，屈原弟子也。閔其師忠而放逐，故作《九辯》以述其志。世傳云「傷秋宋玉」，蓋因《九辯》云。（《諸子彙函·玉虛子》卷九）

（明）茅坤

【青霞先生文集序】若君者，非古之志士之遺乎哉！孔子删《詩》，自《小弁》之怨親，《巷伯》之刺讒以下，其忠臣、寡婦、幽人、懟士之什，並列之爲《風》，疏之爲《雅》，不可勝數，豈皆古之中聲也哉？然孔子不遽遺之者，特憫其人，矜其志，猶曰「發乎情，止乎禮義」，「言之者無罪，聞之者足以爲戒」焉耳。予嘗按次，《春秋》以來，屈原之《騷》疑於怨，伍胥之諫疑於脅，賈誼之疏疑於激，叔夜之詩疑於憤，劉蕡之對疑於亢，然推孔子删《詩》之旨而裒次之，當亦未必無録之者。（《茅鹿門先生文集》卷一二）

【楚範序】《楚範》者，予友雲間張君王屋所嘗讀楚屈原《離騷》而論著者。〔……〕君惟困厄而不得志，故得以恣情山澤之間，發其憤懣慷慨、跌宕瑰瑋之奇，而爲詩歌文章之盛者如此。《楚範》者，君亦自悲以才廢，當其數手《天問》《卜居》《漁父》《九歌》諸什而讀，讀而唏嘘嗚咽不自已；遂以累箋簡端，爲之論次者。若此，亦賈誼出長沙所爲投書以弔湘水，而因以見其微者也。嗚呼！後之讀是編者，抑可以弔君，而並知君之所屹然自重者，蓋在此而不在彼也已！（《茅鹿門先生文集》卷一三）

（明）徐師曾

【楚辭】按《楚辭》者，《詩》之變也。《詩》無楚風，然江漢之間，皆爲楚地，自文王化行南國，《漢廣》

《江有汜》諸詩列於二《南》，乃居十五國風之先，是《詩》雖無楚風，而實爲《風》首也。《風》《雅》既亡，乃有楚狂鳳兮、孺子滄浪之歌，發乎情，止乎禮義，與詩人六義（風、賦、比、興、雅、頌）不甚相遠。但其辭稍變詩之本體，而以「兮」字爲讀，則夫楚聲固已萌蘖於此矣。屈平後出，本詩義以爲騷，蓋兼六義而「賦」之義居多。厥後宋玉繼作，並號《楚辭》。自是辭賦之家，悉祖此體。故宋宋祁有云：「《離騷》爲辭賦之祖，後人爲之，如至方不能加矩，至圓不能過規。」信哉斯言也。故今列屈宋諸辭于篇，而自漢至宋凡倣作者附焉，俾後之詮賦者知所祖述云。其他曰賦，曰操，曰文，則各見本類，此不概列。（《文體明辨序説》卷四）

【賦】按詩有六義，其二曰賦。所謂「賦者，敷陳其事而直言之」也。古者諸侯卿大夫交接鄰國，揖讓之時，必稱詩以喻意，以别賢不肖，而觀盛衰。如《春秋傳》所載晉公子重耳之秦，秦穆公享之，賦《六月》；魯文公如晉，晉襄公饗公，賦《菁菁者莪》；鄭穆公與魯文公宴于棐，子家賦《鴻雁》；魯穆叔如晉，見中行獻子，賦《圻父》之類。皆以吟詠性情，各從義類。故情形於辭，則麗而可觀；辭合於理，則則而可法。使讀之者有興起之妙趣，有詠歌之遺音。揚雄所謂「詩人之賦麗以則」者是已。此賦之本義也。春秋之後，聘問詠歌不行於列國，學詩之士逸在布衣，而賢士失志之賦作矣，即前所列《楚辭》是也。揚雄所謂「詞人之賦麗以淫」者，正指此也。然至今而觀，《楚辭》亦發乎情，而用以爲諷，實兼六義而時出之，辭雖太麗，而義尚可則，故朱子不敢直以詞人之賦目之，而雄之言如此，則已過矣。趙人荀況，遊宦於楚，考其時在屈原之前。所作五賦，工巧深刻，純用隱語，若今人之揣謎，於詩六義，不啻天壤，君子蓋無取焉。兩漢而下，作者繼起，獨賈生以命世之才，俯就騷律，非一時諸人所及。他如相如長於叙事，而或昧於情；揚雄長於説理，而或略於辭。至於班固，辭理俱失。若是者何？凡以不發乎情耳。然《上林》《甘泉》，極其鋪張，而終歸於諷諫，而風之義未泯；《兩都》等賦，極其眩曜，終折以法度，而雅頌之義未泯；《長門》《自悼》等賦，緣情發義，託物興詞，咸有和平從容之意，而比興之義未泯。故雖詞人之賦，而君子猶有取焉，以其爲古賦之流也。三國、兩晉以及六朝，再變而爲俳，唐人又再變而爲律，宋人又再變而爲文。夫俳賦尚辭，而失於情，故讀之者無興起之妙趣，不可以言則矣。文賦尚理，而失於辭，故讀之者無詠歌之遺音，不可以言麗矣。至於律賦，其變愈下，始於沈約「四聲八病」之拘，中於徐庾「隔句作對」之陋，終於隋唐宋「取士限韻」之制，但以音律諧協、對偶精切爲工，而情與辭皆置弗論。嗚呼，極矣！數代之習，乃令元人洗之，豈不痛哉！故今分爲四體：一曰古賦，二曰俳賦，三曰文賦，四曰律賦；各取數首，以列于篇〔……〕將使文士學其如古者，戒其不如古者，而後古賦可復見於今也。然則學古者奈何？曰：發乎情止乎禮義。其賦古也，則於古有懷；其賦今也，則於今有感；其賦事也，則於事有觸；其賦物也，則於物有况。以樂而賦，則讀者躍然而喜；以怨而賦，則讀者愀然以吁；以怒而賦，則令人欲按劍而起；以哀而賦，則令人欲掩袂而泣。動盪乎天機，感發乎人心，而兼出於六義，然後得賦之正體，合賦之本義。苟爲不然，則雖能脱乎俳律，而不知其又入於文矣，學者宜細求之。（《文體明辨序説》卷四）

俳賦云：自《楚辭》有「製芰荷以爲衣，集芙蓉以爲裳」等句，已類俳語，然猶一句中自作對耳。及相如「左烏號之雕弓，右夏復之勁箭」等句，始分兩句作對，而俳遂甚焉。後人倣之，遂成此體。（《文體明辨序説》卷四）

文賦云：按楚辭《卜居》《漁父》二篇，已肇文體；而《子虚》《上林》《兩都》等作，則首尾是文。後人倣之，純用此體。蓋議論有韻之文也。（《文體明辨序説》卷四）

（明）吴國倫

【胡祭酒集序】粤自結繩以還，竹書韋編，以及二《南》、十五國《風》、其詞醇厖温厚，蓋上世之大音也。逮夫《三傳》、八書、《離騷》《十九首》，紀述既嫻，諷詠合度，蓋去古未遠，詞旨廓閎。（《甔甀洞稿》卷三九）

（明）王世貞

【藝苑卮言】騷辭所以總雜重複，興寄不一者，大抵忠臣怨夫惻怛深至，不暇致詮，亦故亂其叙，使同聲者自尋，修隙者難摘耳。今若明白條易，便乖厥體。（《藝苑卮言》卷一）

擬騷賦，勿令不讀書人便竟。《騷》覽之須令人裴回循咀，且感且疑；再反之，沉吟歔欷；又三復之,涕淚俱下,情事欲絶。賦覽之初,如張樂洞庭,褰帷錦官,耳目揺眩;已徐閲之,如文錦千尺,絲理秩然;歌亂甫畢,肅然斂容;掩卷之餘,徬徨追賞。(《藝苑卮言》卷一)

雜而不亂,復而不厭,其所以爲屈乎?麗而不俳,放而有制,其所以爲長卿乎?以整次求二子則寡矣。子雲雖有剽模,尚少谿徑。班、張而後,愈博,愈晦,愈下。(《藝苑卮言》卷二)

【楚辭序】孔子而遇屈氏,則必採而列之楚風。(《弇州四部稿》卷六十七)

(明)張鳳翼

【楚辭合纂】朱晦翁註《離騷》,依詩起例,以六義分章釋之。余謂原一往情深,纏綿反覆,豈爲是拘拘者?故不敢從。(《楚辭合纂》卷一)

【感興】接輿歌鳳衰,漁父詠滄浪。《魯論》光簡編,《楚騷》耀篇章。玄猿嘯空山,孤鶴鳴高崗。疇云焉用文,采藻庸何傷?(《處實堂集》卷二)

【靈均對】或問:屈平之事,《通鑑》削之。《春秋》褒秋毫之善,《通鑑》掩日月之光。昔人嘗有是言,亦必有意矣。原始者多好爲牽合附會,乃有幽冥不根之論。以理揆之,殆無是事也。夫笛奏而龍角應,簫鳴而鳳來儀,聲音之感且爾,而況忠信之感物乎!故宋均立德,猛虎渡河,卓茂行化,蝗不入境,韓愈立信,鱷魚遠徙,未有忠如靈均,獨不足以感魚龍而顧爲所侵也。且以靈均之秉直介、輕

死生，使爲商之臣可採薇于商山，爲漢之使可嚙雪于北海，又豈有既死之軀而復爲人乞食者哉？（《處實堂集》卷六）

（明）馮紹祖

【校楚辭章句後序】不佞非知《騷》者也，而譊譊慕《騷》。讀《傷靈脩》《從彭咸語》，見謂庶幾《谷風》《白華》之什，而哀怨過之。觀《哀郢》《懷沙》，則忿懟濁世，湛没清流，以世無屈子忠也者而屈子遇，無屈子遇而屈子忠也者，心悲之！差、玉以下二三君子，法其從容，而祖其辭令。方且以柔情入景語，藻繢易深厚。至《九辯》諸篇，而迺始矩武其則，而功令奉之，彼猶然自好者也。蓋不佞居恒謂屈子生於怨者也，故聲悅不勝其呻吟。宋、景諸人，生於屈子者也，故呻吟不勝其聲悅。要以情文爲統紀，豈可過乎？是編也，不佞非以益《騷》，而聊以畢其所慕，緊起窮愁而揄伊鬱也。若曰或卬之而或抑之，則不佞烏敢開罪靈均，而爲叔師引咎哉！嗟乎！子雲《反騷》，至其論《玄》也，則謂千載之下有子雲。謂千載之下有子雲者而知《玄》，毋乃謂千載之下，有屈子者而知《騷》乎哉！

（馮紹祖刊《楚辭章句》）

（明）陳深

【懷沙眉批】抗志欲沉者，其文也。而卒未沉者，沉以後之事也。聞之秭歸，驗之詞外，則然。（《諸子品

節·屈子》）

【悲回風眉批】此篇矻矻似沉，實未沉也，既沉矣，焉作沉辭？（《諸子品節·屈子》）

【離騷眉批】永嘉林應辰推議以爲屈子之死于汨羅，比諸浮海居夷之意。今考諸秭歸傳記稗官里人皆云。（引自《七十二家評楚辭》卷一）

（明）黄汝亨

【楚辭序】儒家譚文辭，則《莊》《騷》並稱云。間或以莊生浩蕩自恣，詭於大道，其言多洸洋幻眇，不可訓。屈《騷》所稱古連類，與經傳不合。小疵《風》《雅》。總之，文生於情。莊生游世之外，故清濁一流，醉醒同狀，寄幻於寰中，標旨於象先，而屈子以其獨醒獨清之意，沉世之内，殷憂君上，憤懣溷濁。六合之大，萬類之廣，耳目之所覽覩，上極蒼蒼，下極林林，摧心裂腸，無之非是。辟之深秋永夜，凄風苦雨，鬱結於氣，宣罊於聲，皆化工也，豈文人雕刻之末技，詞家模擬之艷辭哉？馬遷讀莊生書而歸之寓言，此可與言《騷》也已矣！宋玉而下有其才而非其情，賈誼有其情而非其才。誼之泣以死也，又其甚者也，亦猶晉人之嫉物輕世也，莊之流也。相如因緣得意，媚於主上，所爲《子虚》《大人》之篇，都麗寥廓，乏於深婉，其情可知已。道不同不相爲謀。嗚呼！此《反騷》之所以作也。儒者探《易》之幽而參於莊，諷《詩》之深而參於《騷》。參於《莊》

可以群，參於《騷》可以怨，其庶矣乎！然莊多善本行世，而楚騷獨缺，俗士罕及之。繩武博物能裁，蒐自劉、王，訖於近代，齒間合文，要於神情，斯不亦符節騷人而升之風雅之堂哉！（引自馮紹祖刊《楚辭章句》）

（明）焦竑

【九辯九歌皆屈原自作】《九辯》余定以爲屈原所自作無疑。只據《騷經》「啓九辯與九歌兮」一語，并玩其詞意而得之。近覽《直齋書録解題》，載《離騷釋文》一卷，其篇次與今本不同。首《騷經》，次《九辯》，而後《九歌》《天問》《九章》《遠游》《卜居》《漁父》《招隱士》《招魂》《九懷》《七諫》《九嘆》《哀時命》《惜誓》《大招》《九思》，按王逸《九章》注云：「皆解於《九辯》中。」則釋文篇第，蓋舊本也。以此觀之，決無宋玉所作攙入原文之理。（《焦氏筆乘》卷四）

【雅娱閣集序】古之稱詩者，率羈人怨士，不得志之人，以通其鬱結，而抒其不平，蓋《離騷》所從來矣。（《焦氏澹園集》卷十五）

【删注楚辭序】余嘗謂古書無所因襲，獨自創造者有三，《莊子》《離騷》《史記》也。《離騷》驚采絶艷，獨步古今，其奥雅宏深，有難遽測。自昔溯風而入味，沿波而得奇者，雖間有之，未有能窺其藩者也。（引自〔明〕張京元《删注楚辭》）

（明）陳第

【離騷題下注】余觀註《離騷》者多矣，率搜索於句字而忽略其大體。故但見其汪洋浩瀚而不能究其託興寓言之指歸，則其惓惓故國之思，欲去而終不忍去，抑鬱無聊不欲死而終不能以不死者，無以發洩於千載之下矣。（《屈宋古音義》卷二）

（明）吴琯

【重梓楚辭序】孟氏之言曰：「不以文害辭，不以辭害意。以意逆志，是爲得之。」夫逆者，有待而無待之謂也，斯不亦善故乎？《莊子》以理，《易》之變也；《世説》以事，《左》《史》之變也；《楚辭》以情，夫非《詩》之變也歟哉！《詩》之爲教，寬厚温柔，言之者無罪，而聞之者易以入。《楚辭》則不，其言駃舌，其聲蟬綿，其情蠖屈。所謂變也，非善故也，鮮不害矣。〔……〕毋亦曰：楚人之情多怨而隱，楚人之辭牢愁而綸，至孤憤而流離，知音者自尋，修郤者難見。毋論當時待君心一悟，則千載而下，有能解此者，旦暮遇之，幾返湘流之魂而肉魚腹之骨矣。（明萬曆十四年吴琯校俞初刊錢陸燦批校《楚辭章句》）

（明）趙南星

【離騷經訂注後跋】屈原以同姓之臣，坐視宗國之敗亡，不得出一言，雖沉江不亦可乎？且非獨此也，天下之勢，已將一于秦，虎狼統人群，此魯連所以蹈海也。屈子之沉江，其即魯連之志乎！（《離騷經訂注》）

（明）胡應麟

【古體上雜言】「嫋嫋兮秋風，洞庭波兮木葉下」，形容秋景入畫；「悲哉！秋之爲氣也，憭慄兮若遠行，登山臨水兮送將歸」，模寫秋意入神，皆千古言秋之祖。六代、唐人詩賦，靡不自此出者。（《詩藪》内編卷一）

「沅有芷兮澧有蘭，思公子兮未敢言。恍惚兮遠望，觀流水兮潺湲。」唐人絶句千萬，不能出此範圍，亦不能入此閫域。（《詩藪》内編卷一）

以《反騷》視《離騷》，以《九懷》視《九辯》，以《宓妃》視《神女》，以《景福》視《靈光》，無論作述，優劣較然。求騷於之世，其《招隱》乎？求賦於魏之後，其《三都》乎？（《詩藪》内編卷一）

騷盛於楚，衰於漢，而亡於魏。賦盛於漢，衰於魏，而亡於唐。（《詩藪》内編卷一）

騷與賦句語無甚相遠，體裁則大不同。騷複雜無倫，賦整蔚有序。騷以含蓄深婉爲尚，賦以誇張宏巨爲工。（《詩藪》内編卷一）

漢詩文賦皆極至，獨騷不逮。然《大風》之壯，小山之奇，冠絶千古，故不在多。（《詩藪》内編卷一）

樂府長短句體亦多出《離騷》，而辭大不類。樂府入俗語則工，《離騷》入俗字則拙。如「沅有芷兮澧有蘭，思公子兮未敢言」，「山有木兮木有枝，心悦君兮君不知」，句格大同，工拙千里。蓋榜枻實風謡類，非《騷》本色也。（《詩藪》内編卷一）

樂府自魏失傳，文人擬作，多與題左，前輩歷有辨論。愚意當時但取聲調之譜，不必詞義之合也。其文士之詞，亦未必盡爲本題而作，《陌上桑》本言羅敷，而晉樂取屈原《山鬼》以奏。（《詩藪》内編卷一）

【遺逸上】《易·未濟》：「高宗伐鬼方。」説者以鬼方楚地，而絶無明證。惟《竹書紀年》載高宗伐鬼方，其下有次荆之文，則鬼方屬楚可據。及讀《離騷》《天問》《九歌》《招魂》《大招》等篇，荆楚風俗，宛然在目，益信鬼方之爲是域，昭昭矣。世多以《楚辭》解《山海》《淮南》。紫陽獨謂二書悉放《楚辭》而作，真千古卓識。第屈子問意自寬，二書因特恣爲曼衍無稽之説，遂致後世紛紛，咎其端於屈氏。不知靈均本以悒鬱無聊之念，筆之於詞，他説則皆無病而呻吟者。嗟乎，千古風人之義，惟靈均、子美爲得其正也哉！（《詩藪》雜編卷一）

世率稱楚騷漢賦，《昭明文選》分騷賦爲二，歷代因之，名義既殊，體裁亦别。然屈原諸作，當時皆謂之賦，《漢·藝文志》所列詩賦一種，凡百六家，千三百一十八篇，而無所謂騷者。首冠屈原賦二十五篇。序稱楚臣屈原離讒憂國，作賦以風，則二十五篇之目，即今《九歌》《九章》《天問》《遠遊》等作，明矣。所謂《離騷》，自是諸賦一篇之名。太史傳原，末舉《離騷》而與《哀郢》等篇並列，其義可見。自荀卿、宋玉指事詠物，別爲賦體。揚馬而下，大演波流，屈氏諸作，遂俱系《離騷》爲名，實皆賦一體也。（《詩藪》雜編卷一）

《楚詞》自屈原外，宋玉、唐勒、景差，並著名字。今屈原存者雜騷詞二十五篇，宋玉《九辯》《招魂》諸賦一十二篇。景差《大招》一篇，而勒賦絶無傳者。據《漢·藝文志》，屈原賦二十五篇，與今傳合。玉賦一十六篇，似缺其四。按《九歌》例，析《九辯》爲九，則反溢其四篇外，仍列勒賦四篇，而差著作不録。東漢初，去戰國近，勒賦宜有存者，不應至王逸世並没不傳。差賦既不列《藝文》，又不應《大招》一篇至逸始出。朱元晦嘗定《大招》差作，亦以絶無佐驗爲疑。餘以《大招》屬差，誠無證據。勒賦四篇，志於《藝文》，此其佐驗之大者。蓋《大招》即此四篇中之一篇。況逸所注《楚詞》，本劉向校定，而班固《藝文志》一仿劉氏《七略》舊文。使《大招》果差作，詎容並置弗録？兼固叙詩賦，但舉宋玉、唐勒，決不及差，《大招》出勒審矣。（《詩藪》雜編卷一）

【遺逸中】古今别集當自《離騷》爲首，荀卿、宋玉，以及漢世董、賈、馬、揚諸集，存于宋世者，僅僅數卷。諸藏書家，率謂後世好事鈔合類書成帙，非其本書。然班史《藝文》原不著録，隋史始見篇名，其卷帙已與後世無異，則其亡逸固不始于宋、唐矣。（《詩藪》雜編卷二）

（明）林兆珂

【楚辭述注凡例】

○【録篇】劉子政校書，始經《離騷》。録屈子别撰，與《七諫》《二招》，他如《惜誓》而下，祖原意者附焉，總命曰《楚辭》，共十六卷。班孟堅、賈景伯各章句《離騷》一卷，不及其餘。王叔師復因子政之書而章句之，自續《九思》，附以班氏二序，爲十七篇。《昭明文選》，自《騷經》《卜居》《漁父》之外，《九歌》去其五，《九章》去其八。洪慶善以爲不宜去取也，因作《補註》十七卷。而朱元晦則以《諫》《嘆》《懷》《思》，雖爲騷體，然如無所疾痛而强呻吟者，遂不復以入篇帙，而於長沙增《弔》《服》二賦，爲之《集註》，共八卷。復補定晁氏《續》《變》二書，爲《楚辭後語》六卷。兹《騷經》外，斷至《大招》而止。而長沙以下，别爲一編，非敢有所去取，不以禰溷宗也。

○【點序】《楚辭釋文》，未詳孰撰，而洪氏得之吴郡林德祖，其篇次不與今本同。今本首《離騷》，次《九歌》《天問》《九章》《遠遊》《卜居》《漁父》《九辯》《招魂》《大招》。而《釋文》則以《九辯》次《騷經》，而後《九歌》《天問》《九章》《遠遊》《卜居》《漁父》，如《招魂》《大招》則在《諫》《嘆》間。晁補之重編，則遷《遠遊》《九章》次《騷經》，在《九歌》上，以原自叙，意近《騷》也。而《九歌》《天問》，乃放後攄憤所作，故遷於下。《卜居》《漁父》，自叙餘意也，故又次之。《大招》沉淵不返，故以終焉。此編誠爲有理。然叔師自以爲南陽人，與原同里，編當不謬。况朱子不因晁而因王，其必有見乎？兹編所以依今本也。

○【分章】叔師句解，似太離析。元晦韻分，旨稍可尋。而永嘉林應辰始爲段釋，盈尺可披，諷頌尤便。兹依其義，分《騷經》爲十八段，諸篇亦隨長短分之。

○【詮故】淮南、孟堅、景伯之傳，敻乎不復睹矣。及隋唐訓解，尚五六家，亦漫不復存。惟是叔師之《章句》、慶善之《補註》、元晦之《集註》鼎具。王宏深魁偉，洪援據精博，朱擬議正義理明。笙簧迭奏，總裨鈞天。兹并採之，而附以近世諸公所論著者。

○【譯響】詩人綜韻，率多清切。《楚辭》辭楚，訛韻實繁。兹音釋協韻，一以朱氏爲主。

○【訂訛】《騷經》「黄昏以爲期兮」二句，慶善以爲舊本無此，叔師無註，疑爲後人所增。《九歌·少司命》章「與女游兮九河」二句，元晦以爲《河伯》章誤入。《大招》篇脱「魂乎無東」四字，不敢妄爲删補。如《九辯》章，舊本分段未明，已經元晦點定，今從之。

○【印字】《楚辭》字多奇，而傳流既久，鈔本互異。如覽、鑒、忽、曶、滋、哉，獨樂、毒藥之類，及助語有無，元晦載之詳矣。今恐閲者歧羊，而先世所傳古本，似爲畫一，今依之。

○【覈評】《楚辭》評騭，自東、西京迄于昭代，夥若蝟毛，散若玉屑。兹特揭其有關章旨與文法者，列于上方，餘不敢侈及也。（《楚辭述註》）

（明）郝敬

【藝圃傖談】詩變爲辭，辭變爲賦。世運遞降，漸染成習氣矣。人世間渾是習氣用事，而文章一途爲甚。文章習氣，辭賦一途尤甚。辭自屈、宋首唱新聲，自東方朔以下成習氣矣。賦惟司馬相如首唱，揚雄以下成習氣矣。自是愈趨愈下，迄於今濫惡而不可勝道也。或曰：「文章本乎性靈，未有不習而能工者，子謂之習氣，何也？」曰：「性靈根於理，習氣生於辭。辭本於理，雖習亦性也。理没於辭，雖性亦習也。經傳諸子之文，多根於理，諸史紀事爲次。惟辭賦一家，既無根本，並無事實，徒然浮沉於辭，所以爲習氣。」或曰：「辭賦者，古詩之流，詩本性情，辭賦何獨非性靈乎？」曰：「詩道性情，爲其文柔敦厚，如三百篇，理精而事核，辭近而旨遠。深淺適宜，詳略有體。故可觀可興，是謂性情。變而爲辭，如屈平之《離騷》，事辭雖繁，本忠臣義士之心，爲比物託興之辭。當艱難坎坷之時，抒憤惋不平之氣。雖馳騁汗漫，而真情實境。論其世，知其人，故足風也。宋玉以弟子哀師，與屈原同。賈誼事遠，而遭際相似，於情亦近。若夫東方朔以下，無悲强泣，託名楚騷，而效顰益醜。追風逐影，有何意趣？後世愈趨愈下，以至於今，一切應酬之作，漫天勦説，全無依泊。斯不謂之習氣而何也？及乎再變爲賦，《上林》《子虚》，猶曰始作。揚雄、班固、張衡、左思，猶四餕也。無關理道，無裨典刑。自是以後，效者紛紛。千篇一律，紅陳臭腐，不可勝收。夫己氏且相詩曰：『欲爲辭人，不可不作賦。』不知世道何賴辭人？名教何藉於辭賦？補緝杜撰，士習日浮薄而不返。故辭賦與古詩，損益得失，相去甚遠。詩三百雖不復作，而六義具在。古今新舊長短歌行，五七言異體而煩簡豐約，天則適中。即使高材馳騁，如李白、杜甫輩，感遇託興，諷規譎諫，言者無罪而聽者足興。不如辭賦之浮泛，支離可厭也。詩如長律，文如四六，其湊砌已傷天趣，近來並議論叙事之文，亦效辭賦之體。經書制義，亦以妝綴爲工。經傳名理，廢爲芻狗。此習氣之害道也。知道者焉得不厭？」（《藝圃傖談》卷二）

騷者，古詩之流，而與詩略異。詩，志也；騷，躁也。心中躁擾不寧，發爲長歌，曼衍周折，鼓舞跌宕，以宣其攪擾不寧之思，謂之騷。詩體靜正，騷體動蕩。詩言志，騷言辭也。故志誠爲詩，如《禮》云「詩負詩懷」是也。震驚爲騷，如《大雅》「徐方繹騷」、《禮記》「騷騷爾則野」是也。後世歌行長短辭賦，皆騷之遺也。與《詩三百》有辨。《詩三百》醇乎雅，而騷浸淫入鄭矣。（《藝圃傖談》卷二）

辭賦小伎，無甚關名理，而揚葩掞藻，別自當家。輪奂維新，則有目快睹；轉相蹈藉，神奇化朽腐，不欲觀之矣。辭始屈平，賦始相如，《離騷》《子虛》，天真逸趣，浮於毫楮之間。至宋玉《招魂》極豐腆而情至，不失爲騷。東方朔、揚雄以下，遂成煙火矣。如班固、張衡、左思擬《子虛》亦極豐腆，而不失爲《子虛》，至揚雄以後，則肥贅爲糟粕矣。（《藝圃傖談》卷二）

騷之言擾也，勞雜不寧之義。故其辭以屯結宛轉爲致。錯而不亂，重複而不煩，絶而若續，往而若還，急而愈緩，坦慢而愈迫。十盤九轉，使人心柔氣下，靡靡難持，斯通於騷者矣。賈誼、東方朔以

下，騁其材具鋒穎，一瀉直盡。豐腆莊整有餘，而困輪盤鬱不足。與騷戾矣。（《藝圃傖談》卷二）

《楚辭》以屈宋爲真騷。非獨其辭至，情本至也。屈原傷君而隱痛，宋玉哀師而含悽。故情迫而文深，意結而語塞。後人無其情緒，空擬其辭。憫其窮而弔之，高其潔而贊之。語雖佳，天趣乏矣。文采聲華之仿佛，祇覺重贅。如剪綵爲花，終非含煙帶露之姿。故辭賦惟始作爲擅場，再三蹈襲，同芻狗矣。詩有工於三百者，終媿風雅，辭有工於屈、宋者，終非楚辭。（《藝圃傖談》卷二）

漢《郊祀》等歌，大抵仿《九歌》而變其體。然《九歌》清遠流麗，漢歌煩促結澀。《九歌》志在君而寓意於神，故悠揚委蛇；漢歌專媚鬼神，興致索然矣。（《藝圃傖談》卷二）

《九辯》是屈原之筆，與《九章》相似。《九歌》流麗，辭人之辭也，是宋玉筆，與《招魂》相似。《招魂》擬《天問》而作，招遠遊之魂也。《九歌》擬《九章》，用陽九之數也。如以《九辯》爲宋玉述屈原之志，則章內不當云「性愚陋以褊淺，信未達乎從容」，此二語可謂著針阿師囟門。（《藝圃傖談》卷二）

《離騷》悲矣，《九歌》婉矣，《天問》怨矣，《九章》直矣，《遠遊》放矣。此真屈子之作，其《卜居》《漁父》二篇，意味淺率，將是後人摹擬。故《漁父》篇終，歌滄浪，諷其爲自取之耳。豈其自敘而云然乎？（《藝圃傖談》卷二）

其忠憤苦節，本事足貴，所以堪傳。凡辭因人重，因道顯，因事傳。聖人刪《詩》，義亦如此。人匪屈平，即能爲《楚辭》，烏足貴乎？（《藝圃傖談》卷二）

劉勰謂《離騷》「朗麗綺靡」，「金相玉式，艷溢錙毫」，其實《楚辭》之靡麗者，宋玉以下諸家，非屈原

也。屈原衹是情至。後人無其情，學其靡麗，遂以朗麗目騷，膚於騷者耳。（《藝圃傖談》卷二）

東方朔以下諸人擬騷，辭非不肖，而本無傷讒流落之感，强泣不哀。善學者，不摹而似。必知足而爲屨，勞且拙矣。或曰擬古如作新豐，豈其然乎！豈其然乎！（《藝圃傖談》卷二）

《騷》與《三百篇》，聲調絶殊，而長言嗟嘆，温厚之意，與風雅同。（《藝圃傖談》卷二）

初學讀《楚辭》不知味，衹緣意思躁率。凡詩賦須優遊諷味，始能動人。汎濫涉獵，不領其情興，猶之文字而已。讀《楚辭》，須舂容三復，乃得其沉痛悲婉之致。（《藝圃傖談》卷二）

騷體自《三百篇》已有之。《伐檀》「河干」，即《離騷》之音節也。「南箕」「北斗」，即《天問》之託興也。屈平敷演爲大篇，非全創也。（《藝圃傖談》卷二）

《離騷》《天問》《九章》，别是一段肝膈，一副話言。與《三百篇》蒼素不同，而温柔敦厚，委蛇旁魄之情同。適得事父事君，可興可怨之體。《三百篇》後，妙於學詩者，無如屈平。（《藝圃傖談》卷二）

（明）陳繼儒

古今文章無首尾者，獨《莊》《騷》兩家。蓋屈原、莊周皆哀樂過人者。哀者毗於陰，故《離騷》孤沉而深往；樂者毗於陽，故《南華》奔放而飄飛。哀樂之極，笑啼無端；笑啼之極，言語無端。（《狂夫之言》卷四）

（明）葉向高

【重刻楚辭全集序】朱子曰：「屈原之忠，忠而過者也。」此傷原之甚，而爲是言耳。臣子之分無窮，其爲忠亦無窮，安有所謂過者？悲夫！屈子之遇懷、襄也，身既遭讒，主復見詐，奸諛竊柄，宗國將淪。徘徊睠顧，幾幸於萬一，不得已而作《騷》辭。上叩帝閽，下窮四極，遠求宓妃，近問漁父，甚至巫咸占卜，蹇修爲媒，湘君陟降，司命周旋，舉世人所謂芒忽駭怪之談，皆託焉以寫其無聊之情，無可奈何之苦。當此際也，雖欲不死，其將能乎？屈子死而楚亡，湘江之濱，精魄未散，猶將感憤悲號，恨爲忠之未盡，而豈以一死爲足以滿志也？夫屈子之死，蓋處於不得不死之地，固忘其死之爲忠，又何論其忠之過與否哉！世之輕死者，子以孝，女以烈。此雖出於天經地義之不容已；乃罔極之恩，伉儷之好，維縶綰結，若或迫之，情之至也。君臣則堂陛勢疏，晉接日少，若有餘於分，而不足於情。乘有餘以成暌，乘不足以成薄，而臣節替矣。屈子之言曰：「豈余身之憚殃兮，恐皇輿之敗績。」「長太息以掩涕兮，哀民生之多艱。」其情之婉轉惻切，千載而下，令人酸鼻，凡爲臣子，當書一通，置之坐右矣。（《蒼霞草》卷九）

【何匪莪先生詩選序】《詩》亡而後《春秋》作，非《詩》亡也，《詩》猶治亂兼，而《春秋》純乎亂者也。純乎亂則所謂暢而出之者業已無存，而其鬱而出之者變爲《離騷》《九歌》《九辨》、大、小《招》諸篇，蓋憤悶無聊之意多，而優遊敦厚之旨失矣。自漢而後，詩之最著者爲杜陵，説者亦謂其以窮而工，其于流離放逐之感，蓋十居其六七，雖其意亦原本于《三百》，而要之所得于《騷》者居多，律之以性情之正，殆猶未免于哀而傷者。（《蒼霞續草》卷五）

（明）丁元薦

【刻離騷經序】記曰：「事親，三諫不聽，號泣而隨之。事君，三諫而不聽，則去。」原，宗臣也，隨不能，去不可，而卒之乎以死，君親之間，其有不可解者耶？傷哉志也！怨乎？曰：怨而諷者也。遲美人以儃回，睠故都以流涕，一篇之中，三致意焉，萬一乎其或寤也，怨而諷者也。〔……〕宋大夫而下，逮長沙、中壘、小山、東方諫議之徒，奉功令者數十家。然原以質，後以麗；原以肆，後以則，亡慮弗勝，抑且千里。果才與際不逮哉？嗟乎！世有屈子忠也者，不必其遇；有屈子遇也者，不必其忠。奈之何其口實於《騷》也！〔……〕「《騷》，楚音也。曷爲不風雅？」曰：「取其志也。夫子删《詩》，至《小弁》《巷伯》，以爲臣子不幸而窮於君親，即逆知夫言之靡當，與夫事之終弗克濟，而繾綣鬱陶之思，必自所以自致其情者，厚之至也。《離騷》兼之矣！今遇素王，即亡敢望《清廟》，不當列楚風邪？」（《尊拙堂文集》卷三）

（明）高攀龍

【三時記】予笈中亦攜得《楚詞》，取而讀之。竊怪世人僅知屈子以詞，而儒者又謂其過怨，失中和之則，不知其所自得，固有天下之至樂者存。「耿吾既得此中正」、「溘埃風余上征」，蓋真見其中正之道，上與天通，而乘鸞跨鳳，何天之衢。不復知世中更有何事矣。故其詞曰：「民生各有所樂兮，余獨好修以爲常。雖體解吾猶未變兮，豈余心之可懲。」「定心廣志，予何畏懼兮？知死不可讓，願勿愛兮。」蓋爽然於死生之際矣。千古心事，晦翁爲一筆寫出，而世人反誚其爲騷人作注脚，豈知聖賢意義耶？累日讀之，方寸如洗。（《高子遺書》卷十）

（明）莊天合

【重鋟楚辭序】夫所貴於賢人君子者，則莫不一稟於忠義文章矣。忠以致身，文以流藻，二者所難兼，而屈子兼之。故《離騷》者，忠義之肝脾，文章之林府也。情迫，則諷諭不得不深；才多，則聲貌不得不廣。諷諭深，故其旨多婉轉惆悵，反覆循環，能使讀者動色悽心，低回而不勝其忉怛。聲貌廣，故其詞多窮天極地，探幽入微，能使讀者嵬眼澒耳，斟酌而莫得其盈虛。揔之，忠即爲文，文即爲忠。（明吉藩府刊本《楚辭集注》）

（明）郭喬泰

【楚辭述注序】夫温柔敦厚之教，誠莫如《詩》。然勞苦慘怛之呼，抑可以怨。「風」人輟采，《楚騷》郁奇。風逸煙高，不寧稱豪於霧縠；金相玉式，惟是侘傺於昌被。竹柏異心，恐皇輿之將覆，璋珪雜甑，哀民生之多艱。一篇三致意於尊興，四事壹依則於風雅。至於里巫樂曲，廟鬼壁圖，亦託風諫以作歌，且寫幽思於呵問。夢登天兮無路，惜往日而悲回風；希仍羽兮睨鄉，謝詹生而莞漁父。越宋景其高足，乃陳《辨》而製《招》。蓋躬擊變於郢湘，故倍傷神於忌朔。長沙太息，文廟非宜。況九州相君之辭，豈三閭睠楚之旨？（引自〔明〕林兆珂《楚辭述注》）

（明）張京元

【引首】屈平、宋玉、景差之徒，皆楚大夫也，故《離騷》等篇稱《楚辭》焉。王逸注《楚辭》十七卷，併劉安、賈誼、嚴忌、東方朔、王褒諸人之作，具載集中。彼漢人自爲漢語，冒楚於漢，其義何居？且《騷》之爲《騷》也，前此未有也。體由獨創，語出新裁。劉勰所稱「軒翥詩人之後，奮飛辭家之前」，良不虚也。漢諸君子，沿波襲流，情不肖貌，效顰增醜，代哭不悲，總屬葛藤，自當削去。匪云陋漢，亦自張楚云耳。逸注牽合附會，悉歸忿懟。《九章》以後，盡爲王氏褒談，幾失楚人面目。〔……〕

夫《離騷》寫怨,已盡淋漓;《九歌》則瀟湘如畫;誦《九辯》則魂斷秋空,驚采絶艷,信哉罕儔。至於《天問》之雜沓,《九章》《遠遊》之重複,《卜居》《漁父》意淺語膚,即非魚目,寧屬夜光?今古寥寥,徒以耳食。偶閲焦氏《筆乘》,獨取其兩篇,謂與《離騷》同出原手。焦先生具千秋隻眼,足以證余言之非妄矣。朱子刊定《楚辭》,憤惋忠誠,微譏雅變,則是驚鴻游龍,惜其無馴伏之態,而毛嬙、西施,恨不爲德曜之短衣也。不宜固哉!(《删注楚辭》)

【删注楚辭】篇中「啓九辯與九歌」,焦太史謂即後《九歌》《九辯》是也。「啓」字當屬虚字。因指《九辯》語以自傷,必爲原作無疑。愚謂《九辯》即出原手,恐未必作於《離騷》之先。且上下句文義不屬。故仍依逸注并存此説,俟讀者詳焉。(《删注楚辭》)

(明)劉永澄

【離騷經纂注】今之語好脩者,敝車羸馬而已,蓬藋陋巷而已,疏食豆羹而已,之數者豈不亦人之所難?而非其至也。人有所不爲也,而後可以有爲。從古聖賢孳孳汲汲,自强不息者,豈徒有所不爲而已哉?如有所不爲而已,則一恬淡之士能之,安用好學爲?王良不仕莽朝,可不謂介!布被瓦器,妻子不入官舍,可不謂廉!而無忠言奇謀以取大位,往來屑屑,致譏友人。王良且然,况其下乎?然則良猶不可謂之好修也。故士有真能好修者,必如原之若將不及而後可。(《離騷經纂注》)

「及前王」、「依前聖」、「法前修」，自是「不周於今之人」。安得今人與諧狂者噭噭然曰「古之人」？古之人，原類之矣。周如周至之周。劉元城曰：「周旋人事者，費盡一身心力，不過人稱之曰『周至』。其實仍不能使君子小人皆喜。惟有一個誠意，千古萬今使不盡。或曰：人情好競，得一周至之人，不亦熙熙陽和也哉？」曰：彼之周至者，直嚬笑語言、揖讓饋遺之間耳，大利大害所在，未嘗不惟己是便已。夫其大利大害所在，只知有己，又何取乎居平之謙讓未遑也哉？推而言之，堯舜之舉直錯枉，仁者之能好能惡，皆不周於今之人也。然究竟乃無不周也，故君子有所不周，而其卒也無不周；小人無所不周而卒也無所周。（《離騷經纂注》）夫朝誶夕替，故是臣節。向令既替之後，較若兩截，亦安在其爲好修也哉？故原之難及，不在于奔走先後之日，而在于信讒替余之後也。（《離騷經纂注》）

（明）姚希孟

【劉靜之離騷纂注序】自古忠臣去國，其人多强直自遂，掛神武之冠，至於黄𧢲而不可復彈，裹尸鴟夷，跡同比干，乃欲抉其目以觀越兵之入吴，何懟也。若夫信見疑、忠被謗，已矣，行且休矣，而宛轉唏嘘，悽悽惻惻，如貞婦之見放，誼無再適，宵燈魂夢，常婉孌於故夫之旁。一讀一思，令人泣數行下。但臣主恩義之間，乖匪有門，合亦有道。譬如相如賦則《長門》，幸中涓奏而玉環召。雖閶闔沈沈，而宗卿貴戚又非疏遠小臣比。豈微呼吸一綫,可以代爲行媒?而原之言曰「何必用」,即用亦惟其拙者,徒恃夫芳澤雜糅、昭質未虧,以待終風之徐悟。而欲其謝繩墨、附佻巧,則曰:「寧溘死流亡,不忍爲此態也。」嗚呼,此原之所以爲原也!(引自〔明〕劉永澄《離騷經纂註》)

(明)陳仁錫

【諸子奇賞前集序】諸子中大醫王四:欲反汝情性而無繇入,老子醫怯夫一大手也,故尚補;沃之清冷之淵,莊子醫熱夫一大手也,故尚瀉;無政事則俗,管子醫俗夫一大手也,故尚法;《離騷》有力於《詩》亡之後,屈子醫戇夫一大手也,故尚厚。(《諸子奇賞》前集)

【古文奇賞初集】以原比左氏、比相如、比揚雄、比莊周,可謂冤極。以宋玉、劉向、王逸諸人之作合爲《楚辭》,可謂辱極。(《古文奇賞》初集卷一)

「物色盡而情有餘者,曉會通也。」文其至矣!楚無《風》而有《騷》,或曰不遇孔子耳。然以彼其人與文,豈一國之風也哉!不録於《詩》而自存天地間可矣。(《古文奇賞》初集卷一)

【屈原傳】孔子論三仁,蓋各得其本心者也。雖然,以原較比干,均死也。比干之忠,不免商王有殺諫臣之名。屈原之賢,尚免懷王有殺宗臣之惡。當原被讒放逐,既不罹箕子囚奴之禍,又不忍效微子去國之心,行吟澤畔,欲爲比干又不欲其主爲下受惡。懷沙自殺,清風烈烈,直與三子爭光。百世

之上，雖曰仁可也。太史公此傳可爲千載知己。（《史品赤函》卷三）

（明）鍾惺

【屈原賈誼列傳】懷王使屈原造爲憲令，屬草稿未定，上官大夫見而欲奪之。蓋偷奪人文字，其來久矣。權佞庸醜，身都榮勢，何羨於文字，而必欲與之結緣乎？可見文章之名，雖不識字人，皆知慕之。知其必不得於文士，而後肆毒焉，非其本意也。屈原寧死不與，亦是一種文人氣習，又孰謂忠義人不矜重文字哉！（《史懷》卷七）

（明）陸時雍

【楚辭條例】

○按晁無咎曰：屈原自傷忠而被謗，乃作《離騷經》以諷。懷王不見省納。及襄王立，又放之江南，復作《九歌》《天問》《九章》《遠遊》《卜居》《漁父》《大招》，自沉汨羅以死。其後宋玉作《九辨》《招魂》，漢賈誼作《惜誓》，淮南小山作《招隱士》，東方朔作《七諫》，嚴忌作《哀時命》，王褒作《九懷》，劉向作《九歎》，皆擬其文而哀平之死於忠。至漢武帝時，淮南王安始作《離騷傳》，劉向典校經書，分爲十六卷，東京班固、賈逵各作《離騷章句》，餘十五卷闕而不説，至校書郎王逸自以爲南陽人，與原同里，悼傷之，復作十六卷章句，又續爲《九思》，取班固二序附之爲十七篇。按《漢書》志屈原賦二十五篇，今起《離騷經》至《大招》凡六，《九章》《九歌》又十八，則原賦存者二十篇耳。並《國殤》《禮魂》在《九歌》之外十一，則溢而爲二十六篇。不知《國殤》《禮魂》何以繫於《九歌》之末？又不可合十一爲九。然則謂《大招》爲原辭，可疑也。夫以《招魂》爲義，恐非自作，或曰景差，蓋近之。余謂《離騷》《九章》《遠遊》《天問》《九歌》《卜居》《漁父》正合二十五篇，《大招》寒儉苦澀，斷非原辭。班氏晁氏，其言信而有徵也。

○昔人編是書也，以《離騷》爲經，此下二十四篇皆名以傳，而余概題以「楚辭」者，備楚風也。《詩》之江漢收載《周南》，而楚無聞焉。自屈原感憤陳情，而況沅湘之音，創爲特體，其人楚而其情楚，而其音復楚，謂之《楚辭》，雅稱也。或謂卑騷而楚之，非矣。孔子曰：「辭達而已矣。」庸可定其爲何辭？

○《楚辭》次序，無所定憑，今所傳朱晦翁本，首《離騷》，次《九歌》，次《天問》，次《九章》，次《遠遊》，次《卜居》，次《漁父》，以《九辨》《招魂》《大招》則宋玉、景差所作，而綴之於後。余謂《九章》即《離騷》之疏，而《遠遊》者自《離騷》中「倚閶闔登扶桑」一意逗下，至《天問》《九歌》《卜居》《漁父》則原所雜著也。朱晦翁因《九章》中有《懷沙》一篇，乃原之卒局，而《悲回風》顛倒繁絮，以爲臨絶失次之音故耳。然奈何以《卜居》《漁父》終也？余今所次首《離騷》，次《九章》，次《遠遊》，次《天問》，次《九歌》，次《卜居》，次《漁父》，次《九辨》，次《招魂》，次《大招》，覺其脈絡相承，使觀者一覽而自得也。

○書之有序，以挈領也。要領不得，則終篇茫然矣。《離騷》諸篇小序，王叔師大都謬誤。朱晦翁亦未全得也。叔師序《離騷》云：「離，別也。騷，愁也。經，徑也。言己放逐離別，中心愁思，猶依道徑，以諷諫君也。」以愁釋騷，既已未盡。而以徑釋經者，何也？《離騷》名經，後人尊之也！則《騷》經而諸篇皆傳也，又曰：「《離騷》之文，依《詩》取興，引類譬諭；故善鳥香草，以配忠貞；惡禽臭物，以比讒佞；靈脩美人，以媲於君；宓妃佚女，以譬賢臣；虯龍鸞鳳，以比君子；飄風雲霓，以爲小人。」夫香草比芳自喻也。靈修美人以媚君也。惡草以刺讒也。其説得矣。至「鴆鴃先鳴」，賦而非比。鳩與雄鳩，以歎良媒之不偶，而非有所刺也。虯龍鸞鳳，飄風雲霓，以言役使侍衛之盛。若宓妃佚女，則遑遑得君之意，而於賢臣何取乎？晦翁序《九章》謂直致無潤色，而《惜往日》《悲回風》，顛倒重複，倔强疏鹵，余則未之敢信。《遠遊》之序，叔師謂原「章皇山澤，無所告訴，乃深惟元一，修執恬漠，思欲濟世」。晦翁亦謂陋世俗之卑狹，悼年壽之不長，思欲制鍊形魄，排空御氣。而不明其無聊之感，有托之情，則不免癡人説夢矣。至其序《天問》也，似俱謂原「彷徨山澤，見先王之廟及公卿祠堂，圖畫天地山川神靈，琦瑋僪佹，及古賢聖怪物行事，因書其壁，呵而問之」。此論亦未可知，而所以問之之意，隱而不現，則原誠嘖嘖無謂矣。《九辯》序論，具列於後。《卜居》憤世，《漁父》自傷，此其顯而易見者也。叔師序《卜居》謂原「心迷意惑，不知所爲，乃往至太卜之家稽問」，其謬甚矣。晦翁謂原閔當世習安邪佞，違背正直，陽爲不知二者，而假筮龜以決之。猶迂迴而未合也。至《漁父》者，豈當時實有是人，爲之問答。而叔師作序，何其固也。宋玉《九辯》，因原得感，未必俱爲原作。叔師之序《招魂》也，謂「宋玉憐屈原忠而斥棄，故作《招魂》以復其精神，延其年壽，以諷諫懷王，冀其覺悟而還之」，則於情事最爲不合。晦翁「恐其魂魄離合，因國俗，托帝命，假巫咸以招之」，則實用以招矣。不知招魂者以文不以俗，以心不以事，招之於千世，而非招之於當時也。《大招》斷非原作。其文不肖，其事亦不合。余悲作者之意弗明，故更爲序論焉，使其幽情隱痛，世多覺者，非敢矜鶩文采，以傲前人也。

○郭象之註《莊子》，王逸之註《離騷》，工拙雖殊，要皆自下語耳，於所註無與也。朱晦翁句解字釋，大便後學，然騷人用意幽深，寄情微眇，覺朱註於訓詁有餘而發明未足。余爲之抉隱通微，使讀者了知其意，世無懵衷，亦余心之大快耳。大抵鑿山者勞倍，除道者功全，古人不靳其勞，余何敢自惜也！

○《詩》有六義，比興賦居其三。朱晦翁註《離騷》，依《詩》起例，分比興賦而釋之。余謂《離騷》與《詩》不同，《騷》中有比賦雜出者，有賦兼比，比中兼賦者。若泥定一例，則義枯而語滯矣。故無取乎此也。

○文籍評論，譬之開點面目，兼古人崇義，後世修文，自唐以來，六經皆作文字觀矣。《離騷》上紹風雅，下開詞賦，故多章函拱璧，字挾雙南，寓目會心，敢爲緘口，抑一言之當，九泉知己，片語之誤，千載口實，斯亦何可輕也？

○屈原當戰國時，墳典未灰，史乘畢湊，兼以博識宏材，蹈揚千古，後之學者，誰瞷其藩？余慚眇植，竊附管窺。《天問》一卷，余友周孟侯間嘗撰論，余最愛其辨博，直令諸家都廢。張華《博物》再見於兹云。

○《離騷》續集，無甚深情，不必細爲分解。間有一二，俱存其舊。

○古今典籍，多所未窺。亥豕魯魚，紛焉淆亂。搦管甫畢，糾謬未全。凡其近似之端，存而待正，斯固燕王愛駿，朽骨千金。豈曰宋客求珍，碔砆十襲，仍陳疑義，誘進新聞。（《楚辭疏》）

【讀楚辭語】風雅既湮，《離騷》繼作。人取而經之，《騷》誠可經也。《詩》以持人道之窮者也。愛君憂國，顯忠斥佞，《騷》曷爲不可經哉！得聖經存，無聖經亡，十五風不折衷於孔氏之門，其或存或亡亦久矣。《騷》之存而不没，《騷》自足於存世也。或曰：「《詩》發乎情，止乎禮義，故足稱耳。」然則謂《騷》不經，謂《騷》之不止於禮義；謂《騷》之不止於禮義，則謂愛君憂國、顯忠斥佞之非禮義也。非持世之論也。欲尊經而經亡，寬於古，嚴於來，兹亦非聖人意也。（《楚辭疏·讀楚辭語》）

又曰：宋玉所不及屈原者三：婉轉深至，情弗及也；嬋娟嫵媚，致弗及也；古則彝鼎，秀則芙蓉，色弗及也。及者亦三：氣清、骨峻、語渾。清則寒潭千尺，峻則華嶽削成，渾則和璧在函，雙南出範。（《楚辭疏·讀楚辭語》）

又曰：讀其文，《離騷》尚多冀幸之詞，而《九章》一於絶歎，知《離騷》作于初放，而《九章》作于頃襄時耳。（《楚辭疏·讀楚辭語》）

【九章】渾淪如天，旁薄如海，凝重如山，流注如川，變化如鬼神，馳驟如風雨，其麗如品物。文章至此，可謂盡神。自古能文，屈子亦其中之一矣，餘則支流餘派已矣。最喜者入門知姓，最忌者對客問名。所謂上品攝皮皆真，下品擢筋反僞。《九辨》首章舉物態而覺哀怨之傷人，叙人事而見蕭條之感候。梗概既具，情色自章，足令循聲者知冤，感懷者興悼，不必曲爲點綴，細作粧描也。《九章》云：「船容與而不進兮，淹回水而凝滯。」建安、六朝盡向此中摸索。（《楚辭疏》卷二）

【楚辭疏】厲言類規，温言類諷，竅言類訴，狂言類號。聆其音，均可當浪浪之致焉。要一發於忠愛，雖激昂憤懣，世莫得而訾也。（《楚辭疏》卷一）

（明）蔣之翹

【七十二家評楚辭蔣之翹輯評自序】予酷嗜《騷》，未嘗一日肯釋手。每值明月下，必掃地焚香，坐石上，痛飲酒，熟讀之，如有淒風苦雨，颯颯從四壁間至，聞者莫不愴然，悲心生焉。竊論孔公删後《詩》亡，能變《詩》而足以存《詩》者惟是。其辭麗以則，其情悽以婉。至美人夢寐，一篇而三致其思，自有一種涕泣無從，令血化碧於九泉，而天地震驚之意。詩可以怨，信然！宋、景而下莫及也，況乎相如以浮辭媚主上，雄爲莽大夫，而復反其意以自文過！儻屈子有鬼，必執罪而問之，是尚得並稱歟？若夫原情闡旨，則太史公猶未相知也。下而班固、顔之推之徒，烏足置喙焉？有深獨契，惟此朽墨數行，與汨羅一片悠悠，映對千古耳。奈之何世復乏佳刻，殊晦厥意。王逸、洪興祖二家訓詁僅詳，會意處不無遺譏。惟紫陽朱子注甚得所解。原其始意，似亦欲與六經諸書並垂不朽。惜其明晦相半，故余敢參古今名家評，暨家傳李長吉、桑民懌未刻本，裁以臆説，謀諸剞劂氏。僉曰可。庶貽茲來世，以見予與原爲千古同調，獨有感於斯文云。（《七十二家評楚辭》）

【蔣之翹輯評七十二家評楚辭】蘇子瞻〔軾〕曰：楚辭前無古，後無今。（《七十二家評楚辭》總評）

李耆卿〔塗〕曰：《楚辭》氣最悲。（《七十二家評楚辭》總評）

朱應麒曰：《楚辭》皆以寫其憤懣無聊之情，幽愁不平之致，至今讀者猶爲感傷，如入虛墓而聞秋蟲之吟，莫不咨嘆息，泣下沾襟。（《七十二家評楚辭》總評）

蔣之翹曰：予讀《楚辭》，觀其悲壯處，似高漸離擊筑，荊卿和歌於市，相樂也，已而相泣，旁若無人者。悽惋處，似窮旅相思，當西風夜雨之際，哀蛩叫濕，殘燈照愁。幽奇處，似入山徑無人，但聞猩啼蛇嘯，木魅山鬼習人語，來向人拜。艷逸處，似美人走馬，玉鞭珠勒，披錦繡，佩琳琅，對春風唱一曲楊白華。仙韻處，似王子晉騎白鶴，駐緱山最高峰，吹玉笙作鳳鳴，揮手謝時人，人皆可望不可到。（《七十二家評楚辭》總評）

蔣之華曰：宗臣之忠于國而稱于世者，莫過三仁，而原最後出，不與焉。夫非楚之宗臣乎？事迹抑異于三仁乎？獨出處不嬰其時，而宏才大志，雅操貞忠，僅見託于《離騷》之一斑耳。奈何論者或傷其志，或過其忠，或咎其矯，或徒羨其文章，或又嫌其汲于用世，此皆不得原之心也。嗟夫，彼原抱嘉猷，賚鴻術，以事懷襄，圖議國政，使王舉國聽之，將不將伊周乎？管晏之業，不足語矣。何王信讒見疏，漸至逼逐，原之素志竟不知發洩何地。將攄忠一諫，得剖心殿陛，不失爲比干，而君顔不可望。將去此故都，完身草莽，不失爲微子，而宗國其永懷。將佯狂朝市，悲歌浩嘆，不失爲箕子，則慮指爲廢人，而卒不見用。憂心孔棘，若之何而後可耶？不得已，而一腔熱血，洒之爲腐墨數行。故今之讀其詞者，但當悲其志，哀其遇，歔欷再四，泣下可也。（《七十二家評楚辭》總評）

蔣翬曰：詩文有不從《楚辭》出者，縱傳弗貴也；能於《楚辭》出者，愈玩愈佳，如太史公文、李太白、李長吉詩是也。（《七十二家評楚辭》總評）

何景明曰：遜國臣有雪庵和尚者，好觀《楚辭》，時時買《楚辭》袖之，登小舟，急棹灘中流，朗誦一葉，輒投一葉於水，投已輒哭，未已又讀，終卷乃已，衆莫測其云何。嗚呼！若此人者，其心有與屈大夫同抱隱痛者矣！（《七十二家評楚辭》總評）

陸鈿曰：名家詩與楚《騷》一派者僅五人：唐李太白得《騷》之情，杜子美得《騷》之志，李長吉得《騷》之骨；若明則李獻吉得《騷》之氣，蔣楚穉得《騷》之神。（《七十二家評楚辭》總評）

（「懷質抱情兮」眉批）孫鑛曰：自古文章家，不掩其情質者，屈子一人。又曰：古文之必傳者，如雲蒸霞蔚，石皺波紋，極平常，極變幻，却自然天成，不可模仿。若可倣者，定非至文。賈生、小山得《騷》之意，而自出機杼者也。以後仿之愈似去之愈遠。紫陽作《集注》，芟去《諫》《懷》《嘆》《思》四篇，極是。（《七十二家評楚辭》卷四）

（明）沈雲翔

【沈雲翔輯評八十四家評楚辭】屈子去古未遠，世事猶稀，其臚列衍奧已如是，使生於漢唐宋後，興懷捉筆，更安極耶？（《八十四家評楚辭》總評）

蘇子由〔轍〕：吾讀《楚辭》以爲除書。（《八十四家評楚辭》總評）

陸鈿曰：謂《楚辭》語多亂、多複、多不經，非也。熱中展轉，自不覺語言無端而至於此。（《八十四家評楚辭》總評）

〔金蟠〕曰：忠藎語易腐，偏佚麗；懇切語易戇，偏婉轉；寄諷語易諧，偏雄峭，所以風雅道學之家，俱不可廢。（《八十四家評楚辭》總評）

〔金蟠〕又曰：《南華》《離騷》，皆古今奇絶之文，而後人於六經之後，並尊爲經。夫經，常也。奇而不可越，乃常也。讀《南華》使人不敢萌利達之心，讀《離騷》使人不敢忘生民之意。（《八十四家評楚辭》總評）

（明）黄文煥

【楚辭聽直凡例】

一、《離騷》下，舊有「經」字，王逸本、朱子本皆然，今删之。洪興祖曰：「古人引《離騷》，未有言經者。

蓋後世之士，祖述其詞，尊之耳。非屈子意也。」此篇良確。王逸釋《離騷經》之義曰：「離，別也。騷，愁也。經，徑也。言己放逐離別，中心愁思，猶陳直徑，以風諫也。」夫尊《騷》比於《五經》，故以經名。若釋經爲徑，歸於原之自名之，牽强彌晦矣！然《騷》之稱經，不從逸始，又非原始，將誰始乎？曰：始於漢武帝時。逸稱「武帝使淮南王安作《離騷經章句》」。當日重詞賦之學，自宜宗《騷》尊《騷》。特以經名之也。

一、《遠遊》以及《天問》《九歌》《卜居》《漁父》《九章》，王逸本俱繫「傳」字於每題之下，朱子本無「傳」字，而加「離騷」二字於每題之上。今所訂者，「傳」與「離騷」概從删焉。逸之繫以「傳」也，首篇爲「經」，則他篇自應爲「傳」。傳之名，意亦非逸始。淮南王只作《離騷經章句》，班固、賈逵亦只作《離騷經章句》，皆不及諸篇。惟視經爲綱，傳爲目，故詳於綱，略於目。傳之名，蓋從淮南、班、賈俱已有之。朱子加以「離騷」二字，二十五篇，本均稱《離騷》，以其義概從《離騷》中出也。去「傳」字而加「離騷」，猶夫稱傳之旨也。譬諸《莊子》之外篇，雜篇，總内篇之註脚也。余之不繫以「傳」，不冠以「離騷」，蓋曰屈子之意，未嘗不即後申前，未嘗不以此貫彼。固分之而亦經亦傳，合之而總屬《離騷》，無所不可。然其所作，首篇在懷王時，餘在頃襄時，屈子業自判其題，各不相混矣。胡爲贅而繫之，贅而冠之，必令附麗耶？余還其爲屈子之初而已！

一、從劉向時定屈子七題爲七卷，而以宋玉之《九辯》《招魂》，景差之《大招》，賈誼之《惜誓》，淮南小山之《招隱士》，東方朔之《七諫》，嚴忌之《哀時命》，王褒之《九懷》，向所自著之《九歎》，每一題稱一卷，合屈爲十六卷。王逸註《騷》，又附著《九思》爲十七卷。余嚴汰焉，以其詞之與原無涉者，不宜存也，小山是也；即或詞爲原作，而其意其法，未能與原並驅，不足存也，《惜誓》《七諫》《哀時命》《九懷》《九歎》《九思》是也；《九辯》爲從來所共賞，玉之旨因《騷》有「啓《九辯》與《九歌》」之句，欲以是補之，與《九歌》等，然詞在涉不涉之間，意與法在欲並未能並之際，勦襲句多，曲折味少，亦不存焉。可矣！《二招》之獨存，而又先《大招》於《招魂》，何也？王逸之論《大招》，歸之「或曰屈原」，未嘗以專屬景差。晁氏曰：「詞義高古，非原莫能及。」余謂本領深厚，更非原莫能及。則存《大招》，固所以存原之自作也。《招魂》屬之宋玉，而太史公曰：「讀《離騷》《天問》《招魂》《哀郢》，悲其志。」又似亦原之自作，則存《招魂》亦併存原耳。即《招魂》從來屬玉，《大招》未必非差。而其詞專爲原拈，其意與法，足與原並，則固足存矣，宜存矣。此豈他篇所可比？若唐、宋以後所增之《續騷》，贅附愈甚，置之不論可也。

一、評《楚辭》者不註，註《楚辭》者不評。評與註分爲二家。余於評稱品，於註稱箋，合發之。以非合不足盡《楚辭》之奧也。品拈大概，使人易於醒眼；箋按曲析，使人詳於迴腸。品之中亦有似箋者，然係截出要緊之句，不依本段之次序也。至於箋中字費推敲，語經煅煉，就原之低佪反覆者，又再增低佪反覆焉。則固余所冀王明之用汲，悲充位之胥讒，自抒其無韵之《騷》，非但註屈而已。

一、余之紬繹，概屬屈子深旨，與其作法之所在。從來埋没未抉，特爲劍拈焉。凡複字複句，或以後翻前，或以後應前，旨法所關，尤倍致意。其餘字義訓詁，每多從略。業有王、朱舊註，人人易考，不欲以襲混創也。且前人有美，宜歸諸前人，不欲總輯之而掠其美耳。

一、朱子因受僞學之斥，始註《離騷》，余因鈎黨之禍，爲鎮撫司所羅織，亦坐以平日與黄石齋前輩講學立僞，下獄經年，始了《騷》註。屈子二千餘年中，得兩僞學，爲次洗發機緣，固自奇異。而余抱病獄中，憔悴枯槁，有倍於行吟澤畔者。著書自貽，用等《招魂》之法。其懼國運之將替，則嘗與原同痛矣。惟痛同病倍，故於《騷》中探之必求其深入，洗之次必求其顯出。較朱子之註《騷》，抑揚互殊。正以與朱子逍遥林泉，聚徒鹿洞，苦樂迥殊也。非增僞學，不獲全闡真《騷》。上天之意，固自如是，人何尤焉！（《楚辭聽直》）

【離騷箋】祇言盡忠，尚有可諉。曰事是君者非獨我也，縱不得志，何至求死？逌溯所自出，明爲宗臣，休戚存亡，誼弗獲避，此不得不竭忠之前因也。數月日而自矜命名，又於本名本字之外，别創美稱焉。既已許身鄭重，何得偷生苟簡？顧名思義，當生之日，便是盡瘁之辰。使爲臣不忠，辱其名矣，辱其考矣。此又不得不竭忠之前因也。遠以亢宗，近以慰考。忠也，即所以爲孝也。忠孝兩失，而欲靦顔以立於人間，可乎哉？此原所以未死而嘗矢死也。（《楚辭聽直》卷一）

【聽年】以《騷》考之，放九年而不復，則頃襄九年之時，原尚未死。又越孟夏，懷沙自沉，固屬之十年矣。所繇遲遲其死者，當懷被誘，天下咸不直秦。懷死，喪歸在頃襄之三年，原實留此餘生以覲頃襄之復仇。直至七年，楚與秦平，迎婦於秦，以後好會日密，復仇無望，是以不得不死於十年也。（《楚辭聽直合論》）

又曰：太史公爲原作傳，而未詳列其任左徒何年，放何年，卒何年，二十五篇之作分屬何年。迄今世遠年湮，茫無繇定，令人感太史公之疏。意者當時亦未易知耶？就《騷》之中，補史之闕，大略可攷者，《離騷》作於懷王時，其餘俱作於頃襄時。（《楚辭聽直合論》）

【聽忠】千古忠臣，當推屈子爲第一。蓋凡死直諫者君死之，死封疆者敵死之，均非自死。至國破君亡，而一瞑以殉社稷，屬之自死矣，然皆出於一時烈氣，勢必不容偷生，未有如屈子之於故君既逝，新主復立，曠然十年外，竟終投水者。忠不首屈，又將誰首哉！〔……〕原於懷王之時作《離騷》，即云「願依彭咸之遺則」、「將從彭咸之所居」，矢志於投水以死久矣，顧未嘗死也。懷王爲秦所留，宜死未嘗死也。懷王喪歸，宜死又未嘗死也。原固知後世之人必將詆之爲忿懟，故以未遽死，屢次自明〔……〕原固知後人必將詆之爲狷狹，故又亟自明，以遵堯舜之大路，斥小人之窘步〔……〕原知後之人必將詆之爲「忠而過」，故又屢自明〔……〕夫以原之自明如此，卒受世之共詆如彼，世固謂原之可以不死，而未知原之必不可不死也。原不死即不忠，别無可以不死之途，容其中立也。（《楚辭聽直合論》）

（明）李陳玉

【離騷】自司馬遷解離爲遭，解騷爲憂，讀者相沿，遂謂《離騷》爲遭憂而作。嗣是詞賦之家，相與祖述，遂添經字於其下。顏師古解騷爲擾動之義，皆非也。騷乃文章之名，自是風之一種，故風、騷嘗合言之。風之與騷，譬古詩之與樂府也。澹質靜穆曰古詩，流動艷逸曰樂府。風之爲體，一如古詩；騷之爲體，一如樂府。南方自有此體，二南《廣漢》之詩便已肇端，不創自屈原。自屈原出此體，乃大乃妙爾。讀者不先明騷之得名，無怪於騷之下復添「經」之一字。騷既爲文章之名，「經」字不重出乎。乃若離之爲解，有隔離、別離、與時乖離三義。蓋君臣之交，原自同心，而讒人間之，遂使疏遠，相望而不相見，是謂隔離，此《離騷》中有「何離心可同」之語。一去而永不相見，孤臣無賜環之日，主上無宣室之望，是謂別離，此《離騷》中有「余既不難夫離別」之語。若夫君子小人，枘鑿不相入，薰蕕不共器，是謂乖離，此《離騷》中有「判獨離而不服」之語。就騷解騷，方知作者當日命篇本意，而從來解者皆妄添之名目也。（《楚辭箋注》卷一）

（「女嬃之嬋媛兮」至「夫何煢獨而不予聽」一段）從來詮者，謂女嬃爲屈原姊，不知何所根據，蓋起於袁崧之誤。袁崧因夔州秭歸縣，有屈原舊田宅在，遂謂秭歸以屈原姊得名。曰屈原有賢姊，聞原放逐，亦來歸喻鄉人，冀其見從，因名曰秭歸，即《離騷》所謂女嬃嬋媛也。後人遂於宅之東北，立女嬃廟，擣衣石猶存，此與徐氏貂嬋同妄矣，則何不便名姊歸，其稱秭，豈有訛乎？不知秭歸之地，誌稱歸鄉，原歸子國。《舜典》樂官夔封於此，故郡名曰夔州。《樂緯》曰：「昔歸典叶聲律。」然則歸即夔，後人乃讀爲歸來之歸。宋忠曰：「歸即夔，歸鄉蓋夔鄉矣。」酈道元好奇而不能辨，遂兩誌之《水經注》，故世互相沿習。按天上有須女星，主管布帛、嫁娶。人間使女謂之須女。須者，有「急之須」之謂。故《易》曰：「歸妹以須，反歸以娣。」言須乃賤女，及其歸也，反以作娣。娣者，正妃之次。古者國君一娶九女，娣姪從之。後人加女於須下，猶娣姪之文，本不從女，後人各加女於其旁也。漢吕后妹，樊噲妻，名吕嬃。蓋古人多以賤名子女，祈其易養之意。生女名嬃，猶生男名奴耳。屈原所云女嬃，明是從上美人生端，女嬃乃美人使喚下輩，見美人遲暮，輒亦無端詬厲。（《楚辭箋注》卷一）

（明）張煒如

【楚辭叙】屈原上稽邃古，下通列國，編愁組思，樹以芬芳，特出瑰瑋，自能言以來所未有。余師陸昭仲，胸敵古人，奬忠靈，昭黯默，論次其義，謂《離騷》頡昂入楚，抗峙列《國風》，疾病呻吟，戚顔長吁，使《江漢》《汝墳》間爲之，亦未即談笑若夷也。昭仲師聲詩班雅，然嘗推騷伯長之。其疏衷宣義，一如與原促膝把臂語。嗚呼！《騷》即於古不經，今竟經之。思靈均，求佚女，讀昭仲師之言，更不知憤然幾作矣！（引自〔明〕陸時雍《楚辭疏》）

（明）張溥

【王叔師集】屈原在楚懷王時，以忠被疏，作《離騷經》，頃襄王立，放之江南，作《九歌》《天問》《九章》《遠遊》《卜居》《漁父》《大招》，自沉汨羅。其後楚宋玉作《九辨》《招魂》，漢賈誼作《惜誓》，淮南小山作《招隱士》，東方朔作《七諫》，嚴忌作《哀時命》，王襃作《九懷》，劉向作《九嘆》，皆擬其文。（《漢魏六朝百三家集題辭注》）

（明）鄭元勳

【文心外符】荀宋而下，以至班揚左馬之流，而及張茶嶰谷之竹遞宣，楚澤之蘭互蒨，莫不鏗其鉅響，樹爲弘標。（《媚幽閣文娱·雜文》）

（清）周拱辰

【離騷經草木史叙】《離騷》者，楚補亡之詩也。侘傺致痛，鬱伊貢憤，疾君親而無他，指蒼天以爲正，哭歌慨歎，一冀靈脩之悟而後已，孤孽投兔之傷，窮嫠兩髦之慼，何以加焉？蓋孤行其意，于君臣父子之間，而藹然增人倫之重，可以興，可以觀，可以群，可以怨，孔子在而取節之，續十五國《風》之後，何遽出《小戎》《蒹葭》下哉！〔……〕弇州王氏曰：「孔子而不遇屈氏則已。孔子而遇屈氏，必采而列之《楚風》。」知言哉！千載而下，揚雄、淮南得《騷》之膚，賈誼得《騷》之骨，漢高、漢宣得《騷》之神與《騷》之用。得《騷》之膚者可與言，得《騷》之骨者可與立，得《騷》之神與《騷》之用者可與霸、可與王。袁孝尼痛飲讀《騷》，不荒誕乎哉！（《離騷經草木史》）

（清）賀貽孫

【騷筏楚辭總序】自《離騷》至《大招》，皆《楚辭》也。楚詩不列于《國風》，今觀《楚辭》，則楚之爲風大矣。學者分《詩》與騷賦爲三，不知詩有比興賦，則賦乃詩中一體。若騷則本風人悱惻之意，而沈痛言之耳。騷，憂也；離，麗也、罹也，離騷猶言罹于憂也。即《招魂》所謂「舍君之樂，而離此不祥」也，屈、宋當日，未嘗分爲兩種名目，騷即宋子作賦之心，賦即屈子作《騷》之事。意其與風人之詩雖有異名，其本于至性，可歌可詠，則一也。後人尊《離騷》爲經，或疑爲過，經者常也，騷者變也，變固未可爲經。然《離騷》爲古今第一篇忠愛至文。忠愛者臣子之常，屈子履變而不失其常，變風變雅，皆列于經，則尊《離騷》爲經，寧有異辭！（《騷筏》）

【騷筏】《離騷》《九辯》《九歌》《九章》之「兮」「也」，《招魂》之「些」，《大招》之「只」，雖無關於文，然文之輕重緩促，皆在於此，讀者因此生哀焉，去之則索然不成調矣。「兮」「也」「只」，皆中原音，而《招魂》之「些」，獨用楚中方語者，蓋魂無不之，聞聲則感，故招魂者，必使親愛之人以方語俚詞頻頻相呼，則魂魄來附，所以用「些」者，蓋不欲以不習之語駭之也。若《大招》則多莊重之辭，故不用「些」而用「只」耳。（《騷筏》）

又曰：若其行文，斷如復斷，亂如復亂，愈斷愈續，愈亂愈整，方續方斷，惟漢人五言古能得其法，魏

晉以下，知者鮮矣。（《騷筏》）

（清）黄宗羲

【汪扶晨詩序】昔吾夫子以興觀群怨論詩（……）古今事物之變雖紛若，而以此四者爲統宗。自毛公之六義以風雅頌爲經，以賦比興爲緯，後儒因之，比興强分，賦有專屬，即其説之不通也，則又相兼，是使性情之所融結有鴻溝南北之分裂矣。古之以詩名者，未有能離此四者，然其情各有至處。其意句就境中宣出者，可以興也。言在耳目，情寄八荒者，可以觀也。善於風人答贈者，可以群也。悽戾爲騷之苗裔者，可以怨也。（《南雷文定四集》卷一）

（清）吴喬

【圍爐詩話】漢人承《離騷》之後，故歌謡多奇語。（《圍爐詩話》卷二）

（清）錢澄之

【楚辭屈詁引】以屈子之憂思悲憤，詰曲莫伸，發而有言，不自知其爲文也。重複顛倒，錯亂無次，而必欲以後世文章開合承接之法求之，豈可與論屈子哉！吾嘗謂其文如寡婦夜哭，前後訴述，不過此

語。而一訴再訴，蓋不再訴，不足以盡其痛也。必謂後之所訴，異於前訴，爲之循其次序，别其條理者，謬矣！（《屈詁》）

【九歌】鼓所以作樂也，柷敔所以節樂，今以拍板代之。節疏而緩，則歌聲從容，以盡其態，故曰安歌。然《商頌》稱「奏歌簡簡」，則疏緩亦可兼鼓言。（《屈詁》）

（清）顧炎武

【七言之始】昔人謂《招魂》《大招》，去其「些」「只」，即是七言詩。余考七言之興，自漢以前，固多有之。如《靈樞·刺節真邪》篇「凡刺小邪日以大」「補其不足乃無害」。〔……〕宋玉《神女賦》：「羅紈綺繢盛文章」、「極服妙采照萬方」，此皆七言之祖。（《日知録》卷七）

【耿介】讀屈子《離騷》之篇，乃知堯舜所以行出乎人者，以其耿介。同乎流俗，合乎汙世，則不可與入堯舜之道矣。「非禮勿視，非禮勿聽，非禮勿言，非禮勿動」，是則謂之「耿介」，反是謂之「昌披」。夫道若大路然，堯桀之分必在乎此。（《日知録》卷一三）

【巫咸】古之聖人，或上而爲君，或下而爲相，其知周乎萬物而道濟天下，固非後人之所能測也，而傳者猥以一節概之。黄帝，古聖人也，而後人以爲醫師。〔……〕夫苟以其名而疑之，則道德之用微而謬悠之説作。若「巫咸」者，可異焉。《書·君奭篇》：「在大戊，時則有若伊陟、臣扈格於上帝，巫咸乂王家。在祖乙，時則有若巫賢。」《書序》：「伊陟相太戊，亳有祥，桑穀共生於朝。伊陟贊於巫咸，作《咸乂》四篇。」孔安國《傳》曰：「巫咸，臣名。」馬融曰：「巫，男巫也，名咸，殷之巫也。」孔穎達《正義》曰：「《君奭》傳曰『巫，氏也』，當以巫爲氏，名咸。鄭玄云：『巫咸謂之巫官。』按《君奭》，咸子巫賢，父子並爲大臣，必不世作巫官，故孔言『巫，氏』是也。」則巫咸之爲商賢相明矣。《史記正義》謂：「巫咸及子賢冢，皆在蘇州常熟縣西海隅山上，蓋二子本吴人云。」《越絶書》云：「虞山者，巫咸所出也。」是未可知。而後之言天官者宗焉，言卜筮者宗焉，言巫鬼者宗焉。言天官，則《史記·天官書》所云「昔之傳天數者：高辛之前，重、黎；於唐、虞，羲、和；有夏，昆吾；殷商，巫咸」者也。言卜筮則《吕氏春秋》所謂「巫彭作醫，巫咸作筮」者也。言巫鬼則《莊子》所云「巫咸招曰來」，《楚辭·離騷》所云「巫咸將夕降兮，懷椒糈而要之」，《史記·封禪書》所云「巫咸之興自此始」，許氏《説文》所云：「巫咸初作巫。」又其死而爲神，則秦《詛楚文》所云「不顯大神巫咸」者也。而又或以巫咸爲黄帝時人，《歸藏》言「黄神將戰，筮於巫咸」是也。以爲帝堯時人，郭璞《巫咸山賦序》「巫咸以鴻術爲帝堯醫」是也。以爲春秋時人，《莊子》言「鄭有神巫曰季咸」，《列子》言「神巫季咸，自齊來處於鄭」是也。至《山海經·海外西經》言「巫咸國在女丑北，右手操青蛇，左手操赤蛇，在登葆山，群巫所從上下也」，《大荒西經》言「大荒之中有山，名曰豐沮玉門，日月所入。有靈山，巫咸、巫即、巫朌、巫彭、巫姑、巫真、巫禮、巫抵、巫謝、巫羅十巫，從此升降，百藥爰在」，《淮南子·地形訓》言「軒轅丘在西方，巫咸在其北方」，則益荒誕不可稽，而知古賢之名，爲後人所假

託者多矣。(《日知録》卷二五)

【史記】《屈原傳》:「雖放流,睠顧楚國,繫心懷王,不忘欲反,卒以此見疑王之終不悟也。」似屈原放流於懷王之時。又云:「令尹子蘭聞之,大怒。卒使上官大夫短屈原於頃襄王,頃襄王怒而遷之。」則實在頃襄王之時矣。「放流」一節當在此文之下,太史公信筆書之,失其次序爾。(《日知録》卷二六)

(清)王萌

【楚辭評註自序】窮老讀《騷》,終日不厭。一切註疏,束而不觀,反覆吟詠。偶有所通,即筆之於下,不敢以鑿説戾之,不敢以迂解帶之,雖未知於屈子之意何如,大約二者諒亦湘纍之所許也。已而取柳子厚《天對》與《天問》並讀,時有發明。又取叔師、晦翁及洪氏注録其安穩確然不可易者,綴於各篇之下。惟是恢詭譎怪、卓犖駘蕩,天生異才,未易有兩。而宋玉又起而繼之,皆楚山川靈奇之所鍾,故其驚才風逸、壯志煙高,不謀而同,誠有如劉勰之所云者。自是以來,賈傅、小山而下,蓋亦曠世而難其人矣;然宋玉諸人,或才近之矣,而終爲言他人之愁,賈傅蓋情近之矣,而才又遜焉,則惟屈子一人而已。蓋其忠君愛國之懷,遺世拔俗之操,非輔以如是之文,懦夫頑士亦何由聞風感起百代之下!揚雄謂其過以浮,夫以《騷》之命意摛辭,憤悱迫切如此,而猶指爲浮,吾不知其具何眼以觀千古之文。班固又謂其露才揚己,顔之推至謂陷輕薄而暴君過。夫屈子宗臣而值夏屋之將丘，已又爲讒臣壅蔽，以至於放逐不得復見，寧能碌碌默默而苟以爲厚道也？然則甘視宗國之亡，不思一言以寤主乎！讒臣謂己不忠矣，忠孝無可假人之理，又能甘自居於不忠以長没乎！斯皆鄙陋之言，不足復道。然亦非所望於三子也。夫豈《騷》之難知哉！亦其性分大有不及者耳。非屈子之知己矣。而況《反離騷》之揚雄也哉！嗚呼！雄而既謂原賦之過浮矣，見爲浮，則亦安知鬱爲幽思，抒爲真怨者之不可以已，宜其反之而曰「何必湘淵與濤瀨」也。李温陵謂其憤世嫉俗益甚，正爲屈子翻愁結耳。吾邑鍾退谷先生，謂其深好屈原而悲其遇，當與《廣騷》同意，略其過浮之譏，而爲是相與護惜之詞，俱非篤論也。予未敢雷同焉。彊圉大荒落，仲冬長至日，裴溪在叟王萌書於蠟梅花下。（《楚辭評註》）

【楚辭評註目録後記】按《離騷》下，《釋文》及《史記》俱無經字，當仍之。《九章》《遠遊》，或謂辭人擬作，非是。《招魂》，王逸諸本俱謂宋玉作，遷史以爲原作，劉勰論亦同，玩其詞氣良是，今繫之屈原。《九辯》《大招》或謂俱原作，非是。《惜誓》，王逸以來謂賈誼作，亦無明據，其不載《弔屈原》《鵩鳥》二賦，亦非王本。又有東方朔《七諫》、王褒《九懷》、劉向《九歎》，及逸所作《九思》，晦翁謂詞氣平緩，無病呻吟，不當以累篇帙，俱删去。又按莊忌《哀時命》，填寫成語太多，余亦删去，卷中共四十二篇。（《楚辭評註》）

（清）何焯

【文選騷】賈生曰：「屈原被讒放逐，作《離騷賦》。」若用此語，去經之名，則無吳楚僭王之疑矣。（《義門讀書記》卷四八）

（清）楊金聲

【新刻楚辭箋注定本序】余兹重有感焉。自古聰明聖智，不表諸功業，必著爲文章。表諸功業者，自應與皋伊比隆；著爲文章，其不幸也。雖然，《楚詞》與六經相上下，既已爭光日月，向使屈子遭時遇主，則其文章全發之於絲綸謀議之地，千載而下，又孰知澤畔江濱，有此德慧術智一段公案哉？惟其有才而無命，有學而無時也，故長留諷詠於天壤之間，亦無所見其不幸焉耳。（《新刻楚辭箋注定本》）

（清）彭而述

【楚騷注序】《離騷》之不列「六經」，又不列「十三經」，《騷》之不幸也，然而經矣！其文字實賡「六經」而作也。〔……〕《詩》三百篇無楚風，説者以爲宣尼外之退之也。然《召南》《江漢》之什，《風》

《雅》迭見，獨不以國專名，何歟？毋亦楚、荆州分野，居南天之半。又熒惑，文明之位；祝融，君之所秉令也。將有文事繼「六經」起者，聖人亦聽之。乃自删定後數百餘年，而楚之屈原生焉。此《離騷》所由作也。其文上薄蒼旻，下極黄壤。山川磅礴，巫鬼繡錯。鞭電駕螭，陰陽百出。追琢鴻蒙，胚胎造化。文至此止矣。「六經」而在，何以加諸？所謂實賡「六經」而作者，是耶？非耶？世無屈子，則人且本「六經」以作祖，而世無文章。自有《離騷》，而世乃知楚於十五國之外，羴然有以自見。開吴越之草昧，啓齊梁六代以後之制作，《騷》實先焉矣！怨不怒，哀不傷，是周轍之未東也。顧自《周禮·職方》而論，先荆而後楚，楚幅員甚大，氣燄常併吴越。自浙以東、淮以西，西南訖沅、湘、南海，則東南文字之祖者，屈原也。宜其自成一書。不載《國風》，宣尼知之矣。列國之書，輶軒采之以貢天子，衆人之謡俗也。原獨出一人手纂，爲江漢之風。兩雄不並立，宜不與東魯同時也。（引自〔清〕楊金聲《新刻楚辭箋注定本》）

（清）施閏章

【蘇詩】《楚辭》一篇中，言紉佩則江蘺、申椒、蘭、菊、菌桂、蕙茝、留夷、揭車、杜蘅、薜荔、芰荷、芙蓉，香草疊出；言駕馭則騏驥、玉虬、飛龍、玉鸞、蛟龍、玉馱、八龍，意言屢複，其法從《三百篇》來。荇菜、芣苡、江永、漢廣之類是也。（《蠖齋詩話》卷二）

（清）尤侗

【九訟序】昔屈原作《九歌》《九章》，宋玉申以《九辯》，而《離騷經》云「啓《九辯》與《九歌》兮，夏康娱以自縱」，蓋猶仍古之名也。予獨怪原之立言過於自矜，而憤世疾俗已甚。玉雖爲師辯其忠直，極狀其悲憂窮蹙，而未能釋以義理，故君子以爲激焉。（《西堂雜組》三集卷二）

（清）王夫之

【離騷解題】今按舊注所述，是篇之作，在懷王之世，原雖被讒見疏，而猶未竄斥，原引身自退於漢北，避群小之愠，以觀時待變。而冀君之悟，故首述其自效之誠、與懷王相信之素、讒人交構之由，而繼設三端以自處，游志曠逸、舒其愁緒，然且臨睨舊鄉，蜷局顧眄，有深意焉。至於終莫我知後，有從彭咸之志，矢心雖夙，而固有待，未遽若《九章》之決也。夫以懷王之不聰不信，内爲艷妻佞幸所蠱，外爲横人之所劫，沉溺瞀亂，終拒藥石，猶且低回而不遽答，斯以爲千古獨絶之忠。而往復圖維於去留之際，非不審於全身之善術，則朱子謂其過於忠，又豈過乎！（《楚辭通釋》卷一）

（清）毛先舒

【詩辯坻】太史公稱《離騷》兼「好色而不淫，怨誹而不亂」，嗣此者惟有《十九首》，則平和粹雅，幾于

無復怨誹好色。（《詩辯坻》卷二）

又曰：昔人云：「一緒連文，則珠聯璧合。」文唯一緒，則珠璧斯可聯合。又云：「講之如獨繭之絲。」蓋作者有情，故措詞必有義，倘詞義閃爍無端緒，則中情必詭，不足録也。《離騷》斷亂，人故不易學，然講之亦仍自義相連貫。豈如今人，但取鋪詞，不顧乖義，首句張甲，次句李乙。且無當于庸音，何《離騷》之足擬！（《詩辯坻》卷四）

（清）魏學渠

【楚詞箋注序】《離騷》言情之書也，其詞繼三百篇之後，旨最近於風人，哀而不傷，怨而不悱，《詩》亡《騷》作，屈子殆情深而正者與！寄之美人香草以申其義，援之《山鬼》《漁父》以廣其説，而總不離于忠孝者近是。貞人誼士，讀其辭而感之，所爲傳注箋疏，豈徒學牽合文義云爾？將以明其志，感其遇，惻愴悲思，結撰變化，千載而下，頑廉懦立，雖與日月爭光可也。（引自〔明〕李陳玉《楚詞箋注》）

（清）賀寬

【飲騷序例三】按，《楚辭》全帙，此諸篇之外尚有賈誼《惜誓》《弔屈原文》、揚雄《反離騷》、淮南《招隱士》及東方朔《七諫》、嚴忌《哀時命》、王褒《九懷》、劉向《九歎》、王逸《九思》諸篇。朱子於十篇外止存賈誼二篇，又增《服賦》外，則《哀時命》《招隱士》而已。黄維章《聽直》止存屈子二十五篇，以《大招》王逸疑爲原作，《招魂》本宋玉所作。而太史公與《離騷》《哀郢》《天問》並稱，疑遷亦以爲原作也，因並存之，以尊屈也。余增《九辯》一篇，古人屈宋並稱，存之以見宋之去屈彌遠，亦所以尊屈也。（《飲騷》）

【飲騷】世人之論皆曰《楚詞》承風雅之餘響，開漢魏晉唐之先聲。又云屈子鬱陶繾綣，無倫無次。後人擬作攄寫情素文義，迄今始知屈子之文本是秩然，非無倫次者。（《飲騷》）

（清）陳維崧

【孫豹人詩集序】余少讀《詩》，則喜《秦風》。每當困頓無聊時，輒歌《駟驖》以自豪也。繼又自悲，悲而至於罷酒。厥後讀《楚辭》，傷其詞義悱惻，不自振拔，又輒掩卷而嘆。夫南風之不競，而章華鄢郢之鞠爲蔓草也，詎必於子蘭、鄭袖諸君卜之乎？抑於《離騷》《九辨》之哀颯覘之矣。以故讀《秦風》《楚辭》二書，知嬴氏興而芈氏廢也。（《陳迦陵文集》卷一）

（清）葉燮

【小丹丘詞序】昔有楚屈平者，仁義道德忠信人也，被讒而不得於其君，作爲《離騷》，援美人以喻君王，指香草以擬君子。其言抑何柔嫵婉孌，此豈有不宜於憔悴枯槁鬚眉之屈平耶？至《九歌》中麗句，實已爲詞家作祖矣。又晉之陶潛，振古高潔人也，乃有《閑情》一賦。唐人艷體詩，首推李商隱，然其寄託深遠，多藉美人幽離之思，靡曼之音以寫之，蓋得楚《騷》之遺意者。古之才人，凡其胸中抑鬱不平而不得申者，正言之不可，泛言之不可，乃意有所觸，以發其端，而攄其莫能言之隱也。作詞者亦是志而已矣。夫何病乎？余聞其言曰：「善！是余所未逮也。」適柯子南陔《小丹丘詞集》成，命序於余。余卒讀之而歎曰：「其風雅，其寄託，真能上追三閭而伯仲元亮、義山者也。區區南北宋詞家，不足言矣。」（《已畦集》卷八）

（清）林雲銘

【附：楚懷襄二王在位事蹟考】

懷王（威王太子，名熊槐，在位三十年。）

癸巳元年：魏聞楚喪，伐楚，取陘山。（張儀初相秦，四年，秦惠王始稱王。）

戊戌六年：楚使昭陽攻魏，破之襄陵，取八邑。（所謂「南辱於楚」者此。）

癸卯十一年：楚爲從約長，與趙、魏、韓、燕伐秦，攻函谷關。秦出兵逆之，五國皆引兵歸。（時屈子爲左徒，王甚任之，國内無事。《惜往日》篇所謂「奉先功以照下，别法度之嫌疑，國富强而法立」是也。屈子有功在此，其招讒妒亦在此。）

戊申十六年：（齊湣王元年。）秦使張儀約楚絶齊，許以商於之地六百里。楚絶齊，秦不予地，遂攻秦。（見本傳。○洪興祖謂屈子被疏在此年，愚按《史記》，被疏尚在前。「疏」者，止是不與議國事耳，未嘗奪其左徒之位也。絶齊時，疑必諫。《離騷》云「反信讒而齌怒」，《惜誦》篇云「反離群而贅肬」，當俱指此，則奪其位者在此年耳。）

己酉十七年：春，秦敗楚於丹陽，斬首八萬，虜大將屈匄、裨將逢侯丑等七十餘人，取漢中郡。楚悉起國中兵襲秦，大敗於藍田，割兩城以和。韓魏聞楚困，襲楚，至鄧，楚引兵歸。（見本傳。○屈子雖廢，猶在朝，忿兵必敗，當無不諫。《離騷》云：「既替余以蕙纕，又申之以攬茝。」「申」者，言既廢，又切責之也，則合前兩次見拒可知，《惜誦》當作於此年。

庚戌十八年：秦約分漢中之半，與楚和親。懷王願得張儀，不願得地。儀至，厚幣靳尚，説鄭袖使言之王，釋之。（見本傳。○屈子使齊而反，諫已不及。愚按：使齊必以見欺於秦爲謝，再脩前好。獨使屈子者，以絶齊時，群臣皆賀得地。陳軫獨弔，而軫又往仕秦，别無可使，故不以既絀而不用，則前此之諫絶齊，益可知矣。屈子未反，舉朝又無一人諫王釋張儀之非，則其黨於靳尚亦可知，所以謂之「黨人」。）

壬子二十年：齊湣王欲爲從約長，遺書與楚。楚以昭雎議，欲雪藍田之恥，遂合齊以善韓。（前使屈子之齊，必爲定從雪恥計，兹湣王書至，而又未决者，以曾爲從約長，恥見奪耳。昭雎之議甚確，豈《離騷》所謂「蘭椒」其人乎？

丙辰二十四年：秦昭王初立，厚賂楚。楚往迎婦，遂背齊而合秦。（徇利棄信，所以速禍。況秦爲虎狼之國，非可以婚姻結乎？屈子以彭咸死諫爲法，必越諫而被遠遷，絶其言路。《惜往日》篇所謂「讒人蔽晦，虚惑誤又以欺，遠遷臣而弗思」是也。「虚惑」，當指絶齊言，「誤」當指攻秦言，「又以欺」，當指背齊合秦言。）

丁巳二十五年：懷王與昭王盟約於黄棘，（在房、襄二境上。）秦復與楚上庸。（楚恃婚姻而往，然武關之辱，實此盟誤之。《悲回風》篇刺頃襄迎婦於秦，所謂「施黄棘之枉策」是也。屈子雖遠遷，尚欲南行而死諫，終不得諫。《思美人》篇當作於此時。）

戊午二十六年：齊、韓、魏責楚負其從親，同伐楚。楚使太子横入質於秦而請救。秦兵至，三國引去。（諸侯連兵伐楚，本是意中之事，但請救於秦而又質子，則前此之迎婦結盟何爲乎？屈子必思一善後之策而陳詞，懷王惟以秦救爲美好而憍之，朝臣又以王之造怒，不敢正其是非，所以不聽，《抽思》篇當作於此年。）

己未二十七年：秦大夫有與楚太子鬭，太子殺之，亡歸。（愚按：敵國質子，大夫豈敢與私鬭？當是秦昭王知懷王之愚，實陰遣之，使釀成兵端耳。）

庚申二十八年：秦與齊、韓、魏共攻楚，殺楚將唐昧，取重丘而去。（見本傳。○愚按：懷王此時當思屈子之言而召回，但未復其位。此事本與屈子無涉，太史公特叙入傳者，作後來諫會武關來歷耳。洪興祖以爲十八年召用，疑字之誤。）

辛酉二十九年：秦復攻楚，大破楚軍，死者二萬人，殺將軍景缺。乃使太子爲質於齊以求平。（僅求齊不見伐以支秦。）

壬戌三十年：秦復伐楚，取八城，遺書與楚，會武關結盟。昭睢諫無往，王稚子子蘭勸王行。秦詐令一將軍號爲秦王，伏兵武關，俟懷王至，閉之。遂與西至咸陽，朝章臺，如藩臣，不與亢禮，要其割巫、黔中郡。懷王怒，不許，因留秦。昭睢謀詐計於齊，齊歸太子，遂立爲王。秦不得所割，怒攻楚，大敗楚軍，斬首五萬，取析十五城而去。（見本傳。○屈子先諫勿入武關，與昭睢所見相同，無奈不聽。按：懷王爲人，貪而且愚，又好矜，蓋貪則可以利誘，愚則可以計取，好矜蓋則喜諛而惡直。齊、秦兵好反覆，屈子疏放，皆坐此三病。武關受欺，只悔不用昭睢之言，而不及屈子，則好矜蓋、積怒猶未平可知。）

頃襄王（懷王太子，名横，在位三十六年。）

癸亥二年：懷王亡逃歸，被秦遮楚道，從間道走趙。不納，又欲走魏，而秦兵追至，遂同使者入秦，發病。（見本傳。○屈子又被讒，放於江南之埜，以取怒於令尹子蘭故也。《涉江》篇當作於此年，《招魂》亦當作於此年。）

甲子三年：懷王卒於秦。秦歸其喪，諸侯自是不直秦。秦楚絶。（《大招》當作於此時，《卜居》當作於四年。）

丁卯六年：秦遺書，約決戰。楚患之，謀復與秦平。（以無可敵秦故。）
戊辰七年：楚迎婦於秦。（忘不共之讎而結好，總因國中無人，不能爲美政，故爲威勢所劫。《悲回風》當作於此時，《哀郢》當作於十年，《漁父》《懷沙》當作於十一年，以汨羅自沉當在此年也。）
乙亥十四年：與秦昭王會於宛，結和親。（自此至末，皆屈子身後事。）
丁丑十六年：與秦昭王好會於鄢。秋，復與秦會穰。
己卯十八年：用楚人「匹夫報讎」之說，遣使於諸侯，復爲從。秦伐楚，楚欲與齊韓連和伐秦。因欲圖周，周使說楚相昭子而止。（不能自强，已失報讎之具，況又圖共主乎？誠讒諛虛惑之見也！）
庚辰十九年：秦伐楚，楚軍敗，割上庸、漢北地予秦。
辛巳二十年：秦將白起拔楚西陵。
壬午二十一年：秦將白起拔郢，燒先王墓夷陵。楚兵散，不復戰，東北保於陳城。（屈子《哀郢》篇云「夏之爲丘，兩東門之蕪」，不過十年而即驗。《天問》篇云「吴光争國，久余是勝」，以吴光入郢，掘平王墓而鞭屍也。夷陵之燒，何先見之明乃爾！）
癸未二十二年：秦復拔巫、黔中郡。（前武關所要割不予者，又拔去矣。）甲申二十三年：襄王收東地兵，得十餘萬，復取秦所拔江旁十五邑以爲郡，距秦。（已不成其爲國。《天問》篇「告堵敖不長」之説驗矣。）
戊子二十七年：復與秦平，入太子爲質於秦。（按：懷、襄兩世，屢結秦好，皆卒困於秦，總以讒諛用事，除迎婦、質子之外，别無伎倆。《天問》所謂「荆勳作師，夫何長」，早已道破。）丁酉三十六年：襄王病，太子亡歸。秋，襄王卒。（太子熊元立。）

（屈子所著之文，無先後次序考據。兹將二君在位事蹟，按年編輯，參之《史記》本傳。凡有明文者，即繫於各年之下；如無明文，亦可以各篇語意推之，以備讀者之參考。庶不至如舊註一味强解，即以爲屈子之年譜可也。林雲銘纂編）

（清）林沅

【跋語】屈子全副精神，總在憂國憂民上。如所云「恐皇輿之敗績」、「哀民生之多艱」，其關切之意可見。因被讒絀疏之後，純是黨人用事，以致國事日非，民生日蹙，即哀自己，亦所以憂國憂民也。後段既云「往觀四荒」，宜如《遠遊》篇四極俱到。乃發軔，即云至縣圃，又云邅道崑崙，至於西極。及詔西皇，期四海，止於西方一面。因見故鄉而遂歸，絶不提起東南北三方，明明知楚屢困於秦，將來必爲秦併，故特取道以觀形勢。亟歸視楚，若國中有人與爲善政，或可稍支。蓋微詞諷諫，而懷王竟置若罔聞。此太史公所以謂之「終不悟」也歟。（引自〔清〕林雲銘《楚辭燈》卷一）

（清）毛奇齡

【雲間蔣曾策詩集序】吾聞《離騷》之興，遠異《風》詩，乃説者又以爲變《風》之息，則《離騷》實繼之。

其旨譎詭,而情不淫;其文奇,而其才可以怨。向者杜陵稱予詩,謂情文流靡,有似《離騷》,而吾亦謂杜陵父子,其寄物肆志,大者得之正則,次亦不失王褒、劉向之徒。夫《離騷》,變《詩》也。然變而不失其正,故正之變而《詩》亡,變之變而《離騷》亦亡,然則曾策亦持其不變者而已矣。(《西河集》卷三)

(清)奚禄詒

【楚辭詳解自序】屈大夫非辭人也,王佐之才也。不幸生衰楚,不忍見其宗社之狐祥,自沉於汨。心比干之心,而道周公之道也。彼揚雄、班固、顔之推數人者,自滅其性,恕己而量人,其何損於屈大夫哉!大夫攄情啓志,不得已而書爲二十五篇。其要旨歸,六經之義遺焉。其上陳天道,函剛健中正之則。傾宇傾宙,旁通其情,則幾於《易》者也。稱先王,卹兆民,撥亂之意,歸於仁義,則幾於《書》者也。憂心愀愀,續四始五際之變,哀而不傷,達於事變,而懷其舊俗,則幾於《詩》者也。國之大事,居之以慎,伸君子,抑小人,比物類情,而志存虜經世,則幾於《春秋》者也。放於江介,過自檢束,潔衣冠,尊瞻視,三綱九法,鬱結於胸中,則幾於《禮》者也。感物而動,聲成文,律諧聲,廉直遒殺之音,資於六氣,則幾於《樂》者也。宋玉、景差之徒,挹其一聲,且爲詞人之祖。而屈大夫深廣矣。(《楚辭詳解》)

（清）吴景旭

【楚辭·九歌】吴旦生曰：舊注，楚國南郢之邑，沅、湘之間，其俗信鬼而好祀，作歌樂鼓舞，以樂諸神。原以其詞鄙陋，爲作《九歌》之曲。王逸謂屈子特修祭以宴天神。二説皆非。詳其旨趣，直是楚國祀典，如漢人樂府之類，而原更定之也。其篇目，有《東皇太乙》《雲中君》《湘君》《湘夫人》《大司命》《少司命》《東君》《河伯》《山鬼》《國殤》《禮魂》，共十一篇。梁昭明以《大司命》《東君》《河伯》《國殤》《禮魂》不入選。或云《國殤》《禮魂》不在數，故曰《九歌》。或云，《大司命》與《少司命》合爲一體，《禮魂》則諸篇之亂辭，故曰《九歌》。洪興祖云：「《九歌》十一首，《九章》九首，皆以九爲名者，取『簫韶九成』，『啓《九辯》《九歌》』之義。《騷經》曰：『奏《九歌》而舞《韶》兮，聊假日以媮樂。』即其義也。宋玉《九辯》以下，皆出於此。」張銳云：「九者，陽數之極。自謂否極，取爲歌名也。」《九辯》舊注云：「九者，陽之數，道之綱紀也。故天有九星，以正機衡；地有九州，以成萬邦；人有九竅，以通精明。」諸説紛紛。余獨喜楊升庵之言云：「《九歌》乃十一篇，《九辯》亦十篇。宋人不曉古人虚用九字之義，强合《九辯》二章爲一章，以協九數，兹大可笑。如《公羊傳》云：『葵丘之會，桓公震而矜之，叛者九國。』九國謂叛者多，非實有九國也。猶《漢紀》云：『叛者九起』云爾。古人言數之多止於九。《逸周書》云：『左儒九諫於王。』『孫武子，善攻者，動於九天之

上。』」（《歷代詩話》卷八乙集）

（清）王士禛

【晴川集序】《三百篇》既亡而《楚詞》興，《楚詞》不競而古詩作，故學士大夫將自兩漢以溯《風》《雅》之濫觴，舍《楚詞》其道無由。宋晁無咎、朱元晦所輯録自淮南小山而下，其聲類楚者，咸採摭不遺。而東坡、山谷教人作詩之法，亦惟曰熟讀《三百篇》《楚詞》，曲折盡在是矣。晁、朱二家之書，豈非竊取坡、谷之意而爲之者歟？然雲林黄氏又言：「屈、宋諸騷，皆書楚語，作楚聲，紀楚地，名楚物，故謂之《楚詞》。若些、只、羌、誶、蹇、紛、侘傺者，楚語也。頓挫悲壯，或韻或否者，楚聲也。沅湘、江澧、修門、夏首者，楚地也。蘭、茝、荃、蘂、蕙、若、蘋、蘅者，楚物也。」蓋伯思之説云爾，而余不謂然，何也？善學古人者，學其神理；不善學者，學其衣冠、語言、涕唾而已矣。今必歷楚地，寫楚物，强傚楚語，以擬楚聲，夫而後得，謂之《楚詞》，庸有是乎？馮子大木以中書舍人典試於楚，賦詩百餘篇，其詞甚麗。蓋真能得《三百篇》洎屈、宋、唐、景之曲折者，而身之所歷，又皆沅湘、江澧、修門、夏首之地；所名者，又皆蘭、茝、荃、蘂、蕙、若、蘋、蘅之物。其天才超逸，類多頓挫悲壯，有《九歌》《九辯》之遺風。於是讀者交歎，慕以爲是真《楚詞》也。予顧以爲，馮子之於《楚詞》，自少已窮其曲折，即不歷楚地，名楚物，其善學古人者自在也，而其南浮江湘，東過夏首，得以流連唱歎，攬香草、像嘉木、思公子、懷美人，則天所以昌其文，以與江漢、洞庭、内方、大别，共爲南國之紀楚之利也。而馮子固不必以楚聲爲工者也。使起東坡、山谷、無咎、元晦諸先生而質之，其必有取爾矣。（《帶經堂集》卷六五、《蠶尾文集》卷一）

阮亭答：「〔……〕《離騷》之原，若《匪風》《月出》之屬，已駸駸乎有騷人之致矣。特《九歌》《九章》《九辯》之作，乃大盛於屈、宋師弟子，爲後世作賦家大宗，而《九歌》亦在詩賦之間，至《九章》乃純乎賦。」（引自〔清〕郎廷槐《師友詩傳録》）

（清）王邦采

【離騷彙訂自序】《騷》之爲體，自屈子倡之。漢魏以降，長卿、子雲之徒，代相摹習，盡態極妍，卒無有能肖之者。〔……〕蘇長公有言：「吾文終其身企慕而不能及萬一者，惟屈子一人耳！」以長公之才之學，猶自屈若此，外此可知矣。〔……〕如怨如慕，如泣如訴，屈子之情生於文也。忽起忽伏，忽斷忽續，屈子之文生於情焉。洋洋焉，灑灑焉，其最難讀者，莫如《離騷》一篇。而《離騷》之尤難讀者，在中間見帝、求女兩段，必得其解，方不失之背謬侮褻，不流於奇幻，不入於淫靡。令屈子一片深心，千古共白，如聞其聲，如見其人也。（《離騷彙訂》）

【離騷彙訂】嗟乎，文字之禍，自古爲然哉！《坤》爻之六四曰：「括囊无咎。」《鴻雁》之卒章曰：「維此哲人，謂我劬勞。維彼愚人，謂我宣驕。」讀至此未嘗不掩卷太息也。屈子之被譖而見疏也，以奪稿而不與也。入朝見嫉，甚於入宫見妬，屈子知之稔矣。《騷》胡爲而作哉！正則隱其名矣，靈均隱其字矣，夫非憂讒畏譏之意乎哉！而卒來子蘭之怒，上官之短，遂令後人議其露才揚己，競乎危國群小之間，以離讒賊。生不免於放流，殤猶招夫詬病。能不動人焚筆硯之想哉！善夫！司馬氏之言曰「人窮則反本」，「勞苦而呼天」，「疾痛而呼父母」。蓋其憂愁幽思，鬱結於中，而不能自已，則作爲詩歌以發之。自古文人厄於時命之窮者，大率類是。而況屈子身爲宗臣，處亂事闇，蟊賊内訌，艷妻煽處，尤不能嘿嘿者哉。然百世而下，讀其文，觀其語，亦可以慨矣。（《離騷彙訂》）

【屈子雜文箋略自序】屈子之文，舊傳二十四篇（共計一萬一千二百四十四言），而其精神之凝聚，學問之歸宿，胥於《離騷》大篇發之（二千四百七十七言）。外此則皆其散見之文耳。《九歌》之音思以慕（一千五百五十三言），《天問》之音思以荒（一千五百五十九言），《九章》之音思以激（三千九百八十七言），《遠遊》之音思以曠（一千一百三十七言），以至《卜居》（三百二十言），《漁父》（二百十一言），惝怳愁悽，鬱結之思，纏綿莫解，要莫能出《離騷》之範圍矣。（《屈子雜文箋略》）

（清）李光地

【九歌新説後序】愚觀屈子，蓋蠻荆之一人，北方學者，未能或之先也。《離騷》之篇，陳古義，剴治道，三代名臣，何以加兹？至所托言取類，上自象曜風霆雲雨，下迄地域山川，中錯人倫族氏，草木禽鳥之芬芳靈鷙，與《易》象稱名，《風》《雅》興物無異。（《榕村集》卷十）

（清）劉獻廷

【離騷經講録】若屈子者，千秋萬世之下，以屈子爲忠者無異辭矣。然而未嘗有知其爲孝者也。其《離騷》一經，開口曰「帝高陽之苗裔兮，朕皇考曰伯庸」，則屈子爲楚國之宗臣矣。屈子既爲楚國之宗臣，則國事即其家事，盡心於君，即是盡心於父，故忠孝本無二致。然在他人，或可分爲兩，若屈子者，盡忠即所以盡孝，盡孝即所以盡忠。名則二，而實則一也。是故《離騷》一經，以忠孝爲宗也。（《離騷經講録》）

故知《離騷》之體裁格調，雖與《詩》異，然觀其所用之韻，多有楚韻，則是楚國一方之音，必先自有體裁，而後屈子爲之，非屈子之特創也。〔……〕然其間一唱三歎，重見側出，斷亂無端，抑揚宛轉之妙，《離騷》一書盡之矣。（《離騷經講録》）

（清）張詩

【屈子貫】屈子之所以妙，以其忳菀悶瞀，迷離荒忽，棼乎莫揣其端，杳乎莫窮其際；如入寶山，瓌瑋璀璨之彌目，而不識何物；如聆廣樂，鏗鍧杳眇之盈耳，而不解奚響。唯會心者即其文得其意，即得其意，得其志，而因以得其鬱堙阸側，惓惓悃悃，念君憂國之至情。徐至按其節族，尋其脈絡，復而不厭，雜而不亂。夫而後處數千載下，恍目繫三閭當年，徬徨躑躅，涕洟謠吟於湘濱沅渚間，不自覺喜者怒，舒者慘，和平者憤激，叫呼而繼之以號咷。若此者，亦止以會之心，不能傳之口。乃欲循其章句以解之，寧復有屈子乎？然盲之文吾能知其葩，腐之文吾能知其憤，莊之文吾能知其幻，班之文吾知其密。《戰國策》之文吾能知其譎，得其解，則終解矣；故可以無解。若屈子，吾不知其翩飄乎從何而來，從何而往也？此必天半雲霞，卷舒於空濛有無之中，或濃或澹，或斜或整，或聚或散，倏忽變化，不可思議，不可摹捉。故今日讀之謂然，明日讀之又可不謂然，一人讀之謂然，他人讀之又可不謂然。而無以解之，則亦終無從以解之矣。（《屈子貫》卷一）

（清）張肇熿

【屈原】湘水長流恨不消，美人香草思無聊。剖心未見懷襄悟，潔志空爭日月昭。弟子放歌飛白雪，賈生收淚弔寒潮。當年魂魄歸來否，痛飲江樓續大招。（《愚溪詩稿》）

（清）查慎行

【三閭祠】平遠江山極目迴，古祠漠漠背城開。莫嫌舉世無知己，未有庸人不忌才。放逐肯消亡國恨，歲時猶動楚人哀。湘蘭沅芷年年緑，想見吟魂自去來。（《敬業堂詩集》卷二）

（清）吕履恒

【荆州懷古】嘗思痛飲讀《離騷》，萬古傷心在二毛。風雅以還兼正變，懷襄之際獨憂勞。同官已妒能文寵，弟子猶傳和曲高。此日九原難可作，東門隱隱見蓬蒿。（《冶古堂文集》卷五）

（清）張德純

【離騷節解】《楚辭》名篇，舊矣。然而靈均之文，上嗣四始，下開百代，超前軼後，獨自成家。與之同世者，若孟之醇、莊之誕，各得一以名，而獨囿靈均以南音，竊聽未安也。兹論定而宋、景輩且難乎爲繼聲，況褎、向以下哉！（《離騷節解》）

（清）朱冀

【離騷辯凡例】《楚辭》全帙，均屬三閭絶唱，曷爲乎止辯《離騷》？蓋《楚辭》中最難讀者莫如《離騷》一篇。大夫畢生忠孝，全副精神，俱萃於此。章法大則開闔亦大，中間起伏呼應，一離一合，忽縱忽擒，如海若汪洋，魚龍出没，變態萬狀，令人入其中而茫無津涯。（《離騷辯》）

又曰：讀《騷》須要活潑潑地。一切引用典故，皆行文時偶然假借，譬猶丹青家之點綴著色耳〔……〕即如求女數章，紛紜聚訟。愚謂譏其侮褻者，固是説夢，即辯正其並無侮褻，而猶不免於沾沾較論，且硬指爲微詞託諷宫壼者，恐亦是未熟黄粱也。（《離騷辯》）

【小引】夫子不敢議父，臣不敢議君，古今之通義也〔……〕要未聞直呼其君父而怨之，且從而非之毁之也。今林子既仍俗説，以靈修爲稱君矣，而其釋浩蕩也，則云放縱於規矩繩墨之外。即上文之昌被，不成其爲君德。假令質言之，則是怨吾君之放縱，同於桀紂也。此成何等語！試問大夫是何等人，而忍出諸口，非誣大夫以不敬乎！女嬃之爲三閭賢姊，誠巾幗丈夫，雖五尺童子其知之矣。引崇伯以爲鑑，知幾之神也。斂娉節而善藏，保身之哲也。本親愛其弟之至論，發爲金石不刊之至此。何端而林子竟儕之於彼婦，又横加以極詆，一若所言，全不入耳，大夫聞之，不勝其怒，悻悻而去。訴神靈以攄其怨憾不平之氣者，非誣大夫以不弟乎？不敬則無君，厚於所生，豈其薄於同氣？審如是則大夫於君臣父子間，俱有可疑矣！夫澤畔行吟，洒千秋之血淚；江心懷石，流萬古之芳名。周末先秦之志士仁人，慮無出大夫右者。而奈之何以瞽語瞽，使殺身成仁之全節，僅僅與匹夫感憤睚眦之意、慷慨激烈之爲，等量而齊觀也哉！〔……〕然則予之管見，豈徒爲《離騷》爭文章之得失哉！直欲爲三閭辯終古不白之厚誣而已矣。（《離騷辯》）

【辯前賢論騷二則】大夫所處之地，正與比干同而與微子異，其所以從容詳審，至再至三者，蓋于視死如歸之中，必欲其獲我死所。湘流誓葬，非義精仁熟，而無一毫人欲之私者不能及也。如是則猶議其過，又何以異於責剖心之比干，以不能存宗祀。（《離騷辯》）

（清）吴世尚

【楚辭疏凡例】

一、《離騷》用意精深，立體高渾。文理血脈，最難尋覓。故先逐句悉其詁訓，乃逐節清其義理。上下有接續，前後有貫通。初學開卷，不至蒙於五里霧中也。

一、《離騷》前半後半，文雖奇古，然好學深思者，猶能尋其起止之所在。其最令人心絶氣盡，如萬千亂絲，毫無端緒，如百十里黑洞，杳無螢光，而其中實徑路絶而風雲通，則如中間「跪敷衽以陳辭」至「索藑茅以筳篿」之一大段文字也。世之讀《騷》者，試掩卷思之。偏取諸家註而閲之。然後知余之於此，大有神助！

一、《離騷》反覆千餘言，原不過止自明其本心之所在耳。原之心乎楚，存歿以之。所謂天不變此心不變也。天不變此心亦不變也，故余於《離騷》止概以三言。曰：不去、曰死、自信，要言不煩。

一、《九歌》之詞，最爲按脈切理之作。蓋各就其神而實指之。而情致縹緲，既見其情性功效之所在，又使人有彷彿不可爲像之意。可謂善言鬼神之情狀者矣。而向之解者，止屬在巫保身上。又必欲處處闌入懷王與屈原，所以多首尾衡決，而不能通也。

一、《九歌》中如《湘君》《湘夫人》及《大、少司命》，雖各有樂章，而意相承顧，讀者須細玩其血脈之暗相注處也。

一、《九歌》之《禮魂》，明是送神之曲，非可指爲一神也。又云謂以禮善終者。夫若此等，則一國中不可以數計，而又誰爲祀之次所乎？

一、《天問》之文，世皆謂其不可解，余獨看得最有次第。故爲之細分段落，又爲之發明其隱而不言之故。見此文實原之良工苦心，非楚人從先廟祠堂圖畫壁上各處抄羅，因共論述者也。

一、《天問》一篇，大抵多是反辭。向來人皆認作正説，所以有宗元之《天對》。古人微意之難識如此！

一、《天問》末路，屢及吴事，而於秦止暗及其一事。秦、楚之深讐，原不敢言，不忍言也。然曰「兄」、曰「弟」、曰「噬犬」、曰「百兩」、曰「卒無禄」，則秦人之毒，早已令人不寒而栗。而言外痛惜懷王之爲其所欺，真令人欲哭不得矣。

一、《九章》體裁，與《騷》一也，而各因其時，各紀其事。故雖音節悲涼而部伍分明，頗爲易識。唯《悲回風》篇，則急鼓繁絃，深巷短兵時矣。

一、《遠遊》雖屈原閒居無聊之極思，而實不過以暢《離騷》中後兩段未竟之意也。然其中述王子言處，與末路結處數語，即爲後世丹煉家之祖。而與《南華》所載，廣成子之告黄帝者，若合符節。想古《三墳》《五典》《八索》《九丘》，在南方者，南方好學之士，皆能讀之。而上古以來神聖大美而外，亦必有所謂仙人之一類者，或能久而不死，或能蹈空游行。否則莊周、屈原何致而有此説也。然而秦始、漢武之欲，亦遂胎息於此矣。諸子百家之言，萬萬不及《六經》者，正在此等處也。

一、《卜居》《漁父》兩篇，《卜居》作於初放之時，《漁父》則去沈淵不遠矣。故一則猶有悵望之情，一則盡屬決烈之語。

一、《招魂》，原自招也，奚爲通篇純是自誑之語？《莊子》有之矣：「昔者莊周夢爲蝴蝶，栩栩然蝴蝶也。自喻適志。俄然覺，則蘧蘧然周也。」此即《招魂》之機軸也。蓋既以魂爲非我而招之，而魂亦絶不知有我之爲我。此而不驚嚇之，闌截之，彼骨久留於此，而不復往乎？《招魂》之前半篇，以驚嚇爲闌截，後半篇以引誘爲係縛。此最是招字中説不出的神理。而世之儒者，莫不紛然議之。甚矣作之難、知之不易也。

一、《大招》本是原作，林西仲以爲招懷王，尤屬細心巨眼。而其文亦另是一格，故説者相傳以爲景差也。要其氣味沈靖和雅,儼然臣子將適公所,夙齋戒沐浴,習容觀玉聲之時。可謂妙絶千古。

一、《九辯》比興居多,最得風人之致,其於世道衰微,靈均坎壈,止以一秋字盡之。何其言簡而意括也。

一、《惜誓》以下五篇,《惜誓》《哀時命》,雅與《騷》近。而賈得《騷》之精,莊得《騷》之氣。《招隱士》絶不與《騷》似,而小山獨得《騷》之神。此未可爲不知者道也。

一、《楚辭》傳本,字句不同。此止以朱子《集註》本爲定。其間實係錯簡者,即不復出。而附載於音切處,曰某本有句云云。至於音切及句子之異同,則各綴於各條之上層。而正幅白文之下,即屬注釋。庶使讀者一氣貫注,不復隔閡也。六書氏自識於易老莊書屋敬篤堂中。(《楚辭疏》)

(清)屈復

【楚辭新注凡例】

天下事創始難,繼者差易。《離騷》有註,自王叔師始,後諸家論著,即有詳細處,要自王氏發之,兹集先王而後諸家,大哉篳路藍縷之功也。

注《騷》者數十家,予所見王叔師、洪興祖、朱晦翁、林西仲諸家而已,各執一是,議論紛紜,於中斟酌,會成條貫。千金之裘,非一狐之腋也,仍録姓名於首,不敢掠美。

篇章次序，相傳已次，或有錯誤，後賢撥正，附註題下，使高明得參是否。若輒更定，即是鹵莽滅裂，則吾豈敢，今依王本存古也。

《楚詞》惟《離騷經》最難解，句有同者，意自各别，並非重複。長篇大作，原有條貫。和氏之璧，御璽材也，搥碎作零星小玉，連城失色矣。兹分五段，庶得要領。

典故字釋，多採諸家舊註。李光弼將郭子儀之兵，纔經號令，精彩一變，非予所能。間有補者，不闕妙意，亦不另著。至篇章意義，斷自愚衷，未敢依樣葫蘆也。

篇中神怪草木，既知寓旨，何必深求。或比才德，或比君子小人，讀者自有會心，臨文不贅。

《離騷經》難解在大義，《天問》難解在故典。《四庫書目》、諸史《經籍志》所載漢以後書，不傳者甚多，況漢以前乎？王叔師所引尚未盡見，而三閭所用，安能悉知，從何處撥正？夫子曰：「吾猶及史之闕文。」

舊註是者，固能發作者之精微，其非者，亦足開後賢之思路。雖不並録，亦不下論，均有功於後先，無令前賢畏後生也。

文人相輕，自古皆然，痛詆他人，以申己説。若必後賢以必吾是者，著書各成一家。天之生才不盡，後人自有心眼，别裁是非，豈在吾今日之嘵嘵哉！況我所論，亦自前賢開悟，操戈入室，何其薄也！往者可欺，來者難誣。

字面解釋如「初度」二言，或云時節，或云氣度，或云法度，或云皆爲支首。悉順文氣，如此之類，無損大義，俱不深辨。六經子史，皆有叶韻，不徒《楚辭》也。諸家議論紛紜，總是風影，惟《古今通韻》（蕭山毛奇齡著），獨有根據，今之所音，悉本此書，即註字傍，以便誦讀。戰國時典墳未灰，三閭以博識宏才，創爲斯體，意味難窮。余學識短淺，諸家注解尚未全窺，即盡畢生精力，猶恐多失。況七十餘年，兩月成書，粗躁何言，修瑕補漏，深有望於後之君子。（《楚辭新注》卷一）

【楚辭新注】近有謂王叔師彭咸投水爲無據者。漢時書籍，今失傳者甚多，又安知王之無所據乎？後《懷沙》《惜往日》《悲回風》諸篇，言沉淵甚明，又漢之賈誼、東方朔、莊忌、王褒、劉向、太史公言汨羅無異詞，諸人去古未遠，豈盡虛謬？然則彭咸之投水即無據，而三閭之汨羅則有據。守死善道，日月爭光，要無愧高陽之苗裔、皇考之名字而已矣。仁至義盡，至中至正，而後之論者猶以爲過。孔子曰：「殷有三仁焉。」吾竊痛三閭不生獲麟之前也。（《楚辭新注》卷一）

（清）王懋竑

【書楚辭後】《哀郢》言「九年之不復」、「壹反之無時」，則初無召用再放之事，洪説誤也。原之被放，在懷王十六年，洪説或有所考，以九年計之，其自沉當在二十四五年間，而諫懷王入秦者，據《楚世家》，乃昭睢，非原也。夫原諫王不聽，而卒被留以至客死，此忠臣之至痛，而原諸篇乃無一語以及之。至《惜往日》《悲回風》，臨絶之音，憤懣伉激，略無所諱，亦祇反復於隱蔽障壅之害，孤臣放子之冤。（《白田草堂存稿》卷三）

（清）方苞

【書朱注楚辭後】朱子定《楚辭》，删《七諫》《九懷》《九嘆》《九思》，以爲類無疾而呻吟者，卓矣；而極詆《反騷》，則於其詞指若未詳也。弔屈子之文，無若《反騷》之工者；其隱病幽憤，微獨東方、劉、王不及也，視賈、嚴猶若過焉。今人遘疾罹禍殃，其汎交相慰勞，必曰：「此無妄之災也。」戚屬至，則將咎其平時起居之無節，作事之失中，所謂「垂涕泣而道之」也。雄之斯文，亦若是而已矣。知《七諫》《九懷》《九嘆》《九思》之雖正而不悲，則知雄之言雖反而實痛也。然雄之末路，譸張苟免，未必非痛屈子之心所伏積而成。文雖工，其所以爲文之意則悖矣。豈朱子惡其爲文之意，於詞指遂忽焉而未暇以詳與？（《望溪先生全集》卷五）

（清）宋長白

【佳期】《楚詞》：「與佳期兮夕張。」注謂：「以佳人比君也，不敢斥言尊者，故隱其詞。」謝康樂《石門詩》：「美人游不還，佳期何由敦。」謝玄暉《呈沈尚書》詩：「良辰竟何許，夙昔夢佳期。」梁元帝《七夕》詩：「妙會非綺節，佳期乃涼年。」至唐以後則習用之，如錢仲文「佳期難再得，清夜此雲林」、武黄門「幾度相思不相見，春風何處有佳期」之類，指不勝屈矣。（《柳亭詩話》卷十八）

（清）沈德潛

【説詩晬語】有第一等襟抱，第一等學識，斯有第一等真詩。如太空之中，不着一點；如星宿之海，萬源湧出；如土膏既厚，春雷一動，萬物發生。古來可語此者，屈大夫以下數人而已。（《説詩晬語》卷上）

《楚辭》托陳引喻，點染幽芬於煩亂瞀憂之中，令人得其悃款悱惻之旨。司馬子長云：「一篇之中，三致意焉。」深有取於辭之重、節之複也。後人穿鑿注解，撰出提挈、照應等法，殊乖其意。（《説詩晬語》卷上）

《離騷》者，《詩》之苗裔也。第《詩》分正變，而《離騷》所際獨變，故有侘傺噫鬱之音，無和平廣大之響。讀其詞，審其音，如赤子婉戀於父母側而不忍去。要其顯忠斥佞，愛君憂國，足以持人道之窮矣。尊之爲經，烏得爲過？（《説詩晬語》卷上）

屈原、微、箕，皆同姓之臣，《離騷》二十五與《麥秀》之歌，辭不同而旨同。（《説詩晬語》卷上）

《九歌》哀而艷，《九章》哀而切。《九歌》托事神以喻君，猶望君之感悟也。《九章》感悟無由，沉淵

已决，不覺其激烈而悲愴也。（《説詩晬語》卷上）

騷體有少歌，有倡，有亂，歌詞未申發其意爲倡，獨倡無和，總篇終爲亂。蓋言之不足，故長言之；長言之不足，故反覆咏嘆之也。（《説詩晬語》卷上）

《九歌》「思夫君兮太息」，指雲中君也。「思夫君兮未來」，指湘夫人也。孟浩然「衡門猶未掩，佇立望夫君」，指王白雲也。夫讀同扶音，猶「之子」之稱，非婦人目其所天之謂。（《説詩晬語》卷下）

朱子云：「《楚詞》不皆是怨君，被後人多説成怨君。」此言最中病痛。如唐人中，少陵故多忠愛之詞，義山間作風刺之語；然必動輒牽入，即偶爾賦物，隨境寫懷，亦必云主某事，刺某人，水月鏡花，多成粘皮帶骨，亦何取耶？（《説詩晬語》卷下）

（清）夏大霖

【屈騷心印發凡】

一、文章片段，須是先後轉折照應。段段合來，織成一片，斷無中間意旨與首尾意旨離開者。故《離騷》三求女之意無着落，便與全篇片斷離開。今照定鄭袖懷王邊説，却好與「閨中邃遠，哲王不悟」語意相接，其片斷乃成也。

一、讀書之疑信，必定理先操於我也。如《九歌》題爲鬼神，設諸篇如首篇神降而歆享，則如王説謂之祭祀辭章也可。乃卒讀之，神有降或不降，或並未言祭祀，或近於淫褻之辭，或至於非享之鬼，一派無禮，可弗疑乎！朱註《離騷》分興比賦，謂詩人六義之遺。是則求其比意之合而可矣。何苦辭章之説，以爲千秋障礙。

一、文章之異同，此讀書者下工夫尋玩處也。《騷》、賦之異而同者，全部書二十七篇之題異，却總是此一片心，此一件事，反覆之以三致意，異而同者也。有同而異者，如《離騷》篇中「朝搴阰之木蘭，夕攬洲之宿莽」、「朝飲木蘭墜露，夕飱秋菊落英」，似同也，而搴、攬字乃言朝夕勤力，飲、飱字是言朝夕樂饑，旨異矣。其餘辭同而意異者，不勝舉。毫釐千里，細辨自明。

一、屈原既放，其言不得直致於君，因著《騷》篇流播，庶幾飛鳥貽音，望或致其君耳。是以篇篇不離一意。皆用全副精神，十分筆力，所謂三致意者，此也。乃讀者議其重複，豈知他是一個題目，分做各樣文章！

一、文章有字法，下得特奇者，正須尋味。如「覽冀州有餘」之「冀」字，豈不奇特？予以冀州在幽、青、兖、豫之中，以爲約從之隱語。及考《廣輿記》，則齊、燕、韓、魏、趙各分有冀州之地，益信。是以一冀州，隱概五國之約從。謂之覽者，時楚爲約從長，史可徵也。

一、人有言「奇文共欣賞」，不圖二千餘年來，尚留《天問》篇之奇文以待賞。其創格奇，設問奇，窮幽極渺奇，不倫不類奇，不經不典奇，顛倒錯綜奇，載在史册之事，問過又問，説了重説更奇。一枝筆排出八門六花，堂堂井井，轉使讀者没尋緒處，大奇大奇。然不得其解，便是大悶事，何嘗之有。愚細看到「皇天集命」、「悟過更改」句，知其志意所歸。就他講帝王的正道，推尋入去，却好是一篇道德廣崇、治亂條貫的平正文字，庶幾欣賞矣乎！觀其神聯意會，如龍變雲蒸。奇氣縱横，獨步千古。今而後識其奇也。

一、屈《騷》篇章先後，實無從考據。因黄維章變换《九章》之先後，余亦因文按時，姑妄言之。《九章》之《惜誦》篇，獨訟讒人，不及國事。乃上官行讒，王怒見疏之始作。《卜居》言事婦人，則靳尚黨成，乃懷王十八年作。《思美人》作於漢北無疑，應是二十四年倍齊合秦，言事觸怒，見放於漢北乃作。《抽思》篇有「所陳耿著，豈今庸亡」之語。明爭倍齊合秦事，乃繼《思美人》作。《天問》篇言「爰出子文」，乃頃襄初立，以子蘭爲令尹作。《涉江》《遠遊》，作於始遷江南之時。辭氣俱壯。《橘頌》作於初至江南之秋，自負正多。《離騷》濟沅湘，就重華，乃至衡州謁舜廟作。《九歌》繼作，《漁父》又繼作。頃襄三年，懷王歸葬，其繫心者絶望矣，出全副抱負而作《大招》。其年秦楚絶，原心所幸，《大招》之意，實寄後王。六年謀與秦平，七年迎婦於秦，此謂之「回風」，謂之「施黄棘枉策」，哀聲慘發於行間，不欲生矣。乃相繼作《惜往日》，作《哀郢》，作《招魂》，以《懷沙》終焉。此據篇中之時地，辭氣之緩急而想見者也。然則《九章》者，「始《離騷》，終《離騷》」者也。餘篇之辭微而隱，《九章》之辭顯而章。取其章者專集之，得九焉，曰九章。外《漁父》《卜居》亦章也，收而合之，數與《九歌》相符，各十一篇。

一、註是編，只以順理成章四字爲程。心印屈子幽思之作，必無不順之理，必無不成之章。其有於此爲之説者，亂之也。如《九歌》必如此而順理，《天問》必如此而成章。理之順，章之所由成也。一字一句間，皆以此權衡之。文有行文之定理，事有論事之定理，章法在斯矣。

一、文章之道，變化萬千。而所以傳世不朽者，以理歸中正而已。其有揆之於理，而未洽乎中正之歸者，則作者之本意，吾未之得也。予於此編，見舊解有出入乎理徑之常者，必據本文以中正之理權衡消息之。得其理歸於中正，則其文正大光明，乃可爲不朽之書。

一、訂訛：古書常編竹簡，故不免有錯簡之訛。猶後世傳寫，不免於魚魯亥豕也。《天問》篇竟謂之不叙次者，妄也。第中間有「帝降夷羿」一十二句，不就叙次，乃錯簡也，僭爲正之。

一、此篇箋釋疏品，不循一例。有以我之言釋之者，有順作者口吻，如講義者。又間有評論品其文者。此從事時，信筆所之，初未嘗定例也。

一、音韻：古人非以不叶之字，强叶之也。蓋從其方音之叶以叶之爾。如《騷》中下字音户，即同吾地方音下字音。何字上聲也，户亦當讀上聲，讀去聲則否。此在讀者審上下韻而辨之。他如行字音寒、音孩、音恒，明字音門，蠻音芒，風音分，紅音魂，類不勝舉。方音亦不勝識也。自晉沈約作韻書，而後字有定音，音有定韻。然收元繁昆三韻於十一元，予終不能合也。笠翁《詩韻》其取四支分支垂奇爲三韻，予亦不能分也。在休文當日，乃取中原音韻之本通。竊謂此考文之事，當以當今之字典正之，而非所論於漢魏以前之書也。

一、音韻有不必過泥者。《大招》之「只」，《招魂》之「些」，是也。如《詩》：「母也天只，不諒人只。」只如字讀音止可矣。而此只訓音馨，而馨爲寧馨之馨，寧馨又音能亨，是只當音亨矣。唐詩「幾人雄猛得寧馨」，乃韻叶上溟靈青經，又何嘗讀能亨哉。些叶徒賀切，音鎖。謂之語餘音，上聲，亦殊太硬。審之當作平聲，音梭。故謂不必過泥也。

一、古本首篇《離騷》名經，及朱子本皆然。其餘篇題下俱繫「傳」字，朱子本無「傳」字，而各加《離騷》字於題上。黄維章謂始於淮南王安作《離騷經章句》。其品箋《聽直》本，始删去「經」、「傳」、「離騷」等字，林《燈》遵之。予謂「經」、「傳」字，自是後人多贅者，删之是。

一、《九歌》《九章》，舊本以之題篇，其中《東皇太一》《雲中君》等，則先文而後題，空三字書「右東皇太一」、「右惜誦」。黄本猶仍古未易也。林本始揭《九歌》《九章》爲總統，而以《東皇太一》等爲篇首，先題後文。今予讀《九歌》一十一篇，乃一意轉折貫串，未可分篇。故仍朱子舊本，先文後題。《九章》則題各爲篇，作非一時，亦不一地，乃先題後文，照林本焉。

一、《九章》篇舊次，一《惜誦》、二《涉江》、三《哀郢》、四《抽思》、五《懷沙》、六《思美人》、七《惜往日》、八《橘頌》、九《悲回風》，古本至朱子皆然。今之篇序，乃黄維章所次。林因黄，予因林也。

一、讀書者立心，須充無穿踰之心。如集中訓釋字義，此爲大同，不悉分出某書某人之訓。若前人特眼看出書中意旨，則某説出某人，必須標出姓字，還之前古。若竊爲己有，則竊財竊名雖異，而其爲穿踰之心一也。卷中以見同偶失標識者有之。若採輯前訓者，必不敢得魚忘筌，以貽穿踰之譏。況前人之書具在，掩耳盜鈴，徒自欺耳，能欺人乎？

一、尚論古人,必論其世。故證據此書,須詳本傳與輿圖,乃所爲論世也。(《屈騷心印》)

(清)高宗弘曆

【弔屈原文】賈誼曰:「般紛紛其離此郵兮,亦夫子之故也!歷九州而相其君兮,何必懷此都也?鳳皇翔於千仞兮,覽德輝而下之。見細德之險微兮,遥增擊而去之。彼尋常之污瀆兮,豈容吞舟之魚!横江湖之鱣鯨兮,固將制乎螻蟻。」蓋深歎屈原之不去楚,卒以自戕。如云「龔生竟夭天年,非吾徒」之謂也。至柳宗元,乃曰:「委故都以從利兮,吾知先生之不忍。立而視其復墜兮,又非先生之所志。」然後貴戚之卿,國存與存,國亡與亡之義乃著。及朱子,益闡其幽光,而謂《九歌》等皆托神以爲君,言爲人間隔,不可企及,如己不得親近於君之意,未嘗怨懟。而屈子之微言大義,熛炳天壤,死而不亡,其道大光矣。(《唐宋文醇》卷一八)

(清)姚培謙

【楚辭節注例言】

《楚辭》朱子《集註》,章條明晰,意趨通貫,無復可以擬議。後人强作解事,往往失之。兹悉用朱子元文,節繁舉要,以爲家塾課本。

此書以朱注爲宗，從前王叔師《章句》最有名。朱子業經採入，或本文奥隱，注語須得更爲引伸者，間附王註若干條。然非與朱子上下文意脗合，讀之足相發明者，不濫增也。

朱子逐章總詮，今一一分析，訓詁俱移置本句下，俾讀者一目了然。至分章，悉仍朱子每章首各空一字，註中或總詮兩句、四句者，加一圈以别之。

《天問》最爲難通，朱子多以未詳置之，蓋深以穿鑿爲戒也。篇中所用王註，非謂必然，聊取以備一解。至附註云云，偶從旁蒐得之，以其於本文稍可比附，開釋童蒙，不爲無助耳。然即《山海經》一書，朱子尚謂出《楚辭》之後，况於其他，又可據之以爲實然乎！

詩有賦比興，朱子於《騷經》一篇舉以見例，熟讀《三百篇》，後自能知之，今姑从略。

古韻通轉，《楚辭》與《三百篇》一也。其中自有條理，即不以今韻叶之，亦似無所不可。若齟齬不合之甚者，仍當依朱子，又或稍有變易，總期於諧暢而已，别爲《叶音》一卷附後。

字音系本字下，更有《集註》所未備者，亦逐一添補。

太史公以《招魂》爲屈子作，王叔師以爲宋玉，《大招》則王以爲作於屈原，又曰景差，疑以傳疑。明代黄維章始取「二招」並歸之屈原，近林西仲又謂《招魂》自招，《大招》招懷王。間取兩篇細讀之，信然。今以殿二十五篇之後，註則仍用朱子，不敢據後人之見，竄易前哲成書，要其義之長者，自不可没也。（《楚辭節注》）

（清）黄子雲

遊仙詩本之《離騷》，蓋靈均處穢亂之朝，蹈危疑之際，聊爲烏有之詞以寄興焉耳。建安以下，競相祖述。（《野鴻詩的》）

（清）劉夢鵬

【離騷按語】（「願依彭咸之遺則」以上四句）王逸稱「彭咸，商賢大夫，諫紂不用，投淵而死」。語簡而本末不詳。考之他書，彭咸諫紂不用，出奔耳。投淵之計，乃亡後不得已者之所爲。其始有臣僕之憂者與？咸之爲人，雖不可詳，然即是二説，微亡箕辱，夷齊得死所，蓋兼之矣。有咸之志可死可不死，無咸之志死亦愈疏，忿懟者烏足法乎？屈子前後稱彭咸者凡六，志行之符，非小諒之效。子政「水遊」之云，亦泥於湛身之説，而非所以爲則矣。吾觀屈子驟諫不聽、任石無益之語，且若有不滿於申徒、伍胥者，而於彭咸獨惓惓焉，寧無謂耶？且此篇作於楚懷疏絀之日，未應便欲「水遊」，可知依則，自有在也。（《屈子楚辭章句》卷一）

（清）喬億

【劍谿説詩】賈誼弔屈原，以謫長沙也。史遷以屈賈合傳，從其類以見志也。自漢以來，感其事作爲文

詞者，亦何非拓落人耶？（《劍谿説詩》卷下）

【劍谿説詩又編】《離騷》稱靈修美人，及漢魏樂府言女子盛容飾，皆寓詞以託諷，無非比興者。齊梁以下，始專咏色，於義何取，直誨淫焉耳。（《劍谿説詩》又編）

（清）蔣驥

【山帶閣注楚辭序】世之知屈子者以《離騷》。然世固未有知騷者，即烏能知屈子？夫屈子，王佐才也。當戰國時，天下爭挾刑名、兵戰、縱横、弔詭之説以相誇尚，而屈子所以先後其君者，必曰五帝三王。其治楚，奉先功，明法度，意量固有過人者。《大招》發明成言之始願，其施爲次第，雖孔子、孟子所以告君者當不是過。使原得志於楚，唐虞三代之治，豈難致哉！其中廢而死，命也。雖然，原用而楚興，既廢而削死，而楚亡。則雖弗竟其用，亦非無徵不信者比也，而世徒艷其文、高其節、悲其繾綣不已之忠，抑末矣。世又以原自沉爲輕生以懟君。余考原自懷王初放已作《離騷》，以彭咸自命，然終懷之世不死。頃襄即位，東遷九年不死。《漁父》《懷沙》岌岌乎死矣，而《悲回風》卒章所云，抑不忍遽死。何者？以死悟君，君可以未死而悟，則原固不至於必死。至《惜往日》始畢辭赴淵。其辭曰「身幽隱而備之」，又曰「恐禍殃之有再」。蓋其時讒焰益張，秦患益迫，使原不自沉，固當即死。死等耳，死於讒與死於秦，皆不足悟君，君雖悟，亦且無及。故處必死之地而求爲有用之死，其勢不得不出於自沉。〔……〕嗚呼！若屈子者，但見其愛身憂國，遲迴不欲死之心，未見其輕生以懟君也！（《山帶閣注楚辭》）

【楚世家節略】黄維章謂原死於頃襄十年，林西仲謂死於十一年。皆以《哀郢》有「九年不復」之言故耳。然豈必《哀郢》甫成，即投淵死哉？今考《哀郢》在陵陽已九年，其後又涉江入辰、溆，又由辰、溆東出龍陽，遇漁父，遂往長沙，作《懷沙》，其秋又有《悲回風》「任石何益」之言，後以五月五日畢命湘水，則在長沙亦非一載也。故約略其死，當在頃襄十三四年，或十五六年。若王薑齋論《哀郢》，謂指襄王徙陳，則爲時太遠，未必及見矣。且其時長沙曾爲秦取，原尚得晏然安身其地乎？（《山帶閣注楚辭》）

【楚辭餘論序】論《楚辭》者，向稱七十二家，古與堂又增之爲八十四家。然率皆評騭其人文，非能發明考訂，有所增益於是書也。洪慶善述隋唐書志有皇甫遵訓《參解楚辭》七卷，郭璞註十卷，宋處士諸葛《楚詞音》一卷，劉杳《草木蟲魚疏》二卷，孟奥音一卷，徐邈音一卷。又有僧道騫者，能爲楚聲之讀，朱子慨其漫不復存，無以考其説之得失。然覽明焦弱侯《國史經籍志》載王逸《楚辭註》十七卷，洪興祖註十七卷，郭璞註三卷，晁補之《重定楚辭》十六卷，朱子《集註》八卷，周少隱《贅説》四卷，林應辰《龍岡楚詞説》五卷，黄伯思《新校楚辭》十卷，《翼騷》一卷，徐邈、釋道騫《楚辭音》各一卷，高似孫《騷略》一卷，劉杳、吴仁杰《草木蟲魚疏》各二卷。則朱子所弗及見者，或未始不傳於世，特其行未廣耳。余見聞甚尠，所閲前人註解，自漢王叔師章句、宋洪慶善《補註》、朱晦翁《集註》外，惟明莆田黄文焕維章之《聽直》，衡陽王夫薑齋之《通釋》，嘉興陸時雍昭仲之《疏》，周拱辰孟侯之《草木史》，本朝桐城錢澄之飲光之《詁》，丹陽賀寬瞻度之《飲騷》，莆田林雲銘西仲之《燈》，嘉定張詩原雅之《貫》，宜興徐丈焕龍友雲之《洗髓》，約十餘種。其間得失相參，别爲分疏，兼抒未盡之懷，附綴篇末，目爲餘論。莊生云：「彼亦一是非，此亦一是非。」庸知世之不以余言爲訾謷哉，亦姑以存其説而已。《離騷》以經名，特後人推尊之詞。王叔師小序以爲經，徑也，言依道徑以諫君也。若係作賦本名，可笑甚矣。他若《九歌》以下，皆綴傳字，亦屬贅設。騷者詩之變，詩有賦興比，惟騷亦然。但三百篇邊幅短窄，易可窺尋。若騷則渾淪變化，其賦興比錯雜而出，固未可以一律求也。觀朱子《騷經》所註比賦之類，殆已不盡比附，又通攷其書，惟於《騷經》前段，倣三百篇之例，分註最爲詳悉。自「沅湘」、「陳詞」以下至「蜷局不行」，凡一千五百餘言，則以比而賦一語蔽之。《九歌》猶或間注，《九章》益希矣，至《天問》《遠遊》諸篇則闕如焉。蓋亦知其説之不勝其煩而變其初例矣。然則註騷者，又何如盡去之爲當也？原賦二十五篇，情文相生，古今無偶。《九辨》以下，徒成效颦，晁録所載，彌爲添足。今例不敢以唐突也。（《山帶閣注楚辭》餘論卷上）

（清）盧文弨

【戴東原注屈原賦序】吾友戴君東原，自其少時通聲音文字之學，以是而求之遺經，遂能探古人之心於千載之上。既著《詩補傳》《考工記圖》《句股割圜記》《七經小記》諸書，又以餘力爲屈原賦二十五篇作注，微言奥指，具見疏抉。其本顯者不復贅焉。指博而辭約，義創而理確。其釋「三后純粹」，謂指楚之先君；「夏康娱以自縱」，謂康娱連文，篇中凡三見，不應以爲夏太康。宓妃之所在，及有娀、有虞，皆因其人，思其地，冀往遇今之淑女，用輸寫其哀，無賢士與己爲侣之意。《九歌·東皇》等篇，皆就當時祀典賦之，非祠神所歌。《九章》無次第，不盡作於頃襄王時。《懷沙》一篇，則以《史記》之文相參定。「薜荔拍兮蕙綢」，王逸釋「拍」爲搏壁，近代多不知此爲何物，乃引《釋名》「搏壁，以席搏著壁」，增成其義。其典確舉類此。夫屈子之志，昭乎日月，而後世讀其辭，疑若放恣怪譎，不盡軌於正，良由炫其文辭，而昧其指趣。以説之者之過，遂謂其辭之未盡善。戴君則曰「屈子辭無有不醇者」，此其識不亦遠過於班孟堅、顔介、劉季和諸人之所云乎？余得觀是書，欲借鈔，既聞將有爲之梓者，乃歸其書而爲序以詒之，且慫恿其成云。（《抱經堂文集》卷六）

（清）戴震

【屈原賦注自序】余讀屈子書，久乃得其梗概，私以謂其心至純，其學至純，其立言指要歸於至純。二十五篇之書，蓋經之亞。（《屈原賦注》）

【東遷注】屈原東遷，疑即當頃襄元年，秦發兵出武關攻楚，大敗楚軍，取析十五城而去。時懷王辱於秦，兵敗地喪，民散相失，故有「皇天不純命」之語。（《屈原賦注》音義下）

【兩東門注】夏屋爲墟，兩東門蕪塞，蓋有見於頃襄所爲而云。《史記》頃襄元年，秦攻楚，取析十五城。十九年，楚割上庸、漢北地予秦。二十年，秦攻西陵。二十一年，秦遂拔郢，燒先王墓夷陵。楚東北保於陳城。屈原《哀郢》所慮及者遠矣。（《屈原賦注》音義下）

（清）紀昀

【楚辭類序】裒屈、宋諸賦，定名《楚辭》，自劉向始也。後人或謂之《騷》，故劉勰品論《楚辭》，以《辨騷》標目。考史遷稱：「屈原放逐，乃著《離騷》。」蓋舉其最著一篇。《九歌》以下，均襲「騷」名，則非事實矣。《隋志》集部以「楚辭」别爲一門，歷代因之。蓋漢魏以下，賦體既變，無全集皆作此體者。他集不與《楚辭》類，《楚辭》亦不與他集類，體例既異，理不得不分著也。楊穆有《九悼》一卷，至宋已佚。晁補之、朱子皆嘗續編，然補之書亦不傳，僅朱子書附刻《集註》後。今所傳者，大抵註與音耳。註家由東漢至宋，遞相補苴，無大異詞。迨於近世，始多别解，割裂補綴，言人人殊。錯簡説經之術，蔓延及於詞賦矣。今並刊除，杜竄亂古書之漸也。（《四庫全書總目》卷一四八）

(清)江中時

【發凡】《離騷》者,屈子自叙之詞,即以名其書者也。今專採屈子之作,核實循名,當稱「楚騷」,不當稱「楚辭」。(《屈騷心解》卷一)

【事蹟考】《楚騷》次序,朱子謂定自劉向,而所作先後無可考。據林氏(林雲銘)編輯《二王事蹟》,繫某篇於某年之下,雖不書的,亦有合者。如《惜誦》作於再諫取罪之時,《抽思》作於遷所,《思美人》作於召回之日,皆懷王時事。《涉江》《招魂》作於頃襄二年,以二年被放也。《卜居》作於四年,以有「既放三年」之語也。《哀郢》作於十年,以有「九年不復」之語也。《漁父》《懷沙》則絶命之詞,皆有明文可考。惟《離騷》一篇,非一時之言,不知作於何時。舊謂作於「見疏」之始。吾知其必不然也。(《屈騷心解》卷之首)

(清)姚鼐、吴汝綸

【屈原九章哀郢】鼐疑懷王時,放屈子於江南,在今江西饒信,地處郢之東,蓋作《哀郢》時也。頃襄再遷之,乃在辰湘之間,處郢之南。作《涉江》時也。《招魂》曰:「路貫廬江兮左長薄。」廬江,古即彭蠡之水,故山曰廬山。漢初,廬江郡猶在江南,後乃移郡江北。《地志》云廬江出陵陽東南,北入江。

蓋彭蠡東源出今饒州東界者，古陵陽界及此。故屈子曰「當陵陽之焉至」，言不意其忽至此也。其後，陵陽南界乃益狹，乃僅有今南陵銅陵縣耳。運舟下浮者，乘流下也。上洞庭下江者，言其處地之上下，非屈子是時已南入洞庭也。（《古文辭類篹》卷六一《辭賦類一》）

【離騷】吴至父〔汝綸〕曰：魏文帝《典論》云：「優游案衍，屈原尚之；窮侈極妙，相如之長也。」然原據託譬喻，其意周旋，綽有餘度，長卿、子雲不能。（《古文辭類篹》卷六二《辭賦類二》）

（清）翁方綱

【唐詩似騷者】唐詩似《騷》者，約言之有數種：韓文公《琴操》，在《騷》之上；王右丞《送迎神曲》諸歌，《騷》之匹也；劉夢得《竹枝》，亦《騷》之裔；盧鴻一《嵩山十志》詩最下。（《石洲詩話》卷二）

（清）孫志祖

【九辯】王逸序明云，《九辯》者楚大夫宋玉之所作也，《文選》亦以宋玉《九辯》列于屈子《卜居》《漁父》之後。《釋文》舊本自誤爾。注云「皆解於《九辯》中」，不必定《九辯》在前也。焦氏因此遂以《九辯》爲屈子所作，非也。（《讀書脞録》卷七）

（清）章學誠

【詩教上】今即《文選》諸體，以徵戰國之賅備。京都諸賦，蘇張縱横六國，侈陳形勢之遺也。《上林》《羽獵》，安陵之從田，龍陽之同釣也。《客難》《解嘲》，屈原之《漁父》《卜居》，莊周之惠施問難也。〔……〕《過秦》《王命》《六代》《辨亡》諸論，抑揚往復，詩人諷諭之旨。孟、荀所以稱述先王，儆時君也，屈原上稱帝嚳，中述湯武，下道齊桓，亦是。（《文史通義》内篇卷一）

【經解下】若夫屈原抒憤，有辭二十五篇，劉班著録，概稱之曰《屈原賦》矣。乃王逸作注，《離騷》之篇，已有經名，王氏釋經爲徑，亦不解題爲經者始誰氏也。至宋人注屈，乃云「一本《九歌》以下有傳字」，雖不知稱名所始，要亦依經而立傳名，不當自宋始也。夫屈子之賦，固以《離騷》爲重，史遷以下，至取《騷》以名其全書，今猶是也。（《文史通義》内篇卷一）

【文集】自校讎失傳，而文集類書之學起，一編之中，先自不勝其龐雜，後之興者，何以而窺古人之大體哉？夫《楚辭》，屈原一家之書也；自《七録》初收於集部，《隋志》特表《楚辭》類，因併總集别集爲三類，遂爲著録諸家之成法。（《文史通義》内篇六）

【爲謝司馬撰楚辭章句序】至於文字流傳，義有主客，古人著述，道豈拘墟？《東皇太一》，不過祀神，而或以謂思君；《橘頌》嘉樹，不過賦物，而或以爲疾惡。朱子曰：「《離騷》不甚怨君，後人往往曲解。」洵知言哉！夫人即清如伯夷，未有一咳唾間即寓懷高餓；忠如比干，未有一便旋間亦留意格君。大義不明，而銖銖作解，此治書者之不如無書也。余讀屈子之書，向持此論，而與詞章之士言之，則徒溺於文藻；與理義之士言之，則又過於膠執。竊嘆二十五篇之隱，久矣。（《文史通義》外篇二）

（清）陳本禮

【屈辭精義略例】

一、《騷》之稱經，見王叔師《序》曰：「孝武使淮南王安作《離騷經章句》。」則「經」字乃漢儒所加，而後人指爲僭經。又《漢書》傳曰：「初安入朝，獻所作内篇，上愛祕之，使爲《離騷傳》。」則是淮南奉詔作傳，當另有傳文，非僅以《天問》以下諸篇名之爲傳也。自傳文放佚，舊目未删。後儒不考其由，輒爲訾議。幸太史公《屈原列傳》尚載有「《國風》好色而不淫」五十二字，猶是《離騷傳》中語也。可以窺見一斑。

一、篇目編次，自劉向裒集《離騷》《九歌》《天問》《九章》《遠遊》《卜居》《漁父》外，列入《九辯》《惜誓》《招隱士》《七諫》《哀時命》《九懷》《九歎》共十六篇，爲總集之祖。唐、宋以來，未之有易。至明黄文焕始專取屈子二十五篇之文，益以《招魂》《大招》，爲屈子一家言。迨後林西仲、蔣涑塍皆祖其説。然於篇目前後移易，則各成其是。余惟漢儒去古未遠，當以太史公所讀古本爲定。太史曰：「余讀《離騷》《天問》《招魂》《哀郢》，悲其志。」蓋《離騷》乃《騷》之總名，自應首列。《天問》次之，《二招》又次之，《哀郢》乃《九章》篇名，則《九章》宜繼《二招》後。《九歌》爲巫覡祀神之樂章，《遠遊》則莊生世外逍遥語，皆《騷》之逸響。而以《卜居》《漁父》終焉者，《騷》之變體也。

一、《騷》有賦序，自「帝高陽」起，至「故也」止，乃《騷》之賦序，漢人《三都》《兩京》賦序之祖。前人未曾考訂，而昭明《文選》又删去「曰黄昏爲期」二語，遂使序與經文淆混。遥遥二千年來，讀者皆如夢中。不但以二語爲衍文，而於文義重複難通處，輒穿鑿以彌縫之。故詞愈支而義愈晦矣。此豈廬山真面目邪？今於書中，凡有賦序者，悉爲標出，頓見眉目清醒。而章法次第，益復燎然。

一、《天問》論古事，書法原本楚史《檮杌》。然於崇伯鮌則多恕辭。蓋傷其婞直沈淵，跡有類乎己。於羿、浞、澆多貶辭，所以寒亂臣賊子之膽。於湯武多微辭，特伸大義於當時，以弭楚寇周之謀也。按《綱目》周赧王三十四年書：「楚謀入寇，王使東周武公謂楚令尹昭子曰：『西周之地，不過百里，而名爲天下共主。而攻之者，名爲弑君。』尹起莘曰：『楚自屈匄敗亡後，其君執死於秦。其子繼立，自救覆亡之不暇，乃欲謀周，甚矣！』」前史止述圖周，至《綱目》始正其入寇之名，其罪不在嬴秦下。讀尹氏此論，則知《天問》歷述三代征誅放伐之事，而語多微詞者，義蓋有在。楚自熊通稱王，楚莊問鼎，世有無君之心。迨懷王在位三十年，未聞有此舉者，焉知非屈子之言，潛移默奪之耶！至頃襄時，屈子放逐久，且聽讒而欲逼之死，焉能用其言哉。此義歷來註家，從無齒及。故特爲發明，以告世之讀《天問》者。

一、《九章》之文，應分懷襄兩世之作。《惜誦》《抽思》《思美人》，作於懷王時，《哀郢》以下則頃襄時作也。《橘頌》乃三閭早年咏物之什，以橘自喻。且體涉於頌，與《九章》之文不類。應附於末。舊次未分，且有謂《橘頌》乃原放於江南時作，未可爲據。

一、《騷經》體兼《風雅》，前賢論之詳矣。然未知《天問》是題圖之作，《二招》乃托諷之詞，《惜誦》格稱問答，《懷沙》自祭哀辭，《湘君》《夫人》比興雖殊，篇聯一氣，《大、少司命》天星同傳，並轡揚鑣，《山鬼》實《解嘲》之祖，《遠遊》闢遊仙之逕，《卜居》詞創《答賓》，《漁父》文成《客難》，《河伯》則伊人宛在，《東君》則日出入安窮。餘若《悲回風》之痦嬋娟，儼若娑婆門咒鬼地獄現像。此皆筆有化工，思入玄渺，故能神怪百出，後《三百》而爲開山之祖。豈秦漢而下之人所能仿佛哉。

一、烹詞吐屬之妙，天籟生成。其淒其處如哀猿夜叫，醲郁處如旃檀香焚，鮮艷處如琪花綻蕊，蒼勁處如古柏參天。其繪聲繪色處，如吴道子畫諸天，無美弗備；其經營慘澹處，如神斧鬼工，巧妙入微。然又皆從至性中流出，非斤斤以篇章字句矜奇炫巧也。

一、采輯衆説，皆掇其能闡揚奥義，或足發明言外之義者。探玄珠於赤水，識良璧於荆山。要在機神切中肯綮。若語無關乎痛癢，或似是而非，或鑿空謬贊，老生常談，概置弗録。

一、註中訛謬，有因相舛而誤者，有因踵訛而誤者。如「伯陽」之陽訛强，「康謀」之康訛湯，「啓秉季德」訛該，「謚上自予」訛試，此因别字而訛也。若夫故實之誤，如「啓棘賓商」乃啓賓商均事，而註引《山經》「上賓於天」之文以實之。「獻蒸肉之膏」，乃羿弑帝相事，而註謂以豕膏祭天。「焉得夫朴牛」，乃上甲微伐有易事，而註謂湯出獵得大牛。「眩弟並淫」指慶叔牙，而註謂指象。「何馮弓挾矢」，美季歷也，註謂指稷。「彭鏗斟雉」雉乃飲器，註謂斟雉羹饗堯。「試上自予」乃子囊試楚共王事，註謂昭王奔隨。凡此皆訛誤之大者，不敢貽誤後人，故列正誤一條。餘若謏聞曲説，筆不勝載，故略之。

一、前人論《騷》，如黄文焕之《十八聽》，蔣涑塍之《餘論》，林西仲之《説例》，魯雁門之《讀法》，非不娓娓動聽，然語多穿鑿，未臻上乘，非真三昧。

一、林西仲纂有《懷襄二王事蹟》，以備讀者參考。蔣涑塍因西仲本，復輯《楚世家》及《左》《國》諸書，附以己見，補繪《楚地理五圖》，較西仲氏爲詳，不能備載，姑闕之。

一、蔣涑塍有《楚詞説韻》，苦於太繁。劉雙虹《楚辭叶音》，又嫌其太簡，蓋楚都地屬《周南》時之漢廣，字多楚音。士人汲古漱芳，未有不熟《二南》，而能讀《楚辭》者。考古音而叶古韻，是在知音者。今各叶句下，若叶韻前文已見而後有再叶者，則止書叶，而不書韻，省繁也。

一、古詩分章，創自「喜起」，《三百》繼之，有賦、有比、有興。《楚辭》古本，不分章句，至朱子始分之。後人有分有不分。然分之眉目始清，脈絡亦易於尋覓。蓋章猶解也，漢樂府用解者，便於歌也。其間音節之頓挫，聲調之抑揚，悉於解中見之。《楚辭》亦歌也，所謂行吟澤畔者，長歌當哭之意也。其間章各有旨，句各有意，字各有法。總不欲使人一覽而盡。至於音調之高朗，又全乎天籟矣！

一、《離騷圖》創自寶父仇氏，家洪綬亦繪有《九歌圖》。本朝蕭尺木從而廣之，合三閭、鄭詹尹、漁父爲一圖，《九歌》九圖，《天問》五十四圖，曾經乙覽。高宗壬寅，特命内廷補繪《離騷》三十二圖，《九章》九圖，《九辯》九圖，《招魂》十三圖，《大招》七圖，香草十六圖，足稱大觀，爲士林雅製。惜不能摹繪諸圖，弁諸書首，傳之人間，以廣見聞，是所歉也。

一、古今從無閨秀註《騷》者，康熙庚寅，有練湖女子姓陳名銀者，註《楚辭發蒙》五卷：自序：「垂髫口授《楚辭》二十五篇，曾遍閱漢、唐以下三十一家評本，而嫌其重複拖沓，荒淫鄙瑣，可憎可厭。」其言切中諸家之弊，可謂讀《騷》有識者矣。然惜其仍落前人窠臼，未能拔乎其萃。特有一二可異者：「美人遲暮」句註云：「至此方入題。」又《招魂》「遺視緜些」句註云：「此所謂『臨去秋波那一轉』也。」二語恰與予同，大奇。此書無刊本，識此以存其人。

一、拙註稱箋，仿鄭康成註《毛詩》例。各有發明，以明前人未發之義。其中間有未盡，及文外之意，附註於後，以便讀者參觀。

一、所采諸家，均有姓氏總目。註中惟記書名，不標姓氏，亦省繁也。（《屈辭精義》）

【自跋】文自六經外，惟莊、屈兩家，夙稱大宗。莊文灝瀚，屈詞奇險。莊可以御空而行，隨其意之所至，以自成結構。屈則自抒悲憤，其措語之難，有甚於莊。蓋忠既不見亮於君，内而鄭袖，則王之愛姬；外而子蘭，則王之愛子。且滿朝黨人，皆王之親信，中外棋布，稍涉國事，有干誹謗，得咎更甚。不得不託諸比興，以申其邑鬱之懷，故運思落筆，都借寓於奇險之徑，使言之無罪，聞之足以戒。洋

洋灑灑，滔滔汩汩，無義不搜，無典不舉，而起伏照應，頓挫迴環，極文人之能事，故能與漆園並驅千古。（《屈辭精義》卷六）

（清）祝德麟

【自序】《漢志》載「屈原賦二十五篇」，韓退之詩「《離騷》二十五」，王逸序《天問》亦曰「屈原凡二十五篇」。今《楚辭》所載二十三而已，豈非并《九辯》《大招》而爲「二十五」乎？《九辯》者，宋玉所作，非屈原也。今《楚辭》之目雖以是篇并注屈宋，然《九辯》之序止稱「屈原弟子宋玉所作」。《大招》雖疑屈文，而或者謂景差作。若以宋玉痛屈原而作《九辯》，則《招魂》亦當在屈原所著之數，便爲二十六矣。不知退之、王逸之言何所據耶？愚謂退之、王逸之言乃本舊説也。（《離騷草木疏辨證》）

（清）洪亮吉

【北江詩話】《離騷》以後，學《騷》者宋玉、賈誼、東方朔、嚴忌、王褒、劉向、王逸等若干人，而皆不及《騷》，以絶調難學也。（《北江詩話》卷五）

（清）張雲璈

【九辯】（《九辯》）序既云述其志，則篇中自屬代言。文爲宋文，語爲屈語，有何不可？「有美一人」，正指屈子。古本所次，不依作者之先後，故置《招隱士》於《招魂》之前，又置王褒《九懷》於東方朔《七諫》之前，而置《大招》於最後。陳説之以爲篇第混淆，乃考其人之先後，定爲今本，厥有由矣。（《選學膠言》卷十四）

（清）龔景瀚

【離騷箋】「國無人莫我知」，爲一身言之也，故曰「又何懷乎故都」，似乎可以去矣。然一身其小者也，使宗社無恙，去留何所不可。而今哲王不寤，求女不得，「既莫足與爲美政」，而宗社將墟矣。此爲宗社言之也，是豈可以去乎？留矣，其尚忍見之乎？「從彭咸之所居」，捨死而別無他術矣。身爲同姓世臣，與國同其休戚，苟己身有萬一之望，則愛身正所以愛國，可以不死也。不然，其國有萬一之望，國不亡，身亦可以不死也。至於「莫足與美政」，而望始絶矣。既不可去，又不可留，計無復之，而後出於死，其心良苦矣。此屈子之忠，所以爲萬古人臣之極，而太史公謂之與日月爭光者也。若宗社無故，而徒以君不我用，俗不我知，遂忿恚而自沉，則懟而已，豈得爲屈子哉！（《離騷箋》）

（清）胡濬源

【離騷題下注】太史公自序固已明曰：「屈原放逐，著《離騷》。」又，《報任安書》曰：「屈原放逐，乃賦《離騷》。」《漢志》：「屈原被讒放流，作《離騷》諸賦以自傷悼。」則《楚辭》，皆既放後作也。從來注家以《離騷》爲「見疏」懷王而作，《九歌》以下乃見放於頃襄而作。是泥《史記》文前後執而分之，故使此篇離憂忠悃大旨不亮，而其文義遂覺往返複叠，脈絡不貫。且情既乖戾，理道亦扞格。不知《離騷》一篇，《史記》傳原於「王之怒而疏」後，即接作此，重是篇也。故極贊之「與日月爭光」，然後再補序「既絀」後楚事，以見原之忠，而復曰「既嫉之」，與前「疾王」遥接。即又曰「雖放流，睠顧楚國，一篇三致意」云云，作《騷》當在此時。史筆不過急所重而先之耳，讀者不察，遂認爲未放時作。不知篇中，一則曰「依彭咸遺則」，再則曰「從彭咸所居」，是明矢志汨羅矣。假不放於江南，將安能預爲此語乎？如申生、召忽、荀息之死，豈必定要在水乎？若泥史文字句，則《懷沙》畢命，即遷即死，何以自既放直至《哀郢》九年後乎？且方纔一疏，疏後絀，尚使齊返，尚諫王勿入秦，何至遂爾誓死懟憤，寧非悻悻？要之，篇中「濟沅湘南征」及亂詞「何懷故都」，便知既放後作。史稱「令尹子蘭聞之大怒」，聞其作《離騷》等篇也。卒使上官大夫短屈原於頃襄王，頃襄怒而遷之。則既放，又遷之，使益遠耳。細玩《九章·惜往日》篇辭，史傳原事，正與之相符。即可考屈子賦《騷》

前後、疏與放年歲，《楚世家》可互考。（《楚辭新注求確》卷一）

（清）高鐘

【楚辭音韻騷序】粵稽前古韵語，《毛詩》而外，厥惟《楚辭》。自六朝以後，切韵興而古音不作。讀是書者，往往拘於今韵，而强爲分畫，妄改字音，遂使作者之精神意指，幾乎堙滅矣。夫屈子以窮愁之志，寫忠愛之誠，而創《騷》體，或寓意鬼神，或寄情草木，怪奇佹異，莫可端倪。〔……〕則是書也，尊之爲經，迥非風雲月露之章所可同日而語者，而忍聽後人之支離割裂也哉！（《楚辭音韻》）

（清）方績

【屈子正音】古人之音，後人不能强爲之解。如《詩》用風字必入侵韻，與林、心等字爲韻。後人遂據以爲風字不入東韻矣。而古人侵與東多混爲一韻，《易·屯象傳》禽與窮韻，《比象傳》中終與禽韻，《恒象傳》深與中、容、終、凶、功韻，《艮象傳》心與躬、正、終韻。如以爲夫子生於周季世，變風移爲方音所限，則《詩》其正矣。然《七月》八章沖與陰韻，《雲漢》二章臨與躬韻，《蕩》首章諶與終韻，下至屈原《天問》亦沈與封韻。是或古有此音，後人弗覺。如執後人所協之音，謂古人之有異，抑亦過矣。（《屈子正音》）

（清）李重華

《文選》所録四言，多膚廓板滯之作，此是昭明淺見處，索性不録可也。余嘗謂《三百篇》後，不應輕擬四言；必欲擬者，陶公庶得近之。屈、宋《楚詞》而後，不應輕擬騷體；必欲擬者，曹植庶得近之。（《貞一齋詩説》）

（清）阮元

【學海堂文筆策問】楚國之辭稱「楚辭」，皆有韻。《楚辭》乃詩之流，《詩》三百篇乃言語有文辭之至者也。（《揅經室集》三集卷五）

（清）方東樹

【解招魂】《風》詩十五國獨無楚，非孔子删之也：蓋國小人微，僻陋在夷，先王鄙之，不採其風。故春秋之初，荆人猶不得列於朝聘會盟之末。中世以後，闢國浸廣，英賢之君六七作，良臣股肱輩興，於是鬻熊之遺風德教復嗣，而遂與中國抗衡焉。至左史倚相能讀《三墳》《五典》《八索》《九邱》，右尹子革能誦《祈招》之詩，而文學大顯。蓋南方朱明之次，天文所昭，江漢所流，有非封域之區所能限也。屈子以忠清之志，發哀怨之思，上覽黄、虞，下駿箕、比，蔚爲千古詞宗；豈特楚國之良，實繫斯文之寄。《離騷》二十五篇，歷世作者，奉爲方圓，並驅六經，邈世獨立。故嘗謂朱子之注楚詞，其義理所存，比於孔子删詩而無讓也。玄文隱志，固已抉剔無遺；惟《招魂》一篇，大恉猶昧。不揣淺陋，閒嘗通之。雖未知必然與否，抑千慮一得，故陳其説，以俟來學之折衷云爾。（《昭昧詹言》卷十三附卷）

（清）梁紹壬

【宋玉】有客至澧州，見宋氏家牒，言：「宋玉，字子淵，號鹿溪子。」可補記載之缺。（《兩般秋雨盦隨筆》卷三）

（清）黄恩彤

【第十七段】前云「惓惓故鄉」，不忍去國也。此云「何懷故都」，誓將沈江也。子胥留眼以觀越師之入；三閭沈江，不忍見宗國之亡。相越豈不遠哉？（《離騷分段約説》）

（清）劉熙載

【文概】太史公《屈原傳贊》曰：「悲其志。」又曰：「未嘗不垂涕想見其爲人。」「志」也，「爲人」也，論

屈子辭者，其斯爲觀其深哉！（《藝概》卷一）

【詩概】劉勰《辨騷》謂《楚辭》「體慢於三代，風雅於戰國」。顧論其體不如論其志，志苟可質諸三代，雖謂易地則皆然可耳。（《藝概》卷二）

樂府之出於《頌》者，最重形容。《楚辭·九歌》狀所祀之神，幾於恍惚有物矣。後此如《漢書》所載《郊祀》諸歌，其中亦若有肸蠁之氣，蒸蒸欲出。（《藝概》卷二）

【賦概】讀屈、賈辭，不問而知其爲志士仁人之作。太史公之合傳，陶淵明之合贊，非徒以其遇，殆以其心。（《藝概》卷三）

屈靈均、陶淵明，皆狂狷之資也。屈子《離騷》一往皆特立獨行之意。陶自言「性剛才拙，與物多忤，自量爲己，必貽俗患」，其賦品之高，亦有以矣。（《藝概》卷三）

屈子辭，雷填風颯之音；陶公辭，木榮泉流之趣。雖有一激一平之别，其爲獨往獨來則一也。（《藝概》卷三）

《離騷》不必學《三百篇》，《歸去來辭》不必學《騷》，而皆有其獨至處，固知真古自與摹古異也。（《藝概》卷三）

《楚辭》風骨高，西漢賦氣息厚，建安乃欲由西漢復於《楚辭》者。若其至與未至，所不論焉。（《藝概》卷三）

問：《楚辭》漢賦之别，曰：《楚辭》按之逾深，漢賦恢之而彌廣。（《藝概》卷三）

《楚辭》尚神理，漢賦尚事實。然漢賦之最上者，機括必從《楚辭》得來。（《藝概》卷三）

或謂楚賦自鑄偉辭，其取鎔經義，疑不及漢。余謂楚取於經，深微周浹，無迹可尋，實乃較漢尤高。（《藝概》卷三）

古人稱「不歌而誦謂之賦」。雖賦之卒，往往系之以歌，如《楚辭》「亂曰」、「重曰」、「少歌曰」、「倡曰」之類皆是也，然此乃古樂章之流，使早用於誦之中，則非體矣。大抵歌憑心，誦憑目。方憑目之際，欲歌焉，庸有暇乎？（《藝概》卷三）

《楚辭·涉江》《哀郢》，「江」「郢」，迹也；「涉」「哀」，心也。推諸題之但有迹亦見心，但言心者亦具迹也。（《藝概》卷三）

叙物以言情謂之賦，余謂《楚辭·九歌》最得此訣。如「嫋嫋兮秋風，洞庭波兮木葉下」，正是寫出「目眇眇兮愁予」來；「荒忽兮遠望，觀流水兮潺湲」，正是寫出「思公子兮未敢言」來，俱有「目擊道存，不可容聲」之意。

屈子之辭，沈痛常在轉處。「氣繚轉而自締」，《悲回風》篇語可以借評。（《藝概》卷三）

《騷》之抑遏蔽掩，蓋有得於《詩》《書》之隱約。自宋玉《九辯》已不能繼，以才穎漸露故也。（《藝概》卷三）

頓挫莫善於《離騷》，自一篇以至一章，及一兩句，皆有之，此傳所謂「反覆致意」者。（《藝概》卷三）

賦家主意定則群意生。試觀屈子辭中，忌己者如黨人，憫己者如女嬃、靈氛、巫咸，以及漁父别有崇尚，

詹尹不置是非，皆由屈子先有主意，是以相形相對者，皆若沓然偕來，拱向注射之耳。（《藝概》卷三）

騷調以虚字爲句腰，如之、於、以、其、而、乎、夫是也。腰上一字與句末一字平仄異爲諧調，平仄同爲拗調。如「帝高陽之苗裔兮」，「攝提貞於孟陬兮」，「之」「於」二字爲腰，「陽」「貞」腰上字，「裔」「陬」句末字，「陽」平「裔」仄爲異，「貞」「陬」皆平爲同。《九歌》以「兮」字爲句腰，腰上一字與句末一字，句調諧拗亦準此。如「吉日兮辰良」，「日」仄「良」平；「浴蘭湯兮沐芳」，「湯」「芳」皆平。（《藝概》卷三）

屈子之文，取諸六氣，故有晦明變化、風雨迷離之意。讀《山鬼》篇足覘其概。（《藝概》卷三）

賈生之賦志勝才，相如之賦才勝志。賈、馬以前，景差、宋玉已若以此分途，今觀《大招》《招魂》可辨。（《藝概》卷三）

言騷者取幽深，柳子厚謂「參之《離騷》以致其幽」，蘇老泉謂「騷人之情深」是也。（《藝概》卷三）

《九歌》與《九章》不同，《九歌》純是性靈語，《九章》兼多學問語。（《藝概》卷三）

（清）王闓運

【離騷經第一】頃襄時，原年四十有六，名高德盛，新王初立，勢不能不與圖事。原乃結齊款秦，薦列衆賢，詆毁用事者。衆皆患之，乃譖以爲本欲廢王，又以懷王得反，將不利王及令尹。王積前怒〔……〕

因是誣其貪縱專恣，放之江南，而反以忘讎和秦爲其罪。原因託其所薦達者於令尹，而所薦者趣時易節，附和阿俗，國事大變。原忠憤悲鬱，無所訴語，故行吟湖皋，作爲此篇。不敢斥王之不孝，及致切怨於子蘭。（《楚辭釋》）

（清）沈祥龍

【詞祖屈宋】屈、宋之作亦曰詞。香草美人，驚采絶艷，後世倚聲家所由祖也。故詞不得《楚騷》之意，非淫靡，即粗淺。（《論詞隨筆》）

（清）林紓

【韓柳文研究法】屈原之爲《騷》及《九章》，蓋傷南夷之不吾知，於朝廷爲不知人，於己爲無罪，理直氣壯，傅以奇筆壯采，遂爲天地間不可漫滅之至文。重言之，不見其沓；昌言之，莫病其狂。後來學者，文既不逮，遇復不同，雖仿楚聲，讀之不可動人。惟賈長沙身世，庶幾近之，故悲亢之聲，引之彌長，亦正爲忠氣所激耳。柳州諸賦，摹楚聲，親騷體，爲唐文巨擘。（《韓柳文研究法》）

【流別論】「賦者，鋪也。鋪采摛文，體物寓志也。」一立賦之體，一達賦之旨。爲旨無他，不本於諷諭，則出之爲無謂；爲體無他，不出於頌揚，則行之亦弗莊。然其發源之處，實沿《三百篇》而來。至《楚辭》出，局勢聲響，始洪大而激楚。故有以《騷》爲體者，亦有以對偶、排比爲體者，雖極于雕畫，苟不定以旨趣，均不足以傳播于藝林，馳騁于文圃。（《春覺齋論文》）

古人有哭斯弔，宋水鄭火，皆弔以行人。賈長沙首用《離騷》之體弔屈原。揚子雲亦摭取《離騷》之文反之，自岷山投諸江流，以弔屈原，名曰《反離騷》。蔡中郎亦然。蓋屈原之懷忠而死，不得志於世者，往往託爲同心！猶之下第之人，必尋取下第之人，發舒其抑鬱之氣。故劉蕡之身，每爲失志者藉口，即此意也。（《春覺齋論文》）

（清）陳廷焯

【白雨齋詞話】作詞之法，首貴沈鬱，沈則不浮，郁則不薄。顧沈鬱未易强求，不根柢於《風》《騷》，烏能沈鬱？十三國變風，二十五篇《楚詞》，忠厚之至，亦沈鬱之至，詞之源也。不究心於此，率爾操觚，烏有是處？（《白雨齋詞話》卷一）

飛卿詞，全祖《離騷》，所以獨絶千古；「菩薩蠻」、「更漏子」諸闋，已臻絶詣，後來無能爲繼。（《白雨齋詞話》卷一）

飛卿《菩薩蠻》十四章，全是變化《楚騷》，古今之極軌也。徒賞其芊麗，誤矣。（《白雨齋詞話》卷一）

風詩三百，用意各有所在，仁者見之謂之仁，智者見之謂之智，故能感發人之性情。後人强事臆測，繫以比、興、賦之名，而詩義轉晦。子朱子於《楚詞》，亦分章而係以比、興、賦，尤屬無謂。（《白雨齋詞話》卷六）

幽深窈曲，瑰瑋奇肆，《楚詞》之末也。沈鬱頓挫，忠厚纏綿，《楚詞》之本也。舍其本而求其末，遂託名於靈均，吾所不取。（《白雨齋詞話》卷七）

《楚詞》二十五篇，不可無一，不能有二。宋玉效顰，已爲不類；兩漢才人，踵事增華，去《騷》益遠。惟陳王處骨肉之變，變忠愛之忱，既憫漢亡，又傷魏亂，感物指事，欲語復咽，其本原已與《騷》合；故發爲詩歌，覺湘間澤畔之吟，去人未遠。嗣後太白學《騷》，虚有形體；長吉學《騷》，益流怪誕。飛卿古詩，有與《騷》暗合處，但才力稍弱，氣骨未遒，可爲《騷》之奴隸，未足爲《騷》之羽翼也；惟《菩薩蠻》《更漏子》諸詞，幾與《騷》化矣，所以獨絶千古，無能爲繼。繼之者其惟蒿庵乎？（《白雨齋詞話》卷七）

（清）張德瀛

【詞本楚詞】屈子《楚辭》，本謂之《楚詞》，所謂軒翥詩人之後者也。《東皇太一》《遠遊》諸篇，宋人制詞，遂多倣效。沿波得奇，豈特馬、揚已哉！（《詞徵》卷一）

（清）劉光第

【離騷擬議】

《古詩》「四顧何茫茫，東風摇百草，所遇無故物，焉得不速老」，比《離騷》「惟草木之零落兮，恐美人之遲暮」語尤警。蓋同此遇時之感，一則逢秋而始悲，一則當春而亦傷也。（《離騷擬議》卷上）

陶潛詩：「終日馳車走，不見所問津。」又：「鼎鼎百年内，持此欲何成？」《榮木詩序》云：「《榮木》，念將老也。日月推遷，已復有夏，總角聞道，白首無成。」其詩云：「徂年既流，業不增舊。志彼弗舍，安此日富。我之懷矣，怛焉内疚。」張曲江詩：「衆情累外物，恕己忘内修。感歎長如此，使我心悠悠。」李太白詩：「大雅久不作，吾衰竟誰陳？」又：「希聖如有立，絶筆於獲麟。」虞伯生詩：「於惟仲尼衰，清夢不復然。小子未聞道，何以卒歲年。」此等詩皆與《離騷》「忽馳騖以追逐兮，非余心之所急。老冉冉其將至兮，恐修名之不立」，警畏正同。若阮嗣宗詩：「修塗馳軒車，長川載輕舟。惟命豈自然，勢路有所由。」「栖栖非我偶，徨徨非己倫。咄嗟榮辱事，去來味道真。」則與鮑明遠詩「容華坐銷歇，端爲誰苦辛」俱乃意存憤激，語重譏諷，非復左徒心事。然此可資勵志，彼亦可擴遠懷，讀之足發人及時内省之心焉也。（《離騷擬議》卷上）

「固時俗之工巧兮，偭規矩而改錯。背繩墨以追曲兮，競周容以爲度。忳鬱邑余侘傺兮，余獨窮困乎此時也。甯溘死以流亡兮，余不忍爲此態也。」阮宗嗣詩：「洪生資制度，被服正有常。尊卑設次序，事物齊紀綱。容飾整顔色，磬折執珪璋。堂上置玄酒，室中盛稻粱。外厲貞素談，户内滅芬芳。放口從衷出，復説道義方。委曲周旋儀，姿態愁我腸。」［光第按：］則較之屈子所訾而更能以䂓矩自飾者。方今時事敗壞，中外多故。庸懦者無論矣，乃軍務、洋務，各激昂慷慨，磨勵自誓之徒，若大可恃；其實皆由利之所在，借以規取自肥，而國事終由此日壞不可救。嗚呼，誰柄用人，而可不務知其深，求其實哉！（《離騷擬議》卷上）

「吾令帝閽開關兮，倚閶闔而望予。」又，「閨中既已邃遠兮，哲王又不寤。」《九辯》：「豈不鬱陶而思君兮，君之門以九重。猛犬狺狺而迎吠兮，關梁閉而不通。」後來詩人惟太白《遠别離》《梁父吟》諸篇最似之。余於甲午之冬，上書不得達，亦有詩云：「我欲扶燭龍，銜火照陰邪。九關逢虎豹，坐歎淚如麻。」展轉吟諷之，不知涕淚之何從也。（《離騷擬議》卷上）

「彼堯舜之抗行兮，瞭杳杳而薄天。衆讒人之嫉妒兮，被以不慈之僞名。」蓋痛聖人之不免於讒毁也。陳伯玉詩：「蚩蚩夸毗子，堯舜以爲謾。」則指託爲禪讓一流人。李太白詩「或言堯幽囚，舜野死」云云，則沈歸愚所謂「中有欲言不可明言者，故託弔古以抒之，屈折反復，《騷》之旨」是也。（《離騷擬議》卷上）

謝康樂詩「杳杳日西頽，漫漫長路迫。登樓爲誰思？臨江遲來客」四句，玲瓏秀映而耐人諷玩。阮嗣宗詩：「嘉時在今晨，零雨灑塵埃。臨路望所思，日夕不復來。」謝詩實學之。溯厥權輿，則《九歌》之《湘君》《湘夫人》二篇，其從出也。柳子厚詩：「春風無限瀟湘意，欲采蘋花不自由。」沈云：「言外有欲以忠心獻之於君而未有由意。」光第按：柳詩似即化取《湘君》篇「采薜荔兮江中，搴芙蓉兮木末」、「心不同兮媒勞，恩不甚兮輕絶」數句之意而爲之者。（《離騷擬議》卷上）

「入不言兮出不辭，乘迴風兮駕雲旗。」寫得倏來忽去，靈踪恍惚。陳廣翁謂：「劉姚論文，最重此意。」唐李端《蕪城》詩云：「城裏月明時，精靈自來去。」便純是鬼趣矣。《東君》：「長太息兮將上，心低佪兮顧懷。」阮嗣宗《大人先生歌》翻之曰：「我騰而上將何懷？」李太白詩：「身騎白黿不敢度，金高南山買君顧。徘徊六合無相知，飄若浮雲且西去。」略似《楚辭》「撰余轡兮高駝翔，杳冥冥兮以東行」筆意。（《離騷擬議》卷上）

杜子美詩：「山鬼迷春竹，湘娥倚春花。」幽秀無匹。出語乃暗用《山鬼》「余處幽篁兮終不見天」意，對語乃暗用《湘君》「搴芙蓉兮木末」意，而能滅去痕迹，真善於用古人者。（《離騷擬議》卷上）

劉夢得詩：「清晨登天壇，半路逢陰晦。疾行穿雨過，却立視雲背。白日照其上，風雷走于内。」著語奇險。細玩之，乃是本《山鬼》「表獨立兮山之上，雲容容兮而在下。杳冥冥兮羌晝晦，東風飄兮神靈雨」數句之意，而精煉變化以出之者。（《離騷擬議》卷上）

叔師之序《七諫》也曰：「古者人臣三諫不從，退而待放。屈原與楚同姓，無相去之義，故加爲《七諫》。」斯言尤當。夫宗臣之道，有其力，則孟子之所謂「易位焉」可也；無其力，則方朔之所謂「七諫焉」可也。夫天下大患，莫甚於爲人臣者例以神明聖哲待愚黯之君，謬託於事君盡禮，不敢一言犯之以自固，而其實則欺謾侮弄，無所不至。至於傾覆宗社，殘害生靈，而無有僇其誤國慢君之罪者，豈不深可痛恨哉！然後知《凱風》《小弁》可以怨矣，是乃爲仁之至、義之盡也。（《離騷擬議》卷上）

傅休奕《短歌行》收處云：「昔君視我，如掌中珠。何意一朝，棄我溝渠。昔君與我，如影與形。何意一去，心如流星。昔君與我，兩心相結。何意今日，忽然兩絶。」三股竟住，筆力老横。《楚辭·山鬼》收處云：「采三秀兮於山間，石磊磊兮葛蔓蔓。怨公子兮悵忘歸，君思我兮不得閒。山中人兮芳杜若，飲石泉兮蔭松柏，君思我兮然疑作。雷填填兮雨冥冥，猨啾啾兮狖夜鳴。風颯颯兮木蕭蕭，思公子兮徒離憂。」亦是三股竟住，勢如飄風怒雨，騰沓虚空，又在休奕之上。（《離騷擬議》卷下）

（清）曹耀湘

【讀騷論世卷一第五條】辯《離騷經》一篇作於屈子被放之後，非前見疏時作：

《史記》「王怒而疏屈平」，屈平「憂愁幽思而作《離騷》」。諸家皆用其説，俱云屈平被上官之讒，王疏屈原，原乃作《離騷》，至今無易其説者。《漢書》載司馬遷《報任安書》云「屈原放逐，乃賦《離騷》」，以《騷經》爲被放後所作。

按《騷經》之首，屈子自紀出處本末曰「乘騏驥以馳騁，來吾道夫先路」，言初仕之時也。曰「忽奔走以先後兮，及前王之踵武」，言其爲左徒之時，方見任用也。曰「荃不察余之中情兮，反信讒而齋怒」，言爲上官所讒，以至見疏也。曰「余固知謇謇之爲患兮，忍而不能舍也」，言時雖見疏不忘效忠也。曰「初既與余成言兮，後悔遁而有他」，言懷王見欺於秦，復從屈原之謀，齊楚合縱，既而復變計合秦也。曰「余既不難乎離別兮，傷靈修之數化」，言見放逐也。《騷經》之末，屈子自明其志之所在，曰「國無人莫我知兮，又何懷乎故都」，言已之睠顧楚國，繫心懷王，究歸無濟也。曰「既莫足與爲美政兮，吾將從彭咸之所居」，言君亡與亡，誓不獨生也。屈子雖放流不返，而睠懷君國之意，至死弗忘，又審知數年之間，必將有國破君亡之禍，豈肯優游隱忍，以自終其天年？誓死殉君，自靖自獻，忠臣之極致也。讀《騷》者，必考訂其時世，斯得之矣。

又按《離騷》稱「經」者，屈子之徒，推尊此篇，比之於「六藝」也。其實則屈子所著二十餘篇。通可稱之曰「騷」，而此一篇者，屈子一生絶大文章，後人尤尊而重之。《騷》之爲文，其源出於國風雅頌，而音節稍變，自成一家，遂爲後世詞賦之祖。《史記》所云「憂愁幽思而作《離騷》」者，蓋統指二十五篇而言之，不專指一篇也。自「《離騷》者，猶離憂也」，以下一段數十語，雖若專贊《騷經》，而他篇之意，亦未嘗不在其中。《楚辭》篇次《騷經》爲冠，屈子之文，則《九歌》在前，《九歌》之文亦《離騷》也，通乎此意，則史傳亦非指定《騷經》爲見疏之年所作。而其後文云「一篇之中，三致意焉」，正見史家行文叙事，與論議錯綜變化之法，當以意離合而讀之，不可拘牽於文義也。（《讀騷論世》卷一）

【讀騷論世卷一第七條】辯《九歌》作於屈子方見疏之年，在《騷經》之前，非被放後所作：

王逸注叙云：「《九歌》者，屈原之所作也，昔楚國南郢之邑，沅湘之間，其俗信鬼好祠。屈原放逐，竄伏其域，懷憂苦毒，愁思沸鬱，見俗人歌舞之樂，其詞鄙陋，因作《九歌》之曲。上陳事神之敬，下見己之寃結，託之以風諫。」

按《九歌》唯《湘君》《湘夫人》二篇有沅澧、洞庭、九疑之語，其餘皆不限於地。而河尤在邦域之外。王逸以爲沅湘之間，屈原竄伏其域者，是未考其地也。《九歌》音節與《騷經》《九章》《遠遊》諸篇微有不同，其中雖具有忠愛之忱，合離之感，纏綿悱惻之意，而絶無哀怨愁苦之音，細繹之自可見。而王逸以爲放逐竄伏，「懷憂苦毒，愁思沸鬱」者，是未考其時也。今攷屈子之作《九歌》，必在初見疏於王，爲三閭大夫之時，以其暇日，釐正祭神之樂歌，出入風雅。亦足以見其博聞彊識，嫺於辭令之一端。而體裁既變，軌範斯成，《騷經》《九章》相繼而作，宋玉、景差傳其餘韻，兩漢文士挹其流風，於是《楚騷》爲詞賦鼻祖，而《九歌》者又《楚辭》造端託始之文也。三閭蓋距楚都不遠，大夫猶得參預朝章，非如漢北、江南僻遠之地，亦非放逐，不遠愁憂不解之時，讀者未可一概而相量也。

（《讀騷論世》卷一）

【讀騷論世卷一第九條】辯宋玉《招魂》篇作於屈原南遷之時，《九辯》九篇作於屈子既没之後：

王逸叙《招魂》云：「宋玉憐屈原魂魄放佚，厥命將落，故作《招魂》欲以復其精神，延其年壽。外陳四方之惡，内崇楚國之美，以諷諫懷王，冀其覺悟而還之也。」叙《九辯》云：「宋玉閔惜其師忠而放逐，故作《九辯》以述其志。」

按王逸謂宋玉憐屈原之將死，而作《招魂》是矣。其謂諷諫懷王則大誤：懷王既已拘留於秦，尚何覺悟之有？即云諷頃襄，亦非《招魂》之意也。《九辯》之作，則在屈子既沈之後，蓋《九章》皆屈子最後所作，宋玉賡續《九章》以作《九辯》，且稱引起師之語，所以明屈子之志，雖死而不忘君國，絶無怨懟。但有孤忠，言外自具規諷之意，亦仁人之言也。屈子以五月五日自沈，《九辯》必作於是年之秋，摇落變衰，憯悽惆悵，雖哀痛罔極，而和婉不傷，洵不愧爲屈子之徒，百世之師矣。（《讀騷論世》卷一）

【屈子編年】彭咸，古之忠臣，蓋因君國之難，以死殉君者，不必因投水以死。〔……〕按彭咸事跡，不見於他書。王逸以爲殷之大夫，或有所本。其曰諫君不聽，投水而死，則依屈原之事，傅會爲之，所謂臆説者也。考古賢臣之死於水者，若申徒狄之負石蹈河，伍員之死而流於江，屈子亦嘗稱引之，果其志在沉水，何不曰從申徒、子胥之所居，依申徒、子胥之遺則耶？且屈子之志，在必死可矣，等死耳，何必於水哉？以此知彭咸投水而死之爲臆説也。屈子歷稱三代以來賢臣，其死於節者，不一而足，而死殉君者，未有其比。《春秋》紀孔父、荀息、仇牧，《傳》稱三忠，其與懷王、屈子，情事均不相類。以今考之，彭咸必疏遠遺佚之臣，不在其位，尚可以無死，乃聞君國之禍難，憤不欲生，殺身以殉死。故《思美人》篇云：「寧隱閔而壽考兮，何變易之可爲？」言非不能全身養壽，而義不爲也。非然者，士不得志，忿怒而輕死，豈得爲賢？既誣屈子，又誣彭咸矣。（《讀騷論世》卷一）

李翹

【屈宋方言考叙】屈、宋文辭，均稱賦若干篇，而朱買臣、王褒諸傳，已有「楚辭」之目。王逸《章句》云：「宋玉閔惜其師忠而放逐，故作《九辯》以述其志。至於漢興，劉向、王褒之徒，咸悲其文，依而作詞，故號爲『楚詞』。」《文心雕龍·辨騷》篇曰：「自《九懷》以下，遽躡其跡，而屈、宋逸步，莫之能追。」然屈、宋文辭，非唯驚采絶艷，爲詞賦之宗已也。（《屈宋方言考》）

王國維

【人間詞話】《楚辭》之體，非屈子之所創也。《滄浪》《鳳兮》之歌已與《三百篇》異，然至屈子而最工。五、七律始于齊、梁而盛于唐。詞源于唐而大成于北宋。故最工之文學，非徒善創，亦且善因。（《人間詞話》）

【人間詞話删稿注】「滄浪」「鳳兮」二歌，已開《楚辭》體格。然《楚辭》之最工者，推原、宋玉，而後此之王褒、劉向之詞不與焉。（《人間詞話删稿》）

吴闓生

【離騷眉批】（「余既滋蘭之九畹兮」以下四句眉批）吴至父〔汝綸〕曰：「舊謂衆芳爲衆賢，姚以衆芳爲道德。某謂扈蘺辟芷爲道德之衆芳，後之結菌矯桂，凡言服佩者是也。樹蕙滋蘭爲賢人之衆芳，後之蘭可爲恃，椒樧干進是也。此衆芳蕪穢即芳草，爲蕭艾，故曰衆皆競進。此不宜分書畫章段，致失本恉。」（《吴評古文辭類纂》卷六一）

（「長太息以掩涕兮」以下二句）姚氏（鼐）曰：「蓋『涕』與『替』爲韻。」闓生案：「朝誶夕替之替當作譖，與艱韻。姚謂誤倒，非也。」（《吴評古文辭類纂》卷六一）

（「女嬃（須）之嬋媛兮」以下二句眉批）姚氏（鼐）云：「此段即《漁父》篇之義，又揚子雲《反離騷》所云，棄由聃之所珍者，屈子於此已解其難。」（《吴評古文辭類纂》卷六一）

（「啓《九辯》與《九歌》」以下眉批）姚氏（鼐）云：「『啓《九辯》』下十六句，皆言失道君之致禍。湯禹四句，皆言得道君之獲福。啓之失道，載《逸書·武觀篇》。墨子所引是也。屈子以與澆並斥爲康娱，王逸誤以夏康連讀，解爲太康，僞作古文者遂有『太康尸位』之語，其失始於逸也。」（《評古文辭類纂》卷六一）

（「跪敷衽以陳辭兮」以下四句眉批）梅伯言（曾亮）曰：「因女嬃言而自疑行之過激，及就正重華而知中正之無可悔也。則又將以此道望之吾君吾相矣。所謂一篇之中，三致意者也。自此以下言求君也，求臣以女言，求君不敢斥言，故迷離惝恍言之，羲和、望舒、飛廉、鸞皇皆喻己所以悟君之道。」（《吴評古文辭類纂》卷六一）

（「保厥美以驕傲兮」以下四句眉批）吴至父（汝綸）云：「此謂肥遯之賢之不可强起者。」姚氏（鼐）

云：「虙妃者，蓋后羿之妻。《天問》所謂『妻彼洛嬪』者是也。言方令蹇修爲理，而彼乃難於遷而歸我，而反適無道之羿，相從於驕傲無禮，何足顧邪？羿自鉏遷於窮石，窮石是羿國，凡《淮南子》《山海經》之多依楚辭，妄爲附會，皆不足據。上言相下女，故虙妃有娀、二姚，皆下土女，非謂神也。」（《吴評古文辭類纂》卷六一）

（「懷朕情而不發兮」以下二句眉批）姚氏（鼐）云：「以上言將以此中正適於兹世。其於楚也，則如天閽之不通，是哲王不寤也。其於異國，則世無賢君相從驕傲，或有賢，而非我偶。如佚女之不可求，即閨中邃遠也。」（《吴評古文辭類纂》卷六一）

（「飲余馬於咸池兮」以下二句）《集注》曰：「咸池，日浴處也。總，結也。扶桑，木名；日出其下也。」（吴闓生）按：《石氏星經》曰：「咸池三星在天潢西北。」《天官書》曰：「西宫咸池曰天五潢。」《淮南子》曰：「咸池者，水魚之囿也。」郗萌曰：「咸池者，天子名池也。」飲馬咸池者，謂此。以咸池爲日浴處，《淮南》之妄也。《山海經》曰：「暘谷有扶桑，十日所浴。」蓋以日所行東出暘谷，西經咸池，有似於浴耳。以爲日所浴處，則妄矣。又：「扶桑，木名，日出其下。」《周髀經》曰：「日徑一千二百里。」石氏曰：「日暉徑千里，周三千里。」日如此之大，豈有出於一木之下者？《南史·扶桑國傳》曰：「齊永元年，其國有沙門慧深來至荆州，説云：扶桑在大漢國東二萬餘里。土多扶桑木，故以爲名。扶桑葉似桐，初生如筍，國人食之。實如梨而赤，績其皮爲布，亦以爲錦。有文字，以扶桑皮爲紙。其國人名國王爲乙祁。」据此則扶桑自是一國，日出扶桑，不得專指一木也。

戴埴《鼠璞》曰：「或謂日出扶桑，以日自東方出耳。猶倭自謂日出處天子是也。」《大荒東經》曰：「東海之外，大荒之中，有山名曰大言，日月所出。有山名曰合虚，日月所出有。山名曰明星，日月所出。有山名曰鞠陵于天，東極離瞀，日月所出。」蓋日月之徑千里，冬南夏北，不常厥處，故所出之處不得以一地名之，而况於扶桑之一木乎？（《吴評古文辭類篹》卷六一）

（「何昔日之芳草兮」以下四句眉批）姚氏（鼐）云：「靈氛，第言世之幽昧而已。巫咸，則言黨人之害益深，中材畏而從之矣。是既無復同志之人，居此則必遭其折害而死，其勢益危矣。」吴至父（汝綸）云：「巫咸言止。『好修之害』句以下答辭。巫咸勸其詭道以避害，引他賢變易者以爲證也。『蘭爲可恃』以下答繽紛變易意。『兹佩可貴』以下答升降求合意。言他人雖變，我則不能改也。」（《吴評古文辭類篹》卷六一）

（「覽椒蘭其若兹兮」以下二句）《集注》曰：「揭車、江離，雖亦香草，然不若椒蘭之盛。今椒蘭既如此，則二者從可知矣。」（吴闓生）按：《楚辭辯證》云：「屈子於蘭芷不芳之後，更嘆其化爲惡物。而揭車、江離亦以次而書罪焉。蓋其所感益以深矣，初非以爲實有是人，而以椒蘭爲名字者也。而史遷作《屈原傳》，乃有令尹子蘭之説，班氏古今人表又有令尹子椒之名，使此文首尾横斷，意思不活。王逸因之又譌以爲司馬子蘭、大夫子椒，而不復記其香草臭物之論。流誤千載，遂無一人覺其非者，甚可嘆也。」据此，則史公之《屈原傳》「懷王稚子子蘭勸王行」，未必實有其事。而鄭袖、靳尚、上官大夫皆可疑矣。又班氏《古今人表》屈原上中，陳軫、占尹中上，令尹子椒、子蘭中下，懷王、靳尚下上。雖取舍無可取正，而要其人則實也。乃謂非實有是人，而以椒蘭爲名字，過矣。後漢孔融曰「屈平悼楚，受譖於椒蘭」，豈亦妄爲是言哉？雖《離騷》以香草喻君子，雜卉喻小人，非必定爲椒蘭而發。而騷之言蘭者十，言椒者六，如所云幽蘭不可佩，謂申椒其不芳；「余以蘭爲可恃，羌無實而容長」，「椒專佞以謾慆，樧又欲充夫佩幃」。而欲使言者無罪，聞者足戒，不綦難哉！此令尹子蘭聞之大怒，卒使上官大夫短屈原於頃襄王，頃襄王怒而遷之者也。揭車凡兩見，前言「畦留夷與揭車」者是也。《爾雅》「藒車，芞輿」，注云：「藒車，香草，見《離騷》。」据《本草拾遺》有揭車香，陳藏器曰：「藒車香生徐州，高數尺，黄葉白花。」《齊民要術》曰：「凡諸樹蟲蠹者，煎此香令淋之，即辟也。」（《吴評古文辭類纂》卷六一）

（「何離心之可同兮」以下二句眉批）姚氏（鼐）云：「上虙妃有娀一節，猶言求女。靈氛、巫咸二節，亦以求女爲言，欲其擇君而事也。至此節，則知求女之必不可矣，姑遠逝以自疏，遨游娱樂，如《遠遊》一篇之旨。而卒亦不忍，則死從彭咸焉而已也。」梅伯言（曾亮）云：「靈氛欲其去，既答以去之無益，巫咸欲其留以求合，尤有所不能，故不得已，仍從靈氛之吉占，而卒不忍，則死從彭咸而已。」

（《吴評古文辭類纂》卷六一）

（「僕夫悲余馬懷兮」以下二句眉批）曾滌生（國藩）云：「『欲遠遊以自疏』，有浩然長往之意。末言『蜷局不行』，則拳拳君國不能忘也。」（《吴評古文辭類纂》卷六一）

（亂辭眉批）張皋文（惠言）曰：「『願竢時乎吾將刈』、『延佇乎吾將返』、『吾將上下而求索』、『吾將遠遊以自疏』、『吾將從彭咸之所居』五句爲層次。」又曰：「彭咸之遺則，謂其道也，彭咸之所居，謂其死也，不可混。」吴至父（汝綸）曰：「魏文帝《典論》云：『優游案衍，屈原尚之；窮侈極妙，相如之長也。』然原據託譬喻，其意周旋，綽有餘度，長卿、子雲不能及。」（《吴評古文辭類纂》卷六一）

傅熊湘

【離騷章義】屈原名平字原，正則隱平，靈均隱原，辭賦之體宜爾。辭賦與滑稽同流，如《史記》淳于髡説隱是也。（《離騷章義》）

離騷

(漢)班固

【離騷序】昔在孝武，博覽古文。淮南王安叙《離騷傳》，以《國風》好色而不淫，《小雅》怨悱而不亂，若《離騷》者，可謂兼之。蟬蜕濁穢之中，浮游塵埃之外，皭然泥而不滓，推此志，與日月爭光可也！斯論似過其真。又説五子以失家巷，謂五子胥也。及至羿、澆、少康、貳姚、有娀佚女，皆各以所識，有所增損。然猶未得其正也！故博采經書傳記本文，以爲之解。且君子道窮，命矣！故潛龍不見是而無悶，《關雎》哀周道而不傷。蘧瑗持可懷之智，甯武保如愚之性，咸以全命避害，不受世患。故《大雅》曰：「既明且哲。以保其身。」斯爲貴矣。今若屈原，露才揚己，競乎危國群小之間，以離讒賊。然責數懷王，怨惡椒蘭，愁神苦思，强非其人，忿懟不容，沈江而死，亦貶絜狂狷景行之士！多稱崑崙冥婚宓妃虚無之語，皆非法度之政，經義所載。謂之兼《詩》風雅，而與日月爭光，過矣！然其文弘博麗雅，爲辭賦宗。後世莫不斟酌其英華，則象其從容。自宋玉、唐勒、景差之徒，漢興，枚乘、司馬相如、劉向、楊雄，騁極文辭，好而悲之，自謂不能及也。雖非明智之器，可謂妙才者也！

（引自〔漢〕王逸《楚辭章句》卷一）

【離騷贊序】《離騷》者，屈原之所作也。屈原初事懷王，甚見信任。同列上官大夫妒害其寵，讒之王，王怒而疏屈原。屈原以忠信見疑，憂愁幽思而作《離騷》。離，猶遭也。騷，憂也。明己遭憂作辭也。是時周室已滅，七國並爭。屈原痛君不明，信用群小，國將危亡，忠誠之情，懷不能已，故作《離騷》。上陳堯、舜、禹、湯、文王之法，下言羿、澆、桀、紂之失以風。懷王終不覺寤，信反間之説，西朝于秦。秦人拘之，客死不還。至于襄王，復用讒言，逐屈原。在野又作《九章》賦以風諫，卒不見納。不忍濁世，自投汨羅。原死之後，秦果滅楚。其辭爲衆賢所悼悲，故傳於後。（引自〔漢〕王逸《楚辭章句》卷一）

（唐）劉長卿

【南楚懷古】南國久蕪没，我來空鬱陶。君看章華宫，處處生蓬蒿。但見陵與谷，豈知賢與豪？精魂託古木，寶劍捐江皋。倚棹下晴景，回舟隨晚濤。碧雲暮寥落，湖上秋天高。往事那堪問，此心徒自勞。獨餘湘水上，千載聞《離騷》。（《劉隨州集》卷五）

（唐）賈島

【論風騷之所由】騷者，愁也。始乎屈原，爲君昏暗，寵讒佞，含忠抱素，進逆耳之諫，不納，放之湘南，

遂爲《離騷經》。以香草比君子，以美人喻其君，乃變風而入于騷，刺其荒而導之正也。（《二南密旨》卷一）

（唐）皮日休

【皮子文藪序】《離騷》者，文之菁英者，傷於宏奥，今也不顯《離騷》，作《九諷》，文貴窮理，理貴原情。（《皮子文藪》）

（宋）宋祁

【反騷】我聞上天樂，仙聖並游賓。《離騷》何所據，招回逐客魂。謂門有九關，虎豹代守閽。砥舌饞涎流，觸之輒害人。譏呵自有常，帝意寧不仁。窮壤苦恨隔，傳聞恐失真。我欲稽首問，無梯倚青雲。塊然守下土，此憤何由伸。（《景文集》卷七）

（宋）劉敞

【讀離騷】空庭衆囂息，風葉獨紛紛。秋期此時改，感歎坐黄昏。遠懷靈均子，著書爲平分。念爾剛直心，吐兹清麗文。上嘉唐虞世，下悼商周君。能與日月爭，不能卻浮雲。浮雲蔽日月，歲暮奈憂勤。

精誠誰謂遠，恍惚若相聞。（《公是集》卷八）

（宋）蘇軾

【答謝民師書一首】屈原作《離騷經》，蓋風雅之再變者，雖與日月爭光可也。可以其似賦而謂之雕蟲乎？（《蘇文忠公全集·東坡後集》卷一四）

（宋）陳師道

【後山詩話】子厚謂屈氏《楚詞》如《離騷》乃效頌，其次效雅，最後效風。（《後山詩話》）

（宋）洪興祖

【楚辭補注】古人引《離騷》未有言經者，蓋後世之士祖述其辭，尊之爲經耳，非屈原意也。（《楚辭補注》卷一）

離騷有亂，有重，亂者，總理一賦之終；重者，情志未申，更作賦也。（《楚辭補注》卷一）

（宋）朱熹

【論離騷經】《離騷經》之所以名，王逸以爲：「離，別也；騷，愁也；經，徑也。言己放逐離別，中心愁

思，猶依道徑，以風諫君也。」此説非是。史遷、班固、顔師古之説得之矣。（《楚辭集注·楚辭辯證上》）

又：《離騷》以靈脩美人目君，蓋託爲男女之辭而寓意於君，非以是直指而名之也。靈脩言其秀慧而脩飾，以婦悦夫之名也。美人直謂美好之人，以男悦女之號也。今王逸輩乃直以指君，而又訓靈脩爲神明遠見，釋美人爲服飾美好，失之遠矣。（《楚辭集注·楚辭辯證上》）

（宋）項安世

【説事篇一離騷】《楚語》伍舉曰：「德義不行，則邇者騷離，而遠者距違。」韋昭注曰：「騷，愁也，離，畔也。」蓋楚人之語，自古如此。屈原《離騷》，必是以離畔爲愁而賦之。其後詞人倣之，作《畔牢愁》，蓋如此矣。畔謂散去，非必叛亂也。（《項氏家説》卷八）

（宋）吴仁傑

【離騷草木疏後序】右《離騷草木疏》四卷。仁傑少喜讀《離騷》文，今老矣，猶時時手之。不但覽其昌辭，正以其竭忠盡節，凛然有國士之風，每正冠斂衽，如見其人。凡芳草嘉木一經品題者，謂皆可敬也。因按《爾雅》《神農書》所載，根莖華葉之相亂，名實之異同，悉本本元元，分別部居，次之于槧，會萃成書，區以別矣。夫椴似椒，蕭艾似蘩，與夫紫菊之似蘭，及茞之似杜蘅，猶夫佞之於忠，鄉原之於德也。得是書，形見色屈，或庶幾焉，舉無以亂其真。昔劉杳爲《草木疏》二卷，見於本傳，其書今亡矣。杳疏凡王逸所集者皆在焉，而仁傑獨取諸二十五篇之文，故命曰《離騷草木疏》。夫子不云乎：「詩可以興，可以觀，可以群，可以怨。邇之事父，遠之事君，多識於鳥獸草木之名。」班固譏三閭怨恨懷王，是未知《離騷》之近於《詩》，而《詩》之可以怨也。劉勰亦譏三閭鴆鳥媒娀女爲迂怪詭異之説。又王逸注鴆媒，謂鴆食虵，羽有毒，可以殺人者。按鴆有二焉，瑶碧之山有鳥如雉，其名曰鴆。郭璞謂此更一種，非食虵者也。《離騷》之文，多怪怪奇奇，亦非鑿空置辭，實本之《山經》。其言鷖、鸞皇、鴆鳥，與《詩》麟、騶虞、鳳皇何異？勰何足以知之！《離騷》以薌草爲忠正，蕕草爲小人，蓀、芙蓉以下凡四十又四種，猶青史氏忠義獨行之有全傳也。薋、菉、葹之類十一種，傳著卷末，猶佞幸姦臣傳也。彼既不能流芳後世，姑使之遺臭萬載云。慶元歲丁巳四月三日。（《離騷草木疏》）

（宋）費衮

【楚詞落英】王荆公有「黄昏風雨滿園林，籬菊飄零滿地金」之句，歐陽公曰：「百花盡落，獨菊枝上枯耳。」因戲曰：「秋花不比春花落，爲報詩人子細看。」荆公聞之，引《楚詞》「夕餐秋菊之落英」爲據。予按：《訪落》詩「訪予落止」，毛氏曰：「落，始也。」《爾雅》：「俶、落、權輿，始也。」郭景純亦引

「訪予落止」爲注。然則《楚詞》之意，及謂擷菊之始英者爾。東坡《戲章質夫寄酒不至》詩云：「謾繞東籬嗅落英。」其義亦然。（《梁谿漫志》卷六）

（宋）高似孫

【騷略序】《離騷》不可學。可學者，章句也；不可學者，志也。楚山川奇，草木奇，原更奇。原人高，志高，文又高。一發乎詞，與《詩》三百五，文同志同。後之人沿規襲武，摹倣制作，言卑氣嫚，志鬱弗舒，無復古人萬一。武帝詔漢文章士修楚辭，大山小山竟不一企，況《騷》乎？嗚呼！《詩》亡矣，《春秋》不作矣，《騷》亦不可再矣。獨不能忘情於《騷》者，非以原可悲也。獨恨夫《騷》不及一遇夫子耳，使《騷》在删《詩》時，聖人能遺之乎？嗚呼！余固不能窺原作，猶或知原志者，輒抱微款，妄意抒辭，題曰《騷略》。（《騷略》）

（宋）錢杲之

【離騷集傳序】《詩》載十五國風，微若《檜》，遠若《秦》，悉具録之。而楚以大國，近在江、漢間，良卿良臣，交政中國，亦當彬彬見於文辭，而於《詩》無傳焉。至屈原賦《離騷》，忼慨感憤，遠遊放言。而劉安、司馬遷、揚雄之徒深味其辭，以爲同於《風》《雅》。至祖述其後者，遂尊之以爲經。古者詩有六義:唯風、雅、頌以名其篇,而賦與比、興迭行其間,無定體。至《離騷》之作,則自其生而長,長而仕,仕而不得志,不得志而不得去,終始本末,實敷言之,而賦之體具矣。騷,猶擾也。自傷離此擾擾,以名其賦也。漢王逸以「離」爲「别」,「騷」爲「愁」,「經」爲「徑」,既失其旨。而梁蕭統選文,乃特名之以「騷」。彼徒習其讀不得其義,又爲畏之,不敢以齒諸賦,則遂摭其目而名之,夫《關雎》《鵲巢》不繫曰詩,而夫人知其爲詩。《離騷》不繫曰賦,而王逸、蕭統遂不知其爲賦。不亦異哉!且士懷材不用於世,其進退固有道矣。歷觀諸詩,若《考槃》,則不仕者也;若《黄鳥》,則欲仕而決去者也。若《羔裘》,則既仕而去之者也。至於《小明》,則以畏罪而不敢去。《兔爰》,則以遇患而不能去。《邶·柏舟》,則以兄弟之恩而不可去,彼固各當於義也。若屈原出於三閭,爲懷王左徒,王始見知而終不用,則亦已矣。而負其行能,不忍湮没,鬱邑欷歔,發於詞華。怨靈脩之浩蕩,惡衆女之謡諑,怪虙妃、娀女之深藏,而傷椒蘭、揭離之變化,問之女嬃,愬之重華,占之靈氛,質之巫咸,欲去而不能去,卒於被讒放逐,自沈汨羅。是以後之君子哀其忠,惜其死,遐想其英靈,雖千載而猶在也。〔……〕蓋原之博物似子産,寓言似莊周,殺身似比干,而《離騷》之文則遂爲詞賦之祖云。(《離騷集傳》)

【離騷題下注】今約《離騷》一篇大節十有四:其一、「高陽」二十四句,其二、「三后」二十四句,其三、「滋蘭」八句,其四、「競進」二十八句,其五、「靈脩」十二句,其六、「鷙鳥」三十二句,其七、「女嬃」十二句,其八、「前聖」四十句,其九、「上征」七十六句,其十、「靈氛」二十句,其十一、「巫咸」三十六句，其十二、「以蘭」二十句，其十三、「將行」三十六句，其十四、「亂」五句。而大節之中，或有小節。學者當自得之。（《離騷集傳》）

（宋）王應麟

【困學紀聞】《離騷》曰：「閨中既以邃遠兮，哲王又不寤。」以楚君之闇，而猶曰「哲王」，蓋屈子以堯、舜之耿介，湯、禹之祇敬望其君，不敢謂之不明也。太史公《列傳》曰：「王之不明，豈足福哉。」此非屈子之意。（《困學紀聞》卷一七）

（宋）謝翺

【楚辭芳草譜】荃，昌蒲也，一名蓀。《楚辭》曰「數惟蓀之多怒兮」、「蓀佯聾而不聞」。《辭》言香草皆以喻臣，唯言「蓀」者喻君。蓋蓀于藥爲君也。（《楚辭芳草譜》）

（元）張養浩

【普天樂】楚《離騷》，誰能解？就中之意，日月明白。恨尚存，人何在？空快活了，湘江魚蝦蟹。這先生暢好是胡來，怎如向，青山影裏，狂歌痛飲，其樂無涯。（《雲莊樂府》）

（明）王廷相

【與郭价夫學士論詩書】三百篇比興雜出，意在辭表；《離騷》引喻借論，不露本情。（《王氏家藏集》卷二八）

（明）周用

【楚詞注略序】屈子《離騷》，既放而追叙之辭也。（《楚詞注略》）

《史記》曰：「屈平雖放流，睠顧楚國，繫心懷王，不忘欲反，冀幸君之一悟，一篇之中三致意焉。然終無可奈何，故不可以反，卒以此見懷王之不悟也。」則是原在懷王時已放流，故作《離騷》。（《楚詞注略》）

（明）楊慎

【蔣之翰稱離騷】蔣之翰稱《離騷經》若鷩瀾奮湍，鬱閉而不得流；若長鯨蒼虬，偃蹇而不得伸；若渾金璞玉，泥沙掩匿而不得用；若明星皓月，雲漢蒙蔽而不得出。（《升菴集》卷五二）

（明）汪瑗

【離騷集解】然篇末雖有悲懷舊鄉之語，而亂辭隨繼之曰：「國無人莫我知兮，又何懷乎故都？既莫足與爲美政兮，吾將從彭咸之所居。」又終示以去楚之意。是屈子雖未嘗去楚，而實未嘗不去楚也。其不去楚者，固不舍楚而他適；其終去楚者，又將隱遁以避禍也。孰謂屈子昧《大雅》明哲之道，而輕身投水以死也哉？學者即《楚辭》熟讀而遍考之可見矣。舊注牽强支離之説，世俗流傳無徵之言，何足信哉。（《楚辭集解》離騷卷）

其遊春宫而求宓妃，蓋遐想乎羲皇之上矣。其媒高辛之佚女者，蓋欲因民以致治，王道也，不得已而思其次也。其留少康之二姚者，蓋欲撥亂以反正，霸道也，是又其次也。（《楚辭集解》離騷卷）

此上四章雖爲周流上下四方之詞，然曰「夕余至乎西極」，曰「詔西皇使涉予」，曰「指西海以爲期」，篇中所言上下四方之處亦多且廣矣，而獨惓惓於西方者，篇中以此結《遠遊》諸章，而且將爲願息肩弛擔之所者，要不爲無意也。蓋彭咸當殷之亂世，西逝流沙而隱去，屈子此數章之意，雖曰勉承氛、咸吉占以復求，而遁逸之志已見於此矣。不然，胡爲乎獨指西海以爲期哉？一則曰「願依彭咸之遺則」，二則曰「吾將從彭咸之所居」，其意可知也。奈何後世以投水解之哉？（《楚辭集解》離騷卷）

亂者，總理之意；曰者，更端之詞。下四句即亂辭是也。〔……〕然既以爲亂者，乃一篇歸宿指要之

所在，則此四言者，實《離騷》之樞紐也，孰謂屈子未嘗不去乎？（《楚辭集解》離騷卷）

（明）謝榛

【四溟詩話】《離騷》語雖重複，高古渾然，漢人因之，便覺費力。（《四溟詩話》卷一）

（明）馮紹祖

【馮紹祖楚辭章句輯評】馮覲曰：《離騷經》斷如復斷，亂如復亂，而綿邈曲折，讀者莫得尋其聲而繹其緒，又未嘗斷，未嘗亂也。至其才情豔發，則龍矯鴻逸；志意悱惻，則啼猩嘯鬼。濃至慘黯，並臻其妙。蓋由獨創，自異規倣耳。（引自馮紹祖刊《楚辭章句》卷一）

（「帝高陽之苗裔兮」二句眉批）劉知幾曰：作者自叙，其流出于中古。《離騷經》首章上陳氏族，下列祖考，先述厥生，次顯名字，自叙發跡，實基於此。降及司馬相如，始以自叙爲傳，至馬遷、楊雄、班固自叙之篇，實煩於代。（引自馮紹祖刊《楚辭章句》卷一）

（「飄風屯其相離兮」二句眉批）張鳳翼曰：以上望舒、飛廉、鸞鳳、雷師，但言神靈爲之擁護耳，初無善惡之分也。舊注牽合，且以飄風、雲霓爲小人，然則《卷阿》之言「飄風自南」，《孟子》之言「若大旱之望雲霓」，亦皆象小人耶？（引自馮紹祖刊《楚辭章句》卷一）

（明）張鳳翼

【離騷題下注】離，别也；騷，愁也。言己遭放逐，離别愁苦，猶陳正道以諷諫也。諸注同異不一。今參用唐宋各家注而折衷之。（《文選纂注》卷七）

（明）陳第

【屈宋古音義】名「正則」，字「靈均」，皆少時之名，如司馬相如少名「犬子」及「封胡」、「羯末」之類，見其父篤愛之意，何必强以「原」、「平」當之乎？劉向《九歎·靈懷篇》：「兆出名曰正則兮，卦發字曰靈均。余幼既有此鴻節兮，長愈固而彌純。」注云：「生有形兆，伯庸名我爲正則以法天，筮而卜之，卦得坤，字我曰靈均以法地。幼少有大節度以應天也，長大修行而彌純固。」其意得之矣。（《屈宋古音義》卷二）

（明）屠本畯

【離騷草木疏補】蘭，緑葉紫莖，葉如莎草，初春則茁，其芽如麥門冬，長五六寸，一榦一花，有紅、白、紫三色而甚香。在江南者春芳，在荆楚及閩中者秋復再芳，故曰「春蘭」、「秋蘭」也。今沅、澧所生，

花在春則黃，在秋則紫，然春黃不若秋紫之芬馥也。以其生於深林之下，故稱「幽蘭」。（《離騷草木疏補》卷一）

菌，薰草也，一名燕草，一名蕙草。生下濕地，葉如麻，兩兩相對，方莖，赤花，黑實，氣如蘼蕪，七月中旬開花，即零陵也。（《離騷草木疏補》卷一）

芰，水栗也。兩角者爲蔆，三角、四角者爲芰。生水中，葉緑似荇，浮水上，花有黄紫白三色，晝合宵炕，隨月轉移，猶葵之向日也。其花落而實生，漸向水中乃熟。秦人謂之薢茩。其實餌之，可以斷穀。○羅願曰：「吴楚風俗當蔆熟時，士女相與采蔆，故有采蔆之歌以相和，爲繁華流蕩之極。」《招魂》「涉江采蔆，發《揚阿》」，《揚阿》者，采蔆之曲也。《淮南子》云：「欲學謳者，必先徵于樂風，欲美和者，必先始於《陽阿》《采蔆》。」蓋《采蔆》者，衆所共取節奏，宜和爲曲，以與衆樂之。（《離騷草木疏補》卷一）

丹桂，樹如冬青，幹或糾曲，葉如橘葉，而尖長光澤。九月開花，花五瓣而細，有紅、黄二色。味苦而香，一名金粟。人家多種於園庭，芬香滿逕。是月人取花入鹽梅汁内，浸一宿，取起去其苦水，以蜜和鹽梅浸之，入甆器内，固封數日，謂之桂梅。可按酒又可作湯。近時好事舂其花作餅，謂之桂餅。其花白者名木犀花。（《離騷草木疏補》卷三）

（明）孫鑛

【離騷經批註】《離騷》繼變風變雅之後，爲賦之先聲，所以上承三百篇，而下開枚、馬之文者也。至其心事可與日月爭光，何疑有不得不說之情，不欲明言之義，有不客恝置之意，有不忍遽白之衷？欲默不可，欲言不可，所以有此一種文章。（《文選瀹註》卷三二）

（「汩余若將不及兮」四句眉批）留則生遲暮之嗟，去則有孤獨之感，惟有一死以冀君之一悟耳！可歎可歎。（《文選瀹註》卷三二）

又：大意在亂詞數語，感歎國之無人而願從彭咸所居也，反覆悲思，而後出此。

（「昔三后之純粹兮」四句眉批）頭緒自多，實則一綫貫穿，美人以喻同志，芳草以喻衆賢，比興之遺法。自恐年歲之不與，而美人遲暮，芳草零落，所以不得不憂。（《文選瀹註》卷三二）

又：首叙生平，主愛君，爲以寧九死而不悔。中陳忠悃，以前聖爲歸，而求賢以輔主。復占行止，有遠逝之思，而不免舊鄉之感。以是欲去不可，欲留不可，惟有從彭咸之所居而已。「靈修」句下或有「曰黄昏以爲期兮，羌中道而改路」二句。（《文選瀹註》卷三二）

（「哀衆芳之蕪穢」眉批）同一「芳草」，而中間比意亦不同：有比衆賢者，有自謂者，亦有感時序者，要當分别觀之。（《文選瀹註》卷三二）

（「衆皆競進以貪婪兮」四句眉批）黨人最爲傷心，所以有「國無人」之歎四語，標出一片苦心。

（「擥木根以結茝兮」四句眉批）首段言初生以至九死，歷叙其生平之志，總在情不忘君，恐黨人之敗事，故九死不悔，而好修不變也。「芳草」、「美人」皆爲下文伏筆耳。（《文選瀹註》卷三二）

（「願依彭咸之遺則」眉批）「彭咸遺則」，此屈子胸中主意已定，而反覆纏綿，總以冀君之一晤也，不難離別，先頓一筆，爲下文「遠逝」張本。（《文選瀹註》卷三二）

（「悔相道之不察兮」數句眉批）以下叙將遠逝之意，先言欲行而復止，見不忍忘君也。忽反顧而將往，勢不可止也，庶幾陳之帝舜，以察其忠耳。（《文選瀹註》卷三二）

（「女嬃之嬋媛兮」眉批）衆女見嫉，此無論矣。至於女嬃，至親而中情莫察，尚可言乎！所以南征而欲訴之重華也，陳詞以下，皆所云前聖之節。（《文選瀹註》卷三二）

（「不顧難以圖後兮」眉批）此處與「三后」、「純粹」一段相應，前約言之，此詳舉之也。歷陳勸戒，以舉賢授能爲重，所謂「衆芳所在」，「遵道而得路」者也。（《文選瀹註》卷三二）

（「舉賢才而授能兮」眉批）求治需人，自古爲然矣。而時之不遇，能無痛乎？所以抱忠正之思，而欲超然遠舉也，此處正説賢能，下文以「求女」一段作證。（《文選瀹註》卷三二）

（「駟玉虬以乘鷖兮」眉批）「乘鷖上征」，亦指「九天以爲正」之義。而念不忘君，心傷遲暮，反顧之頃，高丘無女，所以有國無人之痛也。「彷徨求索」，正與上文「舉賢授能」之意一串説下。（《文選瀹註》卷三二）

（「飄風屯其相離兮」二句眉批）「飄風」、「雲霓」，無非比也，總爲黨人蔽賢有此感慨。（《文選瀹註》卷三二）

（「哀高丘之無女」句眉批）「高丘無女」與前「美人遲暮」相應，所以有「及榮華而貽下女」之思。美人以比同志，有幾層披剝，見其不可得也。「嫉賢」、「蔽美」二語説明哲王不悟，其如此國乎！或比喻，或明言，有多少低回之致。（《文選瀹註》卷三二）

（「閨中既以邃遠兮」一節眉批）世豈無人？或乃負才而不可用，或乃抱德而已失時。即可用矣，而妒之者衆，寧可得乎？所以歎息於哲王之不寤也。接入靈氛之占，以起遠逝之意。（《文選瀹註》卷三二）

（「謂申椒其不芳」以上眉批）美人芳草於此總束，皆以爲賢人比耳，美人以比其人，芳草以比其行。

（「欲從靈氛之吉占兮」一節眉批）靈氛之占，已告當去，復爲巫咸一頓遲暮興嗟、衆芳致歎，與前相應也。時不我與，衆芳摇落，安得不「上下求索」乎？此處亦合美人芳草二意。（《文選瀹註》卷三二）

（「何離心之可同兮」眉批）臣主離心，義不可留矣。回首舊鄉，終於不忍去耳。反覆躊躇，歸到彭咸一結，正起段所云「九死不悔」者也，此爲一片大結束處。（《文選瀹註》卷三二）

（「吾將遠逝以自疎」眉批）「遠逝自疎」與「不難離別」相應，「陟升皇之赫戲」，指九天以爲正也。「忽睨舊鄉」，睠懷宗國，有寧死而已。「彭咸所居」與「彭咸遺則」相應，與起處一一對照看。（《文選瀹註》卷三二）

(「亂曰」眉批)亂詞極緊,一氣説下可痛。意在「國無人」三字,數語中嗚咽欲絶矣,故便截然而止。

(《文選瀹註》卷三二)

(明)陳與郊

【離騷題下注】《離騷經》者,屈原之所作也。屈原與楚同姓,仕於懷王,爲三閭大夫。同列大夫上官、靳尚妒害其能,共譖毁之,王乃疏屈原,原乃作《離騷》。離,别也。騷,愁也。言己放逐離别,中心愁思,以風諫君,終不見省,自沈而死。(《文選章句》卷一三)

(明)趙南星

【離騷經訂注自序】屈子以神妙殊絶之才,處鬱邑無聊之極,肆爲文章,以騁志蕩懷,出入古今,翺翔雲霧,恍惚杳茫,變化無端,匪常情之攸測,迂儒曲士之所必不能解。實剖泮以來,所未有之文也。司馬子長天才侔於屈子,而憤世嫉俗之意,異代一揆。故爲之立傳。叙次其事,纔及數行,不勝愴悃,輒爲論議,又復叙次,未幾復論議焉。且泣且訴,且唱且歎。子長以前作史者,亦無此體也。要之世有屈子,乃能爲《離騷》。爲屈子傳,必以子長之文。亦惟子長乃能傳屈子耳!

(《離騷經訂注》)

（明）何喬遠

【釋騷】吾慮吾之汩没而年歲之不吾與，吾搴阰之木蘭，其時方朝，復往攬洲之宿莽，而不覺夕矣。日月春秋，易邁如此，吾惟恐年歲不足，求造於賢人君子之域，遲而且暮也。（《釋騷》）

吾太息掩涕，而哀吾生之多艱。民生多艱，如《詩》「鮮民之生」，皆自謂也。（《釋騷》）

吾自怨自艾，吾以靈脩爲善，而自好其恍洋漭瀁，無所底止，而實不涉世解事，不能察夫人心非我心也。（《釋騷》）

吾念今進而入朝，不與邪人相忤，以罹愆尤，第返而自修。世不我知，吾姑置之。吾自求吾心之不愧而已。如是則余冠仍高，余佩仍長，不復攬木根、貫落蕊、矯菌桂、纚胡繩，作纍垂彳亍之狀矣〔……〕芬芳膏膩，一聽雜糅，惟信吾昭質之無虧而已。如是則亦涉世之一道乎！吾往觀四荒，將謂持此道以往，雖入大千世界，亦可無害。然反顧之間，又不覺佩繽紛而芳彌章者。蓋忠耿之人，性習不移，如韓愈初貶陽山，入朝之後，又貶潮州。蘇軾初貶黄州，入朝之後，又安置惠州，皆所謂佩繁飾而芳彌章者也。（《釋騷》）

古之昏主讒夫昌，而皆繇於女謁盛，妲己亡商，褒姒亡周。賢明之君，則有永巷之妃，雞鳴之女，太姒佐文，邑姜佐武。楚懷外欺張儀，内悦鄭袖，屈原不得於君，而尚望其君夫人託言於高邱，要求兩

美之一合。（《釋騷》）

蘭芷變芳、荃蕙爲茅，蓋好修爲害，是以芳草甘爲蕭艾，以避禍耳。若余之意，汝以蘭爲佳矣。然蘭無實而空有其容，若委美從俗，亦何嘗不得列於衆芳？苟得列乎衆芳，亦苟且以竊芳名也。椒也而變佞慆矣。椴也而求充夫佩幃矣。〔……〕汝若匿影收聲，不在人世則已；既欲干進務入，又何芳之能祗耶？（《釋騷》）

（明）許學夷

【詩源辯體】淮南王、宣帝、楊雄、王逸皆舉（《離騷》）以方經，而班固獨深貶之，勰始折衷，爲千古定論。蓋屈子本辭賦之宗，不必以聖經列之也。（《詩源辯體》卷二）

屈原《離騷》，朱子謂其「出於忠君愛國之誠心，而馳騁於變風變雅之末流，爲醇儒莊士所羞稱」，此語實不爲謬。焦弱侯極詆之，謂：「豈變風變雅非孔子所删定，而醇儒莊士能舍忠君愛國以爲道耶？」至又不欲以怨懟傷原，而謂：「其指一歸於平淡。」愚按：屈原之忠，忠而過，乃千古定論。今但以其辭之工也，而謂其無偏無過，欲强躋之於大聖中和之域，後世其孰信之？此不足以揚原，適足以累己耳。（《詩源辯體》卷二）

（明）劉永澄

【離騷經纂注】余按《閟宮》詩美魯公曰「周公之孫，莊公之子」，《碩人》詩美莊姜曰「齊侯之子，東宮之妹，邢侯之姨，譚公維私」。然則《離騷》未作之先，已有鋪張貴族，以美其人者矣。〔……〕劉知幾曰：「《離騷》首章，上陳氏族，下列祖考，先述厥生，次顯名字，自叙發跡，實始於此。」（《離騷經纂注》）

滋蘭樹蕙，即上章扈離紉蘭之説，所以重復詠歎者。撫今追昔，懊憹不能已也。杜甫《枏樹歎》叙到「根斷泉源豈天意」已矣，復有「江波老樹性所愛」一翻，非惟貌態憔悴，情詞悲惋，宛轉一時，涕淚千古，而流風迴雪之韻，令人愛賞不盡，詩家倒插之法，莫妙于此。（《離騷經纂注》）

及前王，依前聖，法前修，自是不周于今之人。安德今人與諧？狂者嘐嘐然曰「古之人，古之人」，原類之矣。〔……〕劉元城曰：「周旋人事者，費盡一生心力，不過人稱之周至。其實人不能使君子小人皆喜，惟有一箇誠意，千古萬今使不盡。」或曰：「人情好競，得一周至之人，不亦熙然煬和也哉？」曰：「彼之周至者，直嚬笑語言揖讓餽遺之間耳。其大利大害所在，只知有己，又何取乎居平之謙讓未遑也哉？推而言之，堯舜之舉直錯枉，仁者之能好能惡，皆不周于今之人也，然究竟乃無不周也。故君子有所不周，而其卒也無不周；小人無所不周，而其卒也無所周。」（《離騷經纂注》）

朝誶夕替，正民生多艱處。君子安其身而後動，何樂乎一鳴輒斥？然其勢有必不相容者，則謇謇之爲害也。蓋世間君子有兩種：有一種煬和之君子，從容諷議，猶可需以歲月；有一種婞直之君子，鋒芒勁峭，必難待之一朝。秦檜謂張九成曰：「立朝須優遊委曲。」果其優遊委曲耶？庶幾免乎，然而無所不至矣。三代以下，黯之戇何如孫弘之尊顯？雲之直何如張禹之親信？其人甘則其遇亦甘，其人苦則其遇亦苦，理勢然也。故坎壈跋疐，非君子之不幸。不容然後見君子，一言自是破的耳。若無災無難，坐取公卿，不問而知其匪人矣。千古巧宦衣鉢，都自秦檜傳來。（《離騷經纂注》）

工巧二字，似稱之，實怪之也。蓋天下何物無規矩而偭之？何物不引繩墨而背之？千奇萬怪，出人意表，可不謂工且巧乎？然其害轉在興心嫉妒之上矣。興心嫉妒，小人之愛財愛官者也。嫉妒蛾眉，小人之工巧周容者也。愛財愛官之小人，放利而行，其惡顯，人知而惡之；工巧周容之小人，無非無刺，其惡隱，人惑而悦之。顯者易攻，隱者難破也。後世如元載、楊國忠、章惇、蔡京之輩，無論千載唾罵，當世已自側目。公孫弘、張禹、胡廣、孔光之流，世則鮮有知者，即後世知之，同時未必知也。君子知之，衆人未必知也。具眼知君子知之，不學無術之君子未必知之也。且如古之公孫則咄之，今之公孫則服之，在前之張、孔、胡廣則詈之，在今之張、孔、胡廣則附之，抑何惡其名而樂其實哉！雖謂公孫輩之巧，至今無人識破可也。説到此處，不由人不鬱邑侘傺。此種人能令舉世墮其雲霧，而直方者反病於孤立，所以寧溘死流亡，而不忍同其污也。（《離騷經纂注》）

九死不已而溘死流亡，溘死流亡不已而體解，禍彌酷，志彌堅，原真鐵石心哉！懲字極有味。小人小懲而大戒，不可不懲也。君子至死而不變，雖以直而賈禍，爲善不變，其度不可懲也。小人而不懲，則惡日積矣；君子而懲，則善不終矣。末世不懲，惡之小人固多，過懲之君子亦不少。小人不懲，害在一身，君子而懲，害在天下。朱子曰：「有人少負能聲，及少挫折，卻悔其惺惺，了了一切，刓方爲圓，隨俗苟且，自道是年高見長，可畏可畏。」（《離騷經纂注》）

原九死不悔，剛直太過似婞直然，故嬃援以相儆也。姑息之愛，只論禍福，不論道義。若此「汝何」四句，亦女嬃之言〔……〕嗟夫！傷於内而復窮於外，君子將何之可哉！雖然，謂原博謇，謂好脩，猶以原爲博謇好脩也。謂世薋菉葹，猶以小人爲小人也。若在後世，則原爲不近人情，而小人爲善宦矣。然嬃猶爲慮患耳。客子入門月皎皎，則室人交謫矣。室人猶婦子之見耳。陳萬年教兒以諂，則父子相夷矣。世衰道微，世人故應至此。（《離騷經纂注》）

「惟此黨人其獨異」與杜詩「金谷銅駝非故鄉」句法同，似正而反。（《離騷經纂注》）

莫好修之害者，言世間取禍之事非一，而好修爲甚也。諺曰：「直如絃，死路邊。」故亂世之君子，不足爲人之勸，而反足爲人之懲耳。東漢之亡，議者以爲黨錮諸賢之罪，豈直罪之，蓋反其詞以深悲之也。飲鴆自殺之慘，不及于恭、顯，而望之獨罹；歐血詔獄之戮，不及于禹、光，而王嘉獨受。（《離騷經纂注》）

（明）姚希孟

【劉靜之離騷纂注序】自昔人有狂談，而几案間不置《離騷》一编，若以爲不韻。然讀其書者，徒以爲驚采絶艷，比於楊馬之屬，其於《離騷》，不啻河漢。合經術、同詩雅，庶幾近之。而微悰婉愫，猶若解若不解也。〔……〕後世讀《離騷》者，綺麗目之不得，即徒以慘怛勞苦目之不得。惟太史公捃摭數家之旨，而曰志潔行芳，爭光日月，差爲靈均吐氣。（引自〔明〕劉永澄《離騷經纂注》）

（明）閔齊伋

【評點楚辭】前世未聞，後人莫繼，亘古奇作也。劉勰曰：「不有屈原，豈見《離騷》。」信哉！（《評點楚辭》卷上）

《離騷》，變風之遺也，興比賦錯出成章，驟讀似未易瞭，細玩井然有理。（《評點楚辭》卷上）

「汩余」十二句，總是汲汲慕君之意，寫情濃至。（《評點楚辭》卷上）

開説妙。三后堯舜桀紂是樣子，起己之不得君，構法全亂，不可謂似亂非亂，然别是一格調。中間突然陡説處，了不具原委，總只是難苦氣人。東説兩句，西説兩句，只道己心，不管人省不省，然卻是真切，語不必盡而實無不盡。（《評點楚辭》卷上）

不得於君則熱中，知得則何等詳婉。（《評點楚辭》卷上）

顛倒神思，想及退修初服意，尤淒婉。下文女須、重華、靈氛、巫咸俱就此轉出，真正無中生有。（《評點楚辭》卷上）

「恐高辛之先我」、「及少康之未家」，意妙絶而語似遥對。（《評點楚辭》卷上）

太史公引《離騷》入傳，未嘗言經也，蓋後人尊之，非屈子意。（《評點楚辭》卷上）

陳深曰：《離騷》變風之遺也，興比賦錯出成章，驟讀似未易瞭，細玩井然有理。（《評點楚辭》卷上）

（明）陸時雍

【楚辭序】《離騷》作而忠義明，楚國既撓，君臣相蒙，然小人愧，君子奮，仁人志士，感憤而扼腕者，即千載如一日焉。嬴秦制帝，六國既靡，謂「楚雖三户，亡秦必楚」。國有遺勁，人有餘烈，忠義之教，所砥世固甚遠矣。《離騷》存楚，是故矣。（《楚辭疏》）

【讀楚辭語】踵武前王、取鑑堯舜，何其貞也？九天爲正、重華陳詞，何其亮也？顑頷何傷、九死未悔，何其忠也？鷙鳥不群、忍尤攘詬，何其卓也？靈脩美人，抑何親也？聰既塞矣，猶稱哲王，又何厚也？〔……〕《離騷》非怨君也，而專病黨人。貪婪求索、謡諑善淫、並舉好朋、蔽美稱惡，一篇之中，强居半焉。而又其甚者，蘭芷化而爲茅也，糞壤爲芳，蘭不可佩，令爲君者東西易面，泛泛然舉國以奉之，孰謂兩東門之不可蕪乎？故曰：「余不難夫離别兮，傷靈脩之數化。」靈脩非此，其誰與化？乃知嫉惡如仇讎，良自不容已也。《離騷》之愛君，其本懷也。人未有不愛其君者，而《離騷》爲甚，以高陽之苗裔也。高陽之苗裔非一，而愛君《離騷》爲甚者，「紉秋蘭以爲佩」故也。其「紉秋蘭以爲佩」也，動必以芳，苟動必以芳舍愛君則莫若己者，所以九死而未悔也。不憚謇謇，不難離别，不惜以其心愁，不吝以其身死，貞婦愛夫，莫逾於此矣。（《楚辭疏·讀楚辭語》）

詩道雍容，騷人悽惋。讀其詞，如逐客放臣、羈人嫠婦，當新秋革序，荒榻幽燈，坐冷風淒雨中，隱隱令人腸斷。昔人謂痛飲讀《離騷》，酒以敵愁，騷以起思，温涼並服，差足當耳。（《楚辭疏·讀楚辭語》）

《離騷》文不由思造，如：「吾令鴆爲媒兮，鴆告余以不好。雄鳩之鳴逝兮，余猶惡其佻巧。」「令薜荔以爲理兮，憚舉趾而緣木。因芙蓉而爲媒兮，憚蹇裳而濡足。」「糾思心以爲纕兮，編愁苦以爲膺。折若木以蔽光兮，隨飄風之所仍。」如天花空翠，非根所託。（《楚辭疏·讀楚辭語》）

或問乎《離騷》曷「離」爾？曰：義取諸夫婦也。曷君臣而夫婦之？屈原深被寵眷，諸臣莫與比肩，上官大夫、靳尚之徒心害其能而讒間構之，王懵不寤，賜之遠去，其「離」窮矣。辨之言曰「重無怨而生離」，此《離騷》所以作也。（《楚辭疏·楚辭序》）

【離騷經疏】屈原厲志高潔，動與俗殊，其所云號令鬼神、役使靈異，真有日月爭光之意。又非徒佩蘭扈芷，以姱衆人之耳目已矣。「溘埃風余上征」，何飄然高舉也！志士愛日，如不勝情，故羲和之節可弭，無羨登霞；，崦嵫之車未懸，有懷來哲。「折若木以拂日」，或轉卻可再中也。「聊逍遥以相羊」，暫紓憂以自適也。叫帝閽而開關，倚閶闔以望余，何嫉妒之多！「時曖曖以將罷，結幽蘭而延佇」，則含情而未沫也。時不更待，君不一逢，則不勝其遑遑已爾。（《楚辭疏》卷一）

（明）蔣之翹

【蔣之翹輯評七十二家評楚辭】李賀曰：感慨沉痛，讀之有不欷歔欲泣者，其爲人臣可知矣。（《七十二家評楚辭》卷一）

桑悦曰：《騷經》一篇，令人讀之撫劍，於數千載下猶若欷歔不盡者，可見屈子孤忠，感人最深。（《七十二家評楚辭》卷一）

蔣之翹曰：《離騷經》以複弄奇，以亂呈妙，果如龍文蜃霧，令人不可擬着。至警策處，足令石破天驚，鬼泣神嘯。（《七十二家評楚辭》卷一）

（明）沈雲翔

【沈雲翔輯評八十四家評楚辭】金蟠曰：文章不本至性，矜奇炫好何益？必如屈子之志之品之遇之才，可生可死可帝可鬼，則極灝縱，自有準繩，極元渺，皆爲真篤矣。今人小不得意，輒擬廢絶風雅，

聊擅一偏，又謂甲世也。讀《離騷經》，自秦漢來，無人落筆處。（《八十四家評楚辭》卷一）

（明）黄文焕

【聽離騷】讀《騷》所言，自當從「離別」之義。二十五篇中，言離不一〔……〕均離，則愁緒均騷，諸篇俱可以《離騷》名之。獨首篇言離爲最多，故名專歸焉。〔……〕騷之爲言，騷屑也，騷擾也。緒不可斷，勢不可静，百端交集於其間，則《離騷》之所爲名也。（《楚辭聽直合論》）

（明）來欽之

【楚辭述注】來聖源［欽之］曰：木蘭、宿莽皆芳香久固之物，日月之逝，歲不我與，朝搴夕攬，其蓋有惕然靡寧之意乎？　意謂歲月之逝，其何以爲久善之計也。（《楚辭述注》卷一）

來聖源［欽之］曰：「乘騏驥以馳騁」，正是欲君改棄穢度之意；「道夫先路」，正其素志；「來」字中有許多冀望，無限深情。（《楚辭述注》卷一）

來聖源［欽之］曰：「願依彭咸之遺則」一句是其一生結果。（《楚辭述注》卷一）

章羽侯曰：異道不能相安，理所固然。然君子處亂世，寧爲此而不爲彼者，道勿可枉也。故託喻于鷙鳥。（《楚辭述注》卷一）

（明）李陳玉

【離騷題下注】自司馬遷解離爲遭，解騷爲憂，讀者相沿，遂謂《離騷》爲遭憂而作，嗣是詞賦之家，相與祖述，遂添經字於其下。顔師古解「騷」爲擾動之義，皆非也。「騷」乃文章之名，自是風之一種，故風騷嘗合言之。風之與騷，譬古詩之與樂府也，澹質靜穆曰古詩，流動艷逸曰樂府。風之爲體，一如古詩；騷之爲體，一如樂府。南方自有此體，《二南》《廣漢》之詩便已肇端，不創自屈原，自屈原出此體，乃大乃妙爾。讀者不先明騷之得名，無怪於騷之下復添經之一字，騷既爲文章之名，經字不重出乎？乃若離之爲解，有隔離、別離、與時乖離三義。蓋君臣之交，原自同心，而讒人間之，遂使疏遠，相望而不相見，是謂隔離，此《離騷》中有「何離心可同」之語。一去而永不相見，孤臣無賜環之日，主上無宣室之望，是謂別離，此《離騷》中有「余既不難夫離別」之語。若夫君子小人，枘鑿不相入，薰蕕不共器，是謂乖離，此《離騷》中有「判獨離而不服」之語。就騷解騷，方知作者當日命篇本意，而從來解者皆妄添之名目也。《離騷》大意，只爲「好修」二字，與人異趣，爲人所忌。好修者必芳潔，故喻諸香草，蘭芷荃蕙、芰荷芙蓉、薜荔胡繩、木蘭菌桂、杜衡菊茝、揭車江離之類，不一而足。小人好利好朋不好修，臭穢所集，故喻諸惡草，曰艾、曰椒、曰茅、曰宿莽、曰薋菉葹。既以兩不並立，自然朋黨設間，平生好修，原爲潔白以事吾君，一間之後，君亦以好修爲其眼中釘矣，一生吃虧盡在於此。故篇首便曰「重之以修能」，曰「謇吾法夫前修」，曰「恐修名之不立」，曰「余雖好姱修以鞿羈」，曰「吾將復修吾初服」，曰「予獨好修以爲常」，曰「爾何博謇而好修」，曰「固前修以菹醢」，曰「孰信修而慕之」，曰「苟中情其好修」，曰「莫好修之害也」。即徘徊乎君，亦曰「靈修」，曰「靈修之故」，曰「傷靈修之數化」，曰「怨靈修之浩蕩」，望其君以好修也。一篇之中反反覆覆，三致其意，只爲此兩字。若曰孤臣有何罪過，所得罪者此而已。內問諸心，外問諸人，上問諸天，下問諸神，亦只此而已。殆至九死不悔，登天入地，終惟故國之懷，從先臣彭咸於江潭者，亦只結果此兩字公案而已。故千古忠臣悲痛，未有如《離騷》者也，每讀一過，可以立身，可以事君，可以解憂，可以忘年。（《楚詞箋注》卷一）

（清）周拱辰

【楚辭疏序】説者以《檮杌》爲變史，《離騷》爲變風〔……〕嘗謂《騷》存而《檮杌》可廢。夫《離騷》固《檮杌》之精華也，亦猶《三百》之於《春秋》也。（引自〔明〕陸時雍《楚辭疏》）

（清）賀貽孫

【騷筏】《離騷》開首云：「朕皇考曰伯庸。」即子長所謂人窮反本也，未有知有君不知有父者，竭智盡忠，不過求無媿於皇考而已。況「庚寅吾以降」，天既受我以剛德，而父復命我以正則乎！若曰吾非不知爲上官大夫、令尹子蘭所爲，可以保祿而固寵，但保祿而固寵是叛父也，是違天也。不敢叛父，不敢違天，是以不敢欺君誤國云爾。即此數行真實語，是《離騷》一篇本領，是屈子一生本領。近世假人僥倖説不來，剽竊説不去。「汩余若將弗及兮」六句，自傷易老，讀之惕然。忽接以「惟草木之零落兮，恐美人之遲暮」，以草木自喻，以美人指懷王，蓋自傷未既，忽傷美人，謂吾老君亦將老矣。不獨情意悽惻，而轉折映帶之妙，不啻駿馬蓦澗。至後而求宓妃、求有娀、求二姚，復歸咎于理弱媒拙，閨中邃遠，則明明以美人況懷王矣。（《騷筏》）

蓋小人未嘗不慕爲君子，但以偷樂故畏禍、畏死，漸度變易至于爲小人而不自覺耳。「偭規矩而改錯」、「背繩墨以追曲」，未嘗不知有繩墨規矩也，因畏禍畏死遂變而改錯追曲耳。又有一輩賢者，初入朝端，風裁可觀，一經懲創，遂爾委蛇，於是「蘭芷變而不芳兮，荃蕙化而爲茅矣」。蘭既難恃，椒亦專佞，以至揭車、江蘺，盡沫芳菲，蕭艾芳草，無不漸靡。平日慷慨自命，至此盡逐臭矣。（《騷筏》）

不變是屈子一生把柄，亦是千古忠臣把柄。不變則好脩之事畢矣，不獨屈子自處不變，又望吾君以不變，故其責懷王曰「羌中道而改路」，曰「後悔遁而有他」，曰「傷靈修之數化」，即此三語可痛可哭。可見庸主未嘗無一日之明，但易變耳。惟其易變，所以爲庸也。（《騷筏》）

常怪屈子不畏死而畏老，不傷無年而傷無名，既視死如歸矣，則殤子與彭祖皆死也，又況於死後之虚名耶？乃其言曰：「汩余若將不及兮，恐年歲之不吾與。」又曰：「老冉冉其將至兮，恐脩名之不立。」又曰：「及年歲之未晏兮，時亦猶其未央。」反覆流連，與日月不淹、美人遲暮、鵜鴂先鳴、百草不芳同一感慨。何耶？蓋屈子一生好修，彼其從彭咸也，必有所以俱死者；倘不即從彭咸，亦必有挾以俱老者。苟無所挾以俱老,則老之可畏甚于死;無所挾以俱死,則無名之可傷甚于無年。此屈子所以三致意也。袁崧云:「屈姊有賢德,原放逐後亦來歸慰,令之自寬。」篇中所引「女須之嬋媛兮,申申其詈予」,即其相慰之語也。自「鮌婞直以亡身」,至「汝何煢獨而不予聽」八句,呢喃絮叨,無限親愛,酷肖婦人姑息口氣。無端插此一段作波瀾,妙甚。尤妙在不作答語,便接以「依前聖以節中」云云,蓋吾行吾意,付之不辯也。筆法高絶。《史記》聶政姊一段波瀾,從此脱出。(《騷筏》)

自《離騷》至《大招》,皆《楚辭》也。楚詩不列於《國風》,今觀《楚辭》,則楚之爲風大矣。學者分《詩》與《騷》《賦》爲三,不知《詩》有比、興、賦,則賦乃詩中一體。若《騷》則本風人悱惻之意,而沈痛言之耳。騷,憂也;離,麗也,罹也。《離騷》,猶言罹于憂也。即《招魂》所謂「舍君之樂,而離此不祥」也。屈、宋當日,未嘗分爲兩種名目,騷即宋子作賦之心,賦即屈子作騷之事。意其與風人之詩雖有異名,其本於至性,可歌可咏,則一也。(《騷筏》)

(清)錢澄之

【屈詁】離爲遭,騷爲擾動。擾者,屈原以忠被讒,志不忘君,心煩意亂,去住不寧,故曰騷也。若云騷是文之一體,不知騷體即自《離騷》始也。經字自是後人尊稱。據王逸稱,漢武帝使淮南王安作《離騷經章句》則經之稱,其由來也舊矣。(《屈詁》)

（清）陳淏子

【周文歸】曰：「《離騷》之文，依《詩》取興，引類譬喻；故善鳥香草，以配忠貞；惡禽臭物，以比讒佞；靈脩美人，以媲於君；宓妃佚女，以譬賢臣；虬龍鸞鳳，以比君子；飄風雲霓，以爲小人。」夫香草比芳自喻也。靈修美人以媚君也。惡草以刺讒也。其説得矣。至「鶗鴂先鳴」，賦而非比。鴆與雄鳩，以歎良媒之不偶，而非有所刺也。虬龍鸞鳳，飄風雲霓，以言役使侍衛之盛。若宓妃佚女，則遑遑得君之意，而於賢臣何取乎？（《周文歸》卷一九）

首尾三千餘言，只作痛哭一場。然不露一憤懣字，更和柔委宕，可被絃唱。夫痛哭而至于可絃可唱，情之至者，人或有之，但未有見之君臣之間者。唐文皇以魏徵爲嫵媚，三閭固嫵媚之宗也。有幸有不幸耳。（《周文歸》卷一九）

（清）王夫之

【楚辭通釋】今按舊注所述，是篇之作，在懷王之世。原雖被讒見疏，而猶未竄斥。原引身自退於漢北，避群小之愠，以觀時待變，而冀君之悟。故首述其自效之誠，與懷王相信之素，讒人交構之繇，而繼設三端以自處，遊志曠逸，舒其愁緒。然且臨睨舊鄉，蜷局顧眄，有深意焉。至於終莫我知後，有從彭咸之志，矢心雖夙，而固有待，未遽若《九章》之決也。〔……〕若夫盪情約志，瀏瀝曲折，光焰瑰瑋，賦心靈警，不在一宫一羽之間，爲詞賦之祖，萬年不祧。漢人求肖而愈乖，是所謂奔逸絶塵，瞠乎皆後者矣。（《楚辭通釋》卷一）

（清）王萌

【離騷評注】（「恐美人之遲暮」）以美人稱君，本《詩·簡兮》卒章，其曰：「彼美人兮，西方之人兮。」駘宕多姿，此騷胎也。親而媚之，故目以美人。尊而嘉之，故目以靈脩。（《楚辭評注》卷一）

篇中凡三言衆芳：曰「衆芳之所在」，小芳依大芳，以顯明穆之道也。曰「哀衆芳之蕪穢」、曰「苟得列乎衆芳」，大芳溷小芳，以没昏亂之道也。（《楚辭評注》卷一）

駟虬乘鷖等説，皆假托之詞，不必云「上與天通，無所間隔」云云，反覺呆迂也。本不欲去，自此以下，却爲多方遠去之詞。又託于靈氛、巫咸，教以遠去，上下周流，無境不歷，而卒歸于懷其故都。文字詰曲盤旋，馳驟往復，真曠世驚才也。《遠遊》及《九辯》末章，皆如此命意。（《楚辭評注》卷一）

（清）王遠

（「反信讒而齌怒」註）齌怒，猶言釀怒，《抽思》所謂「造怒」也。（引自〔明〕王萌《楚辭評注》卷一）

（「孰云察余之中情」、「夫何煢獨而不予聽」二句）此亦女嬃之言，上余字代原稱，下予字嬃自予也。今人口頭時有此等稱謂。又《尚書·五子之歌》「萬姓仇予」，予指太康；「鬱陶乎予心」，予字乃自予。與此一例。（引自〔明〕王萌《楚辭評注》卷一）

（「索藑茅以筳篿兮，命靈氛爲余占之。曰兩美其必合兮，孰信脩而慕之」一節），藑，一作瓊。筳，音廷；篿，音專。晦翁云：兩之字自爲韻。遠按：慕字從莫諧聲，可以韻合。篿占自韻。（引自〔明〕王萌《楚辭評注》卷一）

（清）王弘

【飲騷序】夫《離騷》者，屈原不得於時而悲憤之所爲作也。恨小人之讒，而憂楚且見滅於秦，故睠顧行吟，憔悴枯槁，至卒沉汨羅。太史公憐其遇而推其志，謂與日月爭光焉。拓菴無其遇也，而惓惓爲此，將無不哀而泣乎？乃吾觀原之詞，思三后之純粹，求矩矱之所同，往往不違於大道，其中之所期，殆與稷契同軌。不幸而遭世幽昧，忍尤攘詬，無可奈何，而援天引聖以自證明，世徒以悲憤目之，或謂其忠而過焉，抑失之矣。即淵明作《五柳先生傳》言其著文章自娱，忘懷得失，而吾讀《述酒》一篇，沉思隱痛，蘊於筆墨之表，視《離騷》豈殊乎？拓菴被服古訓，承父命而仕，引母年而隱，蓋所謂任真自得，非必道不偶物而矯厲以出於此也，遇不遇何有焉？彼登西山而歌《采薇》，慨念黄虞至於長餓而不恤者，非怨也耶？而孔子以爲無怨，《魯論》記逸民首列之。嗚呼！知怨之爲無怨，斯知無怨者之可以怨也，以此讀《飲騷》思過半矣。（引自〔清〕賀寬《飲騷》）

（清）倪會宣

【飲騷序】子厚曾言：「《九章》《九歌》《離騷》本於四始。」山谷以爲知言，然此非子厚之獨解。凡文章未有不本於三百篇，著人同此心，即同此聲歌。故六義本於七情，七情寧有異乎？發爲語言不過文采鄙朴之别耳。先哲稱先秦文無段落之跡，若長松怒濤，其中疾徐宛轉本極井井，但以氣勢之連綿雄壯，不覺其爲段落耳。所以《離騷》獨推爲忠孝至文，柳州言：「思報國恩，獨惟文章。」則屈子不特以死報國，謂之以文亦可也。江漢之間，至今生色載筆之士誰不率從？陸士龍言：「滔滔古今來，如《離騷》者真爲宗矣。」劉勰言：「兩漢以來，皆宗屈騷。」是矣。苟讀之者不從其怨慕留連、疾徐宛轉處求之，徒以虚辭浮句牽强襯貼，猶未嘗見黄鍾大吕之製，而區區較量黍芒竹筳之間，寧有益哉？自古稱《離騷》者不曰清絶，則曰清真，深知清者之文根本，而段落照應躍然言外。故必以屈子之心，設身處地，既久然後從而注之評之，又取群説論定之，而《離騷》之神始全。蓋清真與清真相合，方並行類聚而爲注家之極，則今觀先生是箋，大義則昭如日星，於逐節則精裁密緻而不淪於纖巧，讀之數十過，方知名言之不可窮，其斯之謂清真矣。（引自〔清〕賀寬《飲騷》）

（清）林雲銘

【離騷】三閭大夫，是古今第一等人物，其文章亦古今第一等手筆。〔……〕此篇自篇首至尾，千頭萬緒，看來只是一條綫直貫到底，並無重複。至所謂求女一節，按《史記》張儀至楚，厚幣靳尚，設詭辯于鄭袖，懷王竟聽鄭袖，厥後稚子子蘭勸王入武關。稚子何知？其爲袖宫中主之無疑。故又斷其内惑於鄭袖，即《卜居》篇亦有事婦人之句。明明當日黨人與袖表裏，貪婪求索，殘害忠直，舉朝皆袖私人。奈黨人可以明言，而袖必不便形之筆墨。篇中先借一女要出頭，説出許多没道理的話，令人逃又逃不去，辯又辯不來。見得仕途中都是婦人爲政，憑他如何顛倒，無可置喙也。其叙求女，皆古賢后，如宓妃驕傲，既不足求，而有娀、二姚，又不能求。蓋惟不能求，所以成其爲賢后。原意謂牝鷄無晨，君所聽信者，必如古賢后則可，不然，未有不爲夏喜、殷妲、周褒、晉驪之續。《史記》所謂「其詞微」者，蓋指此也。武王十亂，邑姜與於九人之數，才德相當，不足爲嫌，故取爲同類之比。行媒解佩，即介紹致幣也，又何侮褻之有？舊註皆作求賢君之詞，但問「閨中邃遠」句，既比求賢君而不遇矣，「哲王又不寤」句，更比何等人耶？且原於楚有箕、比之義，與孔、孟可以轍環列國不同。他國求仕，出於靈氛、巫咸之口則不妨。而舊注皆以原欲自求，相沿不改，豈非恨事？（《楚辭燈》卷一）

舉世無一人，若得一知我者而事之，是君之一寤也；得一同我者而交之，是俗之一改也。安得不上下而求索？雖曰寓言，然搶地呼天之情，已不勝其危急矣。此一句作下文見帝求女總引，舊注皆作求賢君，是以與國存亡之箕、比，認爲朝秦暮楚之蘇、張，豈不辱殺？（《楚辭燈》卷一）

因求見帝而不得，意謂知我之人，竟無可求索矣。然豈無類我之人，可取以相配，免我爲煢獨乎？故有求女一着。且是時鄭袖專寵，緣君不明其德相配，故以古賢后爲感諷之微詞。《史記》稱其「好色不淫」，指立言之體如此，非謂有是事也。舊注比求賢臣，已屬無謂，或又比求賢君，是以君反爲臣之配，且侮褻古賢后，豈不寃殺？（《楚辭燈》卷一）

（清）屈大均

【三閭書院倡和集序】古之聖賢多以詩言道，見於三百五篇，不一而足。《離騷》雖出忠憤，而所言至道闕奧，〔……〕學士大夫讀《離騷》者，而忠者得其忠，文者得其文，蓋自宋玉、景差、唐勒以至今，兹大抵皆三閭之弟子矣。師其文當師其學，師其學焉，而以之事父事君、知天知人，同死生、盡性至命，非即所以學夫詩耶？（《翁山文鈔》卷一）

（清）吴景旭

【初服】《離騷》：「進不入以離尤兮，退將復修吾初服。」吴旦生曰：昔人謂《離騷》構法全亂，不可謂似亂非亂。王弇州亦謂騷辭所以總雜重複、興寄不一者，大抵忠臣怨夫，惻怛深至，不暇致詮，亦故亂其敘，使同聲者自尋，修郄者難摘耳。余獨謂其構法極整，如二「服」字該下衣裳冠佩諸項。而「佩繽紛其繁飾兮」，二「佩」字又總上衣裳冠佩而言。此極有結構文字，何曾亂也？（《歷代詩話》卷七）

（清）王邦采

【離騷案語】

文勢至此，爲第一段大結束，而全文已包舉後兩大段。雖另闢神境，實即第一段之意，而反覆申言之，所謂言之不足，又嗟嘆之也。其中起伏斷續，變化離奇，令人莫測，諸家不辨過脈，妄分段落，真是小兒强作解事者，概删之。

自「女嬃」至此，爲第二段大結束。諸家衆訟紛紛，總無是處，只緣錯看見帝求女兩段，故横豎説來，都成影響。舊注以求索爲求賢君，西仲氏以求索爲求知我。天閑氏以求索爲求折中，因而遂以神女比賢君矣，復以神女爲類我矣，並以神女爲可折中矣。無論全失忠君愛國之懷，直走入幽昧險隘之路，背謬荒褻莫此爲甚。不知大夫明以天帝喻楚王，以神女喻良輔，叩閽解佩，奄忽神遊，延佇逍遥，終同夢幻，反覆嗟歎之也。若如舊注及林説，則後文靈氛、巫咸兩段，不幾爲贅疣邪？至節中錯訓折中,滿紙糾纏可厭,前已辨之詳矣。

此爲第三段。彭咸所居,乃通篇之結穴也。要逼出彭咸所居,卻再以見帝求女作餘波,何以謂之餘波也。以去國非大夫所可言,亦非大夫所忍言也,不可言,不忍言,而曷爲乎言之? 蓋將反覆以窮其必不可去之義,以明其必不忍去之情也,何也? 大夫當日處不得不去之勢者也,勢當去而不去,若遽懷石自沈,未免疑於輕身一擲。故「願依彭咸之遺則」,第一段中已明明言之,於第二段復以見帝之切,求女之難,致其繾綣惻怛,不能自已之意。閨中邃遠,哲王不寤,是君終不一悟,俗終不一改矣。合則留,不合則去,當時豈無以此相勸勉者? 因再託爲靈氛、巫咸之語,作一餘波,即大夫意中,亦不妨姑設一去國之想,歷吉將行,遠逝自疏,若曰吾亦明知勢當如此云爾。其如義不可去情不忍去何哉? 義不可去,情不忍去,惟以死諫。竊比彭咸,則汨羅之投,審之詳而處之當,非輕身一擲,明矣。一氣奔赴,直逼到從彭咸之所居,真有神龍入海之勢。細玩通篇語意,蓋大夫將致命之詞也。洪氏謂作於懷王之世者,由於讀腐史《本傳》,而未深究之耳。《本傳》「王怒而疏屈平」,敘所以見疏之由。「憂愁幽思,而作《離騷》」,敘所以作《騷》之故,爲一篇之總冒。非懷王怒而疏之即作如許哀慘之音也,果爾與遠則怨者何以異? 且《離騷》爲屈辭之總名,非專指此辭也,《天問》《遠遊》等篇皆是也,所謂一篇之中,三致志焉。「令尹子蘭聞之大怒」者,又安知非作於頃襄既立,借鑒前車,以屬望後王歟? 腐史之文,疏而不密,吾於屈子之傳而益見云。(《離騷彙訂》)

（清）楊金聲

【離騷題下注】按《詩》「流離之子」，《爾雅》作鶹鷅，即梟也，惡聲鳥。蓋别離、隔離、乖離，言離之義也。流離，言其狀也；鶹鷅，言其鳴也。梟鳴不祥，信讒遠忠，其國將亡，故以命題。按《爾雅》，郭璞云即賈誼所賦之鵩也。騷，蘇曹切，音搔，愁也，憂也，又擾也。按《漢書》，騷，擾，又上聲，蘇老切。《李斯傳》「竈上騷除」，《黥布傳》「大王騷淮南之兵」。又叶蘇侯切，音擞，《詩·大雅》「徐方繹騷」，張平子《思玄賦》「行積水之皚皚兮，清泉泣而不流。寒風凄其永至兮，拂雲岫之騷騷」。（《新刻楚辭箋注定本》）

（清）李光地

【離騷經注】上下求索者，多方遇合之意。解者因此遽謂有遠適求君之志，則非其序也。（《離騷經注》）

及少康之未室，爲之定有虞之二姚，蓋寓意於嗣君，欲及其未繼而爲之求賢以導輔，庶幾異日如少康之赫然中興，不失舊物也。〔……〕此數節以求女喻求士，皆爲君求，非原自求也。故有娀則爲高陽氏求，二姚則爲少康求，皆託古以剴今，寓言比類，義尤易見。以爲冥婚非法，可謂固哉高叟，豈可與言詩已哉！又若以求女況求君，則恐地道妻道有謬經指，中間碎義，多所難通。且既遠遊，偏

歷天下，無邦而復決占於靈氛，擇吉以他逝，言之複亂，孰過于兹。徒歸之心神煩懣，語無倫次，則原之志荒矣。（《離騷經注》）

遠逝自疏，將以周流天下。然一日至乎西極，再日西皇涉予，三日西海爲期，何哉？是時山東諸國，政之昏亂，無異南荆。惟秦勤於刑政，收納列國賢士，一言投合，俯仰卿相。士之欲急功名，舍是莫適歸者。是以覽觀大勢，屬意于斯，所過山川，悉表西路。然父母之邦可去，而仇讐之國不可依。中塗迴望，僕馬悲鳴，況貴戚之卿〔……〕與日月爭光者，此也。（《離騷經注》）

【離騷經注附記】前半篇自皇考命名以至女嬃訓誡，直述己事，後半篇自陳辭重華以至問占遠逝，託意寓言。直述已事者，身之已經，而傷其時，道其志行，以攄其憂鬱。託意寓言者，意之未已，而決其時之無可爲，斷之以志行之所不屑爲者，以矢其堅貞，書之大致也。前之詞顯，故議者以爲譏小之太過，後之詞微，故談者以爲荒幻而不經。夫怨誹而其流及上，《小雅》先之矣。親之過大而不怨，是愈疏也。若至決上下之無人，將違棄而遠去，是豈忍以明言者，原之滑稽，其不忍明言之心乎。（《離騷經注》）

（清）劉獻廷

【離騷經講録】此一篇自「帝高陽」起，至「非予之可懲」止，皆是叙離之情。〔……〕女嬃爲屈子同胞，見屈子有死亡之患，則其心憂一家，則又天倫之情所不能已者。故遂有女嬃責弟之一段也。從此遂轉出欲以此無所撫訴之情，陳之重華。此《騷》之所由起也。以後有謁帝求女二大段，又有靈氛巫咸之二點，而以西游終焉（……）西所以表滅。西游者，欲死也。結句曰「僕夫悲余馬懷，踡局顧而不行」，反結到不死。豈非欲死而不能死乎？吾故曰《離騷》一書，屈子不死之書也。（《離騷經講録》）

（清）龐塏

【楚辭龐氏注】（「忽反顧以流涕兮」二句）因求見帝而不得，意謂知我之人竟無可求索矣。然豈無類我之人可取以相配，免我爲煢獨乎？故有求女一著，且是時鄭袖專寵，緣君不明其德相配，故以古賢后爲感諷之微詞。《史記》稱其好色不淫，指立言之體如此，非謂有是事也。舊注比求賢臣已屬無謂，或又比求賢君，是以君反爲臣之配，且傷褻古賢后，豈不冤殺？（《楚辭龐氏注》）

（「及余節之方壯兮，周流觀乎上下」。）以上叙世變日甚不堪著眼。「周流觀乎上下」，支離其說，出于無可奈何。巫咸言陞降，言君，原只言黨人嫉妒，亦念念撇楚不下也。（《楚辭龐氏注》）

（「奏九歌而舞韶兮，聊假日以媮樂」。）舜禹之樂，乃是昔人本領。今西皇肯涉予，則西皇其知余矣。途中不妨奏而舞之，且眼不見楚國，正好借此餘日，把在楚中之鬱抑侘傺、太息淹涕苦情，一切

放下，所謂「和調度以自娱」者，此也。（《楚辭龐氏注》）

（清）朱冀

【離騷辯凡例】讀《騷》先須認得三閭與姊嬃是何等人物，具何等心腸。一是忠君到至處，不惜踵頂之損糜，一是愛弟出于至誠，未免情辭之迫切。雖兩人意見相去天淵，要其發乎情，止乎理，所謂易地皆然，其揆一也。（《離騷辯》）

【辯前賢論騷二則】其所引用蘭芷芳草之類，或再三見，或數數見，要之立言各有取義，寄託各有深情，一縱一横，忽離忽合，處處移步换影，引人入勝，並未嘗此章重出也。無奈世俗泥於陳詮，不能自出手眼，因而疑其重複，病其總雜，紛紛夢囈矣。（《離騷辯》）

【離騷辯】林子辯求君善矣，惜其説一派鬼話，全無實義。蓋求索云者，始終欲求折中耳。告重華而不我應，因而上天下地以求之。下文見帝，是折中於皇天；求女，是折中於當世賢人君子。靈氛之占，折中於卜筮也；巫咸之降，折中於鬼神也。後半洋洋大文，皆從此一語開出，豈但爲見帝求女作總引而已乎？（《離騷辯》）

凡糗糧之精，車馬之盛，旌旗導從之雍容；名山大川，恣我游覽，蛟龍鸞鳳，惟吾指麾；奏《九歌》，舞《韶舞》，以怡性情而悦耳目，一切皆行文之渲染，猶畫家之着色也。極淒涼中偏寫得極熱鬧，極

窮愁中偏寫得極富麗，筆舌之妙，千古無兩。乃注《騷》家不解此意，一一認爲實事，不亦愚乎？（《離騷辯》）

（清）吴世尚

【楚辭疏】自此以下（指「駟玉虬以乘鷖」句），至「忍與此終古」，皆屈原跪而陳詞，重華冥冥相告，而原遂若夢非夢，似醒不醒。此一刻之間之事也，故其詞忽朝忽暮，倏東倏西，如斷如續，無緒無蹤，惝怳迷離，不可方物。此正是白日夢境，塵世仙鄉，片晷千年，尺宅萬里，實情虚景，意外心中，無限憂悲，一時都盡，而遂成天地奇觀，古今絶調矣。須知此是幻夢事，故引用許多神怪不經之説。相如、揚雄不識此意，遂一切祖之，真是痴人前説不得夢也。然屈原明明説夢，又不説出夢來，而千百年來，亦竟無有人知此段之文爲夢境者。（《楚辭疏》卷一）

「耿吾既得此中正」，乃入夢之始，其入也，何其明白而從容。「焉能忍與此終古」，乃出夢之終，其出也，何其瞀亂而迫蹙。如夢中之所行，原亦無懷石沉淵之事矣，豈非中正乎？唯其不能忍與終古也，此夢之所以醒也。不然，原不待死於汨羅，而先閟死於此陳詞之日矣。此千古第一寫夢之極筆也，而中間顛倒雜亂，脱離複疊，恍恍惚惚，杳杳冥冥，無往而非夢景矣！（《楚辭疏》卷一）

（清）顧成天

【離騷解】大段在爭交鄰之失計，正言不得，故隱言之。蓋懷之結婚于秦，不智甚矣，襄又忘大仇而迎娶於秦。君臣醉夢如此，國事尚可爲耶？情不忍離而義不容以不離也，永離之根在此，特眩亂其詞，以隱其意。白水、閬風而在秦境外，故曰「反顧」，仇地不欲涉也。高邱指秦，言雍地有建瓴之勢，閬風視下，不過一阜，故曰「高邱」。春宫指襄，言「瓊枝繼佩」，兩美之合也，言列國即無可求，榮華方盛，公卿民庶之女皆可爲匹嫡也，何至求於虎狼之地乎？（《離騷解》）

「故都」指郢都言，楚世都也。（懷）〔按：當作襄〕王二十一年，秦拔郢而徙陳，原望襄之恢復，至是更無望矣，故曰「又何懷」也。蓋在既遷之後。《騷》之作斷於襄世，去懷沙之日相近無疑。（《離騷解》）

（清）屈復

【離騷序】《史記》：「離騷，猶離憂也。」王逸曰：「離，别也。騷，愁也。經，徑也。言己放逐離别，中心愁思，猶依道徑，以諷諫君也。」班固曰：「離，猶遭也。騷，憂也。明己遭憂，作辭也。」應劭曰：

「離，遭也。騷，憂也。」顏師古曰：「離，遭也。擾動曰騷。」洪興祖曰：「古人引《離騷》，未有言經者，蓋後世之士祖述其辭，尊之爲經耳，逸説非是。」朱熹曰：「離騷經之所以名，王逸之説非是，史遷、班固、顏師古之説得之矣。」余觀《楚辭》中，作「遭離」用者固有，而此篇有「余既不難夫離別兮」之句，則離騷者，離別之憂也。三閭之意，若謂明己遭憂而作此辭，則全部宜總名之曰「離騷」。今二十五篇各有題目，其義可知。近世稱《楚辭》皆曰「離騷」者，孔子曰「師摯之始，《關雎》之亂」，是以《關雎》稱全《詩》，則稱《楚辭》爲「離騷」亦猶此，而非二十五篇皆名《離騷》也。夫《詩》以比興賦能持人道之窮也，然無夫子删定之，存亡或未可知。若《離騷》之存而不亡，自足存也。《詩》可以興、可以怨，邇之事父，遠之事君，多識於鳥獸草木之名，《離騷》有焉，尊之曰經，宜矣。（《楚辭新注》卷一）

【離騷總論】此篇五段，首段古帝起，末段時王結，煌煌大篇，起結緊嚴。二段三后、堯、舜用於前，三段羿、浞、湯、禹、有娀、高辛用於前，後四段伊尹、皋繇用於中。他如倒字、倒句、倒數句，神龍變化，不可端倪。向者予不知用古之法，多不解，不知倒叙法，愈不能解也。（《楚辭新注》卷一）

【楚辭新注】玩前有「不吾知其亦已矣」句，後有「莫我知兮」句，二「知」字，是言楚國溷濁嫉妒，丈夫中無知我者，聊於女中求之。即世有一人知己，死可無恨之意。不過其言楚國丈夫皆黨人耳。今求女，下即緊接閨中字，是借女字暗點鄭袖也。或問三閭非交通宫掖者，而言鄭袖，何也？袖能惑懷王、釋張儀，聰明有過人者。古賢妃諫君以道者不乏，此三閭於心盡氣絶，無可奈何時，姑作期望

之想耳，非真有是事也。（《楚辭新注》卷一）

（清）方苞

【離騷正義】古人以男女喻君臣，蓋地道也，妻道也，臣道也。以佐陽而成終一也。有男而無女，則家不成；有君而無臣，則國不立。故原以衆女喻讒邪，以蛾眉自喻。蓋此義也。高邱無女，喻楚國無臣也。意謂群邪塞路，我復遠逝，則楚國爲無臣矣，故忽反顧而流涕也。（《離騷正義》）

以衆女比讒邪，則下女乃喻親臣、重臣，能爲己解於君者。原之屢摧於讒妬，已無意於人世矣，及反顧高邱而不能忘情於宗國，則精神志趣，勃然興起，而有與物皆春之思，故以遊春宮爲喻也。衆女雖多嫉妬，然下女中獨無好賢樂善，可詒以瓊枝之佩者乎？不可不多方以求濟也。（《離騷正義》）

曰「崑崙」、曰「西極」、曰「流沙」、曰「赤水」、曰「西皇」、曰「不周」、曰「西海」，皆以西爲言，何也？原既反覆審處，知濁世不可以終變，舊鄉不可以久留，而決意遠逝以自疏。蓋日暮途窮，將從彭咸之所居矣。日薄西山，萬物歸暝，故託言出於此。《九章》「指嶓冢之西隈，與纁黄而爲期」。亦此意也。或疑其有意於仇讎之秦廷，過矣。（《離騷正義》）

（清）林仲懿

【讀離騷管見】

從來劣屈原者皆曰怨，怨不足爲屈原病，有《小弁》之例在。且謂屈原不宜死，此尤不可以不讀其書而論其世者也。玩《天問》卒章：「吾告堵敖以不長，何試上自予，忠名彌彰？」而知原之死，非徒以怨也。武關之會，原雖勸王無行，而不聞以頭軔車輪，原之所大悔也。然則不死於懷王客死之日，何也？冀輔頃襄以復仇也。讀《九歌·國殤》，想見不共戴天之志，死且不朽。《少司命》云：「夫人兮自有美子，蓀何以兮愁苦？」則又隱痛頃襄之忘親事仇，楚亡無日，而終無以報懷王也。此原所爲悔不效龍逢、比干於懷王入關之日，而從容就義於九年不復之後也。至誠惻怛，仁至義盡，豈獨怨也乎哉？又豈可以無死乎哉？聖人復起，知必於三仁之列，爲屈原特置一座。

文章以義爲先，而法即次之。法乃文所以成章而行乎其義者也。《離騷》之爲文至矣，而或視爲聱牙不可讀，則以不解其義與法之所在耳。古今注《騷》不一家，諒必有善本。余淺見寡聞，寓目數種，都未免支離蒙混，無批郤導窾之妙。詞賦家奉《離騷》爲鼻祖，而諸公贊歎，亦復解之以不解，有以浮雲染空、青春無主等語擬諸其形容，而謂之不可注疏矣。有謂《離騷》所以總雜重複，乃作者之不暇致銓,亦作者之故亂其緒,而明白條易之乖厥體矣。且夫《離騷》非詞賦也,屈子本忠孝之大節,明道學之淵源,而託之乎詞賦者也。後世直等諸風雲月露之篇,亡其義矣。乃更指爲雜亂重複,則法亦亡矣。法亡而義愈亡矣,其又奚貴夫《離騷》之文？余小子輒不自量,謬出管見,以説時文之法説《離騷》,實覺起伏轉落,條理分明,脈絡貫通,而執中主敬之大義,粲然無復可疑。豈適爲帖括之資,亦欲使前賢鼓吹道學之功,不致埋没終古云爾。

昔人以《離騷》爲經,《九歌》《天問》等篇爲傳,自非屈子之舊。然細按全書,其微言大義,羽翼聖經賢傳,有關學術人心,《離騷》盡之矣。作者全幅精神,實畢注於《離騷》。以下諸篇,則其支脈餘意,隨時抒情而爲言者也。余故解《離騷》而他未之及也。(《讀離騷管見》)

【離騷中正】下手作《離騷》,先有一彭咸在胸中,却是盡頭底打算。國家事倘有一綫可爲,豈忍出此？其自沈於何年雖不可考,而《懷沙》絶筆,自是在「仲春東遷,九年不復」之後。蓋自頃襄七年迎婦於秦,復與秦平,而復仇終無望矣,楚之亡可翹足而待矣。捐軀報國,氣作山河,豈不偉哉？孔曰「成仁」,孟曰「取義」,何獨至於屈原而劣之！(《離騷中正》)

「紛吾既有此内美兮」二句是牽上搭下法。既已所性之善,再加學問之功。《抽思》章「善不由外來,名不可以虚作」,即此二句注疏。江離、辟芷、秋蘭、木蘭、宿莽,皆芳也。芳與穢相反,蓋以喻言古今聖賢之嘉言懿行,帝王之良法美政,凡有益於身心性命,有裨於國計民生者,皆是也。後凡言芳皆倣此。曰紉、曰搴、曰攬、曰朝夕,喻言取善之功,惟日不足。曰扈、曰佩,喻言身體力行,服膺弗失，皆以言其修能也，皆所以修此内美也。下文滋蘭樹蕙，飲露餐英諸章，意皆倣此。修名、好修，皆從「修能」二字出。（《離騷中正》）

懷王外欺於黨人，内惑於鄭袖。黨人非夤緣鄭袖，表裏爲奸，亦不至牢不可破。天閽之不開，鄭袖實爲厲階，故託爲求女之詞，以刺鄭袖而諷懷王也。（《離騷中正》）

（清）夏大霖

【離騷題下注】按《史傳》言「好色而不淫」，朱子言「託意男女」，乃指本篇之三求女而言之也。朱子又言「語冥昏而越禮」，指三求女之爲宓妃、簡狄、二姚，及《九歌》之湘君、湘夫人也。夫《離騷》之難解者，中間之三求女耳。〔……〕古人雖不可作，然有必不易者，此心此理之同。設其心之當然，想其理之應然，據前文之來，審後文之去。此中間之難解者，我爲解之而適通焉。又何必不爲之解之？此予所以以意逆志而爲之疏也。（《屈騷心印箋注》卷一）

【離騷箋注】陳詞者，就放所之近者也。承上言以姊之嬋媛，固眷余者，而詈余之言且如此，是今世無有察余者矣。然余實依前聖所爲，則惟有依前聖以求節衷。嘆余固憑我本心之所安，而今乃至於此。今見放江南，且濟沅湘南去矣。有重華墓在，可陳詞焉。（《屈騷心印箋注》卷一）

（清）魯筆

【離騷總論】

《離騷》蓋以鄭聲爲雅樂者也，厥詞淫放幻眇，可喜可愕。不必盡本中和，要歸於憂君念國，而止發乎情，止乎理義，獨《三百篇》乎哉！乃朱子謂屈原忠而過者也，又謂端人莊士羞稱之，宋儒論人迂刻如此。王鳳洲謂總雜重複，故亂其緒，使同聲者自尋，修郄者難摘，則并不識文法所在，一貶以褒，皆無當於體要。

看《離騷》，先須得其篇法、段法、章法、句法、字法，識其輕重主客之所在，然後玩起詞調，審其音節，按其氣骨，討其神味，挹其風韻，能事畢矣。若徒究其義理，斯爲鈍根。

看《離騷》，須如鏡花水月，看之可象而不可著，若看象以求，無有是處。

看《離騷》，須如天上風雲看之，頃刻變幻萬狀，初無定形，若執定法以求，無有是處。

《離騷》多寓言，以此與爲工，人皆知之。但寓言固屬假裝，人情物理必須真切，若因其假而假之，并正意亦流於誣妄無味。

《離騷》乃風雅之文，非傳記之文。傳記可以直指，風雅必用曲傳，言在此，旨在彼，無端中起端，無緒中抽緒。或旁見，或側出，或泛演愈奇，愈流暢淫佚，意味愈遠。若質言之，則索然矣。

《離騷》以情爲妙，識其情真，則味永。一一如從人心所欲出，令人忠孝之心，油然自生。

《離騷》以境爲奇，識其境異，則耳目一新，處處如從海外飛來，人間得未曾有。

《離騷》以韻爲貴，有聲韻之妙，有情韻之妙。得其聲韻之輕重疾徐，自生宮商可以通樂，所謂言之不足，而長言之，詠歌之，嗟歎之，一唱三歎，有遺音者矣。得其情韻之喜怒哀樂，自生愛惡，可以理性，所謂國風好色而不淫，小雅怨誹而不亂，真足以兼之者矣。世人只作一篇議論文字看，縱解其意，失之遠也。

人止知《離騷》以敷陳塗澤爲工，不知《離騷》句句𤫊瓏，字字𤫊瓏，如一座琉璃屏，無不實在，無不空靈，所以與漢賦不同。

篇章

通篇上半篇五段，下半篇七段。上半篇前三段自叙抱道不得於君，而不能自已，後二段論斷前文以自解，是實叙法。下半篇純是無中生有，一派幻境，突出女嬃見責，因而就重華，因就重華不聞而叩帝閽，因叩閽不答而求女，因求女不遇而問卜求神，因問卜求神不合而去國，因去國懷鄉不堪而盡命。一路趕出，都作空中樓閣，是虛寫法。一實一虛，相爲經緯，如風雲頃刻萬變而不窮，而兩界河山，自分明有主，而不亂看。此汪洋大格局，總不離虛實二字。

段落

看《離騷》，要分清段落，有大段落，有小段落，有大段落中包藏小段落，有小段落内伏脈大段落。先從此處看得分明，而後章法句法，隨流而赴，如枝之附幹，條理秩然。得其大意，節節皆通，正文過文，層層落實。

《離騷》共十二大段，大段又分小段。開端五章爲第一段，自叙其具天人交至本領，急乘時圖君也。以「不撫壯」一章爲過文，自三后以下，七章爲第二段，叙因道先路見疏，總由於黨人蠱惑君心也。以「余既滋蘭」二章爲過文，自「衆競」以下五章爲第三段，言與衆競進馳騁，立修名如故人。以「長太息」二章爲過文，此爲前半篇之立案。自「怨靈修」以下五章爲第四段，忽怨忽疑，自傷自解。以末章自信起下忽疑爲過文，自「悔相道」以下六章爲第五段，先悔後解，與上段共翻論前半篇之案。忽出「女嬃」三章作過文，爲第六段，自「以前聖」以下十章爲第七段。皆陳重華之詞，以「跪敷衽」一章爲過文，自「朝發軔」以下七章爲第八段，總爲叩帝之故。以「朝將濟」一章爲過文，自「溘吾遊」以下十章爲第九段，中分三小段，皆求女不遂之詞。以末章結上三大段，并起下爲過文，自「索瓊茅」以下五章爲第十段，中分兩小段。以「欲從靈氛」一章爲過文，自「百神翳」以下十二章爲第十一段，中分兩小段。即以末章爲過文，自「靈氛既告余」至末爲第十二段，寫去國自疏，以末章死節爲歸結。

氣脈

歷來註《騷》者，總是章章氣脈，不能打通貫注。縱有接卸，不是平鈍直衍，則是勉强牽合。須要章章一氣相通，又要章章轉變不測，在人人意中，又在人人意外，方見奇妙。

神吻

解《離騷》要得神吻爲上，不徒在義理典物，其隱顯輕重之妙，字字如生，傳神正在阿堵。若止求義理典物，此則漢儒以爲賦料，宋儒以爲褒貶，不直戴晉人之一吷也。

章法

《離騷》章法之妙，無過開合二字。或一篇中有大開大合，或一段中有大開大合，或兩章中，前爲開，後爲合。或一章中上二句爲開，下二句爲合。或二句中上句爲開，下句爲合。或一句中上半句爲開，下半句爲合，總無一直出者。

《離騷》更有一種開合，或一章中，以合意反在前作開，以開意反在後作合，此則用法之變者。開合二字是總法，以反正爲開合，其常也。有時以進退爲開合，有時以抑揚爲開合，有時以寬緊爲開合，其變也。

《離騷》章法之妙，更在絶續二字。絶不斷，不可以爲妙文，續不儱，不可以爲妙文。絶竟斷，續竟儱，亦不可以爲妙文。絶中仍藕斷絲聯，續中卻離蹤脱跡，方是妙文。在有字句中，斷續猶易，在無字句中，斷續更難，惟《離騷》得之。

《離騷》章法，亦不外埋伏照應，但在有字句處埋伏照應，猶屬人意中，在無字句處埋伏照應，則屬人意外，惟善會者旦暮遇之。

《離騷》之妙，無過反覆二字，迴環變化，三致其意，不遽盡其神。九曲迴腸，並非重衍其義。

《離騷》之妙，無過抑揚二字，低徊俯仰，忽高忽下，有態有度，全於此取之。

《離騷》之妙，無過進退二字，一行一止之曲折，全在此處見。但以進爲進，以退爲退，其常也。有時以進爲退，以退爲進，更覺變化。

筆法

《離騷》用筆之妙，一筆常作數筆用。止寫反面，而正面自到。止寫賓位，而主位自到，止寫對面，而本面自到，皆一筆作兩筆用，已爲妙筆。有時寫一面而三面俱到，如寫側面，而正面反面皆到，寫中一面，而前面後面皆到。此則一筆作三筆用，更爲奇妙筆法。

句法

《離騷》有順衍句，有倒裝句，有問句，有抑揚句，有開合句，有超忽句，有頓挫句，有掉頭句，有擺尾句，有折腰句，有沉重句，有輕婉句，有俊逸句，有凝練句，有生澁句，有峭句，有奥句。句句作態，無一死句，句句皆古，無一時句，與漢魏人擬騷者，真毫釐千里之别。

字法

《離騷》字法，第一以倒貫者爲奇。有生眼字，有伏脈字，有典雋字，有生造字，有翻活字，有抵死字，有呼字，有應字，有轉關字，有貫珠字，有雀起字，有墮落字，有擊鼓鳴鐘字，有低聲下氣字。不錯字法，方不錯句法。

骨法

《離騷》神逸而遠，氣峻而遒，總由於秀骨天成，秀骨藏於堅古中，而化其鍛鍊之迹。是以淺學讀之，不甚契慕，非關昧於意理，先不識其骨法之尊貴，琢之不開，研之不入，味之不出，自倦而思去耳。此皆讀古不深，洗鍊不精之故，得其骨法，斯無難事。

辭法

《離騷》尚辭，以華爲貴，凡詞華之文，人易賞識，惟騷詞人偏苦而難之，何也？蓋華者近浮，獨騷詞高華中仍歸沉實，奇麗中仍歸典則，鋪陳中仍歸奥曲。華而樸，華而幽，周秦之華與後世之華不同，所以人不易識，人必先識其詞，方樂求其義。

補法

《離騷》每慣用補筆之法，上文未備者，多在下文補之。驟讀去令人疑其有偏重、偏輕，有偏無之失，惟識其埋藏補筆，於偏重、偏有處，而其偏輕、偏無者，隱隱補足匀稱，此如形家或明或暗之意，又如神龍東雲見鱗，西雲見爪，參差變化，正在於此。若明明兩概，板板並出，則後世時文死對偶法，有何意味？

過文法

《離騷》過文之妙，全在牽上搭下之變化。牽搭在有字句中，猶人所易知；牽搭在無字句中，則爲人所難測。牽搭在對針處，猶人所易知；牽搭在不對針處，則爲人所難測。惟慧心人，方解其妙。一種突出奇峰，如天外飛來，更奇妙。

倒掉法

文從氣順，不可倒置，此第論唐宋人古文法猶可。總無與於《離騷》事，《離騷》别有前後顛倒，出之一法。如文勢似宜在前者，此偏抛置在後，文勢似宜在後者，此偏倒掉在前。預提起下文作襯逼之勢，令上文反變爲振落之奇，如此手法，真變换不可方物。

隔類相照法

《左》《史》中有類叙法，凡同類之事物，皆附帶一處，以類相從。獨《離騷》不然，明明一類者，偏從中割開，以他類間之隔斷成文，隔類相生，隔類相顧。不類者挽而和之，本類者越而别之，最爲參稽莫測，古文中另闢一徑。

移步换形法

讀《騷》者，苦其重複繁雜，林西仲第舉馬遷「一篇中三致其意」語混過，遂謂得而不疑。不知《離騷》全在移步换形之妙，同一鳥獸草木，略分部位，意義迥殊。在前有在前之故，在後有在後之故，知其解者，一線穿去，彼此分明。不僅在淺深虚實而已，何處容其複雜之疑。

兮字法

《離騷》用兮字，與他處不同，他處兮字多平用，當焉字、也字。惟《離騷》有時當矣字，有時當者字，有時當哉字、乎字，更奇變盡態。須會其語勢，而合之方不錯解其義，抑揚不盡之神，參差不一之妙，多伏於此。人都作一類看，卻誤甚。

虚字法

《離騷》用虚字，無一泛誤者，字字著力。無一字不經幾曲迴環始盡，無一字不生顧盼，線索最靈，一字常抵數字用，耐人思議不了。

從古韻

《離騷》叶韻，猶是商周遺法，與《三百篇》同。不但不合沈韻，併不全合漢魏，令註家每以私意便口妄叶，陋矣，當以古韻爲正。

《離騷》一篇，包舉《楚辭》全部、全義、全神，最是難看。看透此一篇，以後各篇自可迎刃而解，則一達無不畢達者矣。故直以《楚辭》達標之，全部論釋嗣刻。（《楚辭達》）

（清）陳遠新

【屈子説志】（「啓九辯」一章）上章就舜問鮌，便有殛父相子、鮌營禹成，多少意在，故此遂言鮌死而子能顧難圖後，辨九州作《九歌》，以有天下。至孫啓猶蒙業而安，雖太康亦垂亡而存，豈終然殀者乎？乃若羿之娱田，澆之行媚，邪曲而死，亡家喪元，視鮌又何如也？此章文意隱微，令人不覺其爲崇伯發者，當潛玩之。（《屈子説志》卷一）

（清）蔣驥

【離騷序】離、别。騷，愁也。篇中有「余既不難離别」語，蓋懷王時初見斥疎，憂愁幽思而作也。（《山帶閣注楚辭》卷一）

【卷末按】按篇中云退脩初服，又云往觀四荒，皆見疎時始願如此。既重自念宗國世臣，義不返顧，遂決計爲此篇以章志節，定猶豫。其末章大聲疾呼而著之曰：「吾將從彭咸之所居。」蓋自是終原之世，志不少變矣。《悲回風》曰「夫何彭咸之造思兮」、「暨志介而不忘」、「介眇志之所惑兮」、「竊賦詩之所明」，其斯之謂歟。首尾二千四百九十言，大要以好脩爲根柢，以從彭咸爲歸宿，蓋寧死而不改其脩，寧忍其脩之無所用而不愛其死。皦皦之節，可使頑夫廉；拳拳之忠，可使薄夫敦。信哉百世之師矣！（《山帶閣注楚辭》卷一）

【離騷論】

說《離騷》者，言人人殊，紛綸舛錯，不可究詰，惟朱子《集註》，特爲雅馴。然竊嘗循覽其解，茫乎不得其條理，輒頹然舍去。蓋自章首至「余心可懲」，都未區分段落，「衆皆競進」以下，文勢紛如亂絲，惟覺「長顑頷亦何傷」、「雖九死其未悔」、「寧溘死而流亡」、「伏清白以死直」、「雖體解猶未變」諸語，複疊無味，一也。女嬃之言，但云詈其違衆取禍，則始言誓死不悔，久已不恤人言，何煩贅述。且前段「往觀四荒」語，毫無照應，二也。「阽余身而危死」數語，乃是陳詞本意，今但訓古人雖有好修葅醢者，亦不敢以爲悔，則與前「九死未悔」等語又複，陳詞半晌，皆屬無謂。而所謂得中正而上征者，又絶不知其何故，三也。「埃風上征」至「蔽美稱惡」，皆指實實往求而無一遇，則時勢瞭然，下文更何用占乎？且靈氛巫咸，又仍勸其遠逝必合，殊爲不解，四也。閨中哲王，作分承神女上帝言，但以上無明主，下無賢伯爲恨，則原之絶意於楚久矣，不識靈氛所謂狐疑與懷故宇者，又何所指，五也。靈氛、巫咸，語意次第，未見分别，又幾於複矣，六也。靈氛言後，接以「幽昧眩曜」一段，巫咸言後，接以「瓊佩偃蹇」一段，未識其安放之法，七也。前後「上下求索」，既實往求而不合則，卒章「浮游求女」，乃爲馮婦之舉，不惟文理複沓。而前已乖離，今復冀合，於義難通，八也。暇日捐去舊解，獨取本文尋繹數過，豁然似有所得。乃知首尾數千百言，雖縈紆磅礴，萬怪惶惑，然一意相承，珠貫繩聯。其前後次第，所謂夫道若大路然，殆可燭照數計耳。蓋通篇以好脩爲綱領，以從彭咸爲結穴，自篇首至「衆芳蕪穢」，序其以好脩而獲罪也。自「衆皆競進」至「前聖所厚」，序獲罪而不改其修也。提出「依彭咸」句爲主，大意皆以死自誓，然語各有次第，衆皆競進以下，本得罪之始言，故第曰「顑頷」。「長太息」以下，舉其中言，以多艱爲目，故曰「九死」。「怨靈脩」以下，要其終言，以終不察爲目，故曰「溘死流亡」。自「悔相道」以下，又以徒死無益，而轉生一念，欲求君四方，開下半篇之局，然好脩終不改也。「女嬃」一段，緊承「往觀」句説入，重「並舉好朋」句，言欲相君四方，除是改其好脩。陳辭一段，對照女嬃言發議，重「量鑿正枘」句，言但當擇君而事，而好脩終不可改，所謂中正也。中間「上下求索」二段，承「量鑿正枘」之言而徧觀上下，乃真似好脩之難合。故各以「世溷濁」二句結之，以證合「並舉好朋」之言，皆意中遥度之詞，非實求之而不合也。「閨中」四句，因四方無好脩者，而反觀楚國，去住兩難，所謂「狐疑」也。哲王，指楚懷言。靈氛一段，言好脩之必合，而深勸其去楚，以釋其疑。「世幽昧」以下，証楚之不可留，以實靈氛之言也。巫咸一段，極言好脩作合之易，而深著戀楚不往之害，以速其行。「何瓊佩」以下，証行之不可緩，以實巫咸之言也。「惟兹佩」以下，決意遠行，非復爲前此觀望之舉，以是結往觀之局，以是盡好脩之用。半幅縈洄，專爲此舉，然行車未周，忽然中止，則終不忍舍楚而去也。「亂曰」以下，楚不可留，終歸於爲彭咸而誓死也。如此則通篇結撰，如天造地設之不可易極變化，皆極明了。而前之所疑，豈不涣然冰釋矣乎！

余既條列其説，復綜其大要以訓之曰：始以修能事君，而取嫉於衆（章首至「衆芳蕪穢」）。然所脩屢困益堅，惟甘爲彭咸以誓死而已（「衆皆競進」至「前聖所厚」）。即或不爲彭咸之死，而觀君四方，亦卒不改其好脩也。（「悔相道」至「余心可懲」）女嬃謂世無用好脩者，往觀奚益（「女嬃嬋媛」至「不余聽」）。及正之重華，而知好脩必非無用，在能擇君而事耳（「依前聖」至「浪浪」）。乃試往觀焉，則覺四方之嫉惡好脩，誠有如女嬃言者（「跪敷衽」至「稱惡」）。去留靡決，心轉狐疑（「閨中」四句）。卜之靈氛，則云去必有合也，楚不可留也（「索藑茅」至「故宇」）。返觀而其説信然（「世幽昧」至「申椒不芳」），又卜之巫咸，則云去則作合甚易，留則禍至無期（「欲從靈氛」至「百草不芳」）。再觀而勢益急（「何瓊珮」至

「江離」），於是知女嬃之言不足信，重華之正果可憑。決計遠行，立見好脩之有用矣。然豈真能一往而忘楚哉（「惟兹佩」至「不行」）？則仍爲彭咸以誓死而已（「亂曰」以下），此一章大指也。

篇中曰好脩，曰脩能，曰脩名，曰前脩，曰脩初服，曰信脩，脩字凡十一見，首尾照應。眉目了然，絶非牽附之見。蓋好脩者其學也，爲彭咸者其忠也；不知好脩者，固不能爲彭咸。然或不忍其脩之默默而已，而求用於他國以自見，則亦必不能爲彭咸而畢志於楚也。其學可以無所不爲，而其忠也寧一無所爲，此原之所以與日月爭光也。

《離騷》下半篇，俱自「往觀四荒」句生出，只是一意，却翻出無限煙波。然至行車已駕，而卒歸於爲彭咸，則皆如海市蜃樓，自起自滅耳。蓋願依彭咸之遺則，本旨已了然，必於空中千迴百轉。至明言好脩之必有合，傅説吕望之功，可以袖手致之，而卒歸死於楚。所以證行道之心，終不勝其忠君之心，而爲彭咸之志，確不可移也。《悲回風》曰：「介眇志之所惑兮，竊賦詩之所明。」斯之謂矣。後世弔屈原《反離騷》之作，乃舉原之所唾棄者，而苦口相規，甚矣其愚也。（「往觀四荒」前，有退脩初服一層，却於「焉能與此終古」句暗收拾過。）

作文有深一步襯法，張司業咏節婦云「事夫誓擬同生死」，又曰「還君明珠雙淚垂」，然精神却在「感君纏綿意，繫在紅羅襦」二語襯出。蓋惟感之深，繫之密，而卒還之，彌見節之貞而無與易也。又如《論語》「好仁者無以尚之」題，人只解「仁上極形好之，從之篤耳」。惟劉君棨文云：「非難於獨知仁之可好，難於知仁之外，甚有可好，而終不以易吾仁也。」如是則無以尚之，精神倍出。《離騷》屢言求君，蓋此意也。林西仲乃云：「作求賢君解，是以與國存亡之箕比，認爲朝秦暮楚之蘇張。」猶顛明已翔於寥廓，而虞者猶視諸藪澤，悲夫！

《楚辭》章法絶奇處，如《離騷》本意，只注「從彭咸之所居」句，却用「將往觀乎四荒」開下半篇之局，臨末以「蜷局顧而不行」跌轉。與《思美人》本意，只注「思彭咸之故」句，却用「聊假日以須時」開下半篇，臨末以「願及日之未暮」跌轉。《悲回風》本意，未欲遽死，却用「託彭咸之所居」開下半篇，臨末以「任重石之何益」跌轉。《招魂》本意，只注「魂兮歸來哀江南」句，却全篇用巫咸口中侈陳「入脩門」之樂，臨末以亂詞發春南征跌轉，機法並同。純用客意飛舞騰挪，寫來如火如錦，使人目迷心眩，杳不知町畦所在。此千古未有之格，亦説騷者千年未揭之祕也。故於《騷經》以求君他國爲疑，於《招魂》以譎怪荒淫爲誚，而不知皆幻境也。觀雲霞之變態，而以爲天體在是，可謂知天者乎！

朱子排王叔師、五臣、洪慶善之説，以上下求索爲求賢君，全首文理，如絲絲入扣，後人視爲不入耳之談。或以帝爲天帝，或以喻楚懷，或以女爲賢士，或以爲賢配，紛紛回護，前後之迂滯難通者多矣。《飲騷》以女喻鄭袖，豐隆蹇修喻上官子蘭之徒，望其轉達於君若妃，以此凂日月爭光之人，獨不畏長鋏神鋒耶？

篇中凡指楚處，但云衆與黨人，至「世並舉而好朋」、「世溷濁而不分」、「世溷濁而嫉賢」，世字皆承四荒推説。並舉句，言四荒與楚相似。兩溷濁二句，証合女嬃之言也。至「世幽昧以昡曜」，與

「惟黨人其獨異」四語，乃承上轉下，從四荒與楚對較，以見其不同。讀者潛心玩之，則前後條理曠若發蒙矣。

按《戰國策》靳尚説楚懷王出張儀，旋以隨行，爲魏張旄所殺。而上官大夫至襄王時尚存，其爲兩人明甚。王叔師以爲同列大夫上官靳尚，《史記正義》引以証原傳，鶻突可笑，朱子駁之是矣。而王蕫齋猶謂尚稱上官，與原稱三閭同，抑何鹵莽乎？（《山帶閣注楚辭》餘論卷上）

（清）胡文英

【江離辟芷】江離，江南俗名離香草。芷，一名澤蘭，根白如雪，葉如鳳仙花，對節而生。大者三岐，頂上開小紫花如米，通體皆香，郢中産。（《屈騷指掌》卷一）

【木蘭】木蘭，一名樹蘭，小者數尺，高者數丈，皮細于木犀，葉亦相似，花小而香，閩粵人以之和烟草，名蘭花烟。（《屈騷指掌》卷一）

（清）于光華

【離騷題下注】篇内曰：「余既不難夫離别兮，傷靈脩之數化。」此《離騷》所以名也。（《重訂文選集評》卷八）

【于光華輯重訂文選集評】周平園[必大]曰：折中重華，有詞，用實寫。折中上帝，帝閽不納，止發一嘆，咄然而止，用虛寫。求女四次，三次不合，求到虙妃合矣。讀者正要聞其折中之語，卻因其無禮改求，咄然而止，實中虛也。靈氛巫咸，不過局外之人，使之占九州女可求否，初非心中之所屬意，而折中語，卻即借此兩人發之，告靈氛語雖峻，尚未激烈，告巫咸則大聲疾呼矣，虛中實也。前兩番到崑崙，不過偶爾經涉，未將其中細加物色，固在人意想之內，是虛寫。下面從吉占之行，是決意到崑崙，讀者定意此時，必有所遇之女，必有折中之言，豈意止到西海望故鄉，咄然而止，此豈在人意想之內乎？是實中用虛寫。文心離奇變化，真是開天闢地所無。（《重訂文選集評》卷八）

浦二田[起龍]曰：讒諂蔽明，繫心君國，行廉志潔，懷沙自沉，太史公論之詳矣。愚特點出內美主句，嗜古者迴翔百遍，讀之能令凡骨潛換，勝于飲瀣餐霞。愚謂不應求異求深立解。（《重訂文選集評》卷八）

方伯海[廷珪]曰：按，讀《離騷》當細分其前後段落，自前至後，由淺入深。中有虛有實，有虛中實，實中虛，併無一句重複，無一字沒意義，沒着落。又當知其前後用意所在，前處處不忘芳草，後處處不忘玉，所以然者，因芳草皆變於黨人，不可與共歲寒，玉則歷歲寒而不變也。此是言芳草言玉，前後分界處。前往觀四荒，欲求賢士志行同己，不出楚境之內。後求賢士志行同己，始博求之九州，此是求賢士四荒九州，前後分界處。其一篇大旨，總是寫出自家一片謇謇忠誠，期於與君共修美政，其見疏於君以此，見忌於黨人亦以此。但宗臣誼與國共存亡，明知禍害，總期於君悟俗改，而以守死善道，明其初終不渝之意。自「帝高陽」至「彭咸遺則」爲一大段，是大夫自明守死意，以後篇中所云溘死、危死、前聖、前修等語，皆與此相應。中間或以四句爲一章，或以八句爲一章，一章各指一事而言，但俱屬由任而疏時説，章法自明。自「長太息」至「前聖所厚」爲二大段，中間怨君美政不修，歸罪於黨人，而以己之不能與黨人爲群，結以「伏清白死直」，應上「彭咸遺則」意，章法同上。自「悔相道」至「豈余心之可懲」爲三大段，中間見君能悔其所爲，則必召己共修美政，功業不難立就。因又想黨人忌己已深，勢難復用。「進不入」二句，是承上轉下。以下亦各以四句八句爲一章，是大夫欲以見替後，率性一意獨行，不見詘於黨人，而結之以解體未悔，應上九死及彭咸意，合上段俱是由疏而替時説，引下女嬃一詈來，生出下面許多奇峰。實則《騷》之大意，至此已盡。女嬃至「忍與此終古」合四小段爲一大段，波瀾俱從姊詈其婞直二字生出，蓋大夫將往觀乎四荒，只求楚國志行同己之人，與結知心不自知爲婞直也。直到姊詈其婞直，因想我屬宗臣，忠臣諫君，本非婞直，聞姊言後，見己志行不諒於姊，何況他人？而以「不予聽」一嘆作小住脚，且將往觀四荒之念放下，想到折中前聖，明其果屬婞直與否。前聖二字，遥應上前聖所厚，而以「沾余襟之浪浪」爲小住脚。「跪敷衽」二句，又是承上起下，因重華不爲折中，想到見帝，帝閽不内，因發出「世溷濁」一嘆爲小住脚。因帝閽不爲折中，想到求女，總是欲折中其爲婞直與否。因女不可求，發出「時溷濁」一嘆爲小住脚。下用「閨中」四句作大劈落，而以不能忍與黨人終古結住，仍遥應上欲依彭咸遺則意爲四大段。中間亦各以四句八句爲一章，惟見帝求女二嘆，各以二句爲章法。「索藑茅」至

「觀乎上下」，合下巫咸二小段爲一大段，「索藑茅」至「狐疑」作小住脚。靈氛教以九州求女是主，巫咸教以九州擇君是賓，仍以上下求女結住。前以「索藑茅」二句領下，後以「巫咸將夕降」二句領下，遥爲章法。下亦各以四句八句爲一章，爲五大段，「靈氛告余以吉占」至末爲六大段，中亦各以四句八句爲一章。前後章法，一絲不亂，中間起伏迴合照應，已盡各截分注。細閲當自得之。（《重訂文選集評》卷八）

（清）戴震

【屈原賦注】淑女以比賢士，自視孤特，哀無賢士與己爲侶。此原求女之意也。（《屈原賦注》卷一）第七段，託言欲求淑女以自廣，故歷往賢妃所産之地，冀或一遇於今日，而無良媒以通己志，因言世之溷濁，無所往而可者。（《屈原賦注》卷一）

（「聊浮游而求女」）仍託之求女，承前求淑女未遂爲辭，其命占亦曰「豈惟是其有女」，蓋不忍言絶君以去也。聊浮游求之，意主乎遠逝自疏耳。（《屈原賦注》卷一）

戰國時，言仙者託之昆侖，故多不經之説。篇内寓言及之，不必深求也。（《屈原賦注》卷一）

【璿璣玉衡】十二次之名，出於二十八宿。壽星，角、亢也。大火，氐、房、心也。析木之津，尾、箕也。星紀，斗、牽牛也。玄枵，婺女、虚、危也。娵訾之口，營室、東壁也。降婁，奎、婁也。大梁，胃、昴也。實沈，畢、觜觿、參也。鶉首，東井、輿鬼也。鶉火，柳、七星、張也。鶉尾，翼、軫也。玄枵，一曰天黿，一曰顓頊之虛。娵訾之口，一曰豕韋。斗或以建星，觜觿以罰東井，輿鬼以狼弧。此假恒星識日月之躔，逡恒星右旋二萬五千餘年而後一周。其東移甚微，以是爲星當黄道之差數，謂之歲差。日發斂一終而成歲差數，生於恒星，不生於黄道。是故歲功終古不忒，而《堯典》《夏小正》《月令》之中星隨時書以示民，正十二次之名屬恒星，正中氣、節氣屬黄道，斯不繆乎？兩者之名實矣。《春秋傳》：「玄枵，虚中也。」又，「婺女爲玄枵之首」。十二次，當據此遞之。唐、虞冬至日，在虚、玄枵次也。今冬至日，在箕、析木之津次也。（《戴東原集》卷五）

（清）江中時

【離騷】《離騷》一篇乃屈子自叙平生一片忠君愛國之心，欲去而不忍去，欲不死而終不能以不死者，總因宗國有與存與亡之義，結不可解也。篇中千曲百折，纏綿愷惻，讀之使人落淚。（《屈騷心解》卷一）

（清）陳本禮

【屈辭精義】（「湯禹儼而祇敬兮」以下二句）箋：前皆庭諍面折之言，此方宛轉規諫。蓋謇謇則言非一次，特總借𠻳詞一語寫出，以補前文未備，而又爲下文陳辭粉本，且以見女嬃責原婞直之非虛。

此數章乃原一生被疏、被替、被放逐病根，受讒、受間、受謡諑機關，一篇筋脈所維繫處，豈可草草讀過？(《屈辭精義》卷一)

(「邅吾道夫崑崙兮」以下二句)箋：此由崑崙往西海，不得不轉道行。蓋西方乃美人所居之地，吾誠執兹佩以往，必爲美人所欣賞。兩美必合，既不煩蹇修爲理，又不爲鴆鳥所欺，且不慮高辛之先我矣。(《屈辭精義》卷一)

(清)祝德麟

【離騷草木疏辨證】〔菊〕或从蘜。後俱通作「菊」。非。德麟按：蘜，許慎曰：「日精也，似秋華。从艸，省聲。」徐鍇《繫傳》曰：「蘜，即九月黄華者也。一名女精，一名女華。」《説文》又別「山蘜」字，引《爾雅》曰：治蘠也。」徐鍇以爲《本艸》蘜有十名，不言「治蘠」。殆勿深考。《爾雅》又別出「大菊蘧麥」，《説文》上蘧下菊。菊即蘧麥。徐鍇謂「今之瞿麥，其小而華色深俗謂之石竹」。又，鄭樵曰：「菊叢生，莖細弱，華葉皆可愛，故有南天竹之名。」據諸家之説，則菊與蘜蘜字迥別，不可混也。又，《月令》：「鞠有黄華。」鞠即蘜字省文，亦可从。(《離騷草木疏辨證》卷一)

陶宏景《別録》，木生者爲檽，地生者爲菌。檽同楠，《類篇》作稬，並音而。《説文》：「萸，木耳也。」一曰蕈茈，音汝件反，稬、萸字雖艸木，書法不同，而、染音聲亦異，實爲一物。今樹間所生脃薄形似者是也。菌不必皆地生，朽木株上亦有，大概陰濕處多，故《莊子》曰「烝成菌」。《爾雅》「中馗，菌；小者菌」。邢昺疏辨菌大小之異名也。即此狀如蓋，五色皆有，極類芝，當或得芝稱。《通志》「芝曰菌」可證。今南方人家常啗之，故人君燕食可以爲庶羞之用。愚謂：栭，木耳也，芝即菌也。郭璞注《爾雅》釋菌爲地蕈，邢昺疏引《説文》云：「蕈，桑萸也。」以木産別於土生，與《別録》意略同，要是一種二物。然菌或可以稱芝，與瑞艸之芝非可同日而語，不得牽混。又，《通志》釋橡櫟亦引《爾雅》「栵栭」郭璞注，按《内則》本文「蔆椇」以下十三種，雖皆果屬，然已出棗栗，則「芝栭」當是蕈屬，其爲此二物無疑。賀、鄭「輭棗栭栗」之説，皆非也。（《離騷草木疏辨證》卷一）

（清）陳昌齊

【楚辭音義】（「皇覽揆余于初度兮」以下四句）古韻真、臻、先部不與庚耕、青、清部合用，觀《三百篇》可見。然孔子傳《易》，於《屯》、於《觀》，以平、正韻民，於《革》、於《兑》、於《節》、於《繫辭傳》，以成、貞韻人、民、臣。是亦有通例矣。（《楚辭音義》）

（「百神翳其備降兮」以下四句）迎字從未有與故爲韻者。此當讀爲「寤」。迎之轉爲寤音，猶卬之轉爲吾義也。（《楚詞辨韻》）

（清）王念孫

【讀書雜志餘編】陸離有二義：一爲參差貌；一爲長貌。下文云：「紛總總其離合兮，斑陸離其上下。」司馬相如《大人賦》云：「攢羅列聚，叢以蘢茸兮；衍曼流爛，痑以陸離。」皆參差之貌也。此云：「高余冠之岌岌兮，長余佩之陸離。」岌岌爲高貌，則陸離爲長貌，非謂參差也。《九章》云：「帶長鋏之陸離兮，冠切雲之崔嵬。」義與此同。（《讀書雜志》餘編卷下）

夏，當讀爲下。言啓竊《九辯》《九歌》於天，因以康娱自縱於下也。（《讀書雜志》餘編卷下）

（清）張雲璈

【離騷稱經】何氏（焯）《讀書記》云：「賈生曰：『屈原放逐，作《離騷賦》。』若用此言，去經之名，則無吴楚僭王之嫌矣。」洪興祖曰：「古人引《騷經》未有言經者，蓋後世祖述其辭，尊之爲經耳，非屈子之意也。」雲璈按，經之名出於王叔師，然叔師《章句序》云：「離，别也。騷，愁也。經，徑也。言己放逐别離，中心愁思，猶陳直徑以風諫君也。」據此則與經典之解異。漢《藝文志》亦止云「屈原賦二十五篇」。（《選學膠言》卷一三）

【附離騷説】明湘潭周聖楷著《楚寶》一書，其説《離騷》云：屈原作《離騷》，爲詞賦之祖。何取乎離騷也？離，明也；騷，擾也。何取乎明而擾也？離爲火，火在天則明，風則擾矣。屈子之於君同姓也，患自内生，風自火出，有家人之象焉。故曰「帝高陽之苗裔兮，朕皇考曰伯庸」。且屈子自念楚材也，木入離火而致烹飪，又有鼎之象焉。奈何衆口鑠金，雉膏不食，故曰「朝飲木蘭之墜露兮，夕餐秋菊之落英」。然而屈子戴君如戴天也，天在上而火炎上，將安逃乎？庶幾同人于郊，以待君心之悔悟，故曰「步余馬于蘭皋兮，馳椒丘且焉止息」，而屈子之心於是乎苦矣。〔……〕求爲山下之火不可得，我心不快，其行吟澤畔乎？求爲地中之火亦不可得，三日不食，其赴汨羅乎？汨羅有屈子，澤中有火，天地革矣，革則變矣，變則通矣。大人何以不虎，君子何以不豹，文明以悦其終食，報於楚乎？故《思美人》曰，「開春發歲兮，白日出之悠悠。吾將蕩志而愉樂兮，遵江夏以忘憂」。司馬遷謂其志可與日月爭光，以此見離火文明之象，忠君愛國之誠，惟《離騷》爲能兼之。爲其通身是易，與聖人同其憂患，而非僅以文士自命，哀怨自許也。千餘年來讀騷者均未窺測，至此特爲拈出。（《選學膠言》卷一三）

（清）龔景瀚

【離騷論】

《離騷》一篇，凡兩千四百餘言，而其大要則亂之數語盡之。自篇首至「霑余襟之浪浪」爲首一大節，皆言國無人莫我知也，而其中又分七小節。「帝高陽之苗裔兮」至「夕攬洲之宿莽」，言己立身之本末，可知之實也。「日月忽其不淹」至「傷靈修之數化」，言己盡忠於君，而君不知之也。「余既滋蘭之九畹」至「願依彭咸之遺則」，言善類皆化於黨人，楚朝之上無一人知己也。「長太息以掩涕」至「固前聖之所厚」，言人心風俗因而敗壞，楚國之中無一人知己也。「悔相道之不詧」至「豈余心之可懲」，言君終不能知之，而己之節不可變也。「女嬃之嬋媛兮」至「夫何煢獨而不余聽」，言其姊亦不知之，而其餘可知矣。

「依前聖以節中」至「霑余襟之浪浪」，言知之者惟重華，而今人可知矣。此一大節正言之也，詩人所謂賦也，敷陳其事，而義自見，其心猶有所望也，故其辭哀而憤。自「跪敷衽以陳辭」至「余焉能忍與此終古」爲中一大節，皆言莫足與爲美政也，而其中又分三小節。「敷衽陳辭」至「好蔽美而嫉妬」，言讒諂蔽明君之不足與爲美政也。「朝吾將濟於白水」至「好蔽美而偁惡」，言賢才遺佚，臣之莫足與美政也。「閨中」四句互結之，言其終莫足與爲美政也。此一大節放言之也，詩人所謂比也，引彼以例此也，其心已無所望，而猶庶幾於萬一也，故其辭哀而思。自「索瓊茅以筳篿」至末爲末一大節，皆言何懷乎故都，而將從彭咸之所居也，而其中又分三小節。「索瓊茅以筳篿」至謂「申椒其不芳」，假靈氛之言，而言是非倒置，故都之不可懷如此也。「欲從靈氛之吉占」至「又況揭車與江離」，假巫咸之言，而言時俗變化，故都之不可懷又如此也。「惟茲佩之可貴」至「蜷局顧而不行」，言故都不可懷，而又不可去，則惟從彭咸之所居而已。此一大節假言之也，詩人所謂興也，有其言而無其事也，其望已絶矣，故其辭哀而咽。「又何懷乎故都」，即「將從彭咸之所居」矣，義本相承而分屬之。「國無人莫我知」及「莫足與爲美政」之下者，非獨錯綜其文，亦理當如是也。〔……〕人莫我知，不過一身之不用而已，使宗社無恙，則去可也，留亦可也。惟其莫足與爲美政，而宗社將亡，則留既不能，去又安忍，故必出於死而後已。通篇大旨亂之數語盡之，亦猶《詩》之小序也，讀者熟讀而深思之，文義曉然矣。

篇首「高陽苗裔」二句，甯死不可去之故，其義已明，故篇末不復再言。而但以臨睨舊鄉，詘然而止，既繁簡之得宜，亦首尾之相應也。「豈余身之憚殃兮，恐皇輿之敗績」，本爲君國非爲一身，所以不可去也。「懷朕情而不發兮，余焉能忍與此終古」，不有君國何有一身，所以必當死也。「僕夫悲余馬懷兮，蜷局顧而不行」，正言其不可去而必死之意，已隱然言外，此一篇之筋節也。

前半篇曰「願依彭咸之遺則」，曰「雖九死其猶未悔」，曰「甯溘死以流亡」，曰「伏清白以死直」，曰「雖體解吾猶未變」，曰「阽余身而危死兮」，多必死之言，而實非有必死之志，皆以甚言己節之不可變而已。至於開關求女，俱不可爲，而其望始絶曰「余焉能忍與此終古」，死志決矣。然後半篇乃無一言及於死，所謂哀之至者不言哀，其情爲至情而變幻不測，其文亦爲至文歟！

首節之末，折中前聖人不能知，而求之於神，作非非想已，爲下節扣關求女張本。中節「敷衽陳辭」緊承首節，以折衷於重華者，即以上扣乎！帝閽似寓言，又似設譬，如是而求女，如是而降神，如是而道昆侖，指西海，惝怳迷離，煙雲一片矣。末二句「懷朕情而不發」，應首節「荃不詧余之中情」，「苟余情其信芳」，「孰云察余之中情」等語，而「余焉能忍與此終古」，又開下命靈氛要巫咸兩段。末節假靈氛、巫咸之言，與首節節中重華相映。駕龍鳴鸞一段，與中節扣閽求女相映。末以四句結之，與篇首二句相應，正意惟此四句。其前皆極力掀騰作爲開勢，忽然收入，如畫龍點睛，破壁飛去，以上堆垛，又盡化煙雲矣。伸縮詳略，極其變化，合而觀之，如天衣無縫，不見其斷續之迹，化工之文也。

非獨三大節也，其各小節，亦皆有起伏照應之妙。如「日月不淹」，欲君之及時致治，而先言年歲不與己之，及時進修以引之。而後之曰「老冉冉其將至」，爲己言也。曰「日忽忽其將暮」，「時曖曖其將罷」，爲君言也。皆應此黨人偷樂淺言之，而後曰惟此「黨人其獨」，異惟黨人之不諒，則深言之。「衆芳蕪穢」略言之，而後曰「蘭芷變而不芳」云云，則詳言曰「退將復修吾初服」，「覽余初其猶未悔」，應前之「初度」也。曰「惟昭質其未虧」，應前之「内美」也。「固前聖之所厚」，則爲節中前聖一節伏根，「將往觀乎四方」則爲浮游求女一節伏根。啓《九辯》與《九歌》一段文瀍，與「説操築於傅巖」遥遥相對。「駟玉虬以乘鷖」一段文瀍，與「雜瑶象以爲車」遥遥相對也。若此者甚多，善讀者深思而自得之，不能枚舉也。

前半篇言好修，多取喻於芳草。至「衆芳蕪穢」，則曰「長余佩之陸離」，「芳與澤其雜糅」，兼芳草玉而言之，以芳草可變，而玉不變也。其後言「蘭芷變而不芳」云云，則曰「何瓊佩之偃蹇」，曰「惟茲佩之可貴」，單言瓊佩矣，此層層脱卸之瀍也。

此篇説者，皆以爲初放之作，以今考之，非也。太史公曰：「王怒而疏屈平，屈平嫉王聽之不聰也，讒諂之蔽明也，邪曲之害公也，方正之不容也故，憂愁幽思而作《離騷》。」此要其終而言之耳。其實《離騷》之作，非在此時，其下曰：「楚人既咎子蘭以勸懷王入秦而不返也，屈平既嫉之，雖放流，睠顧楚國，繫心懷王，不忘欲反。冀幸君之一悟，俗之一改也。其存君興國，而欲反覆之，一篇之中，三致志焉，然終無可奈何。故不可以反卒，以此見懷王之終不悟也。」是《離騷》之作，在懷王不返，頃襄未立之時，故曰「令尹子蘭聞之大怒」。頃襄王立，始以弟子蘭爲令尹，《離騷》之成，子蘭已爲令尹矣。故中節「吾遊春宫」，深有望於頃襄，以懷王之已留於秦也。太史公之言《離騷》也，曰嫉，曰怨，曰憂。嫉者，嫉黨人也；怨者，怨其君也；憂者，憂其國也。前半詞氣激烈，猶多怨憤之辭；中節哲王不寤，惟一語及之；至末節，則但反覆於黨人之禍，無一言及於君國。非不欲言也，不忍言也，怨者猶有所望也，至是而無所用其怨矣。懷王既若彼，頃襄又若此，宗社之亡，在於旦夕故，但追原禍，始列數黨人，飲泣吞聲期於一死而已。其君之過，則不忍指斥也，其國之危，則不忍顯言也，所謂春秋之義，痛之益至，則其辭益深者歟！憂之至者，其詞反若無憂，而其末曰「假日媮樂」，其心如見矣。太史公於其《本傳》終之曰：「其後楚日以削，數十年竟爲秦所滅。」言屈子之死，得其所也，是能知屈子之心者也。千古以下，善讀《離騷》者，太史公一人而已。（《離騷箋》）

（清）朱駿聲

【離騷賦補注】（「夕替」之「替」）讀若腆。陳第《屈宋古音義》以爲「簪」字，讀若「侵」。誤也。侵、艱尤乖古韻。（《離騷賦補注》）

《離騷》一百八十韻，金相玉式，艷溢錙毫，後爲詞章之祖。荀卿《賦篇》，瞠乎莫逮。所謂智者創物也。（《離騷賦補注》）

（清）黄恩彤

【離騷分段約説】「余之中情」，此「余」字，實「汝」字也。不曰「汝」而曰「余」者，嬃爲屈子家人，故稱「余」以親之。今恒言亦往往如是。（《離騷分段約説》）

（清）王闓運

【楚辭釋】彭，老彭；咸，巫咸。殷臣傳道德者。蓋先居夔巫，芈熊受其道，居其地。彭在酉、秀之間，巫山在夔，皆楚舊都，故原屢稱焉。東方朔《七諫》曰：「棄彭咸之娛樂。」舊乃傳彭咸水死，又以爲一人，非也。（《楚辭釋》卷一）

（清）尚兆山

【楚辭選注考】王叔師訓「修」爲「遠」，朱子訓「修」爲「長」。按《大學》「修身」之「修」作「脩」。《説文》：「修，飾也。」《玉篇》：「修，治也。」修與脩古字通。（《楚辭選注考》卷一）

（三后）王逸注：「后，君也，謂湯、禹、文王也。」朱子曰：「三后果若説，不應其下方言堯、舜，疑謂三皇，或少皋、顓頊、高辛也。」按《下武詩》「三后在天」，所指者太王、王季、文王。屈原爲楚人，則知楚之先君賢而顯者，在楚言楚，其熊繹、若敖、蚡冒之君乎？又，《後漢書·馮衍傳》：《顯志賦》「昔三后之純粹兮」，與此句同。（《楚辭選注考》卷一）

（菌桂）王逸注：「菌，薰也。葉曰蕙，根曰薰也。」五臣注：「菌桂，香木也。」按左思《蜀都賦》「菌桂臨崖」，劉逵注：「菌桂，出交趾，圓如竹。」《本草》：「花白蕊黄，正圓似竹，故字或從竹作箘。」蜀本《圖經》云：「木蘭樹高數仞，葉似菌桂。」《山海經》「南海之内有菌山」，《南都賦》「芝房菌蠢生其隈」，注：「菌蠢，是芝貌也。」則菌桂、菌山，皆以其貌鬱積輪菌而得名也。故以「菌桂」對「若」，以爲「蕙」，則與下「蕙茝」複矣。（《楚辭選注考》卷一）

（「忽奔走以先後兮」）王逸注：「言己急欲奔走先後以輔翼君者。《詩》曰：『予聿有奔走，予聿有先後。』」按《釋文》：《韓詩》「走」作「奏」。《詩》「見晛曰消」、「曰喪厥國」，《韓詩》「曰」字皆作

「聿」，或者此文「忽」字即「曰」字，故逸引《詩》之文。（《楚辭選注考》卷一）

（清）王樹枏

【離騷注】朱子《辯證》謂：「王逸以太歲在寅曰攝提格，遂以爲屈子生於寅年寅月寅日，得陰陽之正中。以今考之，月日雖寅，而歲則未必寅也。蓋攝提自是星名，即劉向所言『攝提失方，孟陬無紀』，而注謂『攝提之星隨斗柄以指十二辰者也』。其曰『攝提貞於孟陬』，乃謂斗柄正指寅位之月耳，非太歲在寅之名也。必爲歲名，則其下少一『格』字，而『貞於』二字亦爲衍文矣。」案《史記·天官書》：「大角者，天王、帝廷，其兩旁各有三星，鼎足句之，曰攝提。攝提者，直斗杓所指，以建時節。」《正義》云：「攝提六星，夾大角，大臣之象，恒直斗杓所指，紀八節，察萬事者也。」《開元占經》引甘氏之説，以攝提之所在，定歲星之所居。攝提屬東方亢宿，分指四時，從寅而起，故太歲在寅曰攝提格，即本此以命義也。（《離騷注》）

江蘺、白芷、蘪蕪、芎藭，説者不同。《子虛賦》云：「芎藭菖蒲，江蘺蘪蕪。」《上林賦》云：「被以江蘺，糅以蘪蕪。」芎藭、江蘺、蘪蕪對舉，是司馬相如以爲各一物也。自今本《説文》有「江蘺蘪蕪」之文，學者遂以江蘺蘪蕪爲一物。不知此是許君引司馬之説，其文奪脱，遂謂《説文》以江蘺爲蘪蕪矣。《説文》凡一物皆互爲之解。觀上篇「虉」、「茝」二字可知。「蘪」字解云：「蘪蕪也。」不言江蘺，則非江蘺可知。《淮南·氾論訓》云：「夫亂人者，芎藭之與槀本也，蛇牀之與蘪蕪也。」此皆相似者。許君云：「此四者藥草臭味之相似。」蓋蛇牀與蘪蕪相類，芎藭與槀本相類。而《本草》乃謂「蘪蕪一名江蘺，芎藭苗也」。又云「芎藭，其葉名蘪蕪」。三者皆混爲一。案芎藭之狀，因地各異。蘇頌《圖經》所載，鳳翔府與永康軍所出者迥然不同，古人所指爲蘪蕪者，當是一類二種，後人乃以其根與葉分之，殊失其實。江蘺蓋亦此類。諸書莫有言其狀者，郭璞注《子虛賦》云：「芎藭，今歷陽呼爲江蘺。」蓋以氣相類似，故土俗混而呼之。《爾雅》「蘄茝蘪蕪」，後人因此文又以蘪蕪與白芷爲一物，不知〔……〕《本草》「白芷一名白茝，一名虈，一名莞，一名苻蘺，一名澤芬，葉名蒚麻，可作浴湯」。據此則《説文》所謂「虈，楚謂之蘺，齊謂之茝」者，蘺乃苻蘺，非江蘺。故此文「辟茝」與「江蘺」對舉也。（《離騷注》）

（撫壯）壯，讀爲莊，古莊、壯多通用。《檀弓》柳莊，《古今人表》作柳壯。《集注》云：「壯，讀曰莊。《史記·索隱》莊敖，又作壯敖。皆其證。」《莊子·天下篇》「不可與莊語」，《釋文》：「莊，一本作壯，正也。」《周書·祭公篇》「汝無以嬖御固莊后」，孔晁注云：「莊，正也。」《謚法》云：「履正爲莊。」撫壯而棄穢者，持正而棄邪也。（《離騷注》）

（姱節）節，當爲飾字之誤。飾與服爲韻，古音皆在之部。若作節字，則在脂部，古音鮮有相通者。姱飾，即上文所謂「繁飾」也。（《離騷注》）

（飛廉）《漢書》：「武帝元狩二年作長安飛廉館。」應劭云：「飛廉，神禽，能致風氣者也。」晉灼云：「身似鹿，如爵有角而蛇尾，文如豹文。」（《離騷注》）

春宫，太子宫也。劉孝威詩所謂「能事畢春宫」是也。時懷王爲秦劫留，太子横爲質於齊。楚大臣欲立懷王庶子在國者，下文「下女」，即指懷王之庶子而言。（《離騷注》）

（清）魏元曠

【離騷逆志】《離騷》一篇，傷國無賢臣也。國無賢臣，以黨人嫉美；刺黨人，所以怨君，而傷己之見逐也。在廷之臣不保厥美，始爲蘭蕙，卒爲蕭艾。正以己之見逐也，其爲是文非苟作也，猶冀王因其死，喻其志，或終一悟。（《離騷逆志》）

（清）劉光第

【離騷擬議】《辯證》「望舒」一條：「望舒、飛廉、鸞鳳、雷師、飄風、雲霓，但言神靈爲之擁護服役，以見其仗衛威儀之盛耳，初無善惡之分也。舊注曲爲之説，以月爲清白之臣，風爲號令之象，鸞鳳爲明智之士，而雷獨以震驚百里之故，使爲諸侯。皆無義理。至以飄風雲霓爲小人，則夫《卷阿》之言『飄風自南』，《孟子》之言『民望湯武如雲霓』者，皆爲小人之象也耶。」光第按：「初無善惡之分」，其言最當。若飄風、雲霓，詩人原無定指。「蝃蝀在東」，「其從如雲」。「彼何人斯」，「其爲飄風」。其取象亦非有所善惡也。（《離騷擬議》卷上）

（清）許巽行

【屈平離騷經題下注】何云：「賈誼曰『屈原被讒放逐，作《離騷賦》』，若用此語，去經之名，則無吴楚僭王之疑矣」。案，《史記》云「作《離騷》」，不言經亦不言賦。近日戴震注《楚詞》，題曰「屈原賦二十五篇」，斯得之矣。（《文選筆記》卷六）

傅熊湘

【離騷章義】《離騷》當作於懷王入秦以後，頃襄王未立以前。《傳》所謂「楚人既咎子蘭以勸懷王入秦而不反也，屈原放流，睠顧楚國，心繫懷王，不忘欲反，冀幸君之一悟，俗之一改也。其存君興國，而欲反復之，一篇之中，三致意焉」。此即承上文言《離騷》之所由作也。下文云「令尹子蘭聞之大怒，卒使上官大夫短屈平於頃襄王」。「聞之」者，聞屈原作《離騷》之事也。此與《報任少卿書》所云「屈原放逐乃賦《離騷》」尤相吻合。非一見疏懷王即誓死也。證「亂曰」以下之文，尤信。（《離騷章義》）

九歌　總論

（漢）王逸

【九歌序】《九歌》者，屈原之所作也。昔楚國南郢之邑，沅湘之間，其俗信鬼而好祠。其祠必作歌樂鼓舞以樂諸神。屈原放逐，竄伏其域，懷憂苦毒，愁思沸鬱；出見俗人祭祀之禮，歌舞之樂，其詞鄙陋，因爲作《九歌》之曲。上陳事神之敬，下見己之冤結，託之以風諫，故其文意不同，章句雜錯，而廣異義焉。（《楚辭章句》卷二）

（唐）張銑

【九歌題下注】九者陽數之極，自謂否極，取爲歌名矣。（《六臣注文選》卷三二）

（唐）吕延濟

【東皇太一題下注】濟曰：每篇之目皆楚之神名，所以列於篇後者，亦猶《毛詩》題章之趣。（《六臣注文

選》卷三二）

（唐）梁肅

【送元暢赴舉序】自三閭大夫作《九歌》，於是有激楚之詞流於後世，其音清越，其氣淒厲。吾友君貺者，實能誦遺編，吟逸韻，所作詩歌，楚風在焉。（《全唐文》卷五一八）

（宋）宋庠

【屈原】司命湘君各有情，九歌愁苦薦新聲。如何不救沈江禍，枉解堂中許目成。（《元憲集》卷一五）

（宋）項安世

【説事篇一・九歌】按《澧陽志》：五通神出屈原《九歌》。今澧之巫祝，呼其父曰太一，其子曰雲霄五郎、山魈五郎，即東皇太一、雲中君、山鬼之號也。劉禹錫論武陵之俗，亦曰「好事鬼神」，與此正合。且《九歌》多言澧陽、澧浦，則其説蓋可信矣。漢谷永言楚懷王隆祭祀，事鬼神，欲以獲福，助卻秦師，而兵破地削，身辱國危，則原之《九歌》，蓋爲是作歟？（《項氏家説》卷八）

（宋）洪興祖

【楚辭補注】《九歌》十一首，《九章》九首，皆以九爲名者，取「簫韶九成」、「啓《九辯》《九歌》」之義。《騷經》曰：「奏《九歌》而舞《韶》兮，聊假日以媮樂。」即其義也。宋玉《九辯》以下，皆出於此。（《楚辭補注》卷二）

（宋）姚寬

【屈原賦】《離騷九歌》，章句名曰九，而載十一篇，何也？曰：九以數名之，如《七啓》《七發》，非以其章名。（《西溪叢語》卷上）

（宋）朱熹

【九歌】昔楚南郢之邑，沅湘之間，其俗信鬼而好祀。其祀，必使巫覡作樂歌舞以娱神。蠻荆陋俗，詞既鄙俚，而其陰陽人鬼之間，又或不能無褻慢淫荒之雜。原既放逐，見而感之，故頗爲更定其詞，去其泰甚。而因彼事神之心，以寄吾忠君愛國，眷戀不忘之意。是以其言雖若不能無嫌於燕昵，而君子反有取焉。此卷諸篇，皆以事神不答而不能忘其敬愛，比事君不合而不能忘其忠赤，尤足以見其懇切之意。舊

説失之，今悉更定。（《楚辭集注》卷二）

【論九歌】楚俗祠祭之歌，今不可得而聞矣。然計其間，或以陰巫下陽神，以陽主接陰鬼，則其辭之褻慢淫荒，當有不可道者。故屈原因而文之，以寄吾區區忠君愛國之意，比其類則宜爲三頌之屬，而論其辭則反爲國風再變之鄭衛矣。及徐而深味其意，則雖不得於君，而愛慕無已之心，於此爲尤切，是以君子猶有取焉。蓋以君臣之義而言，則其全篇皆以事神爲比，不雜他意；以事神之意而言，則其篇内又或自爲賦爲比爲興，而各有當也。然後之讀者昧於全體之爲比，故其疎者以他求而不似，其密者又直致而太迫，又其甚則并其篇中文義之曲折而失之，皆無復當日吟咏情性之本旨。該諸篇之失，此爲尤甚，今不得而不正也。又篇名《九歌》而實十有一章，蓋不可曉。舊以九爲陽數者，尤爲衍説。或疑猶有虞夏九歌之遺聲，亦不可考。今姑闕之，以俟知者，然非義之所急也。

（《楚辭集注·楚辭辯證上》）

（元）方回

【離騷九歌圖】正則靈均皇揆余，屈子文章古所無。我嘗痛飲讀□□，□乃復覽九歌圖。九歌根源何所自，羲文周孔易□□。□□坤馬中孚鶴，鼎虎革豹未濟狐。載鬼一車豕負塗，先張之弧後説弧。奇奇怪怪浩以博，湘纍取以爲範模。東皇太一九霄下，百靈護駕飛龍趨。雲中之君儼帝服，眇視四海翔天衢。堯女舜妃兩嬋娟，想見當年泣蒼梧。太少司命尾東君，倏來忽逝紛馳驅。河伯白黿弭英輔，山鬼赤□□□□。桂酒椒漿奠瑶玉，鼓迎簫送鸞鳳輿。佳人在望□□□，□君不見心躊躇。采芳馨兮日將暮，有所思兮甘糜軀。吾王不寤娥眉嫉，知心惟有寡女嬃。一士葬魚亡楚國，而况他日秦坑儒？我詩頗似賈誼賦，敬弔先生空嗟吁。（《桐江續集》卷二六）

（元）柳貫

【題離騷九歌圖】紫貝東皇席，青霓北斗旗。究觀神保意，皇恤放臣悲。有客傳芭舞，何人執籥吹？楚巫千載恨，憑向畫中窺。（《待制集》卷四）

（元）虞集

【爲題馬竹所九歌圖】屈子久去國，行吟山澤秋。思君不復見，婆娑感巫謳。仰瞻貴神遠，俯慨深篁幽。衝波起浩蕩，玄雲黯綢繆。初陽翳扶桑，莽蒼蕩海漚。渺渺君夫人，遺玦在中洲。壽夭乘陰陽，孰知制命由。慨然長太息，悲歌寫離憂。想象以惝怳，開卷令人愁。（《道園學古録》卷二八）

（元）祝堯

【九歌題下注】諸篇全體皆賦而比，而賦比之中又兼數義。（《古賦辯體》卷一）

（明）貝瓊

【書九歌圖後】右《九歌圖》，淮南張叔厚所作，以贈番昜周克復者。越二十年，而神氣益新。其一冠服手板，見三素雲中，二史左右掖之，而從以玉女，一擧旆，一執箑，東皇太乙也。其次冠服如太乙，有牛首人身者執大纛，飛揚晻曖，自空而降，旁一姬執杖者，雲中君也。美而后飾，飄飄若驚鴻，欲翔而衝波相蕩，石上江竹班班者，湘君。其後風裳月珮，貌甚閒雅，儼乎若思者，湘夫人也。一叟髯而杖，左執卷，二從者俱稚而異飾，大司命也。秀而豐下，冠服甚偉，執蓋者猛士，擁劍者處子，一翁舒卷旁趨，少司命也。衷甲執弓矢，眥裂鬚張，欲仰射者，東君也。一乘白黿水中者，河伯也。而山石如積鐵，大松偃蹇，皮皆皴裂成鱗甲，一袒裸騎虎行者，山鬼也。甲而執刀者一，甲而執矛者一，先後出亂山林木間，慘無人色者，國殤也。叔原博學而多藝，尤工寫人物。咸稱李龍眠後一人而已。巨家右族，以厚直購之。是圖凡二十一人，有貴而尊嚴者，有魁梧奇偉者，有枯槁憔悴者，有綽約如神仙者，有詭怪可怖者，有創而墨者，旁見側出，各極其妙。予在三吴時所見凡二，此蓋其晚年筆也。克復既寶之，不翅金玉。而先左丞玉雪坡翁，又以大篆書《九歌》之辭于各圖之後。可謂二絶也已。間持以過予，求志其左方。按荆楚在中國南，其俗好鬼，自東皇太乙而下，則皆所事之神，莫詳厥始。然太乙爲天之貴神，司命爲上台，與北斗第四星文昌，禮有不可褻者。而東君爲朝日之義，亦豈閭巷所得而僭乎？雲中君者，恐以其澤名雲，故指澤中之神爲君，謂之雲神，以附《漢志》。未知是否？而河伯又非在楚之封内，如湘君、湘夫人也。蠻夷荒遠之域，民神雜糅，私創其號，以罔上下者，亦或有之。而歲時祀之，必用巫作樂，其來尚矣。屈原《九歌》，因其舊而定之，比興之間，致意深矣。又豈惑於荒唐，如人人之徼福哉！其見之《山鬼》者，辭雖甚迫，至《大司命》一篇，卒曰「固人命兮有當，孰離合兮可爲」。信所謂順受其正者，君子深取焉。顧説者未之能察，朱子爲辯之，千載之下，志亦白矣！余之寓於九峰三泖也，壹鬱無勞，命酒獨酌，輒歌以泄其憤。今叔厚又即其辭以求其象，使玩其象，以求其心，豈徒效馬和之輩之於詩哉！且懼不能不朽腐磨滅於既久，而文則傳之天下後世，得考其彷彿也，故書以志之。觀者又可並其象而忘之云？洪武九年，歲在丙辰夏五月，檇李貝瓊序。繫之以歌，曰：〔……〕紫宫太乙中煌煌，佐以五帝環其旁，道存無爲樂且康。豐隆儵忽周八荒，鬼牽大纛蛟螭黄。上台司命中文昌，斟酌元氣調陰陽，福我以德奚必殃。下招帝子隔瀟湘，蒼梧九點山蒼蒼。跧烏三足升扶桑，天門洞開夜已明。神人瞠目鬚髯張，長弓白羽射天狼。水仙胡爲宅龍堂？九河既阻不可方。黿鼉出没波湯湯，山中之人曰日藏。天陰雨濕啼幽篁，兜鍪戰士身盡創。魂魄欲歸道路長，吹簫擊鼓歌巫陽。酌以桂酒陳椒漿，神來不來何渺茫！（《清江貝先生集》卷二三）

（明）魏驥

【跋九歌圖】昔楚三閭大夫屈原，名平，芈姓，博聞强志，明於治亂，爲懷王左徒，王甚任之。有上官大夫者與之争寵，造其隙而譖之於王，王遂怒而疏平。故平憂愁悲思，作《離騷》以明己志，若《九歌》是也夫。九歌者，楚巫樂神之歌，平以其辭多鄙褻故易其辭，且托其辭以寓其忠愛之心焉。上稱帝嚳，下道齊桓，中述湯武，其於道德治亂，明之於辭，甚約而甚微，忠愛之心藹然溢於言表。先儒謂其有《國風》之不淫，《小雅》之不亂，誠如其所許也已夫。向宋李伯時，以墨妙一世，乃圖其《歌》之所事之神，以傳於世，故世輒以伯時之墨妙而寶之也。噫！鬼神無形與聲，其可以想象而圖之者邪？然世之好事者，惟知伯時之墨妙之爲好，又其可不詳平之文所寓之忠愛，而好其《九歌》以察其心哉！予邑喬木故家，陳氏多藏法書名畫，是圖盖其所藏之一也。兹其家曰竹逸處士者，以是圖出示於予，故予得識諸左方云。（《南齋先生魏文靖公摘稿》卷七）

（明）陳敬宗

【題九歌東皇太乙以下諸神卷】《九歌》，楚三閭大夫屈平所作。〔……〕今太常丞戴公裝潢成卷，徵予識之。夫平之盡忠於楚也，其志可與日月爭光。懷王信上官靳尚之讒而見疏，襄王又聽子蘭之譖而見逐。平至沅湘之間，因更定巫覡祀神之樂歌，以寓其忠君愛國不忘之本意，冀一感悟，有旋軫之望焉。而一斥不復，遂至懷憤投汨而死，悲夫！三閭以被讒放逐，不以怨悱，而悃愊戀慕之誠，至死而益切。嗟夫！世之載高位、食厚禄、諛佞固寵而終身不知圖報者，觀是圖者，能不顔厚而忸怩哉！圖之妙，世固無與比者；而戴公珍藏之，其所重則又不專在妙不妙也。知是説者，可以見戴公之心矣。（《澹然先生文集》卷六）

（明）祝允明

【九歌圖記】杜君《九歌圖》，向僑余舍手造，藏四十年矣，今持歸吾子儋。以詞賦不遇者靈均，以詞賦遇者長卿。長卿視屈，猶子視父也。蓋才爲時低昂如此。今士生盛世，苟抱一藝必庸焉，至有獵極華要者，尚何云遇不遇哉！子儋才氣與年皆似賈生初遇漢文時，一蹴千里在朝夕，長卿不足云也。至探幽寄野，斫青光而寫騷，時歷屈壇或不盡一級，余所以遺之者，殆將以屈況其才乎，司馬況其遇云爾。（《懷星堂集》卷二四）

（明）周用

【九歌篇數】《九歌》蓋因首篇「九辨九歌」，又合《湘君》《湘夫人》《太司命》《少司命》爲二篇故；下

宋玉則取《九辨》自命其辭。（《楚詞注略》）

【九歌迎享送神】《九歌》，迎神、享神、送神之詞。《湘君》《湘夫人》《山鬼》，言迎神；《東皇太乙》《國殤》《禮魂》，言享神；餘兼迎送。其周旋勞苦、徘徊延佇、□求之不得而不但已者，尤原之所致意者也。（《楚詞注略》）

（明）楊慎

【女巫】楚辭《九歌》，巫以事神，其女妓之始乎？（《升菴集》卷七一）

（明）汪瑗

【九歌序】瑗按，《九歌》之神，皆當時楚之所祭者也。然亦有當祭者，有不當祭者，當祭而祭者，分也；不當祭而祭者，僭也，春秋戰國諸侯之通弊也。屈子《九歌》之詞，亦惟借此題目，漫寫己之意興，如漢魏樂章樂府之類，固無暇論其僭與不僭也。後世詩人作樂府者，莫盛於李白，説者譏其漫寫己意，多不合本題之旨，今觀屈子《九歌》之作，蓋亦有然者。或道享神禮樂之盛，或道神自相贈答之情，或直道己之意興，然即此而歌舞之，亦可以樂神而侑觴矣，奚必規規題目之是拘哉？故千載而下得詩之趣者，惟屈子；得騷之趣者，惟李白而已矣，他人蓋不知也。然其文意與君臣諷諫之說全不相關。舊註解者多以致意楚王言之，支離甚矣。《九歌》之作，安知非平昔所爲者乎？奚必放逐之後之所作也？縱以爲放逐之後之所作，又奚必諷諫君上之云乎？《九歌》之詞，固不可以爲無意也，亦不可以爲有意也。昔人謂解杜詩者，句句字字爲念君憂國之心，則杜詩掃地矣。瑗亦謂解《楚辭》者，句句字字爲念君憂國之心，則《楚辭》亦掃地矣。或曰子之言是矣，然《九章》之篇數皆合於九，而茲《九歌》乃十有一篇，何也？曰：末一篇固前十篇之亂辭也。《大司命》《少司命》固可謂之一篇，如禹、湯、文武謂之三王，而文、武固可爲一人也。《東皇太一》也，《雲中君》也，《湘君》也，《湘夫人》也，二《司命》也，《東君》也，《河伯》也，《山鬼》也，《國殤》也，非九而何？或曰：二司既可爲一篇，則二湘獨不可爲一篇乎？曰：不可也。二司蓋其職相同，猶文武之其道相同，大可以兼小，猶文武父可以兼子，固得謂之一篇也。如二湘，乃敵體者也，而又有男女陰陽之别，豈可謂之一篇乎？若如此說，則河伯亦二湘之類，國殤亦山鬼之類也，其不然也審矣。篇數雖十一，而其實爲九也。較然矣，又何疑乎？（《楚辭集解》九歌卷）

（明）馮紹祖

【馮紹祖楚辭章句輯評】馮覲曰：《九歌》情神慘婉，詞復騷艷。喜讀之可以佐歌，悲讀之可以當哭。清商麗曲，備盡情態矣。（引自馮紹祖刊《楚辭章句》卷二）

（明）陳第

【題九歌】舊説謂沅湘之俗，信鬼好祀，原爲更定其祝辭，且以事神之言寓忠君之意。以今觀之，惟《東皇太乙》篇有「玉瑱」、「瓊芳」、「肴蒸」、「桂酒」之文；而《東君》篇亦有「鳴篪吹竽」、「展詩會舞」之語，頗似享神，其餘絶不見祭祀之意。舊説又以「浴蘭湯」、「華采衣」皆指巫而言，亦似牽附。大都原之忠愛，無刻而忘，故借題託興，以發其惓勤懇惻之懷。如《離騷》所云「求虙妃之所在」、「見有娀之佚女」、「留有虞之二姚」、「聊浮游而求女」、「命靈氛爲余占」、「皇剡剡其揚靈」是也。安有祭祀之歌而通篇言神之不至耶？吁！余讀屈原之作，而最有取于是歌也，何者？《九章》《卜居》《漁父》其言實，《離騷》《遠遊》則虚實半，《九歌》純虚者也。如仙人神女浮游于青雲彩霞之上，若可見若不可見，若可知若不可知，而其深致又未嘗不可見不可知者也。蓋虚以寓實，實不離虚。其詞藻之妙，操觚摛采者既模擬而莫之及；而理道之精，通經學古者將探索而未之到。文而至是神矣哉！神矣哉！（《屈宋古音義》卷二）

（明）孫鑛

【文選瀹注】孫鑛曰：《九歌》諸篇句法稍碎而特奇陗，在《楚騷》中最爲精潔。（《文選瀹注》卷三四）

【九歌眉批】《九歌》詞豔而意婉，皆託詞以寓諷，令人密詠恬吟，自有入情處，可謂絶世文情。《九歌》近風，《九章》近雅，各見筆法，各章大抵以神比君，有望君心之一悟，其妙處在不即不離間，若必指定何人何事，失之遠矣。（《文選瀹註》卷三四）

（明）郝敬

【藝圃傖談】《九歌》清婉温亮，不可目爲治麗，妙在憂思鬱陶，而圓轉無跡。若祝頌、若祈懇，又若思慕然者。臣子不得於君父，怨慕而不敢言，藴結而不忍絶，故齊聲容辭氣如此。所謂事君父如神明者矣。（《藝圃傖談》卷二）

《九歌》或是屈原既死，楚人追思，祭祀求神之作。即宋玉《招魂》之類。不然，則原將死，而作之生前者也。猶春秋魯、晉大夫祈死，與後世生祭之類。忠憤之誠，芳潔之志，悽惋之情具見。不專在禱祀爾。（《藝圃傖談》卷二）

王逸謂《九歌》爲屈原祀鬼神之詞，不知何據？楚俗未有東皇太乙等神，不宜今古頓異也。屈原愁苦中不宜作此流麗靡曼之語。謂爲原死後，楚辭祭祀作，近是。原以忠死，楚人以爲明神，哀敬而歌之。後世遂謂楚俗尚鬼，可笑也。（《藝圃傖談》卷二）

（明）許學夷

【詩源辯體】屈原《九歌》本祀神之辭，中惟《湘君》《湘夫人》《大司命》《少司命》四章，或有寄意於君臣之間者，餘數章則直祀神耳。註家必欲謂屈子事事不忘君，故每每穿鑿强解，意以爲必如此乃不妄作，遂使古人文字牽纏附合，愈解愈晦，則註家之過也。知此則可以觀陶、杜矣。（《詩源辯體》卷二）

（明）張京元

【九歌】沅湘之間信鬼而好祀，原見其祝辭鄙俚，爲作《九歌》，亦文人遊戲，聊散懷耳。篇中皆求神語，與時事絶不相涉。舊注牽合附會，一歸怨懟，何其狹也！今悉爲正之。《東皇》等名，皆楚俗所祀神。（《删注楚辭》）

【山鬼】靈修、公子、君、山中人，皆指所祀鬼言。欲山鬼毋歸，而時日既暮，不能久留。但見山高草遠，芳杜長松，雷轟雷冥，猿狖悲鳴，風木蕭颯，不勝離憂。逸注、《選》注、《纂注》俱牽强可笑，甚至以公子爲子椒、以山中人爲屈原自稱，何啻夢説！（《删注楚辭》）

（明）陳深

【九歌】沅、湘之間，其俗尚鬼，祭祀則令巫覡作樂，諧舞歌吹爲容，其事陋矣。自原爲之，緣之以幽渺，涵之以清深，琅然笙匏，遂可登于俎豆。若曰淫于沔嫚而少純白不備爲屈子病，則是平岡責其平土，激水使之安流也，固矣。（《批點本楚辭》卷二）

（明）黄廷鵠

【詩冶】纍臣之情，纏綿悽愴，往往謬悠忽怳，託寓不一，未可訓詁泥之。（《詩冶》）

（明）陸時雍

【讀楚辭語】古之事神者，或頌之，或饗之，或祝之。《九歌》深於離合，《湘君》《湘夫人》《少司命》，語何昵也！《山鬼》又幾於妖矣。屈原伊鬱愁苦，無所發攄，而隨事撰情，深其思慕，騷變而歌，歌變而問，蓋不知其所至矣！王叔師、朱晦翁謂其因俗祠更定其詞，殆不然與！殆不然與！（《楚辭疏·讀楚辭語》）

《九歌》體物撰情，雅與事稱，簡節短奏，觸響有琳瑯之聲。乃氣韻芬芳，何菲菲其襲予也？（《楚辭

疏・讀楚辭語》）

東皇太乙、雲中君、大司命、東君，彼漠然無情者，邈而不可親也，爲嚴禮以事之，遥情以拱之，温語以款之，極歎以崇之。求而不得，安之若命。是可無憎於彼，而無愆於己也。湘君、湘夫人爲有情者也，以情投之，宜倡予而和汝者，已而不答，而綢繆繾綣之不已，情生於所至也。天下之相聞而慕，相睹而愛，已過而思，思甚而涕，生生死死而不滅者，皆是物也。山鬼多情，而況人乎？況君臣父子親知密締而不可解者乎？故通於情者，無不可言。觀湘水之潺湲，而堂陛之精神可得也。少司命言之苦矣，人之所托命者，其誰而能若是恝也。河伯勞矣，意求非其偶，故往從而不得矣。山鬼思人，人莫之知，彼其所以致媚者亦已窮矣。人惟無情，人而有情，其於《九歌》，未有不悲其言之切而意之惋也。（《楚辭疏・讀楚辭語》）

（明）蔣之翹

【七十二家評楚辭蔣之翹輯評】李賀曰：其骨古而秀，其色幽而艷。（引自《七十二家評楚辭》卷二）

陳繼儒曰：《九歌》《九章》等篇，俱以《騷》例讀。（引自《七十二家評楚辭》卷二）

蔣之翹曰：以事神之心，寄吾忠君愛國繾綣不忘之意，所謂借他人之酒杯，澆自己之塊壘也。其間急節短悼，雖乏和緩，而骨力自是遒上。後唐王維《魚山迎送神曲》及韓愈《羅池廟詞》皆不能彷彿

矣。(《七十二家評楚辭》卷二)

(明)沈雲翔

【沈雲翔輯評八十四家評楚辭】郭正域曰:《九歌》簡峻微婉,三百篇以下絶調,後人蹈襲可厭。(《八十四家評楚辭》卷二)

金蟠曰:此楚風也。《國風》自《邶》以下皆變,終之《豳風》以正之。若屈子《九歌》,所以正楚風也。朱子謂祀神之盛,幾於變頌。夫緣頌之義,盡風之情,流連蓋惻,則終不失其正者爾。所謂删詩,不能遺信矣。(《八十四家評楚辭》卷二)

(明)黄文焕

【聽次】《九歌》之宜居四,以問天之後,偏祈慰望於諸神也。天,無言而與人遠者也,縱詳於問天,而天不能以言示人,誰相答者? 神則可有言,而與人近者也。偏祈焉而涖我之神,或有以語我乎? 又安得不望,又安得不以望之此而未相慰者移以望彼乎? 歌之命名爲九,而數則十一,《國殤》《禮魂》不在神列。亟繼《山鬼》者,此原之所以自悼也。吾爲人,而神不吾憫,吾將爲鬼而神亦不吾憐乎? 既已爲鬼,亦無俟神之憐之矣。且吾自可稱雄,自可無絶,則爲鬼固即同於爲神矣。

（《楚辭聽直合論》）

【聽學】懷王已死，而頃襄無復仇之志，故《九歌》致嘆於「夫人兮自有美子，蓀何以兮愁苦」，以此知作《九歌》之年，自在《天問》之後。（《楚辭聽直合論》）

【聽九歌】余謂《九歌》之名，自古有之，非楚俗之歌也。稽原之遡古曰「啓九辨與九歌」，又曰「奏九歌以舞韶」，又曰「啓棘賓商，九辨九歌」，固自明言之。兹之有作，如後人擬古樂府、代古樂府，因其名而異其詞云爾，不可以云楚，何云巫？〔……〕以原之言神，而專謂借事神以比事君，亦非也。原不得於君，故設言求庇於神，其如神之亦不我顧、不我庇何哉？因神道慘，蓋賦意居多，比意居少焉。舊注謂《太乙》至《河伯》，皆爲人慕神之詞，寓己愛君之意；《山鬼》陰賤，不可比君，故以人況君，以鬼喻己，而爲鬼媚人之語。此未盡知原也。原於下篇《國殤》《禮魂》俱以鬼言，實自矢於一死，不得復爲人矣。此非以人喻君也，嘆己之將殊於人類也。望於神而不獲庇，不得不自甘爲鬼也。爲鬼而悟君之念絶矣，尚不獲與人親，況與君親乎？《山鬼》通篇純屬鬼語，舊注乃以前半屬鬼、後半屬原，情何由慘乎？「魂魄毅兮爲鬼雄」，「長無絶兮終古」，兩從鬼中揚其聲價，不復問君之悟不悟也。《國殤》之專言戰者，頃襄之不能復父之仇，故原之志欲一戰而死也，其寓意之最明。曰「挾秦弓」，欲奪秦之弓以爲我用也；戰不勝而言敗者，悼遡懷王與秦戰敗之往事也。歌以九名，當止於《山鬼》。既增《國殤》《禮魂》共成十一，乃仍以九名者，殤、魂皆鬼也，雖三仍一也。《山鬼》之悲，《國殤》之憤，視前訴神爲倍鬱。乃《禮魂》以寥寥四語，致其贊詞，寂然安之，似無可悲、無可憤、無可訴者，蓋魂不能不滅，無繇悲、無繇憤、無繇訴矣，吞聲之視放聲，慘更甚也。此前言神後言鬼之淺深次序也。（《楚辭聽直合論》）

（明）李陳玉

【九歌題下注】屈子文章變化各各不同。《東皇太一》高簡嚴重，《雲中君》飄忽疾急，《湘君》《湘夫人》纏綿婉惻，《大司命》雄倨疏傲，《少司命》輕俊艷冶，《東君》豪壯頎偉，《河伯》飄逸浪宕，《山鬼》幽倩細秀，《國殤》酸辣悲烈，《禮魂》短棹孤潔。（《楚詞箋注》卷三）

舊序稱楚俗尚鬼，每當祀時使巫覡作樂歌舞以娱神，俗陋詞俚，不無夷慢淫荒之雜。屈原放逐，見而感之，頗爲更定其詞，又因彼事神之心，寄吾忠君愛國眷戀不忘之意。朱子則謂諸篇皆以事神不答而不能忘其敬愛，比事君不合不能忘其忠赤，尤足以見其懇切之意。兩俱頗有發明，第《九歌》所以名篇之故，俱未嘗言也。按，《離騷》中「啓九辯與九歌兮」，此《九歌》之名所由見也。《書》曰「九功惟叙，九叙惟歌」，蓋治定功成而後播之于樂。屈原少時鋭于致主，自謂當其壯年，一切成辦，可以無愧皋？禹，豈意有才無命，淪落江濱，一至于此。偶見巫覡所祀，不覺隨手爲之點定，蓋亦惜此清廟登歌之手，小用之下里之奏也。《九歌》之外又有《九章》，疑即《九辯》之别名，以應騷中之語。初疑文詞與《九歌》不類，《九歌》高簡奥澀，《九章》繁富明衍，或是擬作，所以歷代簡册，退

《九章》于《天問》之後，不與《九歌》相連，亦序書者之傳疑也。及細讀之，煩冤苦恨，非屈子不能自道，今取而連之。宋玉爲屈原弟子，憐師以忠直被禍，明擬《九辯》以配師《九歌》，今取而附之。《招魂》《大招》，則又宋玉擬配《天問》也，自出手眼，殆所謂青出于藍，其可敬也夫！（《楚詞箋注》卷三）

【九歌後評】此章獨至簡，文章不測如此。按《九歌》一《東皇太一》、一《雲中君》、一《湘君》、一《湘夫人》、一《大司命》、一《少司命》、一《東君》、一《河伯》、一《山鬼》、一《國殤》、一《禮魂》，其十一章，何也？蓋《山鬼》《國殤》《禮魂》共爲祭鬼，合前八禮，故名《九歌》。大一天之貴神，于春秋戰國時方有此説，諸國俱祀之而祠在楚，故楚尤首重。雲中君舊以爲雲神，今國家祀典亦有祭風雲雷雨者。湘君湘夫人，則楚所舊祀也。大司命少司命則人間所私祀，不獨楚也。東君祭日，天子之禮，其後侯國皆用之。河伯即洞庭江漢之神，合江楚之人凡水俱名河伯。山鬼、國殤、禮魂，楚俗尚鬼，故其祀獨繁于他國也。然屈子文章變化，各各不同。東皇大一高簡嚴重，雲中君飄忽急疾，湘君湘夫人纏綿婉惻，大司命雄倨疏傲，少司命輕俊艷冶，東君豪壯頎偉，河泊飄逸浪宕，山鬼幽倩細秀，國殤酸辣悲烈，禮魂短棹孤潔，中間有迎神送神降神全者，雲中君、大司命、少司命、東君、河伯是也。有迎神降神無送神者，東皇大一是也。止有迎神無降送者，湘君湘夫人是也。無迎無送無降者，山鬼國殤禮魂是也。微細工巧，不失分寸，有似漢賦者，有似晉魏樂府者，有似六朝人子夜讀曲等作者，有似初盛中晚人佳句者，甚有似宋元人詞曲者。何以包括千古一至此？真才士哉！

（清）賀貽孫

【九歌】《九歌》中兼有今古，如「穆將愉兮上皇」、「靈之來兮如雲」，漢人《郊祀歌》也。「疏緩節兮安歌」、「傳芭兮代舞」、「芳菲菲兮滿堂，五音紛兮繁會，君欣欣兮樂康」，晉人《拂翔白紵辭》也。「覽冀州兮有餘，横四海兮焉窮」，《大風歌》也。「令沅湘兮無波，使江水兮安流」，《瓠子篇》也。「心不同兮媒勞，恩不甚兮輕絶」、「交不忠兮怨長」、「君思我兮不得閒」，《子夜》《讀曲》《捉搦歌》也。「悲莫悲兮生别離，樂莫樂兮新相知」，《東飛伯勞歌》也。「滿堂兮美人，忽獨與余兮目成」，「思公子兮未敢言」，《定情篇》《同聲歌》也。「舉長矢兮射天狼，操余弧兮反淪降」、「首身離兮心不懲」、「魂魄毅兮爲鬼雄」，唐人《從軍行》也。「東風飄兮神靈雨」、「雷填填兮雨冥冥，猿啾啾兮狖夜鳴」，太白《蜀道難》《夢遊天姥吟》也。「山中人兮芳杜若，飲石泉兮蔭松柏」，劉安《招隱》也。「既含睇兮又宜笑，子慕余兮善窈窕」、「折芳馨兮遺所思」、「君思我兮然疑作」，《古艷歌行》也。「老冉冉兮既極，不浸近兮愈疏」、「愁人兮奈何，願若今兮無虧。固人命兮有當，孰離合兮可爲」，韓退之《琴操》也。然其中又各有所近，有近國風者，有近雅頌者，有近賦者，有近宋人詩餘及元人歌曲者。至其沉鬱悲壯，則杜少陵古風獨得其全。讀其詞者如取光於日月、酌水於滄海，愈用愈無窮，

真奇文也。(《騷筏》)

《九歌》共十一首。或曰:《湘君》《湘夫人》共祭一壇,《國殤》《禮魂》共祭一壇,此外一《東皇太乙》,一《雲中君》,一《大司命》,一《少司命》,一《東君》,一《河伯》,一《山鬼》,各一壇。每祭即有樂章,共九祭,故曰「九歌」。或曰《山鬼》《國殤》《禮魂》共爲祭主,而《東皇大乙》《雲中君》《湘君》《湘夫人》《大司命》《少司命》《東君》《河伯》各一祭主,是爲「九歌」。二説皆可採。但古者列國皆祭其山川之神,《山鬼》原以並《河伯》,非山魈也。河伯既有專祀,則山鬼不應降居《國殤》之列。似以前説爲當耳。(《騷筏》)

(清)錢澄之

【屈詁自引】《九歌》只是祀神之詞,原忠君愛國之意隨處感發,不必有心寓託,而自然情見乎詞耳。(《屈詁》)

【九歌】楚祀不經,如河非楚所及,山鬼涉於妖邪,皆不宜祀。屈原仍其名,改爲之詞而黜其祀,故無贊神之語,歌舞之事,則祀神之歌正得九章。(《屈詁》)

至于《九歌》,本楚南祀神之樂章,從而改正之。雖其忠愛之思,時有發見,而謂篇篇皆托興以喻己志者,鑿矣!(《屈詁》)

河非楚所及，而山鬼涉於妖邪，皆不宜祀，屈原仍其名，改爲之詞而黜其祀，故無贊神之語，歌舞之事。則祀神之歌正得九章。（《屈詁》）

（清）王夫之

【九歌題下注】今按逸所言，託以風諫者，不謂必無此情。而云章句雜錯，則盡古今工拙之詞，未有方言此而忽及彼，乖錯瞀亂，可以成章者。熟繹篇中之旨，但以頌其所祠之神，而婉娩纏綿，盡巫與主人之敬慕，舉無叛棄本旨，闌及己冤，但其情貞者其言惻，其志菀者其音悲，則不期白其懷來，而依慕君父、怨悱合離之意致，自溢出而莫圉。（《楚辭通釋》卷二）

按逸言沅湘之交，恐亦非是。《九歌》應亦懷王時作。原時不用，退居漢北，故《湘君》有北征、道洞庭之句。逮後頃襄信讒，徙原於沅湘，則原憂益迫，且將自沈，亦無閒心及此矣。（《楚辭通釋》卷二）

（清）何焯

【屈平離騷經】越人鬼而楚人禨，其俗固然。《漢書·郊祀志》載谷永之言云：「楚懷王隆祭祀，事鬼神，欲以邀福，助却秦軍。」而兵挫地削，身辱國危。則屈子蓋因事以納忠，故寓諷諭之詞，異乎尋常史巫所陳也。（《義門讀書記》卷四八）

（清）林雲銘

【九歌總論】余考《九歌》諸神，悉天地雲日山川正神、國家之所常祀。且河非屬江南境，必無越千餘里外往祭河伯之人，則非沅湘間所信之鬼可知。其中有言迎祭者，有不言迎祭者，有言歌舞者，有不言歌舞者，則非更定其詞托於巫之口尤可知矣。按《九章・惜誦》篇有「蒼天爲正」、「五帝折中」、「六神嚮服」、「山川備御」等語，總因竭忠被斥，無所控訴，不得已求之於神，冀有以自白其心。且多不遇，尤覺悲慘。若《湘君》《湘夫人》二篇，即《離騷》求有娀、二姚之意。初未嘗爲男主事陰神分門別類。是迎神則原自迎，祭神則原自祭，歌舞或召巫歌舞。其詞其意，乃《九章》之變調，非他人祀神者所能取朝。諷諫不諷諫，時黨人環侍君側，總亦未必能上達也。萬斛血淚，九曲熱腸，搶地難通，呼天不應，又豈隨意致情、感懷漫興之什所能似乎？至於《九歌》之數，至《山鬼》已滿，《國殤》《禮魂》似多二作。五臣云「九者陽數之極，取簫韶九成之義」，涉於附會荒唐。姚寬謂如《七啓》《七發》之類，不論篇數，但《九章》又恰符其數，亦非確論。蓋《山鬼》與正神不同，《國殤》《禮魂》乃人之新死爲鬼者，物以類聚，雖三篇，實止一篇，合前共得九，不必深文可也。（《楚辭燈》卷二）

（清）毛奇齡

【九懷詞序】昔屈原放於江潭，見楚南之邑，其俗好祠，而善爲哀歌。每祠，必師巫男女婆娑，引聲歌神絃諸曲，以悦於神，而其詞鄙俚。原乃作《九歌》十一章，變其詞，大抵皆憂愁幽思，中心靡煩而無所發，不得已託兹神絃哀彈之，以攄其抑紆之情。其聲橙橙，聽者生故居之思焉。（《西河文集》卷一二九）

（清）徐焕龍

【楚辭洗髓】《九歌》篇十一者，《國殤》《禮魂》特附《九歌》之後，不在九數之中。（《楚辭洗髓》）

（明）王邦采

【九歌箋略】

楚俗沅湘之間，信鬼而好祀，屈子既放，見其樂章多俚鄙，因更定之作《九歌》之曲，曰九而篇十一。昔人謂如《七啓》《七發》，以數名篇，非以歌名篇也，説恐不然。《九章》是九篇，《九辯》是九篇，何獨於《九歌》而異之？當是《湘君》《湘夫人》只作一歌，《大司命》《少司命》只作一歌，則《九歌》仍是九篇耳。或以九爲陽數之極，自謂否極，取爲歌名，又謂取「簫韶九成」之義，皆臆見也。至有以《國殤》《禮魂》無所繫屬，特附《九歌》之後，不在九數之中，或又欲合《山鬼》《國殤》《禮魂》爲一篇，尤爲謬妄。

《離騷》大篇，屈子於君臣之際，言之詳矣。《九歌》特祀神之樂章耳，自王氏《章句》以「上陳事神之敬，下見己之冤，結託以風諫」爲解，後人因之輒以君臣牽合。至《山鬼》篇亦明知義之難通，遂謂以人況君，鬼喻己，而爲鬼媚人之語。試思屈子何等鐵心石腸，一遭擯斥，遂作爾許醜態？正如讀老杜詩，其愛君憂國之念，何嘗不時時流露於篇章，若字字强爲牽合，滿紙葛藤矣，讀《九歌》何獨不然。徐友雲氏有言曰：「《九歌》非《離騷》諸篇，比諸篇自寫憂思，無不可以寓言。《九歌》神將聽之，而專以鳴其不平，是即慢神。」三閭未必出此，但忠愛血腸，遭讒放廢，出口便多哀怨，似言言寓慨耳。不然《東皇》《雲中》篇何又絶無感慨邪，斯言得之矣。（《屈子雜文箋略》）

（清）李光地

【九歌注後叙】舊説：「楚國南郢之邑，沅湘之間，其俗信鬼而好祠，其祠必作樂歌舞以樂諸神，屈原既放，竄伏其域，懷抱憂思。出見俗人祭祀之禮、歌舞之樂，蓋有鄙俚媟褻而無文者，因作《九歌》之曲。」王逸之序云爾。然其所釋原意，參錯傅會，言不中倫者多矣，辯證一一正之。自《太乙》以下，皆以事神之恭，況已事君之敬，以神人之接之闊，喻君臣之交之難。惟《山鬼》一章，乃以鬼自比，而人則君也，以此意讀之，大義則得矣。愚觀屈子，蓋蠻荆之一人，北方學者，未能或之先也。《離騷》之篇，陳古義，剴治道，三代名臣何以加兹。至所託言取類，上自象曜風霆雲雨，下迄地域山川，中錯人倫族氏、草木禽鳥之芬芳靈鷙，與易象稱名風雅與物無異。自説文者乖舛，於是有引喻失義，放言無章者，非屈氏意也。推是以類《九歌》，則《離騷》之外篇爾。故天神尊上，則以喻君。司命爲太乙之佐，湘君河伯，非天神之倫，則以喻臣。〔……〕玩其辭，濳其義，凡莊重嚴肅禮樂威儀備者，君之族也。凡投贈親昵，遊從驩宴者，臣之族也。中寓怨悱之離憂，而亦不失其尊卑之體，輕重淺深久近之序。嗚呼！以意逆志，斯爲得之矣。《騷》言高女、下女、佚女，卒乃寓意於少康者，尤於湘神、東君見之。是時襄既繼位，讒佞高張，無改於昔。原之拳拳猶如此，蓋無日不幸其君臣之一悟，邦家之再興也。若言之而以爲怨舊君，懷昔懟，原方悲其西羈之不暇，怨懟奚施焉！〔……〕按《九章》止九篇，則《九歌》疑亦當盡於此。其辭所寄託，皆感遇抒憂，信一時之作也。後兩篇或無所繫屬，而以附之者。（《九歌注》）

（清）顧成天

【九歌解自序】唯《九歌》爲事神之詞，舊本於本題之下，俱有「祠」字，後人去之。雖瑰璚縹緲，不可方物，而實皆照題抒意，非即意命題。如太一爲神之最尊，其文體則莊而不逸、麗而不流，但陳佩設歌舞之盛而已，不敢旁溢也。《雲中君》與《東君》稍殺焉。兩司命與人關切，則重寄其情矣。唯《河伯》《越祀，而《山鬼》卑微，少涉于諧。《國殤》稱其武勇，《禮魂》頌其馨香。何嘗有一篇不切題者？而舊説但以不合於神爲不合于君，總以隱寓忠愛四字了之。他篇猶可，至于《湘君》《湘夫人》兩篇，誤解爲《離騷》求女之意，并爲一談，牢不可破，孰知《離騷》求女，一則爲懷王之惑鄭袖，再則爲懷王之迎婦于秦，三則爲頃襄之迎婦於秦，第眩亂其辭，以隱其意耳，未嘗以求女比思君也。況此事神而非寓言之比，豈有典册所載，皇皇聖配，而敢于狎侮若沿襲之解云云？古今天壤，無此文章也。（《楚辭九歌解》）

（清）陳遠新

【九歌題下注】歌以祀神也。有常祀者，《東皇太一》也。有因事而祀者，《雲中君》以下是也。舊注不分歌之之人與所歌情事，如説《詩》無柄，無由得其辭旨所存。（《屈子説志》卷二）

（清）屈復

【九歌序】詩有寄托，非比賦興也。漢張衡《定情》、班婕妤《團扇》、曹植、王粲《三良》、樂府《去婦詞》、六朝《子夜》等歌、唐宮詞《閨情》《無題》《古意》、上而《毛詩》之《有女同車》諸什，朱晦翁所謂「淫奔」之類者。或君臣朋友間，言不能盡，借酒杯澆塊壘，言在此而意實在彼，隱乎字句之中，躍乎字句之外，千載下令人思而得之。無論賦比興俱可以寄托，而寄托非賦比興也。三閭《九歌》，即楚俗祀神之樂，發我性情，篇篇祀神而眷戀君國之意存焉。若云某神比君，某神比臣，作者固未嘗一字明及之，是在讀者心領神會耳。然則《九歌》也，楚之通國皆可奏，以娱神者也，必謂一人作之，惟一人奏之，則毛《詩》以至漢魏三唐，皆作者一人獨奏乎？夫人而可奏也，何也？寄托也，非比也，隱乎字句之中，而躍乎字句之外也。後之君子其讀《九歌》，也必有不河漢予言者。（《楚辭新注》卷二）

此篇以神之尊卑爲叙次，今二氏水陸道場，諸神合享，鬼王另標一幡，即《山鬼》立表之義。至夕施食，《國殤》亦在焉。楚俗分合未可知。大小《司命》《東君》，似不宜在《湘君》《湘夫人》後。然觀篇終會鼓傳芭，三閭之作，則合祀也。夫借酒杯澆礧塊，落墨於有章有句之中，致情於無形無聲之外，是在讀者心會别解耳。分合次序，抑亦末矣。（《楚辭新注》卷二）

（清）夏大霖

【九歌序】首章《東皇太一》，誠致而神歆，凡君明臣良、虞廷喜起之象也。次君曰「雲中」，則受蔽者矣。誠致而神不歆，比君之昏蔽，致太息勞心，似三仁憂國之時矣。先舉一明一昏以爲鑑，乃全文總冒也。次落入本題，皆楚國之神，湘君比懷王，湘夫人比鄭袖也。湘君女婦，何以比王？曰君貴陽明，惟婦言是聽，是亦女婦矣。君夫人者，寡小君也，比鄭袖爲顯。不行夷猶，北渚眇眇，何異雲中之舉乎？遺下女而不得至，將以遺遠者，亦已焉矣。不得已則猶有告，天命可委棄乎？民豈可不念乎？夫秉彝物，則此有生之理，人之大司命也。愛養休息，此君人之道，民之少司命也。顧明命至而受者全而歸，動與天遊，乃不負大司命矣。念民岩則是非不回，信賢有卒，而加祓濯，以秉太阿，乃不愧乎少司命矣。能如是，此惟明也。與日齊光，爲賦《東君》可也。不如是，厥惟濁也。下流惡歸，爲賦《河伯》可也。君至於濁而世有人道也哉！姦回罔魎，山鬼類耳。使鬼若人，揚揚得志，將人入山，不得見天。至於此時，謂君當思我，猶未必然。我枉思君，亦復何濟？所可悲者，内治不修，外侮日至，乃驅武勇之良民，効死於鋒鏑。哀哀國殤，可勝弔哉！念當此時，苟得《禮魂》於牖下，是全要領，亦云慶矣。此《九歌》寓言託比之大意如此。（《屈騷心印》卷二）

【九歌】《九歌》一十一篇，總叙曰「篇」目之，陰陽鬼神，皆託比之寓言也。合一十一篇，總名爲《九歌》，原是一篇。朱子原本右文詞而左篇目，如界《學》《庸》章法，黄本亦然。是古本原合爲一篇，可想而知也。（《屈騷心印箋注》卷二）

（清）劉夢鵬

【九歌序】託於歌咏，賦比興以道達己志。《東皇太一》，表忠愛之情也。《東君》，致必讎之旨也。《雲中君》，思賢達之遇也。《湘君》，告語同志，待時後圖也。《司命》，諷喻朝賢，悲所志之不酬，或冀倖於萬一也。《河伯》，傷寥寂也。《山鬼》，遺所思也。《國殤》，痛楚兵挫，哀死事，語慎戎也。《禮魂》，諷隆禋祀，和神人也。其詞婉，其意曲，怨而不怒，思而不淫，二雅之變音乎？（《屈子楚辭章句》卷二）

（清）蔣驥

【九歌序】本祭祀侑神樂歌，因以寓其忠君愛國、眷戀不忘之意，故附之《離騷》。或云楚俗舊有辭，原更定之，未知其然否也。總十一篇，而目爲九，説見餘論。（《山帶閣注楚辭》卷二）

【九歌論】

《九歌》本十一章，其言九者，蓋以神之類有九而名。兩司命，類也；湘君與夫人，亦類也。神之同類者，所祭之時與地亦同，故其歌合言之。此家三兄紹孟之説。

《九歌》不知作於何時，其爲數十一篇，或亦未必同時所作也。「二湘」言湖湘沅澧，與《東君》

言扶桑、《河伯》言崑崙、《山鬼》言山阿同指，各就神所居以立言。《外傳》謂《九歌》作於湘陰之玉笥山，亦臆説也。然《大司命》曰「老冉冉兮既極」，《山鬼》曰「歲既晏兮孰華予」，其亦暮年所爲歟。

朱子論《九歌》，謂以事神不答而不忘其敬，比事君不答而不忘其忠，斯言誤矣。夫祭以享神，歌以侑之，知神之不答，不如無祭。且既不答矣，奚所侑而歌焉，終日陳牲俎、張樂歌，而嘵嘵述神之不見答，於義安取乎？今詳體諸篇，《東皇》曰「穆將愉兮上皇」，《雲中君》曰「謇將憺兮壽宮」，《湘君》曰「邅吾道兮洞庭」，《湘夫人》曰「將騰駕兮偕逝」，《大司命》曰「靈衣兮被被」，《少司命》曰「忽獨與余兮目成」，《東君》曰「長太息兮將上」，《河伯》曰「與女游兮河之渚」，《山鬼》曰「東風飄飄兮神靈雨」。苟有所祭，未嘗不答也，惟於離合遲速之際多感慨焉。蓋《九歌》之作，專主祀神，祀神之道，樂以迎來，哀以送往。欲其來速，斯愈覺其遲，欲其去遲，斯愈覺其速，固祭者之常情也。作者於君臣之難合易離，獨有深感，故其辭尤激云耳，夫豈特爲君臣而作哉？今欲牽附於事君不答之意，而並所祀之神，皆以爲不見答，其於作歌之旨殊背。且原之事君，亦非未嘗見答者也。當其圖議國事，應對諸侯，所以任之者甚至，特其交不終耳。概以事而不答目之，於主客之意，均無所當，而訓詁亦多失實者，余故特著之。或謂《九歌》本非以祀神，特假題以寓意，然則《東皇》《國殤》《禮魂》無意可寓者，又安屬也？

《九歌》之托意君臣，在隱躍即離之際。蓋屬目無形者，或見其意之所存，況覩其形之似者乎？有觸而發固其理也，必欲句櫛字比以求合之，則刓方爲圓矣。

《九歌》凡言靈者皆指神，無所謂巫者。靈保，猶言神保，謂尸也。舊註於「皇皇既降」與「如雲蔽日」之靈，則以爲神，於「偃蹇連蜷」之靈，則指爲巫，説已謬矣。又《九歌》皆主祭者與神酬酢之辭，今獨以《少司命》《河伯》爲卑，而爲巫言以接之。又以《山鬼》爲賤，而通體皆設爲鬼語，篇中本無明文，不知誰爲分別耶？且《少司命》《河伯》之屬，豈更卑於祭者而不屑與之接耶？《國殤》《禮魂》其卑抑甚，又將指爲誰之言耶？凡釋文以徑淨爲主，而乃自生轇轕，甚無謂也。

《少司命》「望美人兮未來」，《河伯》「送美人兮南浦」，美人皆指神言。《集註》誤泥美人謂男悦女之辭，因設爲女巫以當之。而以望與送皆屬之神，不知《詩》云「誰侜予美」，又曰「予美亡此」，美人固男女相悦之通稱也。《離騷》之「美人遲暮」，《九章》之《思美人》，《集註》固明言其託意於君矣，獨不可託意於神乎？謂巫以美人自稱，既爲非禮。且神自輕別，而更怨人之不來，歌以送神，而反説神之送已，其爲乖謬，豈俟辨哉！

「撫長劍兮玉珥，璆鏘鳴兮琳琅」，「浴蘭湯兮沐芳，華采衣兮若英」，皆指如在之神言，與「靈衣兮披披，玉佩兮陸離」，「荷衣兮蕙帶」，「聳長劍兮擁幼艾」諸語，大略相似，舊註皆指人言。夫盛服承祭，本禮之常，何足多詡。况祀神撫劍，又未之前聞乎，且同是容飾耳，一以爲祭者（《集註》釋撫劍），一以爲巫（《集註》釋浴蘭），又誰爲別之也。

北極五星，天樞紐星最爲近北，舊説皆從南起數。故以紐星爲第五星，而以近南赤明者爲第二星，爲帝王，名曰太一之座。又以勾陳口中一星爲天皇大帝，其神爲耀魄寶。《宋中興天文志》援孔子居所不動之義辨之，以爲天無二帝。北極從北起數，天樞爲第一星，爲帝王，爲天皇大帝，爲耀魄寶。而赤明者爲第四星，爲太子。勾陳口中星爲大帝之座，其説最爲近理。然則所謂太一者，殆即天樞不動之星，實爲天皇大帝者歟。一説，天乙南有太一星，主使十六神，承事天皇大帝者也。

古人選日，干支不必兼舉，觀《月令》元日元辰分見可知，曰吉日，又曰辰良，則干支雙美，慎重之至也。

撫劍佩玉，狀其飾也；偃蹇姣服，狀其態也；欣欣樂康，狀其情也，語相因爲淺深。

獐性善驚，故曰章皇。揚子雲《羽獵賦》「章皇周流」，《論衡·道虚篇》「周章遠方」，左太冲《吴都賦》「周章夷猶」，東魏杜輔立《移梁檄》「周章向背」，《説文》「睢睢」，「視周章貌」，皆匆遽不定之意。

雲神之降，在「既留」句，雲神之欲去，已見「周章」句，「靈皇皇兮既降」，乃於去後追述之。《九歌》皆以神之去留不測爲言，而序雲神尤極絢爛飄忽，蓋狀雲之辭也。家世父弱六先生云：明明既降，何遠舉之速，幾並既降都似可疑。遂令前文盡成恍惚，真思入風雲語。世父《翠縷居説騷》，識解多出人意表，但專主評文，故未及纂録。

辨舜葬事，後人異議頗多。主南巡者，鳴條紀市，皆以爲南方。（高誘《吕春秋》註：九疑山下，亦有紀邑。鄭康成《檀弓》註：鳴條，南巡地。）辨其非者，蒼梧九疑，皆指爲北地。（沈休文《竹書》註：海州鳴條有蒼梧山。徐文長《青藤路史》云：今萊州府之膠州也。又云：九疑在臨晉縣北二十里，與鳴條皆在平陽府。方密之《通雅》云：嗚條在贛榆縣，有蒼梧山。）然揆之於理，証之孟子東夷之説，則南巡之言，固不足信。而湘江淚竹，皆附會之談也，二妃死葬江湘，説本秦博士，王叔師以湘君爲水神，夫人爲二妃。韓退之以湘君爲娥皇，夫人爲女英。羅願《爾雅翼》以湘君爲神奇相，二女死後之配，夫人即二女，二篇乃相贈答之辭。（按《廣雅》，江神謂之奇相，郭璞《江賦》：「奇相得道而宅神，乃協靈爽於湘娥。」羅語似本此。然攷《蜀檮杌》云：奇相，震蒙氏女，竊黄帝玄珠，泛江而死，爲神。則奇相亦女子也，所謂協靈，第言均有神靈耳。羅乃突生嫚語，愚悖甚矣。）皆主其説者也，而韓説爲勝。郭景純以湘君、夫人爲天帝二女，羅長源以湘之二女爲舜女霄明、燭光。而湘君、夫人，又别爲水神，顧寧人以爲水神之后及妃。王薑齋以湘君爲水神，夫人爲水神之妻，皆辨其非者也。而王説似優，然王氏釋將以遺兮下女，謂湘君采芳以貽下土之人，則又迂滯難通，決非屈原之旨也。戰國時異説多矣，屈子固非經生以攷据爲事者，「濟沅湘以南征，就重華而陳辭」，不以舜葬爲非，庸知不以從死爲是乎？然則謂二妃果爲湘神，與謂屈子之必不以二妃爲湘神，皆膠柱之見也。九嶷並迎，非無所指者，今詳文意，仍用韓解焉。

「吹參差」，指湘君言，「誰思」與「誰留」，「誰」須同義。舊以參差爲主祭者自吹，則誰思字宜其迂曲難通也。王子年《拾遺記》云：「洞庭山金堂數百間，帝女居之，匏管之清音，徹於山杪。」語雖近誣，然有以知其所自來矣。

湘君以「飛龍」、「桂舟」對言。駕龍者神也，飛龍翩翩，蒙此而言。乘舟者人也，蓀橈桂櫂，蒙此而言，或以飛龍爲人駕者，誤。林氏知駕龍爲湘君矣，然以北征爲他往，又誤也。《離騷》「剡剡揚靈」，因巫咸之降而言也，如神已他往，下文何靈之可揚乎？且《九歌》無不降之神，使湘君絶不來祭所，則無恩與交可言，又何云不忠輕絶耶？《博物志》曰：「洞庭君山，帝二女居之，曰湘夫人。」夫山以帝女而名，意必建祠於上，而人於此祠之。洞庭在沅湘之北，故神降有北征之言耳，王薑齋因此謂祀神者爲漢北之人，而証原《九歌》皆退居漢北所作，又刻舟之見也。

「邅吾道兮洞庭」，邅字小頓，與「來吾道夫先路」句法相似。

「薜荔拍」，或解拍爲舟肩板，按薜荔緣物蔓生，質幹輕微，非可爲板者。觀《湘夫人》罔以爲帷，《山鬼》被以爲服，應從衣飾解明甚。

「望涔陽兮極浦」，按《水經註》，澧水入作唐縣，左合涔水，涔水出西天門郡，南流逕涔評屯，溉田數千頃，又東南流注澧水，作唐今澧州安鄉縣。又《岳州府志》：涔水在澧州北七十里，會澧水入洞庭，唐盧子發詩所謂「君夢涔陽月，中秋憶棹歌」也。又《怨録》楚王子《質秦歌》亦有「洞庭木秋，涔陽草衰」之句。洪註「澧州，涔陽浦是已」，又引《水經》「云涔水出漢中，南縣南入於沔」，此自漢中之涔，與此何涉，而自謬其説乎！王薑齋欲附漢北之説，乃云涔水在漢北，入漢合江，亦隔墻語。

「弭節」、「北渚」，即後帝子所降之處，蓋猶眷戀不釋於江邊也，作歸休解，誤。

舊解「麋何爲」二語，謂麋不在山而在庭中，蛟不在淵而在水裔，皆失所宜。與「鳥何萃」二語，大略相同，複直無味。下文「佳人召予」，亦嫌突接。且麋鹿固園囿馴畜之物，而蛟在水際，尤理之常，安得比而同之。

《集註》以《周禮》疏兩司命之説，因以大司命爲上台，少司命爲文昌第四星。然按《隋志》，虛北二星亦曰司命，主舉過行罰，滅不祥，故在六宗之祀。則司命非徒有兩而已，《集註》言近鑿空。

「九阬」，《集註》据《周禮》「九州之山鎮」言，然《周禮》初無九阬之明文，似亦未足據。且前廣開天門，但言司命之下，而無端又增一帝，又時方致祭而，以司命從帝遠適爲辭，於義俱不可通，「靈衣被被」，又何來之突也。

舊説「無虧」，謂保守志行，無損缺也。語雖正而近腐，且「若今」二字，亦似贅疣。

《少司命》云「夫人兮自有美子」，羅願遂謂少司命主人子孫，傅會蘭爲生子之祥，蕪爲無子之藥，蓀爲子孫之義，嘗與三兄讀而笑之。三兄因扣予少司命所主，予曰：「大司命主壽，故以壽夭壯老爲言。少司命主緣，故以男女離合爲説，殆月老之類也。夫君臣遇合之間，其緣亦大矣，故於此三致意云，一時爲之破顏。」此雖謔詞，然《離騷》《九章》屢寄慨於媒理，或亦未必無當也。

蓀者，美辭，未有自稱者。且《少司命》「蓀」字兩見，一以自稱，一以稱神，可乎？

《家語》：孔子聞哭聲甚悲，顏子曰：「此非但爲死者而已，又有生離別焉。」「悲莫悲兮生別離」，蓋用其語。杜詩「死別已吞聲，生別常惻惻」，其註脚也。一説「生」，謂生熟之生，言未及相熟而先別也，與杜詩「暮婚晨告別，無乃太匆忙」意同，對新相知似較警切。

「與女遊兮」四語皆未來而預擬之，猶《小雅》「之子於狩」一章之意。

《九歌》無合而不離者，非獨迎神送神，祭禮固然，亦因以寓其意也。《集註》釋《少司命》於神去後復爲言以招人，已失文體。其釋末章之「擁幼艾」即指所招之美人言，則是合而不復離也，豈被放設詞之本意乎？況通體既爲巫言，而末忽爲衆人之辭，何義例之緐也。（《山帶閣注楚辭》餘論卷上）

（清）戴震

【九歌序】《九歌》，遷於江南所作也。昭誠敬，作《東皇太一》；懷幽思，作《雲中君》，蓋以況事君精忠也。致怨慕，作《湘君》《湘夫人》，以己之棄於人世，猶巫之致神，而神不顧也。正於天，作《大司命》《少司命》，皆言神之正直，而惓惓欲親之也。懷王入秦不反，而頃襄繼世，作《東君》，末言狼狐，秦之占星也，其辭有報秦之心焉。從河伯水遊，作《河伯》。與魑魅爲群，作《山鬼》。閔戰爭之不已，作《國殤》。恐常祀之或絶，作《禮魂》。（《屈原賦注》卷二）

（清）于光華

【楚辭題下注】補注：《九歌》十一首，名九者，取「簫韶九成」，「啓九辯九歌」之義。（《重訂文選集評》卷八）

（清）江中時

【作九歌】屈子不得於君臣朋友之際，情之窮矣。窮而無所之，則獨物寄情而《九歌》作焉。其中有言祭者，

有不言祭者，或更定其詞，或爲自言其意。莊言婉語，要皆情之不能自已。故宜外篇讀之，言外以會之。（《楚騷心解》卷二）

（清）陳本禮

【九歌發明】《九歌》皆楚俗巫覡歌舞祀神之樂曲。《周禮·春官·司巫》：「掌巫之政令，男曰覡，女曰巫。」楚以巫祀神，亦從周舊典。特其詞句鄙俚，故屈子另撰新曲。然義多感諷。後人不深求其故，漫曰楚俗信鬼好祀。而谷永又謂懷王隆祭祀，事鬼神，欲以邀福，助却秦軍。似皆妄擬之詞。愚按《九歌》之樂，有男巫歌者，有女巫歌者，有巫覡並舞而歌者，有一巫倡而衆巫和者。激楚揚阿，聲音淒楚，所以能動人而感神也。鄭康成曰：「有歌者，有哭者，冀以悲哀感神靈也。」讀《九歌》者不可以不辨。（《屈辭精義》卷五）

（清）葉樹藩

【九歌題下注】藩按：隋《地理志》：「荆州率敬鬼，尤重祠祀之事。」昔屈原爲制《九歌》，蓋由此也。洪興祖《補注》「《九歌》十一首。名九者，取『簫韶九成』」，「啓九辨九歌之義」。沈亞之《屈原外傳》：「原嘗遊沅湘，俗好祀，必作樂歌以樂神，詞甚俚。原因棲玉笥山作《九歌》，至《山鬼》篇成，四山忽啾啾若啼嘯，聲聞十里外，草木莫不萎死。」（《文選》卷三二）

（清）張雲璈

【九歌題下注】《瀹注》云：「舊注謂楚俗信鬼，其祝辭鄙陋，故更作《九歌》。王逸謂屈子特修祭以宴天神。二説皆非。此是楚祀典而屈子更定之，如後世樂府之類，或稱享神禮樂之盛，或道神自相贈答之辭，或直道自己意興。其意與君臣諷諫之説全不相關。注家多以致意楚王言之，不免支離矣。」雲璈按，《瀹注》即舊注祝辭鄙陋更作之意，其説近似有理。陳季立謂：「《東皇太一》篇有玉瑱、瓊芳、肴烝、桂酒之文，而《東君》篇亦有鳴篪、吹竽、展詩、會武之語，頗似享神，其餘絶不見祭祀之意。」亦泥。又《西溪叢語》云：「《離騷》《九歌》，章句名曰九，而載十一篇者，何也？曰九以數名，如《七啓》《七發》，非以其章名。」或云：「《國殤》《禮魂》不在數，若除《國殤》《禮魂》只二十三篇。」韓文公云：「屈原離騷二十五。」王逸云：「《漁父》以上二十五。」合《國殤》《禮魂》也。劉淵林注《魏都賦》引《九章》之辭曰：「蓺也必獨立。」引《卜居》之辭曰：「横江潭而漁。」今閲二篇又無此句，信有闕文。淵林出漢後，何爲獨見全書也？雲璈按，《卜居》首尾完善，未見其闕。《魏都賦》注引《九章》「蓺也」，必獨立引《橘頌》「蘇世獨立」，以注賦之「非蘇世而居」正句，「蘇世」二字譌爲「蓺也」，又衍一必字，非《九章》有闕文也。觀注下文又引王逸注「蘇，寤也」，自明或横江潭而漁。揚子《解嘲》中有之，孟陽《魏都注》實是誤記，子雲之文爲屈子之語，似未可據此以疑《楚辭》也。（《選學膠言》卷十四）

（清）胡濬源

【楚辭新注求確凡例】《九歌》明明末篇點出女倡傳芭代舞，而注家偏忽之，竟作祭祀樂章解，絶不認是何人語氣，遂致褻侮神靈，毁滅文理，有壞風教，大不通矣。不知古者祭祀用樂歌，則工及瞽矇職之，舞則伶人國子任之。女巫惟舞雩及大烖歌哭而請耳。豈有傳芭代舞，爲典禮乎？楚雖蠻邦，《左傳》令尹子元欲蠱文夫人，振萬於王宫側，夫人聞之，泣曰：「先君以是舞也，習戎備也。」春秋已然，不應至戰國而此風遂改。（《楚辭新注求確》）

玩末章「姱女倡」句，自知女倡即巫。若朝廷典禮，當有工祝，不當任之女巫。蓋女巫媚神，自上古歷夏商以來，久已成俗。《商書·伊訓》曰：「敢有恒舞于宫，酣歌于室，時謂巫風。」周初大姬封陳，好巫覡歌舞，其民化之，故陳有《宛丘》之章，其風只在民間，不惟楚沅湘。而沅湘尤甚且鄙，屈子特借其詞文之寄意耳。大要謂巫風足以亡國，因之感觸。（《楚辭新注求確》）

（清）劉熙載

【詩概】《九歌》，樂府之先聲也。《湘君》《湘夫人》是南音，《河伯》是北音，即設色選聲處可以辨之。（《藝概》卷二）

【賦概】《楚辭・九歌》，兩言以蔽之，曰：樂以迎來，哀以送往。（《藝概》卷三）

屈子《九歌》，如《雲中君》之「猋舉」，《湘君》之「夷猶」，《山鬼》之「窈窕」，《國殤》之「雄毅」，其擅長得力處，已分明一一自道矣。（《藝概》卷三）

（清）馬其昶

【九歌題下注】何焯曰，《漢志》載谷永之言云：「楚懷王隆祭祀，事鬼神，欲以邀福，助却秦軍，而兵挫地削，身辱國危。」則屈子蓋因事以納忠，故寓諷諫之詞，異乎尋常史巫所陳也。其昶案，懷王既隆祭祀、事鬼神，則《九歌》之作必原承懷王命而作也。推其時當在《離騷》前。史稱原博聞彊志，明治亂，嫻辭令。懷王使原造憲令，上官大夫讒之王曰：「每一令出，原曰非我莫能爲。」雖非其實，然當時爲文要無出原右者，彼懷王撰詞告神，舍原其誰屬哉？案懷王十一年爲從長，攻秦。十六年絶齊和秦。旋以怒張儀故，復攻秦，大敗於丹陽，又敗於藍田。吾意懷王事神欲以助卻秦軍，在此時矣。（《屈賦微》卷上）

東皇太一

（宋）洪興祖

【東皇太一題解】《漢書·郊祀志》云：「天神，貴者太一。太一佐曰五帝。古者天子以春秋祭太一東南郊。」《天文志》曰：「中宫天極星，其一明者，太一常居也。」《淮南子》曰：「太微者，太一之庭；紫宫者，太一之居。說者曰：太一，天之尊神，曜魄寶也。」《天文大象賦》注云：「天皇大帝一星在紫微宫内，勾陳口中。其神曰曜魄寶，主御群靈，秉萬機神圖也。其星隱而不見。其占以見則爲災也。又曰：太一一星，次天一南，天帝之臣也。主使十六龍，知風雨、水旱、兵革、饑饉、疾疫。占不明反移爲災。」（《楚辭補注》卷二）

此章以東皇喻君。言人臣陳德義禮樂以事上，則其君樂康無憂患也。（《楚辭補注》卷二）

（宋）朱熹

【東皇太一序】此篇言其竭誠盡禮以事神，而願神之欣説安寧，以寄人臣盡忠竭力，愛君無已之意，所謂全篇

之比也。（《楚辭集注》卷二）

【論東皇太一雲中君】《東皇太一》，舊説以爲原意謂人盡心以事神則神惠以福，今竭忠以事君而君不見信，故爲此以自傷。《補注》又謂此言人臣陳德義禮樂以事上，則上無憂患。《雲中君》，舊説以爲事神已訖，復念懷王不明，而太息憂勞。《補注》又謂以雲神喻君德，而懷王不能故心以爲憂，皆外增贅説以害全篇之大指，曲生碎義以亂本文之正意。且其目君，不亦太迫矣乎！（《楚辭集注·楚辭辯證上》）

（明）汪瑗

【東皇太一序】東皇太一者，天之尊神也。《漢書》曰：「天神貴者太一，古者天子以春秋祭太一東南郊。」又曰：「中宫天極星，其一明者，太一常居也。」《淮南子》曰：「太微者，太一之庭也。紫宫者，太一之居也。」瑗按：二説所云，則太一之神爲最貴。余嘗求其義而不得也。《列子》曰：「太一者，數之始也。」則所謂太一，猶太極云耳。兩儀四象，生生不已，皆起於太極；十百千萬，推衍無窮，皆始於太一。太一者，其造化之權輿乎？故爲天神之至尊至貴也。又曰：「東皇太一者，古人以東爲上，故篇内稱上皇。天地之氣始於東，天地之數始於一。既曰東皇，又曰太一。言之重，詞之復，侈極徽號，以贊其天神之至尊至貴者也。」舊説以爲祠在楚東，以配東帝，故云東皇。非也。（《楚辭集解》九歌卷）

【東皇太一後評】按此乃祭天之禮，楚國之典也，非民間之俗也。舊説以爲楚俗信鬼而好祀，失之遠矣。如後祭雲、祭日、祭山河、國殤之類，豈可謂民間之俗乎？或曰祭天者，天子之事也，楚王安得而祭之？曰：舞八佾以雍徹、旅泰山，其僭亂之事已紛紛於春秋之際矣，其所從來也久矣。又況戰國之世乎！屈子此篇亦但言其享神以誠敬之道，而無暇於他及也。（《楚辭集解》九歌卷）

（明）張鳳翼

【楚辭題解】每篇之目皆楚神。太一，星名，祠在楚東，以配東帝，故云東皇。自此至少司命皆寓意以神喻君，巫喻臣也。（《文選纂注》卷七）

（明）孫鑛

【東皇太一題上眉批】全首從「愉上皇」説，中間鋪叙，而以「康樂」結之，用意在此。意莊而詞綺，甚佳。（《文選瀹註》卷三二）

（明）陸時雍

【讀楚辭語】《東皇太一》《雲中君》似疏星滴雨，寥落希微，正其情境雅合，着一麗語不得，着一穠語不得。（《楚辭疏·讀楚辭語》）

（明）李陳玉

【東皇太一題解】太一天之尊神，祠在楚東，以配東帝，故云。太一之佐五帝，故稱太一爲上皇。紫微宫中天極星，其一明者，即太一嘗居。（《楚詞箋注》卷二）

【東皇太一題下注】此章分兩段。自吉日兮到琳瑯四句，言東皇太一容貌、劍佩之尊嚴。自瑶席句至末，言迎神宴舞之樂。（《楚詞箋注》卷二）

（明）賀貽孫

【騷筏】東皇大乙，尊神也。《九歌》中獨有此章詞意莊重，蓋尊神之前不敢以褻語進之也。「穆將愉兮上皇」，深静可想，於玄元無朕之中有顰笑不假之意。「偃蹇」二字，描寫尊神欲降不降之狀，如將見之。「芳菲菲兮滿堂」，則滿眼鬼神，不獨有形可見，且有氣可接矣。（《騷筏》）

（清）吴喬

【圍爐詩話】蹉對者，如《九歌》之「蕙肴蒸兮蘭藉，奠桂酒兮椒漿」，以「蕙肴蒸」對「奠桂酒」是也。（《圍爐詩話》卷一）

（明）錢澄之

【東皇太一題下注】詁曰：太一之佐五帝，始分五方，而太一不可分方。其曰東皇太乙，楚俗之陋也。屈子開章即稱上皇以正之，此亦其更定之一端矣。（《屈詁》）

（明）王夫之

【東皇太一題下注】舊説中宫太極星，其一明者太一，則鄭康成《禮注》所謂「耀魄寶」也。然太一在紫微中宫，而此言東皇，恐其説非是。按《九歌》皆楚俗所祠，不合於祀典，未可以禮證之。（《楚辭通釋》卷二）

（清）賀寬

【東皇太乙題解】太乙，天之尊神，祠在楚東，以配東帝，故曰東皇。《漢書·郊祀志》：「天神貴者太乙，其佐曰五帝，中宫天極星，其一明者，太乙常居也。」《淮南子》：「太微者，太乙之庭。紫宫者，太乙之居。」（《飲騷》卷二）

（清）屈復

【東皇太一序】太一神君，天之尊神，祠在楚東，以配東帝，故云東皇。《漢書》云：「天神貴者太一，太一佐曰五帝，中宫天極星，其一明者，太一常居也。」《淮南子》曰：「大微者，太一之庭。紫宫者，太一之居。」此篇言其竭誠盡敬以迎神，神鑒誠敬，降而欣説，安寧以饗。人臣盡忠竭力，愛君無已。而人君自鑒其誠之意，寄托言外，可想而知也。（《楚辭新注》卷二）

（清）蔣驥

【東皇太一序】《九歌》所祀之神，太一最貴，故作歌者但致其莊敬，而不敢存慕戀怨憶之心，蓋頌體也。亦可知《九歌》之作，非特爲君臣而托以鳴冤者矣。朱子以爲全篇之比，其説亦拘。（《山帶閣注楚辭》卷二）

（清）戴震

【東皇太一題下注】古未有祀太一者，以太一爲神名，殆起於周末。漢武帝因方士之言，立其祠長安東南郊。唐宋祀之尤重。蓋自戰國時奉爲祈福神，其祀最隆。故屈原就當時祀典賦之，非祠神所歌也。《天官書》：「中宫天極星，其一明者，太一常居也。」吕向曰：「祠在楚東，故云東皇。」未聞其審。（《屈原賦注》卷二）

（清）陳本禮

【東皇太乙箋注】箋曰：況此章屈子之用意尤深。蓋以姣巫之樂東皇，喻鄭袖之惑懷王也。故前不著一語迎神，後不著一語送神。突然而起，劃焉而往，爰於《九歌》第一章中即隱寓此意，以待千百後世明眼以一發其覆也。（《屈辭精義》卷五）

（清）張雲璈

【東皇太一題下注】《封禪書》：古者天子以春秋祭太一東南郊，天神之最尊者，故曰東皇太一。亦作太壹，《漢書·藝文志》「太壹兵法一篇」。又作太乙，庾信《遊仙詩》：「玉京傳相鶴，太乙授飛龜。」又作泰壹，《甘泉賦》：「配帝居之縣圃兮，象泰壹之威神。」（《選學膠言》卷十四）

吴闓生

【東皇太一諸家評識】張皋文（惠言）曰：「此言以道承君冀君之樂也。」（《吴評古文辭類篹》卷七二）

雲中君

（宋）洪興祖

【雲中君題解】雲神豐隆也。一曰屏翳。已見《騷經》。《漢書·郊祀志》有雲中君。（《楚辭補注》卷二）

此章以雲神喻君，言君德與日月同明，故能周覽天下，横被六合。而懷王不能如此，故心憂也。（《楚辭補注》卷二）

（宋）朱熹

【雲中君題解】謂雲神也，亦見《漢書·郊祀志》。此篇言神既降而久留，與人親接，故既去而思之不能忘也，足以見臣子慕君之深意矣。（《楚辭集注》卷二）

（明）孫鑛

【雲中君題上眉批】從雲著想，見縹緲之致，一結亦是不忘君之意。（《文選瀹註》卷三二）

（「靈皇皇兮既降」眉批）靈指神言。（《文選瀹註》卷三二）

寫得開闊，正從雲上著想，自妙，全文寫「望之」之意，首尾俱見風姿，秀絶秀絶。（《文選瀹註》卷三二）

（明）蔣之翹

【七十二家評楚辭蔣之翹輯評】〔失名曰〕：雲中君恐以其澤名雲，故指澤中之神爲君，未知是否。（《七十二家評楚辭》卷二）

〔蔣之翹〕曰：屈子作文，不過就題寫去，自覺别有會心。迺洪興祖謂此章以雲神喻君，言君德與日月同明，故能周覽天下，横行四海，而懷王不能，故憂之。此説大是拘腐。（《七十二家評楚辭》卷二）

（明）黄文焕

【東皇太一雲中君異同】前篇以芳備物，懼物之不潔也。此以芳浴身，懼身之不潔也。對越之懷，又加一倍矣。前篇靈之來也姣服，此篇吾之事之亦以采衣，庶可相配乎！（《楚辭聽直》卷四）

（明）李陳玉

【雲中君題解】祀雲神也，見漢《郊祀志》。壽宫，供神之處。（《楚詞箋注》卷三）

【雲中君題下注】此章分兩段。自浴蘭句起至周章句止，言雲中君衣服容貌之美。自靈皇皇句起至末，言雲中君降後便行，舉止軒軒之態。蓋雲神倏忽，故其去來急疾，此善于相體作文者。篇中不復言降神之禮，高甚，脱甚。（《楚詞箋注》卷三）

（明）賀貽孫

【騷筏】各章俱有觖望惆悵、惟恐神不來之意。獨《雲中君》不恨其不來而恨其易去。蓋雲之去來甚疾，不若諸神之難降，但降而不留耳。「翱翔周章」四字，畫出靈之情狀。「雲皇皇兮既降，猋遠舉兮雲中」，出没無端，俊其快甚。「覽冀州兮有餘，横四海兮焉窮」，有俯視天下、滄海一粟之意。高人快士相見時不令人親去，後嘗令人思。「勞心忡忡」，亦雲神去後之思也。（《騷筏》）

（清）徐文靖

【雲中君題下注】《左傳·定四年》：「楚子涉睢濟江入于雲中。」杜注：「入雲夢澤中，是雲中，一楚之巨藪也。」雲中君猶湘君耳。（《管城碩記》卷一四）

（清）屈復

【雲中君序】謂雲神也，亦見《漢書·郊祀志》。此篇言神既降而不久留，故既去而思之，不能忘也，可

以想見臣子慕君之深意矣。（《楚辭新注》卷二）

（清）陳遠新

【雲中君題解】此旱時致祀於神之歌也。故前言人望神之切，後言神思人之勞。（《屈子説志》卷二）

（清）蔣驥

【雲中君序】此篇皆貌雲之辭。（《山帶閣注楚辭》卷二）

（清）戴震

【雲中君題下注】雲師也。《周官·大宗伯》：「以槱燎祀飌師雨師而不及。」雲師殆戰國時有增入祀典者，故屈原得舉其事賦之。漢《郊祀志》：「晉巫，祠五帝、東君、雲中君之屬。」是漢初猶承舊俗，其後不入秩祀。唐天寶五年始祀雷師，至明乃復增雲師之祀。（《屈原賦注》卷二）

（清）于光華

【雲中君題下注】雲神也。名豐隆，一名屏翳。（《重訂文選集評》卷八）

（清）陳本禮

【雲中君箋注】箋曰：甫降倏舉，此借雲以比懷王之狂惑也。（《屈辭精義》卷五）

（清）陳培壽

【楚辭大義述】楚有雲、夢二澤，皆楚之大澤。雲中當爲水神，與湘君、湘夫人、河伯同爲一例。（《楚辭大義述》）

吴闓生

【雲中君諸家評識】張皋文（惠言）曰：「此章言君苟用己，則可以安覽天下，惜此會之不可得也。」（《吴評古文辭類篹》卷七二）

吴至父（汝綸）曰：「此喻始合終離也。日月齊光，龍駕出遊，有隆盛之望矣。忽復遠去，不測其所之，所以『太息』、『勞心』也。」（《吴評古文辭類篹》卷七二）

二　湘

（唐）劉長卿

【湘妃詩序】《山海經》曰：「洞庭之山，帝之二女居之。」郭璞云：「天帝之女，處江爲神，即《列仙傳》所謂江妃二女也。」劉向《列女傳》曰：「帝堯之二女，長曰娥皇，次曰女英，堯以妻舜于嬀汭。舜既爲天子，娥皇爲后，女英爲妃。舜死於蒼梧，二妃死於江湘之間，俗謂之湘君。」《湘中記》曰：「舜之二妃，死爲湘水神，故曰湘妃。」韓愈《黄陵廟碑》曰：「秦博士對始皇帝云：『湘君者，堯之二女舜妃者也。』劉向、鄭元亦皆以二妃爲湘君，而《離騷·九歌》既有湘君，又有湘夫人。王逸以爲湘君者，自其水神，而謂湘夫人，乃二妃。璞與逸俱失也。堯之長女娥皇，爲舜正妃，故曰君。其二女女英，自宜降曰夫人也。故《九歌》謂娥皇爲君，女英爲帝子，各以其盛者推言之也。禮有小君，明其正自得稱君也。」按《琴操》有《湘妃怨》，又有《湘夫人曲》。（《全唐文》卷三四六）

（唐）韓愈

【黄陵廟碑】湘旁有廟曰「黄陵」，自前古以祠堯之二女、舜二妃者。庭有石碑，斷裂分散在地，其文剥缺。考圖記言：「漢荆州牧劉表景升之立，題曰『湘夫人碑』。」今驗其文，乃晉太康九年又題其額曰「虞帝二妃之碑」，非景升立者。秦博士對始皇帝云：「湘君者，堯之二女舜妃者也。」劉向、鄭玄亦皆以二妃爲湘君。而《離騷・九歌》既有湘君，又有湘夫人。王逸之解以爲：「湘君者，自其水神，而謂湘夫人乃二妃也，從舜南征三苗，不反，道死沅、湘之間。」《山海經》曰：「洞庭之山，帝之二女居之。」郭璞疑「二女者，帝舜之后，不當降小君爲其夫人」，因以二女爲天帝之女。以余考之，璞與王逸俱失也。堯之長女娥皇爲舜正妃，故曰君，其二女女英自宜降曰夫人也。故《九歌》辭謂娥皇爲君，謂女英帝子，各以其盛者推言之也。禮有小君君母，明其正，自得稱「君」也。《書》曰「舜陟方乃死」。《傳》謂「舜昇道南方以死」。或又曰：「舜死葬蒼梧，二妃從之不及，溺死沅、湘之間。」余謂《竹書紀年》帝王之没皆曰「陟」。「陟」，昇也，謂昇天也。《書》曰：「殷禮陟配天。」言以道終，其德協天也。《書》紀舜之没云「陟」者，與《竹書》《周書》同文也。其下言方乃死者，所以釋「陟」爲死也。地之勢，東南下，如言舜南巡而死，宜言下方，不得言「陟」方也。以此謂舜死葬蒼梧，於時二妃從之不及而溺者，皆不可信。二妃既曰以謀語舜，脱舜之厄，成舜之聖。堯死而舜有天下，爲天子，二妃之力，宜常爲神，食民之祭。今之渡湘江者，莫敢不進禮廟下。（《昌黎先生集》卷三一）

（宋）朱熹

【湘君題解】此篇蓋爲男主事陰神之詞，故其情意曲折尤多，皆以陰寓忠愛於君之意。而舊説之失爲

尤甚，今皆正之。（《楚辭集注》卷二）

【論湘君】《湘君》一篇，情意曲折，最爲詳盡。而爲説者之謬爲尤多，以至全然不見其語意之脈絡次第。至其卒章，猶以遺玦捐袂爲求賢，而采杜若爲好賢之無已，皆無復有文理也。（《楚辭集注·楚辭辯證上》）

（宋）吴曾

【湘君湘夫人】《樂府》叙篇云：「洞庭之山，帝之二女居之。郭璞云：『天帝之女，處江爲神，即《列仙傳》所謂江妃二女也。』劉向《列女傳》：『帝堯之二女，長曰娥皇，次曰女英，堯以妻舜於嬀汭。舜既爲天子，娥皇爲后，女英爲妃。舜死於蒼梧，二妃死於江湘之間，俗謂之湘君。』《湘中記》曰：『舜二妃，死爲湘水神，故曰湘妃。』韓愈《黄陵廟碑》曰：『秦博士對始皇帝云：湘君者，堯之二女，舜妃者也。劉向、鄭康成亦皆以二妃爲湘君。而《離騷·九歌》既有湘君，又有湘夫人。王逸以爲湘君者，自其水神而言，湘夫人乃二妃。璞與逸俱失也。堯之長女娥皇，爲舜正妃，故曰君。其次女女英，自宜降曰夫人也。故《九歌》謂娥皇爲君，女英爲帝子，各以其盛者推言之也。《禮》有小君，明其正，自得稱君也。』」以上皆《樂府》叙篇。余嘗考之，若叙篇以郭璞、王逸爲失者，甚當。然《山海經》《列仙傳》《湘中記》《韓愈碑》亦未爲得。按《禮·檀弓》曰：「舜葬於蒼梧之野，蓋三妃未之從也。」故康成注曰：「帝嚳立四妃，象后妃四星。其一明者爲正妃，餘三小者爲次妃，帝堯因焉。至舜不告而娶，不立正妃，但三妃而已，謂之三夫人。《離騷》所歌湘夫人，舜妃也。夏后氏增以三，三三而九，合十二人。《春秋説》云：『天子娶十二，即夏制也。』」凡康成之論，本取《帝王世紀》耳。《世紀》云「長妃娥皇，無子。次妃女英，生商均。次妃癸比，生二女，宵明、燭光是也。」乃知康成所注爲有據依。又按《秦紀》云：「死而葬焉。」今王逸乃以爲溺死，益非矣。諸人皆以爲二女，當以《檀弓》《世紀》有三妃爲正。（《能改齋漫録》卷五）

（宋）謝翱

【楚辭芳草譜】杜若，一名杜蘅。苗似山薑，花黄赤，子大如棘。《九歌·湘君》曰：「采芳洲兮杜若，將以遺兮下女。」《湘夫人》云：「搴汀洲兮杜若，將以遺兮遠者。」杜若之爲物，令人不忘，搴采而贈之，以明其不相忘也。（《楚辭芳草譜》）

（宋）樓昉

【湘夫人題下注】此篇情意與《湘君》篇同。正妃爲君，則次妃降稱夫人，所謂「沅有芷兮澧有蘭，思公子兮未敢言」，其詞甚平，乃所以爲相思之至也。（《崇古文訣》卷一）

（元）祝堯

【湘君題下注】賦而比也，然其中有比之比與興而比處，情意愛慕，曲折尤多。（《古賦辯體》卷一）

（明）汪瑗

【湘君序】此篇蓋託爲湘君，以思湘夫人之詞。後篇又託爲湘夫人，以思湘君之詞〔……〕湘君則捐玦遺佩而采杜若以遺夫人，夫人則捐玦遺褋而搴杜若以遺湘君。蓋男女各出其所有，以通殷勤，而交相致其愛慕之意耳。二篇爲彼此贈答之詞無疑。然湘君者，蓋泛謂湘江之神；湘夫人者，即湘君之夫人：俱無所指其人也。或以爲堯之二女死於湘，有神奇相配焉。湘君謂奇相也，湘夫人謂二女也。或以爲湘君，謂堯之長女娥皇，爲舜正妃，故稱君；湘夫人謂堯之次女女英，爲舜次妃，宜降稱夫人。或以爲天帝之二女。俱非也。瑗按韓愈《黄陵廟碑文》，於娥皇、女英事亦終疑之而不信；《禮記·檀弓》曰舜葬於蒼梧之野，蓋二妃未之從也。據此則二妃從舜死於江湘之説，可不必信矣。（《楚辭集解》九歌卷）

（明）孫鑛

【文選瀹注】此是事神女之詞，以男女之情道説，尤爲濃摯。（《文選瀹注》卷三二）

【湘君題上眉批】二篇情致，風華飄蕩，婉折動人。大意亦寓思君之旨，曰「望夫君」、「思公子」，皆以託諷，稱子處皆託巫者之言以自比也。（《文選瀹註》卷三二）

（「女嬋媛兮爲余太息」眉批）女嬋媛爲巫者耳，舊註指女嬃，大誤。「思君陫側」一篇主意在此，言及忠信，正與此意相映發。（《文選瀹註》卷三二）

（「將以遺兮下女」眉批）下女，不敢斥言君也，亦寫美人遲暮之思。（《文選瀹註》卷三二）

【湘夫人題上眉批】首言帝子，猶織女爲天孫耳。後言九疑，爲與湘水近故。曾與娥皇女英之説，齊東野人之語，不足辨也。（《文選瀹註》卷三二）

又：起筆縹緲，神情欲活，如此風姿，不易得也。（《文選瀹註》卷三二）

（「築室兮水中」以下眉批）全用芳草點綴生情，亦取衆芳之比也。如雲之從，尚思遠者，求賢如不及之意，於此可見。（《文選瀹註》卷三二）

（「捐余袂兮江中」六句眉批）結處二章略同，猶三百篇分章之例，略換幾字而用意各别，絶妙筆法也。（《文選瀹註》卷三二）

（明）陳與郊

湘君者何？舜元妃也。焉謂之湘君？死於湘，故曰湘君。湘君不來，若誰留焉爾，然則乘舟吹參差者爲誰？此祀湘君者也。祀者冀湘君之揚靈而擬其輿衛，指其道里芬潔，其所居所乘有極望焉。嬋媛，可言女，不可言女嬃。女何爲而太息乎？歎湘君也，觀者太息，祀者悱側，可知矣。薜荔非水也，芙蓉非木也，求之水木也者，求不得爾。若□婚不得諧恩，不得永交，則不得固期，則不得間吾。何望乎湘君？然則無望歟，曰何敢忘也，聊晝遊夕息以庶幾爾。玦珮者何？贈湘君也。其不言湘君，意湘君不遠於江浦也；其言下女，意下女不難於湘君也。然神不可疫時，不可幾苐，逍遥而日望焉。（《文選章句》卷一三）

帝子，湘夫人也，堯之女，舜之次妃。長曰君，次曰夫人，以别之。其言公子言佳人，貴之故遊之也。愁予、召予，皆祀者自予也。麋不在庭，蛟不在裔，喻神之不必格也。神之不格，亦朝馳夕濟，優游以竢之，竢之若或召之。椒堂葯房，恍惚在覩，而又護衛縹緲，終不得親就焉。則捐袂遺褋，猶然寄前志爾。（《文選章句》卷一三）

（明）胡應麟

【詩藪】「沅有芷兮澧有蘭，思公子兮未敢言。荒忽兮遠望，觀流水兮潺湲。」胡應麟曰：唐人絶句千萬，不能出此範圍，亦不能入此閫域。（《詩藪》卷二）

（明）陸時雍

【讀楚辭語】「搴薜荔兮水中，采芙蓉兮木末」，「鳥何萃兮蘋中，罾何爲兮木上」，其語意之來如雲逐風流，水隨渠注，乃知此君信手生春之妙。且蘭茝翠羽，抑何色秀之天成也！（《楚辭疏·讀楚辭語》）

（明）沈雲翔

【沈雲翔輯評八十四家評楚辭】（王世貞）曰：「日暮碧雲盡，佳人殊未來」本此而各自佳。（引自（明）沈雲翔《八十四家評楚辭》卷二）

（明）黄文焕

【湘君總品】沛乘桂舟，爲迎神就我。駕龍邅道，爲我往就神。桂櫂冰雪，應沛乘之不來。瀨淺龍翔，應駕飛之不遇。兩兩分合，章法最明。文勢既已結局住陣，又再拈出玦佩芳杜、將遺下女，應前嬋媛，以添餘音，以繳旁意。（《楚辭聽直》卷四）

【湘夫人總品】通篇「帝子」至「木上」爲一層，「公子」至「水裔」又爲一層，屢變其名目，以複其情緒。「帝子」、「公子」既邈不可接，忽轉出佳人相召。既曰「召予」，從前期不足信，玆必信矣。「予將騰」三字，懽甚躁甚。尚未及見，遽欲築室以求其來居，忙甚癡甚。山神爭迎，室廢于無用，乃并己之袂褋欲裂而擲之，憤甚狂甚，無聊之甚。逐段自寫形神，千百世下，想見愁容生面。（《楚辭聽直》卷四）

（明）李陳玉

【湘君題解】湘君，堯長女娥皇，舜之正妃。舜陟方死于蒼梧，二妃死于江湘之間，楚人廟祀之，稱曰湘君。夫君指舜。參差，簫也。女嬋媛，與祭衆女也。下女，湘君侍女也。（《楚詞箋注》卷三）

此章極力描寫思神來而得來之狀，又思其來時光景，將來不來時徯首望幸之態。捐玦遺佩，神究不來，已到盡頭矣。末二句「時不可乎再得，聊逍遥乎容與」，畢竟要等到神來方休。以前都是反語水窮山盡，忽然出此一路想頭體格，可謂絶奇。蓋湘君與湘夫人皆陰神，故極難降，而詞亦鄭重帶激。鬼神之家，有用激請者，屈子可謂博通天人之情矣。末後竟不言神降後事，可謂高脱中更復高脱。（《楚詞箋注》卷三）

【湘夫人題解】湘夫人，舜次妃也。娥皇稱君，次妃稱夫人。文有分寸，即此見屈子通達國體一班。（《楚詞箋注》卷三）

此章與前篇用意俱同，皆是迎神，而極寫神不肯來之狀，所以冀神之必來也。（《楚詞箋注》卷三）

（清）賀貽孫

【騷筏】「令沅湘兮無波，使江水兮安流」，二語若出俗筆，必在迎神之後，即是祝史祈請語矣。此在迎神之前，則頌語非祝也。《九歌》中皆有頌無祝。事神者，但求神之來享而已，非以邀福；猶事君者，但冀君之感悟而已，非以邀寵也。占地高甚！（《騷筏》）

（清）錢陸燦

【湘君】此是事神女之詞，以男女之情説，故尤爲濃至。（《楚辭章句》卷二）

《月賦》「洞庭始波，木葉微脱」二語一篇生死，然本此可見楚騷寫景之妙；然希逸收作八字，此可悟古人脱化融鑄之妙。（明萬曆十四年吴琯校俞初刊錢陸燦批校《楚辭章句》卷二）

（清）錢澄之

【湘君】此章因君之遲遲其來，設此數疑：誰留中州，疑有見留而不來也；要眇宜脩，疑其過爲脩飾久而不來也；沛吾乘，疑其舟楫阻滯，欲速舟以迫之也；令沅湘二句，疑爲波濤所阻也。吹參差，俟之久也。（《屈詁》）

（清）顧炎武

【湘君】楚辭《湘君》《湘夫人》，亦謂湘水之神有后有夫人也，初不言舜之二妃。《記》曰：「舜葬於蒼梧之野，蓋二妃未之從也。」《山海經》：「洞庭之山，帝之二女居之。」郭璞注曰：「天帝之二女，而處江爲神，即《列仙傳》江妃二女也。《九歌》所謂湘夫人稱帝子者是也。而《河圖玉版》曰：『湘夫人者，帝堯女也。秦始皇浮江至湘山，逢大風而問博士：「湘君何神？」博士曰：「聞之堯二女，舜妃也，死而葬此。」』《列女傳》曰：『二女死於江湘之間，俗謂之湘君。』鄭司農亦以舜妃爲湘君。説者皆以舜陟方而死，二妃從之，俱溺死於湘江，遂號爲湘夫人。按，《九歌》湘君、湘夫人，自是二神。江湘之有夫人，猶河雒之有虙妃也。此之爲靈，與天地並，安得謂之堯女。且既謂之堯女，安得復總云湘君哉？何以考之？《禮記》云：『舜葬蒼梧，二妃不從。』明二妃生不從征，死不從葬。且《傳》曰：『生爲上公，死爲貴神。』《禮》：『五嶽比三公，四瀆比諸侯。』今湘川不及四瀆，無秩於命祀。而二女帝者之后，配靈神祇，無緣復下降小水而爲夫人也。原其致謬之繇，繇乎俱以帝女爲名，名實相亂，莫矯其失。習非勝是，終古不悟，可悲矣。」此辨甚正。又按《遠游》之文，上曰二女御，《九招》歌，下曰湘靈鼓瑟，是則二女與湘靈，固判然爲二。即屈子之作，可證其非舜妃矣。後之文人，附會其説，以資諧諷。其瀆神而慢聖也，不亦甚乎！（《日知録》卷二五）

（清）王夫之

【湘君題解】王逸謂湘君、水神，湘夫人、舜之二妃。或又以娥皇爲湘君，女英爲湘夫人。其説始於秦博士對始皇之妄説。《九歌》中並無此意。孟子言舜卒於鳴條，則《檀弓》卒葬蒼梧之説，亦流傳失實。而九疑象田、湘山淚竹，皆不足採。安得堯女舜妻，爲湘水之神乎？蓋湘君者，湘水之神，而夫人其配也。《山海經》言洞庭之山，帝之二女居之。帝，天帝也。洞庭之山，吴太湖中山，非巴陵南湖，郭璞之疑近是。湘水出廣西興安縣之海陽山，北至湘陰，合八水爲洞庭。楚人南望而祀之。（《楚辭通釋》卷二）

（清）王萌

【湘君評注】（「桂櫂兮蘭枻」二句）其櫂也桂，其枻也蘭，水擊有似鑿冰，水揚有似積雪，示芳示潔，寓意良妙。（《楚辭評注》卷二）

（清）林雲銘

【湘夫人】是篇（《湘夫人》）與前篇（《湘君》），同一迎祭湘水之神，而行文落想迥别。湘君自始至終總不一顧，湘夫人則方降而即相憐，是訂期以陳供具，可不嫌於唐突。方迎而先見召，是築室以效薦馨，亦不涉於支離。皆於不經意中，生出許多疑信、許多歡幸。乃忽爾舍北渚而還九嶷，究竟末後一看，仍與湘君一般發付。總是見斥於君以後，無可告語，精誠所結，顛倒迷亂，幻成無端離合，不可以常理論。故中間提出「怳忽」二字，作前後眼目。末段把前篇語換個「驟」字，以前此曾有相關之意，冀將來從容圖之，或可庶幾一遇。癡想到底，不比《湘君》「時難再得」，其望便絶。此惓惓之深衷也。（《楚辭燈》卷二）

開篇「嫋嫋秋風」二句，是寫景之妙；「沅有芷」二句，是寫情之妙；其中皆有情景相生，意中會得、口中說不得之妙。人知「山有木兮木有枝，心悦君兮君不知」，猶「沅有芷」二句起興之例，而不知「無邊落木蕭蕭下，不盡長江滾滾來」，實以「嫋嫋秋風」二句作監本也。（《楚辭燈》卷二）

（清）龐塏

【湘夫人注】（「裊裊兮秋風」二句）波因風生，木因風落，又有難堪之時景，亦知余之必愁而代爲愁，可以因其情而與之期矣。（《楚辭龐氏注》）

（「九嶷繽兮並迎」二句）不意山神率衆紛然迎歸九嶷，暫留不得，可謂大失所望。把聞召後許多佈置盡付一場夢幻，豈不悶絶。（《楚辭龐氏注》）

（清）屈復

【湘君序】竭誠盡敬，望之不來，則亦已矣。而「揚靈」，「流涕」至云「心不同」，「恩不甚」，「交不忠」，「期不信」，不怨湘君而自咎責，終望其合，可想其忠愛無已之心矣。（《楚辭新注》卷二）

【湘夫人序】此篇大旨與前篇同。前篇四「不」字句，自咎責之意，此篇四「何」字句，自疑怪之詞，其不敢遂絶，而終望其合之心，則一也。（《楚辭新注》卷二）

（清）戴震

【湘君題下注】《史記》始皇問博士曰：「湘君何神？」博士對曰：「聞之，堯女，舜之妻，而葬此。」蓋統言之，但曰湘君；分别言之，正妃稱君，次妃降稱夫人。楚人因二妃之葬在黄陵，奉以爲湘水神。本民間不經之説。二妃固不隨愚民俗議，而享其褻越之祭矣。屈原爲歌辭，託意於神既不來，巫猶竭誠盡忠思之，用輸寫其事君之幽思如是也。（《屈原賦注》卷二）

（清）陳本禮

【湘君箋注】讀屈子所賦，殆湘水之神，楚俗之所祀者。然二篇亦皆自喻不得於其君之詞，非真詠二妃

也。(《屈辭精義》卷五)

以上皆鑿空幻想。其實湘君何曾留，何曾吹，何曾駕飛龍而揚靈耶？作者一肚皮幽憤無以發洩，特假此自寫其縹緲之思，以見求君之難耳。其寫神之不測處，真得鬼神之情狀矣。(《屈辭精義》卷五)

(清)葉樹藩

【湘君題下注】藩按：韓退之云：「娥皇爲正妃，故曰君；其二女女英自宜降曰夫人。」「吹參差兮誰思」：《風俗通》：「舜作簫，其形參差象鳳翼，故名參差。」夫君指舜，吹參差指湘君也。舊注俱誤。「邅吾道兮洞庭」：洞庭在沅湘之北，故云北征。《博物志》：「洞庭君山，帝二女居之，曰湘夫人。」「望涔陽兮極浦」：《水經注》：「澧水入作唐縣，左合涔水，涔水出西天門郡。」《岳州府志》：「涔水在澧祁北七十里，會澧水入洞庭。」(《文選》卷三二)

(清)張雲璈

【湘君湘夫人】湘君、湘夫人，或傳堯二女娥皇女英，從舜死於湘江，因爲其神。娥皇爲正妃，稱君；女英爲次妃，降稱夫人。已屬不經。或云二女死於湘，有神奇相配焉。湘君謂奇相，湘夫人謂二女，誣瀆尤甚。《瀹注》謂汎言湘水之神，曰君曰夫人，皆當時之稱，不必求其人以實之。最是。《日知録》云：「《遠遊》之文，上曰二女御，《九招》歌，下曰湘靈鼓瑟。是則二女與湘靈，固判然爲二。」即用屈子之文以相證，尤爲確切。（《選學膠言》卷十四）

（清）梁章鉅

【湘夫人題下注】洪曰：「娥皇爲正妃，故曰君。女英自宜降曰夫人。」《九歌》謂娥皇爲君，謂女英帝子，各以其盛者推言之。徐氏文靖曰：「按，《帝王世紀》：『女英墓在商州。』蓋舜崩之後，女英隨子均徙于封所，故卒葬在焉。」《竹書紀年》：「帝舜三十年，葬后育于渭。」沈約注：「后育，娥皇也。」是更先死，何從與女英俱溺湘水耶？（《文選旁證》卷二十七）

吴闓生

【湘君諸家評識】張皋文（惠言）曰：「此《離騷》所謂哲王不寤也。」（《吴評古文辭類篹》卷七二）

【湘夫人諸家評識】張皋文（惠言）曰：「湘君比君，故湘夫人比椒蘭，此《離騷》所謂閨中邃遠也。」（《吴評古文辭類篹》卷七二）

（吴闓生）按：《禮·檀弓》曰：「舜葬於蒼梧之野，蓋三妃未之從也。」鄭康成曰：「三夫人，《離騷》所歌湘夫人舜妃也。」韓昌黎《黄陵廟碑》曰：「《離騷·九歌》既有湘君，又有湘夫人。王逸注以湘君爲正妃之稱，則次妃自宜降曰夫人也。故《九歌》謂娥皇爲君，女英爲帝子。」朱子《集注》本此。然案《山海經》「洞庭之山，帝之二女居之」，郭璞曰：「天帝之二女而處江爲神，即《列仙傳》江妃，《離騷·九歌》所謂湘夫人稱帝子者是也。《九歌》之有湘君、湘夫人，是二神。江湘之有夫人，猶河洛間之有虙妃也。此之爲神與天地並矣，安得謂之堯女。《禮記》曰：舜葬蒼梧，二妃不從。明二妃生不從征，死不從葬，義可知矣。即令從之，二妃靈達，豈當不能自免於風波，而有雙淪之患？假復如此，禮，嶽視三公，瀆視諸侯。今湘川不及四瀆，無秩於命祀，而二女帝者之后，配靈神祈，無緣當復下降小水而稱夫人也？」《帝王世紀》曰「女英墓在商州」，蓋舜崩之後，女英隨子均徙于封所，故卒葬在焉。《竹書紀年》曰：「帝舜三十年，葬后育于渭。」沈約注曰：「后育，娥皇也。」帝舜五十年，陟方乃死。后已死二十年矣。何從與女英溺于湘江而改稱爲湘君耶？逸注以娥皇、女英墮湘水溺焉，妄矣。（《吴評古文辭類纂》卷七二）

二司命

（宋）洪興祖

【大司命題解】《周禮·大宗伯》："以槱燎祀司中、司命。"疏引《星傳》云："三台，上台司命，爲太尉。"又："文昌宫第四曰司命。"按《史記·天官書》："文昌六星，四曰司命。"《晉書·天文志》："三台六星，兩兩而居，西近文昌二星曰上台，爲司命主壽，然則有兩司命也。祭法，王立七祀，諸侯立五祀，皆有司命。"疏云："司命，宫中小神。"而《漢書·郊祀志》："荆巫有司命。"説者曰："文昌，第四星也。"五臣云："司命，星名。主知生死，輔天行化，誅惡護善也。"《大司命》云："乘清氣兮御陰陽。"《少司命》云："登九天兮撫彗星。"其非宫中小神明矣。（《楚辭補注》卷二）

（宋）樓昉

【少司命題下注】末章蓋言神能驅除邪惡，擁護良善，宜爲下民之所取正，則與前篇意合。（《崇古文訣》卷一）

（元）祝堯

【少司命題下注】此司命其文昌第四星歟？首兩章興也，中間意思纏綿處似風，末段正言稱贊處，又似雅與頌。然全篇比賦之義，固已在風興雅頌之中矣。前篇司命陽神而尊，故但爲主祭者之詞；此司命陽神而少卑，故爲女巫之言以接之篇末。言神能驅除邪惡，擁護良善，宜爲下民取正。則與前篇意合。（《古賦辯體》卷二）

（明）王世貞

【藝苑卮言】「入不言兮世不辭，乘回風兮載雲旗」，雖爾恍忽，何言之壯也！「悲莫悲兮生別離，樂莫樂兮新相知」，是千古情語之祖！（《藝苑卮言》卷二）

（明）張鳳翼

【少司命題解】司命，星名，主知生死。（《文選纂注》卷七）

（明）孫鑛

【少司命題上眉批】用意在宜「爲民正」處。以美人比萬民，以秋蘭興芳潔也，詞意縹緲，芳艷絕倫。

又：全用比興，意詞更摇曳入情，獨結處三句□説，全意俱醒。（《文選瀹註》卷三二）

又：□象恍惚，得神靈之概，非泛然者可比。（《文選瀹註》卷三二）

（明）蔣之翹

【七十二家評楚辭蔣之翹輯評】〔蔣之翹〕曰：筆筆是風人調度。後來作家信不可及。（《七十二家評楚辭》卷二）

（明）黄文焕

【少司命總品】神宿帝郊而遁我，我登九天以求神，字法相應。與余成、爲民正，首尾劈分兩意，由淺入深。倏來忽逝，與余之意不復終矣。民之壽夭，少司命之本職也。于余縱不終目成，于民豈可不思爲正？（《楚辭聽直》卷四）

（明）李陳玉

【少司命題解】少司命，大司命之副，一云文昌第四星。「夫人兮自有美子」，言爲神之夫人自有美女子也。蓀，古者相憐之稱，註見前《離騷》「荃不揆予」句下。（《楚詞箋注》卷三）

【少司命題下注】此章極情款燕昵之致者，蓋此神好聲音伎樂，故以此樂之。全首皆齊梁間艷詞，而見之祭祀典禮中，可謂千古有數奇文矣。（《楚詞箋注》卷三）

（清）周拱辰

悲樂之語，側重別離而言，然二語合看，纔見言情之苦。以爲已別離矣，而昨日之相知尚新；以爲相知伊始耳，而生離隨繼。夫相知而別離，不如不相知之愈也，而況新相知乎？一日之內，忽新忽故，忽聚忽散，無限啼笑無憑之感，所謂「今宵剩把銀釭照，猶恐相逢是夢中」也。含情寫恨，嘆聲壓雲。（引自陸時雍《楚辭疏》）

（清）賀貽孫

【騷筏】「一陰兮一陽，衆莫知兮余所爲」，讀此二語，令人大夢忽醒。陰陽不測如此，邀福者胡爲哉！

（《騷筏》）

（清）王夫之

【大司命題下注】舊説謂文昌第四星爲司命，出鄭康成《周禮注》，乃讖諱家之言也。篇内乘清氣、御陰陽，以造化生物之神化言之。豈一星之謂乎？大司命統司人之生死，而少司命則司人子嗣之有無，以其所司者嬰稚，故曰少；大則統攝之辭也。古者臣子爲君親祈永命，偏禱于群祀，無司命之適主，而弗無子者祀高禖。大司命、少司命，皆楚俗爲之名而祀之。（《楚辭通釋》卷二）

（清）王萌、王遠

【大司命評注】王遠按：章首曰「何壽夭兮在予」，繼曰「衆莫知兮余所爲」，以影言命非人所能爲也。卒乃正言之，而先矢之以無虧，《魯論》曰：「不知命，無以爲君子也。」《莊子》曰：「知其不可奈何？而安之若命。」安命而後可以守死，守死而後可以立名。懷沙之人，胸中本領固不同矣。（《楚辭評注》卷二）

《楚辭》「余」字、「吾」字多有代人稱者。《補》引漢樂歌云「靈之車，結玄雲」是也。（《楚辭評注》卷二）

（清）林雲銘

【少司命】開手以堂下之物起興，步步説來；中間故意作了許多波折，恣意摇曳，但覺神之出入往來，飄忽迷離，不可方物；末以贊歎之語作結，與《大司命》篇另是一樣機軸，極文心之變化，而步伐井然，一絲不亂。（《楚辭燈》卷二）

（清）龐塏

【少司命注】（「悲莫悲兮生別離」）死別離乃一訣暫痛，生別離則歷久彌思，故尤悲。（「樂莫樂兮新相知」）舊相知乃視爲固然，新相知則喜出望外，故尤樂。二句以當此之悲，又追前此之樂，不忍其去，已是上下文過脈處。（《楚辭龐氏注》）

（清）屈復

【少司命序】按前篇註説有兩司命，則彼固爲上台，而此則文昌第四星歟？前篇以安命結，此篇以安命始，本無非分之想，忽而親好，忽而別離。怳兮浩歌，亦復何益？惟望其登天之後，不負目成之好耳。（《楚辭新注》卷二）

（清）蔣驥

【少司命序】《大司命》之辭肅，《少司命》之辭昵，尊卑之等也，其寓意則一而已。（《山帶閣注楚辭》卷二）

（清）戴震

【大司命題下注】三台上台曰司命，主壽夭，《九歌》之大司命也；文昌宫四曰司命，主災祥，《九歌》之少司命也。《周官·大宗伯》：「以槱燎祀司中司命。」雖在祀典，然二歌皆非祭辭也。《論語》曰：「道之將行，命也；道之將廢，命也。」懷王初甚任屈原，後乃以讒疏黜之，故二歌竝託於與司命離合爲辭。天之司命，亦猶下之居位大臣，所以有「與君齊速」及「宜爲民正」之語。（《屈原賦注》卷二）

（清）于光華

【題解】司，主也。命，人生死之命，比上天之星也。（《重訂文選集評》卷八）

（清）陳本禮

【九歌箋注】前《湘君》《湘夫人》，兩篇章法蟬遞而下，分之爲兩篇，合之實一篇也。此篇《大司命》與

《少司命》兩篇並序，則合傳體也。（《屈辭精義》卷五）

（清）梁章鉅

【少司命題下注】六臣本此卷《少司命》《山鬼》及《涉江》三標題在每篇後。姜氏皋曰：「大司命當是《元命包》及《晉書》所言：『西近文昌二星曰上台司命，主壽者也。』其少司命，《史記·天官書》：『危東六星，兩兩相比，曰司空。』正義曰：『危東兩兩相比者，是司命等星也。司空唯一星，又不在危東，恐命字誤爲空也。』司命二星在虚北，《甘氏星經》同此，或是少司命耳。（《文選旁證》卷二七）

吴闓生

【少司命「入不言兮出不辭」以下四句眉批】吴至父（汝綸）云：「此上相知，此下别離。入不言，出不辭，無苟禮也。乘風載雲，來相親也。皆言新知時事，倏來忽逝，乃言生别離。此二句爲樞紐。」（《吴評古文辭類篹》卷七二）

【少司命「竦長劍兮擁幼艾」眉批】吴至父（汝綸）云：「王逸訓幼艾爲少長，孔蓋翠旍，威儀盛也。九天慧星，居高明也。長劍幼艾，惩淫威也。」（《吴評古文辭類篹》卷七二）

（吴汝綸）又云：「此章美人前後兩用，而不同。蓀亦前後不同。前皆言己與美人始合終離。收四句

始言司命蓋與美人離别者。皆此司命爲之也。故反言以深刺之。言如此人者，乃獨宜爲民長耳。」（《吴評古文辭類篹》卷七二）

【少司命諸家評識】張皋文（惠言）曰：「大司命比懷王，少司命又比子蘭。秋蘭目子蘭；荃，目君也。所美果美，君何愁苦乎？」（《吴評古文辭類篹》卷七二）

《集注》曰：《周禮大宗伯》以槱燎祀司中、司命，疏引《星傳》云：三台，上台司命。又文昌宫第四曰司命，故有兩司命也。（吴闓生）按：《祭法》：「王爲群姓立七祀，曰司命、中霤、國門、國行、泰厲、户、竈。王自爲立七祀，諸侯爲國立五祀。」五祀無司命、泰厲，則是天子之泰厲稱泰，其司命亦應稱泰。諸侯五祀有公厲，不得稱泰，則司命亦不得稱泰。可知矣。《元命苞》曰：「三能西近文昌二星曰上台，司命主壽。次二星曰中台，司中主宗室。東二星曰下台，司禄主兵。」又《論語讖》曰：「上台上星，主兖、豫，下星主荆、揚。中台上星主梁雍，下星主冀州。下台上星主青州，下星主徐州。」又《祭法》鄭氏注曰：「司命主督察三命。」故《九歌·太司命》曰：「紛總總兮九州，何壽夭兮在予！」謂此也。此惟天子得祀之，楚祀大司命，僭也。少司命者，甘氏曰：「司命二星在虚北。」又曰：「司命繼嗣移正朔。」故《九歌·少司命》曰：「夫人自有兮美子。」又曰：「竦長劍兮擁幼艾。」謂此也。此則楚所舊祀者，先代之制，不得而棄之。故雖僭祀太司命，又兼祀少司命也。

《周禮肆師》曰：「立大祀，用玉帛牲牷。立小祀，用牲。」鄭司農曰：「小祀，司命以下則從司命。以上者得用玉帛牲牷。」其爲大祀稱太可知矣。若文昌四星亦爲司命，黄帝占曰：「主賞功進賢。」則此乃主司王命，非主壽命者也。（《吴評古文辭類篹》卷七二）

山鬼

（宋）馬永卿

【嬾真子】《楚辭·山鬼》曰：「若有人兮山之阿，被薜荔兮帶女蘿。既含睇兮又宜笑，子慕予兮善窈窕。」僕讀至此，始悟《莊子》之言曰：「西施捧心而嚬，鄰人效之，人皆棄而走。」且美人之容，或笑或嚬，無不佳者。如屈子以笑爲宜，而莊子以嚬爲美也。若醜人則嚬固增醜狀，而笑亦不宜矣。屈、莊皆方外人，而言世間事，曲盡其妙，然亦不害爲道人也。（《嬾真子》卷一）

（宋）洪興祖

【山鬼題解】《莊子》曰：「山有夔。」《淮南》曰：「山出嘄陽。」楚人所祠，豈此類乎？（《楚辭補注》卷二）

（宋）朱熹

【山鬼序】以上諸篇皆爲人慕神之詞，以見臣愛君之意。此篇鬼陰而賤，不可比君，故以人況君，鬼喻

己，而爲鬼媚人之語也。（《楚辭集注》卷二）

【山鬼】《國語》曰：「木石之怪夔罔兩。」豈謂此耶？今按：此篇文義最爲明白，而説者自汨之。今既章解而句釋之矣，又以其託意君臣之間者而言之，則言其被服之芳者，自明其志行之潔也；言其容色之美者，自見其才能之高也；子慕予之善窈窕者，言懷王之始珍己也；折芳馨而遺所思者，言持善道而效之君也；處幽篁而不見天，路險艱又晝晦者，言見棄遠而遭障蔽也；欲留靈修而卒不至者，言未有以致君之寤而俗之改也；知公子之思我而然疑作者，又知君之初未忘我，而卒困於讒也；至於思公子而徒離憂，則窮極愁怨，而終不能忘君臣之義也。以是讀之，則其它之碎義曲説，無足言矣。（《楚辭集注》卷二）

此篇文義最爲明白，而説者自曰之。今既章解而句釋之矣，又以託其意君臣之間者而言之：則言其被服之芳者，自明其志行之潔也。言其容色之美者，自見其才能之高也。「子慕予之善窈窕」者，言懷王之始珍已也。「折芳馨而遺所思」者，言持善道而効之君也。「處幽篁而不見天」，「路險艱」又晝晦者，言見棄遠而遭障蔽也。欲「留靈修」而卒不至者，言未有以致君之寤而欲之改也。知公子之思我而然疑作者，又知君之初未忘我，而卒困於讒也。至於思公子而徒離憂，則窮極愁怨，而終不能忘君臣之義也。（《楚辭集注》卷二）

（宋）樓昉

【山鬼題下注】此篇反覆曲折言己。始以志行之潔，才能之高，見珍愛於懷王；己亦愛慕懷王，納忠效善。而終困於讒，不能使之開寤，君雖未忍遽忘，卒爲所蔽而已，之拳拳終不忘君也。（《崇古文訣》卷一）

（明）汪瑗

【山鬼序】瑗按，諸侯得祭其境内山川，則山鬼者，固楚人之所得祠者也。但屈子作此，亦借此題以寫己之意耳，無關於祀事也。謂之山鬼者何也？《論語》：「季路問事鬼神。子曰：『未能事人，焉能事鬼？』」蓋鬼神可以通稱也。此題曰《山鬼》，猶曰山神、山靈云耳，奚必嘄、夔、魍魎魑魅之怪異，而後謂之鬼哉！此篇大旨，蓋言賢者初慕山林幽深窈窕，雅宜嘯歌；既而厭其寂寞，出仕而不歸者。故託山靈以思賢者，欲招其相與終志隱遁，而賢者卒迷於世途而不復返也。（《楚辭集解》九歌卷）

（明）孫鑛

【山鬼題上眉批】託言幽隱之士有思己者，故以「慕予」爲起，以「思公子」爲結也。舊註以靈修爲懷王，以公子爲子椒者，真刻舟之見耳。

（「若有人兮山之阿」四句眉批）宛然是山鬼，與他神不同，「子慕予」一句首尾呼應。

（「靁填填兮雨冥冥」四句眉批）設境幽峭，悚然可想，愁悶之態，思而不得，故至於怨。前後原是一串，何至以子椒混入，生出許多枝葉乎？應「慕予」意。（《文選瀹註》卷三三）

（明）張京元

【山鬼】靈修、公子、君、山中人，皆指所祀鬼言。欲山鬼毋歸，而時日既暮，不能久留。但見山高草遠，芳杜長松，雷轟雷冥，猿狖悲鳴，風木蕭颯，不勝離憂。逸注、《選》注、《纂注》俱牽强可笑，甚至以公子爲子椒、以山中人爲屈原自稱，何啻夢説！（《删注楚辭》）

（明）黄文焕

【山鬼總品】以「山阿」、「山上」、「山間」分列章法。出山阿而得立山上，快不可言。棄山上又入山間，苦不可言。始抱苦於不得出，終且抱恨而不敢歸。「子慕予兮善窈窕」、「君思我兮然疑作」，互映最深。凡相疑者，繇於不相知。人既喜鬼之慕人善窈窕，則明明知之又疑之，此世事所以大壞，而一德之交所以必不合也。（《楚辭聽直》卷四）

（明）李陳玉

【山鬼題下注】此章與他篇不同，他篇皆爲人慕神之詞，此篇則爲鬼慕神之詞。蓋鬼與神不同，神陽鬼陰，陽德爲生民福，誠感即應？陰類難感，惟各以其情致之：如《山鬼》則動其幽閒窈窕之情，《國殤》則動其戰鬭赴敵之情，《禮魂》則動其終古無絶之情。此鬼之所以來饗，亦能爲人福也，非善通鬼神之情者，不知所以。三篇皆與前不同，既深于體裁，而其變化不測，各篇機軸不同處，與風華隱秀處，自漢魏六朝唐宋至今，拾其膏瀋，未有盡也。（《楚詞箋注》卷三）

（清）王夫之

【山鬼題下注】此蓋深山所産之物類，亦胎化而生，非鬼也。以其疑有疑無，謂之鬼耳。（《楚辭通釋》卷二）楚俗好鬼，與日星山川同列祀典。而篇中道其喬媚依人之情，蓋賤之也。（《楚辭通釋》卷二）

（清）林雲銘

【山鬼】按，山鬼即《莊子》所云「山有夔」之類，如俗所謂山魈是也。《左傳》云：「使人入山林，不逢不若，魑魅魍魎，莫能逢之。」言其以不見親近爲幸，則不當列入祀典明矣。奈靈均既放，而處於山林幽篁之中，自分不能生還，與人道永隔，而與鬼路漸通。雖欲不親近，有不可得者，故借題發意，以自寫其無聊之況耳。〔……〕按《涉江》章，言頃襄放己之處，「深林杳以冥冥，乃猿狖之所居。山峻高以蔽日，下幽晦以多雨。霰雪紛其無垠，雲霏霏其承宇」，與是篇言處幽篁苦境，語語脗合。則知是篇作於頃襄之時，與懷王了無交涉。（《楚辭燈》卷二）

（清）朱冀

【山鬼後題】夫鬼屬常祀之末，即今郡屬厲壇，春秋設祭，祀土穀正神之餘，遍及無主群厲。可見此風相沿至今。余於千百年之下，而遥揣千百年以上之情事。大抵舊時樂歌，泛列祀鬼一章，合前祀神八章，故有《九歌》之目。所以有十一篇者，當自大夫之創見，蓋于祀鬼一章中，特分《山鬼》《國殤》《禮魂》三項，以抒寫其胸中之寄托耳。篇目雖三，合而成一。〔……〕曰：「然則此篇曷爲有取於山鬼？」曰：「爲求折中也。夫欲求折中，必待隱處之奇士，故意在乎招隱也。惟大夫胸中，先有招隱主意，因借山鬼以命題，從山間之鬼，而想到山間之遯跡畸人。此浮屠氏所謂因緣生法也。其意若曰：與其絶人逃世，與山鬼爲鄰，無寧遠此山鬼，而與我結同志之乎，匡君國之事。斯其尤大彰明較著者矣。不然，田野道途，溝渠城郊，無不有鬼，同爲陰類，並在祀中，何獨有取於山鬼耶！後二章亦然。緣胸中先有鼓士氣，作敵愾主意，方借《國殤》命題：先有睦鄰息兵，使民得養生喪死主

意，方借《禮魂》命題云爾。」（《離騷辯·附山鬼》）

（「怨公子兮悵忘歸」）遥想其歸途所歷，深山邃谷之中，大有人在，意欲招隱也。公子，指隱居山谷中之人。怨者，大夫怨彼石隱者流，徒悵悵然久居此難堪之境，而迷而不復，終忘其歸國之心也。

又云：「此篇曷爲有取于山鬼？」曰：「爲求折中也。夫欲求折中，必待隱處之奇士，故意在乎招隱也。惟大夫先胸中先有招隱主意，因借山鬼以命名也。」（《離騷辯·附山鬼》）

（清）顧成天

【山鬼解】此篇舊詁引《國語》之言，而以爲木石之怪，則直以魑魅當之，不應曰鬼而列于祀典矣。按《高唐賦》，懷王立神女之廟曰朝雲，襄王又作陽臺之宫以祀之。《巫山志》云：「神女祠，正對巫山，峰巒上入霄漢，山脚直插江中。每八月十五夜月明時，有絲竹之音，往來峰頂上。猿皆群鳴，達旦方止。」又《襄陽耆舊傳》云：「楚襄王遊雲夢，夢一婦人，名曰瑶姬，曰：『我夏帝之季女也，封于巫山之陽臺。』精魄爲芝，媚而服焉，則與夢期。」通篇辭意似指此事。李白《感興詩》云：「瑶姬天帝女，精彩化朝雲。宛轉入宵夢，無心向楚君。」亦有見于此。（《楚辭九歌解》）

（清）屈復

【山鬼序】此篇以山鬼自喻，文義明白。其言被服之芳者，自明其志行之潔也；其言容色之美者，自見其才能之高也。子慕予之善窈窕者，言懷王之始珍己也；折芳馨而遺所思者，言持善道而効之君也；處幽篁而不見天，路險艱而又晝晦者，言見棄遠而遭障蔽也。欲留靈修之所而卒不能者，言未有以致君之寤而復用也。知公子之思我而然疑作者，又知君之初未忘我而卒困於讒也。至於思公子而徒離憂，則窮極愁怨而終不能忘君臣之義也。（《楚辭新注》卷二）

（清）陳遠新

【山鬼題下注】國之祀山鬼，恐鬼之爲民害也，鬼之害人，鬼之不安於鬼也，篇中反覆發明人鬼異道以告之。（《屈子說志》卷二）

（清）蔣驥

【山鬼序】此篇蓋《涉江》之後，幽處山中而作。（《山帶閣注楚辭》卷二）

【論山鬼】次《山鬼》於《河伯》之後，意亦山之靈怪，能禍福人者，故祭之。《集註》獨以爲鬼媚人之辭，竊意祭之有歌，本以導祭者之意，而全首俱代所祭者立説，已屬不倫。且人方祭已而語皆怨人之不來，於理尤爲難解，況就其文義言，若有人，人謂鬼也，子慕余，忽又鬼謂人，是果可通乎？又謂鬼陰賤不可比君，故以人況君，鬼況己，夫斷章取義，各有所裁。《離騷》求女，以君爲己之配，獨非慢乎？且夫人謂主祭者，也使原祭山鬼，則原亦其人矣，遂可以己爲君乎？《九歌》之作，本以祭神，其於事君，特隱寓其意，固非可執其孰爲君孰爲臣也。如《國殤》《禮魂》全與君臣無涉，又可牽而合之耶？《山鬼》既已祭之，則始必序其來，後必序其去，於離合難易之際，觸類關情，因三復而不已，豈必沾沾焉執是以爲君乎？《涉江》之言曰「哀吾生之無樂兮，幽獨處乎山中」，又曰「深林杳以冥冥兮，乃猨狖之所居」，於此章「幽篁」之旨，有脗合者，遷謫窮山，羈孤䠩卼，而自托於山靈。因爲歌以道其繾綣之意，殆古者致地示物魅之遺，而或者深以淫祀訾之，拘儒之見，最可嗤也。《山鬼》篇，近惟林西仲本，亦以爲人語。但其以子稱鬼，以靈修稱神，以公子稱人，以君稱楚王，條例極繁，故謂始而思鬼，中而思神，終而思人。首尾衡決，而自「幽篁」以下，與祭鬼本旨，都無關會。不知靈，敏也，脩，美也，本相悦之通稱，而君與公，亦爾我相謂之常，何獨靳於所祭之鬼乎？其他謬説，又不勝辨也。（《山帶閣注楚辭》餘論卷上）

（清）戴震

【山鬼題下注】通篇皆爲山鬼與己相親之辭，亦可以假山鬼自喻。蓋自弔其與山鬼爲伍，又自悲其同乎山鬼也。歌辭反側讀之，皆其寄意所在。此歌與《涉江》篇相表裏，以此知《九歌》之作，在頃襄復遷江南時也。（《屈原賦注》卷二）

（清）陳本禮

【山鬼箋注】此屈子被放，山中寂寥，自寫幽懷，豈真爲祀鬼設耶？然寫鬼之求悦人及鬼之歸來山中，詼諧世故不少。（《屈辭精義》卷五）

（清）葉樹藩

【山鬼題下注】藩按：朱子《集注》云，鬼陰而賤不可比君，故以人況君以鬼喻己，媚人之詞也。竊謂《九歌》之作本以祭神，其於事君特隱寓其意，爾必實指其孰爲君，孰爲臣，恐亦太泥。（《文選》卷三二）

吴闓生

（「被石蘭兮帶杜蘅」以下二句眉批）吴至父（汝綸）云：「所思謂山鬼也，此上四句，乃人迎山鬼之事。」（《吴評古文辭類篹》卷七二）

（「表獨立兮山之上」以下二句眉批）張皋文（惠言）云：「雲在上，蔽之也。晝晦，蔽之甚也。故曰『孰華予』，又云『雷填雨冥』，以比國危。」吴至父（汝綸）云：「言云作風雨，留止靈修，使我不得見也。」（《吴評古文辭類篹》卷七二）

【山鬼諸家評識】張皋文（惠言）曰：「此章雖死不忘君，故以山鬼自比。予山鬼，子君與公子也。」（《吴評古文辭類篹》卷七二）

九章總論

（漢）王逸

【九章題下注】《九章》者，屈原之所作也。屈原放於江南之壄，思君念國，憂思罔極，故復作《九章》。章者，著也，明也。言己所陳忠信之道甚著明也。卒不見納，委命自沈，楚人惜而哀之，世論其詞，以相傳焉。（《楚辭章句》卷四）

（宋）洪興祖

【楚辭補注】《騷經》之詞緩，《九章》之詞切，淺深之序也。（《楚辭補注》卷四）

（宋）朱熹

【楚辭集注】《九章》者，屈原之所作也。屈原既放，思君念國，隨事感觸，輒形於聲。後人輯之，得其九章，合爲一卷，非必出於一時之言也。今考其詞，大氐多直致無潤色，而《惜往日》《悲回風》又其臨絕之音，以故顛倒重複，倔强疏鹵，尤憤懣而極悲哀，讀之使人太息流涕不能已。董子有言：「爲人君者，不可以不知《春秋》，前有讒而不見，後有賊而不知。」嗚呼，豈獨《春秋》也哉！（《楚辭集注》卷四）

【論九章】屈子初放，猶未嘗有奮然自絕之意。故《九歌》《天問》《遠游》《卜居》以及此卷《惜誦》《涉江》《哀郢》諸篇，皆無一語以及自沈之事，而其詞氣雍容整暇，尚無以異於平日。若《九歌》則含意悽惋，戀嫪低佪，所以自媚於其君者尤爲深厚。《騷經》《漁父》《懷沙》雖有彭咸江魚死不可讓之説，然猶未有決然之計也。是以其詞雖切，而猶未失其常度。《抽思》以下，死期漸迫，至《惜往日》《悲回風》則其身已臨沅湘之淵，而命在晷刻矣。顧恐小人蔽君之罪闇而不章，不得以爲後世深切著明之戒，故忍死以畢其詞焉。計其出於瞀亂煩惑之際，而其傾輸罄竭，又不欲使吾長逝之後，冥漠之中，胷次介然有毫髮之不盡，則固宜有不暇擇其辭之精粗而悉吐之者矣。故原之作，其志之切而詞之哀，蓋未有甚於此數篇者。讀者其深味之，真可爲慟哭而流涕也。（《楚辭集注·楚辭辯證下》）

（明）馮紹祖

【馮紹祖楚辭章輯評】馮覲曰：古今之能怨者莫若屈子，至於《九章》而悽入肝脾，哀感頑艷，又哀怨

之深者乎！（引自馮紹祖刊《楚辭章句》卷四）

（明）陳第

【題九章】舊説屈原既放，思君憂國，輒形諸聲。後人輯之，得其《九章》。愚按，《離騷》一篇已足以盡意矣。然放逐幽憂之日，情不能以無感，感不能以無言，言不能以不盡，盡不能以不怨，怨不能以不死。故自《惜誦》以至《悲回風》，未始有出於《離騷》之外也。《離騷》括其全，《九章》條其理。譬之根幹枝葉，總之皆樹；源委波瀾，總之皆水，未始異也。且其慕古哀時，思善疾惡；怨靈修之不彰，悲黨人之壅濁；厲素履之芳潔，將超遠而不安；願儼合於湯禹，終徇跡於彭咸。每篇之中不離此意。蓋其意膠葛而纏綿，故其詞重複而間作。要以舒其中心之鬱懣，未嘗琱琢以冀有傳於後世也；乃後世篤好而推先之，正以其文情併合，芬藹可掬，有異於修詞之士所爲耳。觀其言曰：「臨沅湘之玄淵，遂自忍而沉流」，「卒没身而絶名，惜壅君之不昭。」噫！名固未嘗絶也。悲夫！悲夫！（《屈宋古音義》卷二）

（明）孫鑛

【九章眉批】是《離騷》餘韻而微較清澈。（《文選瀹注》卷二三）

(明)郝敬

【藝圃傖談】《九歌》殊不似屈原,而《九章》語法情致,大與《離騷》諸篇類。且中有譏刺語,切中原病。故予疑是原自序,與《九歌》錯訛也。(《藝圃傖談》卷二)

(明)陸時雍

【思君其莫我忠兮下注】作忠造罪,違衆取咍,此千古大不平事,故《九章》細繹此意以明《騷》也。(《楚辭疏》卷二)

《九章》《遠遊》,即《離騷》之疏也。(《楚辭疏·讀楚辭語》)

(明)蔣之翹

【蔣之翹輯評七十二家評楚辭】李賀曰:其意悽愴,其辭瓌瑰,其氣激烈。雖使事間有重複,然臨死時求爲感動庸主,自不覺言之不足,故重言之,要自不爲冗也。(《七十二家評楚辭》卷四)

郭正域曰:《九章》如《惜誦》《哀郢》《抽思》《懷沙》,意真響切,但是絶唱,而昭明止取一首,何也?(《七十二家評楚辭》卷四)

桑悦曰：字字是血，字字是淚，讀之不盡隱痛。（《七十二家評楚辭》卷四）

焦竑曰：《九章》有淚無聲，有首無尾，灑一腔之熱血而究無所補，原真難瞑目于汨羅也。讀其詞，但當悲其志，亦何必問工不工耶？（《七十二家評楚辭》卷四）

蔣之翹曰：《九章》大略辭意已見《騷經》，但《騷經》此心睠睠，尚冀懷王之一晤也。《九章》則知其國勢已危，主辱臣死，無他道矣。雖然，豈遂忘于頌襄哉。細讀之，誰不感憤欷歔，潸然泣數行下。（《七十二家評楚辭》卷四）

（明）沈雲翔

【沈雲翔輯評八十四家評楚辭】陳深曰：《九章》悲悽引泣，因拙爲工，篇雖不倫，各著其志。《惜誦》稱作忠造怨，君可思而不可恃也。《涉江》則傍徨鉅野，死林薄矣。《哀郢》篇「曾不知夏之爲丘乎，孰兩東門之可蕪」，三復其言而悲之。《抽思》憂心不遂，斯言誰告？《懷沙》自沉野，知死不可讓，明告君子，太史公有取焉。《思美人》非爲邪也，攬涕焉而竚眙焉，而又莫達焉，舍彭咸何之矣。《惜往日》有功見逐，而弗察其罪，讒諛得志，國埶瀕危，恨壅君之不昭，故願畢詞而死也。《橘頌》獨產南國，嚼然精色。《悲回風》負重石，聽波聲之相擊，惴惴其慄，滅矣没矣，不可復見矣。此以材苦其生者也。嗟乎！神人不材，原獨不聞乎？其義不得存焉爾。（《八十四家家評楚辭》卷四）

金蟠曰：讀《九章》，不徒憫其志，耽其詞，當得其義而珍之。觀夫忘身賤貧，則自待菲薄者媿矣；可思不可恃，則熱中者非矣；顧龍門，則悻悻者小矣；爲余造怒，則作惡有道矣；善不由外，死不可讓，則成仁決矣；惜廱不昭，則孝子慈孫之痛至矣；無轡銜舟楫，則喪亡炯戒再三矣。后皇嘉樹，惜祖宗之培植；重石何益，悵一死之未補。嗚呼！豈待後人箕尾山河之壯烈已哉！（《八十四家評楚辭》卷四）

（明）黄文焕

【聽九章】《九章》次第，舊首《惜誦》，次《涉江》，三《哀郢》，四《抽思》，五《懷沙》，六《思美人》，七《惜往日》，八《橘頌》，九《悲回風》。朱子謂原既放，思君念國，隨事感觸，輒形於聲，後人輯之，得其九章，合爲一卷，非必出於一時之言。余從《九章》中詳稽其歲月，自非一時所作，然既有歲月，則《九章》之次第，自當以何歲何月爲先後。王逸原本，殊爲淆亂，朱子因之而未改，余以詳稽，遂爲更定：《惜誦》之後，次以《思美人》，三《抽思》，四《涉江》，五《橘頌》，六《悲回風》，七《哀郢》，八《惜往日》，而以《懷沙》終焉。《惜誦》之決當爲首，非屬漫然者，以其開口自道，從來忍惜誦言，遂致抑鬱憂愍，今始發憤抒詞。則《九章》之以此爲首篇，次第當有繼作，原固早定於胸中矣。且於首篇既命題曰《九章》，是未有文先有題，原所自輯，非後人之輯之也。失原所自輯之次第，後人亂之耳，然歲月可考也。《惜誦》之結曰「願春日以爲糗芳」，是《惜誦》作於兹歲之冬，而預計明春之欲行也。欲行而未行，故曰「謂女何之」，曰「曾思遠身」，尚未定其所之與遠身之地也。《思美人》曰「路阻」，怵然欲行不敢行焉。曰「開春發歲」，則前之「願春日」者，兹届期矣。曰「遵江夏以娱憂」，指出所之與遠身之地名矣，然但曰「將蕩志而愉樂」，猶未遵以往也。結曰「獨煢煢而南行，思彭咸之故」，亦只拈出所向之屬南，未再指地名，此殆其初行耶？《抽思》曰「曼遭夜之方長，悲秋風之動容」，又曰「孟夏之短夜」，則是縣春以後，孟夏迄初秋，俱在途間也。曰「泝江潭」，逆水而上也。曰「宿北姑」，又止而未遽泝也。《涉江》曰「將濟乎江湘」，則既宿之後，復泝以行矣。曰「欸秋冬之緒風」，則在舟間者，縣秋而冬矣。曰「上沅」，則泝之之區矣。又曰「宿辰陽」，曰「入漵浦而邅迴」，泝者復暫止矣。《橘頌》則其冬候邅迴之所見，即物生感者。其曰「願歲并謝，與長友兮」，固是歲於此終矣。《悲回風》曰「歲忽忽其若頹」，明言是歲之終，而其云「觀炎氣之所積，悲霜雪之俱下」，又合是歲之夏秋冬總言之，以誌夫途間舟間之愁況焉。首篇作於被放初年之冬，《思美人》《抽思》《涉江》《橘頌》《悲回風》作於被放次年之四季，蓋一一可考如此。其第三年，則有《卜居》「既放三年」之確證。《漁父》之「行吟澤畔」，「枯槁」、「憔悴」，自屬第三年以後，其曰「寧葬魚腹」，則爲將死前之決意，明矣。《九章》不詳及第三年以後，而於《哀郢》曰放九年而不復，正以有《卜居》《漁父》之二篇在，故《九章》中可略而不言也。以彼詳爲此略，布置之妙如此，此豈後人所輯哉？《哀郢》既屬九年作，而其事其景，皆屬追遡被放之次年。其云「仲春東遷」，則《思美人》之云開春將遵江夏者,至仲春始實行也。紀仲月,復紀甲日,九年後追遡之詳,歷歷不忘,蓋因上官之再讒,爲頃所逼逐使遷,非原之自遷也。痛心之苦,安得不詳數確憶哉?「遵江夏以流亡」,即《惜頌》之「遵江夏以娛憂」,彼係虚談,此係實事耳。「發郢都」、「望長楸」、「過夏首」、「顧龍門」、「上洞庭」、「背夏浦」、「登大墳」,皆九年前泝江上沅之實景。《抽思》之「泝江潭」,不詳言之,《涉江》之「上沅」,亦不詳言之,而以一步遠一步,一程隔一程,獨詳於此,似遞補前略,似總收前篇。《九章》雖非一時之作,而其作法,有意於布置,夫豈苟然?《惜往日》顯言追遡,則又九年以後之作也。「臨沅湘之玄淵兮,遂自忍而沉流」,明言投水。「惜壅君之不昭」,又不忍即投水也。「不畢辭以赴淵兮,惜廱君之不識」,則明言《九章》之辭未畢,又且待畢而死也。屈原以《惜往日》爲《九章》之第八,固已自言其次序,顯然如此,後人乃昧之紊之,何耶?世傳原死,在仲夏之五日,《懷沙》曰「滔滔孟夏」,「汨徂南土」,此就死之前一月所作。太史公曰「作《懷沙》之賦,自投汨羅」,則《九章》之宜終於《懷沙》,以原之死期,與太史公之言,合攷之,足以決矣。舊本概以《悲回風》終焉,抑何誤也!《悲回風》曰「悲申徒之抗跡」,「負重石之何益」,於歷數古人中,以徒投水爲太急,與其後「自忍沉流」之念不同也。九年以前,未嘗不矢死,而不肯急於即死,迨九年以後,無可如何而不得不死。知此則《九章》之次第,安得以《悲回風》之不肯死者,反居其終耶?其總命名曰「九章」也,謂藉歷年所作以章明己志也。王逸曰「章者,著明」,而未暢其義,請以九篇攷之。首稱「惜誦致愍」,悔夫早未自章也。結曰「重著以自明」,及今而務求章也。曰「陷滯不發」、曰「沉菀莫達」、曰「顧自申而不得」、曰「固將重昏而終身」、曰「心鞿羈而不開」、曰「忠湛湛而願進兮，妬被離而鄣之」、曰「甚光景之誠信兮，身幽隱而備之」、曰「惜廱君之不昭」、曰「鬱結紆軫」、曰「冤屈自抑」，均嘆夫不得自章也。曰「結微情以陳詞」、曰「初吾所陳之耿著」、曰「道思作頌」、曰「介眇志之所感兮，竊賦詩之所明」、曰「昭彭咸之所聞」、曰「願陳情以白行」、曰「情冤見之日明」，均務求章也。其曰「情與質信可保兮，羌居蔽而聞章」，又曰「章畫」、曰「矇瞍謂之不章」，更屢經明點「章」字矣。如謂後人輯之，得其九章，合爲一卷，是以「章」字爲「章句」之「章」，將原之自命自言者，反無憑歟？（《楚辭聽直合論》）

（明）李陳玉

【九歌題下注】《九歌》之外又有《九章》，疑即《九辯》之别名，以應《騷》中之語。初疑文詞與《九歌》不類，《九歌》高簡奥澀，《九章》繁富明衍，或是擬作。所以歷代簡册，退《九章》于《天問》之後，不與《九歌》相連。亦序書者之傳疑也。及細讀之，煩冤苦恨，非屈子不能自道。今取而連之。（《楚詞箋注》卷三）

（清）賀寬

【九章後評】寬曰：洪興祖云：「《騷經》之詞緩，《九章》之詞切，深淺之序也。」細讀之，亦未可一槩論也，《橘頌》通篇賦橘，《悲回風》絶不及楚事，惟末章驟諫君而不聽二語，仍説申徒，其可盡謂之切乎？黄維章《聽直》本由《惜誦》起，次《思美人》，次《抽思》，次《涉江》，次《橘頌》，次《悲回風》，次《哀郢》，次《惜往日》，次《懷沙》。以太史公原傳載懷沙而云，於是懷石遂自投汨羅以死也。九章中亦自有次第，黄説得之。（《飲騷》卷四）

（清）林雲銘

【九章總論】王逸謂屈原放於江南之野，思君念國，憂心罔極，故復作《九章》，似《九章》皆江南之野所作也。兹以其文攷之，如《惜誦》乃懷王見疏之後，又進言得罪，然亦未放。次則《思美人》《抽思》，乃進言得罪後，懷王置之於外。其稱造都爲南行，稱朝臣爲南人，置在漢北無疑，若江南之野則謂之東遷，而以思君爲西思，有《哀郢》篇可證也。洪興祖謂懷王十六年放原，十八年復召用，不言所放之處。而王逸註《哀郢》以爲懷王不明，信用讒言而放逐東遷，又似懷王既放，頃襄又放，皆在江南之野。殊不知《哀郢》篇有「九年不復」之詞，如果懷王所放，則後此使於齊與諫釋張儀會武關者，又是誰耶？或謂懷王只是疏原並未嘗放，即洪興祖放而復召之説者未有確徵。余按，《史記》本傳有「雖放流」之句，《報任安書》又有「屈原放逐，乃賦離騷」之句，則《思美人》所謂路阻居蔽，《抽思》所謂異域卓遠，其不在國中供職可知，但與江南之野無涉耳。大約先被讒，止是疏，本傳所謂不復在位，以不復在左徒之位，未嘗不在朝也，故有使於齊與諫釋張儀二事，及再諫被遷於外方，是放，然不數年而召回，故又有諫入武關一事。其後《哀郢》篇所云「九年不復」者，痛其在遷所日久，以懷王召己比照，所以甚頃襄之暴耳。《涉江》以下六篇方是頃襄放之江南所作。初放起行，水陸所歷，步步生哀，則《涉江》也。既至江南，觸目所見，借以自寫，則《橘頌》也。當高秋摇落景況，寄慨時事，以彭咸爲法，且明赴淵有待之故，則《悲回風》也。本欲赴淵，先言貞讒不分，有害於國，且易辨白，一察之後，死亦無怨，則《惜往日》也。《哀郢》則以國勢日趨危亡，不能歸骨於郢爲恨。《懷沙》則絶命之詞，以不得於當身，而俟之來世爲期。看來《九章》中各有意義。雖所作之先後未有開載，但玩本文瞭如指掌，不待紛紛聚訟，原本錯雜無次，皆由於未嘗細讀本文，所以篇篇訛解。余依同里黄維章先生所訂正者，以爲定次，亦非敢於憑臆更易也。（《楚辭燈》卷三）

（清）夏大霖

【九章】（「九章」）應與「九歌」皆文體之名。樂有以「九」爲名者，《九成》《九歌》《九德》是也。文有以「九」名者，《九辯》是也。以「七」名者，《七略》《七發》是也。此《九章》固非一時一地之所作，而命之爲「九章」，則必屈子自名，非後人名之也。夫後人得其篇而集之，斯可矣。（《屈騷心印箋注》卷四）

(清)劉夢鵬

【九章】甲朝始行,九年不復。白起一烽,南郡焦土。時原已老矣,痛國故之禾黍,念龍關之遺楸,死者何辜,生者已憊,於是哀郢而作《九章》,以叙憂思。(《屈子楚辭章句》卷四)

(清)于光華

【九章題下注】章,著也,明也,謂章明己之志行。原遭放逐,隨事感觸,輒形之聲,共得九章,非一時作也。有《惜誦》《哀郢》《抽思》《懷沙》《思美人》《惜往日》《橘頌》《悲回風》,諸篇皆不入選。(《重訂文選集評》卷八)

【九章眉批】方(廷珪)曰:只一開口,形神聲口俱變,《九歌》《九章》明是兩時作。(《重訂文選集評》卷八)

【九章後評】何義門(焯)曰:《九章》沉鬱頓挫,足以表裏《騷經》。昭明止採《涉江》一篇,意其點綴風華故耶?(《重訂文選集評》卷八)

(清)姚鼐

【九章題下注】鼐疑此篇[《九章》]與《離騷》同時作,故有重著之語。(《古文辭類篹》)

涉江

（宋）洪興祖

【涉江題下注】此章言己佩服殊異，抗志高遠，國無人知之者。徘徊江之上，歎小人在位，而君子遇害也。（《楚辭補注》卷四）

（宋）朱熹

【涉江題下注】此篇多以余、吾並稱，詳其文意，余平而吾倨也。（《楚辭集注》卷四）

（宋）王應麟

【評文】屈原楚人，而《涉江》曰：「哀南夷之莫吾知。」是以楚俗爲夷也。陰邪之類，讒害君子，變於夷矣。（《困學紀聞》卷十七）

（明）汪瑗

【涉江題下注】瑗按：此篇言己行義高潔，哀濁世而莫我知也。欲將渡湘沅，入林之密，入山之深，寧甘愁苦以終窮，而終不能變心以從俗，故以《涉江》名之。蓋謂將涉江遠去耳。末又援引古人以自慰。其詞和，其氣平，其文簡而潔，無一語及壅君讒人之怨恨，其作於遭讒人之始、未放之先歟？與《惜誦》相表裏，皆一時之作。《惜誦》叙己事君之忠已略盡矣，特末二章言其欲隱之志，故此但決其隱之之志耳。舊説謂原既被放，渡江之初之所作，恐非。是篇内曰「旦余將濟乎江湘」，曰「余將董道而不豫」，曰「忽乎吾將行」，皆是自欲遁去之意。此時其志雖決，然欲去而尚未去，故重著此以自明也，故屢曰「將」也。將者，未然之詞。但不能考其爲何年之作。然謂之曰「年既老而不衰」，其在頃襄王之時歟？觀此則屈子亦未嘗糜戀於朝、忿懟不容也。其所以惓惓不忘乎懷襄者，蓋傷其信讒放己，使小人之日得，覩國家之將亡，故不能無責數君相、自明己志之詞。此又天理人倫之至而忠臣義士之不容自已焉者也非過也班固譏其露才揚己，强非其人，愁神苦思，乏大雅之明哲，競乎危國群小之間，亦妄焉而已矣。（《楚辭集解》卷四）

前篇（《惜誦》）其詞危，此篇其詞平；前篇其志悲，此篇其志肆。大抵《涉江》之作欲隱而去，故從容沖雅、怨而不怒、哀而不傷。其甘貧苦、安淡薄、若將終身焉之意，可謂善於處窮，能於避讒而從

容乎退以義者矣。（《楚辭集解》卷四）

（明）馮紹祖

【九章涉江眉批】此屈原初放江南時所作，看題自明大意。謂己之志行芳潔，舉世莫知，只好超出塵寰，遊瑶圃而登崑崙，與天地日月相埒，而爲南夷所逼使之涉江，可哀也。已其始也，眷戀鄉邦。未濟時不勝悵望，將濟時不免徘徊。已而決意前往，自恃端直，一似略堪慰藉。乃由浦入林，由林入山，觸目窮途，覺向之所云「高馳不顧」者，俱成虛語，目中之境絶非意中之境。夫乃嘆吾生無樂，端直而入僻遠亦安在無傷也。陰陽易位，生不逢時，惟有超然遠引耳。（馮紹祖刊《楚辭章句》卷四）

【涉江題下注】涉湘江而南也。湘江在長沙，過岳州洞庭而東行。又「上沅水」，「發枉渚」，「宿辰陽」，「入漵浦」，皆在辰州，則至江南之野。（馮紹祖刊《楚辭章句》卷四）

（明）孫鑛

【涉江題上眉批】前叙方涉江之初，後叙已涉江之後，篇法甚整。《九章》合看自佳，獨收此篇，意以華實之兼美也。（《文選瀹註》卷三三）

（「乘鄂渚而反顧兮」四句眉批）叙涉江亦有風致，多少迴翔之思。（《文選瀹註》卷三三）

(「入漵浦余儃佪兮，迷不知吾所如」四句眉批)涉江已後，如此不堪，正見被放逐之苦。(《文選瀹註》卷三二)

(明)張京元

【九章涉江】原放于江南，故涉江作此。(《删注楚辭》)

(明)閔齊伋

【涉江題下注】「欸」，歎也。《方言》云：「南楚謂然爲欸。」《史》《漢》亞父曰「唉」，及唐人「欸乃作」生字也。(《評點楚詞》卷上)

(明)陳仁錫

【總評】屈原《離騷》《九章》如《天問》等辤，多不可解。讀者不無憚其幽深玄遠。獨此《涉江》一章，多直致語，不加潤飾，且砥礪行誼，不能變心以從俗，眷戀宗國，故將愁苦而終窮。萬世以下，猶令人不能已也。(《文品芾函》卷一)

（明）陸時雍

【讀楚辭語】《涉江》一筆兩筆，老榦疏枝；《哀郢》細畫纖描，着色着態。神韻要各自足。（《楚辭疏》卷一）

（明）黄文焕

【涉江總品】「不衰」、「不顧」、「比壽」、「齊光」，入手處説得豪氣沖霄。「哀南夷之莫知」、「乘鄂渚而反顧」，不能不顧矣。「哀吾生之無樂」、「重昏」、「終窮」，不能不衰矣。結局處説得喪氣入地，「愁苦終窮」、「重昏終身」兩終字，蕭颯之況，無可復鼓。又兩曰「固將」，依然氣不肯遽降，作此不甘不認之口角，文情最深。（《楚辭聽直》卷四）

（明）李陳玉

【九章涉江題下注】此是屈子一篇行程記。端直懷信，是其俯仰自得處。篇中雖説無樂不豫，其寔自發舒其樂與豫也。（《楚詞箋注》卷二）

（清）賀貽孫

【九章涉江】屈子生平以忠厚自處，不應稱楚國爲南夷。李密《陳情表》有「少事僞朝」語，遂爲千古所譏，況可以宗臣指斥宗國耶？怨望醜詆，小丈夫悻悻者所不爲，而謂屈子爲之乎？蓋屈子自郢涉江，及於湘沅、三楚，以湘江爲南楚，以其夷蠻雜居，故曰「南夷」。（《騷筏》）

（清）陳淏子

【涉江】此章篇法最清緊，極顛倒錯綜，而矩度森然。首段明所言之誠，以啓人之聽己。末明所以言之故，以見言非無謂。中間不得不言，不可不言，不忍不言，或追悔，或悲歎，或假喻刻畫，或引古證今，錯見旁出。原意曰：是皆忠言可聽者也，述荃之鑒諸乎！針線相引，絲理可尋，而但不存畦徑，真神品也。（《周文歸》卷十九）

（清）王夫之

【涉江題下注】《涉江》，自漢北而遷於湘沅，絶大江而南也，此述被遷在道之事。（《楚辭通釋》卷四）

（清）林雲銘

【九章涉江後評】屈子初放涉江，氣尚未沮，故開口自負，説得二十分壯，先哀南夷不知用賢，取道時徘徊顧望，猶以端直無傷自慰，似不知後面之窮苦者。迨涉歷許多荒涼地面，忽轉而自哀，方知見疏於君之後，不知改行從俗，宜至於此。再思古人忠賢者，往往未必見用，又以守道不恤窮達爲是，亦無用改悔也，還是幼好奇服，老而不衰口吻。末以陰陽易位，欲去而遠逝作結，正是不能去不忍去，念頭爲此無聊之語耳。按原之放江南雖曰東遷，卻是由東而至南，如郢都爲荆州，而鄂渚爲武昌，則在郢之東矣，《哀郢》所謂「遵江夏」，即此也。湘江在長沙，乃過岳州洞庭而東行，《哀郢》所謂「上洞庭而下江」，即此也。從此上沅，發枉陼，宿辰陽，入溆浦，皆在辰州，則至南耳，故《哀郢》又有「淼南渡」句。仲春而放，其曰「欸秋冬之緒風」，以餘寒尚未盡緒者，餘也，山高蔽日，故又有雪，總是一事，不可以字句爲疑。（《楚辭燈》卷三）

（清）屈復

【涉江序】涉湘江而南也，湘江在長沙，過岳州洞庭而東行，又上沅水，發枉渚，宿辰陽，入溆浦，皆在辰州，則至江南之野。天地齊壽，日月齊光。初放時，志氣不衰，及經歷荒涼，一無改悔，而歎陰陽易

位。忽乎將行，蓋既至放地所作也。（《楚辭新注》卷四）

（清）宋長白

【枉渚】《楚辭·涉江》篇：「朝發枉渚兮，夕宿辰陽。」《太平御覽》曰：「枉山在郡東十七里，溪口小灣，謂之枉渚。」陸士龍《答張士然》詩：「通波激枉渚，悲風薄丘榛。」《楚辭》原註謂「將去枉曲之渚，而處辰明之鄉」，則「丘榛」二字又作何解？謝康樂《歸途賦》：「發青田之枉渚，逗白岸之空亭。」永嘉郡地也，亦不作虛字用。（《柳亭詩話》卷九）

（清）陳遠新

【涉江九章之七】此自叙遷南始末，而前後辭旨與《騷》相發，亦重著以自明也。（《屈子說志》卷六）

（清）蔣驥

【涉江序】《涉江》《哀郢》，皆頃襄時放於江南所作。然《哀郢》發郢而至陵陽，皆自西徂東。《涉江》從鄂渚入溆浦，乃自東北往西南，當在既放陵陽之後，舊解合之誤矣。其命意浩然一往，與《哀郢》之嗚咽徘徊、欲行又止，亦絕不相侔。蓋彼迫於嚴譴而有去國之悲，此激於憤懷而有絕人之志，所由來者異也。抑《惜往日》云：「願陳情以自行兮，得罪過之不意。」或者九年不復之後，復以陳辭攖怒，而再謫辰陽，故其詞彌激歟！篇中曰「將濟」，曰「將行」，又曰「將愁苦而終窮」、「將重昏而終身」，蓋未行時所作也。（《山帶閣注楚辭》卷四）

【論涉江】《涉江》之濟江湘，即《招魂》之發春南征。《涉江》作於未行之時，故曰「將濟」，南征在發春，此應作於冬杪，曰「秋冬緒風」，舉目前之景也。「乘鄂渚」以下，皆預擬之詞，「深林杳以冥冥」六語，韓子所謂「潮陽未到吾能説」也。

《涉江》《哀郢》，皆序遷逐所經之地。《涉江》始鄂渚，終辰溆，《哀郢》始郢都，終陵陽。舊註皆夢夢置之，黄維章、林西仲頗爲考訂，而不得其説，乃謂原放江南，雖曰東遷，實由東至南。《涉江》之乘鄂渚，即《哀郢》之發郢而遵江夏也，濟沅湘，入辰溆，即《哀郢》之上洞庭而南渡也。不知鄂渚在郢東，辰溆在郢西，使自郢至辰，何不渡江歷常德而西，乃迂道東行武昌鄂渚乎？且辰在郢西，其不可云東遷明甚。《哀郢》皆以舟行，而《涉江》兼用車馬，《哀郢》仲春去國，而《涉江》一曰「秋冬緒風」，再曰「霰雪無垠」，僅可擬之早春耳，奈何合之爲一乎！

王薑齋論《涉江》，又謂原於懷王時，退居漢北，至頃襄而竄於江南，故有鄂渚之乘。夫懷之末年，原以諫入武關，與子蘭交惡，其不在漢北審矣。頃襄即位，子蘭之逐原，勢不旋踵，安得從漢北而至江南耶？原於懷世，雖遷漢北，然末年蓋已召還。至頃襄之始竄原江南，當以《哀郢》之發郢都爲正。《涉江》則既放之後，又往來江南之地耳，稽諸往事，參之地理，其情形思過半矣。

《涉江》，從陵陽至溆浦也，《哀郢》，從郢至陵陽也。舊解於陵陽未有確疏，因不知哀郢之所至與涉江之所從。今案陵陽縣，兩漢屬丹陽郡，唐宋爲宣州涇縣，《水經注》云：「陵陽山，竇子明昇仙之所也，縣取名焉。」《志》云：「今陵陽故城，在池州府青陽縣南六十里，陵陽山有三峰，一屬池州石埭，一屬寧國府之太平。其地南據廬江，北距大江，且在郢之直東竄。」思原遷江南，應在於此，然洪註嘗取以爲証矣。而朱子云未詳，豈以去郢頗遠，不足爲左驗歟！今合《招魂》之貫廬江，《涉江》之乘鄂渚觀之，則自陵陽而廬江而鄂渚，壤地相連，參錯可見，未可云臆説也。若錢氏謂陵陽即陽侯之波，《洗髓》謂陵陽即江陵之陽，固不俟辨而知其非矣。（《山帶閣注楚辭》餘論卷下）

（清）胡文英

【九章涉江】由今湖北至湖南途中所作，若後人述征行紀行之作也。按屈子由今之武昌府啓行，將濟臨湘縣江，故曰「將濟江湘」。不忘郢都，登武昌高處以望荆州府，則爲「反顧」矣，故曰「乘鄂渚而反顧」。由武昌之通山縣、崇陽縣、通城縣，至岳州之臨湘縣渡江，至方臺山，舍車就舟，故曰「邸車方林」。由方林乘舟泝沅江而上，故曰「乘舲上沅」。經過常德府城南枉山陼，故曰「朝發枉陼」。由枉陼窮沅水而上，即爲辰州府城西南，故曰「夕宿辰陽」。由城西南入溆浦縣溪河，故曰「入溆浦余儃佪」。然玩末句「忽乎吾將行」，則溆浦仍屬過徑也。（《屈騷指掌》卷三）

（清）戴震

【涉江】「余幼好此奇服」，以此好脩不懈，是以前既不容於世而不顧，至此重遭讒謗，濟江而南往斥逐之所，蓋頃襄復遷之江南時也。湘水自洞庭入江，故洞庭之下，得兼江湘之目矣。王伯厚云：「屈原楚人，而《涉江》曰『哀南夷之莫吾知』，是以楚俗爲夷也。陰邪之類，讒害君子，變於夷矣。」（《屈原賦注》九章）

［夏首］在今江陵縣東南。《水經注·夏水篇》云：「江津豫章口東有中夏口，是夏水之首，江之汜也。屈原所謂『過夏首而西浮，顧龍門而不見』也。龍門，即郢城之東門也。」今江陵縣東南有豫章口，又東即中夏口。

「夏水、沔水合流，逕魯山東南注於江，爲夏浦。《春秋傳》謂之夏汭，或曰夏口，或曰沔口，或曰魯口，今湖北漢陽府漢陽縣東漢口是。魯山亦謂之翼際山，《禹貢》之大别山也，在縣東北百許步。夏水入沔，在江夏雲杜東，是謂堵口。」《水經注·夏水篇》云：「自堵口下，沔水通兼夏目，而會於江，謂之夏汭。」今湖北安陸府沔陽州西北有雲杜故城。《水經注·湘水篇》云：「汨水西逕羅縣北，本羅子國也。又西逕玉笥山，又西爲屈潭，即羅淵也。屈原懷沙自沈於此，故淵潭以屈爲名。淵北有屈原廟，廟前有碑。汨水又西逕汨羅戍南，西流注於湘，春秋之羅汭矣，世謂汨羅口。」顏師古注《漢書·地理志》「長沙·羅」引盛弘之《荆州記》云：「沿汨西北，去縣三十里，名爲屈潭，屈原自沈處。」羅故城在今湖南長沙府湘陰縣東北，縣七十里，汨羅山孤峙水中，其上有屈原墓。（《屈原賦注》九章）

（清）曾國藩

【楚辭】《涉江》，《文選》獨選此篇，無「亂曰：鸞鳥鳳皇，日以遠兮」以下一節。（《求闕齋讀書録》卷四）

（清）林紓

【讀柳宗元諸賦】讀《懲咎》一賦，不明嗟嘆。（……）自「淩洞庭」句起，楚鄉風物，一一如畫。屈原《涉江》，亦同此慼。然屈原不以罪行，而柳州實陷身奸黨，故屈原抵死不甘認過，而柳州則自承有通天之罪。等是遷客，正直與回曲自殊，而所以仍吐正聲者，則自信其能懲咎也。以下滅身無後，進路劃絶，伏匿不果，拘攣轗軻，一片哀音，聞者酸鼻。最後結以一語曰：「苟余齒之有懲兮，蹈前烈而不頗。」此萬死中，掙出生命之言，故晁太史取此賦於續楚詞，且爲之序曰：「宗元竄斥崎嶇瘴間，堙厄感鬱，一寓於文，爲《離騷》數十篇。（《韓柳文研究法》）

【流别論】《涉江》之詞曰：「哀南夷之莫吾知兮，（……）固將愁苦而終窮。」此一段，真所謂述離居，論山水，言節候，悉納於小小篇幅中矣。夫惟朝庭之莫己知，遂涉江而逝。然秋冬之風撲面，迴顧國都，已在蒼蒼莽莽之中。秋水漫天，楚江日暮，自枉渚至辰陽，初無托足之所。於是深林猿狖，雨雪淒迷，其中一去國之孤臣，不特此身不可安頓，即此心亦寧有安頓之處？又知國家衰敗，斷無容己之人，即一己亦不願變心而從俗。不待讀《涉江》全文，只此小小結構，靜中思之，在在咸足悲梗。乃知《騷經》之文，非文也，有是心血，始有是至言。（《春覺齋論文》）

吴闓生

【涉江眉批】吴至父（汝綸）云：「南夷謂貶所也。濟江湘、登鄂渚，還楚國也。以秋冬緒風，止而不進，於是又乘船上沅，又不進，則又南至僻遠也。此皆虚設之詞，非實事。説者以南夷爲楚國，大謬。」（《吴評古文辭類篹》卷六三）

《集注》曰：「接輿，楚狂也。被髪佯狂，後乃自髡。桑扈，即《莊子》所謂子桑户。」（吴闓生）按：《論語》「楚狂接輿歌而過孔子」，言楚狂接孔子之輿而歌耳。故下直曰「孔子下」，不曰「下輿」，以前有輿字故也。後因號爲狂接輿。接輿猶荷蕢，非楚狂字也。蓋是時楚狂趨避，烏知其字哉？《莊子》曰「肩吾見狂接輿」，《尸子》曰：「楚狂接輿耕方城」，《楚辭》曰「接輿髡首」，蓋皆以是爲號耳。《列仙傳》曰：「接輿名陸通，楚人。」嵇康書曰「子房之佐漢，接輿之行歌」，杜甫詩「接輿還入楚，王粲不登樓」，直以接輿爲字矣。又《論語》子桑伯子，王肅曰：「伯子，書傳無見焉。」邢昺曰：「鄭以《左傳》秦有公孫枝，字子桑。恐非。」《集注》以《楚辭》「桑扈贏行」即此伯子也。《家語》「伯子不衣冠而處」，即此贏行之證也，良是。（《吴評古文辭類纂》卷六三）

王國維

【氣象皆相似】「風雨如晦，鷄鳴不已。」「山峻高以蔽日兮，下幽晦以多雨。霰雪紛其無垠兮，雲霏霏而承宇。」「樹樹皆秋色，山山盡落暉。」「可堪孤館閉春寒，杜鵑聲裏斜陽暮。」氣象皆相似。（《人間詞話》）

卜居

（漢）王逸

【卜居序】《卜居》者，屈原之所作也。屈原履忠貞之性，而見嫉妬；念讒佞之臣，承君順非，而蒙富貴；己執忠直，而身放棄；心迷意惑，不知所爲。乃往至太卜之家，稽問神明，決之蓍龜，卜己居世，何所宜行，冀聞異策，以定嫌疑，故曰卜居也。（《楚辭章句》卷六）

（宋）洪邁

【東坡不爲人後】自屈原詞賦假爲漁父、日者問答之後，後人作者悉相規倣。司馬相如《子虛、上林賦》以子虛、烏有先生、亡是公，楊子雲《長楊賦》以翰林主人、子墨客卿，班孟堅《兩都賦》以西都賓、東都主人，張平子《兩都賦》以憑虚公子、安處先生，左太沖《三都賦》以西蜀公子、東吴王孫、魏國先生，皆改名换字，蹈襲一律，無復超然新意，稍出於法度規矩者。晉人成公綏《嘯賦》無所賓主，必假逸群公子乃能遣詞。枚乘《七發》本只以楚太子吴客爲言，而曹子建《七啓》遂有玄微子、鏡機子，張景陽《七命》有沖漠公子、殉華大夫之名，言語非不工也，而此習根著未之或改。若東坡公作《後杞菊賦》，破題直云：「吁嗟先生，誰使汝坐堂上稱太守？」殆如飛龍搏鵬，騫翔扶摇於煙霄九萬里之外，不可搏詰，豈區區巢林翾羽者所能窺探其涯涘哉？（《容齋隨筆·五筆》卷七）

（宋）洪興祖

【卜居】卜以決疑，不疑何卜，而以問詹尹何哉？時之人，去其所當從，從其所當去，其所謂吉，乃吾所謂凶也。此《卜居》所以作也。（《楚辭補注》卷六）

【漁父序】《卜居》《漁父》皆假設問答，以寄意耳。而太史公《屈原傳》、劉向《新序》、嵇康《高士傳》或採《楚辭》《莊子》《漁父》之言，以爲實録，非也。（《楚辭補注》卷七）

（宋）姚寬

【西溪叢語】《李君翁詩話》：「《卜居》云：『寧誅鋤草茅，以力耕乎？』詩人皆以爲宋玉事。豈《卜居》亦宋玉擬屈原作邪？庾信《哀江南賦》云：『誅茅宋玉之宅。』不知何據而言？」此君翁之陋也。唐余知古《渚宮故事》曰：「庾信因侯景之亂，自建康遁歸江陵之府居。」〔……〕老杜《送李功曹歸荆南》云「曾聞宋玉宅，每欲到荆州」是也。又在夔府《詠懷古跡》云「摇落深知宋玉悲」、「江山故宅空文藻」。然子美《移居夔州入宅》詩云：「宋玉歸州宅，雲通白帝城。」蓋歸州亦有宋玉宅，非止荆州也。李義山亦云：「却將宋玉臨江宅，異代仍教庾信居。」（《西溪叢語》卷上）

（宋）朱熹

【卜居序】《卜居》者，屈原之所作也。屈原哀憫當世之人，習安邪佞，違背正直，故陽爲不知二者之是非可否，而將假蓍龜以决之，遂爲此詞，發其取舍之端，以警世俗。説者乃謂原實未能無疑於此，而始將問諸卜人，則亦誤矣。（《楚辭集注》卷五）

【釋滑稽】《史記》有《滑稽傳》，《索隱》云：「滑，亂也。稽，同也。言辯捷之人言非若是，言是若非，能亂異同也。」楊雄《酒箴》「鴟夷滑稽」，顔師古曰：「滑稽，圜轉縱捨無窮之狀。」此詞所用二字之意，當以顔説爲正。（《楚辭集注·楚辭辯證下》）

【朱子語類】字義從來曉不得，但以意看可見。如「突梯滑稽」，只是軟熟迎逢，隨人倒，隨人起底意思。如這般文字，更無些小窒礙。想只是信口恁地説，皆自成文。（《朱子語類》卷一三九）

（宋）樓昉

【崇古文訣】《卜居》謂立身所安之地，非宮室之居也。（《崇古文訣》卷一）

（元）王惲

【屈原卜居圖】用舍行藏聖有餘，却從詹尹卜攸居。乾坤許大無容處，正在先生見道疎。山林長往渺難攀，死不忘君世所難。邂逅去從詹尹卜，八方歷遍果何安。（《秋澗集》卷三二）

（元）祝堯

【楚辭體下】此原陽爲不知善惡之所在，假托著龜以決之，非果未能審於所向而求之神也。居謂立身所安之地，非居處之居。洪景廬云：「自屈原詞賦假爲漁父、日者問答之後，後人作者悉相規倣。司馬相如《子虛》《上林》以子虛、烏有先生、亡是公，楊子雲《長楊賦》以翰林主人、子墨客卿，班孟堅《兩都賦》以西都賓、東都主人，張平子《兩京賦》以馮虛公子、安處先生，左太沖《三都賦》以西蜀公子、東吴王孫、魏國先生。皆改名换字，蹈襲一律，無復超然新意稍出於規矩法度者。」愚觀此言，則知詞賦之作莫不祖於屈原之《騷》矣。（《古賦辯體》卷二）

（明）汪瑗

【楚辭集解】屈子於是非可否二者之間無疑於心，而必不卜之於神明，其説尚矣。今觀太卜氏姓名具載，非若烏有先生、亡是公懸空假託之類也亦明矣。夫所謂鄭詹尹者，其或當時之隱君子如嚴君平之儔歟？觀屈子所問之詞，似以詹尹爲知己者。詹尹所謝之詞，似亦爲知屈子者。其或當時尋訪談論之間，偶及此事，而屈子遂述其問答之意，以成此篇也。若以詹尹比之於《子虛》《上林》等號，恐非也。嗚呼！詹尹得附《楚辭》之末而流傳千載，幸亦大矣。（《楚辭集解》卜居卷）

（明）馮紹祖

【卜居眉批】〔失名〕曰：或謂卜以決疑，不疑何卜，則屈子似多此一番問答。然詩人握粟出卜，即是此意。孔子阨於陳蔡亦有「吾道非耶，何爲於此」之語，況《離騷》篇中命靈氛，要巫咸，其胸懷固早有定，特以一生本領被屈於時，雖爲國宗室，義無可去，而致命遂志，正不可以草草出之。故内斷於心，外質於人，到得至是無非之地，方才一刀兩斷，史公所謂「重於太山」者也。後學立志浮薄，乃輕議古人之用心，必不合矣。（馮紹祖刊《楚辭章句》卷六）

（明）陳深

【卜居眉批】句極長不見有餘，極短不爲不足，多不爲廣，少不爲儉，以十六乎字爲之，固抱或侈或弇，或牟或抒，惟意所適，無不中繩，必也聖乎！後此猶病。（《諸子品節》卷二七）

（明）王世貞

【藝苑卮言】《卜居》《漁父》，便是赤壁諸公作俑，作法於涼，令人永慨。（《藝苑卮言》卷二）今人以賦作有韻之文，爲《阿房》《赤壁》累，固耳。然長卿子虚已極曼衍，《卜居》《漁父》實開其端。（《藝苑卮言》卷三）

（明）張鳳翼

【楚辭合纂】《卜居》《漁父》爲原幽憤寄託之作，豈當時實有是事？叔師小序固矣。（《楚辭合纂》卷四）

【卜居題下注】原哀憫當世，違正習邪，故陽爲不知，而假卜以決取舍。用以警俗，非真有疑而問也。（《文選纂注》卷七）

（明）陳第

【題卜居】舊説謂原憫世之違正習邪，故假卜以警俗，非真有疑而問也。愚按：《離騷》「索瓊茅以筳篿兮，命靈氛爲余占之」；又曰「巫咸將夕降兮，懷椒糈而要之」，皆卜居之意。原猶以爲未盡也，故設八條目以行之，必不能兼事之，必致相反者決去就，定從違；且以見己之廉貞，不以見棄而悔改也。嗟夫！物各有性，人各有天。松柏桃李，不可轉移。君子小人，豈能反覆？龍逢比干，固不以利禄刑殺而易其操；飛廉惡來，亦豈以齒利劍沉九族而滅其趾？故數有所不逮，君子安之于數也；神有所不通，君子不要之神也。《卜居》之旨遠矣。語曰：「道不同不相爲謀。」又曰：「匹夫不可奪志也。」然哉！然哉！（《屈宋古音義》卷二）

（明）孫鑛

【文選瀹注】《卜居》雖設爲質疑，然卻是譽己嗤衆，以明決不可爲彼意，細玩造語自見。（《文選瀹注》卷三三）

【卜居題上眉批】《卜居》《漁父》奇横絶世，開宋玉《對問》《答客難》《解嘲》一派，不應列在騷詞。昭明選例，序類不序人，於此似少的當。

（「屈原曰」以下眉批）主見已定，姑用抑揚之詞，以行其憤耳。一正一反，反覆陳之，奇絶横絶。

（「用君之心」三句眉批）人各有心，龜筴何爲？一結見此心之終不可變也。（《文選瀹註》卷三三）

（明）張京元

【卜居】既見放矣，復審所居，何見之晚也？通後《漁父》篇，語義太膚，疑是僞作，姑存之。（《删注楚辭》）

（明）蔣之翹

【七十二家評楚辭蔣之翹輯評】李賀曰：《卜居》爲騷之變體，辭復宏放，而法甚奇崛。其宏放可及也，其奇崛不可及也。（《七十二家評楚辭》卷五）

桑悦曰：考亭云，《卜居》文字，便無此小窒礙，想只是信口恁地説，皆自成文。（《七十二家評楚辭》卷五）

張鳳翼曰：《卜居》《漁父》爲原寄託幽憤之作，豈當時實有是事？（《七十二家評楚辭》卷五）

蔣之翹曰：《天問》《卜居》，辭雖迥别，然究其志意一也。（《七十二家評楚辭》卷五）

（明）沈雲翔

【沈雲翔輯評八十四家評楚辭】〔金蟠〕曰：相其體勢，太湖七十二峰，參差胸前，躍出不止，九嶷列秀也。（《八十四家評楚辭》卷五）

（明）黄文焕

【卜居品】後人賦手，拖沓不變，縱填塞多料，以字法句法矜其古奥，然章法未能造幻，體勢總歸鈍直。豈解如此短篇，乃具百變作用耶？漢人尚莫窺其門堂，乃或謂宋賦從原《卜居》開其端，嗚呼，是寧

深心讀原者哉！使以章法善變爲賦心，豔麗益以增美，清空亦足呈奇，何適不可？（《楚辭聽直》卷五）

【聽卜居漁父】二篇均以問答立體，其遣詞則較之他篇最顯且淺，而其寓意則較之他篇倍淒以深。《離騷》一質靈氛，再質巫咸，固已先揭「往見太卜」之旨。然靈氛之言曰「九州遠逝」、「何懷故都」，直以擇君去楚告；巫咸之言曰「勉升降以上下，求矩矱之所同」，終之曰「及年歲之未晏兮，時亦猶其未央」，婉以法古俟時告。雖原不能從，而荷靈氛、巫咸之相憐，殊爲不薄。太卜則曰「龜策不能知此事」，竟付之不告矣，不復相憐矣。夫至神靈不肯憐、不肯告，復何望於人哉？此一淒深也。《漁父》之淒深，又有別意焉。以原之抱忠，下之不見容於同列，上之不見諒於君王，內之不見信於其姊，所仗隱流之士，決以皆濁皆醉爲非，以獨清獨醒爲是，庶幾舉世之內，猶有一人代其伸冤，代其明志，乃漁父所言，亦欲其在清濁醉醒間也。原以古聖爲依，以依古聖爲得中正，漁父而不言聖人則已，既言聖人矣，專曰「與世推移」，是原所依之聖舉未聖。所得之中正非中正也。從來手難兩畫，足難兩跨，半清半濁，半醉半醒，何堪置身？於以玩世則可，若以事君，可乎哉？迨再申本懷，而漁父堅持前説，作「清濁」之歌而去，不復與言。嗟乎！舉世竟無知己，至欲少自辨白於隱流，而亦不得辨白也。如此啞口，豈復可堪耶？原之拈此二篇，殆以龜策之不肯告、漁父之不肯復言，合爲一輒，以鳴其孤慘。蓋措詞之顯淺，立意之淒深如此。意外之意，尤有進者。龜策既不能知此事，則吾不得不自行吾志，是吾之所卜，不待卜也。漁父雖不復言，而歌中用「清水」「濁水」則殊，歸之於濯則一。皆濁之世，豈知濯者？纓濯而纓清，足濯而足清，依然藉獨清爲快志矣。是漁父之歌，終同於我之言，不待其再與吾言也。此屈之借旁訕以自明也。《賓戲》《客難》《解嘲》，皆從原二篇而出，然自明纚纚，意盡詞中，幾同互訟，以後息爲勝；詎如原之藏自明於旁調，任説我非，益證我是？千古而下，概未易知哉！若曰淺顯爲宋賦作俑，其不知《騷》彌甚。（《楚辭聽直合論》）

（清）賀貽孫

【騷筏】此與《漁父》二篇，憑空設端，實爲《客難》《解嘲》濫觴，不獨唐宋小賦之鼻祖也。（《騷筏》）

（清）王夫之

【卜居】《卜居》者，屈原設爲之辭，以章己之獨志也。居，處也。君子之所以處躬，信諸心而與天下異趨。澄濁之辯，粲如分流；吉凶之故，輕若飄羽。人莫能爲謀，鬼神莫能相易。恐天下後世，且以己爲過高，而不知俾躬處休之善術，故託爲問之蓍龜，而詹尹不敢決，以旌己志。因窮弇嬰病國之情狀，示憎惡焉。（《楚辭通釋》卷六）

（清）賀寬

【卜居箋】《卜居》《漁父》，童而習之，説者以爲宋人文賦所自始，久乃知其不然，篇中連用十七乎字，一寧一將，又止十六字，其中有正有喻，有半正半喻；有對有不對，有對而增一句以成不對者，凡三處；引喻而先後參錯不同，其變幻之妙，宋人所未及也。竭知盡志云者，智有餘，則忠不能盡，具臣衛身之術，如此貞臣，反此以事君，則更無餘智以謀身矣，此之爲竭爲盡也。黨人本知其忘身而又惡其形，已之不能忘也，即以其竭者爲不竭，盡者爲不盡，而讒言入矣。君既信讒，則吾之動静語默，無一不足動君之怒，真令人進退維谷，故云不知所從也。夫死忠，原之本懷也，亦復何疑而待卜，亦以立身大節，幾經審量，而後出之，所以異於匹夫匹婦之爲諒也，故原嘗自謂「莫知予之從容」也。至所卜之詞，雖若並舉以質疑，而有向有背不止，隱然言外矣。納忠不一道，惟傾盡而無餘者則過於直，所謂朴以忠也。務得人之歡心，而以一身環應於前後之際，彼意未至，我心先迎，其斯無窮乎？力耕則逃名，游大人則求名，原未嘗不好名，惟求則所深惡耳，此問非正意也。危身捨生成仁也，媮生狥身忘義也，所欲有甚於生，原審之久矣。超然句即賦《遠遊》之説，亦非正意。呢訾云云，朱黄所見不同，大抵取悦於婦人一佞而已，佞固妾婦之所爲，因以自待者待吾君，原所痛心者也。廉挈正直以自清，宋子之頌原曰「清以廉潔」，原自序曰「名予正則」，生平自負全在此。突梯云云，佞之甚者也。以妾婦自待而人不知，以妾婦待君而君亦不知，尤原所痛心也。千里駒以下詞皆取譬，並非正意，惟媮以全軀非所願也。凡八問答只用二語結之，入後自歎，又復引喻，輕重不待言，律有六而獨言黄鍾，以其爲六律之君也。太卜所云，尺短寸長，又復引喻與原自歎處，皆參以正言，此變换法也。尺不足不可云長，寸有餘不可云短，可見世無定見，其他益不足計也。龜策能決人之疑，不能決人之不疑，原之死忠本無可疑，無所事於卜，則亦無可用，其知矣。此原之卜正以自決，豈真有疑而待卜以決耶？此豈悻悻然小丈夫之所爲也。（《飲騷》卷六）

（清）林雲銘

【卜居後評】林西仲（雲銘）曰：「蔽障於讒」四字是一篇之綱，蓋惟蔽障所以三年不得復見也。靈均爲國之忠，立身之潔，濱九死而不悔，豈有此吉凶去從之問？但以竭智盡忠，上不見察于君，下不見諒于俗，無處告語，故劈空撰出問卜公，案以爲借龜策之陳詞，庶幾可質諸鬼神以自白其廉貞，此無聊之極思也。中段八個寧字，八個將字，語意低昂，隱隱可見。未發感慨一段，明知其當爲廉貞，不當爲溷濁，無奈舉世顛倒，動得悔尤，難甘默然，只得多此一問，然世亦無許。入悖道求合之鬼神，詹尹釋策所謂卜以決疑，不疑何卜者也？篇中計八易韻，亦騷之遺音，其呢訾慄斯，喔咿嚅唲，突梯挈楹等語，王注不知其何所據，先輩謂當以意會之，斯得之矣。（《楚辭燈》卷四）

（清）吴景旭

【卜居】陳第言：「舊説原憫世之違正習邪，故假卜以警俗，非真有疑而問也。」按《離騷》「索藑茅以筳篿兮，命靈氛爲余占之」；又曰「巫咸將夕降兮，懷椒糈而要之」，皆《卜居》之意。原猶以爲未盡也，故八設條目，以行之必不能兼，事之必致相反者，決去就，定從違，且以見己之廉貞，不以見棄而悔改也。余竊以原《卜居》之意，又不止於此。蓋原之所謂居，非宫室之構造也，亦非世塗之淒息也，真是其安身立命處。故《離騷》凡二千四百九十二言，而以一居字結之。「吾從彭咸」，早已自卜，余知其居久在香蘺芳桂叢中矣。（《歷代詩話》卷一〇乙集）

（清）王邦采

【卜居箋略】《卜居》者，卜其居身之術也。屈子豈真有疑，以警世耳？鄭詹尹者，豈亦靈氛、巫咸之儔歟？屈原既放，三年不得復見，竭知（去聲）盡忠，而蔽障于讒，心煩慮亂，不知所從。此問卜之由。乃往見太卜鄭詹尹，曰：「余有所疑，願因先生決之。」決其所從也。詹尹乃端策拂龜，曰：「君將何以教之？」策，蓍莖也；龜，龜底殼也；何以教，願聞其要也。屈原曰：「吾寧悃悃款款朴以忠乎？將送往勞（去聲）來斯無窮乎？」〔……〕惠迪者，未必吉，從逆者，未必凶。善惡邪正，惟人自主而已，豈有許人悖道，求福之鬼神哉？居世不合居身，何從屈子之所以問卜也。卜以決疑，不疑何卜？詹尹之所以釋策也，用君之心，行君之意，明明道破，何以卜爲？（《屈子雜文箋略》）

（清）吴楚材、吴調侯

【卜居注】屈原疾邪曲之害公，方正之不容，故設爲不知所從，而假龜策以決之。非實有所疑，而求之于卜也。中間請卜之詞，以二「寧」字、「將」字到底，語意低昂，隱隱自見。（《古文觀止》卷二）

（清）吴世尚

【楚辭疏】《卜居》《漁父》兩篇，《卜居》作於初放之時，《漁父》則去沈淵不遠矣。故一則猶有悵望之情，一則盡屬決烈之語。（《楚辭疏》卷五）

（清）屈復

【卜居序】三閭忠而見放，彭咸自矢不疑，何卜哉？然默默而已，其誰知乎？其誰語乎？其鬼神乎？此《卜居》之所以作乎？

屈原既放三年，不得復見，竭知盡忠，而蔽鄣於讒，心煩慮亂，不知所從，乃往見太卜鄭詹尹曰：「余

有所疑，願因先生決之。」（《楚辭新注》卷六）

【卜居總論】此篇四段，一段求卜之故，二段應心煩意亂，三段應竭知盡忠。二句四段質諸鬼神而無疑也，「知」字起，「知」字應，「知」字結，章法井然。（《楚辭新注》卷六）

（清）沈德潛

【説詩晬語】《卜居》《漁父》兩篇，設爲問答，以顯己意，《客難》《解嘲》之所從出也。詞義顯然，《楚辭》中之變體。（《説詩晬語》卷上）

（清）蔣驥

【卜居序】居，謂所以自處之方。以忠獲罪，無可告訴，託問卜以號之，其謂「不知所從」，憤激之辭也。（《山帶閣注楚辭》卷五）

【卜居總論】《集注》以篇中所指婦人爲鄭袖，陸昭仲謂其嫌於斥，非也。「怨靈修之浩蕩兮，終不察夫民心」，君且無嫌，而況於袖乎？「哫訾」「喔咿」諸語，皆深肖上官靳尚之情態，而著其憤嫉之思也。則此篇所謂放者，其爲漢北奚疑？問卜之辭，曰「誅鋤草茅以力耕」，曰「正言不諱以危身」，蓋居蔽須時，與爲彭咸之志，尚相參也。然則《卜居》之作，殆與《思美人》相近歟！（《山帶閣注楚

辭》卷五)

【論卜居】《卜居》本意,蓋以惡既不可爲,而善又不蒙福,故向神而號之。猶阮籍途窮之泣也,王叔師謂決之蓍龜冀,聞異策,固爲大愚。《集註》以爲哀憫世人,而設此以警之,亦非切論。「瓦釜雷鳴」對「毀棄黄鐘」言,言人之棄黄鐘而群擊瓦缶,所謂溷濁不清也,《集註》謂以妖怪而作聲,夫妖怪於人何與耶?(《山帶閣注楚辭》餘論卷下)

(清)于光華

【卜居眉批】《卜居》《漁父》,開宋玉對問,《客難》《解嘲》一派,似應列出。(《重訂文選集評》卷八)

(清)崔述

【讀書餘論】謝惠連之賦雪也,託之相如;謝莊之賦月也,託之曹植。是否假託成文,乃詞人之常事。然則《卜居》《漁父》,亦必非屈原之所自作,《神女》《登徒》亦必非宋玉之所自作,明矣。但惠連、莊、信,其世近,其作者之名傳,則人皆知之;《卜居》《神女》之賦,其世遠,其作者之名不傳,則遂以爲屈原、宋玉之所爲耳。(《考古續説》卷下)

（清）李詳

【卜居漁父題下注】此詹尹、漁父，皆屈原設言，並無其人。王逸特據本文，推演爲序，多非情實。故逸於此兩篇俱以韻文隱括大意言之。於文字訓故，則未釋也。唯洪興祖《補注》，略申其旨。如「哫訾栗斯」、「突梯」、「潔楹」，皆無的詁。洪氏所云，亦衹望文生義，不可爲據。而太史公獨信漁父之言，以爲真有其人，得毋以詞之引古而重之。「新沐」四語，上有「吾聞之」，分明是古語。故《荀子·不苟》篇有此四語，云：「新浴者振其衣，新沐者彈其冠，其誰能以己之潐潐，受人之掝掝。」亦本古語，但字微異耳。「滄浪之水清」四句，《孟子》引作孺子之歌，亦古語也。（《楚辭翼注》）

漁　父

（漢）王逸

【漁父序】《漁父》者，屈原之所作也。屈原放逐，在江湘之間，憂愁嘆吟，儀容變易；而漁父避世隱身，釣魚江濱，欣然自樂，時遇屈原川澤之域，怪而問之，遂相應答。楚人思念屈原，因叙其辭以相傳焉。（《楚辭章句》卷七）

（唐）李周翰、張銑

【漁父題下注】翰曰：漁父，避世而隱於漁者也。原因而叙焉。

（滄浪歌）良曰：清喻明時，可以修飾冠纓而仕也。〔……〕銑曰：濁喻亂世，可以抗足遠去。（《文選》卷三三）

（唐）劉知幾

【别傳九條】自戰國已以下，詞人屬文，皆僞立客主，假相訓答。至于屈原《離騷辭》稱遇漁父于江

渚，宋玉《高唐賦》云夢神女于陽臺。夫言並文章句結音韻，以兹叙事，足驗憑虚。（《史通》卷一八《雜説下》）

（宋）洪興祖

【漁父序】《卜居》《漁父》，皆假設問答以寄意耳。而太史公《屈原傳》、劉向《新序》、嵇康《高士傳》或採《楚辭》《莊子》漁父之言以爲實録，非也。（《楚辭補注》卷七）

【漁父後評】《藝文志》云：「《屈原賦》二十五篇。」然則自《騷經》至《漁父》，皆賦也。後之作者苟得其一體，可以名家矣。而梁蕭統作《文選》。自《騷經》《卜居》《漁父》之外，《九歌》去其五，《九章》去其八。然司馬相如《大人賦》率用《遠遊》之語，《史記·屈原傳》獨載《懷沙》之賦，揚雄作《畔牢愁》，亦旁《惜誦》至《懷沙》。統所去取，未必當也。自漢以來，靡麗之賦，勸百而諷一，無復惻隱古詩之義。故子雲有曲終奏雅之譏，而統乃以屈子與後世辭人同日而論，其識如此，則其文可知矣。（《楚辭補注》卷七）

（宋）朱熹

【漁父序】《漁父》者，屈原之所作也。漁父蓋亦當時隱遁之士，或曰亦原之設詞耳。（《楚辭集注》卷五）

（元）祝堯

【漁父題下注】賦也。格轍與前篇同，〔……〕篇中句末用乎字，疑辭亦與前篇義全，其即荀卿諸賦句末者邪、者、歟、等字之體也。古今賦中或爲歌，固莫非以騷爲祖。他有「誶曰」、「重曰」之類，即是亂辭中作歌，如《前赤壁》之類；用「倡曰」、「少歌曰」體，賦尾作歌，如齊梁以來諸人所作，用此篇體。（《古賦辯體》卷二《楚辭體下》）

（明）都穆

【南濠詩話】《六經》如《詩》《書》《春秋》《禮記》，所載無非實事。自騷賦之作興，託爲漁父、卜者及無是公、烏有先生之類，而文詞始多漫語，其源出於《莊子》。《莊子》一書，大抵皆寓言也。（《南濠詩話》）

（明）邵寶

【楚江漁父圖】有矐一人立荒浦，人云三閭問漁父。楚江風景是邪非？而況原心越千古。原心上有先王知，天地可質終無疑。夫豈不解漁父意，揚波歠醨焉用之？物無滯礙能推移，是聖者事吾何知？蒼蒼故吾山，湛湛故吾水。宗國如何吾病矣，九死侵尋無一是。蒼梧帝遠天閽幽，上下四方徒遠遊。雲驂風駕倏萬里，歸來江上令人愁。長揖向漁父，漁父難與謀。誓將魚腹爲狐丘。君不見滄浪歌，漁父去，煙霧茫茫不知處。（《容春堂集》前集卷二）

（明）俞弁

【逸老堂詩話】《考古編》云：屈原《漁父》一章，自載己與漁父問答之辭。漁父勸其從俗，原答之曰：「寧赴湘流，葬于江魚腹中。」漁父莞爾鼓枻歌《滄浪》而去，則是自「莞爾」而下至「去不復顧」，皆原語言也。若原實嘗投湘，安得更能自書死後之言乎？賈誼、揚雄作《畔騷》，皆言原真投水死而世亦和之，此不審也。（《逸老堂詩話》卷下）

（明）汪瑗

【楚辭集解】瑗嘗讀《論語·憲問》《微子》篇，觀其備載晨門、荷蕢、楚狂、沮溺、荷篠丈人之事，因思前代往往實有是人；亦足以證此篇非特屈子之寓言也。若人也，其亦楚狂、荷蕢之流歟？惜乎姓字不傳於世，而今獨賴此篇，猶能使千載之下得以想見其爲人。漁父何以得此乎？今觀其詞不迫切而意已獨至，若知愛重屈原者，漁父之於道可謂有矣。（《楚辭集解》漁父卷）

太史公曰：「上官大夫短屈原於頃襄王，頃襄王怒而遷之。屈原至於江濱，被髮行吟澤畔，漁父見而問之。」亦足以證其爲初放之作也。（《楚辭集解》漁父卷）

（明）馮紹祖

【漁父眉批】撰語俱奇峭直切，在楚騷中最爲明快。（馮紹祖刊《楚辭章句》卷七）

曰：「聖人不凝滯於物，而與世推移。」此是時中作用，堯舜禹湯之揖讓征誅，無以加此。漁父何人，開口便解聖人之精義所存耶？毋亦處士横議，以「與世推移」文其無忌憚之罪過。漁父順耳聽得，便欲以後世胡廣、馮道等人之徇時妙用，爲耿直者下一良劑也。屈原狷介其行事，雖不必適中，而斷不稍詭於正。謂尋常假借之談，乃足擾其衷曲耶？推屈原之志，以爲吾不敢冒託聖人之時中，而使稍涉於庸俗之依違，誤國則生不如死矣。故明知其去而不顧，絶不與較，所謂道不同不相爲謀是也。讀秦漢文所得之多在詞章，讀《楚詞》所得兼在義理，學者可勿深辨耶！（馮紹祖刊《楚辭章句》卷七）

曰：漁父，烟霞之侣，不與市井同居。宜其嘉三閭之孤忠，十分憐惜，可與攜手偕行。乃初聞被放之由，即目爲迂闊；繼聞其守身之指，遂望望然去之，不措一詞。可知當日楚人風俗，在朝在野，皆所謂如脂如韋者也。屈原欲不發憤沉江，何可得耶？（馮紹祖刊《楚辭章句》卷七）

（明）張鳳翼

【漁父題下注】漁父，疑亦賢而隱於漁者，或原設爲問答，以自見也。（《文選纂注》卷七）

（明）李贄

【漁父】細玩此篇，畢竟有此漁父，非假設之辭也。觀其鼓枻之歌，迥然清商，絶不同調，未即頓顯拒絶之跡，遂去不復與言，可以見矣。如原決有此見，肯沈汨羅乎？實相矛盾，各執一家言也。但爲漁父則易，爲屈子則難，屈子所謂邦無道則愚以犯難者也。誰不能智？唯愚不可及矣。漁父之見，原亦知之，原亦能言之，則謂爲原假設之詞亦可。（《焚書》卷五《讀史》）

【屈原】予讀《漁父》之詞，而知屈大夫非能言之而不能行也，蓋自不肯行也。人固有怨氣橫臆，如醉如夢，尋死不已者，此等是也。宗國顛覆，姑且勿論。彼見其主，日夕愚弄於賊臣之手，安忍坐視乎？勢之所不能活者，情之所不忍活也，其與顧名義而死者異矣。雖同在節義之列，初非有見於節義之重，而欲博一死以成名也，其屈大夫之謂與！（《李温陵集》卷一四）

（明）陳第

【題漁父】此原設爲問答之辭，以見己之不能和光同塵也。夫「淈泥揚波」、「餔糟歠釃」之説，可言而不可行。何者？鳳凰鴟鴞不同聲而鳴，故以下惠之和而三黜於魯，以孔子之温恭而所到不容，以此知涉亂世之難也。若稍爲隱忍以希冀苟安，則其究必流於小人之歸而蕙蘭申椒變而不芳矣。奚可哉？奚可哉？語曰：「邦無道，危行言遜。」此亦江海之士所宜，然非所論於析圭擔爵之君子也。噫！賢者之遇亂國闇君，廓然肥遯而高舉。遠矣哉！遠矣哉！（《屈宋古音義》卷二）

（明）孫鑛

【文選瀹注】撰語俱奇峭直切，在楚騷中最爲明快。（《文選瀹註》卷三三）

【漁父題上眉批】兩問兩答，雖以漁父作結，亦意實自表謂非不知推移之用，有所不忍故耳。（《文選瀹註》卷三三）

（「聖人不凝滯於物」數句眉批）頗類蒙莊之言。然屈子胸中自有定見，不以人言感也。「獨清獨醒」，此公久已自爲中流砥柱。「寧赴湘流」，明自道破矣。（《文選瀹註》卷三三）

（滄浪歌眉批）以「清濁醒醉」四字立局，問答俱有機緣。（《文選瀹註》卷三三）

又：本意已明，卻以漁父之詞作結，妙甚。「滄浪」一曲，煙波無際矣。（《文選瀹註》卷三三）

（明）陸時雍

【讀楚辭語】《漁父》數言，如寒鴉幾點，孤雲匹練，疎冷絶佳，至語標會，總不在多也。（《楚辭疏·讀楚

辭語》）

（明）蔣之翹

【七十二家評楚辭蔣之翹輯評】李賀曰：讀此一過，居然覺山月窺人，江雲罩笠，光景宛宛在目。（《七十二家評楚辭》卷五）

桑悦曰：《漁父》與《卜居》雖皆僞立客主，假相酬答之詞，然其體格較《卜居》又變矣。《卜居》句末用「乎」字，「乎」字上必叶韻成文。《漁父》則逐段摹寫，有《國策》風，此乃傳記體也。賦家安得誤認之而效其法乎！須辨。（《七十二家評楚辭》卷五）

陳繼儒曰：《漁父》一篇卻顯易，不類屈氏。（《七十二家評楚辭》卷五）

蔣之翹曰：「舉世皆濁我獨清，衆人皆醉我獨醒」，二語廼屈子一生行狀。《史記》列傳可不讀矣。（《七十二家評楚辭》卷五）

（明）沈雲翔

金蟠曰：《漁父》一則，實費參度。謂真有漁父，則屈子所云重華宓妃諸神，豈其真有？謂假設漁父，則魯論所記孔子遇丈人一段，至今不得姓氏里族，豈亦假設？總之文體獨創，忽出新境，各示名

言，隨人思索有會。此楚詞之不可不讀，又不可徑讀也。（《八十四家評楚辭》卷五）

（明）黄文焕

【漁父箋】與其用湘流之水以葬而無救於國，不如用滄浪之水以濯而仍潔其身也。此招隱之歌也。蓋後世所譏原者，存乎隱遯，不必求死。原已自詰自嘲，設爲問答，一一分明矣。乃卒不能不死也，宗臣之誼，與異姓殊也。（《楚辭聽直》卷六）

（清）周拱辰

【漁父】滄浪一歌，非漁父語，亦并非孺子語。按纓冠系也。孺子未冠，何以有冠系乎？漁父亦未必戴冠而漁而鼓枻也。楚漢間舊有此歌，蓋楚謡也。與孔子過江聞萍實之謡同。子輿氏偶引之，屈原亦偶引之耳。（《離騷草木史·離騷拾細》）

（清）王夫之

【漁父序】《漁父》者，屈原述所遇而賦之。江漢之間，古多高蹈之士，隱於耕釣，若接輿、莊周之流，皆以全身遠害爲道。漁父蓋其類也，閔原之忠貞，將及於禍，而欲以其道易之。原感而述之，以明己非不知此，而休戚與俱，含情難忍；修能已夙，素節難汙。未嘗不知冥飛蠖屈者之笑已徒勞，而固不能從也。按漢水東爲滄浪之水，在今均州武當山東南。漁父觸景起興，則此篇爲懷王時退居漢北所作可知。《孟子》亦載此歌，蓋亦孔子自葉、鄧適楚時所聞漢上之風謡也。（《楚辭通釋》卷七）

（清）賀寬

【漁父總箋】古之聖人，有清有任，有和有隘，有不恭，惟孔子則無可無不可。漁父之言，孔子之言也，然豈果出自漁父哉？屈子知孔子之所以聖，而必欲出於清出於隘，蓋亦不得不如是耳。設爲問答，欲後人諒其心，知其可以至於孔子之聖，而故出於清與隘也，所遇不同也。莞爾一歌，遠水蒼茫，煙波直逝，覺武陵漁父多一番繾綣耳。余嘗有句云：「吾家楚尾近吴頭，千載沉湘恨未休。却怪當年漁父冷，公然鼓枻去中流。」是猶淺觀乎漁父者也，余蓋未聞道也。（《飲騷》卷七）

（清）吴景旭

【漁父】吴旦生曰：古來三漁父，一出莊子，一出屈子，一出《桃花源記》，皆其洸洋迷幻，感憤膠葛，因托爲其辭以寄意焉。豈必真有其人哉？岳州屈子立廟，以漁父配享，余竊笑之。迺葛常之以不聽其説督責屈子，張文潛又轉而督責漁父，把一漁父黏作實實地。而太史公《屈原傳》、劉向《新序》、嵇康《高士傳》，各采屈子、莊子漁父之言，以爲實録，又一漁父黏作實實地。王維、韓愈、劉夢得之詩，競以神仙有無，推勘桃源。而《三洞群仙録》，漁人乃黄道真。《廣川畫跋》以爲即黄聞道人，蓋李衛公所謂黄尊師者，又一漁父黏作實實地。（《歷代詩話》卷一〇乙集）

（清）林雲銘

【漁父】《史記》載靈均此辭之後，即作《懷沙》之賦，自投汨羅。篇中有「葬于江魚腹中」之語，意已決矣。故借漁父問答，發明己意。濁醉二字，畫出當日仕楚群臣真面目。在原非不知和光同塵可以免于罪，但自惟得此清醒之體，費卻許多洗濯工夫，原非易事。若入于濁醉之中，何異新沐浴者復受衣冠垢汙，與未沐浴同矣？是漁父以不入耳之談來相勸勉也。及自言其志，而漁父亦以爲不然，長歌而去。此時舉世總無一可語之人，雖欲不自沉，不可得矣。此通篇之大旨也，坊本註多謬誤，無一可取。（《楚辭燈》卷四）

（清）王邦采

【漁父箋略】《漁父》猶《卜居》也，皆假設問荅，以寄意耳。上有鼓枻而去，但載歌詞，亦可以止更贅此句者。漁父遂去不顧原，亦不復與言，蓋兩無言也。

漁父鼓枻而去，與太卜釋策而謝，正自相同，蓋明知其志。已定本無所疑，亦不用勸，會意忘言，正屈子之知己，非有所齟齬也。俗子以爲舉世總無一可語之人，錯認漁父不然其説，抑何謬誤乃爾乎！然要皆屈子設詞耳，如《離騷》篇中，令蹇脩以爲理，舊解謂伏羲之臣，又謂下女能媒者。家姪憺園云：「當是取博謇、好脩之脩謇二字以寓言耳！」具此慧解，方許讀《騷》。（《屈子雜文箋略》）

（清）屈復

【漁父序】漁父：見舉世無可語之人也，寧赴湘流，聲情俱痛，志決矣。我與我周旋久，聊語我耳，太史公次《懷沙》於此篇之後，有以夫。（《楚辭新注》卷六）

【漁父總論】通篇四段，前兩段兩「何故」字、兩「皆」字、兩「獨」字、兩「何不」字作呼應，後兩段兩「必」字、兩「安能」字、兩「去」字作呼應，章法井然。孔子曰：「殷有三仁焉。」此後遂無完人。三閭若豫知後世之鄙夫迂儒必有過論者，嗟乎！漢唐後論人嚴於仲尼，吾不知其自視居何等也。（《楚辭新注》卷六）

（清）蔣驥

【漁父序】或云此亦原之寓言。然太史采入本傳，則未必非實録也。漁父有無弗知，而江潭滄浪，其所

經歷，蓋可想見矣。（《山帶閣注楚辭》卷五）

【漁父總論】舊解以滄浪爲漢水下流，余按今均州、沔陽，皆有滄浪，在大江之北。原遷江南，固不能復至其地。且與篇首「遊於江潭」，不相屬矣。乃觀楚省全志，載原與漁父問答者多有，皆影響不足憑。惟武陵龍陽，有滄山浪山及滄浪之水，又有滄港市、滄浪鄉、三閭港、屈原巷。參而覈之，最爲有據。蓋自涉江入溆浦之後，返行適湘，而從容邂逅乎此。其言「寧赴湘流」，則《懷沙》「汨徂南土」之先聲也。原之就死長沙，余既詳之《懷沙》矣。抑《湘中記》云：「湘水至清，深五六丈，下見底了了。」則原之赴此，亦不忘清醒之意也夫。（《山帶閣注楚辭》卷五）

【論漁父】「何故至于斯」，驚絶之辭，蓋因武溪蠻蛋之境，而原以王族來此故耳。然原之放日久，漁父豈不知之，特未悉所以放之之故，故下以是以見放爲答也。俗解謂怪其顔色形容，則與答辭不應矣。

「身之察察」二語，切沐浴者言，便與「皓皓」二語，不嫌重複。《史記》於振衣下多一「人」字，尤爲可見。

昔賢遺蹟，後人往往多附會，均州沔陽之滄浪，非江南地無論矣。若長沙湘陰之濯纓橋，寶慶邵陽之漁父廟，城步之漁父亭，去滄浪頗遠，皆以爲漁父遇屈原處。《一統志》又云：「武岡滄浪水，亦有漁父亭。」然考武岡山水，絶無滄浪，亦足徵其妄也。（《山帶閣注楚辭》餘論卷下）

（清）于光華

【漁父題下注】或曰當時隱士，或曰假設之辭。（《重訂文選集評》卷八）

【漁父】邵子湘〔長蘅〕曰：與世推移，頗似莊老家言，屈子謂非不知此，有所不忍爲耳。上篇亦是不能變心從俗之意，此篇用意則更深矣。（《重訂文選集評》卷八）

（清）章學誠

【質性】假設問答以著書，於古有之乎？〔……〕有從虛而實者，屈賦所稱漁父、詹尹，本無其人，而入以屈子所自言，是彼無而屈子固有也。（《文史通義》卷四）

（清）王闓運

【漁父序】楚舊臣，避地沅潭，故相勞問也。（《楚辭釋》卷七）

九辯

（漢）王逸

【九辯序】《九辯》者，楚大夫宋玉之所作也。辯者，變也，謂陳道德以變説君也。九者，陽之數，道之綱紀也。故天有九星，以正機衡；地有九州，以成萬邦；人有九竅，以通精明。屈原懷忠貞之性，而被讒邪，傷君闇蔽，國將危亡，乃援天地之數，列人形之要，而作《九歌》《九章》之頌，以諷諫懷王，明己所言與天地合度，可履而行也。宋玉者，屈原弟子也。閔惜其師忠而放逐，故作《九辯》以述其志。至於漢興，劉向、王褒之徒，咸悲其文，依而作辭，故號爲「楚辭」，亦采其九以立義焉。

（《楚辭章句》卷八）

（唐）吕向

【九辯題下注】向曰：玉，屈原弟子，惜其師忠信見放，故作此辭以辯之，皆代原之意，九義亦與《九歌》同。（《文選》卷三三）

（宋）洪邁

【秋興賦】宋玉《九辯》詞云：「憭慄兮若在遠行，登山臨水兮送將歸。」潘安仁《秋興賦》引其語繼之曰：「送歸懷慕徒之戀，遠行有羈旅之憤。臨川感流以歎逝，登山懷遠而悼近。彼四慼之疚心，遭一塗而難忍。」蓋暢演厥旨，而下語之工拙，較然不侔也。（《容齋隨筆》卷三）

（元）祝堯

【楚辭體下】玉賦頗多，然其精者莫精於《九辯》。昔人以屈宋並稱，豈非於此乎？得之太史公曰：「屈原之後，楚有宋玉、唐勒、景差之徒，皆以賦見稱。」或問楊子雲曰：「景差、唐勒、宋玉、枚乘之賦也善乎？」曰：「必也淫。詩人之賦麗以則，詞人之賦麗以淫。」審此則宋賦已不如屈，而爲詞人之賦矣。（《古賦辯體》卷二）

（明）張鳳翼

【九辯五首題下注】玉惜其師忠信見放，故作此辭以辯之，皆代原之意。（《文選纂注》卷七）

（明）馮紹祖

【九辯】陳深曰：屈氏而後，宋玉其善鳴者也。《九辯》深悽眇悅，《招魂》爛然列肆；談歡則神怡心動，心懼則縮頸咋舌，數味則讒口津津。情見乎辭，盡態極妍。雖然猶有未盡也，纖濃則純白不載，淌嫚則遠於世教，屈氏之風微矣。然其竭情奉愛，與《大招》皆振振有儒者之詞焉。（馮紹祖刊《楚辭章句》卷八）

騷至宋大夫，乃快其語，最醒而俊。（馮紹祖刊《楚辭章句》卷八）

（明）陳深

【九辯眉批】《九辯》妙辭也，悽惋寂寥。世傳宋玉作。然玉他辭甚多，率荒淫靡嫚，與此不類。知爲原作無疑。（《諸子品節》卷二七）

（明）焦竑

【九辯九歌皆屈原自作】《九辯》謂宋玉哀其師而作，熟讀之，皆原自爲悲憤之言，絶不類哀悼他人之意。蓋自作與爲他人作，旨趣故當霄壤，乃千百年讀者，無一人覺其誤，何邪？（《焦氏筆乘》卷三）

（明）孫鑛

【九辯題上眉批】《九辯》已變屈子文法，加以參差錯落，而多峻急之氣，不及屈子之纏綿。乃知古人作文，未有不脱化而出，乃能自立者。（《文選瀹註》卷三三）

（「悲哉秋之爲氣也」四句眉批）亦是屈子遺意，悲衆芳零落而歎凜秋，怨奇思不通而傷獨處，而要歸於願忠而君不察，此《九辯》之本旨也。（《文選瀹註》卷三三）

（「悲憂窮戚兮獨處廓」四句眉批）本意只自恐年歲遲暮之故，而取意於遠行送歸，有幾許情致，一時并見。一結歸到感時自警，前章失時之悲，此章不得君之感，抱亮知而君不直也。此章説出君心，爲作《九辯》之本旨。君心異矣，而不得不思忠厚之意也。此亦首章之意，興感於悲秋，然前之所感在身，此之所感在君也。（《文選瀹註》卷三三）

（「竊悲夫蕙華之曾敷兮」四句眉批）因感物而思君，此騷人本旨，風雨秋零亦用此意諷刺耳。（《文選瀹註》卷三三）

又：起句正説，以下全用比意，以「騏驥」、「鳳凰」兩事反覆言之，自成一種文法。（《文選瀹註》卷三三）

（「謂騏驥兮安歸」四句眉批）應貧士失職也。（《文選瀹註》卷三三）

（明）郝敬

【藝圃傖談】宋玉《九辯》，即《天問》之意。問與辯，皆疑惑審度之辭。或是屈原自作，未可知。問乃辯，辯乃卜，卜乃自沉，而遇漁父，此其次第也。（《藝圃傖談》卷二）自《三百篇》古序不明，凡辭似其人者，即謂其人自作。《九辯》宋玉作，而似屈原，《三百篇》之遺法也。但《九歌》殊不似屈原，而《九章》語法情致，大與《離騷》諸篇類。且中有譏刺語，切中原病。（《藝圃傖談》卷二）

（明）閔齊伋

【評點楚辭】朱本以「無光」以上通上章爲一章，「堯舜以下皆有」以下通下章爲一章。此首言前聖之可法，次言己志之不申，次言立身以遠去，而終不忘於籲天以正其君，文意方足。而舊本誤分「願賜不肖之軀」以下爲別章，則前段無尾，後段無首，而不成文矣。今宜正之。（《評點楚辭》卷下）

（明）陸時雍

【讀楚辭語】《九辨》得《離騷》之清、《九歌》之峭，而無《九章》之婉。其佳處如梢雲脩幹，獨上亭亭，孤秀槮疎,物莫與侶。宋玉所不及屈原者三:婉轉深至,情弗及也;嬋娟嫵媚,致弗及也,古則彝鼎,秀則芙蓉,色弗及也。所及者亦三:氣清、骨峻、語渾。清則寒潭千尺,峻則華嶽削成,渾則和璧在函,雙南出範。渾淪如天,旁薄如海,凝重如山,流注如川,變化如鬼。(《楚辭疏·讀楚辭語》)

首章舉物態而覺哀怨之傷人,敘人事而見蕭條之感候。梗概既具,情色自章。足令循聲者知冤,感懷者興悼。不必曲爲點綴,細作粧描也。(《楚辭疏·讀楚辭語》)

(明)蔣之翹

【七十二家評楚辭蔣之翹輯評】桑悦曰:宋玉不如屈原,以《九辯》與《九章》《九歌》較之,遂不啻天淵矣。(《七十二家評楚辭》卷六)

王世貞曰:《九辯》悲涼清峭,默默傷懷。王褒、劉向擬之,作《九懷》《九歎》,覺去《騷》彌遠。(《七十二家評楚辭》卷六)

陳繼儒曰:秋氣可悲,想古悶如也,自玉一爲指破,遂開千古怨端。譬諸制文字於結繩之後,鬼當夜歎。(《七十二家評楚辭》卷六)

(明)沈雲翔

【沈雲翔輯評八十四家評楚辭】郭正域曰:玉故原弟子,其文慷慨悲憤,亦酷似之,信是班門作首。

（《八十四家評楚辭》卷六）

〔金蟠〕曰：《九辯》之佳，不在言情處，在不言情處。言情則屈子之情，自道已至，再加充潤，終不出其意中。惟不言情者隨景列況，則一段清新蕭遠之色，又自獨出矣。唐人詩律，必情景兼工，又必寫景而情自至爲工，正以此也。然則首章與諸章之辯，豈不瞭然矣乎？（《八十四家評楚辭》卷六）

（清）李陳玉

【九辯】按，《九辯》即前《離騷》中所云夏樂章名。宋玉，屈原弟子，痛師流放，非其罪而爲讒人所害，補此《九辯》以配《九歌》。後世讀者遂謂亦皆原作，不知辭氣不類，原奥澁沉雄，玉輕逸俊美，同調而不同聲也。（《楚詞箋注》卷四）

（清）顧炎武

【詩用叠字】詩用叠字最難。〔……〕宋玉《九辯》：「乘精氣之摶摶兮，騖諸神之湛湛。驂白霓之習習兮，歷群靈之豐豐。左朱雀之茇茇兮，右蒼龍之躍躍。屬雷師之闐闐兮，通飛廉之衙衙。前輕輬之鏘鏘兮，後輜乘之從從。載雲旗之委蛇兮，扈屯騎之容容。」連用十一叠字。後人辭賦，亦罕及之者

（《日知録》卷七）

（清）王夫之

【九辯序】按九者，樂章之數。凡樂之數，至九而盈。故黄鐘九寸，寸有九分。不具十者，樂主乎盈，盈而必反也。舜作《韶》而九成，夏啓則《九辯》《九歌》，以上儐於天。故屈原《九歌》《九章》，皆倣此以爲度。而宋玉感時物以閔忠貞，亦仍其制。辯，猶遍也。一闋謂之一遍。蓋亦效夏啓《九辯》之名，紹古體以爲新裁，可以被之管弦。其詞激宕淋漓，異於風雅，蓋楚聲也。後世賦體之興，皆祖於此。玉雖俯仰昏廷，而深達其師之志，悲愍一於君國，非徒以阨窮爲怨尤，故嗣三閭之音者，唯玉一人而已。（《楚辭通釋》卷八）

《九辯》作於原初去國，退居漢北之時，故《懷沙》之怨不形。而《招魂》作於頃襄之世，原且誓死，而宋玉欲扳留之。故詞旨各異焉。（《楚辭通釋》卷八）

（清）王萌

【九辯評注】（「年洋洋以日往兮」一節）全是遲暮之感，不言怨而怨益深矣。（《楚辭評注》卷八）

（「計專專之不可化兮」一節）繾綣低徊，深得屈子之意。不敢怨天，而反曰賴天，立言柔厚如此。（《楚辭評注》卷八）

（清）賀寬

【九辯箋】春女怨，秋士悲，要自古而然矣，微屈子亦云。秋風之動容也，當其悲從中來，寧獨秋風之蕭瑟，秋霖之纏綿，秋夜之悠悠，秋霜之凜凜？即星月皎潔，明河在天，水淨潭碧，煙凝山紫，人以爲爽，我以爲愁矣。嗟乎！失志不平，羈孤岑寂，猶其淺淺耳。至於年已過中，如逢秋候，荏苒無成，泯滅以死，我與古人遥遥同恨，雖欲不悲，亦何能不悲也！（《飲騷》卷一〇）

此篇比賦參錯，文義甚明。大約言君之用讒棄賢，我之樹立有素，不屑與佞人競進，而君恩深重，又不敢忘，所以悲愁鬱鬱，而不能已也。相馬失之瘦，相士失之貧，世無知人者，舉肥之歎自古而然矣。即有願忠之心，其能與雞鶩爭食乎？鴻飛冥冥非所願也，要亦不得不然耳。（《飲騷》卷一〇）

（清）吴世尚

【九辯叙目】《九辯》比興居多，最得風人之致。其於世道衰微，靈均坎壈，止以一「秋」字盡之，何其言簡而意括也！（《楚辭疏》卷七）

（清）于光華

【九辯後評】孫執升〔琮〕曰：對景抒懷，悽愴婉雅，一似以不辯爲辯者。屈子苦心，可謂曲盡。至其

音調悲涼，則又落蘆花於楚澤，冷楓葉於吴江。棄婦孤臣，不堪多聽。（《重訂文選集評》卷八）

《九辯》已變屈子文法，加以參差磊落，而多峻急之氣，不若屈子之纏綿。迺知古人之文，未有不脱化而能自主者，亦是屈子遺意，悲衆芳零落而嘆凛秋，怨奇思不通而愁獨處，要歸於願忠不察，此《九辯》之本旨也。（《重訂文選集評》卷八）

方曰：通幅無一句涉入秋字，卻是悲秋本意。行文僅百餘字，而曲折盡致嶺複岡聯之妙。此等處須讓古人獨步。（《重訂文選集評》卷八）

（清）張雲璈

【九辯題下注】《屈宋古音義》云：《九辯》從古相傳，皆謂宋玉所作。王逸章句具在，可考也。宋洪興祖得《離騷釋文》古本一卷，其篇次與今本不同，首《離騷》，次《九辯》，而後《九歌》《天問》《九章》《遠遊》《卜居》《漁父》《招隱士》《招魂》《七諫》《九嘆》《哀時命》《惜誓》《大招》《九思》。故王逸於《九章》《哀郢》注云：「皆解於《九辯》中。」儒者因是謂《九辯》，亦屈原所作。不知古本所次，不依作者之先後，故置《招隱士》於《招魂》之前，又置王褒《九懷》於東方朔《七諫》之前，而置《大招》於最後。陳説之以爲篇第淆混，乃考其人之先後，定爲今本，厥有由矣。儒者又謂，「啓《九辯》與《九歌》」乃原所自序。啓，開也，非指禹子，下文夏康五子，直以古事爲今事，不敢質言。如上就重華而陳辭，亦非真有重華可就也，此最爲確論。然《天問》有云：「啓棘賓商，《九辯》《九歌》。」王逸注：「棘，陳也。賓，列也。《九辯》《九歌》，啓所作樂也。言啓既能備修明禹業，陳列宫商之音，備其禮樂也，似又指啓矣。」愚讀《九辯》，久竊怪其過於含蓄，意謂其懼不密之禍也。近弱侯謂予：「《九辯》非宋玉作，反覆九首之中並無哀師之一言，可見矣。夫自悲與悲人，語自迥别，不可誣也。」於是熟復之，内云「有美一人兮心不繹」，頗似指師。然《離騷》《九章》中原所自負者不少，以是而信弱侯之見，卓絶今古也。雲璈按：陳氏此論，則信《九辯》之非屈子作，繼又依附焦説而遷就之，終無確見。據序言：「宋玉閔惜其師忠而見放，故作《九辯》，以述其志也。」既云述其志，則篇中自屬代屈之辭，是文爲宋文，語爲屈語，有何不可？有美一人，正指屈子，叔師謂懷王，亦非。

（《選學膠言》卷一四）

（清）文廷式

【純常子枝語】古人言數之多止於九。《逸周書》云：「左儒九諫於王。」《孫武子》：「善攻者動於九天之上，善守者伏於九地之下。」此豈實數邪？《楚辭·九歌》乃十一篇，《九辯》亦十篇，宋人不曉古人虚用九字之義，强合《九辯》二章爲一章，以協九數，亦大可笑。（《純常子枝語》卷九）

（清）劉光第

【離騷擬義】《藝苑雌黄》云：「宋玉《九辯》云：『悲哉秋之爲氣也，蕭瑟兮草木摇落而變衰。憀慄兮若在遠行，登山臨水兮送將歸。』潘安仁《秋興賦》引此語而曰：『送歸懷慕徒之戀兮，遠行有羈旅之憤。臨川感流以歎逝兮，登山懷遠而悼近。彼四感之疚心兮，遭一途而難忍。』安仁以登山、臨水、遠行、送歸爲四感。余頃年較進士于上饒，有同官張扶云：『曾見人言，若在遠行、登山、臨水、送、將、歸是七件事，謂遠也，行也，登山也，臨水也，送也，將也，歸也。前輩詩中惟王介甫：「一水護田將緑繞，兩山排闥送青來。」將、送二字與《楚辭》合。』余嘗考《詩》之《燕燕》篇曰：『之子于歸，遠送于野。』『之子于歸，遠于將之。』一篇詩中，亦用此送、將、歸三字。然則《楚辭》之言，亦有所本也。安仁謂之四感，蓋略而言之。」光第按：七件之説，頗確鑿穩妥。《燕燕》詩，毛傳將訓行，鄭箋訓送，朱注亦將字訓送，則與上行送字復矣。王介甫詩將字句，當用扶進義爲是，與《小雅·無將大車》「將」字正同。（《離騷擬義》卷下）

吴闓生

【九辯諸家評識】孫月峰（鑛）曰：首章攢簇景物，句句警策，一層逼一層，音調最悲切，骨氣最遒緊。

以下諸篇，莫能及也。（《吴評古文辭類纂》卷六四）

陳眉公〔繼儒〕曰：舉物態而覺哀怨之傷人，叙人物而見蕭條之感候。梗概既具，情色斯章，足令循聲者知宛，感懷者興悼。（《吴評古文辭類纂》卷六四）

吴至父〔汝綸〕曰：《楚詞釋文》，本《離騷》第一、《九辯》第二。王逸注《九章》云：皆解於《九辯》中。知仲師目次與釋文略同。是舊本次此篇於《離騷》之後，《九章》之前。吾疑固屈子之文，嘗以語張廉卿，廉卿頗然吾説。《九辯》《九歌》兩見《離騷》《天問》，皆取古樂章爲題，明是一人之作。（《吴評古文辭類纂》卷六四）

〔吴汝綸〕又曰：曹子建《陳審舉表》引屈平曰「國有驥」云云，洪《補注》亦載此語。則子建固以《九辯》爲屈子作，不用王氏宋玉閔師之説。又曰：詞爲宋玉作，則因宋玉之自悲，乃又以爲閔屈。其説進退失據，宜用曹子建説，定爲屈子之詞。（《吴評古文辭類纂》卷六十四）

招魂

（漢）王逸

【招魂序】《招魂》者，宋玉之所作也。招者，召也。以手曰「招」，以言曰「召」。魂者，身之精也。宋玉憐哀屈原忠而斥棄，愁懣山澤，魂魄放佚，厥命將落，故作《招魂》。欲以復其精神，延其年壽，外陳四方之惡，內崇楚國之美，以諷諫懷王，冀其覺悟而還之也。（《楚辭章句》卷九）

（南朝梁）劉勰

【祝盟】天地定位，祀遍群神。六宗既禋，三望咸秩，甘雨和風，是生黍稷，兆民所仰，美報興焉。犧盛惟馨，本於明德，祝史陳信，資乎文辭。〔……〕若夫《楚辭·招魂》，可謂祝辭之組纚也。（《文心雕龍》卷二）

（宋）王得臣

【論文】《楚詞·招魂》《大招》，其末盛稱洞房翠帷之飾，美顏秀領之列，瓊漿胾羹之烹，新歌鄭舞之娱，日夜沉湎與象棋六博之樂，夫所以呰楚者深矣。其卒云「魂兮歸來，正始昆只」，言往者既不可正，尚或以解其後耳。又曰「賞罰當只」、「尚賢士只」、「國家爲只」、「尚三王只」，皆思其來而反其政者也。（《麈史》卷中）

（宋）吴幵

【成梟而牟呼五白】杜子美《今夕行》：「憑陵大叫呼五白，袒跣不肯成梟盧。」學者謂杜用劉毅、劉裕東府樗蒲事。雖杜用此，然屈原《招魂》已嘗云：「成梟而牟呼五白。」（《優古堂詩話》）

（宋）洪興祖

【招魂序】李善以《招魂》爲小招，以有《大招》故也。（《楚辭補注》卷九）

（宋）洪邁

【毛詩語助】《毛詩》所用語助之字以爲句絶者，若之、乎、焉、也、者、云、矣、爾、兮、哉。至今作文者皆然。他如只、且、忌、止、思、而、何、斯、旃、其之類，後所罕用。《楚詞・大招》一篇全用「只」字，至於「些」字獨《招魂》用之耳。（《容齋五筆》卷四）

（宋）朱熹

【招魂序】《招魂》者，宋玉之所作也。古者人死，則使人以其上服升屋，履危北面而號曰：「皋！某復。」遂以其衣三招之，乃下以覆尸，此《禮》所謂復。而説者以爲招魂復魂，又以爲盡愛之道而有禱祠之心者，蓋猶冀其復生也。如是而不生，則不生矣，於是乃行死事。此制禮者之意也。而荆楚之俗，乃或以是施之生人，故宋玉哀閔屈原無罪放逐，恐其魂魄離散而不復還，遂因國俗，託帝命，假巫語以招之。以禮言之，固爲鄙野，然其盡愛以致禱，則猶古人之遺意也。是以太史公讀之而哀其志焉。若其譎怪之談，荒淫之志，則昔人蓋已誤其譏於屈原，今皆不復論也。（《楚辭集注》卷七）

【大招序】《大招》不知何人所作，〔……〕今以宋玉《大、小言賦》考之，則凡差語，皆平淡醇古，意亦深靖閒退，不爲詞人墨客浮夸艷逸之態，然後乃知此篇決爲差所作無疑也。（《楚辭集注》卷七）

【論招魂】後世招魂之禮，有不專爲死人者。如杜子美《彭衙行》云：「煖湯濯我足，剪紙招我魂。」蓋當時關陜間風俗，道路勞苦之餘，則皆爲此禮以祓除而慰安之也。近世高抑崇作《送終禮》云：「越俗有暴死者，則亟使人徧於衢路，以其姓名呼之，往往而甦。」以此言之，又見古人於此誠有望其復生，非徒爲是文具而已也。（《楚辭集注・楚辭辯證下》）

【論文】楚些，沈存中以「些」爲咒語，如今釋子念「娑婆訶」三合聲，而巫人之禱亦有此聲。此卻説得

好。蓋今人只求之於雅，而不求之於俗，故下一半都曉不得。（《朱子語類》卷一三九）

（宋）周密

【浩然齋雅談】昔人有言，韓退之《送李愿歸盤谷序》所述官爵侍御賓客之盛，皆不過數語；至于説聲色之奉，則累數十言。或以譏之。余謂豈特退之爲然，如宋玉《招魂》，其言高堂邃宇，翠翹珠被，畋獵飲食之類，亦不過數語；至于「蘭膏明燭華容備，二八侍宿射遞代。九侯淑女多迅衆，盛鬋不同制，實滿宮。容態好比順彌代，弱顔固植謇其有意。姱容脩態絚洞房，蛾眉曼睩目騰光。靡顔膩理遺視矊」。又曰：「美人既醉朱顔酡，娭光眇視目曾波。被文服纖麗而不奇，長髮曼鬋艷陸離。二八齊容起鄭舞。」以至「吴歈蔡謳，奏大呂。士女雜坐，亂而不分。」又《大招》亦云：「朱脣皓齒嫭以姱。比德好閑習以都。豐肉微骨調以娱。」「嫮目宜笑蛾眉曼，容則秀雅稺朱顔。」「姱脩滂浩麗以佳，曾頰倚耳曲眉規。滂心綽態姣麗施，小腰秀頸若鮮卑。」「易中利心以動作，粉白黛黑施芳澤。」「青色直眉美目婳，靨鋪奇牙宜笑艷，豐肉微骨體便娟」。皆長言摹寫，極女色燕昵之盛，是知聲色之移人，古今皆然。（《浩然齋雅談》卷上）

（明）楊慎

【丹鉛雜録】楚辭《招魂》一篇，宋玉所作，其辭豐蔚穠秀，先驅枚馬，而後纒班揚，千古之希聲也。《大招》一篇，景差所作，體制雖同，而寒險促迫，力追而不及。《昭明文選》獨取《招魂》而遺《大招》，有見哉！朱子謂《大招》平淡醇古，不爲詞人浮艷之態，而近於儒者窮理之學，蓋取其尚三王、尚賢士之語也。然論詞賦，不當如此。以《六經》言之，《詩》則正而葩，《春秋》則謹嚴。今責十五國之詩人曰：焉用葩也？何不爲《春秋》之謹嚴？則《詩經》可燒矣。止取窮理，不取艷詞，則今日五尺之童，能寫仁義禮智之字，便可以勝相如之賦；能抄道德性命之説，便可以勝李白之詩乎？（《丹鉛雜録》卷八）

（明）馮紹祖

【招魂】構格奇，撰語麗，備怪談説，瑣陳縷述，務窮其變態。自是天地間一種瑰瑋文字，前無古後無今。（馮紹祖刊《楚辭章句》卷九）

曰：此篇以「離殃愁苦」四字爲骨。夫離殃愁苦之人，無論已死未死，苟非去其所憂，即司命爲之返魂，予以非常富貴使之享受，正恐昔事傷心，終欲久留人世不得也。然無此一招，則無以見忠臣義士其繫心在宗社之存亡，而區區儻來之物不足縈其方寸也。故前面將天地四方之苦説得片刻難存，一旦返其故居，則宮室器用飲食聲色種種快樂異常。且先故與具，豈不可喜？然一念宗社將亡，則樂不幾時而悲無窮期矣。正孟子所謂「所欲有甚於生」，「所惡有甚於死」是也。或謂《大招》

末段何獨不然?曰:《大招》爲懷王言之,懷王返國,苟悔過圖存,可以任意措置;若屈原魂返故居,上官靳尚者流依然作祟,安得復有生路?文之要指如此,其爲宋玉所作與屈原自作,正不必深辨也。(馮紹祖刊《楚辭章句》卷九)

(明)陳深

【招魂題下注】此篇深至讓《騷》,悽婉讓《章》,閑寂讓《辯》,而宏麗則大過之。原蓋設以招隱,亦寓言也。(《諸子品節》卷二七)

巧筆如畫,纖手如絲,意動成文。吁氣成采,煒焠有神。後之名家,能優孟者幾人也?(《諸子品節》卷二七)

(明)王世貞

【藝苑巵言】楊用修言,《招魂》遠勝《大招》,足破宋人眼耳。宋玉深至不如屈,宏麗不如司馬,而兼撮二家之勝。(《藝苑巵言》卷二)

(明)張鳳翼

【招魂題下注】古者人死則以其服升屋而招之,此必原始死而玉作以招之也,舊注皆云施之生時欲以

諷楚王，殊未妥。（《文選纂注》卷七）

【楚辭合纂】此必原死而玉作以招之也。舊説皆云生時欲以諷楚王，殊未妥。（《楚辭合纂》卷四）

（明）孫鑛

【招魂題上眉批】不過逐段鋪排耳，而詞句之工、文采之富，姿態之妍，已備於此。楚國詞人，並稱屈宋，有以夫。（《文選瀹註》卷三三）

又：前半極其險怪，後半極其綺靡，真絶世奇文也。後人縱極鋪張，無此藻麗矣，要不免掇拾其菁華耳。（《文選瀹註》卷三三）

（「乃下招曰」眉批）大意在招其魂魄，無使之遊蕩，故以所懼禁其往，以所樂望其來，只一開一合，而文之能事畢矣。（《文選瀹註》卷三三）

（「魂兮歸來！去君之恒幹，何爲兮四方些」眉批）起四語提綴以下，全用鋪排，妙在極整齊中仍有長短錯綜之處，不入板拙也。（《文選瀹註》卷三三）

（「恐自遺災些」眉批）四方上下，亦有詳略不同，正以見筆法之生動也。以下乃招之反故居，極言人生之樂事，以韻動之。（《文選瀹註》卷三三）

（「魂兮歸來！入脩門些」眉批）以下以故居之樂，招之使歸。先言工祝招魂之具，以及居室、服

玩、侍御之美爲一層。以下又詳宴享之處。（《文選瀹註》卷三三）

（「室中之觀，多珍怪些」眉批）不獨華麗，而兼及香艷之致，足令人移情而色動，此從《九歌》文法而極其開拓之者。（《文選瀹註》卷三三）

（「坐堂伏檻，臨曲池些」眉批）前是居室，此爲别館，以及游觀宴會之樂，與前段自不相重複也。次及飲饌之精好，又爲一層。（《文選瀹註》卷三三）

（「室家遂宗，食多方些」眉批）酒饌備矣，乃及女樂歌舞之盛、雜戲之可娱，與前爲一大段也，總以極人世四體之娱樂耳。（《文選瀹註》卷三三）

又：此處説前舞之盛，歌曼之樂靡，前侍御與又不同者。擬平居，此稱宴會也。（編者按：此處文字疑有錯訛）（《文選瀹註》卷三三）

（「娱酒不廢」眉批）娱酒不廢，總收上文。（《文選瀹註》卷三三）

（「酎飲盡歡」四句眉批）歡樂字總收，以反故居爲結束。（《文選瀹註》卷三三）

（「亂曰」眉批）亂詞以遷江南故，説明以思君而不得見，生感而已，「哀江南」三字結之，凄絶之極。（《文選瀹註》卷三三）

（「與王趨夢兮」眉批）結處哀音促節，極其淒感。（《文選瀹註》卷三三）

（「君王親發兮」眉批）結出主意，爲見放故耳。（《文選瀹註》卷三三）

（明）李贄

【招魂】朱子曰：「古者人死，則以其上服升屋履危，北面而號曰：『皋某復。』遂以其衣三招之而下以覆尸，此禮所謂復也。説者以爲招魂復魂，有禱祠之道、盡愛之心，蓋猶冀其復生耳。如是而不生，則不生矣，於是乃行死事。而荆楚之俗，乃或以施之生人，故宋玉哀閔屈原放逐，恐其魂魄離散，遂因國俗，託帝命，假巫語以招之。其盡愛致禱，猶古遺意，是以太史公讀之而哀其志焉。」李生曰：上帝命巫陽占筮屈平所在，與之魂魄。巫陽謂屈原放逐江南，魂魄不復日久，不待占而後知，筮而後與也。但宜即差掌夢之官往招其魂，速之來歸耳。夫返魂還魄，生死骨肉，天帝專之，乃使陽筮之，帝之不足爲，明矣。故陽謂帝命難從，而自以己情來招引之也。天帝亦遂辭巫陽，而謝不能復用屈原焉。蓋玉自比巫陽，而以上官、子蘭等比掌夢之官，以懷襄比天帝，辭意隱矣。其招之辭只述上下四方不可久處，但道故國土地、飲食、宫室、聲妓、宴遊之樂、宗族之美，絶不言當日事，可謂至妙至妙。善哉招也！痛哉招也！樂哉招也！同時景差亦有《大招》辭，至漢時淮南小山作《招隱士》。朱子曰：「淮南王安好招致賓客，客有八公之徒，分造詞賦，以類相從，或稱大山，或稱小山。漢《藝文志》有淮南王群臣賦四十四篇是也。」王逸云：「小山之徒閔傷屈原身雖沉没，名德顯聞，與隱處山澤無異，故作《招隱士》之賦以彰其志。」（《焚書》卷五）

(明)陳第

【招魂題下注】張伯起[鳳翼]曰:古者人死則以其服升屋而招之,此必原始死,而玉作以招之也。(《屈宋古音義》卷三)

(明)胡應麟

【遺逸上】《朱子語類》云:「楚些,沈存中以爲咒語,如今釋子念『娑婆訶』三聲。而巫人之禱,亦有些聲。此卻説得好。蓋今人只求之於雅,而不求之於俗,故下一半都不曉得。」按楚聲率用兮字,獨《招魂》用些,故謂巫咒,極得之。(《詩藪》雜編卷一)

(明)郝敬

【藝圃傖談】《招魂》者,屈子沉江後,宋玉哀之之辭。舊注謂屈原放江南時,恐其魂魄離散而作,迂也。招魂,古之復禮也。執死者衣,升屋嗥招,在始死既絶之後,非生復也。(《藝圃傖談》卷二)

(明)許學夷

【詩源辯體】宋玉《招魂》,語語警絶。唐勒《大招》,胡元瑞考定以爲唐勒,雖倣其體製,而文采不及。

《文選》取《招魂》而遺《大招》，是也。朱子謂：「《大招》於天道詘伸動靜，若粗識其端倪，於國體時政，又頗知所先後。」遂以爲勝《招魂》。此儒者之見，非詞家定論也。（《詩源辯體》卷二）

（明）張京元

【招魂】古者人死則持其衣，升屋而招之。此必原初死時，玉所爲招辭也。舊謂作於生時，冀以感悟懷王，恐不可解。篇中備稱飲食、居處、房帷、聲伎之奉，豐辭蔚采，文則有餘，略不及實途之苦。何不導以往生之樂，無一語令人酸鼻。招固如是乎？（《删注楚辭》）

（明）閔齊伋

【評點楚辭】（《招魂》）故爲怪事怪語，然要必有所本，非鑿空臆造者，觀比方説冰雪可見。（《評點楚辭》卷下）

（《大招》）光艷不如《小招》，而骨力過之，昭明取彼舍此何也？（《評點楚辭》卷下）

（明）錢謙益

【讀杜小箋】（《秋興八首》其一）《招魂》曰：「湛湛江水兮，上有楓。目極千里兮，傷春心。」宋玉以楓

樹之茂盛傷心。此以楓樹之凋傷起興也。（《初學集》卷一八〇）

（明）陸時雍

【讀楚辭語】刻畫描畫，極麗窮奇，然已雕已琢，復歸於朴，鬼斧神工，人莫窺其下手處耳。（《楚辭疏·讀楚辭語》）

（明）蔣之翹

【七十二家評楚辭蔣之翹輯評】李賀曰：宋玉賦，當以《招魂》爲最，幽秀奇古，體格較騷一變。（《七十二家評楚辭》卷七）

劉辰翁曰：華妙奇鬱，此貂錦耳，非素手繡紋可就。（《七十二家評楚辭》卷七）

桑悦曰：《招魂》體極奇，辭極麗，亦玉之創格也。昔人云，天不生屈原，不見《離騷》。予云，天不生宋玉，不見《招魂》。（《七十二家評楚辭》卷七）

桑悦曰：《大招》體制不出《招魂》，而摛辭命意又與《招隱》相似，或者淮南八公之徒因宋玉已有《招魂》，復擬作《大招》《小招》，未可知也。況其詞賦原以類從，或稱大山，或稱小山者乎！不然何所據而以玉之《招魂》加其名曰小也？《小招》疑别有一篇，恐逸不傳。（《七十二家評楚辭》卷七）

焦竑曰：試當風悲月慘之夕，徐誦此文，酹一杯以弔汨羅，應聞啾啾鬼泣。（《七十二家評楚辭》卷七）

陳繼儒曰：此只玉不忍其師之意，何有于諷楚王！（《七十二家評楚辭》卷七）

蔣之翹曰：《招魂》文極奇艷，然較屈作氣骨稍卑弱耳。深于《騷》者得之。（《七十二家評楚辭》卷七）

（明）沈雲翔

【招魂總品】東西南北四段外，添天上、幽都，判而爲六。宮室、飲食、聲、色四種中，連二八淑女於宮室，又連二八女樂於飲食，綴而爲一，是其有變化《大招》處。前曰「蘭膏明燭，華容備些」，後曰「蘭膏明燭，華鐙錯些」，賞色賞聲，慣卜其夜。前曰「汎崇蘭」，宮室之美，藉芬芳以善人，堂奧畢遍。後曰「芳蘭假」，詩賦之妙，挾芬芳以偕來，肝肺自具。前後互映，最饒致味。結局時久路漸、水楓心目之感，字外紙外，別有哀音。（《楚辭聽直》卷八）

【沈雲翔輯評八十四家評楚辭】郭正域曰：游神八極，歌哀腸苦，升屋一聲，鬼神爲泣。（《八十四家評楚辭》卷七）

〔金蟠〕曰：《天問》《招魂》，皆屈宋特立之筆，如此唱和，真不媿師弟同調。又曰：《招魂》雖皆設詞，然孤臣罹患，所謂諸惡趣，實並有之，何必遠方魑魅，得志怙寵；所謂諸妙麗，亦實並有之，豈在蓬壺帝闕哉？讀者莫謂修詞已也。則諷諫楚王，亦一說也。（《八十四家評楚辭》卷七）

（明）黄文焕

【聽二招】余謂二《招》之概似屬原，有數端焉：《大招》之終曰「尚三王只」，如此大本領，超夏、商、周而欲爲二帝之治，非原不能道也。原之作《懷沙》曰「孟夏」，使諸弟子招之，必當從死月以立言。今二《招》之辭俱在。《大招》發端曰「青春受謝」，「春氣奮發」；《招魂》之殿末曰「獻歲發春，汨吾南征」，曰「目極千里兮傷春心」，均不及夏月。讀《九章》曰「願春日」，曰「開春發歲」，曰「仲春東遷」，原之被放，實以春侯。蓋當出門之日，即爲決死之期，魄存而魂散久矣，夫是以指春而兩自招也。是則以時日證之，而何可定其爲原作也。〔……〕因《九辯》之言夏秋，而愈知二《招》之言春，似屬原所自作也。《離騷》共二十五篇，今合首《騷》《遠遊》《天問》《卜居》《漁父》《九歌》《九章》，只二十三耳。《九歌》雖十一，而當日定之以九，無由折爲十一。則於二十三之中，再合二《招》，恰是二十五之數焉。是又以篇計之，而愈似乎原之自作也。必曰二《招》屬其弟子所作，將招之於死後耶？何以不遡死月之屬夏而概言春？將曰招之於生前耶？既疑《招魂》爲不祥之語，非原所肯自道，乃以弟子事師，於師之未死而遽招其魂，以死事之耶？其爲不祥，又豈弟子所敢出口耶？

（《楚辭聽直合論》）

一切《大招》之正論，用人、行政，均不之及，自難於收局，乃以「亂曰」一段，拈出君王田獵，無人護

衛，仍是正論歸宿。夫田獵，猶仗護衛，況用人、行政諸大事乎？（《楚辭聽直合論》）

其招之以飲食、聲色、宫室、園囿、花木、禽鳥，又豈無因而作此不入耳之談，輕相褻瀆哉！因夫中椒爲糧，籬菊爲餱，飲露餐英，瓊羞瓊粻，餐六氣，飲沆瀣，故以飲食招之。因夫思音樂之博衍，《九歌》亦多言音樂，故以聲音招之。因夫屢言求女，故以女色招之。因夫貝闕朱宫、紫壇，故以宫室招之。因夫舉矢射狼，故以宫室又帶田獵招之。因夫留意衆芳，故以花木招之。因夫比翼黄鵠，擇媒鳳凰，故以禽鳥招之〔……〕朱子詆其前言東西南北，近於神怪；中言飲食諸項，陷於逸欲。豈作者不慮夫千載下有如是之詆之者，乃竟不避耶？有因之談，至慘至痛，正在於旁言之，不專在於莊言之也。況夫文字之妙，由淺入深，由翻入正，以其所不屑從，招其所當從，自宜曲折。若使朱子操觚，盡删其前半，只留其末段，將何以爲《騷》之風耶？文體既乖，慘情安屬耶？（《楚辭聽直合論》）

（明）李陳玉

【招魂】古有招魂人文，疑皆死後爲之。若《楚詞》所云，則生前憂鬱，魂魄離散，固爲文以招，即古人所云收召魂魄，復得爲人之謂也。小説載唐馬周落魄將死，有異人爲之收召，決其百日之内必大遇主。其説雖幻，然自古相傳，當有其理。宋玉爲屈子招魂，或亦戲作，以相慰於寂寥之中耳。又今江楚之俗，凡有重病，輒令巫師迎所祀鬼神，載酒肉夜出，名曰收魂。蓋亦招魂之遺俗也。安知屈子得罪後，憂鬱所傷，不有病苦，其親愛不有巫覡禱祀之事乎？（《楚詞箋注》卷四）

宋子或遂爲此，以代巫言，亦如屈子之爲《九歌》，託意發憤，以寫其不平也。然曰招魂，又曰大招者，巫覡之事有大小故也。小如求之一方鬼神，大如合四方上下之鬼神大索之。第《招魂》韻下用「些」，「些」，楚人土音，所以相呼也。凡鬼神之事，陰陽本隔，多以聲音感之。陽聲相呼，綿綿不絕，陰神既感，自將隱隱隨之。陽聲先入爲導，陰神後隨自至，此《招魂》之「些」之所自來也。《大招》韻下用「只」，「只」本古韻，見於《毛詩》不一。大索於四方上下鬼神，楚之方言未可概通，必用中原古韻，此《大招》之「只」所自來也。舊有謂此爲原作，蓋設以《招隱》，亦寓言之類。細看文義，殆不其然。此所謂不得其説而别生枝節也。（《楚詞箋注》卷四）

按，《招魂》一切宫室、鋪設、遊觀、飲食、聲色、伎藝之美，與夫田獵、騎射之樂，皆楚國黨人受享之事，與導君遊畋之事。屈子廉潔服義，安有一于此乎？而亹亹舉之者，所以愧黨人而悟楚君也。若曰如此等受享，如此射獵從臾，澤畔行吟憔悴之人，曾有一於此乎？此宋子言外之意，故開手便言「朕幼清未沫」，所以爲後種種張本也。讀者憒憒，特爲拈出。（《楚詞箋注》卷四）

按《大招》與《招魂》意旨各異，《招魂》多反言寓言，結末歸之射獵；《大招》多五言，結末歸之爲國爲民明堂揖讓，可謂同二異曲矣。（《楚詞箋注》卷四）

（清）周拱辰

【招魂】《招魂》精麗刻畫，幾於自然，可謂繪人能語，畫龍欲飛，人巧天工，兩臻其至。又曰：《招魂》如太真肌豐善舞，《大招》姸麗不如，而一種淡欲無言，番有「天寒翠袖」之致，優此劣彼，皆目論也。（《離騷草木史》卷九）

（清）陳淏子

【周文歸】叔師之序《招魂》也，謂「宋玉憐屈原忠而斥棄，故作《招魂》以復其精神，延其年壽，以諷諫懷王，冀其覺悟而還之」，則於情事最爲不合。晦翁「恐其魂魄離散，因國俗，託帝命，假巫咸以招之」，則實用以招矣。不知招魂者以文不以俗，以心不以事，招之於千世，而非招之於當時也。（《周文歸》卷一九）

（清）王夫之

【楚辭通釋】按原當懷王之世，雖憂國疾邪，而猶賦《遠遊》，從巫咸之告。故玉作《九辯》，亦於其時，有及君無恙之想。及懷王客死，國讎不報，頃襄遷竄原於江南，原乃無生之氣，魂魄離散，正在斯

時。則此篇定作於頃襄。而王逸諷諫懷王之説,非其實矣。(《楚辭通釋》卷九)

以下極言聲色居處飲食游觀之盛,蓋人君待賢之禮,自當極致其豐。賢者所志雖不在此,而君欲輔前過以禮賢,不可以不曲盡。故言招之不容稍緩,而誇陳麗美,無妨辭之已溢。而不必如《大招》之明言尚賢發政,雄雄穆穆也。詞賦之體,長言諷諫,有出於此者,蓋亦《豳風》衮衣籩豆之義,庶幾「國風好色不淫」之意歟?(《楚辭通釋》卷九)

廬江,舊以爲出陵陽者,非是。襄漢之間,有中廬水,疑即此水。(《楚辭通釋》卷九)

(清)王萌

【招魂評注】(「湛湛江水兮上有楓」二句)楓木(……)至霜後葉丹可愛,故騷人多稱之(……)同一楓也,少陵「玉露凋傷」,寄興于秋,屈子「湛湛江水」,寄興于春。古之傷心人,任舉一物,皆有濺淚驚心之感,難與俗子道也。(《楚辭評注》卷六)

(清)何焯

【文選賦】《麈史》云:「《楚詞·招魂》《大招》,其末盛稱洞房翠帷之飾,美顏秀領之列,瓊漿胾羹之烹,新歌鄭舞之娱,日夜沉湎與象牙六博之樂,夫所以訾楚者深矣。其卒云『魂兮歸來,正始昆只』,

言往者既不可正，倘或以解其後耳。又曰『賞罰當只』，『尚賢士只』，『國家爲只』，『尚三王只』，皆思其來而反其政者也。」後五語皆《大招》之文，讀此篇者，亦當以此意求之。（《義門讀書記》卷四八）

（清）賀寬

【招魂後評】寬按，昔賢以《招魂》爲賦體，愚竊以爲不然。賦者鋪陳其事，連類成章，比詞屬事，未有夾雜穿插，倒叙複題，若斷若續，是耶非耶，如此章之飄忽者，久讀自知之。（《飲騷》卷九）

（清）林雲銘

【招魂後評】林西仲曰：古人招魂之禮，爲死者而行嗣，亦有施之生人者。屈原以魂魄離散而招，尚在未死也。但是篇自千數百年來，皆以爲宋玉所作。王逸茫無考據，遂序於其端。試問太史公作《屈原傳》贊云「余讀《招魂》，悲其志」，謂悲屈原之志乎？抑悲玉之志乎？此本不待置辯者，乃後世相沿不改，無非以世俗招魂皆出他人之口，不知古人以文滑稽，無所不可，且有生而自祭者。則原被放之後，愁苦無可宣洩，借題寄意，亦不嫌其爲自招也。朱晦庵謂後世招魂之禮，有不專爲死人者，如杜子美《彭衙行》云「煖湯濯我足，剪紙招我魂」，道路勞苦之餘，爲此禮以祓除慰安之，何嘗非自招乎？玩篇首自叙，篇末亂詞，皆不用君字而用朕字、吾字，斷非出於他人口吻。舊注無可支飾，皆謂宋玉代原爲詞，多此一番回護，何如還他本文所載，直截明顯，省卻多少葛藤乎？故余決其爲原自作者，以首尾有自叙亂詞，及太史公傳贊之語，確有可考也。若係玉作，無論首尾解説難通，即篇中亦當倣古禮，自致其招之詞，不待借巫陽下招，致涉游戲，且撰出許多可畏可樂之事。茫不知原之立志，九死未悔，不爲威惕，不爲利疚，其爲招之術，毋乃疎乎？通篇段落甚明，開口叙魂魄離散之因，轉入帝告巫陽，招於四方上下，而以故居堂室之樂，爲招之詞，又分出室中堂中二處，件件工妙，令人快樂無比。而終以亂詞悲愴作結，蓋以懷王留秦未返，而君正當卧薪嘗膽之時，猶向江南荒寂之境夜遊遠獵，先後從車中，不過如子蘭上官靳尚之輩，美政無聞，國事日非，魂若歸來，觸目傷心。是快樂爲虚詞，哀江南爲實事，哀江南正所以哀楚，終其身於愁苦。魂魄之離散，帝亦無如原何矣。或譏其爲詭怪之談，荒淫之志，豈《離騷》《天問》所引鬼神異身，皆所實有，非詭怪乎？篇中所謂入脩門，反故居，指楚王召還大用言；所謂豹飾之侍，步騎之羅，指官屬侍衛從以入朝言。即帝所云「我欲輔之者」，此也。丈夫得志於時，安社稷而奠民生，如管仲三歸，魏絳女樂，皆所固有，不嫌踰分，又何荒淫之有？世儒眼如豆大，且看文義不明，宜有是説，可置之不論矣。

（《楚辭燈》卷四）

（清）王邦采

【招魂箋略】近林氏（林雲銘）添入《招魂》《大招》兩篇，引太史傳贊爲證，且曰：「悲其志者，悲原之志乎，抑悲玉之志乎？」其言似矣，而實非也。夫《史記》之文，疏而不密。宋玉《招魂》一篇，以其爲屈子而作也，遂連類及之，則所謂悲其志，即謂讀玉之文而悲原之志，何不可者？如必援此爲證，何以《九章》之中，太史專舉《哀郢》，傳中又止截《懷沙》一章？外此爲原作與否？亦不妨用以爲疑也。〔……〕且二《招》文采雖極絢麗可觀，而靡麗閎衍，有不免焉。使屈子秉筆，自招招君，必有一種忠愛激楚之意，溢於筆墨之外，而不徒侈陳飲食宴樂之豐，妖冶歌舞之盛，堂室苑囿之娱，爲此勸百諷一，如揚子雲之所譏也。具明眼人，自能鑒之。（《雜文箋略》）

（清）吴世尚

【楚辭疏】《招魂》，原自招也。奚爲通篇純是自誑之語，《莊子》有之矣：「昔者莊周夢爲蝴蝶，栩栩然蝴蝶也，自喻適志。」「俄然覺，則蘧蘧然周也。」此即《招魂》之機軸也。蓋既以魂爲非我而招之，而魂亦絶不知有我之爲我。此而不驚嚇之，闌截之，彼肯久留於此，而不復往乎？《招魂》之前半篇，以驚嚇爲闌截，後半篇以引誘爲係縛，此最是招字中説不出的神理。而世之儒者，莫不紛然議之。甚矣，作之難，知之不易也。（《楚辭疏》卷六）

（清）龐塏

【楚辭龐氏注】（「魂兮歸來，反故居些」）自「高堂邃宇」句至此，俱設爲不必然之詞，且原之志不在室家聲色，而在致君澤民，以此爲招，豈能相動？但篇首「帝告巫陽」有「我欲輔之」之語，則魂歸反於身必爲帝所輔，得行其志，雖安富尊榮，窮奢極慾，不爲泰也。巫陽之言止此。（《楚辭龐氏注》）

（清）屈復

【招魂序】《招魂》者，三閭之所作也。魂魄離散，自招於生前也。太史公傳贊讀《招魂》，悲其志。此篇首帝曰「我欲輔之」，助成其志也。篇中欲召還而興楚國，自喻其志也。若乃痛頃襄，忘不共戴天之仇，雖寫篇末，又隱躍言外，有懷莫展，生何如死，究未明出志字，幽愁隱痛，水霧烟霏。嗚呼！子長可謂善讀矣。（《楚辭新注》卷七）

【招魂總論】此篇「入修門」、「反故居」，喻楚王召還大用也。「豹飾之侍」、「步騎之羅」，喻官屬侍衛以入朝也。「室家遂宗」、「敬而無妨」，同姓之卿，君臣共樂也。「女樂」、「鐘鼓」，喻賞興復楚國之功也，此帝曰「我欲輔之」意也，王叔師謂宋玉所作，但看起結之神妙，與《騷經》筆墨無異，《九辯》具在，泮然冰釋矣。（《楚辭新注》卷七）

（清）宋長白

【修門】楚詞《招魂》：「魂兮歸來，入修門。」注謂：「郢城門，楚所都。」柳子厚《汨羅詩》：「重入修門自有期。」正楚地也。「金盤露」，「椒花雨」，楊誠齋自製二酒名，嘗賦詩以鳴得意。其結句云「衹堪獨酌不堪兮，老夫猶要入修門」，謂侵早趨期，須藉以御寒耳。吴正傳《書事詩》：「修門此日逢佳客，咫尺清光倘照臨。」錢牧齋《應召詩》：「三年嚴譴望修門，隨例趨朝又北轅。」皆借指都門也。（《柳亭詩話》卷二五）

（清）夏大霖

【屈騷心印箋注】余讀《招魂》而思太史公所謂「悲其志」者，志安在哉？篇中所招，極宫室侍女備物之美，「亂曰」一結到神悽魂慘，曰「哀江南」而已。是前所爲招，正在彼者，皆我所不爲也。夫時俗所以汙濁，亦求所招之宫室侍女備物耳，固原之本得而不爲者也。以忠窮餓，志可悲焉。設爲宋玉招師之作則休，當如《大招》，何多添首尾起結？此爲屈子自招無疑。（《屈騷心印箋注》）

（清）蔣驥

【招魂序】卒章「魂兮歸來哀江南」，乃作爲本旨，餘皆設幻耳。哀江即汨羅所在，招魂歸此，蓋即《懷沙》之意也。（《山帶閣注楚辭》卷六）

【招魂總論】太史公序原傳曰：「讀《離騷》《天問》《招魂》《哀郢》，悲其志。」而王叔師乃以此篇爲宋玉之詞。黄維章、林西仲非之，誠爲有見。舊説又頗訾其譎怪荒淫，亦非所謂知言者也。今攷亂詞「獻歲發春」以下，明序自春涉夏，往來夢澤之境。卒章曰「魂兮歸來哀江南」，自著沉湘之志。蓋繼《懷沙》而作者也。學者於此，沉潛反復而知其解，則固有以確然知其非宋玉所作。而巫陽所言，皆如海上神山，風引而去。諸説紛紛，互相詆訶，亦不辨而自明矣。余故詳其説於餘論，而約舉其概於此。（《山帶閣注楚辭》卷六）

【論招魂】自王叔師以《招魂》爲宋玉所作，千餘年來，未有易者。《大招》則王以爲作於屈原，又曰景差，蓋已不能定其人矣。晁无咎謂《大招》古奥，非原莫能作。洪氏又曰《漢志》原賦二十五篇，《漁父》以上是也，《大招》恐非原作。朱子謂以宋玉《大、小言賦》考之，差語皆平淡醇古，知《大招》爲差作無疑。自後學者爭傳其説，至明黄維章始以爲非，而取「二招」歸之於原，然言多迂滯，未足以發其義。林西仲本黄氏之説，又從而條列之，而後「二招」之屬於原，殆有確乎不易者。今約其辭曰，古人招魂之禮，爲死者而行，嗣亦有施之生人者，原以魂魄離散而招，尚在未死也。王逸乃以《招魂》爲宋玉所作，試問太史公讀而悲其志，謂悲原之志乎？抑悲玉之志乎？或謂世俗招魂皆出他人之口，不知古人以文滑稽，且有生而自祭者，又何嫌於自招？杜子美《彭衙行》「煖湯濯我足，剪紙招我魂」，固亦自招之明驗也。玩篇首自序及篇末亂詞，皆不言君而曰朕曰吾，斷非出於他人之語。舊註謂宋玉代原爲辭，不轉多葛藤乎？且果係玉作，無論首尾解説難通，即篇中亦應倣古禮以自致其招，何乃托之巫陽，涉於戲乎？若謂班固《漢志》有原賦二十五篇之語，《漁父》以上，已足其數，故並《大招》亦屬之景差。夫固之時，去原已遠，其言固未足爲左驗。且《九歌》雖十一篇，而名止稱九，如不合之「二招」，僅二十三篇耳。即謂二招在二十五篇之内可也，於玉與差何涉。李善又因《大招》名篇，改《招魂》爲《小招》，玉與差皆原之徒，苟俱招師之魂，何以見差之當爲大，玉之當爲小耶？按原自放流以後，繫心懷王，不忘欲反，則當歸葬之時升屋而皋，自有不能已者，特謂之大，所以别於自招，乃尊君之辭也。篇中所言飲食音樂女色宫室之樂，皆懷王向所固有，其中亦各有制，與《招魂》大不相同。至末六段，舉五百年興王之業，望之懷王，蓋三代之得天下，實不外此，豈原所能自爲耶！舊註以爲景差招原，强增「楚王舉用」等語，以致文義難通，最可怪者。章首「魂無逃只」，本因懷王逃秦而言，舊註釋「春氣奮發，魂魄亦隨時感動而無所逃」。夫果無所逃，則不能他往，亦不能來歸，何必戒其無遠遥，又爲此無益之招乎？且與「隨時感動」四字，語意絶不相蒙，何其謬也。若王逸謂元冥之神，淩馳天地間，收其陰氣而藏之，故魂不可逃，尤不足辨矣。余按林氏之説，參之「二招」本文，皆條暢愜適，初無强前人以附己意之病。然則《大招》所以招君，故其辭簡重爾雅，《招魂》所以自招，則悲憤發爲諧謾，不妨窮工極態，故爲不檢之言以自嘲，蓋立言之體各殊耳。後人乃云《招魂》辭勝，《大招》理勝。争以其見爲之軒輊，何足與議哉！

《招魂》序宫室女色飲食音樂之樂，與《大招》不同。《大招》是實情，《招魂》是幻語，《大招》每項俱各開寫，《招魂》則首尾總是一串，其間有明落，有暗度，章法珠貫繩聯，相繹而出。其次第一層進一層，入後異采驚華，繽紛繁會，使人一往忘返矣。亂辭一段，忽又重現離殃愁苦本色來，通首數千言，渾如天際浮雲，自起自滅，作文之變，於斯極矣。《遠遊》近者欲使之遠，《招魂》遠者欲使之近，皆是放逐之餘。幽邑（悒）瞀亂，覺此身無頓放處，故設爲謾詞自解，聊以舒憂娛哀，所謂臺池酒色，俱是幻景，固非實有，其事亦豈真以爲樂哉！且微特《招魂》非志於荒淫，即《遠遊》亦豈誠有意於登仙乎？此與孔子「浮海居夷」，同是憤極時語，太史公讀而悲其志，真能推見至隱者也。《招魂》以亂辭終，主客之意，尤爲可見。後人認客作主，苦加掊擊，林西仲又曲爲之解，比之管仲三歸，魏絳女樂，何異癡人說夢乎？

「掌夢」二字不可曉，豈上帝本遣掌夢告巫陽，故呼而致詞歟？一説巫陽職在掌夢，故以自稱上帝上告於帝也，若《漢書·景帝紀》三輔上丞相、御史之類。

「纂組綺縞」，指衣服言，蓋補上下文所未及也。舊註從幬帳立解，則上既言羅幬矣，此不嫌重出乎？

「瑶漿蜜勺，實羽觴些。」《章句》云：「蜜，古本作䖑。」朱子云：「䖑見《禮經》，通作冪，以疏布蓋尊者。勺，挹酒器。」言舉冪用勺，酌酒而實羽觴之爵也。今本作蜜非，余按通冪者乃鼏字，《玉篇》亡狄切，《禮器》所謂「犧尊疏布冪也」。若䖑字乃蜜本字，《玉篇》亡吉切。《說文》：「䖑，蠭甘飴也。」《爾雅翼》云：「蓋若鼎器焉而冪之。」然則䖑與蜜，特古今字體不同耳，朱子以䖑爲鼏，不免謬誤。且云舉冪用勺，文義亦嫌蛇足矣。其以蜜爲非者，豈謂與上「蜜餌」蜜字複出耶？古人臨文，固不如此拘拘也。

舊解「挫糟」爲捉去其糟，「捉」與「挫」意義殊不協。「凍飲」舊訓盛夏飲酒，居之冰上。王蕫齋又云「以水和酒而飲」，皆不經之説也。惟《文選》五臣註「糟，酒滓，可以凍飲」，李善曰「凍，冷也」，其説爲當。抑按《梁四公記》「高昌國獻凍酒」，杰公辨其非八風谷凍成，又以高寧酒和之者，豈凍飲固酒之製爲凍者歟！

「美人既醉」四語，寫醉後美人，爲舞時引興。「被文」四語，寫衣麗髮艷，爲舞時襯色。與前言女色，絶非重複，麗而不奇，言五色絢麗，色不奇單也。此處總以繁雜爲主，故特下「不奇」二字。舊解讀作其音，訓不奇奇也，非是。

「投六箸，行六棋，故爲六博」，本王氏註，《集註》引稱《博雅》，豈因上「箟蔽」句補註引《博雅》云「博箸謂之箭」，而誤記之歟？《古博經》云：「二人相對向局，分十一道，兩頭當中名爲水，用棋十二，六白六黑。又用魚二枚置水中，其擲采以瓊爲之，鋭其頭，四面刻眼，亦名齒，互擲行棋。棋行到處，則竪之，名爲驍棋，即入水食魚獲籌。」魏侍中曰：「采越凈中者，休則立梟，梟者不伏，會淨者梟折爲伏，伏則不梟。」鮑潤身《博經》云：「所擲瓊有五采，刻爲一畫謂之塞，二謂之白，三謂之黑，一面不刻者，五塞之間。」按驍即梟也。《戰國策》：「博所以貴梟者，欲食則食，欲握則握。」《晉書・謝艾傳》：「六博得梟者勝，博之貴梟久矣，得梟已勝，然再投失采，猶恐爲人所殺。」韓子所謂「勝者必殺梟也」，故欲倍勝，必呼五白。五白，或五瓊皆白，或五擲皆白，未可知。吴曾《漫録》乃云：「五木之戲，貴采四，賤采五。四采之中，有采曰白，蓋五木皆白也。」梟乃賤采，故欲勝梟，呼五白也。按：五木皆白曰貴采，亦見李習之《五木經》。至以梟爲賤采，則本程泰之之説，泰之《摴蒱經略》云：古斲木爲五子，故名五木，子狀如杏仁，一面白，一面黑。凡投純黑爲盧，采甚高。自此以降，黑白相雜，名雉，名梟，名犍，梟雖善齒，而采甚低，故曾有梟乃賤采之言。不知古者烏曹作博，老子作摴蒱，博投六箸，摴蒱擲五木，本非一類。曾以五木釋六博，豈有當耶？《史記正義》云「博骰有刻爲梟鳥形者，采最高」。或又云「六博以五木爲骰，有梟盧雉犢塞五者爲勝負之采」，與《古博經》又小異。蓋戲玩之具，隨時變更，觀古圍象棋皆異今製，而《五木經》與《摴蒱經略》又各殊，可見。

《章句》：「射張食棋，下兆於屈，人多不曉。」案《列子》「樓上博者射明瓊張中」。《西京雜記》：「許博昌，安陵人，善六博。其術曰：方畔揭道張，張畔揭道方，張究屈元高，高元屈究張。」語有相發者，並記之。究，博箸也。

舊註晉國工作博箸，比集犀角以爲飾。按馬季長《摴蒱賦》「馬則玄犀象牙」，梁武《圍棋賦》「枰則廣羊文犀」，是局與箸皆可用犀。上既言「箟蔽」，此或應指局也。又《聽雨紀談》云「世人以髹器黑剔者爲犀毗」，犀毗，犀臍也。犀牛臍四旁，文如饕餮相對，中有圓孔，西域人取爲帶飾。後人髹器倣之，遂襲其名，未知於《古博》具有合否。

「陳鐘按鼓」，樂始作也，「狂會」、「搷鳴」，則樂從矣。吴歈蔡謳而奏大吕，已帶狂意，「搖簴」、「揳瑟」，則狂戲懽呶，不復成樂矣。此立言次第也。

從巫陽意中，歷序歸楚之樂，入後興會轉遒，不復揆之禮義，蓋以諧傲舒其怫鬱。余故曰：詩人簡兮之遺也，若出之他人，則唐突甚矣，況弟子之於師乎！

亂辭以下，舊訓以田獵之樂招原，不識所謂「獻歲南征」、與「斯路漸」、「傷春心」等語，皆作何解？

廬江，王薑齋以襄漢間中廬水當之。按《水經註》「中廬城南有水出西山」，其水甚微，未足以名江也。且詳《招魂》詞意，當作於原之暮年，其遷江南已久，安得從襄漢而行耶？考《海内東經》云：「廬江出三天子都，入江彭澤西。」前漢《地理志》云：「廬江出陵陽東南，北入江。」《水經》云：「廬江水出三天子都北，過彭澤縣西北，入於江。」三天子都，今休寧率山，地與今寧池相接，所謂陵陽東南也。彭澤今屬九江府，與武昌相近，然則廬江東際陵陽，西連鄂渚，自陵陽達鄂渚至江湘夢澤，必首尾穿而過之，故曰貫。此可知「貫廬江」，即《涉江》「乘鄂渚」之行。而余謂《哀郢》陵陽，在今寧池之間，益非謬説矣。

舊指懸火爲夜獵，此拘迂之説也。古固有燎原而田者，奚必夜始用火耶。懸火，蓋若今之火把，楊用修引古詩賦「猛燭猛炬」及《周禮》「墳燭相儗」爲近之。

今岳州華容有巴丘湖，即古夢澤，在洞庭西。《風土記》云：「夏秋水漲，則與洞庭爲一，所謂湛湛江水也。」蓋自陵陽往辰溆，與自辰溆返長沙，皆所必由之境。

按：襄王父讐不報，國蹙不恤，方春和時，但與幸臣馳逐荒野以騁其能。原以放廢之身，冷眼遥望，本是極傷心事，然今再過之餘，即欲遥望亦不可得。則傷心之中。殆有甚焉。故曰「目極千里兮傷春心」。

「哀江南」舊解以爲哀此江南之地，嘗考其説，多不可通。今覽圖經，湘陰有大小哀洲，二妃哭舜而名。又長沙《湘陰志》云「哀江在縣南三十五里」，正與汨羅相近。固知其所指乃言哀江之南，以見「入修門」之爲虚，而沉湘之爲實，此一篇結穴。（或云圖經縣志，皆後世附會之談，未足爲據。余以爲若附會舜事，則與舜陵湘女，同出屈子之前。若云附會楚詞，則二書固未嘗以此釋《招魂》也，余以其闇合，故取之。）

春南征而遥望博，朱明承夜而斯路漸，則春夏之往來夢澤，可知所以知春之南征，爲自陵陽至辰溆者。廬江與陵陽接壤，而《涉江》「秋冬緒風」正合發春之時，自是而過鄂渚、濟江湘，則固夢澤所在。以《涉江》考之，知其往辰溆也，其後知爲自辰溆至長沙者，以哀江即長沙之地，而「朱明承夜」，正與《懷沙》「滔滔孟夏」之時相應也。若其自辰溆啓行，余固詳之《漁父》矣，過龍陽而東則爲夢澤，亦至長沙所必經之路。則原之往來固已瞭然，而《涉江》《漁父》《懷沙》《招魂》皆作於半歲之中，其次第亦可考矣。然原之《涉江》曰「將重昏而終身」，乃不數月而卒就死長沙者，豈悲憤之情，非遠遁所能解歟！抑亦嚴譴所迫，勢不容於不死歟！（《爾雅》：春爲青陽，夏爲朱明。）（《山帶閣注楚辭》餘論卷下）

（清）胡文英

【屈騷指掌】懷王時作于今之江南。故其言曰「路貫廬江左長薄」，言汩然南歸郢都，由是而穿出廬江之地，不覺大薄長洲之地已在吾之左，而脱離于此。故遥望甚廣，見懷王田獵之盛，而己飛步及之，與課後先，所謂不忘欲反也。生人招魂，吴楚風俗有之。諺謂「叫魂」，精神恍惚者皆用之。故曰「魂魄離散」、杜詩「剪紙招我魂」是也。（《屈騷指掌》卷四）

（清）于光華

【招魂後評】方伯海〔廷珪〕曰：按，此篇前後段落極分明。上半見上下四方不可居，下半招之使八郢，見有許多安樂受用處，而精神生動，全在摹寫美人及歌舞上。凡文字鋪門面則趣索，傳神理則趣長，詩古文詞工拙，無不以是分也。（《重訂文選集評》卷八）

（清）劉夢鵬

【招魂序】假託以抒情耳，又烏問俗之然否、事之有無也哉？原之言曰「魂一夕而九逝」，又曰「魂識路之營營」，又曰「何靈魂之信直」，又曰「魂營營而至曙」。嗚呼，孤臣放子，荒郊灑血，君門萬里，一日九迴，魂魄不守，有自來矣。今讀其書，崑崙縣圃，赤水流沙，非魂歷之境乎？虙妃佚女，高辛重華，非魂遇之人乎？湛露朝霞，則魂食飲也。瓊枝瑶華，則魂佩帶也。龍螭虬象，則魂輿馬也。望舒飛廉，則魂御僕也。下有大壑，上有帝閽，若枝東指，虞淵西流，魂乎魂乎，雖原不自知，仍飄飄於何所矣，宜其招之矣。子長讀而悲之，以此也夫。嗟夫，故園丘墟，人念禾黍，孤臣投窮，因操土音。凡夫宮室遊觀之勝，飲食侍御歌舞之美，不過假託巫陽之口，備道南州之樂耳。課後先之何時，倚遥望而增歎，徑被路漸，江介風凄，哀蓋不在己而在國矣。故結之曰「哀江南」，其《哀郢》之引言乎？王逸謂是篇爲宋玉招師，《大招》爲屈原自撰招詞。謬矣。《大招》情致靡謾，氣體膚弱，與《離騷》諸篇深婉悱惻，全不相似，必非原手。（《屈子章句》卷五）

（清）孫志祖

【九辯】太史公讀《招魂》，悲其志，雖未明言其所悲之故，然細繹巫陽四方上下之語，其言虎豹之惡歷，狐怪之毒狠，蓋皆譏刺當時楚國世道人心之如狼如虎、如鬼如蜮，不可與之一朝居也。脩門以下，盛言堂室女色歌舞飲食諸樂，乃述頃襄内廷荒淫，秘戲之事國人莫知，惟原實深知之。故總借巫陽以發之。若屈子果魂離魄散，豈人間聲色富貴所能動其心而招之耶？已之魂魄離散，不歸罪於君，却恨自己離殃愁苦，然上無所考此盛德，已明刺頃襄之失德矣。以下描寫頃襄奢淫諸事，都借巫陽口中傳出，正使言之者無罪，聞之者足以戒，此屈子賦《招》本懷。無如人都誤會此意，且竄入宋玉集中，爲弟子招師之作。豈宋玉素知其師好色，故死後欲借美人之色，投其所好以招之耶？此足以破千古之疑矣！蓋屈子所作本名《招魂》，後人宋玉又有《招魂》之作，故以此爲《大招》。

史公所云《招魂》，即《大招》也。至宋玉所作又名《小招魂》，見張載《魏都賦》注。（《讀書脞録》卷五）

（清）章學誠

【説林】莊周《讓王》《漁父》諸篇，辨其爲真爲贋；屈原《招魂》《大招》之賦，爭其爲玉爲瑳。固矣夫，文士之見也。（《文史通義》卷四《内篇》）

（清）張雲璈

【宋玉招魂題下注】《楚辭燈》謂：「《招魂》，屈平自作也。太史公《屈原傳》贊云：『予讀招魂悲其志。』是悲屈原之志，非悲宋玉之志也。』後世沿爲玉作，因世俗招魂皆出他人之口，不知古人以文滑稽，無所不可，且有生而自祭者。則原放逐之後，愁苦無所宣洩，借題寄意，亦不嫌其自招也。」雲璈按，《大招》，王逸本以爲屈原所作，則此招魂亦安見其非屈原之辭？玩起六句尤信，不必以宋玉代原爲解，況時原尚未死，宋玉爲其弟子，而遽以復衣升屋之禮事其師，恐非古人所敢出也，不若以原自作爲長。洪興祖曰：「李善以《招魂》爲《小招魂》，以有《大招》故也。」按，大小之説，即禮三招之義，《小招魂》見《魏都賦》注，是張孟陽，非李氏也。洪亦微誤。（《選學膠言》卷一四）

（清）胡濬源

【招魂】《招魂》，《離騷》之極致，正披髮行吟，若狂若迷，不知身是己，己之是心，自招自魂，愈奇愈妙，即《惜誦》之「魂中道而無杭」、《哀郢》之「靈魂欲返」、《抽思》之「魂一夕九逝」等句之魂。至此更解散，不知所往，故招之。若死後出他人所招，便索然矣。（《楚辭新注求確》卷五）

（清）劉熙載

【賦概】賦起事於情事雜沓，詩不能馭，故爲賦以鋪陳之。斯於千態萬狀，層見迭出者，吐無不暢，暢無或竭。《楚辭·招魂》云：「結撰至思，蘭芳假些。人有所極，同心賦些。」曰「至」曰「極」，此皇甫士安《三都賦序》所謂「欲人不能加」也。（《藝概》卷三）

宋玉《招魂》，在《楚辭》爲尤多異采。約之亦只兩境：一可喜，一可怖而已。（《藝概》卷三）

問《招魂》何以備陳聲色供具之盛？曰「美人爲君子，珍寶爲仁義」，以張平子《四愁詩序》通之，思過半矣。且觀其所謂「不可以託」、「不可以止」之處，非即「水深雪雰爲小人」之例乎？（《藝概》卷三）

「升歌笙入，閑歌合樂」，《楚辭·招魂》所謂「四上競氣」也。詞之過變處，節次淺深，准此辨之。

（《藝概》卷三）

賦欲不朽，全在意勝。《楚辭·招魂》言賦，先之以「結撰至思」，真乃千古篤論。（《藝概》卷三）

（清）王闓運

【招魂序】（以《招魂》爲宋玉作）陳頃襄奢情之狀，託以招原，實勸其死，自潔以遺世不得已之行。（《楚辭釋》卷九）

（清）許巽行

【宋玉招魂題下注】洪云：「李善以《招魂》爲小招，以有《大招》故也。」案，今止云《招魂》，不云《小招》，是洪氏所見異本。林西仲云：「此屈原自作也。」太史公贊云：「余讀《招魂》悲其志。」是悲屈原之志，非悲宋玉之志也。（《文選筆記》卷六）

吴闓生

【招魂諸家評識】張廉卿〔裕釗〕曰：「《招魂》，招懷王也，屈子蓋深痛懷王之客死，而頃襄宴安淫樂，置君父仇恥於不問。其詞至爲深痛。」（《吴評古文辭類篹》卷六三）

吴至父（汝綸）曰：「此説與予略同，惟予意文云『有人在下』，則懷王未死時作也。」（《吴評古文辭類篹》卷六三）

（吴汝綸）又曰：「太史公云：『余讀《離騷》《天問》《招魂》《哀郢》，悲其志。』《招魂》，屈子作也。『有人在下』，謂懷王也。『魂魄離散』，蓋入秦不返，驚懼憂鬱而致然也。屈子不能復見君身，而爲文以招既失之魂，以寄其哀思。是時懷王未死也，故曰『有人在下』。」（《吴評古文辭類篹》卷六三）

（吴汝綸）又曰：「太史公讀《離騷》《天問》《招魂》《哀郢》，是《招魂》爲屈子作甚明。其旨則哀懷王之入秦不返，盛稱故居之樂，以深痛在秦之愁苦也。劉勰《辨騷》摘『士女雜坐』、『娱酒不廢』等句，以爲屈子異乎經典之據，則固不謂此篇爲宋玉作矣。誤雖始於王逸，沿之者昭明也，後則無復異詞矣。」（《吴評古文辭類篹》卷六三）

（吴汝綸）又曰：「懷王爲秦所虜，魂亡魄失。屈子戀君而招之，盛言歸來之樂，以深痛其在秦之愁苦。古今解者並失之。或云諷頃襄荒淫，亦非本恉。」（《吴評古文辭類篹》卷六三）

招隱士

（漢）王逸

【招隱士題下注】《招隱士》者，淮南小山之所作也。昔淮南王安博雅好古，招懷天下俊偉之士。自八公之徒，咸慕其德而歸其仁，各竭才智。著作篇章，分造辭賦，以類相從。故或稱小山，或稱大山，其義猶詩有《小雅》《大雅》也。（《楚辭章句》卷一二）

（唐）李善

【招隱士二首題下注】序曰：《招隱士》者，淮南小山之所作也。小山之徒，閔傷屈原，身雖沈没，名德顯聞。與隱處山澤無異。故作《招隱士》之賦以彰其志也。（《文選注》卷三三《騷下》）

（宋）高似孫

【淮南子書録】少愛讀《楚辭》淮南小山篇，聲峻瓌磊，他人製作不可企攀者。（《子略》卷四）

（明）馮紹祖

【楚辭章句輯評】馮覲曰：淮南王《招隱士》詞即《招魂》《大招》之意。第其詞瓌奇而意隱約，今讀之亦猶有巃嵸磈礧之氣。蓋比漢世諸作，庶幾超乘而上，與屈宋並驅。嘗聞淮南王安招延天下英俊，故八公之輩俱以辭賦景從。今觀此詞及鴻烈諸篇，真足以空視千古，然皆出於八公之徒，以此知其選矣。（引自馮紹祖刊《楚辭章句》卷一二）

（明）孫鑛

【文選瀹注】舊注以爲傷屈原而作，恐非，當是直言隱士不可終隱之意。（《文選瀹注》卷三三）

【招隱士題上眉批】大意謂山中不可久留，當出而用世也。意倣《招魂》而詞兼《九歌》之勝，於楚詞爲最合。以桂樹興感，「桂枝」句兩應有情，尋常春草，略加詠嘆，一往情深，試思其故。中間極寫山中之幽險，以「不可留」三字結住警絶，詞意俱好。（《文選瀹註》卷三三）

（明）閔齊伋

【評點楚辭】全是急節，略無和緩意，然造語特精陗，咄咄敲金鼓。（《評點楚辭》卷下）

漢《藝文志》有「淮南王群臣賦四十四篇」，此或其一也。此篇視漢諸作，略爲高古，説者以爲亦託意以招屈原。（《評點楚辭》卷下）

讀《招隱》如晨霽終南，獨立千仞，峰嶔皴蹙，反漫明□，遠樹歷歷，蘋草芊芊，禽鹿奔跂，真有山靜太古之意。儼然高士出没其間，留連而莫知其所處所也。更復筆力驚絶，如夏鑄九鼎，龍文漫滅，已成自然，蒸變絪緼，將興神怪。八公之徒，寧特西漢異人，焉知非三代先秦遺耇耶！即並諸穆天之謡，詛楚之文，吾見其上，未見其下。可謂屈氏之畏友也。（《評點楚辭》卷下）

（明）蔣之翹

【七十二家評楚辭蔣之翹輯評】李賀曰：《招隱士》，逼是《招魂》蹊徑，而骨力似過之。（《七十二家評楚辭》卷八）

桑悦曰：《招隱》筆力遒上，骨奇法古，于《西京》中矯矯者，非後來擬作家可及。（《七十二家評楚辭》卷八）

楊慎曰：劉子《辨騷》云：「《招魂》《大招》，耀艷而深華。」四字尤盡二篇妙處。皮日休評《楚辭》「幽秀古艷」，亦與此相表裏。予稍易之云《招魂》耀艷而深華，《招隱》幽秀而古朗。（《七十二家評楚辭》卷八）

陳繼儒曰：逸秀多風，是屈宋高弟子。（《七十二家評楚辭》卷八）

（明）金蟠

【沈雲翔輯評八十四家評楚辭】（金蟠）又曰：人生苦無多佳境，但時讀《招隱士》，胸襟自開，丘壑骨子，自脱烟火。（《八十四家評楚辭》卷八）

（清）喬億

【劍谿説詩】《招隱》從《九歌》暨《九辯》首章來，不但幽峭，音節亦復鏗鏘。（《劍谿説詩》卷上）

（清）于光華

【于光華輯重訂文選集評】方伯海（廷珪）曰：文亦藍本《山鬼》篇，卻無一字拾其牙後，尺幅中把一片荒山，色色寫絶，用意一層深入一層，神乎技矣。（《重訂文選集評》卷八）

邵（長蘅）曰：意仿《招魂》詞，則《九歌》之變，昭明取此而盡删懷歎諸作，有以夫。（《重訂文選集評》卷八）

吴闓生

【招隱士諸家評識】吴至父（汝綸）曰：「此疑爲小山之徒，戒王憂讒之作。《反騷》云『枳棘之蓁蓁兮，猨狖擬而不敢下』，即此恉也。文中『王孫』謂王安也。我嘗以《諫伐越書》證淮南之不反，本傳淮南之獄，乃公孫弘、審卿等所構也。」（《吴評古文辭類篹》卷六四）

引用書目

集部（别集、總集、詩話）

《陸士龍集》［晉］陸雲撰　《四部叢刊》景明正德翻宋本
《陶淵明集》［晉］陶潛撰　逯欽立校注　中華書局一九七九年版
《梁昭明太子文集》［南朝梁］蕭統撰　《四部叢刊》景明遼府刊本
《江文通集彙註》［南朝梁］江淹撰　［明］胡之驥註　中華書局一九八四年版
《庾子山集注》［北周］庾信撰　［清］倪璠注　中華書局一九八〇年版
《沈佺期宋之問集校注》［唐］沈佺期撰　［唐］宋之問撰　陶敏、易淑瓊校注　中華書局二〇〇一年版
《李太白集注》［唐］李白撰　［清］王琦注　上海古籍出版社一九九二年版
《儲光羲詩集》［唐］儲光羲撰　上海古籍出版社一九九二年版
《劉隨州集》［唐］劉長卿撰　《四部叢刊》景明正德本

《錢起集校注》［唐］錢起撰　王定璋校注　浙江古籍出版社二〇一五年版
《杜工部集》［唐］杜甫撰［清］錢謙益箋注　上海古籍出版社一九九五年版
《毗陵集》［唐］獨孤及撰　清文淵閣《四庫全書》本
《吴興晝上人集》［唐］釋皎然撰《四部叢刊》景宋寫本
《孟東野詩集》［唐］孟郊撰　華忱之校訂　人民文學出版社一九五九年版
《竇氏聯珠集》［唐］竇常等撰［唐］褚藏言編《四部叢刊》景宋刊本
《韓愈文集彙校箋注》［唐］韓愈撰　劉真倫、岳珍校注　中華書局二〇一〇年版
《白氏長慶集》［唐］白居易撰《四部叢刊》景日本翻宋大字本
《劉夢得文集》［唐］劉禹錫撰《四部叢刊》景宋本
《追昔遊集》［唐］李紳撰　清文淵閣《四庫全書》本
《柳宗元集》［唐］柳宗元撰　中華書局一九七九年版
《李文饒集》［唐］李德裕撰《四部叢刊》景明刊本
《丁卯集箋注》［唐］許渾撰［清］許培榮箋注《續修四庫全書》影印清乾隆二十一年（一七五六）許鍾德等刻本
《杜牧集繫年校注》［唐］杜牧撰　吴在慶校注　中華書局二〇〇八年版
《李義山詩集》［唐］李商隱撰《四部叢刊》景明刊本

《禪月集校注》［唐］釋貫休撰　陸永峰校注　巴蜀書社二〇〇六年版
《甫里集》［唐］陸龜蒙撰　《四部叢刊》景黄丕烈校明鈔本
《皮子文藪》［唐］皮日休撰　蕭滌非、鄭慶篤整理　上海古籍出版社一九八一年版
《唐黄御史集》［唐］黄滔撰　《四部叢刊》景明刊本
《元憲集》［宋］宋庠撰　清文淵閣《四庫全書》本
《景文集》［宋］宋祁撰　清文淵閣《四庫全書》本
《直講李先生文集》［宋］李覯撰　《四部叢刊》景明刊本
《公是集》［宋］劉敞撰　清文淵閣《四庫全書》補配清文津閣《四庫全書》本
《温國文正司馬公文集》［宋］司馬光　《四部叢刊》景宋刊本
《蘇軾全集》［宋］蘇軾撰　傅成、穆儔標點　上海古籍出版社二〇〇〇年版
《欒城集》［宋］蘇轍撰　《四部叢刊》景明活字本
《鷄肋集》［宋］晁補之撰　《四部叢刊》景明刊本
《張右史文集》［宋］張耒撰　《四部叢刊》景舊鈔本
《斐然集》［宋］胡寅撰　容肇祖點校　中華書局一九九三年
《梅溪集》［宋］王十朋撰　《四部叢刊》景明刊本
《劍南詩稿校注》［宋］陸游撰　錢仲聯校注　上海古籍出版社一九八五年版

《益公題跋》［宋］周必大撰　明毛晉汲古閣本

《范石湖詩集注》［宋］范成大撰　［清］沈欽韓注　上海古籍出版社一九九五年版

《誠齋集》［宋］楊萬里撰　《四部叢刊》景宋寫本

《晦菴集》［宋］朱熹撰　《四部叢刊》景明嘉靖刊本

《于湖集》［宋］張孝祥撰　《四部叢刊》景宋刊本

《攻媿集》［宋］樓鑰撰　清武英殿聚珍版叢書本

《東塘集》［宋］袁説友撰　清文淵閣《四庫全書》本

《高似孫集》［宋］高似孫撰　王群栗點校　浙江古籍出版社二〇一五年《浙江文叢》本

《江湖長翁集》［宋］陳造撰　清文淵閣《四庫全書》本

《閬風集》［宋］舒岳祥撰　清文淵閣《四庫全書》本

《鶴山全集》［宋］魏了翁撰　《四部叢刊》景宋刊本

《後村集》［宋］劉克莊撰　《四部叢刊》景舊鈔本

《耻堂存稿》［宋］高斯得撰　清文淵閣《四庫全書》本

《文山集》［宋］文天祥撰　《四部叢刊》景明刊本

《二妙集》［金］段克己撰　清文淵閣《四庫全書》本

《湛然居士集》［元］耶律楚材撰　《四部叢刊》景元鈔本

《艮齋詩集》［元］侯克中撰　清文淵閣《四庫全書》本
《桐江續集》［元］方回撰　清文淵閣《四庫全書》本
《秋澗集》［元］王惲撰　《四部叢刊》景明弘治翻元本
《清容居士集》［元］袁桷撰　王珽點校　浙江古籍出版社二〇一五年《浙江文叢》本
《待制集》［元］柳貫撰　《四部叢刊》景元刊本
《道園學古録》［元］虞集撰　《四部叢刊》景明景泰翻元小字本
《伊濱集》［元］王沂撰　清文淵閣《四庫全書》本
《金華黄先生文集》［元］黄溍撰　《續修四庫全書》影印清景元鈔本
《純白齋類稿》［元］胡助撰　清文淵閣《四庫全書》補配清文津閣《四庫全書》本
《張光弼詩集》［元］張昱撰　《四部叢刊》景明鈔本
《清閟閣遺稿》［元］倪瓚撰　明萬曆刻本
《臨安集》［明］錢宰撰　清文淵閣《四庫全書》本
《誠意伯文集》［明］劉基撰　《四部叢刊》景明刊本
《清江貝先生集》［明］貝瓊撰　《四部叢刊》景明刊本
《白雲稿》［明］朱右撰　《續修四庫全書》影印北京圖書館藏明初刻本
《密菴先生詩稿文稿》［明］謝肅撰　上虞謝偉重梓明天啓五年（一六二五）本

《遜志齋集》［明］方孝孺撰　北京大學出版社二〇一四年版
《獨醉亭集》［明］史謹撰　清文淵閣《四庫全書》補配清文津閣《四庫全書》本
《南齋先生魏文靖公摘稿》［明］魏驥撰　《四庫全書存目叢書》影印北京圖書館藏明弘治十一年洪鐘刻本
《澹然先生文集》［明］陳敬宗撰　《四庫全書存目叢書》影印清鈔本
《石溪周先生文集》［明］周叙撰　《四庫全書存目叢書》影印明萬曆二十三年（一五九五）刻本
《類博稿》［明］岳正撰　清文淵閣四庫全書本
《椒邱文集》［明］何喬新撰　清文淵閣四庫全書本
《容春堂集》［明］邵寶撰　清文淵閣四庫全書本
《懷星堂集》［明］祝允明撰　清文淵閣四庫全書本
《王氏家藏集》［明］王廷相撰　《四庫全書存目叢書》影印明嘉靖刻順治十二年（一六五五）修補本
《華泉集》［明］邊貢撰　清文淵閣《四庫全書》本
《何大復集》［明］何景明撰　李淑毅等點校　中州古籍出版社一九八九年版
《五嶽山人集》［明］黄省曾撰　《四庫全書存目叢書》影印南京圖書館藏明嘉靖刊本
《李中麓閒居集》［明］李開先撰　《續修四庫全書》影印中國科學院圖書館藏明刻本
《甂甌洞稿》［明］吴國倫撰　《四庫全書存目叢書》影印明萬曆刻本

《徐文長文集》［明］徐渭撰 ［明］袁宏道評點 《續修四庫全書》影印明刻本
《弇州四部稿》［明］王世貞撰 清文淵閣《四庫全書》本
《茅鹿門先生文集》［明］茅坤撰 《續修四庫全書》影印中國科學院圖書館藏明萬曆刻本
《李温陵集》［明］李贄撰 《續修四庫全書》影印明刻本
《玉茗堂全集》［明］湯顯祖撰 《續修四庫全書》影印明天啓刻本
《蒼霞草全集》［明］葉向高撰 江蘇廣陵古籍刻印社一九九四年影印天啓刊本
《尊拙堂文集》［明］丁元薦撰 《四庫全書存目叢書》影印清順治十七年（一六六〇）刻本
《高子遺書》［明］高攀龍撰 明崇禎間（一六二八）刻本
《袁中郎全集》［明］袁宏道撰 明崇禎刊本
《媚幽閣文娱》［明］鄭元勳輯 阿英校點 上海雜誌公司一九三六年版
《金忠節公文集》［明］金鉉撰 北京出版社二〇〇〇年版《四庫未收書輯刊》影印清初刻本
《黄宗羲全集》［明］黄宗羲撰 沈善洪主編 浙江古籍出版社二〇〇五年版
《亭林詩文集》［明］顧炎武撰 《四部叢刊》景清康熙刊本
《安雅堂未刻稿》［明］宋琬撰 《續修四庫全書》影印清乾隆三十一（一七六六）年刻本
《曝書亭集》［清］朱彝尊撰 《四部叢刊》影印清刊本
《漁洋山人精華録》［清］王士禛撰 《四部叢刊》影印林佶寫刊本

《帶經堂集》　［清］王士禛撰　《續修四庫全書》本影印清康熙五十年（一七一一）程哲七略書堂刻本
《己畦集》　［清］葉燮撰　《四庫全書存目叢書》影印清康熙二棄草堂刻本
《西河集》　［清］毛奇齡撰　清文淵閣《四庫全書》本
《冶古堂文集》　［清］呂履恒撰　《四庫全書存目叢書》影印安徽省圖書館藏清乾隆十五年（一七五〇）呂憲曾刻本
《敬業堂詩集》　［清］查慎行撰　《四部叢刊》景清刊本
《白田草堂存稿》　［清］王懋竑撰　《四庫全書存目叢書》影印清乾隆間刻本
《方望溪先生全集》　［清］方苞撰　《四部叢刊》影印戴氏刊本
《戴東原集》　［清］戴震撰　《四部叢刊》景清經韻樓刊本
《古微堂詩集》　［清］魏源撰　上海古籍出版社二〇一〇年版《清代詩文集彙編》影印清同治九年（一八七〇）刻本
《譚嗣同全集（增訂本）》　［清］譚嗣同撰　蔡尚思、方行編　中華書局一九八一年版
《文苑英華》　［宋］李昉等　中華書局一九六六年影印北京圖書館藏宋刊殘本及商務印書館宋刊本與明刊本
《唐僧宏秀集》　［宋］李龏撰　明末毛氏汲古閣刻本
《崇古文訣》　［宋］樓昉撰　清文淵閣《四庫全書》本

《古賦辨體》［元］祝堯撰　清文淵閣《四庫全書》補配文津閣《四庫全書》本增附明成化二年重刻本
《唐詩品彙》［明］高棅選編　［明］汪宗尼校訂　葛景春　胡永傑點校　中華書局二〇一四年版
《文章辨體》［明］吴訥輯　國家圖書館出版社二〇一四年版《楚辭文獻叢刊》影印明嘉靖三十四年（一五五五）徐洛刻本
《文章辨體序説　文體明辨序説》［明］吴訥輯　［明］徐師曾撰　于北山、羅根澤校點　人民文學出版社一九六二年版
《文體明辨》［明］徐師曾撰　《四庫全書存目叢書》影印明萬曆銅活字本
《石倉歷代詩選》［明］曹學佺選編　清文淵閣《四庫全書》補配清文津閣《四庫全書》本
《文品芾函》［明］陳仁錫編　臺北「國家圖書館」藏明末刊本
《周文歸》［明］陳淏子評　國家圖書館出版社二〇一四年版《楚辭文獻叢刊》影印明崇禎刻本
《全唐詩》［清］彭定求等編　王全等點校　中華書局一九六〇年據清康熙四十四至四十六年（一七〇五—一七〇七）揚州詩局刻本校點重印
《南州詩略》［清］朱滋年撰　《四庫禁燬書叢刊》影印清乾隆刻本
《湖海詩傳》［清］王昶輯　《續修四庫全書》影印清嘉慶八年（一八〇三）三泖漁莊刻本
《諸家評點古文辭類纂》［清］姚鼐選　徐樹錚輯　民國五年（一九一六）都門印書局鉛印本
《歷代詩話》［清］何文焕編　中華書局二〇〇四年版

《談龍録　石洲詩話》［清］趙執信、翁方綱著　陳邇冬校點　人民文學出版社一九八一年版
《全唐文》［清］董誥等編　中華書局一九八三年據嘉慶十九年（一八一四）刻本縮印
《全上古三代秦漢三國六朝文》［清］嚴可均校輯　中華書局一九五八年版
《沅湘耆舊集前編》［清］鄧顯鶴輯《續修四庫全書》影印清道光二十四年（一八四四）鄧氏小九華山樓刻本
《文心雕龍注》［南朝梁］劉勰著　范文瀾注　人民文學出版社一九五八年版
《六一詩話　白石詩説　滹南詩話》［宋］歐陽修、姜夔撰［金］王若虚撰　鄭文、霍松林校點　人民文學出版社一九六二年版
《優古堂詩話》［宋］吴幵撰　清文淵閣《四庫全書》本
《苕溪漁隱叢話》［宋］胡仔　廖德明校點　人民文學出版社一九六二年版
《滄浪詩話校釋》［宋］嚴羽撰　郭紹虞校釋　人民文學出版社一九八三年版
《荆溪林下偶談》［宋］吴子良撰　清文淵閣《四庫全書》本
《文筌》［元］陳繹曾撰《續修四庫全書》影印清李士芬家鈔本
《懷麓堂詩話》［明］李東陽撰　李慶立校釋　人民文學出版社二〇〇九年版
《南濠詩話》［明］都穆撰　中華書局一九九一年版
《逸老堂詩話》［明］俞弁撰《續修四庫全書》影印國家圖書館藏清鈔本

《六藝流别論》　［明］黄佐撰　清文淵閣《四庫全書》本
《藝苑卮言》　［明］王世貞撰　陸潔棟、周明初批注　鳳凰出版社二〇〇九年版
《四溟詩話　薑齋詩話》　［明］謝榛、王夫之撰　宛平、夷之校點　人民文學出版社一九六一年版
《詩藪》　［明］胡應麟撰　中華書局一九五八年版
《藝圃傖談》　［明］郝敬撰　周維德集校　齊魯書社二〇〇五年版《全明詩話》本
《詩源辨體》　［明］許學夷著　杜維沫點校　人民文學出版社一九八七年版
《圍爐詩話》　［清］吴喬撰　《續修四庫全書》影印清嘉慶十三年（一八〇八）刻本
《蠖齋詩話》　［明］施閏章撰　上海古籍出版社一九九〇年版
《柳亭詩話》　［清］宋長白撰　《四庫全書存目叢書》影印清康熙間天茁園刻本
《野鴻詩的》　［清］黄子雲撰　《續修四庫全書》本影印清道光二十四年（一八四四）吴江沈氏世楷堂刻昭代叢書壬集補編本
《劍谿説詩》　［清］喬億撰　《續修四庫全書》影印中國科學院圖書館藏清乾隆刻本
《四六叢話》　［清］孫梅輯　《續修四庫全書》影印清嘉慶三年（一七九八）吴興舊言堂刻本
《北江詩話》　［清］洪亮吉撰　陳邇冬校點　人民文學出版社一九八三年版
《白雨齋詞話》　［清］陳廷焯撰　杜維沫校點　人民文學出版社一九五九年版
《昭昧詹言》　［清］方東樹撰　汪紹楹校點　人民文學出版社一九六一年版

《人間詞話》　王國維撰　中華書局二〇一〇年版
《清詩話》［清］王夫之等撰　丁福保編　上海古籍出版社一九六三年版
《清詩話續編》　郭紹虞編選　富壽蓀校點　上海古籍出版社一九八三年版
《稼軒長短句》［宋］辛棄疾撰　上海古籍出版社二〇〇三年版
《雲莊樂府》［元］張養浩撰　馮裳點校　上海古籍出版社一九八九年《散曲聚珍》本
《梨園按試樂府新聲》［元］佚名撰　《四部叢刊三編》景元刻本
《雍熙樂府》［明］郭勛輯　《四部叢刊續編》景明嘉靖刻本

經子

《新序》［漢］劉向撰　馬世年譯注　中華書局二〇一四年版
《法言義疏》［漢］揚雄撰　［清］汪榮寶疏　《續修四庫全書》影印浙江圖書館藏民國二十二年（一九三三）鉛印本
《典論》［魏］曹丕撰　四川人民出版社一九九七年版
《拾遺記》［晉］王嘉撰　［南朝梁］蕭綺録　齊治平校注　中華書局一九八一年版
《金樓子疏證校注》［南朝梁］蕭繹撰　陳志平、熊清元校注　上海古籍出版社二〇一四年

《顔氏家訓集解》［南朝梁］顔之推撰　王利器集解　中華書局一九九三年《新編諸子集成》第一輯增補本
《北堂書鈔》［唐］虞世南編撰　［清］孔廣陶校註　臺北宏業書局一九七四年版
《初學記》［唐］徐堅等撰　司義祖等點校　中華書局一九六二年版
《新刻二南密旨》［唐］賈島撰　《四庫全書存目叢書》影印明胡氏文會堂刻格致叢書本
《夢溪筆談》［宋］沈括撰　胡道靜校注　中華書局一九五七年版
《東觀餘論》［宋］黄伯思撰　中華書局一九八八年影印宋嘉定三年（一二一〇）刊本
《邵氏聞見後録》［宋］邵博撰　劉德權、李劍雄點校　中華書局一九八三年版
《西溪叢語　家世舊聞》［宋］姚寬、陸游撰　孔凡禮點校　中華書局一九九三年版
《容齋隨筆》［宋］洪邁撰　孔凡禮點校　中華書局二〇〇五年版
《項氏家説附録》［宋］項安世撰　中華書局一九八五年版
《朱子語類》［宋］黎靖德編　王星賢點校　中華書局一九八六年版
《能改齋漫録》［宋］吴曾撰　中華書局一九八五年版
《梁谿漫志》［宋］費衮撰　金圓校點　上海古籍出版社一九八五年《宋元筆記叢書》本
《新刊履齋示兒編》［宋］孫奕撰　唐子恒點校　鳳凰出版社二〇一七年版
《困學紀聞注》［宋］王應麟撰　［清］翁元圻注　《續修四庫全書》影印北京圖書館藏清道光五年

(一八二五)翁氏守福堂刻本
《周易鄭康成注　六經天文编　通鑑答問》[宋]王應麟撰　張振峰等點校　中華書局二〇一二年版
《愛日齋叢抄　浩然齋雅談　隨隱漫録》[宋]葉寘、周密、陳世崇撰　孔凡禮點校　中華書局二〇一〇年版
《庶齋老學叢談》[元]盛如梓撰　清文淵閣《四庫全書》本
《讀書録　續録》[明]薛瑄撰　明嘉靖四年(一五二五)刻本
《水東日記》[明]葉盛撰　魏中平校點　中華書局一九八〇年版
《丹鉛雜録》[明]楊慎撰　商務印書館一九三六年據函海本排印本
《焚書　續焚書》[明]李贄撰　張建業譯注　中華書局二〇一一年版
《焦氏筆乘》[明]焦竑撰　李劍雄點校　中華書局二〇〇八年版
《新列國志》[明]馮夢龍編著　李文焕校點　遼寧古籍出版社一九九六年版
《日知録》[明]顧炎武撰　嚴文儒、戴揚本校點　上海古籍出版社二〇一二年版
《義門讀書記》[清]何焯撰　崔高維點校　中華書局一九八七年版
《讀書脞録》[清]孫志祖撰　《續修四庫全書》影印清嘉慶刻本
《校讎通義通解》[清]章學誠著　王重民通解　上海古籍出版社一九八七年版

《文史通義》［清］章學誠著　劉公純標點　古籍出版社一九五六年版
《崔東壁先生遺書十九種》［清］崔述著　那珂通世校點　北京圖書館出版社影印日本明治三十七年（一九〇四）日本史學會鉛印本
《兩般秋雨盦隨筆》［清］梁紹壬撰　莊葳點校　上海古籍出版社　一九八二年版
《求闕齋讀書録》［清］曾國藩撰《續修四庫全書》影印清光緒二年（一八七六）傳忠書局刻本
《純常子枝語》［清］文廷式撰《續修四庫全書》影印民國二十三年（一九三四）刻本

史部

《史記》［漢］司馬遷撰　［南朝宋］裴駰集解　［唐］司馬貞索隱　［唐］張守節正義　中華書局一九五九年版
《漢書》［漢］班固撰　［唐］顔師古注　中華書局一九六二年版
《宋書》［南朝宋］沈約撰　中華書局一九七四年版
《周書》［唐］令狐德棻等撰　中華書局一九七一年版
《史通　文史通義》［唐］劉知幾　［清］章學誠撰　吴琦等校點　嶽麓書社一九九三年版
《郡齋讀書志校證》［宋］晁公武撰　王立翔校證索引　上海古籍出版社二〇一一年版

《兩漢刊誤補遺》［宋］吴仁傑撰　書目文獻出版社一九九六年《二十四史訂補》影印知不足齋叢書本

《國史經籍志》［明］焦竑撰《四庫全書存目叢書》影印江蘇省寶應縣圖書館藏明萬曆三十年（一六〇二）陳汝元函三館刻本本

《管城碩記》［清］徐文靖撰　范雍祥點校　中華書局二〇〇六年版

《四庫全書總目提要》［清］永瑢、紀昀撰　清武英殿刻本

文選學專著

《六臣注文選》［南朝梁］蕭統編　［唐］李善等注　中華書局二〇一二年版

《文選》［南朝梁］蕭統編　［唐］李善注　北京圖書館出版社二〇〇六年版

《文選》［南朝梁］蕭統編　［唐］李善等六臣注　朝鮮活字翻刻北宋元祐九年（一〇九四）秀州州學刊刻本

《日本足利學校藏宋刊明州本六臣注文選》［南朝梁］蕭統編　［唐］吕延濟等注　人民文學出版社二〇〇八年影印日本足利學校藏北宋明州州學本

《文選》［南朝梁］蕭統編　［唐］吕延濟等五臣注　南宋紹興三十一年（一一六一）建陽崇化書坊

陳八郎宅刊本

《文選》［南朝梁］蕭統編　［唐］李善注　浙江大學出版社二〇一七年影印清嘉慶十四年（一八〇九）胡克家刻本

《文選補遺》［元］陳仁子編　清文淵閣《四庫全書》本

《文選纂注》［明］張鳳翼撰　《四庫全書存目叢書》影印明萬曆刻本

《文選章句》［明］陳與郊編　《四庫全書存目叢書》影印明萬曆二十五年（一五九七）刻本

《孫月峰先生評文選》［明］閔齊華注　［明］孫鑛評　《四庫全書存目叢書》影印明末烏程閔氏刻本

《昭明文選》［唐］李善注　［明］孫鑛評　臺北文友書店一九七七年版

《文選考異》［清］孫志祖輯　《續修四庫全書》影印清嘉慶四年（一七九九）刻《讀畫齋叢書甲集》本

《選學膠言》［清］張雲璈撰　國家圖書館出版社二〇一四年版《楚辭文獻叢刊》影印民國十七年（一九二八）上海文瑞樓書局、北平直隸書局影印本

《文選旁證》［清］梁章鉅撰　穆克宏點校　福建人民出版社二〇〇〇年版

《重訂文選集評》［清］于光華輯　國家圖書館出版社二〇一四年版《楚辭文獻叢刊》影印清乾隆四十三年（一七七八）啓秀堂重刻本

《文選筆記》［清］許巽行撰　國家圖書館出版社二〇一四年版《楚辭文獻叢刊》影印民國十七年

（一九二八）上海文瑞樓書局、北平直隸書局影印本

楚辭學專著

《楚辭章句》［漢］王逸撰　［明］馮紹祖校正　［清］彭孫遹彙評　國家圖書館出版社二〇一四年版《楚辭文獻叢刊》影印明萬曆十四年（一五八六）觀妙齋刻本

《楚辭章句》［漢］王逸撰　明正德十三年黄省曾刊本

《楚辭章句》［漢］王逸撰　［明］吴琯校　［清］錢陸燦批校　國家圖書館出版社二〇一四年版《楚辭文獻叢刊》影印明萬曆十四年（一五八六）俞初刻本

《楚辭補注》［漢］王逸撰　［宋］洪興祖補注　［清］王引之評　國家圖書館出版社二〇一四年版《楚辭文獻叢刊》影印清康熙毛氏汲古閣刻本

《楚辭集注》［宋］朱熹撰　蔣立甫校點　上海古籍出版社二〇〇一年版

《楚辭集註》［宋］朱熹撰　明吴原明覆元刊本

《騷略》［宋］高似孫撰　《四庫存目叢書》影印北京圖書館藏清汪氏裘杼樓鈔本

《楚詞注略》［明］周用撰　國家圖書館出版社二〇一四年版《楚辭文獻叢刊》影印清順治九年（一六五二）刻本

《楚辭集解》［明］汪瑗撰　《續修四庫全書》影印明萬曆刻本
《離騷草木疏補》［宋］吴仁傑撰　［明］屠本畯補　《四庫全書存目叢書》影印萬曆刻本
《楚辭》［漢］王逸章句　［明］陳深批點　國家圖書館出版社二〇一四年版《楚辭文獻叢刊》影印明萬曆二十八年（一六〇〇）刻朱墨套印本
《屈子品節　附宋子》［明］陳深輯　《四庫全書存目叢書》影印明萬曆刊《諸子品節》刻本
《楚辭》［明］閔齊伋校　明萬曆四十八年（一六二〇）閔齊伋校刻三色套印本
《屈宋古音義》［明］陳第撰　清文淵閣《四庫全書》本
《楚辭述注》［明］林兆珂撰　廣西師範大學出版社二〇一〇年版
《删注楚辭》［明］張京元撰　國家圖書館出版社二〇一四年版《楚辭文獻叢刊》影印明萬曆四十六年（一六一八）刻本
《離騷經訂註》［明］趙南星撰　明萬曆四十一年（一六一三）刻本
《釋騷》［明］何喬遠撰　福建省圖書館藏清咸豐間楊浚冠悔堂鈔本
《離騷經纂注》［明］劉永澄撰　［清］劉寶楠校　國家圖書館出版社二〇一四年版《楚辭文獻叢刊》影印明刻本
《玉虛子　鹿溪子》題［明］歸有光輯　《四庫全書存目叢書》影印明天啓五年（一六二五）《諸子彙函》本

《楚辭奇賞》　［明］陳仁錫選評　《四庫全書存目叢書》影印明萬曆刊《古文奇賞初集》本

《屈子奇賞　附宋玉》［明］陳仁錫選評　臺灣「國家圖書館」藏天啓六年（一六二六）三徑齋刊《諸子奇賞前集》本

《楚辭》［宋］朱熹集注　［明］蔣之翹評校　國家圖書館出版社二〇一四年版《楚辭文獻叢刊》影印明天啓六年（一六二六）刻本

《八十四家評楚辭》　［明］沈雲翔輯評　國家圖書館出版社二〇一四年版《楚辭文獻叢刊》影印清乾隆聽雨齋刻本

《楚辭疏》　［明］陸時雍疏　國家圖書館出版社二〇一四年版《楚辭文獻叢刊》影印明輯柳齋刻本

《楚辭権》　［明］陸時雍疏　［明］金兆清評　國家圖書館出版社二〇一四年版《楚辭文獻叢刊》影印明刻本

《楚辭聽直》　［明］黄文焕撰《續修四庫全書》影印明崇禎十六年（一六四三）刻清順治十四年（一六五七）續刻本

《離騷草木史》　［明］周拱辰注　［清］朱駿聲批校　《續修四庫全書》影印清初聖雨齋刻嘉慶八年（一八〇三）印本

《騷筏》　［明］賀貽孫撰　國家圖書館出版社二〇一四年版《楚辭文獻叢刊》影印清道光二十六年（一八四六）刻本

《莊屈合詁》　［明］錢澄之撰　殷呈祥點校　黄山書社一九九五年版
《楚辭通釋》　［明］王夫之撰　國家圖書館出版社二〇一四年版《楚辭文獻叢刊》影印清同治四年（一八六五）刻本
《楚辭評注》　［明］王萌撰　［清］王遠注音　國家圖書館出版社二〇一四年版《楚辭文獻叢刊》影印清刻本
《楚詞箋注》　［明］李陳玉箋注　佚名批注　國家圖書館出版社二〇一四年版《楚辭文獻叢刊》影印清康熙十一年（一六七二）刻本
《新刻楚辭箋注定本十三卷存四卷》　［清］楊金聲箋注　國家圖書館出版社二〇一四年版《楚辭文獻叢刊》影印清刻本
《楚辭燈附楚懷襄二王在位事蹟考》　［清］林雲銘撰　《四庫全書存目叢書》影印清康熙三十六年（一六九七）刻本
《屈子離騷匯訂　雜文箋略》　［清］王邦采撰　國家圖書館出版社二〇一四年版《楚辭文獻叢刊》影印清光緒二十六年（一九〇〇）刻《廣雅叢書》本
《屈子貫》　［清］張詩撰　國家圖書館出版社二〇一四年版《楚辭文獻叢刊》影印清嘉慶三年（一七九八）本
《離騷經注》　［清］李光地撰　國家圖書館出版社二〇一四年版《楚辭文獻叢刊》影印清刻本

《離騷經講録》［清］劉獻廷撰　國家圖書館出版社二〇一四年版《楚辭文獻叢刊》影印北平人文科學研究所鈔本

《楚辭龐氏注》［清］龐塏撰　北京燕山出版社二〇〇八年版《楚辭要籍選刊》影印民國二十三年（一九三四）抄本

《離騷節解》［清］張德純撰　《四庫未收書輯刊》本

《離騷辯》［清］朱冀撰　國家圖書館出版社二〇一四年版《楚辭文獻叢刊》影印清康熙四十五年（一七〇六）刻本

《楚辭疏》［清］吴世尚撰　國家圖書館出版社二〇一四年版《楚辭文獻叢刊》影印明緝柳齋刻本

《離騷解　九歌解　讀騷列論》［清］顧成天撰　國家圖書館出版社二〇一四年版《楚辭文獻叢刊》影印清刻本

《楚辭新注》［清］屈復評注　王獻唐批註　國家圖書館出版社二〇一四年版《楚辭文獻叢刊》影印清刻本

《離騷中正　讀騷管見》［清］林仲懿撰　《四庫全書存目叢書》影印清乾隆十年（一七四五）世錦堂刻本

《屈騷心印》［清］夏大霖撰　國家圖書館出版社二〇一四年版《楚辭文獻叢刊》影印清乾隆三十九年（一七七四）一本堂刻本

《楚辭達》［清］魯筆撰　國家圖書館出版社二〇一四年版《楚辭文獻叢刊》影印清乾隆三十一年（一七六六）刻本

《楚辭節注》［清］姚培謙撰　國家圖書館出版社二〇一四年版《楚辭文獻叢刊》影印清乾隆六年（一七四一）刻本

《屈子楚辭章句》［清］劉夢鵬撰　國家圖書館出版社二〇一四年版《楚辭文獻叢刊》影印清嘉慶五年（一八〇〇）重刻本

《山帶閣注楚辭》［清］蔣驥撰　清文淵閣《四庫全書》本

《屈原賦注》［清］戴震撰　國家圖書館出版社二〇一四年版《楚辭文獻叢刊》影印清光緒十七年（一八九一）廣雅書局刻本

《屈騷指掌》［清］胡文英撰　《續修四庫全書》影印清乾隆五十一年（一七八六）刻本

《屈騷心解》［清］江中時撰　國家圖書館出版社二〇一四年版《楚辭文獻叢刊》影印清乾隆三十六年（一七七一）刻本

《屈辭精義》［清］陳本禮撰　國家圖書館出版社二〇一四年版《楚辭文獻叢刊》影印清嘉慶十七年（一八一二）刻本

《屈子説志》［清］陳遠新撰　北京燕山出版社二〇〇八年版《楚辭要籍選刊》影印清乾隆十四年（一七四九）慎余齋刻本

《離騷草木疏辨證》［宋］吴仁傑撰　［清］祝德麟辯證　國家圖書館出版社二〇一四年版《楚辭文獻叢刊》影印清乾隆四十四年（一七七九）本

《楚辭新注求確》［清］胡濬源撰　國家圖書館出版社二〇一四年版《楚辭文獻叢刊》影印清嘉慶二十五（一八二〇）年務本堂刻本

《離騷分段約説》［清］黄恩彤撰　國家圖書館出版社二〇一四年版《楚辭文獻叢刊》影印民國三年（一九一四）刻《知止堂全集八種副編五種》本

《離騷賦補注》［清］朱駿聲撰　國家圖書館出版社二〇一四年版《楚辭文獻叢刊》影印清光緒八年（一八八二）臨嘯閣刻《朱氏叢書》本

《評點王注楚辭》［清］俞樾輯評　國家圖書館出版社二〇一四年版《楚辭文獻叢刊》影印民國六年（一九一七）中華圖書館石印本

《楚辭釋》［清］王闓運撰　佚名批注　國家圖書館出版社二〇一四年版《楚辭文獻叢刊》影印清光緒二十七年（一九〇一）刻《湘綺樓全書》本

《楚辭選注考》［清］尚兆山撰　國家圖書館出版社二〇一四年版《楚辭文獻叢刊》影印稿本

《屈賦微》［清］馬其昶撰《續修四庫全書》影印清光緒三十二年（一九〇六）合肥李國松刻《集虚草堂叢書》本

《離騷逆志》［清］魏元曠撰　國家圖書館出版社二〇一四年版《楚辭文獻叢刊》影印民國二十二年

（一九三三）刻《魏氏全書》本
《楚辭翼注》［清］李詳撰　江蘇古籍出版社一九八九年排印《李審言文集》本
《離騷擬義》［清］劉光第撰　國家圖書館出版社二〇一四年版《楚辭文獻叢刊》影印稿本
《離騷注》［清］王樹枏撰　國家圖書館出版社二〇一四年版《楚辭文獻叢刊》影印清光緒末至民國初新城王氏刻《陶廬叢刻》本
《楚辭大義述》［清］陳培壽撰　國家圖書館出版社二〇一四年版《楚辭文獻叢刊》影印民國石印本
《讀騷論世》［清］曹耀湘撰　北京燕山出版社二〇〇八年版《楚辭要籍選刊》影印民國四年（一九一五）湖南官書報局排印本
《楚辭拾遺》［清］陳直撰　國家圖書館出版社二〇一四年版《楚辭文獻叢刊》影印民國二十三年（一九三四）石印本
《離騷章義》傅熊湘撰　國家圖書館出版社二〇一四年版《楚辭文獻叢刊》影印民國十三年（一九二四）鉛印本
《屈宋方言考》李翹撰　《四庫未收書輯刊》影印民國十四年（一九二五）芬熏館刻本

後記

根據傳統四部分類，《楚辭》是先秦典籍中唯一的一種集部著作，由西漢學者劉向編纂，重要注本有王逸《楚辭章句》、洪興祖《楚辭補注》、朱熹《楚辭集注》等。從蕭梁阮孝緒《七録》開始，楚辭與别集、總集並列爲集部的三種主要類别，其後《隋書·經籍志》《四庫全書總目提要》等沿襲不替。劉向編集《楚辭》，蓋採用先秦子書之格式，以宗師作品置首，而以後學作品殿之。

《史記·屈原列傳》云：「屈原既死之後，楚有宋玉、唐勒、景差之徒者，皆好辭而以賦見稱；然皆祖屈原之從容辭令，終莫敢直諫。」〔一〕這固然顯示宋玉、唐勒、景差等人喜愛模仿屈原的文采、注重屈原的思想情操。更重要的是，他們既然以屈原爲「祖」，就很有可能保存、蒐集、整理、傳習屈原的作品。東漢王逸《離騷序》説：「屈原履忠被譖，憂悲愁思，獨依詩人之義而作《離騷》，上以諷諫，下以自慰。遭時闇亂，不見省納，不勝憤懣，遂復作《九歌》以下凡二十五篇。楚人高其行義，瑋其文采，以相教傳。」〔二〕褚斌杰認爲：所謂「教傳」，就是教授子弟、以傳後世。〔三〕换言之，《楚辭》在講授流傳的過程中，甚至形成了一個學派。清人章學誠云：「賦家者流，猶有諸子之遺意，居然自命一家之言。」〔四〕又云：「古之賦家者流，原本《詩》《騷》，出入戰國諸子。假設問對，《莊》《列》寓言之遺也；恢廓聲勢，《蘇》《張》縱横之體也；排比諧隱，《韓非·儲説》之屬也；徵材聚事，《吕覽》類輯之義也。雖其文逐聲韻，旨存比興，而深探本源，實能自成一子之學，與夫專門之書初無差別。」〔五〕故此，《楚辭》可視爲一部紀念集，以屈原作品爲核心，而輔以宋玉、賈誼、東方朔等「祖屈原之從容辭令」、代屈原立言者的作品。同時，此書更可當作屈宋「賦家」的作品集，既有創作示範意義，也能彰示該學派的法脈，屈原以下，宋玉、賈誼、淮南小山、東方朔、王褒、劉向、王逸諸人，當可視爲「賦家」之主要傳承者。劉向所編《楚辭》有十六卷，而《漢書·藝文志》著録《屈原賦》二十五篇，兩者當爲一書，《漢志》著録爲正編，僅收屈原作品，餘下爲附編，收録後學作品，正附合編則爲《楚辭》十六卷。

今人郭維森指出：「屈原對許多學派的思想都有汲取，也有所摒棄。以至章學誠認爲他也稱得上是『一家之學』，後世每稱『屈子』，似也隱然有這樣的含義。但是，屈原作品畢竟又與諸子著作不同，它是文學，是詩，並不系統地表達政治、哲學觀點。與其勉强地將屈原歸屬某一學派，還不如檢查屈原在他的詩中，究竟表達了甚麼樣的觀點。」〔六〕屈原賦家之流，即便算作一個學派，亦是以能文爲本，而不以立意爲宗，故《楚辭》在內容與形式上都正好反映了先秦子書向後世集部發展演化的里程碑。進而言之，《屈原賦》二十五篇固爲別集性質，但《楚辭》十六卷則否。《楚辭》類近別集，以屈原作品爲主，但作者又不止於屈原一人，難以爲別集之專門；又類近總集，涵納諸家作品，但各家篇數比例不均匀，未足成總集之規模。不過，正因《楚辭》如此特徵，別集和總集才可能由此而演化、發展。阮孝緒不將此書在集部另立一類，可謂慧眼，然也反映了南朝學者對屈騷的認知情況。而四庫館臣云：「集部之目，《楚辭》最古，別集次之，總集次之。」〔七〕《楚辭》既然是集部之祖，別集、總集的重要源頭，我們自然未必能拿別、總集的概念去規範《楚辭》。

《楚辭》在形式上啓發了總集的編纂，而現存最早的總集乃是昭明太子主編的《文選》。《文選》所收録的作品，上及姬周，下至蕭梁，在體裁上則分爲三十七類（今人游志誠又有四十類之新説）。[八]一般認爲，前三體（賦、詩、騷）屬於純文學（文），其餘諸體屬於雜文學（筆）。周代作品以《楚辭》佔大宗，大體劃入騷體類。計有：屈原《離騷》《九歌》之《東皇太一》《雲中君》《湘君》《湘夫人》《少司命》《山鬼》六首、《九章》之《涉江》一首、《卜居》《漁父》、宋玉《九辯》五首及《招魂》，此外尚有西漢劉安的《招隱士》。《文選》李善注之騷類全部採用王逸《楚辭章句》，五臣注則爲自注，至洪興祖《楚辭補注》又納入五臣注文，以便參照檢索。屈騷與賦究竟是否屬於同一種文體，從古至今都有爭論。而《文選》分列賦、騷之舉，受到近人錢穆的稱揚：「宋玉與荀卿並舉，列之在前，顧獨以騷體歸之屈子，不與荀宋爲伍，此一分辨，直探文心，有闡微導正之功。」[九]然正如《文心雕龍·辨騷》所言，賦體係「受命於詩人，拓宇於《楚辭》」。將賦體置於騷體之前，似乎不倫。清代章學誠即批評道：「賦先於詩，騷別於賦，賦有問答發端，誤爲賦序，前人之議《文選》，猶其顯然者也。」[一〇]今人傅剛就而歸納云：「章學誠以《文選》將賦列於詩前，又將《離騷》與賦區別，看成是蕭統文體淆亂蕪穢的表現。」[一一]而徐復觀又就章氏的觀點而發揮説：「蕭統以統治者的地位，主持文章銓衡，他會不知不覺地以統治者對文章的要求，作銓衡的尺度，而偏向於漢賦兩大系列中表現『材知深美』的系列，即他所標舉的『義歸乎翰藻』。同時，他把賦與騷完全分開，一開始是由『賦甲』到『賦癸』，分賦爲十類。接著便是『詩甲』到『詩庚』，分詩爲七類。再接著才是『騷上』與『騷下』。這樣一來，不僅是時代錯亂，文章發展的流變不明；並且很顯明地是重賦而輕騷，貶損了《楚辭》對西漢文學家所發生的感召作用，因而隱没了《楚辭》這一系列在漢代文學中的實質的意義。」〔一二〕傅剛認爲，自東漢班固以降，學者對於屈原及其作品多有不同的意見，這一爭議一直延續到六朝時期。這樣的歷史背景很容易使人對蕭統《文選》將騷置於賦、詩之後的用意有所猜測。但從《文選》以《離騷》代稱《楚辭》作品，且將《離騷》稱爲「經」來看，蕭統接受了王逸的觀點，不獨不輕騷，反而是尊騷派。至於他將騷列於賦、詩之後，並不與評價本身發生直接關係，而是與《楚辭》的特殊性有關。首先，騷雖然與賦關係密切，甚至如《離騷》《懷沙》等屈作也或被稱爲賦，但南北朝時已對騷體的作用與影響有了比較清楚的認識，劉勰、阮孝緒等人皆認爲騷、賦並非一類。《楚辭》既然獨立於諸體之外，那麼它與詩、賦之間的關係就不存在先後的順序了。其次，《文選序》以文體之賦與六詩之賦聯繫起來，使賦取得了《詩經》的直接繼承身分。以賦居首，表達了蕭統的文學史觀。再者，漢魏以來的目録學分類也都是以賦居詩前，如《漢書·藝文志》的《詩賦略》即是。這可能與賦在當時的地位有關：當時人認爲能寫賦才是大才，也是檢驗人員是否有才能的一個標誌。此外，《文選》賦的部分可能依據了梁武帝蕭衍的《歷代賦》，蕭統編《文選》很可能參據了他父親的這部書；將《歷代賦》置於篇首，既符合當時的編輯習慣，也照顧了《歷代賦》的特殊性，不失爲一較理想的安排。〔一三〕張少康則補充道：「《昭明文選》是一部文學作品的選集，它的著眼點是在創作。從創作的角度來看，騷和賦的差別是非常明顯的。賦雖然是從騷發展出來的，但是，它已經有了和騷很不同的形式，它已經不全是詩，而具有散文的特色，變成是介乎詩和散文之間的一種新文體，何況自騷之後又一直有模仿騷的騷體詩存在，所以在這部文學選集中把騷和賦列爲兩種文體，也是完全應該的。」又説：「然而，《昭明文選》之所以把它（按：指騷體）放在詩之後文之前，我以爲是由於要突出當時文學創作的主要形式是詩和賦。雖然自《楚辭》以後歷代均有模仿《楚辭》的騷體詩，但是實際上並没有多大影響，在詩歌發展史上也没有很重要的地位，是没有辦法與賦和詩相比的。」〔一四〕不僅把握了賦體與其所淵源之騷體的不同文體特徵，也指出騷體在兩漢以後影響力遠遜於詩、賦的創作實況。

抑有進者，《文選》編成後，前此摯虞《文章流别集》、李充《翰林集》諸書皆廢，蓋因《文選》選録得宜，編排恰當，且體現出官方雅正的文學觀，成爲此後以文干禄者必備的參考書，歷陳隋唐宋而不衰。故此，蕭統編纂此書，極有可能得到梁武帝的授意與支持。〔一五〕既然《文選》的編纂具有官方性質，選録作品對天下士人具有示範作用，那麽，蕭統本人固爲尊騷派，在國家權力的干預下也不得不對《文選》的正文編次有所調整、妥協。正如班固批評屈原是「露才揚己，責數懷王」的「貶絜狂狷景行之士」，劉勰指出《楚辭》有詭異之辭、譎怪之談、狷狹之志、荒淫之意，站在儒家的角度，屈騷與中庸之道誠然無法相合。傅剛説得好：「《楚辭》在漢魏六朝以後，與其它文體相比，逐漸成爲一化石式文體。」〔一六〕戰國末期，宋玉已承楚王之旨作有《高唐》《神女》二賦。西漢中葉以降，孳乳於屈騷的賦體成爲歌頌盛世、藻飾太平的重要工具，作爲「亂世之音」的騷體不得不衰落下去。因此，屈原不僅成爲騷體獨一無二的代表作家,其生平遭際、作品情調也對這種文體的風格内容産生極大的影響。可以説,没有其他文體在風格内容上如騷體般獨具某一代表作家之烙印。如明人吴訥《文章辨體》云:「采摭事物、摛華布體謂之賦。」「幽憂憤悱、寓之比興謂之騷。」〔一七〕可見在前人的認知中,騷體的情調是固定的,賦體則否。進一步説,屈騷的功用雖説有「託之以風諫」的因素,但畢竟以「舒瀉愁思」、「見己之冤結」爲本,對象讀者首先爲作者自己,其次方爲君王。而「勸百而諷一」的大賦,無論是勸是諷,對象讀者都以君王爲主。與騷體的「幽憂憤悱」相比,賦體的「摛華布體」就個人性而言顯然薄弱很多,而其整蔚有序、曲終奏雅的章法更容易博天子之一顧。賦體取代騷體的地位,自有其必然。縱使王逸勉力將屈騷與儒家義理相附會,欲躋之於群經之列,其説服力不足仍是毋庸置疑的。六朝雖有動亂,但儒學在政壇上仍佔領導地位,施政者既不喜屈騷之「顯暴君惡」,干禄者擬騷也無用武之地。無論是政治取向的外部因素,還是内容風格的内部因素,都嚴重桎梏了騷體的進一步發展,其最終成爲一「化石式文體」,就毫不意外了。

如前所言,若梁武帝編《歷代賦》對於《文選》的編纂有奠基及指示作用,那麼其在芸芸諸體中對賦體情有獨鍾,顯然因爲這種文體就作者而言則能呈露才華,就國家而言則能鼓吹休明,個人性與公共性在這種文體上取得協調。《文選》將賦體置首,於文學觀、創作觀及政治觀皆可取得平衡。至於《文選序》將屈騷列於賦體之後、詩體之前,而正文卻將詩體前移,而以騷體殿後,似乎顯示蕭統與編輯團隊之不一致。而我們認爲,《文選序》偏向於文體源流之論述,故賦騷並置;其正文則要顧及選文之示範意義，故以騷體殿後。換言之，賦、詩二體對於干禄者兼有欣賞與摹寫之功用，而騷體則僅具參考價值而已，不必特意擬作。如果將賦、詩、騷三體視爲《文選》之《文編》（亦即純文學編），則該編當以前二體爲主，騷體幾近附録，聊備一格而已。正因《楚辭》本身即是專門之學，加上屈騷在《文選》中的特殊性質，故古今文選學未必將屈騷放在顯著之位置。如現代學者駱鴻凱有《楚辭》專著及論文多篇，但在其《文選學》中幾乎完全不齒及《楚辭》，與駱氏同時的周貞亮所著《文選學講義》亦然。

然而，有鑑於騷體畢竟是《文選》一書不可或缺的組成部分，我們仍然決定編纂《文選資料彙編》之《騷類卷》，以成完璧。本書編纂工作始於二〇一五年秋，至今春秋三易，始完成初稿。關於編選之凡例，一以《賦類卷》爲本，讀者可逕參之。然因屈騷之特殊性，在資料之選録準則及編排上又略有調整，已於卷首簡單説明，茲不贅言。

近數十年來，前修時賢編纂過好幾種重要的楚辭文獻叢刊及研究資料彙編，前者如杜松柏主編《楚辭彙編》（臺北：新文豐出版公司，一九八六）、吴平、回達强主編《楚辭文獻集成》（揚州：廣陵書社，二〇〇八）、文清閣編委會主編《楚辭要籍選刊》（北京：燕山出版社，二〇〇八）、黄靈庚主編《楚辭文獻叢刊》（北京：國家圖書館出版社，二〇一四）等，後者如饒宗頤《楚辭書録》（香港：蘇記書莊，一九五六）、姜亮夫《楚辭書目五種》（北京：中華書局，一九六一）、崔富章《楚辭書目五種續編》（上海：上海古籍出版社，一九九三）、《楚辭書録解題》（北京：高等教育出版社，二〇一〇）、周建忠《五百種楚辭著作提要》（南京：江蘇教育出版社，二〇一一）等，兼涉二者内容的有馬茂元主編《楚辭研究集成》（武漢：湖北人民出版社，一九八四起）、崔富章主編《楚辭學文庫》（武漢：湖北教育出版社，二〇〇三）、周殿富主編《楚辭源流選集》（長春：吉林人民出版社，二〇〇三）等。這些資料我們皆有寓目。尤其是新近出版的黄靈庚主編《楚辭文獻叢刊》八十册，收録不少珍稀典籍，爲新資料的彙集提供了重要的幫助。

限於時間、資源及編者的識力，本書在體例及内容方面一定有不足之處，還望各位方家讀者多多指正，不勝感激。

陳煒舜

二〇一八年九月廿八日

〔一〕［漢］司馬遷：《史記》（北京：中華書局，一九九七），頁二四九一。
〔二〕［漢］王逸章句、［宋］洪興祖補注：《楚辭補注》（北京：中華書局，二〇〇二），頁四八。
〔三〕褚斌杰：《楚辭要論》（北京：北京大學出版社，二〇〇三），頁一〇二。
〔四〕［清］章學誠著，葉瑛校注：《文史通義校注》（北京：中華書局，一九八〇），頁八〇。
〔五〕［清］章學誠著、王重民通解：《校讎通義通解》（上海：上海古籍出版社，一九八七），頁一一七。
〔六〕郭維森：《屈原評傳》（南京：南京大學出版社，一九九八），頁二〇九。
〔七〕［清］永瑢主編：《四庫全書總目提要》（北京：中華書局，一九六五），頁一二六七。

〔八〕游志誠：《文選綜合學》（臺北：文史哲出版社，二〇一〇），頁九。

〔九〕錢穆：《中國學術思想史論叢》（合肥：安徽教育出版社，二〇〇四），頁九四。

〔一〇〕［清］章學誠著、葉瑛校註：《文史通義校注》，頁八一。

〔一一〕傅剛：《從〈文選〉選賦看蕭統的賦文學觀》，《北京大學學報（哲學社會科學版）》第三七卷第一期（二〇〇〇年），頁八二。

〔一二〕徐復觀：《中國文學論集》（北京：九州出版社，二〇一四），頁三四七。

〔一三〕傅剛：《從〈文選〉選賦看蕭統的賦文學觀》，《北京大學學報（哲學社會科學版）》第三七卷第一期（二〇〇〇年），頁八三—八五。

〔一四〕張少康：《〈文心雕龍〉的文體分類論——和〈昭明文選〉文體分類的比較》，《江蘇大學學報》社會科學版，第九卷第一期（二〇〇七年一月），頁一至五二。

〔一五〕胡旭：《梁武帝與〈昭明文選〉、〈玉臺新詠〉的編纂》，載《古籍整理研究學刊》二〇〇四年五月號，頁一八。

〔一六〕傅剛：《從〈文選〉選賦看蕭統的賦文學觀》，《北京大學學報（哲學社會科學版）》第三七卷第一期（二〇〇〇），頁八四。

〔一七〕［明］吴訥、徐師曾著，于北山校點：《文章辨體序說　文體明辨序說》（北京：人民文學出版社，一九六二），頁一二。